吴廣隆 編審
馬甫平 點校

東谷集

清 白胤謙 著

第一册

中州古籍出版社

《晉城歷史名人文存》編輯委員會

顧　問　劉潤民

主　任　張志仁　吴廣隆

副主任　宋麗雲

委　員　秦雪剛　朱東亮

主　編　吴廣隆　馬甫平

《晉城歷史名人文存》出版前言

在中華民族的文明史上，晉城出現了衆多的優秀歷史人物，金代有著名文學家李俊民，元代有著名學者、文學家郝經，明代有著名散曲家常倫和思想家、文學家張慎言，清代出現了著名的理學家、文學家白胤謙、畢振姬和政治家、文學家陳廷敬，還有郭兆麒、張晉、延君壽、李錫麟、王士桓等文學家，他們爲人類留下了豐富的寶貴文化遺産。晉城歷史名人的著作曾經被收入《四庫全書》或《山右叢書初編》，有着重要的傳世價值。長期以來，由于諸多因素的限制，這些古籍未被整理出來，以致晉城優秀的歷史文化未受到世人的普遍關注。况晉城歷史名人的著作大多是善本古籍，傳世極少，其中一些甚至是珍稀本，瀕臨着失傳的危險，亟待于標點校勘，重新整理出版。因此，爲了保存先人留下來的這些古籍，滿足社會各方面的需要，從研究和普及的角度出發，我們決定陸續整理點校晉城歷史名人的著作，編輯出版《晉城歷史名人文存》，使之得到廣泛的流傳，爲廣大專家學者深入研究提供方便，從而達到弘揚優秀傳統文化、增强精神文明建設的目的。由于我們的學術水平有限，缺點錯誤在所難免，希望專家學者和廣大讀者不吝賜教，以便我們的工作不斷地改進提高。

編者　二〇〇八年五月

《東谷集》出版説明

白胤謙（一六〇五—一六七三），字子益，號東谷，陽城人。後人因避雍正帝諱，改胤謙爲允謙或孕謙。陽城白氏是一個詩書世家，以科第仕宦聞名，且皆言理學。白胤謙的伯父白所知，字廷謨，萬曆壬午（一五八二）解元，癸未（一五八三）進士，官至太子太保、工部尚書，著有《惺心録》、《語叢》。白所學，以明經司訓臨汾，遷知唐縣，著有《平水雜俎》。白所行，萬曆丁酉（一五九七）舉人，任肅寧知縣，調四川大寧知縣。其父白所藴，字廷徵，天啓年間貢生，爲工部尚書白所知從弟，授崞縣訓導，助人貧困，救人急難，孝友文章推重于時。明末名臣張慎言説：

『白司訓之居鄉，砥行礪節，真後進楷模。』著有《闇修録》、《北窗瑣言》、《履德遺稿》。從兄白胤昌，泰昌元年（一六二〇）恩貢，隱居以著作爲事，著有《蘇譚》、《容安齋詩文集》、《蓼解叢編》等。這樣的家族，爲白胤謙的理學研究和文學創作奠定了良好的基礎。白胤謙於明天啓七年（一六二七）中舉人，崇禎十六年（一六四三）中進士，選翰林院庶吉士。入清後授内秘書院檢討，歷侍讀學士，以忠誠受知於順治皇帝。順治十三年（一六五六）六月，擢升吏部侍郎，十二月轉左。順治十四年（一六五七）四月，升刑部尚書。順治皇帝親政之後，爲加强皇權，注重刑法，頒布《大清律》；但他懲奸除惡，慣用重典，常常不以法律而加重治罪。白胤謙獨認爲：『開國規模，宜崇宏大，務以寬平佐聖治。』所以他凡事都小心謹慎，無論在公堂或是在私宅，律令之書未嘗離手，大小案件都依法處置，不敢有絲毫失當。順治十六年（一六五九）九月，蘇松巡按王秉衡因貪贓罪被判處死刑，順治帝下旨將其妻子兒女入官爲奴。白胤謙認爲根據《大清律》，此罪不應涉及妻子兒女，於是同三法司官員共議，免除了其妻子兒女之罪。順治皇帝召白胤謙等官員廷對，厲聲詰問再三，白胤謙皆援引律例正色以對，堅持要依法裁處。此時，天威嚴重，廷臣被皇帝詰問者皆惶恐失措，不知所云，而白胤謙則從容不迫，據理侃侃而言，終於使順治帝不得不服從於法律。但順治帝年輕氣盛，下旨將白胤謙降三級調用，補太常少卿。白胤謙認真考訂祀典，議定雅樂，不以進退爲意。不久升通政使，他又爲冤民叩閽之事向皇帝力争，没有因爲前事之故而少爲退却。康熙皇帝登基之後，國家有許多大事要定奪，他多次奮顔抗議，必有利於國家人民而後已。康熙二年（一六六三），染微疾，便遽求致仕。康熙十二年（一六七三）卒，年六十九歲。白胤謙繼承家學，早年即以理學名家，爲清初大儒。晚年杜門謝客，以『歸庸』名齋，窮究理學，工夫愈深，涵養愈熟，深入性理奧秘之處，仍刻厲進修，不肯少懈。删朱子《近思録》和薛子《讀書録》，教育子弟及其鄉人。病危之時，召集子孫，問他們説：『誠敬、無心，二者孰是？』少間又說：『無心涉外道，當以誠敬爲主。』說完閉目而逝。在京師時，理學家魏象樞曾以師事之，持禮甚恭，過從甚密，白胤謙『必以學問正宗勖勉』。白胤謙致仕後，魏象樞亦家居，相隔兩千餘里，仍然『有便必教以學』；魏象樞凡有所問，白胤謙『手答不倦』，『仁人之言藹如』，『貽書訓誨備至』。魏象樞著《儒言録》、《嘉言録》，皆經白胤謙折衷疑似，手訂筆削。白胤謙的理學主張『求仁復性』、『存誠主敬』，其要旨在於『躬行實踐』。他曾作有《仁敬誠贊》，說：『每日隨事求仁，則此心常在。少有斷歇，即是自欺。但不敢自欺處，即敬，即誠，即仁，至于仁而事畢矣。』又作《復性贊》，說：『仁即性也，誠敬所以復其性也。』魏象樞説：『二贊字字透骨抉髓。其實首贊括盡。誠爲體，敬爲功夫，仁在其中矣。次贊「窮理篤行」四字尤要。蓋不窮理，則入于異端；不篤行，則流于色取。此又敬誠之切實下手處也。』又説：『觀先生之言，以考先生之生平，則皆不出乎此矣。』可見白胤謙的理學絕不同那些空談仁義的僞道學，而是名副其實的躬行實踐者。白胤謙著名的理學著作《學言》三卷，説：『無我之我，是謂真我；無知之知，是謂良知。』近人鄧之誠先生説：『《四庫提要》譏其「語涉惝恍」，而不知正其閲歷有得，足以免於亂世矣。』順治朝，滿洲貴族入主中原，滿漢畛域甚深，漢臣中追名逐利、鑽營結黨之流，皆不免被誅黜。白胤謙以『無我之我』的『真我』

境界立身於朝，以『清忠端亮，式和且平』的風範見稱於世，澹泊名利，不欺其志，能持祿保位，不牽涉黨禍，雖然居官無赫赫之聲，但後來也未被列入《貳臣傳》。魏象樞稱他爲『文清（薛瑄）以後一人』，陳廷敬也稱他爲『理學宗盟』，可見他的理學成就及其在清初的宗師地位。白胤謙又是著名的文學家，十四歲便開始作詩，少時所作不下數千百首，長益精進。一生好學不倦，以著書立言爲千古事，『海内之文人後學，莫不以北斗仰之』（方拱乾《歸庸齋詩文叙》）。白胤謙論詩，主張『神韵爲上而格調次之』。在康熙年間王士禛『神韵説』理論還没有形成之前，他就强調『神韵爲上』的觀點，於清初詩歌理論的探索，有開先河之功。

白胤謙與吴偉業、王鐸、宋琬等人相交游，繼承發揚了杜甫、白居易詩歌現實主義的創作風格，能够深刻地反映社會現實，以質樸無華而著稱。如《湖南紀行五百字》，寫出了湖南經兵燹之後，到處可見『村屋盡毁餘，蒿萊殖禽獸』的窮荒景象，表現了他對百姓困苦生活的同情和對太平美好生活的希冀。《役夫謡》寫京畿一帶人民的生活：『休言民力壯，民實備苦辛。有田被圈界，租税猶在身。荷鋤入圈莊，傭作辦歲緡。見充河堤卒，拾命赴洪津。』深刻揭露了清初滿洲貴族圈地給人民帶來的種種災難，令人不忍卒讀。他最後寫道：『老壯同可哀，願君廣皇仁。』希望當權者能够廣施仁德。在滿洲貴族對漢民族瘋狂鎮壓和蠻横圈地的順治初期，白胤謙作爲漢臣，敢於站出來寫詩爲民請命，其正義感和勇氣不能不讓人欽佩有加。《述亂》、《漁陽估客行》、《俸米嘆》、《冰車行》等紀實的詩篇，字裏行間都可以看到當時民間的疾苦。雖然從整體來看，他的作品於時政頌揚多而揭露少，但質幹精神，不失自然之態，與那些只講究詞藻華美而空洞無物的庸俗文章自有天壤之别。《四庫全書總目》説：『胤謙刻意講學，故所作直抒胸臆，不以文字求工也。』鄧之誠先生謂：『詩文雖無文采，而不失雅正。明季亂歷，清初掌故，皆資探討，是亦足以傳矣。』白胤謙的《東谷集》有清順治十八年（一六六一）鹿城李世治校刻本，其中詩二十卷，文八卷。康熙二年（一六六三）又有續刻詩二卷，續刻文四卷。康熙三年（一六六四）以後又刻《歸庸齋》詩四卷、文四卷。康熙九年（一六七〇）又刻《桑榆集》詩三卷，文三卷。康熙二年（一六六三）刻《學言》二卷，後又續刻一卷。康熙七年（一六六八）選輯自作詩文刻爲《念園存稿》四卷。今皆據原刻本標點，序言及跋語一仍其舊。另將碑傳文獻及《四庫全書總目提要》、吴偉業所撰《東谷集序》等輯爲附卷，以供讀者參閲。

編者　二〇一五年十月

東谷集總目

第一册

第三册

東谷集　總目

文

文

東谷集总目終

東谷集序跋

成克鞏序

東谷將歸，余往别於旅舍，手其詩若文，屬余爲序。余念東谷行矣，猶幸讀其詩文，如與其晨夕焉。方東谷之舉於鄉也，業已名滿天下。後十餘年而與余同籍同館，辱以不朽相砥礪，有作每以示余。丙戌典試順天，亮兒受知焉，則更以示余者轉示亮。計先後所得，沾沾以爲侈矣。及今讀全集，則又爽然自失也。詩自風雅以至三唐，文自西漢以至唐宋諸大家，體無所不備，而擬議變化悉歸自然。使人遊目其間，瞬息萬狀，如川之有海、材之有鄧林、百貨之有五都市。視向之口誦而心憶者，所得孰多？然窺其大槩，略有數變。當其翔步玉堂，則潤色鴻業，黼藻太平，其所有事也，故其言感遇而溫厚。洎其官司寇，掌邦禁，思帝廷明允之咨，守姬公敬慎之誡，故其言愷惻而明肅。其爲奉常也，則曰此后夔之所以和神人也；爲納言也，則又曰此龍之所以聖讒也。蓋不以左遷爲不得已，而以歷試爲艱且鉅，故其言多因事而納忠、循分而自刻責。且初年更寇難，一身瑣尾，驚心故園，有類乎羈人騷客之所爲。及其銜命望南嶽，祀孝陵，踄蒼梧之故墟，吊興亡之遺迹，則又悄乎以悲，有慷慨欷歔而不自已者。惟所歷不一境，是以言不一轍，時出之而日新，克積之而富有。今而後所謂不朽之業，東谷信乎其先鞭矣。廼東谷則猶有樂此而勿勸者，屢以病請於天子，今且奉温綸歸矣。旋里之日，文園之著書，其即爲枚生之《七發》可知也。且長公孝廉君日侍丹鉛之側，才甚高，將用著述世其家，不徒以貂蟬繼起爲箕裘重也已。余與東谷年相若而衰且病，夙昔砥礪，不敢自棄於君子，倘得賦《遂初》，相邂逅於太行王屋之間，則倡予和女尚有相視而笑者矣。書此話别，即序簡末，以應東谷之命。

順治十八年秋七月，大名年弟成克鞏題。

王崇簡序

東谷先生賜告歸陽城，瀕行以所著詩文授予序之。予幸附先生同籍，且爲同官者久，習見先生之詩取材於漢魏而效法少陵，文凝重處似班范、沖逸處似歐曾，覺較之君家香山門徑又爲一變，此予夙所窺見波瀾者如此。若夫涵匯淵渟、發舒洸洋，所謂源遠而流長，未有不本乎静者也。夫詩文之弊莫患於不静，神不静則囂，氣不静則浮，體不静則雜。雜則涇渭無别，囂則流派無紀，浮則泛濫而無所止。然非深於道者，蓋静不難言之矣。誠静矣，雖日涉於紛紜而不爲境所淆。如先生靖共匪懈，爲學士則直禁廬，爲少宰則司澄叙，爲大司寇則斷制於情法之得失，皆任大責重，日夕僕僕於糾纏馳騖之塲，未嘗見其一日静也。然予嘗步先生之後塵，每凌晨而興迢，退食則罷憊不可狀，抵暮急思就寢，以朝將復興也；雖强親書卷，而胸中擾擾求所爲静者不可得。乃先生之詩文，多得之政事之餘，黼黻鴻猷、鼓吹大雅而沉泓湛然，非深乎其道，何能於紛擾之中而不失其所爲静者如是哉！先生今休沐歸，宴逸門庭之内，徜徉山水之間，寒宵清晝，其静中所得益深矣。他日晤言，出所著以示予，不知其復當何如也？

順治辛丑初秋，禮部尚書宛平年弟王崇簡題。

李世洽跋

小子世洽，受讀東谷夫子之詩文，流連反復，浹旬而後竟業，殆猶嶁塿之仰塵於泰山、爝火之希光於日月、望洋之興嘆於海若也。夫子其高深矣乎！夫古今一代之詩文不數人，而爲大賢者之詩文尤不數人，豈其有異量哉！德業爲之藴奥，著述出其菁華，本之弗圖而登枝尋葉，雖家標一喙、户築一壇，鏤塵雕影、索智盡能以求工，猶有不至於工者，其所語學問未必真學問、所言性情未必真情性也。無怪乎寄東鄰之廡、啜西舍之醨耳。此詩文之弗逮于古，有識者恒抱江河難返之憂也。夫士生斯世，歌咏動乎意志，藻思拂乎雲烟，然有力窮若木之海、神疲罔象之珠，卒未獲遇于所宗者，豈閉門迷轍于斲輪、適越隨聲于吠雪與？顧安得型範當前而詔之、引之、繩削之墨也，亦無怪乎窺牖間之日、觀井中之天耳！此誦法詩文者之莫振于今，有志者又深懷宫墻外望之懼也。若吾夫子爲何如者？夫子體純備而貞澹静，孝友施于有家，忠愛矢以報國，其自朝廟館直、邸寓田里，以及奉使行役、遊覽周諮，所歷中間、出處亨屯、悲憂愉樂、晦明風雨之際，興會感觸，無不一於兹集焉發之。本乎天才，直寫胸臆，故詩於風雅騷賦以下迄于三唐，文于《左》、《國》、《史》、《漢》以下迄于韓歐諸大家，取材極博而匠心獨揮，超然特立于千仞之巔，望而知爲東谷先生之詩之文也。昔子瞻之序廬陵，大約謂六一之學原本多出于子輿、昌黎，然稱其爲文則云『非孟子之文，非韓愈之文，而爲歐陽子之文』。如夫子之高視物表，風骨遐標，勒大業于名山，其於廬陵豈有異焉者乎！夫子之詩文，以質前賢不愧于古，以教天下可式于今。小子何幸，親服膺之。誰謂古今人不相及哉！洽少無象似，詩古文辭罔所涉獵，偶因吏暇稍事研礲，十年以來徒嘅醯鷄，非大君子是則是傚，安能發吾覆也？行見夫子秉鈞贊化，表率人倫，鼓吹休明之治，丹黄制作之林，用揚一代之盛，小子其庶幾執簡以侍，或冀毋盭於步趨乎？則于夫子高且忘其高、深亦忘其深矣！爰壽諸梓，以誌必傳無疑也，敢勒之跋！

順治庚子孟陬，鹿城後學李世洽謹識於彭城水心堂中。

東谷集序跋終

東谷集詩卷一目録

四言

東谷集詩卷一目録終

東谷集詩卷一

清　白胤謙　著

四言

載雨八章

望歲也。

載雨祁祁，春日既熙，鳥鳴喈喈。

載雨瀸瀸，春日甫延，鳥鳴關關。

載雨復斷，春日未晏，鳥鳴于岸。

爰望我疇，萋萋者麥。萋萋瑟瑟，爰望膏澤。

匪惟澤之，曷朝夕之。匪朝伊夕之，又五十之。

皇降疾凶，憖此孑遺。既錫我麥，旋慳我稷。我麥凋只，我稷未播。未澍未霖，云何拯我？亦既澍矣，亦既霖矣。皇皇陴人，沃若驚矣。迺興迺舞，嘖嘖宵語，維民之所。淙淙屋霤，耕者曷慕？覃我良耜，以饁以助，以布以濩，以獻天子九賦。

載雨八章。三章章三句，二章章四句，一章八句，一章七句，一章六句。

巢鳩三章

傷離居也。

鳳鳴鄰木，念彼巢鳩。嗟我所居，亦在道周。往來三歲，身無定謀。

營我北田，中有兩丘。種樹憑岡，鑿井依溝。來遊鼓缶，以緩今憂。

岧嶤東嶺，右俯翔流。逝亭其陽，遠望一甌。丹崖之亭，聊樂我幽。

巢鳩三章章六句。

脊令三章

爲駕部闇君弟祺作也。祺以兄難殞于秦，代賦此詩。

脊令在隰，雉離于羅。傷予季，逮賊之罹，志死靡他。獨我由歸，念子滂沱。

脊令在阜，雉離于罦。傷予季，逮賊之暴，志死靡報。願言思子，中心是悼。

脊令在阪，雉離于罿。傷予季，逮賊之凶，志死靡從。願言思子，罔慰鞠恭。

脊令三章章七句。

題彝罏爲薛夫子壽

於煌彝器，爰象嵩室。翕吐芳馨，湛然純質。在唐韓公，起衰濟溺。巍巍泰斗，國子是式。有儼平格，繼軌河陽。士稟儀範，國毗丹梁。八表陽春，鏞鳴鑾光。吾師壽考，小子望洋。

續蓼莪十八章

續蓼莪思也，哀維永棄，代殉以言。

蓼蓼者莪，匪莪伊萱。哀哀父母，遐不萬年。鞠孤孔艱，孤殖也孱。

蓼蓼者莪，匪莪伊莠。哀哀父母，遐不眉壽。敉孤未久，孤省也後。

歲在甲戌，八月維閏。巖巖王析，倏而頽震。煌煌德星，自天有隕。何辜之積，罹此毒疢。

於懿顯考，秉德淵冲。浩浩汪汪，百常是宗。勤施式禮，寬樂令終。疾民曰令，終不軫覆惸。

昔我高魯，先民之烈。厥度無垠，仁及瓜瓞。有開司空，褒首帝闕，載韡其鄂。

温温我祖，不言以貌。負影佇立，考迺克孝。有融章甫，伯祖之教。

挾策晉陽，僕夫告痛。奥藉不讐，其容晏舒。非直也文，爲士之模。經明行修，入奏上都。

齊思愉思，匍匐爲善。師氏之選，尤歸人範。五月雁門，薄涉其浒。從浒之芹，不如澤莧。

考歸自崞，鬢髮已皤。説於農郊，以噱以哦。丱彼孫雛，亦解和歌。

既成我酒，爰樂我居。有壥有庾，有僮有車。有衾有襦，爰還讀我書。

誰曰黍稷，不及列珍？誰曰布衣，不及佩銀？太丘彭澤，曠世同

歆。雖曰美不勝書，厥崇惟一真。

在彼無惡，在此無射。庶幾夙夜，以永終譽。

有譽淵只，有譽山只。匪淵則山只，考也天只。

群生怖死，卓人達化。宜穆遺音，餙巾還駕。懆我同生，亦侍穿

下。胡墜其璋，而全其瓦？

蒼天蒼天，曷有極且？日月日月，行邁疾且。菟裘之北，考俶十

且。青維之軌，汔噢室且。

綿綿茲山，東望城郭。膴膴茲原，子孫是穫。石門鑿鑿，新松發

發，顯人之托。

不惟其托之，惟其永之。皇皇后土，祝言佑之。岸壑谷陵，誰能究之？越嗟茫茫，來者受之。父兮母兮，亶此室處兮。不地不天，涕泗如雨兮。人亦有言，誰無父母？有明之慺，哀告終古。

續蓼莪十八章。九章章八句，五章章六句，七章章七句，二章章四句。

揭兮四章

詠冰車也。

揭兮車兮，河冰皚皚。之子遊樂，不冠以蓋。

修修楊樹，彼橋之湄。昔何以茂，今何以摧？

彼遲者車，冥冥其塵。此捷者車，蕩蕩其行。

維河有冰，維海有凌。人争狎其坦，罔知其傾。

寧晋張孝廉母婦五人遇亂同殞于泮井爲賦泮井凡四章

泮之井，其水瀰瀰。彼君子女，厥德不毁。

泮之井，其水瀏瀏。彼君子女，樂與偕遊。

曰姑曰婦，既亟言邁。無耇無乳，蹈險不悔。

矯兮矯兮，亦孔之痗。彼君子女兮，施及四海。

喬松薛夫子尊人雙壽諸大夫爲圖壽之采圖中意作喬松凡五章

崔彼喬松，太行之陽。沃彼泉源，河流湯湯。

松兮喬兮，卿雲冒之。翳翳河干，瓜瓞𡢃之。
鳳凰于飛，其羽翐翐。君子偕老，荷時百福。
哲人在朝，令聞允昭。夙夜對揚，惠此譽髦。
醴酒既具，琴瑟孔敦。君子萬年，式穀爾子孫。

東谷集詩卷一終

東谷集詩卷二目録

樂府雜體

東谷集詩卷二目録終

东谷集诗卷二

清 白胤谦 著

樂府雜體

子夜歌二首

一

階草駐落英，暫得草爲葉。珍重靠東風，誰道不知著？

二

莫雨静沉沉，孤琴在竹林。無人感音物，冥理自遲尋？

養虎辭六首

一

騎馬老人心獨苦，自起張欄豢猛虎，空設弩罦卧靈鼓。虎自快吞啖，不肯回心入欄去。老人老人心獨苦，仔細隄防啖到汝。

二

君不見，秦舞陽，十三能殺人。只今徧地是此種，三十男兒争却走。

三

將軍不立營，關中三日歇。城上之人慎勿猜，助汝守城一臂力。

四

太平生兒恨不廣，離亂抱兒苦未長。惡兒啼聲入賊耳，甘委道傍啼令死。吁嗟哉！父母無徒惡兒爲，爾鄉之人實往告之。

五

君無呼我賊，既火君屋，斷君物與畜。不待三年富者貧，設身處地知其心。

六

報賊來，紅滿山。捆朱提，撤青錢。誰爲後者拾所棄。賊亦善戲，諢曰掃地。

秋胡行二首

一

虛名安足好，爲善心所怡。湯湯流水，本性知下。行正無憂，轉念則假。和光同塵，厥名智者。我作歌以著戒，爲善心所怡。

二

聖賢非一轍，難易隨所遭。李代桃殭，居則使爾明明。荷露周旋，不倚兒女之德，以倡奸宄。我作歌以著戒，難易隨所遭。

招隱山辭三首

一

天門兮中開，貝爲闕兮瓊臺。我騰而上兮風薄之雲，崔嵬兮徘徊。徘徊兮望子，結芙蓉兮芳芷。子不來兮予不往，日將暮兮期誰賞？

二

君心兮徬徨，闢四門兮周章。朝青蒲兮夕丹轂，載鶴書兮翱翔。外華兮中悴，虐我民兮工媚。世無兮介推，紛紛兮毛遂。嫉顔冉兮未芳，褒祝鮀兮獨粹。命孔方兮先驅，托蹇修兮麝至。

三

長路兮迢迢，思君兮不自聊。天昊兮九首，挾黎褕兮山幽。伺行客兮將噬，策予馬兮彳亍。拾貝錦兮曾波，折璚枝兮空谷。歲冉冉兮忽邁，女嬋媛兮焉匹？金臺兮不可以見，烟冥冥兮天北。

君子行

嗟！吾聞古君子，神龍變化，不求人知。試登高山望四海，烈風吹積霞，白日薄深池。亭亭孤松，蔦蘿尚爾糾纏。猛虎噬人，不避豪賢。高飛者鵠，安能顧燕雀之啾囑哉！我心如日，衆等浮雲。延望帝閽，遠如蔑聞。逝當離齷齪，上從周孔遊。人生萬事，莫不有時命，何用掩幞空咿嚘。

越臺高

越臺高高，下臨江涘。昔有佳人西施子，朝奉越王詔，夕入吴宫裏。吴既傾越，亦報身爲虜。君莫笑，君莫笑，身爲虜。當時早嫁苧蘿村，勤苦無過采葛侶。寄言世間女兒，昵昵喔喔一何醜，瞬息鴛鴦變黄土。越臺高，以巘嶭。子房報韓先被索，圯上老人空蹉跌。

土不同

水清無魚，多糞美田。張湯昌後，盜跖以年。周公大聖，二叔弗親。老氏守雌，世謂不仁。腐儒短見，焉辨是非？餔糟啜醨，則是可爲。

龜雖壽

陰陽相敚，以成晝夜。人壽易登，百年者寡。伯樂上天，駑驥一皁。昔之遠志，今稱小草。太上立德，次曰立功。留侯死耳，豈慕赤松？

漆室女操

朝亦倚柱吟，暮亦倚柱吟。仰視天高高在上，二曜不留行兮大風簸，塵民屋思傾。我聞不敢以聲兮，矯矯翔龍，獨婆以娑，雲往從之兮澤滂沱。身未有行，爲當奈何？噫！

雷之奮二首

一

雷塡塡兮撼幽垠，物衆極兮神憒盈，殘魃袪魈天下清。

二

雷磕磕兮霳下趾，物衆登兮神愉喜。闓威彌文天下理。

有鳳操

發丹穴兮覽阿閣之清暉，欲鳴不鳴心中悲。背負日月，足亂虹霓，吾安能與雁鶩爭飛乎？

鞠歌行

君不見，漢朝上大夫，起家黄頭郎。韓嫣乘車趨上林，道傍伏謁江都王。衛霍功名震竹帛，座間賓客皆輝光。錦裘駿馬過都市，往來意氣何飛揚！翹首望天門，虎豹當九關。莊生入朝論星事，生人死人反掌間。黃金可以役鬼物，向惜睚眦殺狄山。公卿碌碌畏繩墨，遑論貧賤等草菅。茫茫風雨，摧人心顔。致身鳳凰樓，未若棲巉巖。東方執戟縱滑稽，不如鹿門處士閒。鞠歌行，涕淚潺湲。

王昭君

娥眉真自誤，幽意托琵琶。玉骨無張主，白頭豈怨嗟？轂衫懸舊鏡，毳障閉清笳。不及于闐女，喧呼出採花。

遊俠行

長安大道臨青槐，金鞍少年射獵回。日暮高樓絲管發，玉顔如花爲君開。丈夫一擲須百萬，胡必問財所從來。但當擊鮮飲美酒，一勸燭龍三百杯。不見魯陽揮金戈，三足之鳥亦徘徊。

醉翁亭在釀泉上有老梅大如甕公手植物也各作一歌誌之并以懷公

一

山中兮蒼蒼，虛亭兮釀泉之央。怪石翔立兮或如偃傴，空山無人兮誰其主。

二

山有亭兮亭有梅，亭更興廢兮梅花歲開。餘鐵兮春霜，爲翁壽考兮不忘。

日重珥二章爲某贈

一

日重珥，暉載揚。有美令子，如珪如璋。以介爾觴，及爾孟子偕行。

二

日重珥，藹春暉。有美令子，賢且有儀。載欣載馳，錫之以錦衣。

喫酒兒

鳥聲也，故山多有。蘇門道中偶聞之，遂成三闋。

一

喫酒兒，細叮嚀，酒杯到手不須停。眼前有酒不盡醉，枉向醒時林下聽。

二

喫酒兒，喚路衢，酒旗招處盡情沽。客舍三更眠未穩，枝間啼鳥笑人愚。

三

喫酒兒，憶山園，白頭辛苦向誰論？直須乞放還山去，爛醉田家老瓦盆。

東谷集詩卷二終

東谷集詩卷三目録

五言古詩

東谷集詩卷三目録終

東谷集詩卷三

清 白胤謙 著

五言古詩

古意

海燕忽飛來，亂我梁間塵。雙飛復雙語，似講别離人。别離不在遠，情至難爲親？君當念蘭□，庶以及暮春。

高齋

高齋初聞蟬，雨過新凉生。吾心適無慮，□然□□□。蜉蝣自生息，螻蟻争堦行。因之感群動，朝暮徒營營。青蠅非不捷，薨薨亦何成？阿衡嚴一介，伏龍貴澹明。吾將全所好，兀然空世情。

夏日西莊及聖符塚上

多病畏幽獨，閒行來溪村。田家暑雨足，水流没岸根。課奴理渠石，鳥鳩争飛喧。菖蒲花白日，荒園品物繁。山樊吾弟宅，芳草雜新痕。徬徨依弟側，愛惜如其存。所悲不共遊，欲語聲復吞。兒女日長成，寧不返我門？牛羊群下來，淚落前山昏。

去偏甥齋中

亭虛識太古，客來茶熟時。四座凝空香，寶玉堆陸籬。豈無終日坐？樂與求羊期。

乙亥憂居野望

北山不可陟，傷哉岵與屺。山頂多悲風，側側吹窮子。周顧左而右，含悽失所以。山鴟與野狼，翻突徑前起。古道踏叢棘，高厓偭磈礧。宜植松萬株，艱難澗東水。隔阡力田者，揮鉏有作止。沈憂無根蔕，漶漫如何理？

墓田種松

去冬所種栢，纔活十四株。今春增種松，督灌無日虛。移根百里外，用意良崎嶇。執役賴衆傭，所慮土守疏。派別人數根，懸以殿最符。衆傭聞我至，搰搰氣何粗！杵土恨不牢，擠手摘其枯。諦視果壯觀，行列更清疏。春姿隱細細，柏色亦幽敷。蕭蕭槲櫟黄，葉葉凋故柎。雜槲櫟數之，遂得七十餘。終期周灌外，稍防及牧芻。他時青茸拔，剔齒勝虎鬚。拂拭嗅古香，詎曰材美需。先人竟在此，凡草歸剪除。願爲蒼茫林，不欲爲菑畬。斟酌空山久，愴然心鬱紆。

王世法自蘇門見訪

子之百門遊，百泉湧其金。方舟涉洄漪，流波濺子襟。太行故蜒蜿，至此如戟林。徤趾載奇懷，俯仰浩已深。我聞孫登嘯，鏗爾鳳鸞音。懸想此音斷，百門空至今。石上子瞻書，古苔亦既侵。續遊惠携我，倘慰泉石心。

敬承兄潄石亭

柴門俯寒澗，窗南一古壁。澗中考槃人，開田種桑麥。維時鶯未至，草香沙路白。具來逐令昆，儼然阡陌客。此境匪深緬，足可掃塵跡。披顔招遠風，因依憺將夕。悠悠隔城山，清暉落澗石。

丙子孟夏陪藐山師遊虎谷

林交露山木，兩峰夾護轉。綠峰溯澗出，縹緲石梁斷。豈期懸崖上，笻響達曲檻。烟來翕吐之，近色亦難辨。遥遥雲去村，活活水流蘚。幽幽石邊人，三兩行坐散。結搆何超絶？谷靈有殊感。迴立林亭望，毛髮絲絲善。山水理如畫，妙恒得人衍。奇懷私所予，自然投契簡。淵懿寫心魂，敢謂根器淺。譬昔學琴人，移情正非遠。

秋日

秋成有嘉務，所喜阡陌通。日西場事畢，庭色勝家中。薄粥果我腹，散步歌豳風。古無三后功，攫食將焉窮。

西莊

未明聞鳩啼，入枕夢難熟。朝雲散鱗紋，傍簷照清沐。圓溪逗門前，荒遠別塵躅。敗葎卧壁根，高筍化爲竹。我行雲海歸，曠浪類野鹿。入門百不宜，休夏課幽獨。深井托轆轤，引水灌樸樕。好風交美蔭，葉底果垂緑。敞篚夜窗開，采杞佐晨粥。何謝燕市中，長佩耀袨服。山泉無俗響，野英有幽馥。窮谷人亦佳，俯仰良不辱。

戊寅秋海慧院呈家伯兄長洲先生

薄遊跡每共，意各親水山。適返泊園騎，尋蹊過龍泉。精廬展新搆，曠朗怡心顔。乳竇就決渠，修廊如往還。其央已開池，翛翛遮檀欒。碧虹委奔瀨，勢注絶壑間。人憩石梁下，頭上鳴灣澴。

吁嗟淪鑿功，顧力誠未慳。延步俯空閣，灌莽蔥青參。秋鐘吐靈籟，風末隨潺湲。檐户粲且密，一一支撐闢。坐覺魚鳥新，英英雲芊眠。顧嘆區中物，孰者雲俱閒。寓目了群象，清寂非徒然。惠連忝同調，謝公寧獨賢。三復泊園疏，勝境良因緣。

仲夏閉門作

喈喈一何瑣，念在山中時。孤閣悄無人，惆悵青松枝。層闉滿昏霧，居諸競若遺。世語故雷同，寂寥誰復知？適聞泉石偶，將有北山移。不能生羽翼，畢棲甘見欺。

庚辰夏四月至五月小葺澹宕齋落成示兒鴻

我居隘已甚，喧喧婢僕愁。雖有先世廬，骨肉各分區。偃僂盆盎間，此身如贅疣。舍南數武地，頹垣覆敝篝。嘗恐風雨至，衽席弗克留。下第十年餘，新見白髮抽。誓持此臃腫，放置佳林丘。皇天久乾旱，家家懸粗耰。傭保日須食，命執土木酬。編籬支茅蓋，庶免魚鱉憂。日暮視我倉，逝若驚波流。原野竟未毛，暇爲終歲謀。夙昔齊名友，一一公與侯。不才將遂隱，自哂非巢由。生乏媚人骨，微罪時見求。世路阻行邁，衡門尚可游。小欄遮曲徑，故鎖苔竹幽。朝曦曝東户，帆閣宜清秋。嬾父與癡兒，不履亦科頭。相將讀我書，嗒然奚怨尤？

寄當塗令吴宣伯

近世文章士，生死在干禄。長安號人海，所遇亦碌碌。往聞閭中彦，温陵最名宿。本朝算科目，拔十恒五六。吴生年踰壯，修幹睅兩目。公車己卯冬，與我僦比屋。始來但聞聲，咿唔宵至旭。及乎接英論，竟日松風謖。屧雪打衡門，携卷催我讀。怡白與星鶴，燦然珠百斛。蕭寺夜静寒，共對倒醽醁。感時屢扼腕，欲效賈生哭。安知蠻海中，乃有此人躅。春風轉百卉，帝城柳新緑。君乘青雲翔，予但返初服。仗劍泣途窮，憔悴一槁□。年荒閭里盡，盗賊被山谷。死亡不相吊，甚者弱其□。哀哉五行秀，東縛充宰戮。荒城室室空，有田無人鬻。復聞江南浸，魚鱉翻坤軸。之子既民社，何以救沉陸。漢廷推循吏，斲雕以爲樸。蛟龍獲雲雨，早播蒼黔福。勿徒媚權要，顛倒隨所欲。雄襟狹萬里，何必殊風俗。予雖困偃蹇，在昔聆忠告。丈夫倘有樹，豈羨致身速。歲莫行旅稀，天寒野陰肅。綿綿我心憂，浩歌空山曲。矯首望京洛，遠遊會可續。君彈蒼梧琴，我擊易水筑。庶幾排閶闔，矢口瀉川瀑。九重顧之笑，資爾以啓沃。世乏經綸儒，緣餙豐年玉。寥寥竹帛虛，如君信可屬。年來終南徑，淆雜不勝録。逢迎誇迅足，受事仍觳觫。嗚呼太陽晝，炫織魑魅局。風塵暗壁壘，誰寬卿士辱？功名待俊杰，慷慨謝局促。豈恃鬚戟張，中自抱誠篤。介石本云厲，清流更堪浴。身家暫尅愛，太平漸當復。詎忘金門策，靦然藪群讟。古人重半面，車笠還追逐。求聲賤四海，邂逅一人足。晶晶丹陽湖，欲泛無舟軸。北窗今夜月，瀟灑落姑孰。

西畲雜詠六首

一

晨興之壟間，陽雲曜壟首。志士多苦心，未若佃作叟。耒土豈不勤？偶旅唱于喁。嗤嗤寧戚牛，商歌安足取？

二

驚節暄氣至，昂條漸可結。每生類旋螘，黑白漫轇轕。古人迹俱化，符契在周易。夷損固其理，營慮政奚益。

三

羲農不可作，大道夫如何？賓賓九六間，賢聖遞經過。變化窮神智，千載故非遐。微文刺神理，茫茫七十家。叢蓍有何靈，不如墻上莎。

四

曉從北山下，元氣泛波濤。二龍迮回首，孤蓋獨不朝。東南望菡萏，碧緑不可招。悠悠泉下人，千載伊逍遥。

五

好風過崇臺，原野何蕭楚？之子在遠方，緘情托烟霧。歲晏草木零，剖帶空延佇。微願獲竟中，揮手謝儔侣。

六

趙氏有好女，厥字曰飛燕。方其未入宫，失身依貧賤。三五明月光，含情整巾釧。願言待君子，褰裳惠相見。一朝傾國身，飛上昭陽殿。不及在家時，容光得人羡。

春日吴仲庸九苞成御六伯玉同過小齋

竹樹蔭衡茅，僻閴若村塢。春醪香入座，小韮青登俎。高霞示衆容，頽日薄叢莽。籬端嶺首見，飛鳥逐前侣。明舊聚顔稀，散帙横今古。群生信浮梗，觸事傷羈旅。修名詎易立，去日難重補。君看園中花，倉卒閲風雨。獨跋倚空尊，惆悵月東吐。

黄精

盤亭鐵盆嶂，梯閣淩青霞。山僧鐘磬罷，親斸黄金芽。松樵鑽軟火，石髓沃神洼。年饑充此物，脛足空麇麚。吾聞服食志，功不亞胡麻。靈苗濕三春，幽壑無匏瓜。何必餌紫芝，矧云烹丹砂！

擬古六首

一

庭中有奇樹，枝葉何暐曜。道德有沉晦，詩書安足好。身非南山松，顛髮忽已皓。不及盛年時，策名於樞要。

二

驅車人行巔，自昔稱險絶。羊腸九折坂，行者常蹩脚。自非江海人，抱足禁不躡。昂昂猛虎步，滅景于表啜。柳下果瑕疵，首陽何顬拙！蹉跎歲月心，謬比稷與契。

三

涉江采芙蓉，水深風波險。風波誠獨難，所思不可見。瑶光日夕移，良會杳難展。含睇無一言，泪下如流霰。

四

迴車駕言邁，言至自京國。躊躇天路遠，未即生羽翼。哀哉和氏心，三刖未遑息。小人矜自術，君子戒苟得。哀哉復哀哉！耕田難得食。

五

紅塵蔽天地，白日下大荒。原獸號其儔，林鳥低翱翔。行行遠征子，悲歌正悽惶。結髮事鉛槧，立志無馬楊。書成不見售，委棄公車傍。天子重騎射，責效在戎行。遂投手中硯，踔注從沙場。

一戰奏膚功，坐使天業昌。社稷托以安，太平垂無疆。

六

神都何壯麗！宮闕氣鬱盤。王侯多賜第，衢術相周連。崔嵬十重樓，窈窕上珠簾。樓上嬋媛女，娥娥白玉顏。婀婀芙蓉裳，煌煌翠羽冠。張燈續華月，釵釧雜笙絃。妖童騎寶馬，戲碎珊瑚鞭。靈鳳騰赤霄，北斗降雕欄。風流會易沫，愛促怨百年。梧桐生井中，鴛鴦飛上天。寄言輦轂子，有情誰得堅？

梅月

夜以月爲色，梅兼雪作香。寒姿迎素魄，同直佳人堂。情思積胸臆，光景滿衣裳。妙物不易賞，懷新焉得忘。

宿靈泉院

人説靈泉松，夜夜明月光。兹來非月夕，清風生微涼。上方一燈懸，衆象何荒唐！静坐無聽睹，時聞薝蔔香。

壬午秋試兒鴻謬挂副科寄謝劉明府

谷鶯望喬林，羽毛嗟未富。翩翩騏驥足，騰掀在天廐。陽陵盛才運，七子文若繡。青雲行結隊，半屬良聲臭。豚兒甫握槧，掞敷尚飣餖。會逢劉夫子，拍案誇奇構。雖慙下體遺，幾攘龍門袖。我懷神明宰，文采何清瀏！與其二三士，追惜不置咮。予長拙知遇，弱齡漫捷售。稔知有爲器，未許獵名驟。勗哉三秋力，黽勉滌瑕垢。庶傍故巢翔，因之慰薪槱。

閏十一月游張坦之門嶮山砦

縣南山絶奇，巑岏列仙掌。嘗恨烟火骨，蹉跌在塵鞅。雪陀經世人，獨抱箕潁想。尋山造其奥，結茅千仞上。以我爲漁父，誘入桃花港。所從盡豪異，各具屐一兩。鷄鳴發桑林，虎啼亂莽蒼。夾壁隘天光，亭午依微晃。蒙密升雲際，危磴纔通杖。數武凡紊息，僮御艱扶仗。峰巒勢更變，雲日相盤蕩。錯磨生空翠，倏忽名難彊。飛湍瀉幽壑，淙淙激哀響。層冰結水簾，琅然映鶴氅。對此披胸懷，智理紛觸長。無怪朝山人，一步一稽顙。咫尺天門豁，竦峭儼屏幌。王屋秀烟中，砥柱矗相向。苦竹洗寒翠，青草垂冬壤。乃達岩壑盡，犬聲出嵣嶙。山月已娟娟，徘徊照深廣。

天明躡峰頂，紅旭延清敞。石隙綴孤梯，如猱據兕象。半空河雒影，影影在滉瀁。仙仙屋數椽，位設何瀟爽。長嘯立青冥，下界空攀仰。松柏代烝薪，芝苓充餱饟。庶堅水石壽，永結無心賞。揮手謝煩喧，不獨干戈攘。幽棲賴志氣，願言荷崇奬。

呈薛行塢夫子

吾師太行秀，挺身大何滐。蓄洩爲文章，居然蓋代雄。讀書窮宛委，究道過崆峒。翺翔丹鳳林，吐氣成霓虹。小子昔闚覲，企踵承高風。丁年領鄉薦，羽翮愧未豐。偃蹇一紀餘，雲霄塗已窮。末闈撤秋棘，糠粃綴南宫。眇兹挈瓶技，頓令聲價崇。湫帚享多金，駑駘竊錦幪。生我與成我，姓殊名則同。遭逢亮非偶，灑泣知無從。析城距河陽，道里信宿通。誕育一山川，淵源萃此中。譬昔鄒魯間，大道開鴻濛。回參爲冕繹，尼父乃岱宗。古來推名相，寸草儲藥籠。桃李本忘言，胡以誦高崧？

詠古二首

一

尾生守堅約，介子執清矯。吁嗟行仁義，完身乃無效。不觀神龍化，喪跡在泥淖。殉名常服殃，徒爲達者誚。

二

昔有愚夸人，移山而逐晷。可憐有時具，浪擲向塵瀰。倦羽疾傷弓，疲鱗迅驚餌。孰懷隨氏寶，甘爲黃雀委。箕幽與潁涯，流風詎非偉。

避難山中奉懷薛夫子

陽春正二月，瀛洲集鴛鷺。九霄迴盼睞，光彩失寒素。烈哉王室禍，崩迫主恩負。風塵間函丈，寸心不可布。寂寥東海琴，匍匐邯鄲步。欲從王屋遊，冀博真仙顧。琳宮白鶴旋，瑶壇紫烟聚。杖策幾時逢，徬徨泣中路。雲生析城嵐，雨落河陽樹。黄鵠入青冥，空令弋者暮。

夢關聖帝恭述

維帝百世師，詎止萬夫特。沿途三示夢，護我返疆域。念帝至仁勇，一心讐漢賊。至今天日下，餘威惕鬼蜮。小臣履頽運，債未展蚕力。冠佩委塵灰，冒死蒙荆棘。螘命偶未傾，庶幾鑒悃愊。
赤眉禍將終，飲血瞻天北。

述亂

先皇御天宇，聖德靡不周。英謀乘未造，百職嗟未修。賊凶禍竟烈，率土載同仇。宫車不忍聽，社稷淪浮漚。鴟張竊實籙，逆毒播神州。三光黯失色，五嶽撑齊愁。萬乘東方來，自天降貔貅。一鼓克關甸，長驅抵燕幽。電掃欻雷崩，群孽載奄劉。八荒幸弛憤，九廟亦濯□。吊伐協天機，仁義匪兮矛。嗟晉越西鄙，實維衝賊喉。封豕又巢穴，曷遽釋兜鍪。跨河遂收嶠，不啻觸螘丘。元憝稽天誅，長瞻血泪流。

懷伯兄暨姪象顒

哲兄測幾先，輓近稱明保。翁矣足忘機，駒爾何其皎！縶維不及施，全家似鷗鳥。奇福非人授，清風爲世表。弟夙禀微訓，耳充性狂慓。去年出家門，四方已戎旐。阿婦牽裾留，昂首不一掉。功名恨晚達，患難悲集蓼。千金丐鄉鄰，箝逼存遺噍。賢庸兹焉判，空增知己悼。吞聲遠相向，半死棲荒窅。謬悔平生時，誘我攻詞藻。

懷張伯珩

每昔捷南宫，更進《子虚賦》。美人滿天涯，籍籍青雲附。里中少年俊，同心慰遲暮。我馳風波險，君還珍行露。欲函枯魚淚，灑就琅玕樹。沁水咽前溪，咫尺嗟難渡。

香臺寄楊少咸

香臺早雲齊，彌望盡赤坂。阿妻寄一身，無僕供晨晚。有男留城市，支户愁選愞。糾牽念汝曹，竊出離荒巘。三更踰虎穴，崎嶇足重趼。舊倉净已掃，新禾空若翦。骨肉悵烟飆，東西動超緬。跧匿畏罥羅，朋晤嗟未展。嬰禍多債負，悴容時靦覥。令妹洎城來，勤役胡繾綣。一面理難靳，踉蹌戴星返。我官太平末，素餐有遺憾。土苴忍即安，欃槍憤未斬。雖乏贍生謀，志已絶軒冕。長揖謝遐契，我心不可轉。山桂發幽叢，遺香濕書卷。

重寄少咸

國朝重詞林，文章比光曜。連城垂大作，詩篇故小道。下官素餐日，作詩有名號。才俊滿金閨，竊忝推老到。時衰世局變，社稷依寒燒。筍笈亂郫筒，紛紛不可較。狼狽走空山，乾坤一無告。叩缶發哀音，細若秋蛩噪。側聞閭閻中，萬事盡顛倒。舊時肺腑親，下石忽難料。惟君今古人，提携本同調。妻孥賴手援，矧蒙詞章好。區區塵沙跡，什襲煩墨妙。昏簷丹烏輝，欲并晨曦燿。何當對一壺，開卷資諧笑。知音杳難會，塞默懷憂悄。風烟嗟緬邈，回首重瞻眺。終然阮步兵，輸爾蘇門嘯。

題石漫詠

古人沉碑意，我今題石心。石樸字亦拙，剥蝕同嶔崟。枯桐木無絃，胡者爲知音。天風吹浩劫，蒼苔千歲深。

偶述

亡臣賤赤紱，寡女羞鉛粉。虗願生靡酬，固窮死相近。龍神倦霧雨，蟲性甘荼堇。去處究竟閒，庶幾辨真隱。

梵洞醮事

空谷妙音繁，清香散袈錫。投體叩靈文，慈容如可覿。念丁陽九厄，多生一瓦礫。聖德履微祚，臣罪固當殛。垂白倚山巔，凜然巢卵殈。寇讐尚逋駾，至尊塵未滌。一死不可希，詎幸脱鋒鏑。種孽埒須彌，冀沾甘露滴。烈哉諸志勇，千秋壯丹碧！荆棘亂悲魂，宵幽人鬼戚。慟慘鼎湖弓，哀惻山陽笛。嵌壁片燈青，涕泗群籟寂。

感遇五首

一

陰陽成四運，寒暑各有宜。古人每不幸，庸福詎可喻。不見魯國叟，車徒日栖栖。誰能受磨涅，袒裼不磷淄。所以接輿狂，輕歌勸已而。荒村靜無事，但見浮雲馳。含情不得告，感嘆傷心脾。

二

寒凌垂大壑，乃在西山陰。携策倚茅茨，遲迴梁父吟。綺黄豈不哲，皓首辭幽岑。卧龍力既盡，英雄泪盈襟。躍馬防險亥，鷄栖自一林。石泉滿不溢，吁嗟知我心！

三

客從燕京來，聞之泪沾臆。國仇仗大武，義舉正天室。雙闕矗龍翔，泰焰猶未熄。駝馬壓雲屯，畿輔已無賊。宿昔同袍彥，存者或禄秩。白屋一村黎，廢病傷心盡。爲書靡敢通，何以慰遐逖。

四

翠有羽自殃，木以不材壽。古之避世人，藏身混瑕垢。結繩匪不密，獨爲呑舟漏。沉溺於酒糟，厥謀亮非陋。

五

寧爲昏昏黝，毋爲皎皎白。知白而守黝，斯義豈無擇？摩頂果足希，吾甘從墨翟。

奉詔屢促出山作

讀書三十年，登朝僅踰月。大厦忽以傾，恨在執經列。不成第一官，徒用養閒拙。餘生若贅疣，寧冀死灰熱！新朝仗大義，聞者盡哽咽。政人惟舊因，斯舉誠度越。區區蓬藿姿，載見干旌孑。劍折光已沉，從此老岩穴。

乙酉除日

獻歲多玄陰，年光隨轉燭。蘇北冰未泮，沁汴會堪浴。鳳凰翔九烟，群鳥自征逐。客心望千里，衆人焉可告？人事有變化，天道信倚伏。休咎豈不烱？昏迷乃流俗。美人悵歲暮，行光隔修竹。玉琴爲君掩，反騷固當續。

東谷集詩卷三終

東谷集詩卷四目録

五言古詩

東谷集詩卷四目録終

東谷集詩卷四

清　白胤謙　著

五言古詩

録贈二首

一

至人秉玄異，出隨飛龍遊。垂身蒼玉佩，攬策尹神州。寶鼎流丹砂，幻作金銀樓。呼吸通紫微，不羡蓬萊丘。青青舊臺柏，下爲瑶草洲。靈鳳鳴高岡，群雛和啾啾。

二

扶桑生海中，日月出其上。柯葉無冬春，風霜豈能傍。夫子起東國，閲世類蓬閬。早符奮景勳，晚駕答時望。肅穆蒞天都，朱老嘉猷壯。茲來道法精，炯炯神相向。宧味每冲泊，羈情轉蕭曠。

誰云金馬游，不及沙鷗曠？酌醑對芳蓀，青雲滿几杖。終期松柏

齡，永與彭聃伉。

贈胡橘潭師

大易竟誰宗？群流久紛翳。吾師精悟後，注覽多玄契。龍門一迴

塵，萬物生榮麗。歲月掛帷深，寸心依愷悌。黄扉日清燕，噓吸

宜通帝。淵淵舟楫謀，千秋豈綿蕝。玉壘峙孤清，遠絶陰陽沴。

徬徨數仞墻，佇耳九皐淚。

壽王少司農母夫人

晨出燕京門，南望渤海城。朝霞映紫闕，冠蓋何彭彭！麻姑昔經

此，屢見滄桑更。至今朝宗路，不殊蓬與瀛。灼灼艷陽華，霜露綴其英。秉心劇貞苦，一朝變屯亨。黄鵠哺孤雛，大羽欻雲横。四海屬圖書，瘡痍悴經營。誓令方域安，卓哉忠孝并？庭梧復已茂，枝葉燦如瓊。回盼生光異，踵迹垂華纓。瑶池幸非遠，遊子無懸情。悠然北堂上，素髮含飴餳。

易水四首爲張庶常弘俊母孺人作

一

朝朝易水流，水流舟不騫。結髮事君子，婉如金玉温。本來宗伯秀，托侣名家璠。剡剡牽牛星，阨駕於短轅。

二

短轅路不極，風霜一何早。兒女稚且多，俛仰憂未保。懷中一明鏡，拂拭生光皎。貞心視白日，永歲獨杲杲。

三

杲杲景云邁，忽若雲間電。長虹跨碣石，光入神霄爛。妙小奮瓊林，英芬播清殿。寒蕙北堂下，晨暉啓積霰。

四

積霰啓有時，北堂嘆靡期。願言一巵酒，攬泪甘如飴。鳳昆復鸞季，森森君子遺。青雲宛當年，榮華耀庭幃。

孫二如太僕宜人貞烈詩

滹沱氣早寒，烈風吹圮墅。故井有貞魂，炯然向終古。堂堂太僕名，十年經險阻。羅襦雖滿室，不及舊時苧。哀哉澤滸人，朱顏那足覩。玉骨麗丹青，榮華棄如土。

病

我官二載餘，抱痾恒十九。微官易性命，未免爲升斗。無才躐通津，散冷稱易守。嘗畏歷次深，遷越形其醜。素廩冒高銜，夢魂彌愧忸。以此願歸田，引乞時在口。豈惟念老親，兼以蘇債負。稍獲謝憂慚，布衣即畎畝。揆端實愛才，縶維殊過厚。致令藜藿腸，糾結成積痞。經夕罷睡眠，神情復何有？劇恐隕霜露，不得遂丘首。何當叩閶闔，中懷許暫剖。平生七不堪，年來負心人。國恩浩無涯，敢惜捐蒲柳。鸞鳳滿丹霄，猿猱宜放藪。要以讓善能，亦因黜鈍朽。幽願儻竟申，羈愁幸勿狃。

寄贈藍明府

寥渺平生思，蕩漾浮海迹。鯨波萬餘里，逢萌不可作。孰返彭澤駕，早訂芝田約。東風吹釣艇，歲歲海花灼。仙郎驂紫鸞，挾笙嘯彤閣。太平重嘉遯，羡爾陰鳴鶴。

舉孫志喜

昔而曾大父，生吾四十五。吾今早二歲，而父肇誕汝。四世百齡中，冢男追步武。彷徨大造恩，眇吾當奢與。患難惠餘生，敢自傷羈旅。矧兹聞家慶，嗚咽不得語。曾母卧一床，纏綿應得愈。白髮笑顔新，扶持親抱乳。生男期長育，不必問聰魯。幼小務詩書，何如老農圃。故山雨雪稠，黄鸝滿郊墅。鹿車會可趨，麥飯撾里鼓。

題黄于石齋中

長安高士廬，門巷垂女蘿。客居疾塵擾，時向壺中過。主人每不值，藥床對婆娑。騎龍掇瑶草，嘯傲鳳城阿。回首嵩山岑，浮雲奈爾何！

夏日郊遊待薛夫子

平楚望不極，村墟交遠烟。桔槔鳴未已，田車亦闐闐。農務自有時，但慕居者賢。黄雀鬭草根，白鷺映空旋。群動理難齊，高卑各任天。浮雲出翠微，曖曖度長川。瑶琴不在兹，躑躅懷水仙。

城南祖將軍莊邀薛師并劉憲石前輩成青壇高念東李吉津三年丈遊飲三首

一

野清雲木秀，林蜩響深碧。炎虐驟以衰，開襟聊布席。人情慕儔侶，道契忘形役。昔時冠蓋場，處處刧灰積。徘徊桑麻陰，迥異陽春陌。層城遠悠悠，永企濠梁迹。

二

崇臺倚高柳，夏日多繁陰。場圃夾溪流，林氣朴且深。夫子在川上，勝侶相期尋。忘言非羨魚，薄酒自酌斟。濯纓有孺子，思效滄浪吟。

三

攜尊弄清渚，暫得塵外嬉。田家不相識，賓從自追隨。蒲荇被臯陸，芙蓉漾漣漪。日暮香風來，鷗鳥傍人飛。中林有蘿薜，可以懸我衣？寄謝故山客，采薇焉足希。

題龍泉舊讀書處

憶昔棲名山，日日賞空翠。山寒常晏起，聽泉夜不寐。兹來憩蘭若，雲蘿增我媿。無心天一君，期結千秋契。

海會上方園贈古泉上人

朝從金谷遊，夜宿祇園樹。秉燭聞暗泉，穿林犯香霧。賞妍聆妙法，觀空得真悟。桃李雜天花，零落不知數。

孔廟陪祀

古今賴素王，朝廷禮樂尊。鞠承視樽俎，折衝非空言。兩階具鐘鼓，羽籥何軒軒。起拜用昔儀，宏哉氣象存！儒威習脱劍，虎旅亦駿奔。誰云叔孫通，不可列孔門？

寄贈王渭橋廣文

維桑數前輩，公夙最知名。談天實檀場，四座傾豪英。一官苦蹭蹬，斯文久見程。高卧不一起，白頭娱筆畊。令嗣青雲士，奮策振家聲。遭時攀飛龍，利器辨國楨。沁濱有故廬，秋花綴錦屏。相思矢短詠，遥佐黄金觥。

長安秋日示方熙

少年慕經濟，氣酣激中腸。豈料堂搆思，迫此遲暮傷？疾風吹大陸，欲逝川無梁。空悲遠遊子，三年丘墓荒。嗟汝一孤雛，毛色類鳳凰。策名荷帝力，相依觀國光。禄微但糊口，樂事攻文章。氣質視養成，不徒懷昂藏。固窮徵學守，富貴邇禍殃。煌煌鷸冠子，何如帶索良？羶途即畏路，投足無康莊。舉動觸戈鋒，骨肉慮徬徨。所願汝昆弟，負耒安井疆。饑寒足天性，隱居壽宗祊。苦口乃良藥，亮哉慎勿忘。

代贈蕭治中

牂牁繫南紀，名賢實間興。嗟君萬里客，踵足利飛鵬。致身日月邊，敭歷讐爾能。結納遍四海，寸心有所憑。本來汗血駒，祖孫氣因仍。眉山一經後，義方宿見稱。草昧君臣際，父子限炎水。中原盛羽檄，數載情填膺。讀君《南陔》篇，真愛信友朋。側聞瘴海隅，鯨吹佇已澄。桑蓬古有訓，無徒慕歸轅。

東畢四世

吾愛畢四世，矯然獨鶴立。沈澹類楊子，奇亦與之敵。舉世服其才，難可得物色。以我爲桓譚，雀羅或見式。長安攫金地，行客夜不息。屏居數椽遠，嘔血病窘嗇。近日天勁寒，我厨欲斷粒。庶或念我饑，告以中所得。大道本龍蛇，人無金石質。有酒不共飲，何爲自徽纆？

又示熙兒

漢使窮河源，不見崑崙丘。天壤固無極，何用智力求。蔡澤騁雄辯，入關奪應侯。虞卿逖相位，著書甘窮愁。古人各行志，或若盾與矛。富貴寓傾覆，多才府愆尤。允哉無事福，久已爲君謀。

寄朱滄起先生

樓山杳何許，山上復有樓。仙人白玉顏，幅巾樓上頭。吐吸納天和，氣與青雲浮。招之不可見，遠夢依蓬丘。鷄犬隔人間，旌旗雲外愁。會騎葛陂杖，得傍葛洪遊。

己丑正月咨轉國子祭酒忽驟遷侍讀學士作

遭逢恨不早，苦爲患難嬰。聖賢夙仰止，茫茫愧友生。辟雍尊優地，自古右儒英。吾意懼顛仆，人妄擬許衡。庶以補愆尤，敢云志業行。國恩適望外，越次乃跻榮。講讀誠要席，學士非虚名。顧慙腹中笥，徒然懷過情。螻螘赴高槐，熠燿逐宵征。而我胡以然，受寵倏若驚。所喜頗清燕，日夕但杯傾。逍遥卧北窗，何異棲沈冥。

壽胡太史祖母

昔聞王安豐，始識嵇延祖。彷徨鶴出群，嘆未見若父。美哉木天彦！中朝推藻黼。豈知鍾祥地，受福自王母。恂恂陵川君，結綬效綵舞。玄髮坐高堂，銜杯淚如雨。彈指一花甲，孰果謂荼苦。種玉滿庭階，流芬映前古。

寧晋張孝廉母婦同殞于亂子既爲賦泮井載有此作寄訊張子

瓔陶挺嘉節，近傳孫夫人。貞志老彌堅，吊詩抒悲辛。不聞張孝廉，貞義萃一門。潾潾泮宫井，中有五烈魂。楊芬激頹俗，泮宫爲之尊。伊昔公車歲，孝廉識東坦。十年阻德音，栖棬遺痛存。學成期一出，榮光慰丘墦。

代呈總憲孫公

孫公昔被放，浮塵暗京東。相將兩龍劍，莫邪落水中。滄溟有時竭，天地再鴻濛。此物自光湛，其氣爲白虹。森森臺上栢，九夏鳴清風。白頭念行露，長此牽幽衷。

送張伯珩侍御按四川

丈夫不得志，妄云錐處囊。豈若遠行遊，萬里蛟龍翔。念子承嘉命，孑身事遐荒。桑蓬有習聞，不得久徬徨。驅馬入雲棧，道路險且長。鎮物無矯情，慷慨矢激揚。撫劍一遥睇，旌斿自成行。感子重然諾，骨肉賴扶將。艱難善自愛，綢繆結中腸。安能隨清塵，忽復過故鄉。

方澤陪祀

嚴蠲趨吉土，泰折屬明禋。萬育扶朱夏，群禎效廣輪。玄圭功絜赫，太簇奏方新。穆穆觀周禮，汾陰詎足臻。

金吏部尊人雙壽

黄雀啣白環，報德一何早！萬物有精感，亦以驗天道。瑯琊遯世翁，皓首事幽討。處情似衛玠，耻受外物擾。不釣亦不弋，忘機匪枯槁。鹿門自有匹，雙顔駐芳草。懿懿司封郎，膝前七騕褭。紫泥不加榮，福備心彌小。三復既醉篇，仁恕以爲寶。

贈張緑雪給事并柬劉魯一光禄

孤竹有君子，其風類伯夷。條陳數大事，直聲動瑣闈。君初列陛楯，建白奮髯威。本朝論忠讜，劉張名望齊。得罪各蒙譴，垂翅青雲逵。沉默豈不安？慷慨效所宜。丹原有榛莽，將帥尚戎衣。古王塞本原，鞀鼓垂芳徽。九重日願治，終當召彤墀。

圜丘陪祀

天上何所有？夾道生青松。泯然象緯闢，其氣如鴻濛。神光注閶闔，照耀白晝同。爟火達犛薌，鈞天曲屢終。袞裳儼罄折，森然禮樂宗。小臣虔序位，懍焉念春農。仁育庇烝黎，帝澤浩無窮。
東方遞恍豁，神飈颯以融。涵泳沐太和，樸嫩媿微躬。

遷居

遷居非得已，及兹建子月。短晷苦易邁，復乃簷户窄。小猫戀舊停，狂叫走數夕。物且懷其初，能不爲涕雪！長安素嚴寒，今冬嗟更劇。此地雖幽陰，依然侍郎宅。故山音信稀，兵甲恐未歇。有酒不思醉，短髮紛向白。連朝會戚故，頗念杖頭策。饑寒足天性，未暇顧煎迫。老稚幾時聚，天然樂窮嗇。黽勉待春華，開顏芳草碧。

黄鵠歌壽劉給事母

黄鵠多苦辛，孤棲啄雪霜。晝夜悲鳴思故雄，不能化爲雙鴛鴦。一解

雖不能化爲雙鴛鴦，每日銜冰哺子養成異翮豐文章。竟上天門扶紫虛，戞然引吭摇扶桑。二解

翩翩黄鵠，喜戲芝田。鴛鴦跼曲小禽，安能與之齊騫？三解

主人奏大吕、秩金筵，客擎玉觴拊哀絃，爲歌黄鵠祝千年。四解

得兒鴻書志喜有作

白馬如流星，致我伯禽箋。李太白子，名伯禽。開緘視好音，中得雙銅錢。置錢衣袂中，知是賢配傳。銅以喻同心，雙者表團圓。人生苦離别，不分愚與賢。獨鳳厲穹霄，何如淺沚鴛。嗟我萍梗軀，飄飖將五年。堂上白髮親，屬汝奉周旋。大小五男女，就汝餬粥饘。

浮塵動三晋，間隔長雲邊。太行邈千重，心悲行路難。中原有故人，力奮虎狼穿。聚面會可期，相迎避戈鋋。精誠亮有感，即次如林泉。

代壽劉給事母

春蘭不結實，先秋隕榛莽。松柏謝繁華，偏爲歲寒茂。穆穆青瑣客，幼齡遭不偶。羅囊不忍傷，銜恩安石手。心焉報所天，惠視逾瓊玖。常嘆朝中士，未見謝家婦。掖垣切九閽，鼎鐘屬户牖。永言崇令勳，介之以旨酒。清時良燕會，安歌日鼓缶。榮枯率貞脆，于焉表慈守。

送熙兒之任歸德判官二首

一

功名焉不重，爾仕豈誠才。居然判雄郡，國恩胡浩哉！年貌幾壯者，爾心則尚孩。不見窮經叟，青衫困鑿坯。轗軻惜汝父，與我同根荄。老醜雖苟存，玉折竟可哀！遺行在爾躬，慎勿崇虛詠。勿謂宋中易，康莊千里開。黄河天上落，駭浪日轟雷。風塵那可辨，策厲謝駑駘。攬淚送子行，使我心徘徊。

二

古云一法立，弊生不可止。從來捍患謀，或爲貪夫毁。罟井設國中，攘者逐爲美。亳州白龍廟，停革蓋因此。受命官一方，王澤賴張弛。廉静而敬慎，頗達詩書旨。乾坤屢蕩覆，黎庶窮膏髓。

折嶽豈細故，敢罔得情喜。人生各有志，父兄焉足恃。此官雖冗散，舉動叢視指。皃駒駕長道，流汗方兹始。

都門奉呈業師成夫子

故鄉頃遭變，披狂若蜂擁。幽人本貞吉，兵革未能恐。杖履來燕京，道風憪瞻聳。棲遲雙闕下，轍迹繼曾孔。憶昔皐比年，乾坤正垂拱。力帷苦不早，晚官侵散冗。良無砥柱才，虚然濫優寵。暮登碣石巔，白雲蔽修隴。空懷報恩珠，羞此髮種種。

贈王覺斯先生

先生老歲星，古貌蒼鬚髯。身自嵩高落平地，口吐黄河瀉水簾。雙臂如鐵柱，十指類鋒銛。文成五雜組，筆走千龍蚺。洪鐘雷鼓振空谷，電光驚礿摇虚櫓。知公非世人，妙道應飛潛。芝宫白玉陛，願且爲公淹。括囊先生苦多有，不如日會滑稽叟。

寄題賀氏函樓

我聞浮丘生，遺世巢雲煙。高居閲象緯，匪云求神仙。周情既緬渺，孔思亦沈綿。横襟隘八極，得契鴻濛前。以此送景光，榮好紛可捐。山川列修檻，憑風弄朱絃。曲終再三嘆，古調何人傳。

寄梁玉立太史三首

一

羈旅歲云晏，霜風晝颼颼。鑿冰偃道傍，馬鳴寒蕭條。蒙茸不温體，晚宿向王朝。感我同心友，鴻音惠鶬鶊。昔也共華館，今也獨鳴鑣。諷詠含中和，端居謝浮囂。綢繆托遠餉，情好珍久要。

汎汎滹沱水，望子每逍遥。塵鞅會可脱，晤言頓歸橈。

二

日月苦不息，僕夫嘆靡家。出處各有時，譬彼風摶沙。國初再朱紱，適子回燕車。蘭臺未浹歲，勞心重衣麻。東鄰有静女，絕麗洗鉛華。寶瑟閒陽春，老嫗行咨嗟。弟也泥中芹，子也天上霞。勉哉自寵珍，德音良不瑕。

三

近時雕龍彦，連篇競丹雘。徬徨正始音，真賞猶落落。恒山挺杰淑，老成寓綽約。閉門富清製，大雅儼已作。睠言還故棲，交義藹今昨。川陸限千里，雪峰紆林薄。登望欲有賦，我懷悵若涸。心口亮未諧，麗澤詎堪託。

題馮侍御盆梅

尺幹綴纖萼，春工如剪紙。本來冰雪心，傾傍霜臺裏。楊芬表貞素，争妍謝桃李。風塵閲歲華，髣髴餐霞子。

永城道中

驅車日焉歇，南行閲八荒。褰帷一恣眺，鬱然中慨慷。盛夏辭燕京，揮汗如白漿。數晨逾梁宋，木葉見微黄。川陸勢更變，雲物相迴翔。僕夫嗟行潦，艱苦亦屢嘗。隋堤柳色稀，草深没牛羊。聞見雖日新，所悲道里長。丈夫志四海，弘毅固所將。圖南喻彼鳥，安能困榆枋。

濠梁驛

漆園有遺躅，千秋此濠梁。魚樂不可知，江湖貴相忘。我來懷清風，對酒歌滄浪。仰瞻白雲飛，客興一何狂！感彼逍遥遊，居然隘八荒。

題醉翁亭

醉翁非醉酒，亦非山水間。頹然醉其心，木石相與閒。至今釀泉上，清風洗客顏。嗟予遠行役，浩蕩赴荆蠻。駐策憩古亭，盥手弄潺湲。願令車馬途，盡化琅邪山。朝朝醉不醒，萬里行來還。

祀陵恭紀

皇祖至神聖，先朝開天功。休烈被六合，道與堯舜同。靈爽壽鍾山，千秋播無窮。今王代天運，復讐表大公。齋心仰前範，祀典何昭融！小臣最愚眇，灑泣鼎湖中。成禮敢勿虔，垂鑒荷玄穹。

贈孫興公方伯

清秋指吴會，挂席大江東。涉江采白蘋，路逢莘野翁。博物小張華，觀鑒邁寵公。覺民是其任，拯溺開群蒙。我行訪衡岳，夫子即岱松。願惠指南車，萬里乘宗風。東隅恨不力，庶希桑榆功。

江寧留别上官侍御

異姓爲兄弟，十年共師門。我宿本鉛刀，君早絶塵奔。聰馬駐江干，風采振乾坤。我適奉簡書，齋祓勤芳蓀。相逢實希幸，下榻情彌敦。睠彼洞庭野，君昔駕輶軒。萬里適殊方，賴君悉寒暄。
臨岐勿下淚，古道重一言。

遊九華山

因尋南岳頂，來觀九華峰。峰峰上雲氣，一一青龍蓯。神飈日夜
吹，元化浮溟濛。長嘯呼謫仙，興入秋天空。紅塵日暄豗，瑶草
不易采。馳驅畏紫詔，棹自山陰改。歲暮行歸來，軒冕會忽解。
飯术禮金仙，逍遥卧雲海。

過彭澤懷陶公 有序

語云：『士身名不出鄉里，君子耻之。』其言非也。以今
論之，所謂『丈夫志在四方、樹勛萬里外』者。姑舍是，

若黄叔度、郭林宗輩，身雖不仕，而游歷四方；結納致聲譽勞矣；即梁伯鸞、管幼安之儔，亦皆矯然輕去其鄉，埋名而名愈彰。獨陶靖節嘗一仕彭澤，輒棄去，終其身柴桑處士，權貴不能屈，名賢不能援，豈非獨立不懼遯世無悶者乎！今過彭澤去潯陽方百里許，而靖節名擅千秋，則何以故？蓋靖節純學顔子者也。孔子曰：『惟我與爾有是夫！』孟子曰：『禹、稷、顔子，易地則皆然。』顧顔子之賢，必不因孔孟無是言而不稱；則靖節之爲靖節，亦必不因延之一謚明矣。名實既稱，即千駟不得與首陽争歲月，又豈得致疑於生地與遊迹之遠近耶？予幼讀書，即慕靖節之爲人；晚逐升斗，遂不克自立；以今逶遲周道，心爲形役，無簞瓢之樂，而有田園之思。仰止高風，實深疚悔，聊抒短詠，用述素懷云爾。

龍門古良史，足迹半天下。博覽爲文章，片語重函夏。不如三逕閒，遺榮樂耕稼。乞食道不辱，嗜酒情非詐。我采楚江蘺，何時返長駕？慨嘆平生期，高風少流亞。

使次武昌題寒溪寺

寺門多落葉，森森抱檀欒。客至聞溪聲，涓涓相與寒。入耳沁人心，宦情久已闌。草縈梯路滑，杖策步蹣跚。徐侯少而靜，意若無其官。親汲溪中水，爲我浣征鞍。寒溪即彼岸，萬古無風湍。

將心托此溪，胡勞歌路難。

黄鶴樓再簡莊玉驄王念蓼

黄鶴雖已飛，兹樓未槌碎。江山宛如昨，登臨復我輩。南行日云久，遊賞每不廢。使君雙龍劍，相值飛蓬内。洲邊有杜蘅，芬芳滿君佩。白雲吐江中，影與滄波匯。把袂御天風，冷然駕鶴背。

驅車

驅車大湖南，日日山水好。松篁夾路稠，宛宛鷓鴣鳥。飲酒卧帳中，朱顔空復老。不如持使節，騁覽炎荒道。南嶽群仙人，長生以爲寶。應憐萬里客，金丹慰枯槁。

東谷集詩卷四終

東谷集詩卷五目録

五言古詩

東谷集詩卷五目録終

東谷集詩卷五

清 白胤謙 著

五言古詩

湖南紀行五百字

我行洞庭野，言瞻視融岫。乾坤再混闢，慘澹干戈後。破艇渡清湘，四望無耕耨。村屋盡毁餘，蒿深殖禽獸。沙邊三閭廟，無人垂橘柚。山鬼護幽忠，髣髴存遺構。當時賊獻禍，刲劓遍老幼。頃詫湘艇人，拳臂缺其右。獨手抗一舟，悍勇亦難又。路長僕夫瘁，迫暮巾車逗。依然等七尺，胡令肩馳驟。念茲每戰戰，德凉懼顛仆。巴南驛罷最，處處懸空廄。卒三代馬六，甘心賤骨肉。啞笑畜翻貴，漫忝五行秀。南方土性濕，皇天復時漏。踉蹌日半百，但覓孤烟餓。枵腹曉侵星，腰斧行擔糗。自匪奉役徒，敢與豺虎鬪。力微仗藥餌，客有青囊副。隄防祛瘴蠱，未惜形骸瘦。憶在金閨内，朝朝手納袖。寵驕良自孽，辛劬分焉疚。幸歷天地寬，覩聞謝局陋。南土位正離，物采宜孔富。攬兹裔荒苦，稍悉民瘼透。聖圖樂廣大，入版號錯繡。木原戒土滿，遠近法殊守。横額自前代，更創冀謅宥。况以勤百粤，誅求到猿狖。萬里運大木，楚材詎即凑。曷恠綏懷地，飄忽長群寇。人文闢區化，剖格宜弘售。庶用獎奔踶，漸摩歸輻輳。長沙遷謫場，親朋一眉皺。褰帷逾軫星，訝過鴻毛箠。豈聞衣白客，乞隱烟霞舊。居然斗筲器，曠世典親遘。懷中尺一簡，至尊御幄授。七十二高峰，奇峻蟠窮宙。圖經第六柱，矻若撐雲竇。穹碑篆鳥跡，詰屈不可讀。
靈官都岳麓，伷閟棲仁壽。百王禮一致，虔穆承孚祐。三光益晶
輝，八埏息斥堠。修文詘亂萌，太平觀俎豆。憚縮旅瀠岑，初知
漢武謬。孤孱竭四牡，蹇蹇遑宵晝。方當詣酃永，嚴壇朝二后。
結束振歸策，玉階效奔奏。

懷歸古意

伊子恭帝命，汗漫事南巡。吴宫一以吊，楚蘭載可紉。雨暘有殊
候，乾坤浩無垠。披拂萬里風，蕩我胸中塵。半載阻家書，黜彼
兒女仁。湘南無片雪，有之駭今人。蒲葦邊塞色，青青向明春。
眷言隨陽鳥，歸期式爾遵。

炎陵恭祀詩

惟皇育萬古，民厥有恒性。耒耜遂至今，火食迄無病。後王崇本功，山川載休命。訟師永不作，齋愉告誠敬。

虞陵恭祀詩

欽哉好生聖，大孝百神格。樂善決江河，忘言齋木石。精禋罔不在，矧此九疑迹！獸舞率彼苗，終古壽遐漠。

放船

仲秋渡彭蠡，當面見匡廬。今晨浮桂水，簫鼓奏歸與。中流眺荆岳，嵯峨列清虛。一雪夜不覺，曉窗開畫圖。起檣眼忽青，得似山中居。南蕃逼炎海，自昔稱火宅。山花臘節開，葉間紅綴白。

殊方物色恠，觸見動蹙額。遠遊亮多憂，迴棹固其適。持節萬里外，問俗到蠻貊。率土乃吾徒，忠信道不易。沙暖鷗鷺亂，地僻雲竹積。撥樽倚舷謳，胸次應非窄。胡事室中兒，擇利較丈尺。

題陳泉山侍御止園

此山富泉石，下有幽人宮。耕稼百餘年，淳朴多古風。神魚昔奮翼，變化隨飛龍。乘雲噴彩霧，照耀江海東。玉樹産秋庭，萱草色愈濃。急流忽返棹，意若無三公。朝陽靄林薄，芳華絢春叢。適兹景晏温，躡屐尋山中。幽泉瀉屋下，妙與厨井通。清池澹氤氳，坐久情性空。危巒結紫翠，百丈臨崇墉。日斜群鳥喧，臺閣何玲瓏！携手各一笑，顔髮漸成翁。君起再霖雨，早還就山農。

我持一壺酒，來撫歲寒松。遭世復太平，何心貪天功？風光堪偃仰，浮名焉足訌？城闉若爲限，來往此心同。

擬古詩十九首

一

行行重行行，言涉萬里途。別離在今日，稚子挽我裾。□風氣鬱蒸，道路阻且迂。馬足爲不前，僕夫坐躊躇。温言向僕夫，勿爲嘆辛劬。我生異婦女，本來四海軀。莫戀故鄉好，他鄉樂有餘。隨時自珍愛，骨肉徒區區。

二

青青河畔草，水流濡其根。結交盡四方，何如弟與昆？天合有時忘，職彼中饋言。歃血重然諾，恩義那可論？椒蘭植道傍，荆棘滿中園。銖兩曾不識，懷愴淚將吞。

三

青青陵上柏，托根一何高！雨露雖易滋，風霜亦常饒。衆草緑廣隰，挺身陰秋毫。揚芬表貞幹，千歲永不凋。一朝自傾側，斧斤或見招。屬君且安寧，大厦倚雲霄。

四

今日良晏會，飲酒奏新聲。不如閭巷間，鼓腹自謳吟。習俗尚巧詐，不如拙與誠。入奉詩禮訓，出聞金石言。取友不擇賢，不如日杜門。

五

西北有高樓，上與青天通。日月麗層欄，明星結綺牕。中有一仙人，挾瑟凌飛虹。玉手發清商，餘響振宇中。一彈和風至，再彈甘露翔。三彈尚未停，從空下鳳凰。我欲傳此曲，因之獻天閶。引領浮雲端，千載永不忘。

六

涉江采芙蓉，悠悠江水長。采采芙蓉花，可以爲我裳。百卉何葳蕤，此物饒馨香。永懷望君子，皓首以相將。

七

明月皎夜光，熠熠衆星集。太微灼可見，河漢綴的皪。節序有推遷，物化靡止息。不觀玉衡運，玄冥誰能測。二五尚參差，要眇由致一。大道本神靈，回斡在胸臆。風火空中飛，倏忽不可得。傍徨夜將半，感嘆情曷極。

八

冉冉孤生竹，乃在泰山隅。蕩子一失所，徘徊竟安如？曠野來悲風，浮雲四躊躇。道逢魯國叟，贈我明月珠。置之懷袖中，出入以爲娛。太上貴立德，次者功言俱。我生與聖賢，本性了不殊。努力赴前修，歲月行不渝。願爲鴻鵠鳥，奮翅凌天衢。

九

庭中有奇樹，榮華一何繁！時節霜露至，零落歸本根。古人曠已遠，遺迹靡復存。嗟嗟揚子雲，鏤心事空言。

十

迢迢牽牛星，耿耿天漢津。織女遥相望，七夕始見嬪。何人爲此言？無乃嚴君平。古傳信失實，况欲崇虚名。吾聞景星狀，常以兆隆淳。七政豈不齊，克相在璣衡。願祝明聖主，舉動諧天心。萬國屢豐年，壽與天地并。

十一

迴車駕言邁，結束從遠征。沙場多悲風，颯颯動高旌。雷鼓震天下，順風揚我兵。甲仗耀縱横，殺氣何冥冥！我聞仁王師，制勝在先聲。窮武固當戒，忘戰常丁寧。

十二

東城高且長，下有萬人家。街衢一何密！不得迴交車。車中少年子，容光麗朝霞。結駟臨朱軒，十夜聞讙譁。張筵列鼎食，擊鼓吹笙竽。當軒置美酒，一飲數百觚。百觚亦不醉，梟呼競摴蒱。借問諸少年，毋乃太勞劬。人生豈不貴？各自有令圖。四方適無事，太平幸多娛。天子尚勤儉，何有於匹夫？緬惟古人言，爲樂信有涯。行行戒逸欲，毋爲智者嗤。

十三

驅車上東門，遥望江南路。行歷萬餘里，人情無異故。清者智以恭，濁者愚而彊。氣質雖以殊，變化固有方。旨哉考父銘，三命乃循墻。沐猴而衣冠，終爲禽獸行。

十四

去者日以疎，來者苦不多。憂樂每相尋，連結如風波。世間親愛物，轉盼成斧柯。馳騁極娛樂，不如獨嘯歌。努力惜盛年，勿爲怨蹉跎。

十五

生年不滿百，戚戚欲何求？厚生靡不豫，重爲千歲謀。高門羅甲第，連阡美田疇。荏苒苦心魂，朝露忽已遒。不見黃河隄，隤決於蟻丘。分陰故爲寶，選務在崇修。立命揆所安，孔顏庶同流。

十六

凜凜歲雲暮，值兹郊祀月。天地相交會，群生互根括。黄鐘希其聲，元化竊如髮。吾觀皇極書，深想至人哲。尋念焉可窮，寂寥潛自悦。

十七

孟冬寒氣至，北風鳴蕭瑟。瞻顧原野空，農事甫告畢。國税方已輸，我倉亦既實。何以展所歡？就彼簷際日。屋上舊養鷄，床頭新釀秫。妻孥相對面，終歲無遠出。城中富貴家，當筵長太息。享用靡不盈，惜哉非爾力！

十八

客從遠方來，遺我枯桐枝。桐枝亦何好？微物表所宜。就中含條理，樸斲動音徽。可以洽神鬼，良朋懿在斯。同道與同利，判若白與緇。以君爲規矩，寸心永不移。黄金等糞土，紈綺爲塵埃。黽勉善相愛，古道良可偕。

十九

明月何皎皎！清風生我林。攬衣步前除，仰睇雲中禽。之子在遠方，離思那可任！交義本非薄，一别間三春。亮君懷明德，異地情若親。君昔好芳草，采掇徒盈襟。馨香會可貽，燕婉慰同心。

寄示鴻敦

春陽倏易邁，入夏動旬日。夜夢我先父，長嘆變顔色。咄咄爾孫雛，胡爲倦誦習？長跪謝我父，兒悔羡禄秩。蠢愚宜失訓，聞言心内怵。閒暇在衾枕，浪浪泪沾溼。生男奉先祀，寧取自暇逸。
慈愛必有因，此夢豈易得。會謝齷齪場，及早返庭闈。作詩貽兩
孫，懍懍畏祖德。

秦山歌題清澗王侯卷

我本秦山客，不辨秦山路。何期隨鳳羽，群集球琳樹？邂逅吾家
太素公，朗然皓月出雲中。酒酣擊節論當世，爲言三晉生奇雄。
奇雄者何人，王侯黄門弟。剖符向邊城，五載蒙嘉惠。十萬貔貅
奏凱迴，陣雲高壓黄河隈。邊城婦子棄家走，箠撻官吏若罪纍。
侯一聞之掀髯笑，此輩駑駘真齷齪。丈夫堂堂綰朝命，欲令誰造
蒼生福。隻身赴轅門，抗手前致詞。上言邑小倉廩歉，下言民凋

芻糗稀。椎牛釃酒塹相邀，三軍德之如弦高。磨牙奮爪豈擇食？一旦約束嚴秋毫。農不懸犁女坐織，賴侯獨有排山力。君不見范公昔日在延州，胸中兵甲誰能測。九重特召借持籌，滿袖清風夾路騶。重聞保薦二千石，天子親將覆玉甌。自我移家濩澤久，忝與黄門稱石友。豐城龍劍早得霆，紫氣何勞照牛斗！吾宗之秀有蕊淵，騰驤妙得侯陶甄。只今扈聖金華席，向我時誦《甘棠》篇。卓哉王侯，少年儒而才！董賈復可見，管樂未足推。茫茫白草坪，花錦燦成堆，父老思之情徘徊。願乘長風理舟楫，指顧四海無氛埃。

劉闇然通政致仕歸作歌贈之

洪洞劉先生，貌古心亦古。去年謁金門，至尊自親覲。一朝特命列外藩，欣然告老歸田墅。自言：『臣壯日，西建牙，東持斧，區區筦轄之司，亦何足數。奈臣今已老，心長力短庸何補？』天子愛之不能强，主恩允放良得所。辭出都門駕蒲輪，還汝山間之池圃。山有池兮池有魚，酌流霞兮開素書。浣塵纓兮清泠，觀并蔕兮芙蕖。昔汝往兮驥子駒，今來歸兮鸞四雛。謝馳□兮富貴，終安息兮形軀。閒玩白雲隨卧起，朝朝飽飯歌唐虞。

都門贈沆仲

藹藹河邊柳，燦燦城上霞。久客倦行遊，棲遲慰同家。君才自昔麗，摛翰千人誇。良時暫結紬，慨此珠沉沙。肅肅黃鵠翔，萬里行非睬。躊躇倚閶闔，時物清且嘉。我年已知非，出處會有涯。欣言睠所親，宛宛蓬中麻。飛藿隨風轉，本根亮未遐。修途冀振厲，迍邅何當嗟！

贈蘇員外

寒雲垂北陸，宮觀鬱嶔崟。吾慕畫省郎，鳴佩有清音。國都望姑蘇，江海浩以深。惓焉念明發，菽水非母心。鳳皇千歲出，附翼無凡禽。黄髮期未老，君恩允所欽。感君臨門惠，報此稱觴吟。

奉陪金劉傅三相公直苑中散步即事

一雨署氣清，霽餘景物稠。秘院接宸居，臺榭何幽幽！嘉樹楫天長，深翠渾欲流。紅蕖正放花，遥香散芳洲。夾嶼蒹葭暗，衝波菱茨浮。時望川上雩，羨彼水中鷗。黄扉但清燕，忻陪稷契儔。

傾心聆妙唫，即境遂作遊。翺翔聖化中，恬澹復何求。

送沈繹堂備兵大梁并簡吴六益山人三首

一

休文病初已，車馬趨梁園。樹羽大河湄，長嘯臨中原。平生曠逸

懷，得隨雲鵠騫。何如擁一榻，呻嗶依金門。聖朝崇儒教，策厲

在名藩。雅才善爲政，要令古俗敦。遨游招隱士，洪川帶芳蓀。

從來夷門吏，豈負信陵恩。

二

龍媒生有種，靈鸑邈無匹。本來堅貞操，挻埴成英特。沈君玉堂

秀，優遊盛文墨。善病擬留侯，經緯不可測。一朝縮王命，揚旌大梁國。修鞅方未涯，莫忘臚傳日。迢迢慈闈念，九夏冰霜集。永踐忠孝言，黽勉報母德。

三

雲間有吴生，蹤跡類楚狂。飄然來清風，長揖坐我牀。歸遺詩一卷，宛似孟襄陽。怪而不復見，訪之沈君堂。沈君行在兹，携子將南翔。徒聞大雅音，側身懷務光。

俸米嘆

俸米出倉新，香瑩如鑿玉。興言自大君，初嘗必祭告。吾家耕薄田，腹腸只脱粟。老妻怪爽口，滋漫戒奴屬。吾聞古富國，陳紅歲相續。開發合有時，對此心若觸。哀彼東南寓，乾溢頻叢毒。雲帆一阻滯，氓吏同困辱。艱難實本謀，何以紓局促？無言坐素飽，絫嘆製此曲。

又題署中

法者天下平，持守貴不易。律令方已嚴，疑輕亦誠適。漢史頌無冤，張于聲籍籍。鞅斯務峻刻，終乃自尋螫。惟帝德好生，宣布實臣責。慎罰有常道，攸繫在國脉。凜凜寒冬草，欻冀陽春澤。

長安贈成伯玉李培元衛儲實

少年苦昏竅，負彼日月光。及兹筋力微，仕學兩茫茫。欣言舊所親，公交車群相將。各抱濟時策，欲令民物康。聖朝大羅網，所收在端良。智者思及時，愚者懷故鄉。故鄉多青山，欲歸尚傍徨。垂璧與屈乘，由來出冀方。努力遂嘉名，無使鬢色蒼。

奉使出賑啓行作

王郊方俶載，省助有時令。此行本孝慈，仁恩先百姓。微臣奉簡書，敷宣敢忘敬。所憂待澤者，嗷嗷衆難竟。從來博施事，堯舜稱猶病。民隱豈不深，九重已如鏡。雄雉鳴桑間，雨餘麥苗盛。田畯至而喜，曰惟農夫慶。三詠泂酌詩，流風古今映。

乘傳所經令僕夫自辦米蔬餘悉禁罷作此示警

單車赴長道，櫛雨逐晨興。山川何漭泱，四望塡悲膺。傍徨撫凋瘵，簡書畏弗勝。臨餐感腹枵，布席念樞繩。鼓吹導旌旓，榮觀夙所懲。亭吏報中火，揮手心煩憎。田家嗟半菽，奴隸快聚蠅。蓐食憩樹下，孰謂不可能？槖中自有錢，何水不如澠。

役夫謠

寧爲畿縣薪，莫爲畿縣民。薪因畿縣貴，民因畿縣貧。我皇重加惠，特遣來賑巡。始報廿餘萬，躊躇恐難均。檄令汰浮冒，沾溉使得真。既歷豈忍觀，扶携填街闉。疲癃給未周，役夫前啓脣。休言民力壯，民實備苦辛。有田被圈界，租稅猶在身。荷鉏入圈莊，傭作辦歲緡。見充河堤卒，捨命赴洪津。收逃令轉密，他鄉難容蹲。老壯同可哀，願君廣皇仁。

覊州贈郝君萬司農

往時郝司農，美髯長過臍。威然望若神，吐氣成虹霓。自從有令子，接致青雲梯。一官父子代，乞身還故栖。休馬就君家，覇州北門西。驚見蹩躠叟，几仗相扶携。詑予亦半白，屈指三年睽。飯我園中蔬，欷歔念烝黎。蹔馬賑貸使，内帑寧多齎。朝朝荒草中，厚顔對旄倪。國恩尚欲報，暮齒增顛迷。行山有敝廬，息痾冀君齊。

初夏畿南贈朱兵憲

畿南地殘苦，所喜多賢吏。益津程大夫，少年最醇摯。昨見郝司農，首道操持粹。方城老成吏，久已名善治。律已一不苟，觸事徵學邃。平戎僅彈丸，何當千里驥。反復絶糧吟，欽爾堅貞志。

聖朝重法廉，嚴誡申有位。夢魂每惕息，孰敢蹈渝戲？兹路頃改觀，紆綬絶非類。氓庶賴小康，允惟天子賜。朱公鎬京彦，峻朗稱拔萃。馭吏果有方，流澤無終匱。平生慕循行，歷國還停轡。瀕分贈此篇，惓惓慰勞瘁。

徒步偶成

四月氣向熱，早行猶帶寒。恐致雨澤隔，沙田劇苦乾。日高車幕開，遠疇青可觀。北土少荆棘，衢路坦且寬。野草無專名，花葉貌芳蘭。微風牽我裾，徒步足盤桓。顧見數窮老，還家頌聲歡。殊勝法庭中，觸目多哀酸。

炸軍

炸軍非是軍，坐食炸軍田。年年關滂糧，長揖見縣官。我行昌平道，聞此殊駭然。匠作除戎器，請用水衡錢。誰爲設此輩，名號恠人傳。

漁陽

嘗聞治大國，其道如烹鮮。膏火一失理，糜爛無復全。古來漁陽戍，閭左竟騷然。山川莽經始，王基億萬年。側聞蘇門吏，煩促愁倒懸。邊事幸安寧，終期省遊畋。

雜詩五首

一

載命軫窮獨，邦畿將一周。屢有期耋人，携杖尚來求。豈不困餒寒，精氣能久留。或者謀慮稀，大似醉鄉侯。北山尚近邊，樂彼林谷幽。人甘谷中水，結爲癭與瘤。欲贈汝曹言，汝曹肯信不？徤老術同仙，狀貌何足羞。我亦贅疣叟，五十先白頭。

二

夙交南中士，沈生最英流。守約無干營，匪獨文事優。作人不外餙，坦衷而直喉。我方悦其真，物乃爲之讐。曾母豈不哲？三至杼亦投。鳳翎終未鎩，公冶在羈囚。

三

乾坤待人理，利害罔常極。不由豈弟心，安敢論才識！宿聞寶坻田，始仗袁公力。茫茫海上泥，到今秔稻出。財成見本原，其道一南北。輝映百年間，斯人難可得。祠殘碑亦昏，經拜動悽惻。事久畏相忘，編咏彰遺則。袁公黃爲寶坻創興水利。

四

平生張司馬，小心膺主眷。湛然清静理，流聲滿芳甸。風塵息道周，驛使傳虚唁。何事拂沖襟？激昂幾伏劍。赳赳鐵衣内，端仗南金鍊。終期動忍力，永慰當寧念。

五

正人重立身，至寶惟不貪。致主與澤民，造化實可參。堂堂汲長孺，千秋歸偉男。犯顏用戇直，矯詔如不諳。忤時一何愚？孤行志所甘。公孫巾幗流，雖工庸足談。

過昌黎謁韓文公祠

碣石當海隅，下有昔賢祠。棟宇藹雲光，階蘚幸未滋。斯文鄒魯後，斯人實續之。蕩闢障狂瀾，功足并禹乖。焉知乾坤秀，鐘蓄乃在兹。我來肅灑掃，瞻顧發嘆咨。微言尚不隔，千載有餘師。

跛鴨

跛鴨初來時，伏地但盤跚。如蜎復如蝙，數踊還傾躓。伸喙泥滿胸，翅拆傍露膝。我時動哀憫，命奴勤洗剔。飲之以清泉，飼之以玉粒。編荆護作籬，揉草藉爲席。周防歷歲時，生態欣有覿。行步得枝梧，湛然文章色。皇天本仁愛，將助固吾職。一物未蒙休，椎納恥寧釋。我家忌暴殄，睠此猶親暱。蠢微亦胡關，此意欲皆得。狐狸漫爾驚，聊使天年畢。

桑笈雲觀察素孱别多年矣今春至自廣西其孱如舊顧幸無餘恙叩之曰唯節嗜而已又□樂桂林山水不已故足賢也且聞代笈雲者畢四世體孱而品賢亦如笈雲能安桂林者噫嘻何吾鄉多固窮君子與因作此篇以贈

人言長桑君，辟穀術通玄。置之西桂林，入火不能然。欣然方一見，舉體輕若煙。乃知貞固性，不受疵癘纏。紛華衆所移，恬淡洵多全。世無畢士安，誰哉繼其跰。未應平水畔，獨傳姑射仙。

雜感二首

一

叔孫起東海，不聽魯兩生。歸漢定禮樂，拜嚼豈不榮？榮遇焉足希，道學亦頗行。罠罠束薪翁，被褐懷至精。藜羹尚不厭，抱素誰能徵。

二

鳥巢高樹顛，養子聲啞啞。人生一世間，願欲浩無涯。陋哉子叔疑！仕宦計誠賒。天道詎可測？變化恒參差。愚拙古所珍，聰明或禍家。謝庭既有樹，何事須其佳。淵明五男兒，咄咄行咨嗟。三復少陵作，懷抱良足嘉。

東谷集詩卷五終

東谷集詩卷六目録

七言古詩

東谷集詩卷六目録終

東谷集詩卷六

清　白胤謙　著

七言古詩

雜詩

籠中鸚鵡駡春風，繡幙圍香琥珀紅。白晝沉沉海水緑，睡足闌干十二曲。垂楊掃地春愁旋，落花寂寂無人見。多情畢竟借春風，簾衣斜捲花飛面。

聽楊少咸話珏山

珏之山高何壘壘！青蓮落在招提址。光借子眼聲子口，幻出真形立我耳。石亂杉寒路復幽，夢夳白雲卧丹水。

老僧

老僧問臘住山深，不爲别山損道心。我以雜華叩其音，夜半霜鐘動古琴。盤亭雲蒙舊巢處，可惜猿聲與緑樹。瘦峰飛來不飛去，世隔天梯雨雲路。我欲從師還山烟，師笑點頭心不然。深山淺山不見山，乃知戀山初機禪。

早穀行

炎天六月槐花開，黄蜂匝樹如鳴雷。樹傍老人坐太息，來歲麥收可得食。今年麥絶夏無雨，衆穀罕有苗在土。南村北社盡插血，此事老夫聞咋舌。盜賊軍興那可數，憶昔支持尚安堵。疫牛十百入庖厨，赤地誰今感象鳥。南山有物號爲礦，不用粗黎换白鋌。有肉可糜糟可醉，豈知一價舊三倍。帶劍街頭紈袴兒，粟死金生真可爲。粟斷會令金已矣，虛傳紈袴不餓死。不見陽之西北接沁水，有田無主漫葛藟。

中秋夜集廟樓放歌

鬱鬱廟中柏，上結三層樓。桂輪豈長滿，幸復臨中秋。我時見月攜客至，剥瓜釃酒雲之頭。但見澄空寥遠數星白，千鬟霧列青蒼流。二十年間逢此節，醉筵屢折珊瑚鈎。卓犖荒唐庚午後，崎嶇飽歷風霜愁。低頭濤醴强數合，對人不敢開其喉。城臺歌吹倚風發，太清相望空百尺。今時此地主耶賓？弄影闌干郎可擲。美影渾如霜，空霜清我骨。莫言漆與膠，視此杯中月。

臘日飯僧作

上章執徐歲無年，三百晝夜參井乾。官倉私廩各懸磬，米直何讓珠爲餐。荒原燒絶人相食，頃來城市亦蕭瑟。城邊白骨撑若林，野老吞聲哭不得。我家手足指向千，僅充藜藿奔走艱。纓冠匍匐嘆稀力，獨伴山僧習掩關。玄冬夜半寒觱栗，寂寂茅堂虛四壁。昏早脱粟但數盂，施食依稀餓鬼泣。不能救生空度死，此理荒唐中愧耻。上帝惻怛詎後吾，降割分明定有以。髣髴却憶神祖時，吾鄉元氣存未漓。尚書常膳徒素粥，燕居恒襲木棉衣。何者淫夸初作俑，繡紈珍錯家家有。江南百貨肯遠來，吁嗟此風亦已久！富貴生成厥有繇，紛紛奴僕且效尤。宣驕嬰禍一何慘！殺氣如濤駴未收。調御丈夫本慈聖，按指抵眉依我磬。忍見此曹盡鏖戮，終然人面爲梟獍。真宰幡然肯惠寧，數晨雨雪胡冥冥！勁寒枯拆螟蝗子，光漾流澌覆隴青。於皇來牟曷遽熟，厥明將受孔躑躅。庶幾再覩昇平秋，稌黍相戒慎止足。

集成冀雲少府月莊歌以贈之

君家月墅富修竹，瑟瑟空山翠濤撲。短垣雜花累百梢，乘興不待紅成簇。雜花著梢蕋零亂，密竹穿階拄檐幔。青絲挈壺紅罽席，客醉浩歌白石爛。白石爛，泉濺衣，泉邊磨鋏光欲飛。風吹柳條黄依依，陌上斜陽且未歸。君不見，雒陽花，芳菲天下少。前月干戈迸血腥，殺雲黤慘連荒草。舊遊之地勿嘆嗟，但啓柴門花不掃。

聞河南亂後寄沈丘武令

今晨有鳥鳴我廬，三喚不轉聲嗚嗚。我卧不寧起躊躇，傳有客來自遠塗。遊歷數州灾祲俱，死人如丘積路隅。湯陰磁州繁賊徒，公擄太守刦尚書。我友王生南邳徂，越人夜驚幾釜魚。况復吾鄉荒古無，朝夕不保憂妻孥。沈丘武宰器璠璵，去年獻策同在都。君憤出處久崎嶇，欲得百里沾華膴。身騎兩舄懷竹符，飄然渡河東南趨。彈丸小邑猶善區，君卧治之良有餘。邇聞中原慘不舒，黄沙晝晦森萑苻。睢陽城陷人民屠，汴京三月圍喧呼。中丞長嘆空援枹，君與中丞識當初。何不决臆追騊駼？職爲萬姓起痌瘝。勿令此輩貸誅鋤。君夙善病珍金軀，但展才力休言劬。九重日夜搜明珠，薦剡百道塡公車。沈丘沈丘愼勿疏，時來莫羨陳尚書。

庚辰年作。

夏日贈祉上人

嘗思榼山千尺松，殿前斗大樓居字。赤日長濤吼萬虬，乘風欲去無雙翅。上人昔日棲山樊，身與青松共一魂。至今瘦骨如猿鶴，坐卧白雲爲鎖門。

并州中秋歌寄兒方鴻

巍巍虒祈宮，曲曲盤陀道。莽莽白圭野，狐狸晝鳴嘯。川陸何超緬！寸心故迴繚。寸心日夜秋風知，將心忽向并州吹。并州月大桂華滿，夜半寒香飄汝衣。碧空萬里浮雲盡，眼見四海同光輝。

汝莫作，兒女容，又莫作，童稚嬉。汝今初露頴，須諳從古人世有別離。西濯崑崙源，東攀扶桑枝。揮鞭跨紫龍，足下青雲垂。無爲嘿嘿辛苦嘆路岐。并州歌，歌我思，寄來恰值中秋期。顛到沉吟愧汝父，少壯蹉跎老大悲。男兒生逢堯舜主，荆棘蛇龍待驅馳。古人運甓志有在，墮淚翻憎髀肉滋。請纓擊楫堪自許，廡下梁鴻汝莫爲。

觀書

食味寧必甘？樂歌寧必弦？堅白雖足好，悦理無遍妍。曾聞步兵慎，兼知曼倩廉。半酣坐獨笑，玩美瓊瑶篇。清風吹南牖，群鵲啅後簷。東光至日没，明晦非一瞻。啄蟲簌木木所爲，燈花粲人燈不知，誰上崑崙采五芝？我心亭亭如昧幾，心兮心兮將安依。

讀沈貞母傳

兒爲雲中龍，母似潭中水。雲龍一日飛上天，潭水千年不見底。水是貞母心，又是孝子淚。龍飛噴雨滿天下，蓄澤誰言不自地。吁嗟沈子勿復悲，仗劍從王今日事。

愛女行

有鶴折脛行類鳧，雌雄隔林鳴相呼。前有鵂鶹後訓狐，低回不克將其雛。骨肉各在天一隅，愛女新嫁如明珠。少壻名臣尚書後，復有阿姨爲其姑。麻樓山高不可上，有水艱難傾到厨。此女望母日啼哭，山高天寒缺衣襦。重啼怨母淚欲枯，日暮山頭行坐盱。

望母怨母不得見，父別隔年音信無。豈知汝父歸已久，欲遣相迎無馬駒。鼓聲塞耳箭滿眼，苦怨汝母胡爲乎？吁嗟哉！鼓聲塞耳箭滿眼，苦怨汝母胡爲乎？

行路難

有脛不能馳萬里，曾向天邊數白榆。有臂不能挽一石，玉皇案角持青鏤。珠盤瓊鱠送蓬池，画中樓闕光參差。鈞天未終漏水緩，官使頻催禁柳詩。窮山猿鳥往來路，今日騎驢亦徒步。大陸風吹溟渤乾，魚龍夜泣空桑樹。麗譙夾市何人居？鹿場兔宇卜我廬。憶昔關門卧白晝，常嫌野馬動交疏。瘦妻未習山中苦，題着艱難淚似雨。大男土顔見父稀，小男索果啼向母。夜夜厓間豹子號，氍毹不煖霜天高。皂帽新裁翠蓋折，獨耿少微看斗杓。願使秋風變和東扇西，媧皇再出正二儀。日華五色土流脂，戰馬爲牛士歸畝，天下人家無別離。

得兒鴻鄉舉報口占

昔我慈母之庭除，一禾雙穗生盆隅。其年壬午兒試初，幾舉不舉落賢書。嗣吾雖忝登石渠，適丁國難飽艱虞。喪家携口投樵漁，至今七尺常次且。或言禾瑞乃孝徵，我時退謝不敢聞。我慈奉佛戒至精，天降此物疑表靈。今皇雪耻重布恩，兒亦幸竊附時乘。學力疏薄匪爾能，人言慈瑞今及孫。於嗟祖德寵若驚，念無尺寸報朝廷。罪孽曁敢希榮名，蠢爾小子匿且深，蠢爾小子匿且深。

但乞一朝早歸慈左右，祝禾有靈錫慈壽。

衛部孫侍御聞石吏部京邸壽母歌以贈之

有鳥名長離，言自中條山。凌虛挾二子，遊戲青雲端。朝飲麻姑泉，暮食玄女芝。并羽映朝日，偕鳴中咸池。一從振刷來天上，紫閣瓊臺鬱相向。風雨争隨白簡文，楩柟直付明堂匠。君家花樹樸酒香，伯仲柱史天官郎。維君子母美孟姜，左佩華綬右玉章。君不見，金門跼蹐者誰子？垂白望歸愁齧指。欲往將之缺輪轙，嗟君孝友誠亦稀。姬召同生播嘉祉，車馬傾朝獻壽來，拒而不納羞塵埃。未勝膝前雙燕侍，一獻一樂心悠哉！何以獻之玉壺冰？又何獻之朱絲繩？冰清繩直堅且純，二子志業如母心。噫吁！孰不歆二子，志業如母心，千秋萬歲永令名。

鵲橋行和胡孝緒分得叢開淚繫心韻

石渠天禄承明東，七月七日生微風。寶書掩映瑶光色，彩仗參連白露叢。咫尺雲漢光景來，虹霓繚綟飛梁開。乾坤低昂風雨落，群靈容與森徘徊。浮槎上天匪神異，掌裡分明墮錦字。驂鳳騎麟未罕稀，大拾驪珠小鮫淚。河東之愚一何贅？彷徉局東俱非計。那得恢狂似歲星，惟應消渴文園繫。梧桐苑外起秋砧，□屐還爲瑶草吟。短髮漸疏不可理，風塵誰識伯牙心。

壽王大京兆爲薛夫子本房座主

東萊夫子神仙人，仲冬四日懸弧辰。吾師夫子親及門，作圖華堂列仙真。其時朔風氣嚴凝，蘇門雪花結層冰。咫尺明霞起繡文，座中欻見三花春。玄鶴白鹿養芝苓，飄然子晉來吹笙。吾師舉觴酹丹青，謙亦灑掃依光塵。聞公昔年官要津，白簡片言摇楓宸。只今内史綰玉麟，紀綱無讓趙張名。氣骨清整才老成，三王之外復有恂。秋時玷命典文衡，同觀桃李垂繁英。几筵擊鼓歌鹿鳴，淵源從此多雲仍。昨逢青鳥傳華音，劇恐顛越負公恩。幸登泰山觀海濱，既高高只亦孔深。萬里沙頭三山亭，援琴欲奏水仙吟。

大珠歌壽法編修尊人七十

吾聞大珠山，乃在大海濱。上有三石室，幽窈絶世人。中藏寶書數千卷，文燦五色蛟龍精。霹靂一聲墮山麓，誰其得者法先生。

先生昔日官靜海，神明愷悌多文采。長才躑躅不稱志，避世墻東無怨悔。膝下丈夫子，生骨天下奇。親發琅函守夜讀，隻字不令傍人窺。君不見，乙酉山東一才子，一日二十三篇噴珠璣。主司驚恐奏閶闔，忽復射策魁春闈。木天巍巍通帝座，染翰落紙雲霞披。峋嶁屈錯石鼓碎，遠蹴楊雄近陸機。神物遭逢有時會，要與琬琰增光輝。翩翩廷尉同時起，英詞雋氣沉秋水。對面咨嗟雙寶刀，君家堂搆應須爾。竊怪當時張子房，授書發迹圯橋傍。功成馬上見黃石，入道還傳辟穀方。君家黃石致有在，豈獨區區富貴與文章？古人鑪冶匪虛詑，上者神仙次王霸。教子看成房杜倫，奉身已作陶朱亞。孟冬十月海氣空，青天遠映蓬萊宫，先生蕩漿溟煙中。白髮長嘯凌飛虹，願持一觴遥獻翁。太平扈從得英俊。

君王上苑罷射熊。不肖明日歸山試綵服，來年鞭弭隨長風。時予請假省。

吊渭南楊明府

關雲欲墜風沙高，渭水沸湧冬波濤。雁翔寒渚鳴嗷嗷，野狸躑躅

啼黄蒿。丈夫蹈節氣何豪！誓堅一死答所遭。懷中寸符神鬼投，

志吞百萬殉孤壕。天陰月黝紛旌旄，忠魂浩緲誰與招？昔之張許

儼爾曹，異代猶將金玉褒，千秋萬歲兮惟一朝。

金太學輓歌三首

一

吁嗟長安名利場，滚滚黄塵馬足忙，先生意氣何昂藏！千金散盡

無羈束，放情笑傲白雲鄉。

二

先生昔日悲歌人，富貴安能易其身？讀書擊劍空等倫。長年縱酒燕臺下，知其心者田先生。

三

一十餘年遊辟廱，豪華疏嬾無與同，鄴侯書架凌高虹。手栽丹桂離離發，百年身後餘清風。

冰車行

長安歲晏車闐闐，九門道路咽不前。正陽橋柱早爲折，半載耗動水衡錢。橋下長流玉溝水，往日女墻今徧圮。罟師征逐衆魚盡，岸上行人嗟未已。觱栗百丈結層冰，就中忽睹驅車人。摇摇繹繹往來速，琉璃汗漫絶纖塵。髣髴乘槎銀漢中，三里四里瑩潔同。未覺背間生毛羽，颯颯耳後聞天風。如此臨淵且無怖，兒童赤脚歡相驚。乘興寧須籃作輿，騎驢不數山陰路。天子有道重四郊，守國何必事隍壕？追鋒接軫羨遊敖，冰泮還應著小舠。

燈夕行

憶昔少年燈市東，觀燈走馬黄門同。王侯錦幄列雲際，簫鼓競噪鰲山紅。豈知彈指二十載，世代變遷諸物改。淚眼遮燈不敢窺，六街風俗相沿在。雪霽月圓大破黑，華燈翠管俱不息。玲瓏幻巧百色備，潦倒流連萬端極。長安貴人子，獸錦垂貂纓。彩雲照席花映肉，珠罍卜夜圍傾城。善果好燈光正灼，佩聲履迹争相錯。誰家部卒馳怒馬，馬鞭着處千金落。老夫聞之淚交墮，萬事盈虚飽經過。但願燈光歲歲繁，雪深不禁袁安卧。

張見先門人壽其太公求爲作歌

見先英玅金閨客，文采風流動九陌。豫章奇材應梁棟，彩虹跋浪幾千尺。徂徠之峰本嶙峋，天生太公葛懷民。户上青雲射斗脚，庭中元氣渥酒醇。見先思親欲暫返，天子詔歸或未遠。養志不難齊古人，鄉之前賢參與點。嗚呼美哉！紛紛門墻集瑚璉，太公聞之爲色展。近日明堂亟選擇，詎卑三公薄鼎臠。

薛夫子古彝歌

吾師古彝真罕絶，法物千年寶光徹。變化陰陽體理全，古王制作今敢褻。於聞周禮載六彝，俱是荆山九鼎兒。此彝古傳世無兩，誰辨斝黄蜼虎爲？緊昔八鸞親祼薦，伊傳周公旅對面。此物祕幽杳終古，神貺臨之匪近玩。鏤文丹碧龜螭纏，徬徨四座霏雲煙。垂示豈徒幻靈怪？與人矩矱洞周旋。千金不鬻五嶽色，比配質文表至德。渡水但防蛟鬪争，入山賴遺鬼走匿。吾師博古情汪洋，珍重韜之生吉康。元氣會將扶萬物，衮衣挾汝升明堂。

劉學士齋中芭蕉忽花邀賞作歌贈之

人言芭蕉似散官，不花不實空拂欄。葉上題詩滿蒼翠，荏苒只合沈即彈。豈知卉草有梁棟？赤巖十丈花如甕。生恐北地異暄烘，藍田玉樹誰能種？學士新齋圍數尺，迎秋瞥放一花子。當柯屈錯三仙掌，蘂包太華芙蓉崒。日日門前輦轂塵，千林松柏摧作薪。此花直可空萬彙，豈獨五芝乃見珍？詞壇前輩有枚叟，佳句時時上人口。雨中對汝眼偏青，應難獨酌長安酒。長安美酒仙露醅，盤行玉鱠雲靁杯。織女持梭降雲幕，洛旌湘瑟紛徘徊。西山寇盜連烽火，我欲拂衣曰未可。隨分花前伴沈醉，恥向秋風抱磊砢。楚江萍實何人傳？玉井那無十丈蓮。物華天矯漫虛度，金門自古有神仙。日精白花雖辟穀，菖蒲紫茸堪劇斸。會得從君驂白龍，茫茫四海同蕉鹿。

重慶歌贈蔣虎臣假歸

君不見，寵德公，夫妻隱居白髮同。牂牁太守號龍種，棄官一日依高風。又不見，陳仲弓，床下居然拜孔融。長文自幼抱車中，每言此兒興我宗。金壇蔣夫子，卓然今名家。堂上既有親，膝前復有子。五色離離真鳳毛，二十高探上苑花。夫子此時宦東魯，欣然解綬歸田圃。三徑花開撲酒香，日日綵衣花下舞。長蕩湖邊雲物殊，閒看江樹乳慈烏。錦帆一夜中流至，忽送弘文千里駒。弘文少年玉爲骨，綵衣次第當筵趨。月明照筵琴管發，曲中譜出鳳將雛。鳳將雛，來金沙，自有三策重天下，洛陽賈生未足誇。四海只今多戰伐，致君堯舜須才華。君家夫子年五十，菽水三公樂靡極。請急年來恩遇稀，期君早返對宣室。

壻孟楨左官寄之以歌

世無蛟龍與鸞鳳，有之恥向池籠活。孔光羊祜更何人？容易循良冀超脱。滿地灾荒群盜藪，漫論長才兼卓守。黄金不足買知己，百姓口碑安所取？近聞新泰王春陽，復有沁水劉公昌。時違二君俱坐事，賢豪失職理尋常。撫字催科豈兩全？流涕莫訴上官前，便好振策歸林泉。會辭羈旅把汝臂，飯糗著書安餘年。

放歌

少時元有五嶽志，近老始作江湖遊。向生婚嫁雖半畢，所羞腰間尺紱未能投。眼望南天一萬里，平生夢想之所不到，胡爲天子詔許來乘郵。中原宿莽變黄蝶，長江沙鳥隨行舟。寒暑之序頻代謝，馳驟遑論風馬牛。前歷采石磯，便上岳陽樓。洞庭揚帆抵衡岳，蒼梧雲水長悠悠。昔時道州一夫子，遠裔今豈無其儔。七十二峰盡寶山，曾可空歸不少留。吴山楚水漫寥闊，放心散誕如浮鷗。年將五十髮漸禿，木天片席行乞休。不乘此時遊樂騁胸臆，促促牖下欲何求？

江寧事竣寄呈張伯珩侍御

故人驄馬駐揚州，我吊金陵煙樹秋。相思相望江城裡，二十四橋隔江水。八月征軺上武昌，因君驛路有輝光。故人但飲揚州水，回首金陵一斷腸。

留別錢武子

桃葉渡頭不用楫，君來跨馬挾長鋏。燕王臺上無黃金，疋練吴門驕蹀躞。白下秋風客思多，故人分手醉顏酡。彩毫早著《三都賦》，南雁歸時共渡河。

江南樂

江南□樂長千里，岸上茅茨映江水。客船欲下聞酒香，紅花翠竹家家似。江南女兒好身手，笑顏半露柴門裡。愁人莫過莫愁湖，白髮一宵垂到耳。

從軍樂爲池陽護送兵丁作

水牛雙角長淥淥，田間有虎牛能觸。此山田少草木盛，幾家破茆倚叢竹。不解燒荒獵禽獸，但解担柴换升粟。客兵往來人盡遁，每每焚竊爲汝毒。道傍群少年，笑汝一何齷齪，不如從我挂長弓、挾利鏃。此行送官長，遠到衡山麓。道路平安無纖警，相隨躍馬歸來速。賞犒雖無金與銀，尚有壺酒并斤肉。男兒意氣相扶助，况是王命明催督。寧歌壯士從軍樂，莫唱山人紫芝曲。

過琵琶亭 有序

九江琵琶亭，爲樂天先生作也。先生初謫此州，喜曰：『廬山久在念，於此中作風月主人足矣。』至則往來山間，瀟然自得。少時讀《草堂記》、《江州司馬聽》諸作，悠然神往。及觀《琵琶行》自序云『是夕始有遷謫意』，未嘗不嘆謂古人度量過人遠矣。歲辛卯夏，予奉命使吴楚，心憂遠道，兼之多病，涉秋方過九江，徘徊亭下，仰瞻遺風，不勝愧怍。人言先生風流超曠，誠不知其道廣也。予迂疏寡識，遠遜先生。年來稍皈心白業，玆役萬里，功名富貴妻子悉已置之度外。若以斯磨鍊精進，不生退轉，他日棲尋淨域，少有所窺，庶幾此來得力。未識因器淺深，可竊附先生門風否？詩之率漫，又先生所嗤也。

琵琶亭前江水平，琵琶亭上樂天名。樂天後人今日來，但遶琵琶亭畔行。江上琵琶誰復撾？惟聞江水似琵琶。瀟湘更遠三千里，不是投荒敢怨嗟！樂天本自千秋傑，卜築匡廬尚有宅。手持蘭芷却歸來，爲君親掃香罏雪。

大冶行呈劉明府即寄李憲長

人言此鄉風土惡，客子聞之行且却。美人爲政得李劉，大州小邑齊嬉樂。山川信美欲流連，不見向時跖與蹻。興國管聲悲動人，大冶兒郎何綽約！竟使頑獷爲黄虞，始徵利器無盤錯。莫怪烟波張志和，西塞高吟振寥廓。

長沙道中歌

賈生昔日客長沙，此去長沙路更賒。居人不道長沙苦，客向長安也憶家。冬桂青青帶女蘿，流連屈宋一悲歌。湘南自古多詞客，都是愁吟可奈何。

酬張稺恭

廣陵八月浪頭白，素車年少秦川客。二十四橋烟雨晴，往來携卷聽濤聲。元龍意氣天下稀，猶肯風流藉繡衣。詩壓錦帆句句好，無端擊節江湖草。昔泛三江上洞庭，朱凌之水何泠泠！農丘舜壘悵焉别，歸來獨映太行雪。十載一書驚對面，竹西明月遥堪羨。魯連蹈海幸未深，林宗叔度有同心。聖代遺賢會忽起，千秋旂策難專美。指顧乾坤須爾爲，他年重訂玉山期。

送衛都水監税浙江

楊柳青青江水碧，有客乘舟向吴越。杭州富麗天下稀，西湖歌舞足忘歸。知君雅負非常器，坐令百物回春意。豪氣清風自一時，日日湖光映酒巵。預聞官廨梅花好，滿耳還傳何遜詩。

漢陽太守行應丘吉士索

君不見，漢陽賢太守，通敏直方世罕有。天兵百萬入川湖，長江兩岸鳴刁斗。稻田連歲免蓬蒿，百姓筋力仗慈母。昔日王公下三吳，後湖圖籍付君手。芟芟葑菜飽孤窮，豪猾畏之名已久。中經更調列西曹，相從過話醉君酒。夫人羞飯具俄頃，内範井然清户牖。幾年隔别到金門，喜傍神駒信龍友。宫女裁成雲錦新，至尊面賜榮非偶。六朝貴族今繼興，太守德噪清淮右。瀛洲亭外玉河濱，冠蓋紛紛亂堤柳。徘徊晞頂卸馬鞍，拂拭華牋頌雙壽。我時獨嘯一懷君，漫寫荒吟愧瓊玖。請君日凭晴川樓，北望長安開笑口。

中秋夜宿署中對月小酌歌贈胡尚書梁少宰

叔則清真比玉山，巨源局度最高閒。樗朽從來不足數，何幸共坐冰壺間。十載中秋半無月，今夕光輝偏皎絶。官貧不勞燈燭費，有酒但恨腸胃窄。舊傳燕京日日風，頻年霪潦路不通。齋禱賴煩九重念，太平景色回天公。今晨大駕朝文武，五更皓魄明鵷序。竟日無雲海氣澄，金輪照射瓊瑶圃。乾清宫，太和殿，玉皇案前鋪素練。應喜萬里共清光，天涯户户饒歡宴。忽憶端陽扈從時，龍船失足形支離。至尊親問動顔色，到今感悚銜恩慈。殊恩濫厠高賢側，曳履持衡追禹稷。統均全用天官書，衰庸慙少協恭力。紫禁鐘鳴静署空，欲舒長嘯凌飛鴻。促膝不談塵俗事，惟見桂影搖樽中。君王寵眷俱人傑，負乘鵷梁知忝竊。會將白髮謝軒墀，青山相望同明月。

史修撰父母雙壽歌

田連阡何如歷壽年，居顯位何如行孝弟。君不見，四明一布衣，聞人片善不敢忘，飲酒終日不得醉。堂前三孤兒，雖繫骨肉親，自非室中賢，誰與全天倫？即今皓首同朱顔，親見生男作寶臣。國朝諸狀元，屢卜爲名相。高堂具慶復何人，海嶠雲霞齊入望。郎君清度擅詞曹，比肩接足群英豪。粧點盛事耀千秋，製字列幛連瓊瑶。美哉！世間父母孰不願其子學成富經濟，躬遇聖主快所遭，躬遇聖主快所遭！但日臨觴聽雅樂，不須感嘆平生勞。

退谷吟 并序

孫北海少宰山居曰『退谷』，一日以自爲小志，投予誦之。煙霞在望，不禁成詠。神超迹踽，托贈惘然。

飛泉流山巔，嗚聲中玉琴，下有幽谷曲且深。遶谷多長松，蒼茫寂歷兮萬尋。谷中老翁披素襟，白鬚飄然髮不簪。支頤坐磐石，仰聽林間禽。手撿蓬萊書，走出五色蟫。石床静兮光潔，寶鼎列兮沈淫。攬雲烟兮近巘，驅魑魅兮遥岑。遭清時之康豫兮，獨高蹈而長吟。謝浮榮於蟬蜕兮，甘淡默而冥心。撫晚景以自怡悦兮，邈塵壒其焉侵。抗洪崖兮齊綺里，匪斯人兮吾將安欽？

李侍郎挽歌 并序

高平慶餘李公，抱負長略，歇歷邊士多年，雅號能勝節鉞之事者。順治十四年九月，予守秋官，公以侍郎來共理。署中月許，欽其遇事果斷、少疑滯。未幾寢病，遽自表辭職，不克，終于歲暮。入春苦寒，掩關休沐，浹辰情縈僚故，乃寫長歌代哭云。

李公一生經濟客，屢向邊城誓裹革。楚江蜀道偃旌旗，驅車俄到長安陌。長安陌上孽人多，哀側無如法令何。徒懷勿喜心難盡，堯舜時將解網羅。把袂同寅復其里，待觀刑措風淳美。入户瑶琴竟不聞，空留一劍光芒紫。玉堤芳草照新春，流淚看春鬢似銀。君王不吝彤弓賞，惜此堂堂遠馭人。

白鬚吟

鬚日向白矣，餘態可知。言歸未得，憂忡何賴？聊占俗韻，教童子歌之，以佐微醺而已。

莫愛游仙曲，莫美昇天行。坐中有少年，聽我白鬚吟。白鬚老人誰不厭？面目可憎語言倦。行年五十又加三，耳中時鳴目昏眩。昨遇黄冠人，自言有丹術。一餌還朱顔，再餌壽無極。老人聞之，大笑啞啞。少俊老醜，譬如朝夕。不生亦不死，大造苦蕭索。雲中群仙人，騎龍欲何適？蓬萊大刼應須盡，漫論三千與八百。攬白須，自吟謳，人生最惑是多憂。此身進退全由命，何必區區憶故丘！酌美酒，且淹留，浮沈行止任虚舟。陰晴風雨隨時度，到得休時即便休。

從軍嘆

何方年少良家子，結束從軍營隊裡。身挂長弓不媔射，意氣揚揚過都市。黄昏索飯向田間，農夫農婦俱走匿。豈若兵農未分初，彼此爲農不相賊。

漁陽估客行

漁陽河水口外來，長查大筏中瀠洄。岸傍老人炊野火，顏色枯槁如可哀。自言採木出邊去，辛苦三年犯霜露。鷩骨頻逃猛虎牙，瘡皮不避封蛇嗉。最號上材棺與槨，倍直奇贏賤耕穫。捨死還將奉死人，生死于人胡厚薄？昨聞長安遺梓人，斧斤捆載出城闉。

汝曹便可疾歸去，束手從今罷喜嗔。

又歌贈宋使君

幾年踪跡何濩落！君上華山我南嶽。今日相逢灤水邊，不説風光異京洛。灤水清兼海水流，與君并坐聽歌謳。歌謳故長日將暮，浮雲一片挂城頭。海水浮雲俱不絶，瞬息看君生羽翮。我向天壇掇紫芝，何能復作風沙客。

贈韓鴻臚

忠定子孫世多賢，河間太守吾同年。孝廉之弟今鴻臚，天生美度何翩翩！新來返旆皇華路，復向君門聽韶濩。鵷鷺追隨步玉墀，寵榮應得天顔顧。故里山川煙雨霏，田舍豐年鷄正肥。老親社飲日康健，遊子無勞念古稀。

東谷集詩卷六終

東谷集詩卷七目録

五言律詩

東谷集詩卷七目録終

東谷集詩卷七

清　白胤謙　著

五言律詩

伴家弟聖符齋居養病

午夢不可理，草堂人事稀。習勤恒運甓，愛靜久扃扉。砌蚓俯泥濕，簷蚊亂隙輝。懷新觀物我，天命足相依。

從侍家君歸里

白鹿談經處，林泉入夢殷。便繇汾水曲，歸卧析城雲。萬卷真吾事，微名郝足云？干戈方未晏，州縣日紛紛。

病

天意懲狂簡，浮生任太虛。經旬愁不起，平日福何如？睡足營茶具，詩成覓韵書。閉門無物役，身世一蕭疏。

緑葡萄

數顆緑沉甌，西羌栽未稠。色須迷漢使，價不換凉州。脆薄沾唇恷，稀微見日愁。艱難因地阻，何事朵頤求？

荸薺

風俗宜生啖，珍羞亦配嘗。水菱無嫩肉，江蔗失寒漿。雪盌清堪掬，消中飽不妨。酒酣肴核盡，何處覓傾筐？

蛤蜊

累百才克豆，悽然各性情。亂筐傾背殼，細末擣薑橙。好味供雙筋，窮饕極五鯖。世人輕物命，天地本生成。

燕歸自順德入山作

千里程先了，村村花事闌。風塵嗔路熱，昨夜覺衣單。鳥道太行古，漁梁漳水寒。空慚隨世綱，不敢過邯鄲。

空山

空山春復淺，石路乍高低。茆屋樹巢鵲，殘陽雨挂霓。客心歸次劇，鄉信盜邊迷。淹泊窮途内，浮雲暗鼓鼙。

仲冬廿八日賊犯城下次日陽和兵至

入隘非其忌，狂奔徑薄壕。幾成危水火，幸速睹旌旄。賊果處圍地，兵如趨戰勞。安能風雨捷，及爾未遑逃。

待雨薄暮作

憚暑經時日，幽懷念雨香。濕雲侵短夢，高樹下層凉。鳩逐棲烏語，燈移散帙光。徒然有新興，搔首獨空牀。

喜雨

靈雨集中夜，旲天既惠寧。我心如草木，一旦青冥冥。定合軍聲奮，多催物癘醒。晚曀猶未墾，明發出郊坰。

送坦之秋試

臨邛初罷渴，去作題橋人。高足自茲騁，離心郝可論。關河千里北，慘澹連煙塵。秣馬會相待，燕山花發春。

送去偏甥

何能不捧檄？截髮爾慈親。莫負外家相，兼嗟廉吏貧。盤陀三晋道，明月九秋人。開篋應相憶，斯言悚激真。

送少咸

我識西行路，緣汾度霍嵐。側聞烽火息，伏審客程安。桑落雁邊熟，蒲桃馬首看。秋旻無近遠，揮手信風摶。

示鴻熙

門館何須廣？兒童本易群。讀書初籟接，磨墨細香分。鳥解求新友，雲知變夏文。無能觸爾類，飛想但紛紛。

村居即事三首

一

溪上敝廬在，讀書學灌園。留僧安石磬，更僕戒柴門。先德未云沒，遺風即此存。東鄰有窮老，能誦主人恩。

二

孤根本不偶，獨住一邨幽。餌术病將慣，開牕山對愁。白花風瑟瑟，黃雀暮啾啾。亦自有生事，投閒非遠謀。

三

舟壁臨青壑，微茫點耒耕。近烟方自曖，遠野忽然聲。槐蔭不離屋，禽言迥別城。踽行竟何欲？悵望嶺頭明。

場築

百畝齊朝旭，白雲互蔽虧。自然宜野屋，不用插疏籬。蔥蒨來村路，蕭條立墓碑。此中憂思積，風雨莫躊躕。

八月十五夜同諸兄及沆仲望月

樓覆衆聲盡，人今並月高。横空收夜氣，直下辨秋毫。天遠連烽火，鳩飛惜羽毛。高陽懽宴地，不改舊西豪。

次夜沆仲約賞偶陰謝已復晴庭中作

斗酒不可得，空辭小阮歸。怪來蒼狗化，還見玉輪飛。夜色轉清苦，世情何式微？慚無少年興，潦倒典秋衣。

初冬楊沁湄先生同家伯兄觀水西池召余賦詩二首

一

近郭秋仍在，霜林一一紅。緒風高響落，寒水濕光融。好客能乘興，玄言若發蒙。夕陽波愈闊，朗朗見胸中。

二

流泉寒不减，難值此空明。一日秋冬際，兼人丘壑情。莫愁山屐折，更饒石梁行。把酒看魚食，波間微月生。

銅雀臺

何處訪遺跡，春深銅雀臺。鄴城一悵望，漳水正西來。冷退朝雲夢，雄銷老驥才。風香動餘魄，石上有青苔。

閣望

燕客歸寧幾，秋風蒲舊城。後時無一可，對酒若爲情。寒早聽蟲嘿，人煩得雨清。數朝頻永望，遥思欲誰明。

閏夏與客步西谿觀賈南溟藕池

東村難此水，不獨藕堪栽。種竹宜臨岸，編茅欲向隈。佳鄰先此卜，幽願敢重裁。將子勤良趾，他時荷鋤來。

丁丑夏紀事

三載旱無麥，今秋防斷禾。豺狼方在邑，里巷莫高歌。一雨寬聊且，終年望若何？司農頻鐫級，愁絶爲催科。

觀禾是歲無禾

披榛犯浥露，旦旭尚蒼凉。農媪驅田雀，家僮送米囊。餘唯謀菽黍，少許冀烝嘗。努力明春穡，常平粒久亡。

西畬鬬茶

磁茗無分色，洒然香味通。玉泉下修綆，月出大墩東。過鳥帶鳴疾，餘霞争綺紅。秋心安可寄？留眼待賓鴻。

有感

百昌歸一秀，名字本皆殊。富貴終人役，文章豈道腴？荒塗終古在，紗寶幾人圖。拜手向山墖，秋林遠照孤。

閲友端青蓮詩草

古學今安道，新詩汝不群。神清慚所似，心折更多聞。竟竄靈均字，全驅史籀文。雙峰真在眼，衣繞舊山雲。

忠鄰家兄自燕歸

漂泊驚相見，風霜色不無。天涯諸盗梗，家難一身孤。臣節真無議，皇恩終易呼。遺編忠孝在，黽勉答黄墟。

與沆仲論文

弱試因遭誤，茫茫踰十年。文章嗔老拙，血氣失精專。短夢殘更後，低顏英少前。光華那不惜，儘自飽迍邅。

熙兒入學 亡弟聖符子。

遺孤真念汝，不易到如今。五尺衣冠日，十年涕淚心。移齋過客少，奮袂下帷深。大器元沉重，詩篇莫浪吟。

秋日寄示兒鴻晉陽應選二首

一

鄉比當壬午，阿鴻入試初。吾家昔工部，於此首賢書。汝勉遵功令，予恒念起居。風雲饒後進，玉筍慶連茹。

二

銅鞮秋色遠，極目見旌旗。世路非輕涉，榮名不浪垂。雕蟲追大雅，躍馬羨男兒。努力乘嘉會，人生年少時。

東堉王孟楨孝廉讀書虎谷

鶴與雲俱出，山空草木秋。池添逸少墨，賦壓仲宣樓。竹響涼先入，螢光晚故留。避人種瑶草，白露滿葭洲。

初入館三首

一

白也非無敵，多慙翰墨林。屏營臣道始，簡拔主恩深。丹地文章價，玉堂猿鶴心。中原無駿馬，驅策畏知音。

二

多謝中興相，推誠接後生。不才偏濫寵，神識詎狥名。敬慎皇情重，清華國士榮。由來經術淺，何以奉承明？

三

薄宦遨仙署，微名謬帝畿。風塵方浩蕩，文獻竟依稀。議論元非乏，封疆事日非。小臣真忝竊，明主正宵衣。

衙齋二首

一

北闕直堂陰，天書鎖院深。千秋淩紫管，四海萃彤簪。嬾逐花磚影，愁繁鈴閣音。此中非散地，宣廟有懸箴。

二

仙吏蓬萊滿，濯纓在王河。地嚴將日永，天近與春多。文物needs微禄，朋儔慕和歌。紫微花待發，珍重莫蹉跎。

除日

一自驌裘典，無人貰酒錢。官銜新玉署，家業舊青氊。畏路辭虚譽，名言佩昔賢。鷄鳴念慈母，六袠屬高年。

贈黄太公

南國談經叟，沍湖自鷃冠。白魚千卷入，大鳥一飛看。御酒供稱兕，宫袍代舞斕。太平倚龍劍，紫氣動長安。

山中早寒

霧露侵衫薄，蓑囊掛壁稀。山林安足守？城郭不堪歸。白鶴依人瘦，黄羆得食肥。無才稱時俗，遮莫壯心違。

避地

避地常多畏，心昏似醉泥。不眠嗔白鳥，禁出棄青藜。負米遥遥子，辟纑孑孑妻。偷生何日遂？迎汝武陵溪。

石樓

戰伐幾時休？全生乏遠謀。無才甘老賤，多病信沉浮。雨折黄茗暮，風欹青桂秋。從人責疏禮，隨意罷梳頭。

東窗柴門

玉局違鴛序，柴門揖鹿群。把書閒度日，倚杖細看雲。山水蒼蒼合，秋泉裊裊分。野人憎儒服，應故減儀文。

散髮

散髮纔垂耳，無人獨倚床。倦遊殊困頓，痺病且佯狂。歲月紅塵闘，山河白羽忙。君看巖上隼，羅網亦虛張。

先君忌日

十載罷庭趨，空悲讀父書。有官餘性命，無業問田廬。頓洞江山改，流離骨肉疏。長號瞻故壟，未勒史臣譽。

洞門

洞門高縹緲，千仞白雲梯。恨少桃花水，人間未得迷。生涯雙淚直，世態片心低。秋興蕭騷甚，山牕日每題。

十八盤

大壑三千尺，高山十八盤。經行隨水裔，曠望出雲端。黄帝兀留酷，神農本教寬。猿獮知父子，度險聚能歡。

雨餘

雨餘風氣變，秋色漸幽涼。遠逕聞樵斧，深叢隱牧羊。詩篇終日有，愁思幾時忘。誰救蒼生急？霓旌隔故疆。

中秋夜籬邊待月不至卧久始見朧月愴然有作

河流不可涉，明月限波深。夜半峰陰轉，牀前露魄侵。風塵空擊劍，節序一沾巾。坐惜清輝薄，栖栖度橡林。

謝鄰村枉存諸老

幽谷無賓客，田家有黍鷄。菊花香到處，村社酒頻携。促坐親毛席，殘醺掖石梯。舊間車馬好，鳥路會令迷。

香臺喜忠鄰伯兄携崔寔甫汝器見過適楊少咸成友端王孟楨畢集晚赴靳氏席賦呈伯兄

國破家隨破，惟兄救急難。故人同隔世，駐馬領相看。葛蔓荒烟合，荆柯落景殘。愁心倚華燭，忍共夕筵歡。

酬楊少咸頻寄

避地何遷次，饑寒信杳茫。淵明寧事業，杜甫本詞章。村傍臺千尺，梁成水一方。子雲佳思滿，偏未罪疏狂。

酬張伯珩見懷兼送北行

故舊紛乘會，終軍欲棄繻。少年誇老格，特起見雄圖。堅白塹高壘，馳驅困小儒。太平容石隱，曳尾在泥塗。

苑明府領簿尉枉香臺見促出山

柴門喧駐馬，飛蓋滿荒村。倉卒驚投杖，支離怯逾垣。舊條溪柳起，新蘚塢花暄。莫是巡阡陌，高風偶下敦。

喜去偏調比部戲寄

自昔稱王李，才名擅白雲。秋官新治律，燕市舊論文。金馬纔堪隱，荷衣尚未焚。諸□偏不賤，豈累撫寧君。

悼韓白水虞部内子死於范陽賊難

韓憑今健在，雙袂幾曾乾。故國風塵歇，芳魂歲月闌。鳳喙嗟難續，蘭心迥自丹。千年有彤史，多少丈夫看。

東谷集詩卷七終

東谷集

清 白胤謙 著

第二册

吴廣隆 編審
馬甫平 點校

中州古籍出版社

東谷集詩卷八目録

五言律詩

東谷集詩卷八目録終

東谷集詩卷八

清 白胤謙 著

五言律詩

寄王心盤兼謝廣平守倅諸君二首

一

浮雲滄海色，千里照離憂。河朔群公會，平原十日留。吟殘流水調，興盡採蓮舟。欹枕燕臺暮，緘書惜壯遊。

二

平干浹日飲，飛幰杜園過。燒燭臨歌吹，濯纓就芰荷。風塵雙劍合，氣象聚星多。回首習池曲，青雲冷薜蘿。

寄永年白張諸生

曾是論交地，文章狎譽髦。吾曹須意氣，爾輩豈蓬蒿。野館樽堪惜，連城價總高。懸知單父宰，下榻肯稱勞。

抱病具告二首

一

滑稽難可學，直道易沉淪。岐路亡羊日，急流勇退人。乾坤真混一，仕宦足麒麟。莫漫愁生事，詞林本自貧。

二

昔時金馬客，元是歲星精。愧匪巢由迹，偏多屈賈情。猿麋終放棄，鳩鴿水生成。欲買鴟夷棹，煙波萬里行。

奉別薛夫子

稱疾談常厭，傳經願竟違。宿緣師誼篤，薄植宦情微。車馬羞題柱，江湖覓釣磯。門墻初自慰，出處幸知非。

別呂見齋兼呈同院諸兄弟

功名非橫得，豈不羨乘時？一自彈冠出，常銜負米悲。宦情消藥餌，治業賴壎篪。不盡綈袍感，臨岐淚若絲。

宿院次杜純一給諫韻

紫微通御氣，咫尺隔人間。視草嘲玄閣，焚魚誚碧山。風雲新仕路，塵土老愁顔。自是蓬蒿質，雄飛焉可攀？

直内院啜垣茗再用杜韻同魏中之呂伯承周成延孟汝翼韓乾宇

蕊宫陪鷺序，并宿斗牛間。茗潔傳梧掖，泉芳壓惠山。三晨淹素飽，一句失酡顔。共賞驚人句，門風逈莫攀。

代贈某公三首

一

長安晴雪後，紫氣滿燕關。後進元桃李，高型自斗山。曉鐘雙闕静，夜柝萬家閒。看曳尚書履，雲邊謁帝還。

二

商山恒在眼，黄綺却還歸。世代名俱老，江湖願不違。霄凌天馬步，月燦浦珠輝。正值桃花盛，清樽安可稀。

三

山公雖未老，偏是戀漁磯。宫闕悲遺劍，林泉慰拂衣。新恩金馬詔，舊節北山薇。剩有梁間燕，銜書欲傍飛。

贈張庶常尊人壽

綵服絢春鮮，瀛洲最少年。柳摇新禁地，花發故鄉天。素瑟當經牖，輕歌媚酒筵。五雲懷袖滿，應并雁書傳。

贈李漢青比部母夫人壽

憲部推清度，汪洋此一時。春高丹水渚，吏静白雲司。官署無鋃鉔，家筵有紫芝。聖朝方解網，宜遣北堂知。

送宋進士琬假歸二首

一

冲天鷩大鳥，暫向故林翔。江海詩篇富，風雲驛路長。金閨元散地，粉署妙爲郎。顧凱庭前樹，重應置一牀。

二

錦字過朋錫，難酬志業非。孤蹤嗟汎汎，分袂獨依依。海色雄樓觀，山情美蕨薇。還朝君幸早，吾便振初衣。

題成青壇簡討新齋讀尊文穆公傳用王敬哉韻

窈窕君家屋，攤書夏木陰。青蟲緣户上，黄鳥嚦枝深。静氣通群物，微言足寸心。韋賢遺乘在，琬琰肅衣襟。

成青壇新居種竹次韻奉和

愛爾幽廬静，新篁近北牕。一叢敲碧玉，六月卧滄江。世態青絲異，風塵白眼雙。惟堪共嵇阮，飲嘯對流淙。

杜鵑

蜀鳥先圖版，來朝就帝畿。未須疑地氣，應早識天機。鸞鳳環交戟，熊羆列綴衣。無才逐高膴，苦信不如歸。

飲梁眉居通政水亭

閒軒枕流水，六月度風清。雅讌追河朔，高朋萃洛英。調冰青竹凈，脱帽白鷗輕。醉倚滄洲晚，何煩吏隱名。

月

明月涵秋色，娟娟愁殺人。應憐雙鬢改，解戀短衣新。萬事經心破，三年見汝親。故園征戰後，一爲照荒榛。

苦雨夜

浮雲屯積水，不斷瀉秋聲。伏枕驚仍起，窺牕淚欲并。鵜兒又塌壁，鼀子産空鐺。萬事還顛覆，天心遽肯明。

慈仁寺松

舊京諸物改，形狀汝能留。未有秦封及，應無匠石求。香疑天女散，音并海潮流。難覓高閒侶，忘言駟玉虯。

贈曲周白明府四首

一

百里垂華裔，三秦本世家。枝分嗟代遠，萍聚喜天涯。壯氣籠橋柱，英聲踔縣花。秋空横度雁，毛羽莫參差。

二

杜陵君又徙，風景且如何？野碓柴扉少，邊城戰骨多。雲仍三晋隔，興廢兩朝過。歲歲秋原草，傷心白玉珂。

三

慷慨尊前興，燕臺日易沉。延州一回首，無限望鄉心。榆塞高寒月，行山敞暮陰。何由聚耆舊，探討淚沾襟。

四

漫論宗族好，詩酒復吾曹。上郡人非乏，香山調總高。風塵憐玉樹，霜露感綈袍。臨路難爲别，因君解佩刀。

宋檢討杞尊人重陽後一日初度二首

一

六十都人士，江湖桑苧翁。讀書垂皓首，教子列册楓。庭草依依綠，宫雲裊裊紅。儒冠偏不賤，傲對菊花叢。

二

君家赤騮馬，騰踔黄金臺。龍種有爲出，泥塗安在哉！山風清鶴骨，海月印珠胎。秋色登高後，平生欲盡開。

同陰太峰給諫飲衛部孫廷尉齋中二首

一

賞花兼對鶴，此會豈徒爲？奈可重陽後，空知萬里姿。臨觴香不減，影燭步猶遲。醉惜浮生苦，塵纓相向垂。

二

清標依衛玠，幽句得陰鏗。及爾同樽酒，相將把菊英。風塵淹客旅，桑梓聚平生。今夜星辰上，還應紫氣横。

送楊沁湄先生左官還里

意外看君返，仙舟那可依？艱難時事有，惆悵老成稀。霜鬢閒愁思，雲山本息機。田家終自穩，莫嘆寸心違。

立春日遣懷

宿昔憎儒拙，新來覺宦偏。忘言多病後，得悟早春前。素位全依命，隨緣半用禪。愁心似冰雪，遮莫信歸年。

署中春雪

別殿春陰合，迴空素雪齊。遥遥將日薄，細細逐風低。景物容揮翰，行藏溷執珪。敢愁歸路滑，白眼任凄迷。

霧中入署呈覺斯先生

正月天多霧，蒼茫造物心。日高難破暝，土發不成霖。螟螣輕微雪，蛟龍困積陰。行行驅病馬，辛苦爲華簪。

和劉太史詩已賦呈兼邀枉過

佳句知公易，連篇接示頻。羽儀高道岸，傾吐露天真。晝漏追陪熟，陽春比興新。蓆門如就酌，古法盡須論。

送王坦公備兵越東

東南行色遠，拂幰夏陰濃。地入三衢會，山當百粤衝。投壺連夜舸，吹角熄雲烽。細雨江花外，逍遥憶勸農。

自嘲

上國煙花逼，春來免憶家。官忙忘客旅，債積戀天涯。世途繁鬼蜮，吾道信龍蛇。舊日青山路，無人鎖斷霞。

祖莊二首

一

城南一水濱，老樹半龍鱗。柳市隄橋古，花津蒲稗新。谿童時戲鴨，村婦不藏人。欲結邵平侶，投竿習隱淪。

二

水漲陂塘遠，沙紆岸壑奇。恠藤當石架，涼雨入風吹。荷折堪擎酒，鵝歸却放池。淹留惜佳興，立馬更題詩。

稀見

稀見鷄生甲，賊人利若鋒。憂時誰骨鯁，食肉太從容。起舞慙投筆，行吟乞賃舂。吾生殊草草，四十恨龍鍾。

汪園和憲石先生用本韵六首

一

園深秋乍入，雨後有新苔。石勢騫林出，荷香樸檻來。鍳湖真隱地，河朔衆賓才。眼暗風塵内，臨觴得暫開。

二

水面浮梁迴，虛亭一逕穿。登臨殊快甚，位置盡悠然。欹樹平臺午，高城萬井烟。西山忻人望，空翠落尊前。

三

主人深好客，看竹解無嫌。雨氣寒鋪簟，花風净捲簾。典型依杖履，談笑寓箴砭。莫訝隣城市，新醅近可添。

四

秋風今日至，約我候疏籬。車馬同過處，梧桐未落時。奕碁看不厭，揮麈坐頻移。共惜年華駛，陰晴付酒巵。

五

習池群從樂，醉舞欲婆娑。露浥青荷葉，花迎白玉珂。烟雲供染翰，林鳥换聽歌。不盡探奇興，裁詩贈緑蘿。

六

斜景夕仍幽，軒牕揖斗牛。勝懷躭聚晤，佳境慰淹留。白雪高前輩，清谿和小謳。花源如未隔，重許載漁舟。

戊子季夏京師舉第三子時長孫産家園早五月戲紀二首

一

老人還生子，天涯眼底看。人情兼笑謔，世路足悲歡。抱病慵朝謁，思家厭素餐。高堂重慶處，頻喜送平安。

二

汝晚過兄子，同胞母亦艱。庶能承稼穡，不敢謝愚頑。叔侄堪雙壁，房櫳贅小巒。無勞羞白髮，只欠買青山。

六月晦陪薛夫子及劉憲石前輩水亭讌集次夫子汪園韵十首

一

伏暑未云盡，况兼朝市喧。吾師聊折簡，高會偶窺園。積水疏清沼，涼風度曲軒。望中平野闊，瀟洒助開尊。

二

七月明朝是，秋風早已回。陽光浮水上，嵐氣逐人來。文酒追前輩，乾坤吊刦灰。昭王千載後，獨有釣魚臺。

三

名園偏借水，臨眺意悠悠。幸有濯纓地，能辭下榻留。風雲蒸物變，禾黍入天秋。不及琴樽約，從誰散旅愁。

四

數畝陰森裏，修欄媚曲池。荷香魚盡出，雨潦竹初移。花外茶烟直，藤邊石蘚滋。青衣聊罷酌，橘戲正酣時。

五

湖上饒芳草，閒行每共尋。休傾懷古淚，各劇望鄉心。鳥度空壇靜，花開故苑深。醉來思擊筑，感慨爲知音。

六

一水蒼茫外，平鋪遠近山。紅蕖渾放遍，白鳥恰飛還。意氣須投轄，生涯任抱關。維舠空倚岸，吾欲美潺湲。

七

白鷺下亭午，湖堤坐賞清。竹文銜玉版，榴雨罥朱英。樽俎先生饌，山川客子情。繞垣垂柳暗，嘒嘒送蟬聲。

八

文字長安飲，追延凡屢經。流連依白社，寂寞謝玄亭。古意涵雙劍，時名逼聚星。天涯歡暢絶，不必怨漂萍。

九

平原舒遠目，晚色動凄凉。塊壘愁千斛，蒹葭水一方。紫騮羞蹀躞，黄鵠失翺翔。矯首斜陽外，并州不可望。

十

野雲低落日，丘壑氣清華。露架捎新果，秋棚隱細花。浮生同草木，餘興託烟霞。似戀杯中物，歸驂後暮鴉。

東谷集詩卷八終

東谷集詩卷九目録

五言律詩

東谷集詩卷九目録終

東谷集詩卷九

清　白胤謙　著

五言律詩

寄江寧竇侍御蔚

西江仍轉戰，南國向如何？汲黯思偏壯，終軍氣不阿。干戈蘇草木，租稅減黿鼉。屈指還朝節，爲君續五紽。

寄蘇州單司李二首

一

病起看鴻雁，傳書慰客餐。才名高案牘，詩句鮮交歡。薊北風霜苦，山東道路難。相思阻江海，牢落酒杯殘。

二

盡道南遊好，天涯還用兵。艱難爲上下，珍重得聲名。漁火楓橋密，官檣笠澤輕。白堤如昨否？想見古賢情。

哭藐山師五首

一

至德宜公獨，生安早識幾。世途經鍛鍊，道力豈脂韋？白日空棺落，青天化鶴飛。後來誰復繼？山斗自常依。

二

雅望歸元禮，危言嗣敬輿。國亡心竝瘁，身隱禍先除。曳履秋雲薄，懸琴夜月虛。百年逢鼎革，不死定何如！

三

夷吾不可作，一櫬渡江來。誰下陳蕃榻，空留庾信哀。餘生知己盡，月旦衆人猜。回首悲榛莽，斯文安在哉！

四

謝朓詩難見，陵陽恨不窮。江聲孤照外，山色亂流中。未有椒漿及，應憐蠟信通。天涯成絶域，揮淚倚西風。

五

蕭索平原客，恩追會不忘。衣冠岐世代，邑里失輝光。汎愛纏樽酒，虚名屬面墻。途窮憐阮籍，痛哭合猖狂。

憶雪陀

嗚咽天涯笛，哀酸獨未休。客心縈宿草，歸夢倚山樓。君故非輕死，吾真屬浪遊。劍鋩銷削盡，不敢挂阡頭。

哭周寧章太史 君無疾暴卒，歸葬曲阜。議禮同予及高念東。

修髯難再把，短袂淚空揮。苦惜艱虞盡，傍觀嗜慾肥。片時曾簀易，獨櫬孔林歸。誰識郊壇事？曾同議衮衣。

中秋前二日成子固齋中看桂花二首

一

今晨風色重，騎馬欲添裘。濁酒來鄉遠，寒花入座幽。菭疏翻足貴，香老故須留。空憶山中好，王孫自不游。

二

休吟叢桂曲，一樹自應憐。絶巘移秋色，皇都鬬日圓。迴隣青竹冷，未覺海棠鮮。莫戀風塵久，飄零不值錢。

寂寞

寂寞黄花後，山河過雁頻。畜醪差待客，賣賦任支貧。袨服元時輩，儒談豈薦紳？此生殊易老，無術狎風塵。

齋馬

薊門寒事早，九月見冰澌。騕褭驕龍駟，芙蓉壯虎貔。溺冠真足棄，齋馬且何爲？鬢髪知天意，新霜日暗吹。

寄贈李吉津太翁二首

一

五十謝浮名，騎驢看帝京。不陳綿蕞禮，仍就海濱畊。有道衣冠別，龐公去住輕。因慚經術淺，容易縛塵纓。

二

令子清真格，他時宰相才。義方徵有素，拙契忝無猜。驥跡横天路，鴻吟憩草萊。獨將私淑意，矯首一徘徊。

伏日過劉學士槐里二首

一

主人如太古，燕處獨超然。長日攤書滿，茅齋借樹偏。墻陰緑蕉冷，簷隙白雲鮮。得句惟呼酒，童烏早預玄。

二

青槐盈數畝，凉影漾空流。此地無三伏，何鄉貰一丘？石床供醒酒，竹徑儘科頭。新譜雲中曲，應全釋客愁。

假寓二首

一

客居仗高義，棲泊一何遲！城麥向三熟，巢鳩殊未移。古垣齊苜蓿，塌井没蛟螭。羈旅華顛内，悠悠笑自知。

二

杜叟饑寒歲，猶能贈果園。歷官學士後，種竹主人軒。東壁銀魚少，西山白馬繁。歸章望飛檄，採藥老衡門。

六月十四日熱

鶻聲朝不去，人事□如知。秦晋旗應捲，西南雁故遲。氣蒸衣重濕，愁結鬢全衰。翻愛龍山帽，臨風日日吹。

送任中翰贊畫軍前

詎有山西亂，深愁消息真。一身淹薄宦，八口倚何人？功立征南誓，恩宣喻蜀臣。蒿萊有耆舊，馬首爲咨詢。

彰義門望西山

萬山一深翠，飛舞帝城高。爽氣凌仙掌，遥天劃巨鰲。人烟亂杳靄，物態入纖毫。回直舒長慨，車徒日日勞。

袞袞

袞袞西征騎，何時奏凱旋？束身文墨地，傾耳鼓鼙天。山縣柴門僻，秋風桂月圓。平安透消息，痼病喜應痊。

作人

作人無長物，秋至轉添貧。苦雨連愁鬢，孤雲似幻身。龍蛇喧自鬪，鴻雁遠誰親？竟日淹昏睡，登臨畏損神。

楊枝

楊枝遺不去，孰爲戀臨邛。誤學夷兼惠，空談仕代農。心闌鄰舍笛，愁報女牆鐘。對酒慳無力，支頤望夕烽。

哭梁眉居司農

時哭孫二如、梁眉居二公。

長安營杜曲，樂事在銀灣。老興詩偏麗，花時醉未删。行藏依吏隱，筋骨厭人間。汎愛思疇昔，臨門淚欲潸。

寄宋玉叔監榷蕪湖

海國蒼茫外，蛟螭久晏然。艱難違地遠，忠孝倚天全。酒肆連江驛，魚蠻盛估船。君懷似秋水，賦就斗牛邊。

九月一日

燕薊高秋日，山川霧露中。崩雷轟入夜，驚電欻隨風。羽檄環征雁，蛩吟滯斷蓬。陰陽徒浩莽，主宰問蒼穹。

幸喜 大同逆帥姜瓖授首。

幸喜雲中捷，元兇已受誅。神功收不戰，仁澤到無辜。草竊終難久，餘氛會一蘇。有家見天日，歌舞徧山隅。

秋日寄孟楨沛上二首

一

潦水秋天盡，風臺想近游。兒童樂山簡，賓客愛王猷。葭菼輕航適，峰巒故國愁。舊傳單騎信，盗賊定無憂。

二

天涯傷遠别，淚漬菊花新。舊鏡顔侵老，秋蓴夢失真。無書渾自解，有酒强誰親！獨嘆京華客，煎牽兩地頻。

九日走筆問張貞玄疾

君最人如菊，交情勝飲醇。參苓新滿握，盥沐且須珍。閉户經多日，登高少一人。故園消息好，安穩莫辭貧。

自遣二首

一

宦邸秋將盡，淹留知是非。拜人酙好事，礐□得忘機。目送長天遠，心依百草腓。雀羅恒自慰，不願逐光輝。

二

昔是嗟安及，今非日又多。詩情長漉漫，酒態老婆娑。虛望烏填海，聊從鼠飲河。兒童應得罵，奚用馬前呵。

過岳朋海虎坊宅二首

一

韋杜風光逼，居然尺五天。書籤高錯莫，花逕曲夤緣。鸚鵡偷窺幕，葡萄嬾換錢。詩成近千首，應得號樊川。

二

蓮嶽何須望，秋深翡翠堂。少君媚禮法，稺子會文章。推牖過山色，携尊就菊芳。舍西洲渚闊，乘興有滄浪。

題秋舫

長日宜抛卷，群山盡入眸。沙暄鵝鴨亂，人静葦蒲幽。烟火千家繞，空濛四望秋。朝朝圖畫裏，渾欲勝滄洲。

讀秋舫集

詞壇君倜儻，噴紙散千金。往詑攸嘉賦，重驚雙劍吟。德涵辭奥密，天瑞遜沈淫。果許撼山易，秦人雄至今。

草築假寓屋壁

客舍何曾著，生涯許魏舒。夕陽明古堞，蔓草抱幽除。暴露形骸醜，經營畚鍤疏。故鄉戎馬地，況復未安居。

送常給事罷官還秦二首

一

皇清膺歷數，仁義拯中華。恥與前朝雪，名容小醜□。忠謀存闊遠，密慮傍泥沙。景物秋蟬寂，臨風自可嗟。

二

許允元清節，胡威寔繼芳。拂衣心不恨，借劍意空長。深草低鷹隼，秋山老驌驦。廟堂還記憶，盜賊會應亡。

效初唐體贈岳家緑珠

複閣鳥聲細，洞房履迹歸。鏡花留影并，書幌襲香微。月上梳粧數，風飄砧杵稀。懸知團扇咏，寫向六銖衣。

胡韶潁中丞至都喜贈四首

一

聞道趨天闕，功高百戰餘。生還豺虎窟，病讀老莊書。羈旅心常下，英雄略未疏。麻衣雖似雪，竹帛豈應虛。

二

聞道貔貅幕，投醪昔惠深。三軍羅萬竈，一日散千金。山湧耿恭井，風鳴諸葛琴。賜貂今已敝，只好共詞林。

三

漢沔通靈武，頻年卧鼓枹。千峰遥出棧，八陣尚留圖。野渡雙魚寂，秋城一雁孤。綈袍沽酒樂，未合乞江湖。

四

風塵多戰壘，不忍向西看。報國身先退，思親淚欲殘。故鄉烽色遠，客館筑聲寒。無限包胥意，爲君拂馬鞍。

懷伯珩

故人西蜀去，棧道度猿聲。藉問乘驄使，何時到錦城。天險重重隔，家山處處驚。數朝頻□白，霜鏡淚痕明。

送吕長音修撰假歸葬親因訊楊冰如太史

天際輕舟發，黄山落葉邊。去應追鳥疾，歸定得牛眠。器識科名重，榮恩忠孝偏。會逢楊伯起，相勸合龍泉。

新典梁司農宅將以冬至明日移居呈梁玉立太史三首

一

天涯淹拙病，歲暮且移居。裋褐矜全窄，泉刀笑不餘。柴荆寒柳落，睥睨曉雲舒。偃息從吾嬾，無營好著書。

二

司農城畔宅，太史肯留人。喪亂愁堪老，綢繆意近真。風塵寬覓醉，時令巧催春。眼界何曾限，銀灣正接鄰。

三

草堂雖偪側，著處更三年。計日迎家口，從人貸俸錢。年來代支王心盤、張伯珩二君俸薪。艱難非擇木，歸罷可忘筌。數笏乾坤内，餘生賴爾全。

送極五宗姪還清澗拜寄王文一明府

寬州桑拓地，世代隔飄零。舊産饒騏驥，頻年聚水萍。窮愁依藥餌，歡笑助堦庭。戰伐應全定，絃歌問德星。

送劉司李還任太平二首

一

去去劉司李，才高類穆之。肺肝終自豁，酬應不言疲。古驛沿江遠，殘裝戀闕遲。瀕分仍惓惓，吾道戒磷緇。

二

南國疲財賦，官方繫法曹。肯辭敦迫苦，直取撫循勞。臺敞凌歊月，江鳴采石濤。山川緣政理，隨代著英豪。

哭去偏四首

一

後來君竟爾，吾道益羈孤。欲廢新詩句，虚殘舊酒壚。飄騷驚玉樹，滉漾悵驪珠。久客因腸絶，哀啼切夜烏。

二

翩翩京洛聚，三載惜分携。地入黄河斷，天連華嶽低。高名垂輦上，盛業歛關西。慘慘清秋雨，白頭望欲迷。

三

風流張太守，生最負時名。道廣饒賓客，官貧得舅甥。悲歌吾獨愴，繫戀爾應輕。迴首行山暮，偏傷截髮情。

四

平生金石好，蓄積付誰收？神爽當星劍，虛無應玉樓。交歡童稚密，仕宦雨雲浮。莫恨學仙晚，乾坤共海漚。

東谷集詩卷九終

東谷集詩卷十目録

五言律詩

東谷集詩卷十目録終

東谷集詩卷十

清 白胤謙 著

五言律詩

簡錢武子

南北論詞賦，琳琅獨擅場。人真遥謝客，系本自錢王。擁帚憐纔暫，携琴媿底忙。沉吟憶疏闊，秋興欲顛狂。

送法編修假歸 時法有內子之戚。

還朝席暫煖，又挂海帆行。彩筆霑新淚，孤琴輟舊聲。古汀寒雁下，荒戍夕煙横。贈别悲孫楚，深增伉儷情。

客中再營新居

爽塏憐斯築，風塵豈定居。三遷成巷陌，數載隔樵漁。睥睨波光接，藩籬翠色趨。謀身終太曲，高枕負藏書。

寄平湖李令時蓁二首

一

間闊侵顔鬢，風流憶浙西。蛟龍眠細浪，鮭菜出新泥。地僻無留牘，人傳滿近題。須君鎮雅俗，帝里手重携。

二

向來珍雅作，肝膽悵還縈。結束酬官職，儲胥困課程。仙鳧終遠去，寶劍且長鳴。黯慘雙愁眼，憑風何限情。

寄仁和張令能鱗

栖栖雙闕下，生事傍朝鴉。春草牽愁晚，晴湖入夢賒。風塵隨度烏，意氣隔乘槎。引領彈冠會，掀騰慰歲華。

壽明經張子母

名家傳禮法，白首盛音徽。積銹沉朝鏡，流黃冷夜機。芝銜南嶽秀，鵬望北溟飛。綵服雲霄上，承恩報日暉。

涿鹿道中

簡書寧不畏，萬里去家園。嶽色連回雁，江聲雜斷猿。乾坤觀不近，詩酒興猶尊。豈必爲農樂，白頭滯一村。

微子嶺

白馬當時客，悠哉抱器心。三仁非恕論，一節罕知音。欹徑沾新濕，遥岑閣暮陰。艱難依降辱，忍愧未抽簪。

聞角

宿州愁宿處，夜半角聲哀。似是邊城曲，遥兼更漏催。窗明垂草露，榻暗入蚕雷。誰道王程遠，鄉心頓却迴。

七夕淮岸作

長淮依岸泊，風雨度清秋。此處無芳酒，同誰上木樓？兒童居狎浪，鴻雁遠驚洲。牛女還相會，何勞念阻修！

題醉翁亭

芳蹊沿細雨，數里入烟蘿。澗倒秋泉急，山浮翠靄多。古梅遮石壁，時鳥應樵歌。亭意留人醉，獨醒奈若何？

飲識舟亭

簫鼓趍危亭，歸帆集晚汀。一江秋水白，四面遠山青。逐月悲宫錦，乘槎老客星。登臨渾欲賦，未放酒杯停。

答贈覺浪禪師并示光雪其天兩開士

裡祀分南岳，人天遇導師。祖風行欲起，高足遠相隨。塔逕除新草，巖花吐故枝。他年飛錫處，真果不須疑。

蕪湖泛舟同李秀才常山人天然上座

樓閣媚清川，歌筵載畫船。榜人輕夕浪，游客愛湖烟。牛斗天相接，魚龍夜不眠。酒闌風恰正，倚棹興悠然。

青陽阻雨史明府約游九華謝之

前日征車上，芙蓉九朵明。淹留秋雨夕，珍重主人情。桂樹籠華棟，清歌泛玉觥。天涯戀朋好，惆悵限王程。

自東流避江改適建德作

馬當天下險，自古慎舟航。挂嶺猿吟切，攀林鳥道荒。東來吴地盡，西去楚天長。總逐秋蓬轉，凄凉又一鄉。

宿彭澤縣

粉堞圍千嶂，遥連落日低。我尋名岳去，偶過大江西。五斗元堪薄，柴桑苦未棲。皇華歸路便，三徑敢重迷。

登懷坡亭同門人徐宰

舍輿登嵽嵲，延眺大江濱。雙刹鳴鐘晚，孤亭薙草新。古人嗟已遠，時俗幸能淳。把酒煙波上，愁心向爾申。

李聖一直指邀飲貢院

棘院張高會，層城劍夕氛。山銜三楚遠，江帶五湖分。黄鶴懷仙子，花驄羡使君。龍門依下榻，直欲動星文。

同莊玉驄太史王念蓼給事渡江遇風暫憇黄鶴樓

美人千里合，同上武昌樓。雲氣浮仙棟，江風漾估舟。濤聲天外落，蘭臭座中投。欲話烟波意，高寒不可留。

樓浴咸兵憲李燦辰太守馬少樓參戎邀飲岳陽樓

高樓跨洞庭，風景入南溟。水勢涵天野，波光蕩日星。弦歌徵後樂，名勝快初經。渺渺懷仙興，君山落掌青。

老

少壯恒稱老，嗟今老是真。一身寧告瘁，萬里作征人。白草蠻荒色，舟書楚嶠春。怪來南雪少，偷簇鬢邊勻。

王命

典禮奔王命，乾坤入大荒。虎蹄交路密，橘刺引天長。十月猶飛蝶，千山未降霜。衡陽看尚隔，群雁是同鄉。

洞庭

洞庭行客少，草樹遠連天。陣陣北來雁，飛飛湘水邊。山荒無宿舍，水泊有漁船。李杜題詩處，徘徊倍愴然。

憂

湘南晴日少，不雨亦昏昏。亂水迷津遠，重山宿霧屯。干戈依草木，豺虎半乾坤。亂定憂還鉅，何人信早論？

贈衡州張宜男兵憲

南天推作柱，宗國忝承風。萬里褰帷會，三年仗鉞功。人争歌召伯，俗久化文翁。徼幸間問子，因君慰轉蓬。

使者時聞九疑進兵。

使者頻來此，長沙未肯過。功名歸將帥，行止傍干戈。花草沿湘遠，峰巒號岳多。九疑高悵望，崖石幾時磨。

殊方

殊方俗尚鬼，犯順賊兼獠。異態慵抬眼，沉痾只繫腰。近江鳴宿雨，望闕卓丹霄。豺虎何時絶？騰騫向斗杓。

寧遠

寧遠苗蠻聚，猶聞瘴癘屯。總戎新報勝，雜種術逞奔。嶺外機宜密，衡陽轉運繁。一身專奉節，得羨早飛翻。

舜廟

清齋登望燎，古廟入嗚條。禮重衣冠肅，山深木石饒。想像神光接，尋常紫霧朝。雲山元此地，隱隱聽簫韶。

贈衡州蔡君調司李

青蠅那可數，矯矯或蒼鷹。得見力兼識，惟君廉最能。經年塵滿甑，片語直如繩。萬里天池水，分明徙大鵬。

衡州諸公邀飲雁峰寺

峰頭供帳遠，旌蓋俯瀟湘。昔訝無鴻雁，今看集鳳凰。閭閻聞伐鼓，人吏竊行觴。昏黑全傾倒，茫然著上方。

留别衡陽諸公

緑酒瀟湘色，維舟送使臣。從無南去雁，幸有北歸人。兵甲上遊苦，帆檣下瀨親。聖朝仗公輩，且爲撫邊民。

歸舟漫興

鼓枻臨烝桂，還家歲暮心。雪晴瞻岳迥，舟穩就江深。過淺尊灘子，霑波羡水禽。詩成惟漫興，未學楚人吟。

湘潭舟中寄宜男道長

嗚榔乘水驛，稍似碧鷄還。豁達懷高義，周遊惜盛顔。難忘上客禮，有數列仙班。待就天壇約，酬君白玉環。

舟晴

藥餌曬船頭，匡牀鎮自由。江清蘇病骨，天遠散羈愁。舴艋圍長舶，鵁鶄領小鷗。古洲群盜散，王命恃安流。

歸途

歸途衝歲暮，迎面北風凉。僕子憎穿袴，裝糧迅淺囊。行行烟瘴薄，陣陣野梅香。藥餌渾全減，因驚出異方。

九疑扇寧遠峒猺製也股隱細詩舉障日始辨其文旁股用斑竹爲之内藏骨牌二十四片握鈕中有骰子三枚永州鄭推官贈予四柄咏之

納袖南風刺，蒼梧萬里秋。旅題磨細字，客淚嵌雙流。多病憐彫骨，將歸見采頭。天涯携帶遠，不忘五湖遊。

過江

過江初自慰，南北楚鄉分。潮送荆門雨，天低夢澤雲。王程真不易，客况向誰聞？舊鏡難欺爾，朝來見面紋。

漢陽元夜趙參戎邀宴

誰昔晴川會，觀燈復此城。江帆攢月影，竹爆帶春聲。角戲藏鵝陣，傳柑狎柳營。隨身健兒在，辛苦説南征。

秋日潤城聞伯珩京卿之命喜賦兼懷

一葉沁城邊，登臨憶汝賢。臣心真似水，卿月正當年。濃露霑烏柏，明霞趂馬韉。相思濤發候，誰話廣陵煙。

喬星又贊善歸養即贈

交親三載隔，携手舊山青。吴楚分旌遠，尊罏對夢醒。陳情輕爵禄，養望重朝廷。欲訂田園課，談經佐玉鉼。

舍傍架帆閣將成效樂天體

獨檻淩虛廊，如樓亦當臺。鳥巢齊樹見，山翠隔城來。心遠問愁失，天高曠望間。未緣招二仲，風月與徘徊。

夕望

數里高城外，沙明界白河。人依空處立，興在夕陽□。雨洗浮烟劍，山推好月過。渺然愁欲盡，倚檻一長歌。

送吴梅麓户曹

疇昔論文友，相逢駐使車。安危萬里外，聚散十年餘。輦上名方起，尊前興不疏。清江花照眼，早晚有雙魚。

聞駕幸南海命侍臣進講

陸海近蓬瀛，南薰奏濩英。龍輿三事列，虎觀六經横。啓沃皇心豫，敷宣聖訓明。自今文化洽，長願奉昇平。

六月十六日奉上傳召見太和殿賜御宴内膳命書唐詩草楷各一首恭述同與召臣羅憲汶王無咎單若魯卓彝李昌垣王舜年熊伯龍馬爗曾孫自式曹爾堪錢開宗徐必遠楊永寧陳彩葉先登薛澐鄧旭陳子達藍潤

玉殿上巍峨，傳宣寵禮過。聖顔迎日滿，天語逐風和。鳳味霜毫染，螭頭寶饌羅。丹心無以寫，慚愧沐恩波。

秋日遊海淀看荷花值李黼庵宗伯邀同龔芝麓總憲戴巖犖司農孫枚先王玉銘高似斗三侍郎朱梅麓黄鷗湄兩詹事孫毓旗副憲劉闇然通政潘世衡廷尉杜振門宗尹水亭小酌二首

一

鳴珂追野步，遠色澹秋襟。柳覆虛亭古，荷香曲港深。陽光晞疊岫，海氣蕩幽林。乘暇須行樂，委蛇足稱心。

侍直詩二首

一

清切依丹禁，深嚴寓直廬。相車追次入，御旨發教書。寵懾金牀側，恩欣玉饌餘。旁觀多治理，偏覺愧庸虛。

二

碧水鯨橋下，潺湲出未央。闕雲高不散，宮樹密成行。夾路來仙蹕，浮空繞御香。至尊無逸事，連日幸奎章。

瀛臺

西苑宸遊地，靈臺造碧空。仙洲凌瑞日，法駕駐春風。朝野歡聲洽，君臣樂事同。時康非玩物，拜乎獻天功。

景山

鰲極奠神京，君王閱射行。旄垂玄武纛，仗列羽林營。伐豉瓊鷹下，鳴弦瑞鹿驚。止戈須勝略，不獨樂山情。

送張穉恭奉使祀河

聞道宣房塞，懸知萬福來。瀆宗歆報禮，使節與賢才。駟馬春程適，千篇野興開。張騫去不遠，蚤見泛槎迴。

送王念蓼掌科備兵榆林

華省金蘭契，雄邊鎖鑰才。仙舟聯楚甸，朋酒散燕臺。古戍黄雲積，春城白雁迴。聖朝思汲黯，頻望奏書來。

送王似鶴太僕觀察河南

不負臨軒遣，知君經濟優。奉車離左馭，執憲歷中州。大岳圖間寫，洪河枕上流。御屏時記憶，且莫賦登樓。

送王藉茅學士觀察浙江

雪棹沿江去，春湖待客遊。家傳惟墨榻，御賜有珍裘。憲府冰心徹，彤庭解澤流。鶯花絶勝處，獬豸豈淹留。

送楊猶龍學士觀察晋中

當代論風雅，推君獨擅場。全才富經濟，特遣重巖廊。冀野縈參井，霜臺表激揚。九齡風度美，清禁日相望。

王蘭陔大行歸壽乃翁中恬先生王父子并予同榜

驛路春光早，遥隨使者軒。柳垂元亮宅，星聚太丘門。簪紱塵情遠，江湖勝事繁。題詩憶高隱，健羡一相存。

曉晴

草樹生新色，山川屬曉晴。閉門花半落，窺牖鳥多聲。文史丘中賞，煙霞物外情。升沉吾已慣，白髮未須驚。

寄衡州馬總戎

南極軍聲壯，遥天露布飛。伏波齊姓字，横海并風威。年髮催金印，兒男慣鐵衣。衡陽頻夢到，要自雁來稀。

吴九苞進士陛見還即贈

故人今特達，容易見龍顔。黄甲山來貴，金華未是閒。循良終異等，書判待高班。不次朝廷意，雲霄直任攀。

東谷集詩卷十終

東谷集詩卷十一目録

五言律詩

東谷集詩卷十一目録終

東谷集詩卷十一

清 白胤謙 著

五言律詩

送伯珩假省暨遷葬太母時新被理卿之命

今朝漢廷尉，猶著惠文冠。閔孝真無間，于門本自寬。承歡多笑靨，惜别易汎瀾。要識恩深重，君王盼玉鞍。

馬吏部兄弟壽母詩二首

一

孝友真誰最，河東有二龍。共添白髮喜，親捧紫泥封。慈竹新堯殿，靈芝積禹峰。雲邊見親舍，佳氣日重重。

二

聞道西王母，秋來宴玉池。斗牛連照耀，花萼夾逶迤。鼎食加餐得，宮斕戲舞宜。聖朝恩寵盛，陟屺莫陳詩。

初秋雨霽院試庶常題。

應律商飇至，微凉襲禁城。龍墀新過雨，鳳閣有餘清。氣接西山爽，霞連北闕明。共慚□玉燭，萬國慶舜成。

南苑時輟奏禁屠。

南苑凝黄屋，沉寥聖慮清。雪深貔虎帳，雲静鳳皇城。肅穆堯欽若，哀矜舜好生。迎陽節候届，真宰鑒虚明。

送沈昭子歸壽

輦下論文地，瓊瑶落袖中。倚閭懷悄悄，歸舫欲忽忽。花暖江南燕，雲輕薊北鴻。滄洲無限好，春日駐萱叢。

雪中欲呈南苑侍直諸公

行朝穿雪上，大野爛生光。見值宵衣數，寧辭扈從忙。奉輿躬獨瘁，補衮志偏長。剩有間鷄鶩，無營竊稻粱。

讀沈亞斗景山瀛臺寒夜三賦

揚馬蜚英後，斯文許孰操。憑虛開浩淼，極態入纖毫。經緯形吾拙，騰掀定汝高。祇應啞杜叟，三禮獻身勞。

仲春上駐蹕南苑閱武行蒐禮召廷臣四品以上同詞臣恭視賜宴

行宮應制

上苑試春畋，期門八陣聯。風鳴金鏃厲，日耀鐵衣鮮。湯網開麟藪，羲庖列兕筵。書紳聆訓誡，不獨武功宣。

春日隨直苑中讀諸相公應制佳作

禁苑沙堤暖，春風修禊餘。波光臨太液，柳色接周廬。龍舸傳呼遠，霓旌夾望舒。叨承三事側，高調捧瑶琚。

和劉少保寒食署中之作

禁裏度春華，東風節候賒。昆池開曉霧，馳道敞晴沙。盛業調金鼎，高唫麗彩霞。在公追逸興，退食敢懷家。

題寧陵新吾吕先生祠和王宗伯

司寇聲名舊，先朝德業尊。千秋遺乘在，三晋古碑存。魚鰲移天塹，風雷守廟垣。尚書詩字好，擊節向文孫。

直苑中齋宿和劉少保

直廬初夏夕，齋宿俟明禋。避殿臨西苑，依天邇北辰。懷鉛封事簡，警枕漏聲頻。早識陰陽正，彌綸有鼎臣。

瀛臺偶就呈金少傅

水殿晴光裏，朝朝列畫圖。呼群來鶴鷺，隨意長菰蒲。政府頻多暇，詩情更不孤。却慚踈鈍質，忽漫點蓬壺。

壽綦吉士太翁

野服來丹闕，横經敞北窗。詞林才敏妙，海國氣淳龐。龍驥行相引，鵷雛舞更雙。春花初映酒，須用玉爲缸。

壽顧吏部母宜人

令子雲霄器，慈闈教夙成。含香依日月，秉鑒得聲名。蒲葉隨仙酒，榴花照帝城。傳詩托江燕，應見孝烏情。

侯侍御太夫人壽

軒車來不息，酌醴獻高堂。機老流黃月，臺新列柏霜。恩光偏玉署，文物盛金章。歲歲南山色，遥連渭水長。

送程幼洪教授姑蘇

執經辭闕下，秉鐸向江濱。車馬良朋集，山川故國鄰。蒼葭緑水遠，黄橘薦霜新。落日扁舟上，頻應戀紫宸。

鶴

不逐神仙去，虚名尚爾尊。素翎空嘆惋，碧海隔飛翻。起舞瞻天路，迴鳴戀主恩。未須題極品，應愧蚤乘軒。

吏部署中古藤

鶴聽蟠古榦，終日受清陰。自是凌雲物，偏饒介石心。炎烝辭火宅，風雨聚龍吟。藻鏡知難學，無私相對深。

和金少傅直中初夏之作

離宮多暇豫，始夏屬清和。柳幕圍黄屋，莎茵映碧波。鳳琴風欲轉，鑾輅雨還過。日侍調元老，時康賡載歌。

仲秋内計署中即事和胡尚書韻二首

一

秋空寒雁度，古廨白雲舒。月好邀清詠，風凉納廣除。群倫歸綜序，雅鑒藉沖虛。翹首君恩重，深慙效職疏。

二

吏隱衙齋寂，秋風佳興同。十三至十五，夜夜酒杯中。署尾容安拙，循墻報考功。遭逢多足幸，碌碌稱衰翁。時協典內計。

送羅篁庵詹事致政南歸

容易休官早，身名遂已安。交情朋友愧，歸去老親歡。林影移書帙，江波穩釣竿。瀕分真艷羡，直道莫稱難。

送趙錦帆郎中落職歸

投劾衰人分，寧知送汝行。循良堪浪擲，隱忍負平生。別袂臨風濕，歸裝似葉輕。珠還終有日，莫遂北山盟。

蒙欽賜馬疋白金文綺紀恩二首

一

内廄飛龍騎，牽來賜小臣。寵榮真覺逾，芻秣會須親。玉輦頻迴首，天街不動塵。難酬明主意，甘苦仗隨身。

二

錦拆黄鱗尾，金封白裹蹄。拜歸心轉窄，觀罷目俱迷。素幸門多雀，終慙梁有鶖。疎庸那足稱？安穩是虀藜。

壽李長文太翁

丈室羲皇上，席前立介珪。無情狎世網，有分達天倪。虎觀留丹管，龍章射紫泥。自今長健在，名與偓佺齊。

戊戌立春 時因皇太后違和，停刑旬餘。聞已大豫，頒恩在即。

臘月冰河泮，新年冷色頻。愁將鬚盡雪，氣借酒生春。正值璇宫喜，聊輕案牘塵。明朝重有詔，多幸太平人。

恭餞薛夫子致政舟歸河陽二首

一

功成名遂後，身退古來難。執熱元思濯，天風恰送寒。青門臨水驛，黑髮謝長安。猶着朝衣舞，雙親帶笑看。

二

乘桴于海去，計日到河陽。流水幽篁下，春風野芐香。主恩隨杖履，吾道倚津梁。碌碌素飡者，臨岐徒望洋。

王水曹妻王母八十徵句

聞自乘龍客，朔方司李賢。閫中餘穆穆，膝下盡翩翩。動含詩書禮，勤將七十年。薰風宜獻壽，持此被鳴弦。

贈王世如

故人今夕聚，風月滿燕臺。鏡裏吾偏老，朝端爾倍才。青萍還氣合，斑鬢忽顏開。應覺窮交少，勤來問酒杯。

春日長安作寄示姪熙

迫迫東華道，春風底事忙？山光浮馬埒，柳色障魚梁。我意懷張叔，人誰繼洛陽。何緣投劾去，名姓二疏香。

送朱嵩若大司空省覲

八座榮旌旆，還家四月時。高堂封一品，錦障列千詩。柳驛隨花發，沙堤待馬嘶。聖朝頻錫類，重許奉期頤。

寄懷朱梅麓總河

桃花春漲後，川路穩流澌。幕府千兵擁，綸巾一扇隨。南風催舸艦，北斗亞旌旗。獨立知無事，相思贈策時。

春程奉使賑畿內。

春程花未盡，雨露滿芳荑。平野看人小，長天與樹齊。村村聞布穀，處處見扶犁。日日長安近，心依魏闕低。

途中望雨有欲以歌進者止之

詎有聽歌樂，長途鬢益絲。民饑真欲急，馬足故憐遲。綠野隨天去，黃塵盡日吹。惟思興雨處，高下總無私。

雨

好風吹雨至，一夜破憂悰。應識天工速，能兼帝澤濃。待瞻禾被畝，會化廩崇墉。載酒行阡陌，歡聲起老農。

發密雲縣

每愛雲多狀，應知縣得名。朝來微雨歇，天與看山情。近渡扁舟小，遥岑匹馬輕。烽臺渾欲盡，總爲仗昇平。

寶坻道中有懷杜純一侍郎

沙田連海澨，雲色正蒼茫。何處無屯戍，人言尚樂鄉。雕菰炊作釀，白小拾堪嘗。搔首伊人遠，徘徊水一方。

永平贈宋使君二首

一

風塵吾欲倦，孝弟爾難能。暫過觀爲政，留歡念得朋。魚香傳白雪，人邇沃清冰。此路饒山色，流連意不勝。

二

相思此相見，七載悵離群。灤水清堪酌，夷齊不厭君。關山明海月，驛館澹晴曛。欲別還傾倒，天涯入望雲。

送高念東還里

府中趨不慣，歸去欲成狂。近海饒仙迹，多君更裹糧。客談何潦倒，世態果凄涼。元白平生意，纏緜安可忘。

題梁大司馬牡丹卷二首

一

世澤山來遠，春風王謝家。數椽沱水曲，千樹洛陽花。暖艷含朝旭，濃香散晚霞。主人多逸興，日日想幽遐。

二

勝地平泉舊，名花占牡丹。交柯搴玉佩，帶露覆雕欄。丘壑將春駐，烟雲儘客看。畫圖傳送處，詞賦動長安。

寄挽聶封翁兼慰輯五廷尉

仰止高儒尚，僮來報考終。豐城神劍氣，蒲坂古虞風。倍覺遺經重，休悲繐帳空。子春形太瘠，强飯勸移忠。

哭伯兄長洲先生四首

一

聚散岐生死，悽惶骨肉情。長吟辭大夢，旅病抱愁城。四海誰兄弟？千秋絶友生。一哀再回首，誤我是浮名。

二

大宗君最長，道德更吾師。論世堪依隱，全身在守雌。天倫前輩盡，深識少人知。黯黯風塵内，誰題李子碑。

三

萬卷容邊腹，爲文似陸潘。戈矛違薄俗，蟣蝨棄微官。有意留香井，無心問大丹。飄飖天地外，游戲狎龍鸞。

四

伏枕傷心甚，天涯道路迷。髭間三寸雪，馬上五更鷄。大野悲風急，寒都落日低。故山歸未卜，揾淚向西啼。

己亥元日 時因審理江南闈獄，輕擬聽罷。

到眼春偏稱，閒邊覺晝長。風香生柳岸，水色動冰塘。失職緣疏鈍，無心得混茫。故鄉饒藥餌，傚倖望恩光。

耳鳴兼聾合爲勇退之舉憶先司空亦有斯疾因得歸田但吾衰較之早甚非獨名業弗敢望耳

雷聲警淵嘿，對客意偏嗔。未謝朝廷事，寧堪土木身。依人還聽訟，竊禄尚拖紳。記得司空返，爲年傍七旬。

讀王世如御試文嘉而贈之

斯文不易作，欣喜足音跫。賴已邀玄鑒，應堪式辟雝。揚徽凌白雪，審候辨黃鐘。嘉惠朝廷意，吾徒合爾宗。

主恩

主恩應得許，可遂故園携。尚怪龐公子，偏賢王霸妻。山光迎屐齒，春色望桃谿。歸罷無餘事，柴門作意低。

人日候旨望罷

乾坤如橐籥，物態歲還生。薄福淹多病，無能玷列卿。霜花沾樹薄，鳥路逐雲平。袓褐春明外，終身感聖情。

即日奉旨蒙宥鐫級感賦

腐儒應得譴，閉閤重咨嗟。忽漫蒙恩寵，深慙負垢瑕。顛危防暮景，浩蕩倚春華。會乞遵愚分，江湖意未涯。

東谷集詩卷十一終

東谷集詩卷十二目録

七言律詩

東谷集詩卷十二目録終

東谷集詩卷十二

清　白胤謙　著

七言律詩

飲青林別墅

陰厓側護澗之槃，蔚然千箇青琅玕。林亂初疑徑所出，泉迴旋與石更端。佳人停歌山鳥弄，童子摘蓮秋水寒。嵐露沾衣天欲暝，裴回爲惜荷花殘。

暮秋出郊二十里書所見

天外秋鴻縹紗聞，野花如菊細紛紛。數村霜葉紅將老，半日山煙翠未分。危石苔穿成鳥篆，斷雲風曳似波紋。仙臺欲去無人指，削壁千層落照曛。

太清閣

曲折河流帶遠坰，蒹葭霜露白洲汀。巒尖雙堵煙同秀，杖底諸松響欲靈。寒逼驌驌裘乍脱，狂生鸜鴿舞初停。青山莫灑新亭泣，下界鍾聲破夕暝。

九日與友人觀西郭兩池適有門戒日晡始以盤餐縋城下飲嚼頗雄也紀之

左園涉過右園開，西門出從東門迴。只尺遊事成曲折，等閒秋色盈池臺。籬邊小妓暫輟瑟，苑外材官紛銜枚。奇人纍坐愁城裏，不有佳節誰能來。

九月望賊犯縣南憲長東里王公統衆剿禦適直指按部至視障勞

師即日聞頒餉之旨

百戰山川霜靄橫，烽連三月一孤城。經天太白爾何意？每度秋光傷我情。餉出司農新奉詔，纛臨使者舊知名。戍樓今夜休吹笛，御史新行細柳營。

贈王義行

昨君病卧沁城幽，此地梧桐葉入樓。別後遊因辜二仲，重來貌亦帶三秋。鄉鄰風俗容忠信，天地兵麾慎去留。莫棄良儔輕遠道，又彈長鋏望沂州。

侍家大人疾二首

一

臥索雜書手自披，枕中時物亦頻移。感從兵甲秋蒿際，望到農桑暑雨期。湯藥暄寒周四序，厠牏左右一孤兒。此身倘化仙人杖，會得扶持任所之。

二

四月螻蟈鳴庭中，參差北斗仍在東。侍疾初讀本草半，持户預愁倉廪空。抱兒引笑和兄姊，唤婦出饋當窗櫳。纔報太平垂白喜，收云一日輕三公。

藐山師見索近作

吐握深心未易酬，園花端不厭頻遊。□林聽鳥歡同譯，静閣藏書許對讎。文在敢云阿所好，詩亡如欲向人求。莫勤古意思葑菲，瑶草秋芳泊水洲。

寄郭麓俠嘉定

濯錦江頭荔子甘，故人爲政似岑參。迢遥畫舫辭西蜀，曾否朱幡過濟南。百戰山川雙雁斷，十年風雨一編酣。河陽老友君曾識，爲恨嵇生近不堪。

抱病問香林上人病

實欲投禪老此村，醫王含笑竟無言。庸根貞疾翻如悟，逋髪多情漸似髡。過眼《楞嚴》羞識字，度人摩詰不開門。海漚逆旅誰關係？獨夜聞鍾揾淚痕。

秋日

秋日西畬草堂静，翠條蒼柯裊裊長。入夜苦遭蟲響聒，侵晨飽見日輪光。黄雲萬家收禾黍，白晝當道足虎狼。不是年來愁太過，呼鷹走馬尚堪狂。

留别衛扶區

夜夜緇書雜笑嘻，紅燈作暈照鬖髿。吾文自嘆玄猶自，君力方將仕未遲。春色離離生一別，客心草草敢重悲。玉溝晴緑深於染，薄醉攜人看小姬。

長安道中

風塵年貌久蹉跎，又使桃花笑下和。雲隔美人春夢斷，家迷芳草暮情多。長堤午喝塵隨馬，野店霜清雁繞河。欲向江南深處住，吳船千隻正如梭。

寄贈衛扶區第後得尊大司馬恤典

馬嘶馳道驕宮錦，龍護天書下祭壇。赤舄百年追舊業，碧霄萬里信初翰。言兼風采人誰并，官近蓬萊地不難。慷慨想吟詩度日，西山翠色曉闌干。

寄楊中岳掌科

天門北望鬱綢繆，清夢頻依舊子游。久偃兵戈留豈弟，閒焚諫草憶風流。驊騮盼睞矜相重，羊鶴氍毹展自羞。前歲綈袍別淚在，俄驚負笈是三秋。

和成友端見懷

人海塵霜淹客姿，故園今日誦君詩。雲歸複嶺白如昨，劍拂長霄紫不移。離別古情談勃勃，文章真氣辨絲絲。乘風鴻鵠終千里，籬落奚堪慰爾思。

仲冬月夜去偏邀集天王臺看積雪

高臺寒夜自風光，雪月玲瓏瀉下方。晴曳練江横皎皎，冷浮銀帛射茫茫。中原氣黯催烽火，北斗輝乾閣酒漿。搔首跉竮思一舞，霜花如霰拂千將。

藐山師拜南大司農即赴白門奉寄

鼎鐺終爾借天球，今日留儲亦主憂。封事亟圖桑梓國，王程嚴戒木蘭舟。江南山水饒登覽，宗伯文章足和酬。時向六朝芳草路，春風泛泛不驚鷗。

寄石翥雲使君

憑君恢復舊封疆，莫上高臺望故鄉。定有新銘題碣石，挂將長劍倚扶桑。月明篴外草烟白，雪霽旄頭海氣黄。誰送春空胡雁北，相思欲附塞雲長。

寄衛民部

四方水旱年來廣，大府金錢嗟正空。會計國門誰克領？紛挐寢處不遑終。多君治辨能當事，見説清勤有父風。翹首長安春色遠，青雲縹緲隔雙鴻。

壬午寒食

片雲拖雨翳徘徊，迫暮風顛雨却迴。繞郭人家連哭泣，登山我馬且虺隤。陰陽驕亢終何極，桃李摧殘苦未開。南向濁河衣帶阻，愁聽日日羽書來。

積雨遣悶作

蚤禾暵傷晚艱秀，忽值滿意秋霖飛。連晨淋淋響不絶，中夜凜凜寒先歸。陰陽生事頻牽慮，寇盜中原未解圍。安得青天行烈日？抱書炙背簷前輝。

秋懷二首

一

霧鎖梁園戰壘稠，悲哉自古帝王州。中原狡兔深三窟，河上重英偃二矛。凱唱幾時旋角裏，將星前夜墜旄頭。白金獸錦空傳錫，愁壓黃濤一線流。

二

行藏舊許身無價，歲月虛愁神太傷。聒耳一鳩偏喚雨，摧心百草騾經霜。作人初信退步好，讀書惟求出世方。萬事細瑣不足道，捲收造化歸詩囊。

壻王孟楨過我率爾有作

遊子辭親騎馬出，館甥問舅入城趨。新醪到盞深深碧，中歲論文漸漸疏。豺虎乾坤三尺劍，鳳凰樓閣萬言書。乘時戮力須英俊，北上仍慙附後車。

酬張修其侍御

十年獻賦老燕臺，漢主今辰上苑開。憂國匡衡能抗疏，譚詩賀監且憐才。愁中擊劍風塵滿，病起彈冠春色來。見説惠文頻召對，俄看執法近三台。

衙齋

藜火無煙抱寂寥，上林有樹托鷦鷯。一官自誚如鷄肋，五斗粗能免折腰。秘府琅函高絳帳，仙班瓊佩集青霄。十年有夢頻非幻，咫尺明良會未遥。

先君子阡

風號露泣草芊芊，猶劇春山響杜鵑。二載音容頻哭夢，異時松柏會吞天。丘前別業孤吟入，牀上遺書拙務牽。許否今冬遠遊子？

浮雲直北有狼煙。

送藺覬玉之東萊令

把臂師門豈重過，萊城竹馬望君何。携將華嶽三峰雨，注作桑田

萬頃波。海上自今歌藺相，禁中誰復似廉頗。相思時有東來雁，

消息頻知薦剡多。

秋興四首

一

天臨北斗懸金座，月滿秋風颭羽旗。雲擾乾坤悲故主，山深禾黍

泣遺黎。芙蓉闕下銅駝卧，虎豹關前銕馬遲。寄語東方諸將帥，

早乘勝凱濟王師。

二

北闕煙塵澒洞時，五陵彈鋏不勝悲。彩毫枉擅凌雲賦，玉扃虛傳幼婦碑。龍逝鼎湖焚劍履，烏啼内苑散嬪妃。採薇半死流離子，搖落秋風起暮思。

三　聞吴平西、洪督師在軍中。

驃騎千營救朔方，勳勞不數郭汾陽。秦庭痛灑包胥泣，漢節猶存屬國霜。三晋雲山連戰角，萬家水火載壺漿。重忻文武聲名舊，已遣兵威草木揚。

四

河流衝激犯巨石，渦漩水面如車輪。雷喧雨吼不自迭，逝鼈驚鼉那敢親？秋天漸涼樹欲落，美人獨在河之漘。無生上人耳根净，時携拄杖□涵□。

九日

九月九日谷中居，出谷憑高發興初。山川閲人漫悲喜，賢聖任世争毁譽。梗浮一官甘自棄，甌脱百畝那能鋤。玄亭著書憂寂寞，犢裩賣酒拚居諸。

山中薄遊和王孟楨孝廉二首

一

連辰墐户畏風色，負策行吟生暮寒。陰磴伏泉泠自溢，凍巖苦栢

嫋須餐。物華氣運藏龍劍，吾道風塵老鷃冠。日在西峰重回首，
途窮阮籍泣無端。

二

尋僧爲覓泉源出，得句因題石壁還。拂拭古苔搜奥窔，攀緣喬木
弄潺湲。山深橡芧隨狙食，徑仄樵蘇伴鹿閒。莫問凌雲舊詞賦，
不堪揮涕紫宸班。

嘆息

嘆息吾生何太拙，一官卒卒真可憐。棄田狼狽逐妻子，結鄰虎豹
逃人烟。洞中群僧恬無累，城市小兒暴有錢。筋力早稀意氣盡，
有黍且釀供醉眠。

再和孟楨

洞中石巢如飛樓，下臨無極山窗幽。寒露悄然冰雪結，陰霤颯爾波濤流。向生未老元甘隱，陶令雖貧實倦遊。緑酒已非他日興，白雲强爲故山留。

冬至

去年此日叨恩寵，執笏鳴珂向紫微。玉玦凋殘金馬闥，彩毫冷落白雲扉。灰消葭管頒書杳，水竭銅壺露布稀。草木一身魂滯野，河山舉目淚沾衣。

同靳沖陽兄弟賈九明經登香臺山二首

一

香臺臺畔香爐石，吾登直當望鄉臺。故國雲山連鼓角，孤臣涕泗灑蒿萊。孟明未釋亡師辱，賈誼終須王佐才。老樹半摧梁棟棄，夕陽荒壘絶悲哀。

二

古廟丹青湮壞壁，新亭風景入殘杯。從禽獵子翻迴去，貪食饑鳶獨下來。千里旌旍連朔漠，百年經史有秦灰。陰陽短至催寒暑，潦倒風塵首重回。

奉詔屢促出山作

蕙帶荷衣吉且安，不堪呑淚彊彈冠。世情盡矣惟高卧，吾道行乎祇素餐。春著草茅重被澤，雪深薇蕨會禁寒。空殘一片酬恩骨，澗愧林慙欲去難。

寄胡韶潁司馬

先朝拜命辭京日，相國專征擁節行。親捧勑書臨虎旅，誰言司馬是書生。軍聲久振横汾曲，殺氣遥連北斗平。喜説留侯歸漢室，初從博浪話功名。

乙酉三月謬被詔趨覲初出里門作

病骨寧堪滯鶴書？蕭蕭野服趂安車。西山雲冷迷丹壑，北闕春多敞石渠。强起敢懷行役苦，餘生實矢報恩初。載逢玉馬群趨日，側席還勞念子虚。

寄傅夢徵侍御

茂陵病客卧蕭條，知己遥憐賦大招。若木華鮮揚日月，鄧林枝舊待鶺鴒。皁囊霜色飛三輔，玉署恩波動九霄。畏説弓旌頻下及，草茅胡獻報新朝。

贈衛郜孫侍御

邢國埋輪憲節懸，曲梁新有素書傳。人逢千里朝宗路，夢續三生訪戴船。臺柏修柯浮醉露，庭荆秀蕚競芳年。不堪病色驚新寵，徒倚風塵眷着鞭。

東谷集詩卷十二終

東谷集詩卷十三目録

七言律詩

東谷集詩卷十三目録終

東谷集詩卷十三

清　白胤謙　著

七言律詩

贈去偏時納雙姬

合浦珠還竝月明，鳳城携手淚縱橫。天涯聚散頻生死，宦海升沉自舅甥。予病望歸消藥餌，君才初展就功名。羅敷西子同顔色，誰更風流似長卿。

題衛郃孫兄弟壽母卷

宦邸共傳棠蕚美，親輿重慰柏舟勞。千年一鶴形應健，竝匣雙龍氣自豪。南極景回鰲駕重，西池雲傍鳳城高。鳴珂列鼎稱春醴，對舞還看著綵袍。

西苑

十里芳湖浸碧空，先皇臺殿在當中。千行鹵簿張雲幄，百尺樓船結綺叢。一自黄塵翻陸海，空餘白霧滿秋風。魚龍寂寞滄波冷，無數荷花漂泊紅。

賜畫分賦得猶字

人間見畫虚傳巧，内禁丹青迥不侔。秘積緜來同國寶，寵頒何計答皇休。彩文夜識雲霞氣，朱欸晨猜螭虎遊。麟閣千秋慙盛美，鳳池多暇漫夷猶。

贈高仙友掌科尊人其少子檠出予門

鳳子已超丹穴起，新雛又趂上林飛。雲霄劍佩舒青闥，花萼樓臺盛綵衣。高適詩名元宿昔，鄭玄經術有光輝。百花古嶼春風轉，載酒長吟度翠微。

飲劉憲石先生新居二首

一

當軒嘉樹拂雲光，院後叢花撲几香。槐市談經聊近隱，竹林縱酒豈誠狂？陽春調寡推前輩，冰雪心微識舊藏。合有典型參密勿，未教沉積老馮唐。

二

西子湖邊錦纜迴，千船網得夜珠來。還朝自壯風雲色，染翰誰爭海嶽才。人是劉楨儔盡好，居逢蔣詡逕初開。玉芝近日仍能暇，退食相從一舉杯。

賦得夏雲多奇峰和李吉津王敬哉二首

一

南陸陽光扇氣和，天庭異景借嵯峨。朝暉迸送層巖落，夕照争翻疊嶂過。媧女空言能煉石，黄姑誰道但愁河。應知蓬閬無真實，萬古長看一鏡磨。

二

煙巒霧壑遠氤氲，紫蓋香爐觸勢分。火帝不緣迴日馭，雲師若爲幻龍文。斗牛暮傍冥冥宿，雁鶩晴穿冉冉群。極目家山虚杳靄，望中無處似河汾。

新秋感興次劉太史韻

禁院凉生碧樹秋，羈栖天地一蜉蝣。山河幾處仍兵氣，風雨三年厭客愁。甎影日移宫漏度，荷香露裛御溝流。支離劇惜平生興，不復當歌撫劍緱

秋日登慈仁寺閣同吕見齋二首

一

浮雲不散古今情，孤閣凌空雙鶴鳴。天遠數峰連雪色，風高群杵帶松聲。龍光近繞新城闕，雁字横過古北平。日暮徘徊渾欲涕，最憐此地有逢迎。

二

危欄四面敞風煙，送客遥臨意惘然。萬里浮雲朝北極，千家秋色靜諸天。同看陸海兼塵湧，誰識尼珠并月圓。賴是長安多勝蹟，風流逾愧昔人賢。

贈朱右君掌科尊人壽

仙家近住五雲邊，本自尤溪第幾傳。劍浦流風高宿隱，梧垣直氣邁時賢。香迎車馬懸弧節，錦簇樓臺戲綵天。黄閣聲名那不重，鳳城鶴轡日翩翩。

贈王梅和少司農

維桑樽俎幾追遊，座上温然見古球。天下度支□□重，百年元氣老成留。焚香北斗當窗近，舞綵黄河入斝流。歲暮庭槐仍自植，海門雪色映扁舟。

正月晦聖節適西蜀班師

禁院風光雪後多，垂垂宫柳駐煙和。不緣帝降三陽會，誰問春還一月過。鳳闕九重傳罷宴，鼇叢萬里載迴戈。廟謨定合修干羽，海澨從今入頌歌。

代贈藍明府

草長門庭倦掃除，白雲縹緲見仙居。土人解述巢由論，詞客還裁封禪書。岱嶽塵横吹角外，勞山月湧倒杯初。延年詎有丹砂訣，萬頃滄波縱巨魚。

送去偏埸守鳳翔

駟馬橋邊願不違，岐陽古有尹翁歸。黃河雁度鄉關近，華嶽雲生烽火稀。九死豺狼悲客路，五年霜雪感征衣。春來鸎鵡含愁甚，何得從君隴樹飛。

寄呈李常六明府

太行西去雪峰高，千里風吹入鬢毛。兵後山川消伏莽，春來父老幾烹羔。花臺月影淩雙舃，劍室星文護六韜。正想故園耕作候，野人何日種櫻桃。

春日玄武門同劉憲石先生

漢宮晴旭動人間，春弱河堤綠未還。複道緇塵容振策，斜風臺笠劇摧顔。畫樓晝鎖前朝樹，斑鹿群眠萬歲山。獨嘆周南留滯客，國門欵段幾時開。

三月十五日報國寺探海棠作

古寺花遲客興孤，春風物色未全蘇。追遊儘拚傾香醞，倚醉還能碎唾壺。光怪競看新碧盌，繁華厭説舊玄都。含情佇立松陰晚，一片斜陽水鶴呼。

暮春署中和岳朋海喬肖寰

碧落虹文倒日懸，花宮駒影促星躔。春風輦路生茶莒，恠鳥松林學杜鵑。髣髴蟲書芝閣上，有無鬼哭鳳城邊。荒唐誰羡千秋業，滿目青樓醉管絃。

陳侍御邀同賈太僕張比部張編修原光禄韋公祠看海棠

殷紅十丈擁葳蕤，隱約東風耐細吹。雖帶繁華無媚骨，况經浩劫有高枝。春愁騷屑消深翠，旅鬢峥嶸傲古螭。不是花仙能不老，玉環顛頽已多時。

韋公祠再集看海棠

野寺尋花已再來，丹葩爛漫照銜杯。臙脂細灑著堦雨，錦繡全鋪遶砌苔。春色五陵餘悵惘，孤雲碣石助徘徊。風塵苦易凋雙鬢，痛飲休令醉眼開。

雨後書愁

春雨誰耕綿上田，故園回首已三年。據梧久欲同枯木，辟穀何妨減俸錢。海内風塵纏畫戟，天涯歲月耐青氈。金臺悵望空千載，梁父吟成倍可憐。

姚若侯座贈澹若較書得裙字

冉冉仙風動練裙，陽臺真自見朝雲。輕敧紈扇含冰影，静拂香爐對夕曛。月下文鸞驕并舞，曲中楊柳帳誰聞?·莫愁燭燼花先睡，許近驪珠坐夜分。

韓孺人姑婦孝烈詩

韓家孝烈凛秋霜，姑婦雙傳海岱光。城瓦凝苔猜化碧，井梧落葉定生香。官貧滲瀡持冰玉，婿好箕裘接鳳凰。滿眼風塵愁望絶，樹名千載有齊姜。

六月六日同館中兄弟集金魚池孫廷尉亭

走馬官衙伏熱侵，野亭疏爽駐幽襟。攫雲恠石高軒静，蔭日叢篁別徑深。淺水凫鷺來汎汎，古壇松柏對陰陰。何人解唱滄浪曲，欲寄江湖萬里心。

立秋日飲汪氏園

連朝酷熱思秋甚，雨後柴門載酒過。入榭凉風生密竹，湧池香氣泛清荷。尊中天地滄桑逈，樹外樓臺煙靄多。此日鑒湖誰得乞？欲將蓬梗付漁簑。

苦雨

新秋無事阻行遊，燕山苦雨堪白頭。載酒侯芭不易討，短衣稷嗣空依留。已愁半夜破椽壁，更少餘錢買舶舟。廣厦幾人欺甲子，閉門高卧聽箜篌。

七日直院中傳賜錦幣

秘院秋風報早凉，上方優寵賜衣裳。錦雲爛漫包重束，銀漢分明降七襄。自是天孫初罷杼，不愁越女匱承筐。深懷補衮酬殊遇，敢戀青箕憶故鄉。

秋日吕伯承齋中觀曹真予先生遺筆

當年講席爾升堂，不違□生恨面墻。敢謂知非如角玉，空懷進取慕琴張。數行到眼垂清範，百拜皈心嗅古香。晚學桑榆思秉燭，未衰雙鬢蚤蒼蒼。

袁長卿尊人九日前初度

章丘自有羊羔酒，未及重陽倒玉壺。秋色遥臨華不注，月明長在白雲湖。由來處士耽高卧，況是長卿爲大夫。猶喜二東烽火息，鄭家書帶滿庭隅。

集陳道莊侍御宅

客裏黄花對舉觴，風塵天地一徬徨。窮愁不減茱萸興，浪迹都忘傀儡場。海内詩名誰白雪？吾徒酒伴幾高陽。近來抗疏知非易，酩酊惟堪典鷫鸘。

壽胡太史祖母

使者求賢江漢迴，瑶池只尺近蓬萊。千年慈竹迎寒活，三秀神芝觸雪栽。天座侍臣初弱冠，晋陽僊吏不凡才。銜恩此日追遺腹，何限冰心映玉杯。

贈白集虚進士

本原同遡自關中，科甲聯翩百二雄。名别渥洼千里合，居依渤海九河通。青春得意堪投轄，華髮灰心久類蓬。佳氣五陵偏未艾，看君早晚駕長風。

送金豈凡大司空假歸展墓 時龍城口外。

聞道千金罷露臺，何人密贊主恩回。東曹豈動鱸魚興，北斗元高水鏡才。十載松楸新雨露，一時供帳盛尊罍。江湖莫滯文昌宿，倚望平昌一棹迴。

卜兵曹祖母九十

蓬萊紫霧繞皇州，客有彈冠爲報劉。日出香鑪趨晝省，月明鶴髮倚高樓。悠悠鳧影臨觴度，脉脉芹香入饌浮。近日西河多羽檄，還思文學起歌謳。

對竹漫咏

主人無肉欲相須，珍重分明玉并枝。白日風雲生户牖，虛堂冰雪映鬢眉。莫嘲易葉聊安土，雅抱貞心忍媚時。敢遡前賢擬琴鶴，數年冷暖此君知。

和同館兄弟雨中賞蕉花

閉門午熱多愁煩，碧山主人具酒尊。錯怪巫娥携暮雨，未妨詞客滿秋園。當軒竹露侵花重，隔堵鸞笙和葉繁。詩思載歸宜病馬，衝泥遮莫到黄昏。

再咏蕉花

奇葩幻出真何意，迥絶人間桃李蹊。粧點曉窗凌彩筆，扶持夜閣照青藜。仙人蕚緑華誰見？童子珠囊露欲携。此物由來同竹實，有時偏近鳳凰栖。

七日院中兄弟公集邀陳百史冢宰

秋堂細雨纖纖濕。小集盤飧倒醁醽。海内弟兄餘數子，天涯契闊念雙星。青雲吾道端誰屬？白馬妖氛望欲停。惟有慈恩舊時侣，陽春一曲正堪聽。

哭孫二如總憲二首

一

莫嘆馮唐遇早違，傷心景略亦知希。典刑絶代無文獻，論著平生有是非。白日銘旌看鵬入，黄昏臺柏聽烏稀。汪汪鄰舍江州淚，不爲悲秋易濕衣。

二

薊門秋草豈堪尋？秋雨冥冥積暮陰。公去應隨遼鶴杳，兒曹只記武溪深。干將紫氣還牛斗，奕墅浮雲自古今。絳帳諸邦多宋玉，援毫寫出屈平心。兒鴻公取士。

酬梁玉立太史以秋詩紈扇見投

蓬池接袂他年事，退食論文又一時。世上風雲君正壯，秋來詞賦底含悲？簪裾門巷縈書草，金鼓鄉園助鬢絲。多感士龍憐寂寞，喜投明月訂心期。

送史太恒按閩中有懷史文起憲使

萬里行看孟博車，秋風分手立踟躕。成勞西極來天馬，遺直中朝念史魚。江上黿鼉迎過舸，蠻方豺虎避懸旟。長沙有客需前席，急爲囊中具薦書。史先按上江及茶馬。

朱嵩若侍御視學畿内爲贈此詩惟君足以當之

本朝執法論真品，屈指無過魯國男。正骨千尋標大嶽，清心一片映空潭。璽書較士臨三輔，鼓篋歌風繼二南。習尚衹今那可道？斯文如髮賴君擔。

東谷集詩卷十三終

東谷集詩卷十四目録

七言律詩

東谷集詩卷十四目録終

東谷集詩卷十四

清　白胤謙　著

七言律詩

送馬玉笴使衛河時晉寇阻報託訪家信

干戈華髮滯天涯，送客臨岐苦憶家。宛轉蘇門餘鳳嘯，風流水部有梅花。雨深上國帆檣壯，日暮西山鼓角賒。咫尺桃源隔茅舍，相迎何計老煙霞。

送張芹沚學憲赴山西

晉寇發難，交城實以牧馬，故公曾奏記當事。

使君文武此行兼，較士新知法律嚴。晉產久疑垂璧少，齊韶立見羽聲砭。誰憐放馬前籌廢，快睹談經盛事添。計日鯨鯢歸泮獻，宿聞司馬富韜鈐。

贈崔興我

金臺斗酒憶相從，華髮同聽長樂鍾。家世尚書雙譜合，鄉闈丁卯廿年逢。探囊鹽筴籌兵急，伐鼓雲帆走上供。八月廣陵濤正發，共誰清嘯倚芙蓉。

送鍾文子提學山東君先流寓濟南

歷下名泉七十二，泉泉醉筆舊題工。登樓賦美同王粲，北海經傳自馬融。禮樂千秋趨闕里，出河大國表雄風。賞音君更饒家法，古調新聲一變中。

送李漢青督學湖南并簡上官三立直指

秋風無礙楚江舲，木葉蕭蕭下洞庭。亂後談經揮白羽，天涯論舊聚文星。九疑詎信無過雁？七澤而今足采苓。他日相思望南斗，薊門愁色雨冥冥。

送李保庵提楚學政并訊藺覲玉監利

都亭楊柳拂行旌，詔使南征問楚珩。江漢乘秋懷擊楫，雲霄分手罷論兵。盡誇經術追楊震，實愛才名薦禰衡。魚腹會傳黄鶴詠，郢中白雪幾人賡。

贈虞貞石

薊北風塵訪舊遊，五湖煙水羨歸舟。遲迴按劍珠堪惜，珍重連城璧自收。才棄賈生無痛哭，愁驅虞氏有春秋。應悲短髮金門客，採藥何時掉白頭。

寄上官三立直指時因李漢青保庵適楚

青春驄馬壯君行，并躍雙龍出匣鳴。鄂渚旌旄紛倒屣，楚天舟楫盡休兵。庾樓明月添新興，湘浦芳蘭寄遠情。肺病比來頻伏枕，故山迷望虎縱橫。

仲秋九日成子固齋看桂花憶前賞酌忽忽一載感而有賦

君家妙釀出瓮初，桂花爛漫燕山居。入門香風如昨歲，坐客歡情得重舒。乾坤久陰新見月，關河過雁少來書。太丘功德真誰似？耳熱愁輕特起予。

秋日官窑廠高阜同胡韜潁成子固王敬哉高葱佩李吉津

先農壇西遍野莎，古墩秋樹夕陽多。酒徒興發陶家側，詞客群隨

牧竪過。風沙大漠横鶥鴞，戎馬深山暗薜蘿。遠望當歸歸不得，
佯狂搔首一長歌。

冬日遷居將迎家口聚京師奉謝主人王中翰二首

一

頻年拙宦容樗散，借宅遷延幾處家。高義每常勤地主，腐儒何只
戀天涯。干戈澒洞思鄉國，書卷飄零閲歲華。已典茅堂臨雉堞，
春風安迓鹿門車。

二

浪迹長安頗易家，尋常退食罕趨衙。主人華屋頻巢燕，稚子荒庭
屢種花。病馬城邊衝雨雪，柴車巷口積煙霞。不須嗟嘆長爲客，

搔首行山有暮笳。

擬簡王曹二君假梁園游涉

背郭名園久閉門，沿堤路熟傍雲根。冬深水色留人詠，雪後松陰静客魂。仲宣子建偕來往，艮嶽吹臺對曉昏。肯許鄰翁就青竹，時時携杖一開尊。

送潞安錢司李之郡

晉陽送喜入龍樓，司李懸旌下潞州。雨雪滿山驅虎豹，風雲當路快驊騮。清平早識氓人喜，反側全消社稷憂。見説本原歸守令，刑名郡國總咽喉。

南郊齋宿同胡孝緒成子固兩學士

篝火齋官夜色深，欣從子半問天心。機忘山水非絲竹，悟到漁樵會咏吟。一榻幽談消鄙吝，五更清夢耿居歆。莫疑身傍星辰宿，帝座分明近影衾。

泰壇即事

鷄人次第唱更闌，瑞氣氤氲靄御壇。龍幄望凝高列宿，鳳韶聲發静千官。黄鍾律透陽春暖，廣漠風迴朔氣寒。典禮自今昭物采，豐亭帝遺報平安。

遣愁

騤騤禁旅大征西，愁見千峰落日低。王屋猿聲遮翠嶺，析城鳥道上丹梯。天清嶂壘無亡鏃，雪霽郊原有放麑。極目高樓辨風色，萬金遥憶好音題。

寄任中翰軍前

王師節制肅高秋，幕下英賢盡獻籌。父老定皆扶竹杖，將軍早已釋兜鍪。沁溪水落魚龍穩，盤谷雲消魍魎愁。聖代止戈元不謬，即看圖畫載歸舟。

蒙河内楊恂如司李取兒鴻書寄京聞家口尚在洎城薛世兄大武亦將迎住河陽

久報王師收上黨，始聞移帳駐高都。接天鼙鼓還悲壯，伏莽豺狼定有無。次第蠟書通警急，艱難魚服出崎嶇。中原十畝平原宅，雲木蒼蒼叫鷓鴣。

送張蘧林編修歸省寄訊李子美

才子蘭舟發帝畿，五雲冉冉逐斑衣。青楓江上鴻初集，白鶴湖邊菊正肥。越國山川無戰伐，漢廷詞賦有光輝。寄言負弩臨邛宰，衰鬢鵷行問不違。

送宋轅文提學閩中

誰者衡文入七閩，雲間士龍真絶倫。當年伊洛衍兹土，此日風雱和有人。考亭院前榕葉古，武夷洞口荔花春。圖書繞船不盡興，携竿釣鰲煙海濱。

和趙問源秋牡丹詩見寄并憫悼偶二首

一

吊影悲秋秖自傷，花前髣髴見新粧。難從隔世逢仙侶，怪遣違時鬪晩芳。摇月漫增連理恨，淩風欲度返魂香。白頭牘作繁華夢，把酒巡檐淚數行。

二

衣冠舊入洛城春，惆悵分班散紫宸。秦地懸旌餘骨鯁，楚江擲筆想嶙峋。恨無桓孟堪偕隱，幸有華元是後人。花下裁詩漫憔悴，煙霞誰禁遠垂綸。

送趙瞻淇備兵建寧

武夷九曲神仙宅，雲氣環通六六峰。雨雪南天無瘴毒，文章宋代有儒宗。朝廷簡命元懷遠，節鉞巡行但課農。泱背長雲盼歸鳥，山河萬里屬堯封。

張君正學士招集韋公祠看海棠

春情漂泊獨何依？每觸芳菲悵未歸。白髮幾經花過眼，緑尊寧避酒沾衣。高歌樹底應初緩，細蘖風前莫便飛。此日太平歡笑得，詎從游俠鬬輕肥。

過滁州懷歐陽公

琅邪秀色滿州城，千載長留太守名。典型絶代非文藻，山水因人尚寵榮。遶徑草香新稻熟，闢林雨氣淡煙生。誰信風流已陳迹，竭來仰止不勝情。

泛采石題謫仙樓

謝朓青山李白樓，凭欄横望大江流。山中明月應長在，江上行人但白頭。建業東來雙袂濕，洞庭西去片帆秋。援毫欲借驚人句，蕩滌尊前萬古愁。

當塗逢張緑雪掌科即贈

甘棠枝下夕陰濃，紫殿經年隔曉鍾。憂國至今傳諫草，參禪獨許契南宗。君離羅網神偏峻，我望煙波興欲慵。採得湖南方竹杖，幾時扶月話從容。

中秋青陽縣留别史明府

青陽山色霧中收，南國風煙逈自愁。萬里程途淹積雨，一年時序遇中秋。天涯寶鏡頻看老，地主金尊幾夜留。甚欲同君待明月，不堪極目仲宣樓。

望九華

江外群山似九華，山間樓閣列仙家。浮生恍惚過青嶂，真界蒼茫鎖絳霞。林瀑微微傳梵唄，巖香杳杳雜天花。白頭已恨歸棲晚，尚逐湖南萬里槎。

宿建德途中夢髮盡白

江岸山林擁傳行，山深微路虎縱橫。片雲散雨荒城濕，皎月懸空孤枕明。衡岳天高回雁處，洞庭秋老度猿聲。客行稔識南中苦，夢裏還愁皓髮生。

望赤壁有序

次武昌縣，隔江望見赤壁，東坡所遊地也。或云三國周瑜困曹操於赤壁地本在嘉魚，東坡賦中援引其事誣矣，是不必然。大凡高人奇懷，遇有所觸，則勃然而興，江山豈必定處？赤壁重東坡耶？東坡重赤壁耳。居嘗愛公文章，壯公氣節，朗朗然走江河、争日月。而世傳公之文法莊子，竊謂老泉長於孟子，而公之文與人亦大槩近之，庶幾養浩然之氣者也。夫浩然之氣，以直養而無害，則塞乎天地之間，謂尚有遭逢之順逆、境地之險夷，足以阻難我者，未之有也。至於江山俯仰、寄興淺深不同，達人曠致別有所托，豈區區形迹所能求耶？頃予過彭澤，既以淵明比顔子，今以東坡比孟子，設復有問我者，又將以樂天比曾點。夫是三賢者，予所嚮往，今皆以轍迹所經，略爲誦揚，長途訟省，冀或傚摹其一二。登岳浮湘，即恃此以往矣。川岳有靈，其謂我何！順治辛卯九月七日識。

黄州赤壁隔江湄，遥憶坡公作賦時。過眼英雄隨逝水，無心風月信天涯。誰從閶闔披雲霧，獨向江湖友鹿麋。最是風流行樂地，寂寥千載使人思。

九日大風發覺華寺

九月九日楚江干，天風怒號野寺寒。薊北屢傷白髮早，荆南仍少菊花看。羈情久厭登高俗，故國遥知縮地難。欲賦雄風懷宋玉，陽臺不見路漫漫。

九日宿九峰寺

風江昨夜吼鼉鼉，山雨沿程潤薜蘿。林滿黄橙秋色晚，寺依紅樹夕煙多。蕭條客路重陽度，解脱塵緣一宿過。便向空門詢正覺，九峰南岳較如何。

次武昌贈聶輯五侍御李保安蘅若王爾撰憲長王帶汾太守李玄扈司李

客子秋風過武昌，故人多處是家鄉。相思江上看楓赤，携手籬間對菊黄。飄泊風塵霜鬢短，歡娱兄弟酒杯香。淹留但覺饒心賞，不道山川萬里長。

贈聶輯五侍御留別

君騎驄馬如黄鶴，我載孤槎似白雲。黄鶴樓中閒自舞，白雲江上共誰群？杯傳鄂渚誇星聚，書到衡陽喜雁聞。莫憶鄉關悵離別，湖南湖北暫時分。

贈羅督部

南國風煙萬里清，忻趨幕府藉王程。軍中泛菊臨江樂，座上投壺作賦情。楚澤秋高閒虎旅，庾樓月滿静霓旌。九重會早開黄閣，思附鐃歌入帝京。

登黄鶴樓 新建樓名八極，與黄鶴對。

高冠大别兩相望，江水迴連漢水長。八極風雲生渺渺，雙洲城郭

抱蒼蒼。朔鴻解事來南國，羌笛何勞感異鄉？千載崔詩漫重續，
登臨古興欲顛狂。

祀岳恭述二首

一

崔嵬天作鎮方輿，七十二峰雲物舒。神芝自産炎皇室，奇字長留
大禹書。南極平臨通氣象，洞天上屬本清虚。太平萬品蒙鈞石，
錫慶欣瞻秩禮初。

二

朱凌秀傑神明宅，束帛馳驅天子心。典禮自來稱肅穆，小臣何以
奉高深。遐方精爽歸巖岫，一德馨香配古今。從此維南頻獻壽，

薰風歲歲送虞琴。

雨宿湘野

仲冬雨夜瀟湘中，野人茅堂四壁風。已愁虎群亂白晝，還畏蛟鬬當昏濛。土獠恃險未歸服，典禮文臣寧即戎。迴首長安漫迢遞，天威不違懷固窮。

次長沙初聞進秩之命

湖外雲山黔粤鄰，北流湘水趂歸人。歛唇白酒還祛瘴，瞥眼紅梅已放春。萬里星沙旋詔命，三軍海嶠厭邊塵。生還欲分投竿老，拜闕遥慙劍佩新。

將泊荆口作 荆口水甚急，乃三峽之下流也。

客裏逢春江水邊，群鷗相伴起還眠。雲沙鬼國三苗返，風日樓船百丈牽。遊子悲心聽欸乃，閨人愁思傍鞦韆。何時詔此乘槎使，飽索丹砂近偓佺。

陳泉山侍御假省留飲山園二首

一

暫辭金闕拜慈闈，許向山中著繡衣。泉脈曲臨仙館注，酒懷重與故人依。閣邊石倒飛魚出，池上風迴浴鶴歸。聞道主恩寬後命，可令雲壑遂忘機。

二

故山風景足清秋，客至山翁倒屣留。當坐一泉鳴檻外，克庖百果下墻頭。田園樂似仲長統，子姓賢如陳太丘。半醉燈前還共笑，幾年何事老皇州。

挽故宗伯王覺斯先生

拜命西南祀典優，分馳四牡出神州。題詩直上三峰頂，濯足遥從萬里流。朝内會求封禪藁，世間遂絶廣陵謳。孟門濁浪冥冥急，日暮蛟龍阻渡舟。

東谷集詩卷十四終

東谷集詩卷十五目録

七言律詩

東谷集詩卷十五目録終

東谷集詩卷十五

清　白胤謙　著

七言律詩

奉和薛夫子元日紀恩

彩仗迎春淑景明，太和行慶集公卿。九成舜樂鈞天作，萬石堯尊北斗傾。氣轉仙蓂晴日動，風迴御柳瑞烟生。叨陪燕樂歌魚藻，同祝無疆報聖情。

春日懷同院諸友

左个春開萬國同，鳳池晴色曉蘢葱。趨朝珥筆書新政，直院鳴珂逐上公。宛轉鶯遷宮樹裏，參差花發禁城中。深山欲寄無芳草，惟有相思向北風。

寄贈成子固太宰

欲卜金甌佐帝鑾，早持水鏡領天官。風雲氣接文昌盛，劍佩聲連北斗寒。璧月一庭閒戲鶴，宮花千樹靜棲鸞。知君遠過韋平業，麟閣遙看霄漢端。

喜劉憲石先生成子固張君正兩年友同日大拜

旃厦巍巍霄漢開，三公綠綬下朝來。絲綸左右紆東閣，冠劍峥嶸映上台。十載同心依視草，一時並詔借調梅。衡門起舞頻搔首，無限光華動草萊。

舍傍架帆閣將成效樂天體。

卜築茅堂欲告成，傍添書閣稱幽情。窗中睥睨千家小，樹外雲霞列岫清。搜拂舊琴邀月色，商儲新醞待鶯聲。相扶賴有君山杖，數武登臨遠興生。

酬白蘂淵太史封翁

緜邈吾宗慶澤長，百年喬木兩相望。名賢挺出看龍種，耆碩忻逢講雁行。天上恩光新接羽，河邊淑氣舊思鄉。誰言秦晋還千里，咫尺庭闈對玉堂。

贈吴駿公先生

先輩名高四海宗，帝鄉華髮此相逢。即看日下人如鶴，共倚天邊氣是龍。雙闕露凝仙子掌，十洲雲擁大夫松。上林羽獵誰能賦？顧問應沾聖澤濃。

送呂見齋衛郃孫兩侍郎予告歸各一首

一

耆宿居然屬望深，急流此日忽抽簪。純臣自重歸山體，聖主元知似水心。傳學有人饒事業，齊眉無恙謝升沉。長安兄弟今寥落，攜手磻溪會可尋。

二

懶漫行藏鮑叔知，長安殊媿再來時。難逢漢帝恩偏重，自識馮唐力易衰。龍劍雙題當世目，鱸魚一動故園思。多君暫去還應早，豈向春風怨別離！

酬梁玉立少宰見懷并促出山之作

天卿英妙冠楓宸，彩筆雲霄托贈真。攬鏡吾當投老日，持衡君最濟時人。青萍出匣元含耀，玉樹凌風迴絶塵。不爲馳驅嚮恩寵，政看黄閣畫麒麟。

孟夏二日劉憲石成青壇兩相公招同梁敷五學士葵石少司馬玉立少宰集廣慧庵賞牡丹

蘭若風和綺席張，歡陪上相近花王。交叢爛漫團春色，遶座氤氲遞國香。萬里初迴孤雁影，九霄重逐舊鵷行。清歌玉斝淹留地，白首同心會不忘。

恭聞聖駕駐南海命侍臣賦詩同樂紀盛一首

南海行朝扈聖遊，煌煌龍駕肅旌斿。九天顧問隆師保，一德賡歌盛唱酬。玉案盈面雲氣襲，華茵委佩御香浮。際逢堯舜欣同樂，拜儛呼嵩咏大猷。

恭賦聖主典學一律

圖書一代乘嘉會，禮樂千秋睹聖君。上治既能遵二典，勤心還欲究三墳。珠函寶籍羅芳藻，鳳筆龍鐙吐瑞雲。其仰宸功何所助？直將時敏配乾文。

送聶輯五按視河西便壽二親

吾晉向多名柱史，君今獨簡更高名。晴川霧捲澄江楫，積石霜迎出塞旌。花誥榮宣持斧日，鯉庭樂遂舞斑情。欲題二華齊雙壽，滿注黃河入酒傾。

送霍魯齋侍郎許傅巖給事奉使河漕視工各一首

一

秋風瓠子水增波，帝遣樞卿擁節過。四載豈遑辭霧雨，九川終自偃黿鼉。中原隄障沈牛歇，南國舟航畫鷁多。不遇漢廷推轂早，淇園竹盡欲如何。

二

河渠慷慨舊陳書，奉使俄看下玉除。定有玄夷通夢寐，不憂赤縣困儲胥。秋風水驛催行便，海嶠浮雲入望舒。更識還朝增氣色，幾多封事借衣袽。

秋日遊海淀

露浥郊園立古松，水亭面面敞芙蓉。波分太液香風細，日映西山翠色重。危嶼斜穿驚虎豹，空潭倒影見魚龍。多君不淺尋幽興，載甕傳觴得并從。

都門贈李退庵侍御因懷張宜男使君

巴陵一别數千里，京國重逢忽五年。華髮影隨天闕下，繡衣名在楚江邊。芙蓉殿裏封章静，虎豹營中鼓角闐。久擬裁書問張翰，衡南無雁欲誰傳？

孔進士歸祝太君

行山十月不知寒，春滿萱庭錦色攢。奏賦喜傳毛子檄，除書榮逐貢公冠。乘時雕鶚雲霄近，得意驊騮道路寬。佇有紫泥頒日下，板輿先爲御潘安。

贈高按君

西山雲樹鬱蒼蒼，入望并州是故鄉。驄馬巡遊應盡歷，豺狼窟穴敢深藏？車前驟灑桑林雨，袖裏遥飛彈簡霜。已見澄清宣主惠，群瞻紫氣井參傍。

擬南苑諸臣恭上皇太后壽詩一章

行宫縹緲即仙家，咫尺瑶池萃物華。湯沐萬方供玉食，金根八寶度雲車。岡巒盡獻嵩丘色，冰雪遥飛閬苑花。宫女齊聲歌太姒，千春長樂壽無涯。

仲春上駐蹕南苑閲武行蒐禮應制

天子乘春大簡徒，龍旗千隊獵平蕪。爪牙盡是周賁旅，扈從還多漢大夫。細柳寒輕驕赤驥，長楊風軟迅雕弧。幸承燕樂歌魚藻，稽首何能贊帝謨？

和劉少保清明之作

節物風光處處同，偏逢晴日五雲中。湖船映水行朱鷁，橋柳含煙拂彩虹。珥筆自憐過半百，銜杯何幸傍三公？尚方不用頒新火，早覺陽春布澤融。

隨直西苑聞少保劉相公舉次子即贈

西清綸閣静無埃，靈鵲傳音送喜來。明月一珠滄海出，春風雙樹紫荆開。御香携傍蘭湯繞，宫錦舒將繡褓裁。待滿中書三十考，還看簪笏壓牀回。

直中新晴贈仲若學士

禁內芳湖一鏡澄，在公猶喜興堪乘。即看楊柳同張緒，不羡桃花住武陵。雙闕煙浮金掌露，三山翠落玉壺冰。長虹飲處浮圖矗，髣髴慈恩欲并登。

送張仲若學士晋大司馬總督宣大二首

一

黄扉方召出雲中，羽扇輕揮玉塞風。密邇神京肩臂切，控臨全晋甲兵雄。轅門晝静閒刁斗，幕府秋高偃角弓。特簡北門元暫寄，何人風度九齡同。

二

節制新提龍虎軍，河山千里入燕雲。同依御苑鶯聲近，忽送天門雁影分。履曳彤霄三殿色，劍橫紫氣七星文。誰堪別後同明月，魏闕江湖總憶君。

乾清諸宮告成上命詣觀懸扁賜金花綵弊恭紀

蓬萊宮殿敞千門，寶額金題射曉暾。欻有雲霞生棟宇，端然法象配乾坤。虬松鳳竹春常近，鼉鼓鯨鍾樂正繁。慚愧曾無匠氏力，空承花錦濫朝恩。

和金劉二相國賜蓮子紀恩近體一首

太液芙蓉遍結房，承恩摘賜侍臣嘗。同誇碧玉還堪擘，誰解明珠

更有漿。黄袱擎來沾瑞露，雕鞍携去散天香。多知辛苦調羹手，

珍重仍將藥籠藏。

五日瀛臺侍宴泛舟恭紀

龍船百尺擁飛樓，令節端陽扈聖遊。坐密金甌傳法酒，筵高寶饌

進中流。鶯遷茂樹隨橈轉，魚戲新荷接岸浮。天近九霄多湛露，

歡同鵷鷺集瀛洲。

爲嚴子餐給事壽母詩

青瑣家傳有孝經，致身真不負朝廷。瑶池仙氣隨王母，玉座祥光

動客星。日色迴臨萱砌滿，月明未放錦機停。太平直諫元多補，

會報旌書渡越舲。

楊崑嶽司寇母夫人壽

司寇起家名御史，皇恩疊錫太夫人。棠英帶笑呈三蓂，霜節凌寒望九旬。銀牓賜坊懸日大，綵衣調膳遶筵新。最憐姑射仙山近，邑里風光舊接鄰。

寄呈李夢沙明府

絳闕親瞻謁帝餘，高班第一領除書。山川半入陶唐里，風雨先隨令尹車。驥足不辭千里闊，鳧飛欲上九天初。真傳愷悌多新澤，歡劇惟思早荷鋤。

施尚白學憲寄海市歌賦答并簡戴岵瞻通政

望海遥登日觀峰，海天樓閣對重重。歌傳郢下元爭雪，劍起豐城本事龍。力挽江河歸砥柱，道匡鄒魯永朝宗。爲言東國興賢地，安道前驅會可從。

端陽日爲楊宮詹母壽

令節京華盛事偏，板輿安御五雲邊。菖蒲艾葉隨仙酒，彩勝金花錯綺筵。此日鼎烹端尹重，當時蠶績敬姜賢。由來將母非容易，況值君恩錫類年。

五月八日同朱嵩若尚書有事南苑還過海會寺作

苑長芳草匝周廬，輦路朝回霽色餘。馬上欲成游獵賦，囊中愧少薦賢書。風吹野井瀠瀠活，日散畦花細細舒。暫就空門分一憩，已將歸計許樵漁。

夏日趨南苑疏辭尚書之命先司空嘗爲選郎。

新恩格外本投艱，得更詞林養拙閒。銓署久慙追從父，秋卿爭敢續香山？深愁律令非輕事，預切哀矜有悴顏。衰鬢九霄頻引領，柴門望逐鳥飛還。

丁酉仲冬十八日夜上命大學士額學士麻至刑部宣同滿漢堂司官立放逮繫罪囚四百三人歡祝聲動地小臣竊幸預觀紀事一律其前一日爲冬至節

至後陽生動管灰，金鷄聲喚馬蹄來。九重温語從天落，半夜圜扉忽地開。有道朝廷真廣大，無心物類盡嬰孩。遲明喜拂雙愁眼，倚檻長哦興若雷。

次通州

左輔雄州控上游，交衝水陸此咽喉。雲屯萬騎南征卒，雨集千帆北貢舟。瀏鶒飛時煙漠漠，鵁鶄立處水悠悠。青樓絃管朝朝樂，誰識憑軒使客愁。

密雲道中

連山列障勢巃嵸，歷歷烽墩在眼中。塞口筏船浮曉渡，沙場禾稼長秋風。千年未息秦民怨，百戰空傳漢將功。内外自今無畛域，恬熙終賴聖圖洪。

灤州留别宋使君

灤水汀邊有釣磯，主人臨之送將歸。綵船載樂意不盡，蘭棹逆波憐久依。倚曲數聲羌笛短，中流競進鱖魚肥。經過會晤何忽促？極目斜陽淚欲揮。

贈高三亮

司馬遺風一草堂，汀邊流水即滄浪。歸來彭澤辭官久，病起文園作賦長。斑鬢相思霞雁外，青山携手海鷗傍。淹留不盡平原興，搔首塵纓愧芰裳。

過豐潤贈楊吉三明府曹冠五谷士和鞠益我三孝廉張統四茂才

燕臺追逐他年事，一紀重逢忽二毛。落日栖遲文士館，明燈眷戀故人袍。徐傾臘酒醍醐重，快咏新詩白雪高。地近滄溟波浪闊，長竿真擬釣金鰲。

病中酬魏環溪光禄（用原韻。）

入户風聲雜雨聲，蕭蕭漏屋客愁生。衰侵筋骨淹多病，拙負遭逢愧聖明。已分蓬蒿同仲蔚，猶將事業待玄成。强吟未足酬佳句，欹枕偏懷汎愛情。

梁玉立尚書索題令師邵公尊人九十卷

中朝司馬具瑶牋，絳帳光輝已再傳。梅叟久潛吴市日，伏生還授壁經年。丹砂豈令須勾漏，仙骨由來近偓佺。擬待江城春草緑，賦詩齊達酒筵前。

胡學士祖母七十

文孫洊歷文淵貴，晚節重欽苦節貞。進講六經弘獻納，貤封八座盛榮名。林烏反哺依春樹，櫪馬連嘶起帝城。日映五雲天尺咫，群仙裊裊下蓬瀛。

故人王世如文而端慎上親試爲江寧學臣可無用違其器之虞也于其行作此以贈

吳門疋練氣雄哉！争待燕臺伯樂來。欻爾遭逢超鳳闕，懸知剪拂盡龍媒。千秋名教師儒席，蓋代文章老宿才。别後相思江上客，那堪獨醉敬亭杯？

寄懷李君渥使君

雲龍山色遠蘢蓯，放鶴亭殘野杏紅。司馬幾年饒劍術，懷人千里一詩筒。綸巾羽扇春湖外，豐草長林晝夢中。憶汝登高能賦者，閒時歌咏舞雩風。

贈王孝源方伯自江西入覲轉今官其先任冀寧兵備

來朝驄馬自南州，玉陛還霑寵禮優。述職共欽虞四岳，分藩重領晉諸侯。行山春雨千峰潤，汾水秋雲萬畝稠。早晚林宗歸老處，漁歌偏傍李膺舟。

東谷集詩卷十五終

東谷集詩卷十六目録

五言排律

東谷集詩卷十六目録終

東谷集詩卷十六

清　白胤謙　著

五言排律

出郊尋黄鳥聲不遇過香林上人

曰爲尋君出，長林豐草間。有聞懸可悟，餘響散何關？詎值好音邁，多知幽興慳。丘阿追浩蕩，風日限縉鑾。涉境遂云遠，懷新殊未閒。拾紅藏磴小，映緑抱谿灣。寂寂投孤衲，栖栖駐暝山。清機不可道，自撞暮鐘還。

清明日謁先大司空墓

憶昔神宗盛，司空録聖朝。天曹持六計，海宇震孤標。抗節排時相，推忠簡帝堯。望恒隆柱礎，迹久溷漁樵。當日禋丘壠，同宗序穆昭。先君陪奉犖，賤子記垂髫。早蓋揚風雨，青衣薦血膋。
連枝誇列笏，伐鼓騁鳴鑣。昌啓凝新極，絲綸纂舊僚。翹車趨殿
闕，曳履上雲霄。朝士欽完璞，君王賜美鏐。嘉謨承講幄，盛績
亮正寮。先輩俱前邁，尚書獨後凋。龍章光祖武，寶帶瑞宗祧。
晚節依黄老，清修寄寂寥。典刑几杖穩，名壽海山翹。社稷纏烽
燧，乾坤失斗杓。杜陵花黯澹，烏巷日蕭條。麟塚高春暮，丹書
鎖谷繆。平阡抽草緑，新樹度鶯嬌。水鏡風猷赫，山公行業超。
文章家乘在，贈謚國恩遥。感遇揮殘涕，悲歌慰鬱陶。風光如往
日，誰續故家貂。

上相國李公

密勿兼薪膽，元臣荷寵褒。鹽梅高宿望，魚水快新遭。阿閣巢孤鳳，神山駕六鰲。丹忠懸皎日，皇鑒洞秋毫。社稷猶烽燧，乾坤尚鉞旌。白麻宜北極，玄髮奮天曹。廟筭陪帷幄，神機授略韜。兵威伸海甸，財賦压江漕。上相經綸手，明王雨露膏。恩推千載遇，日佐□□□。□昔工詞翰，門墉廣譽髦。河東空著作，江左半英豪。愛士衷彌下，憂時目□蒿。姬公方握髮，伯禹正垂韜。蛟已乘雲雨，鴻初變羽毛。窺天忻拂霧，涉浪喜逢篙。物色參薇署，聲聞眷鶴皋。燕臺春正滿，懷古意忉忉。

壽前冢宰熙宇傅公

物外欽遺老，蒼生奈若何？星辰高秉鑒，騏驥壯鳴珂。喬木華風久，深山春色多。烟霞隨足健，日月駐顔和。雲閣巢神鷲，芝田産玉禾。文章東壁府，杖履北山阿。初度迎修禊，奇懷托寤歌。擁鞍猶矍鑠，對酒豈蹉跎。天柱元齊漢，桑田復化波。品宜毛玠重，榮許阮孚過。騶馭驅山鬼，滿輪載芰荷。還期在陰鶴，鳴和振煙蘿。

傅檢討作霖太翁自永壽移倅蘇州寄贈

聞道金閶客，家書動隔年。嶽雲千里白，關月幾回圓。倥偬過兵騎，艱難問井田。朝廷深記憶，郡府重才賢。西極風塵慣，南遊景物偏。高踪孤鶴侶，盛業一經傳。浩蕩中原際，光輝北斗邊。治名超卓魯，史系續談遷。太室雲封户，姑蘇花滿煙。丹成那取老，酒熟不論錢。雨雪寒江遠，歌鐘夕炤連。附詩青雀尾，一爲慰周旋。

直中述懷二十韻呈覺斯先生

玉署通丹掖，芝宫接露盤。典文窺琬琰，野性逐鴛鸞。歲月埋青簡，恩波詔素餐。自憐圖報拙，誰信乞歸難？蔓草詩書積，連雲甲仗攢。半生逢委頓，一往事辛酸。良史虛班馬，高才謝陸潘。生涯空載筆，愁思不離鞍。燕市懷屠狗，章臺覓弄丸。雙眉凋嫵媚，故步失邯鄲。世久輕魚服，時猶競鶡冠。青蠅喧繚繞，紫燕瘦蹣跚。窮鬼依能遣，玄文守自看。貧居甘野藿，交道感秋紈。蓬但從風轉，珠仍悵雀彈。星辰占汶汶，江海路漫漫。龍挂青天雨，駞鳴白日寒。秋風新月長，桂樹故山團。曠浪寬雙鬢，支離愛散官。鳳池有嵇阮，莫放酒杯乾。

贈陳太宰二十韻

八表歸王運，千秋賚帝師。名高拔幟日，瑞應降神期。跨穴來威鳳，充槃錫大龜。星辰侵帶履，雨露下罘罳。事業誠心有，文章元氣爲。國争榮琬琰，人喜得熊羆。九格陳群著，非才陸亮麾。太平宜有屬，清正果無私。藻鑒光時論，冰壺邁衆姿。安危憂悄悄，翼亮度遲遲。簡静山公牘，風流謝傅棊。報韓推慷慨，御李忝追隨。匣劍頻須砥，轅駼豈任綏？步趨慙禄秩，洗濯佩箴規。密勿行兼領，蒼生望不虧。雲臺占氣象，蘭譜藉威儀。仙骨移蓬島，天倪挺鳳池。赤松原有托，黄石豈嘗欺！北斗浮玄液，南山鬱紫芝。儻容乘下澤，擊壤頌雍熙。

張雪尉庶常改授侍御

栢府膺新簡，鑾坡接舊趨。一經分折節，八彦遜齊驅。杞梓材難數，澄清願不孤。殷憂存閉塞，大器頼匡扶。共識威儀整，由來意氣殊。贈詩勤鳳咮，入袖眩驪珠。勁筆顔卿似，純忠陸贄俱。陽春高出郢，疋練遠懸吴。紫氣横霜匣，清冰漾玉壺。野麋甘放逐，鵬奮近天衢。

元日嘉魚江上作

獻節澄江浦，春雷古岸隅。年光隨舸艦，天色在菰蘆。暗數元正過，他方八載俱。俗殊思粔籹，坐晚得屠蘇。載詔兼新秩，朝天拜野途。風沙紆赤壁，玉帛限蒼梧。景物叢梅映，生涯散帙鋪。鼓鼙喧漸遠，瘴癘困應輸。宮笛依蘭漿，兒童侍玉壺。乾坤漫寥闊，白首傲檣烏。

大梁道中贈李四表弟秀才天然上座常山人

萬里南荒路，相從汗漫遊。春還衡嶽雁，險脱洞庭舟。甘苦兼王事，崎嶇共旅愁。越人籠藥費，北海腕光浮。禪性娱神駿，萍蹤聚水鷗。情親依使節，傳食歷諸侯。徼外魚書絶，行邊虎穴稠。顛危存骨肉，歡笑得咨諏。菽麥沾中土，雲山亞故丘。兵戈憂半釋，瘴癘病將瘳。少室扶邛出，黄河抱晋流。因君轉天末，回眺意悠悠。

恭擬聖皇親政詩

玉闕王春度，璇圖瑞日懸。衮旒新復辟，貂珥盛親賢。黃道中垣會，鈎陳大角連。八方承祝網，六宇想鳴絃。木鳳頻銜語，黃龍載紀年。南薰移署近，時改南薰殿爲弘文院。內闥被恩先。脱劍閒魚服，橫經敞鶴筵。光生文苑筆，風動使臣旃。渠盌鑱蘇骨，輪臺早息肩。詔、罷、城、上、都，並止甆器等貢。銷鋒空徼塞，薦璧遍山川。初命行祭告。樂利蒙黔首，欽明荅上玄。太平從此數，拜儛拂華箋。

送薛夫子特假歸省時長君登第。

聖代尊儒術，吾師望獨先。遭逢膺五百，禮樂備三千。早識經綸裕，還知雨露偏。秩宗名藉甚，鈞席願重遷。國柱蒼生倚，家聲偉器傳。榮新龍種接，情劇鹿門牽。萊子衣參錯，姜肱被複連。披章陳懇切，優詔許周旋。鳩杖遐齡並，鶴顔景福全。拜恩乘玉傳，坐論輟金筵。命駕輕追鳥，趨庭樂勝僊。薰風交榭竹，艷日泛池蓮。寶鱠朱盤托，雕螭紫誥懸。歌長聽嫋嫋，舞急美翩翩。養志齊宗聖，揚名詎小賢。門墻違暫爾，輔佐想殷然。祖帳傾清醞，嚴程佇玉鞭。白麻三殿下，歡踴問朝天。

壽孫吏部母

廣陵秋色遠，髣髴見瑶池。禮法兼鐘郝，尊嚴比父師。錦機侵月坐，經幔隔雲垂。自失乘龍友，看成附鳳兒。文章學有本，衡鑒目何辭？政解傳崔實，賢能薦隱之。萱闈風穆穆，翟服度祁祁。不用歌黃鵠，惟應掇紫芝。聖朝褒淑訓，遊子荷皇私。彩鷁乘流發，飄然豁所思。

王若朴掌科參藩隴右便壽令祖母兼寄令叔贍岵郎中

昔共含香友，光依孟母鄰。才堪興典禮，志取樂天倫。鶴子迴高巒，龍孫起要津。詞頭傾爛漫，直氣抱嶙峋。使節輕千里，萱□遇八旬。承恩丹詔下，遂隊綵衣新。慈懿徵賢後，榮華萃此辰。故園秋色好，賓客喜相親。

張穉恭中翰祖母九十

西極春天遠，華軒藹藹輕。女宗饒世範，儒術最家聲。秘省薇花靜，遥槎使宿明。蚤添白髮喜，真稱綵衣榮。鍾鼎甘飴弄，荆裙憶饁耕。百年存矍鑠，五世歷幽貞。渭水風偏古，闕門氣欲迎。蟠桃吟宴處，絶勝廣陵城。

東谷集詩卷十六終

東谷集詩卷十七目録

七言排律

東谷集詩卷十七目錄終

東谷集詩卷十七

清　白胤謙　著

七言排律

同諸公紅雨山房宴李明府二十六韻

南皐花林冠草堂，萋萋草色遶林芳。良辰上客先期撰，野蔌氓人小榼將。百里光風摇樹碧，一春膏雨動川香。歡騰畝畝歌于耜，痛定干戈咏缺斨。人脱佩刀如渤海，地圍花錦接河陽。褰帷撤蓋沿荒澗，捫石尋湍歷斷岡。野潤皃翔原上麥，村暄雉雊隴頭桑。煙雲俯蹙千峰小，城邑斜洄一水長。持插老農瞻幰節，濯纓孺子進壺漿。蝶翻亂粉吹成陣，鶯護新紅綴作行。舊醖開春浮螘緑，新楊夾雪挂鵝黄。風臺雨榭催高興，緩舞輕歌選妙章。露浥旌旃懸嫋嫋，嵐侵襟袖濕蒼蒼。礅碒怪石垂高塢，旖旎游絲拂淺塘。指點峰巒追野雀，巡行阡陌憩甘棠。已令藉草張蘿幄，更遣羞蘋奏竹簧。戲掇白雲移白日，深籠紅燭炤紅粧。醉翁亭敞陪歐樂，桃李園𤋮繼白狂。逸館煙霞容笑傲，康年風物荷循良。山中善政頻多暇，花下高譚轉劇詳。萬丈𡾿囷搜奥窔，千年洞穴望輝光。眉芝燦映參差柏，胸壘澆勝累百觴。的灼巖花俄上下，朦朧海月故徬徨。九重會寵龔黃蹟，一日先依李郭航。謳訂謳謠揚豈弟，幹旋風俗到虞唐。難忘車馬漁樵路，拂面濛濛送雨凉。

立秋日和同館諸兄弟分得毛字

玉芝宫闕五雲高，彩筆臨秋發興豪。絶代文章垂石室，異鄉兄弟

戀綈袍。周廬松栢圍朱輦，漢苑芙蓉隱畫舫。未有奏書追陸賈，
徒然作頌擬王褒。新凉乍襲蓬池柳，微露初侵玉井桃。三殿爐烟
衣自繞，萬家砧響首頻搔。雄才司馬堪乘駟，浪迹任公豈羡鰲。
禮樂百年愁浩蕩，雲山三徑惜蓬蒿。虚煩典故過雙目，早負平生
有二毛。散鈍終同牛馬走，朝朝素食在詞曹。

經筵紀事 七言排律十二韻。

粤惟君德重經筵，典禮忻瞻日月邊。龍畫祥開明聖主，龜書慶襲
太平年。天臨秋爽宸情適，地密中和御殿連。肅肅文儒鏘玉佩，
桓桓師武耀金蟬。花茵翠榻高彝鼎，繡户瓊樓卧管絃。東璧揚輝
遥結瑞，西山列岫近浮烟。聖經明德持先奏，帝典文思取再宣。

敢調補天煩煉石，應知得鯉可忘筌。牙籤鏗爾交金尺，玉軸瑩然映細旃。汐穆光風游四海，團圓明月印千川。羹墻堯舜洵同席，步武夔龍儼並肩。齊望鄉雲歌復旦，何勞賡和《栢粱》篇？

東谷集詩卷十七終

東谷集詩卷十八目録

清　白胤謙　著

五言絶句

遁迹以來便與城市絶雖有戚故亦可免其冷熱之形兼省惠
損度阡越陌幸自不乏野人宜相忘也今晨戒壇飯僧聞遠

東谷集詩卷十八目録終

東谷集詩卷十八

清　白胤謙　著

五言絕句

釣魚

竹氣晚來佳，林梢黯若霧。垂綸久未得，山鳥聒人醉。

深山

深山行不盡，白雲自重疊。獨有漁樵人，來往踏落葉。

讀藐山師友聲亭詩隱括成句三首

一

二

天問何須答？申椒爾自芳。分明漁父詠，清濁一滄浪。

王猷呼竹君，米芾拜石丈。二公俱未狂，乃見相非相。

三

解人不自解，苦咏陶杜詩。酒非容易飲，此語陶杜知。

隱谷雜興

一

林間挂葛巾，石净峰陰轉。山外雨初晴，白雲無近遠。

二

開門見葉黄，披襟發長嘯。羡他澗水清，白魚不受釣。

題梵洞五絶句

一

卓錫幽巖下，心空不問禪。山秋飽風雨，跏坐聽鳴泉。

二

山僧盡日閒，胸中無一物。梵唄落青雲，猿鳥亦成佛。

三

寒雨連朝夕，山家人事無。石厓危更滑，辛苦在樵蘇。

四

蘭若一燈微，山黑月魄死。北斗轉空更，水魚聞幾里。

五

眠食翠微半，雙峰對不孤。嗔人問生理，吾自有衣珠。

題洞門石壁

幽人家何許？縣厓高百丈。石門當半空，白雲生下上。

遁迹以來便與城市絶雖有戚故亦可免其冷熱之形兼省惠損度阡越陌幸自不乏野人宜相忘也今晨戒壇飯僧聞遠僧四至并未敢出拜佛既作此懺悔

山中雖避人，不避山中客。我相未破除，顛倒有分別。

病中或惠鱸魚分送人作

薊北鱸仍美，難勝張翰鯰。故山有薇蕨，託命在長鑱。

讀韓又韓兵曹令太谷時所刻貞媛篇爲賦四絶

一

亭亭原上栢，皎皎井中水。女志一以决，牽挽競同死。

二

草草巾幗流，良豈親書傳。鞶絲既以柔，炊爨矧伊賤。

三

昔聞竇二姬，投庢駭群盜。不見田喬魄，澄泓聚相吊。

四

偉哉韓太谷，倫義劇所躭。煌煌競烈吟，幽風激衆男。

懊儂曲

可憐芙蓉花，生在秋江岸。春風自一家，夜寒不可怨。

偶過後湖觸目五首

一

萑葦没沙洲，湖光入寺樓。水西歌舞處，銀杏出墻頭。

二

貼塍渾秀稻，噬岸半開荷。四望無舟艇，中流戲駱駝。

三

喬木棲群鷺，白多緑葉稀。夕陽遥弄色，片片動仙衣。

四

恠石如人長，結體胡玲瓏。昔時千金姿，獨立荒圃中。

五

美人捲珠簾，半天落笑語。中有后羿妻，會解風塵苦。

立秋

急雨催殘暑，驚風報早秋。夜凉月色好，乘興獨登樓。

九華道中

懸瀑石崖端，茅堂竹萬竿。憑欄儻仙子，記在畫圖看。

秋浦道中四首

一

萬山青于藍，一水碧如玉。獨恨北來人，未信南中俗。

二

人家竹屋上，處處牽蘿薜。有時見犬鷄，草深没行迹。

三

花草不知名，一路秋風管。頗愛崖石間，野人種茶疃。

四

日落虎將出，行人且莫住。道傍千尺潭，昔人斬蛟處。

秋日渡湖口

泛濫江湖會，扁舟意自閒。東風如送客，開眼見廬山。

過九江

廬山有瀑布，若爲洗塵纓。江色瞀愁眼，誰分九道明。

雜句二首

一

亂水穿茅徑，行人畏早寒。湖天多在霧，平野浩漫漫。

二

湖南無數山，連綿如鋸齒。日遶山根行，石人還化砥。

題師水僧卷

曾聞畫騏驥，不及畫如來。山水有本性，請君還自猜。

題衡山醫者吴生卷

黄石不早遇，赤松猶可師。欲從辟穀人，五岳斸靈芝。

客有命爲風雲月露之詠者次第應之四首

一

識得玄穹惠，暄寒萬物知。太虛無實際，橐籥豈能吹。

二

變化協天體，爲霖順物情。本來無愠喜，動静有誰争。

三

明晦從天意，無私可自由。何妨圓似鏡，蹔見曲如鈎。

四

空明生一潔，脉脉抱天真。驗取青荷上，如珠不染塵。

仲春上駐蹕南苑閱武應制

講武宴群工，明良此日同。惟應借百獸，率舞樂皇風。

有詔今年秋審中外一槩停刑

至仁恒育物，歲歲不知秋。何必唐宗世，無端議縱囚。

題司寇署中時皇太后預安頒詔，及孟春時享祈穀祭告聖節諸禮嗣舉，例俱停刑。

聖德同天大，皇恩布歲初。九重頻奏喜，一月訟庭虛。

重戲答高念東四絶

一

不識維摩味，支離似病僧。自來非戒體，何必諱摩登。

二

君最慕香山，念我香山族。莫論香山人，寧有香山福。

三

病影對明鏡，昔時多悔心。豈令老德曜，還贈白頭吟。

四

文章妙禪理，興致絶人豪。聞道白居士，重來變姓高。

又咏松一首

桓魋伐木後，蟠植至今存。爲問陵園樹，如斯有幾根。

使途樂二首

一

金鞭向日招，獵騎逐風驕。綠草平原路，相隨看射雕。

二

鶯簧醒客夢，柳旆引行車。何處可停宿，三河賣酒家。

觀耕者

晩境縈朱紱，田園半已蕪。閒看耦耕者，沮溺未爲迂。

古塔

古塔長莓苔，蒼然歷劫灰。不知僧散後，鸛雀幾回來。

即成

涼雨變朝暉，花香到客衣。人家桑柘外，茆屋滿薔薇。

東谷集詩卷十八終

東谷集

清　白胤謙　著

第三册

吴廣隆　編審
馬甫平　點校

中州古籍出版社

東谷集詩卷十九目録

七言絶句

東谷集詩卷十九目録終

東谷集詩卷十九

清　白胤謙　著

七言絶句

山行追舊遊

千尺厓間掛古松，泉聲無恙答山鐘。遊人指引松間路，踏破蒼雲數十重。

邀馬參戎二首

一

插天霍嶽鳥飛過，大鏃雄騅小洑波。笑捲陣雲閒卸甲，黄河北岸聽吴歌。

二

秋空殺氣咽行雲，絃索嘲啾徹夜聞。帳下四更呼易燭，轅前畫角已催軍。

天壇道士院

月明池水舞潛蛟，夜半將身卧鶴巢。便欲從君煮白石，辭家不用住三茅。

七月吟

城上星河耿未央，八珍羅列會牛王。中元出郭家家婦，細馬紅粧壓道傍。

寄淮陰衛守

露冕銀章擁鹿車，海門朝旭有雲霞。何時白馬朝天客，同看春風御柳花。

送傅夢徵侍御出按甘肅二首

一

尊前白雪聽驪歌，囊草濃霑太液波。漢室幾人追介子，壯君擊楫

渡黄河。

二

三邊諸將望前旌，間道斜通細柳營。白筆借將爲白羽，招麾一日

復西京。

洞中歌十首

一

十八盤西鳥路分，奚兒長嘯遠峰聞。天梯直下三千尺，飛上晨烟半是雲。

二

洞門石路絶風塵，洞裏人家儼避秦。不是亂離身到此，長安歸夢豈能尋。

三

白霧暗空雨聲稠，巖端崩石大若牛。雷轟拆去洞門壁，看門稚子不曾愁。

四

鄰龕兩僧住前峰，昨朝洗衲今扶筇。喜説峰灣厭秋雨，盛饒黄精與門冬。

五

晴秋磨出蔚藍天，瞥上白雲射嶺偏。積雨連句無櫛沐，石樓涼冷百迴眠。

六

啼林鶗鴂戀朝晞，半壑懸泉化雨飛。童子上山星未曙，雲邊雙筒載泉歸。

七

帳前枉自繡鴛鴦，百子榴花媚象牀。不及山村採樵婦，炎天濯足在滄浪。

八

山中好是饒閒僻，一日如經五日長。白飯野蔬俱不厭，只少城中新酒嘗。

九

西峰蘭若諸村人，月月兩番設供新。足知衆生具佛性，深山鹿豕也堪馴。

十

東密水泉無比清，安門插户費經營。即防傍人哂多事，干戈苟免任殘生。

孤鶯

曾聞巢鶴自投翎，雨皺星羅慘未停。尚見秋空餘俊翮，四出不礙立青冥。

聞大兵收河北溪來之詩

百萬東來救晉城，堙山填谷幾時平。太行未有懸車阻，天井雲開望翠旌。

對酒同子侄有懷家園二首

一

尊酒空山忍獨持，故園黃菊摇相思。秋風寂寞葳蕤鎖，愁殺桃枝與竹枝。

二

烽火遥連塞雁來，菊花真傍戰場開。玉堂夢入風雲盡，金鼓聲催天地迴。

題洞門石壁

踪跡休矜范蠡湖，清貧差足擬黔婁。千年石室常應在，秘閣藏書定有無。

錦樹

密樹霑霜千丈錦，亂書封宅百重塵。更無擊筑悲歌侶，誰惜彈琴長嘯人。

鄰村

獨上青山懷采薇，無邊秋色雁低飛。幾處人家隔烟火，夕陽遥對掩柴扉。

謝順廣甘兵使

使君清度自天生，慷慨風塵羽蓋傾。嘆息同心半江右，夜深歌舞渚陽城。

寄高仲暉

玉案畦疇秔稻香，鳴琴小邑自風光。故人似有丹砂訣，今日河陽是渚陽。

送陳禹前視學蘇松

一

攬轡曾觀滄海風，論文今到大江東。別後念君秋色好，白雲千里酒杯中。

二

錦帆東下望三吴，彩筆臨江興不孤。到日菰蘆霑化雨，莫令西子逝西湖。

劉錦衣婦翁八十

姑射山人冰作膚，乘龍復羡執金吾。秋風不入王官谷，白髮年年對酒罏。

送王心盤户曹榷税滸墅二首

一

故人薄宦滿燕臺，惜别風前酒一杯。不信江南少愁思，孤蓬落日棹歌哀。

二

東南之美在樓船，汝到姑蘇正采蓮。欲作江關清絶吏，囊中更帶買書錢。

贈張太翁

户外青雲花滿欄，太行明月照樽殘。春風正憶黄香扇，紫閣天高玉笋寒。

送喬星又檢討假歸

病裏懷歸送客歸，苦憐無策附萊衣。看君只似新登第，驷馬春程夾杏飛。

送陳實庵太史罷官還吴二首

一

侍從如今不可論，獨留意氣在金門。江山南望無愁思，一片孤雲落水邨。

二

鞘中鐵色老吴鈎，長樂鍾殘客倦遊。此去扁舟莫回首，五湖明月芰荷秋。

西郊敬承兄別墅

一尋芳草泝清谿，回望東山到郭西。谿上小堂門外柳，更遲幾日有黄鸝。

送張君正學士歸省二首 君事佛最嚴。

一

游子思親斷世情，客齋夜夜誦經聲。輪風吹入高堂夢，案上曇花恰盡生。

二

海岱門東送客歸，海天東望白雲飛。歸時莫卧沙門島，宰相還將用黑衣。

送粤東曹觀察寄訊閻饒平三首

一

使君持憲五羊城，十萬貔貅夾去旌。起部不緣超叔武，南天瘴癘待霜清。

二

天涯秋色導褰帷，君往猶賢數萬師。南海早添任郡尉，便應重勒百蠻碑。

三

璽書次第下炎荒，回首神京本故鄉。見説孟嘗能得士，雍門今已在潮陽。

送王世如之宣城令

古寺寒松話別愁，望中煙雨片帆秋。謝公樓上題詩處，依舊澄江似練流。

悼亡詩二首

一

楊枝不負主人恩，司馬難教絶淚痕。最是長安秋夕冷，琵琶聲斷月黄昏。

二

萬壽宫前暮靄平，連朝復作踏秋行。彩雲豈是無心物，應化青鸞上玉京。

代送蔣兵使還任臨江

翩翩羽騎夾雙旌，碧嶂清江萬里情。解道春風隨憲節，到時花滿豫章城。

奉使出都

一

星軺差慰倚閭憂，萬里人誇是壯遊。六載長安歸思切，江湖煙水莫深愁。

二

南嶽諸陵秩禮尊，使臣遊迹半乾坤。此行不是投荒去，水遠山長併主恩。

滁州歌

江北淮南樂有餘，女郎白皙巧粧梳。從來素足無泥垢，涉水居然捕鯉魚。

宿五溪

竹樹蒼蒼溪水迴，蓮峰一帶夕陽開。鷄鳴老少籬邊出，真是秦人看客來。

池州城南歌

秋浦秋風驛路生，湖光十里可憐清。長橋楊柳絲絲緑，添作江南離別情。

興國贈李五鹿兵使地有孟嘉遺迹

一

故人相遇話長安，絲管聲中蠟炬殘。最是湖天好風景，不知行路客中難。

二

重陽節近奈愁何，君欲相留此地過。怕向風前還落帽，霜毛偏較故人多。

東谷集詩卷十九終

東谷集詩卷二十目録

七言絶句

東谷集詩卷二十目録終

東谷集詩卷二十

清　白胤謙　著

七言絶句

巴陵道中

野竹連叢夾路泥，黄陵廟口夕陽低。山谿虎跡行人斷，驚過沙鷗無數飛。

柬衡山宋令

衡陽南去路怱怱，回雁雝雝望北風。欲向峰頭頻寄語，天涯歸思與君同。

衡州歌四首

衡州兵憲好藩屏，八郡仍傳蔡理刑。竭盡商量收百姓，破殘家産報朝廷。

二

龍虎關頭賊已平，白水峒中苗尚横。聞説宜章新戰勝，隄防潰走道州城。

三

衡州城中戰士家，行搶民船住官衙。一朝失主各分竄，被甲洶洶誰禁拏。

四

桂東不入湖南版，平樂梅獠日復來。倚險多盤四省界，擣巢須借五丁開。

題僧義聚卷

剔却芒繩數載霜，元來本地好風光。白雲不在青山外，竹裏經聲下夕陽。

偶成

城上青山綺季家，擬增櫺閣稱煙霞。尋常不見東風入，忽放紅桃一院花。

寄贈胡允大户曹

片片春帆帶雨稠，月明估客醉篷篨。風光羡殺西湖好，幾度呼船載酒遊。

題黄厓先人屋壁八首

一

黄厓村對古黄厓，想像高曾繫我懷。五葉相傳丁齒盛，義官元住化源街。

二

白家諸祖盡人豪，蘆葦溪田足土膏。聞説當年兄弟好，地爐烹犬醉酕醄。

三

城中車馬自東來，鳥噪柴門盡日開。同舍兒孫群貴顯，張筵撾鼓動山隈。

四

吾宗忠厚有家風，莫訝衣冠數世通。文學上頭饒積累，侍郎更自號賢雄。

五

司空金玉四同胞，先子同堂助漆膠。結束扶携鴻雁序，牽連營立鳳凰巢。

六

不才生世托蓬麻，拘拙無能綴錦花。當軸豈應須大瓠，便宜習種邵陵瓜。

七

不解山頭逐牧芻，投身禮樂與詩書。翩翩門巷烏衣子，勤苦休忘遂古初。

八

歲歲溪邊長杜蘅，尚書碣石照人明。山川淳朴常留在，花柳垂陰護壟耕。

送敦兒赴試高都二首

一

承恩早已入成均，努力還期自致身。試策先鞭指秋駕，月中高掇桂枝新。

二

溟濛雨色片城東，檻外遥拖兩彩虹。一路桃花開正好，驊騮結隊驟春風。

送徐羽青知廣州

國門揮手駕長風，南北車書早混同。聞道遐方尊漢吏，羅浮山色玉壺中。

贈蔡民部壽親一絶

江門雪色引霞杯，醉裏談兵笑口開。子舍朝回南望處，白雲常滿鳳皇臺。

爲晉長眉掌科尊人遥壽二首

一

灼灼春燈汾水濱，行歌難老太平身。即看華誥來天上，爲有封章動紫宸。

二

望裏梧垣春色多，帝京風景壯鳴珂。年年姑射山先下，鶴髮雙顔對酒酡。

壽王蘭陔大行母孺人一首

洞庭縹緲碧千重，中有仙人冰雪容。天樂滿空鶴並轡，玉皇新降紫泥封。

劉比部尊人壽

白雲署裏望西山，山上白雲帶笑顔。共指丹書遥降處，少微高接壽星間。

仲春上駐蹕南苑閱武應制

軍聲四合羽林圍，鐵騎連雲鳥不飛。獵罷行宫稱壽酒，萬年天子坐垂衣。

丁酉冬十月十四日從駕幸南苑觀兵

鷹臺草淺閱軍容，八陣連雲仗鎧重。喜見天清狐兔伏，金鞭□□六飛龍。

上以御曆示群臣聚觀恭述

皇朝社稷似金甌，聖主還懸萬里憂。自是宫中無寶貨，明珠獨用餙兆鍪。

上又以高麗鳥銃教命群臣用法

朝鮮貢器儘堪誇，制用千年屬漢家。從此禁中頗牧集，不煩御手取鷩鴉。

十六日上再獵南苑手中三麋即止命馳獻太后宫中宣尚書以上賜褥坐三品翰林科道俱藉草坐侍天語中誡群臣務洗心勤職并切責科道官因時陳言二首

一

君王介胄歷戎行，射獵威施四海强。共荷至仁能止殺，時懷孝養奉慈皇。

二

三章真自救秦餘，每頌寬仁踵下車。近日圜扉無茂草，可知曠職在尚書。

又題退翁亭用李太白山中問答韻

白雲深谷隔西山，解組孫登意自閒。莫恠幽蹤常不見，嘯聲時復到人間。

病中戲答高念東二首

一

宣武城西柳樹村，春風吹動緑陰繁。主人慚媿陶彭澤，久折腰肢不出門。病腰痛。

二

强作詩篇號酒徒，小蠻樊素一般無。尚書刑部雖同姓，不是香山莫浪呼。

哭王心盤二首戊戌元夕。

一

不見當時王户曹，吴兒一曲惠山醪。春霄歌舞家家樂，獨對明燈嘆二毛。

二

玉笛聲中淚暗催，悲風萬里爲誰來。傷心海角鼉鼉窟，難覓江淮劉晏才。

長安雜句三首

一

比來休沐遽經旬，乞得身閒過暮春。可愛梁間雙燕子，年年戀舊不嫌貧。

二

棗樹孤移株似鐵，茅墻低見月如盤。客中容易爲園圃，賸較家鄉眼界寬。

三

屋後柴門對水開，蛙聲入夜鬧成雷。穩眠不管無鄰舍，留着猧兒卧緑苔。

懷柔縣

邊城日食不知救，擊鼓争看走巷童。黄鸝樹樹相鳴唤，啓聖祠前有老松。

檀州口占

白日西傾鳥亂鳴，戍樓擊拆斷人行。始知身在邊城内，不必遥聞羌笛聲。

簡宋玉叔使君二首

一

京邊二十七長亭，苦雨凄風處處經。刻日相逢肥子國，不須驚問鬢星星。

二

盧龍山色近如何，聞道千峰石可磨。最愛風流陶謝手，年來佳句定能多。

次薊州

殘城一片碧山横，荒草遥連野戍平。風月可人空館寂，驛驢聲裏客懷清。

京東路

京東官路指雲平，箠馬驅駝日夜行。負土丁男休惜力，幾年關塞罷徵兵。

永平道中 有李廣射虎石。

複岫千重隔斷雲，清泉白石綴紛紛。欲卜幽居惟畏虎，至今人憶李將軍。

雲間施生因朱掌科徵言壽其二親自云不能顯揚夫孝子所稱立身行道者胡必青紫耶爲作二首

一

鹿門偕隱已忘機，樂志窮經到古稀。應喜佳兒守經訓，不將榮禄博光輝。

二

草堂不見雪霜寒，海上蟠桃並蒂看。歌舞欲闌人盡醉，半天奎壁月如盤。

寄懷范玄潁户曹

蕪城歌吹傍啼烏，羡爾冰心在玉壺。注得春秋繁露就，從人唤作範江都。

寄徐守王居州

聞道徐州控吕梁，大夫重喜得王祥。閒來散步黄河上，戲馬臺邊看夕陽。

寄懷劉德馨翰林

桃花春雪擁飛濤，蓮葉舟輕漾錦袍。莫向天台尋洞府，白雲仙路接江皋。

東谷集詩卷二十終

東谷集續刻詩卷二十一目録

四言

樂府雜體

五言古詩

七言古詩

東谷集續刻詩卷二十一目録終

東谷集續刻詩卷二十一

清　白胤謙　著

四言

采薇四章

采薇，榮告也。秦子援孝思籲假，蒙俞爲作《采薇》。

采薇采薇，于筐于籔。之子遄行，言念其母。錦衣褧服，薄言歸沃。自天子所，獲我求告。

采薇采薇，蓄之御之。之子遄行，亦有怙思。錦衣褧服，薄言歸沃。襄室萬年，以慰煢鞠。

有鼒有鼐，有罍旨酒。亦翼鼓歌，俾閒其耦。伯兮仲兮，式左而右。

驅彼梁軥，翩翩其旐。濟濟壽筵，兕觥鷺翿。展煒蘐草，室家允臧。維天子孝祉，錫類不忘。

《采菽》四章，三章章八句，一章六句。

涇舟五章

涇舟，美郭子也。郭子遵母氏之訓，治郡于邢，爲作《涇舟》。

汎汎涇舟，亦流于揚。陟彼邢丘，郡國是匡。

汎汎涇舟，亦流于邗。陟彼邢丘，郡國是諴。

粲粲朱纓兮，玉瑛若星兮，維以有德音兮。

緋兮絡兮，劬勞靡解。雝雝鳴鸞，以介壽豈。

誨學惟豫，誨善惟隱。夫人有令言，金石斯諗。

《涇舟》五章，四章章四句，一章三句。

晋之水四章

户曹慎軒萬子温恭人也，奉使道歸，壽其親，徵予言，爲賦《晋之水》。

晋之水淙淙兮，盱維君子，美如璋兮。

晋之水瀿瀿兮，盱維君子，美如璐兮。

爰自辟雝，既受半剌。淑慎其躬，率一甲子。司空之訓，司計爾嗣。

言秣其駒，于淮于海。克往將之，王事匪解。以燕父母，以御賓友。令聞亹亹，光于桑梓。

《晋之水》四章，二章章四句，一章六句，一章八句。

白華六章

《白華》喻孝子之潔白也，蔚魏子之德似之。己亥六月，魏子請急，將還蔚，爰作此贈其行。

藹彼白華，有曼其實。有美君子，洵惠且直。如衡如尺，維邦之則。

維昔忠讜，於昭于廷。濟濟同朝，罔不具欽。嘉爾令音，疇詘匪伸。

鴻雁于飛，不遑飲啄。秩秩大庖，儀物斯度。無怠無隱，同仇是若。
民之多譎，蔑不有恒性。令德孔修，繹于前聖。不遐有欲，彝倫攸正。攝我友朋，聿勤厥訓。
厥訓伊何，曰惟庸只。匪言之庸，于行從只。鼓鐘喤喤，磬筦肆舉。自我友君子，夙夜靡貳。
南山有梓，北山有杞。之子于歸，孝思勿替。式固爾祉，爾車遒矣。爾顔孔懌，是用作詩以右德美。
《白華》六章，三章章六句，二章章八句，一章九句。

嫠織四章爲徐吏部母作

嫠之織，夕劬朝復。孰不好愉？自遑言鞠。

嫛之織，夕劬朝歡。孰不好愉？自遑言觖。

嫛之首，熠其皓兮。伊夙匪辰，今燕笑兮。孰蹈江濤歸，死父可不謂孝兮？

于以考祥，母氏允臧。有斐令子，聲施于邦。軒車朅將，君命不遑。

《嫛織》四章，二章章四句，二章章六句。

訏四章

皇帝十七年夏，張子以少司空奉命特改少司馬，巡撫陝以西。班行胥慶曰：『得人！』而白子爲詩四章，遄其行。詩中語不及他，以尊君命厚公誼爾。

訏彼西土，天子懷之。亹亹良臣，天子命之。受譽不驕，式獻爾勞。

維天生才，不以揉曲。維良作哲，克勝爾欲。保是正直，以匡王國。

湯湯河水，嶫嶫秦關。職監斯域，二崋終南。于福于宣，周召之所覃。

皇皇天子，簡在攸宜。嘉爾新猷，顧宿允期。永矢勿斁，篤言念哉！

《訏》四章，章六句。

井泉三章

甲申太原之難，侍御裴公母范太安人死之。公哀母死所，乃即其園井而築之表之，予浮屠氏奉之，明其不忍。余聞而悲焉，作《井泉》三章以紀。

一

洌彼井泉，肅肅母裳。永懷孝思，維曷其襄。

二

洌彼井泉，肅肅母佩。永懷孝思，維曷其墍。

三

烝之嘗之，我園攸衃。欽欽鐘磬，珉碣載龔。君子萬年，令聞昭錫。

《井泉》三章，二章章四句，一章六句。

保德石花魚先君子嘗詔其名辛丑歸田之歲太守蘇學博劉二君前後見惠興懷愴肰輒用述志云爾

雁山五珍，魚香不腥。有美嵐河，厥味脆馨。洛鯉伊魴，因地而靈。何以眖茲？瞵睸其莘。始劉繼蘇，醇好孔寅。緬夙先公，嘉名用諄。皇皇欽薦，及我庶賓。匪口之饕，於恪在庭。

樂府雜體

招隱士三首

一

美人不可見，山上多白雲。何日復歸山，美人思見君。

二

碧山杳何許，空自望嵯峨。春草年年長，歸期無奈何。

三

採藥入林麓，倦來藉草眠。君無愁虎豹，木石本延年。

空門樂 比也。

昔日嫁青樓，今來甘祝髮。心安蓮座穩，莫怨當時韤。

梁上燕

梁上燕，劇辛苦。口中銜泥，一何齷齪？終日呢喃不道污，大似人家養兒女。一解

梁上燕，漫奔忙。雲間有鴻鵠，不飲不啄，肅肅奮翅厲穹蒼，笑

汝甘同雀處堂。二解

燕答主人言：『獨不見，我雖小，羽毛下可以拂波濤，上可以歷重霄。秋去春來未或愆，豈如黃雀輩，争粒網羅間。』三解

蘇門歌贈張少司空并呈孫徵君

蘇門山兮百泉水，上攢空兮下見底。孫臺兮邵窩，烟雲盤宕兮可嘯可歌。展斯人兮道濟，歷百折兮深智。羌沐浴兮治朝，駿駹元化兮遊敖。考工之暇兮，夫奚以爲？寓奇情于沖漠兮，以雅而以騷。懷美人兮空谷，慰歲寒兮書一束。亮玄黃之不可以邀兮，藹遐則其曷依，寄彷徨兮雲中之白鹿。

五言古詩

勉敦兒

二五嬗靈化，厥性蔑弗齊。如何氣質分，千里起毫釐。嗟予昔不類，狂瞽行多迷。晚向簡編内，往往逢真師。退而與子言，終日幸無違。予望遂欲奢，不在青雲逵。豈伊刻厲過，早使形神疲。攬衣瘦弗勝，歲月勤刀圭。邇達至人理，天命亦不疑。要貴惜膚髮，憧憧戒勞思。庶以解唯憂，春風載游嬉。洎城有君子，道若生安爲？念子實沈潛，困勉亦易希。高山雖堪仰，貞固以爲基。

贈伯珩

明道吟風後，尚有喜獵心。横渠從異學，久乃歸二程。大道本無窮，始入罕盡純。聖域漸以優，其舊不足稱。我友伯珩氏，早覺詣至精。論道貫三才，屬意在人弘。我髮亦已皤，悵肰岐路盲。厭厭斧斤餘，豈望萌孽生。昨從行墨間，初聞敬與誠。補過斯要藥，但恐力不任。登陟阻危巒，撼摇俄復崩。君爲河上圖，我愧草中螢。欣言得所宗，委曲施規繩。君行日方升，我心夜未晨。永懷濂洛理，從君共披尋。

再簡伯珩

平生湖海氣，馳騁未云極。顧念道力疏，遂逢違心失。及此尚浮沉，宜爲聖賢恤。仰稽古人行，順逆非一律。大都識木心，惺惺能自克。垂涕撫野麟，和歌韻瑶瑟。樂處憂不忘，憂時樂可得。此意一以明，動静無不逸。我年踰知非，悠悠抱衰疾。懸缾向深井，匍匐嘆短繘。日月行忽邁，川波逝焉息。微明懼易昧，凡百望君直。

春興

澹雲棲古堞，融日冒高林。道痾暫徐步，微風開我襟。羈塗思駐足，退轍每難尋。斯願尚蹉跎，歲月空浮沉。翳翳河邊柳，時至又舒陰。夙佩達生言，恥爲役慮侵。牀頭一壺酒，聊以展素心。

粵東馮秋水方伯見訪予病失接待投之以詩

曾讀《秋水》篇，瑩然百川映。風雅斯已深，于焉徵爲政。相思同調希，驥子猶神駿。名傳大小馮，接軫跨吾晋。寥廓萬里遊，嶺梅載餘興。何緣愈頭風，對君消鄙吝。

贈沈繹堂

昔爾辭承明，驅車大梁國。握手難爲分，贈我雕龍筆。一别歷三秋，再傍燕鴻集。嵩山有玉芝，似君好顔色。漢文慕賈生，席前如將失。明良古所同，願言勗令德。

贈郭相傑醫士

久衰病相嬰，結綬苦偃蹇。雖忝聖主恩，筋力不可勉。郭生淳古人，遺方藏禁黌。濩澤一小邑，國手未能展。去年提藥囊，視我來京輦。資其培護功，二豎漸將遣。司馬有少男，積瘵存餘喘。因君復壯立，酬報具豐腆。從此技若神，求請足重趼。長安綺繡叢，聲名駕盧扁。吾老鬚鬢白，君髯亦蒼變。閒談逆旅中，懷抱良繾綣。太空本無物，浮雲自舒卷。達觀足忘言，爾我豈珠願。宿聞柱下傳，大道依巽輭。調龍龍性伏，療虎虎心善。庶幾還混沌，斯理宜非淺。何時謝玉墀，從君息荒畎。買山不用錢，披簑坐碧蘚。興來一壺酒，可口青精飯。遠離毁譽場，斷絶是非鍵。萬事甘愚蒙，雌雄誰復辨。春風無羈束，鼓腹恣游衍。

貽姪熙時熙初舉子

古賢辭爵禄，傳載兩疏名。叔姪返同日，年高道業成。昔汝謝官歲，少比陶淵明。我頻嘆其勇，彷徨滯歸旌。主恩不克荷，從然疾病嬰。後汝復五年，而亦遂躬耕。子孫七八人，穉者纔華綳。骨肉會歡聚，奚必計浮榮。閒堂羅寶籍，清風泛棖甍。祖德終弗諼，願言懲滿盈。

效古二首

一

別家向七載，不言三徑蕪。奉職思致身，焉得懷故居。委重未能酬，坐使盛業虚。覥此衰病質，乞放還山隅。沉苦日以消，積尤日以除。乾坤正隆理，不少賢俊驅。犬馬苟尚存，畢力于菑畬。

二

我酒不常有，我酌亦不多。經晨酒未酌，臨風屢欲歌。有客兩三人，道我顔色和。衰愚得退止，大化無偏頗。徜徉大化中，不樂將如何。

七言古詩

驄馬行送田兼三侍御按嵯

驄馬御史非馬曹，螭頭抗疏真人豪。會逢司馬飭韃櫜，民間不許畜馬毛。行客騎驢空繫刀，黄巾綠林氣益驕。北來騏驥數千羣，孫陽不顧鳴蕭蕭。饑民使馬恒代犪，一朝失去顔色凋。耕犁挂壁車卧道，胥徒得志閭左騷。君疏一上達九霄，頃刻之間印已銷。舉朝誇誦謀慮高，切中猶如癢得搔。燕齊之利煮海濤，遠饋梁宋趙衛郊。天子命君視周遭，去乘驄馬列旌旄。大河千里流滔滔，雲裏岱宗如建標。君行驛舍不言勞，箴疏貢通弊盡薅。宿昔許君經濟饒，曾向彤廷受殊褒。長安大道綠楊橋，爲君置酒待還鑣。

暮春二首

一

暮春三月閏將殘，閉門尚畏衣裳單，幸喜東風送柳綿。香簇錦氈拖地滿，何用枝頭榆莢錢？

二

一春卧病劇愁煩，筋骨支離心已昏，上書再告不被恩。駑駘雖知戀芻豆，何堪列仗奉至尊？

送梁葵石歸養

梁家太宰之曾孫，一時乃有三少宰。蒼巖移鑒領本兵，敷五持衡暫已解。悠然葵石在祿動，收拾三銓問酒醢。白雲片片罩滹沱，散作老萊衣上彩。𠣾匐金門自上書，皇恩展轉被君廬。憶得昔年車馬道，闐闐簫鼓導旌旗。如君兄弟天下少，致主匡時志非小。等閒昂首出雲霄，忽復抽身來物表。在朝在野并君恩，爲孝爲忠本一原。會從展禮龐公榻，玉劍新編對討論。

送友人還秦

我所思兮在華山，黃河遠上白雲間。長風縹渺五千仞，俯瞷萬里絶人寰。石棧摧隤鐵鎖斷，嗟我猶然在厓塹。自從失去玉樓兒，白袂縱橫淚如霰。西望函關似酒壚，半空仙掌欲招呼。會期喚醒希夷睡，聽話先天太極圖。

送敦兒歸葬詩

噫！兒有知耶？無知耶？爾魂亡一載，爾骸今將歸。爾翁爾母老病留滯不能送，爾妻爾子嬌穉焉能隨？爾昔來京都，行人擁路看。共道誰家兒，玉貌儼潘安。學成爲文章，落筆驚四座。架上千卷書，卷卷字字推尋破。當其得意時，拍案口流津。顔淵既没千載後，好學德行有斯人。老師宿儒争避榻，觀爾平步凌閶闔。豈料皓月落雲端，寒蟾玉兔空嗚唈。鬱鬱丹桂華，變爲秋葉飛。崑崙刺天隕西極，白璧墮地無光輝。千里駒，奈若何？寶書神劍漫塵土，玄亭寂寞青苔多。天茫茫，日慘慘，爰升高而遠望，嗟首丘兮思返。輀車駕出彰門道，骨内摧心慟傷倒。道邊古木亂鴉啼，蟪蛄悲吟滿荒草。滿荒草，難追攀，行行前越桑乾渡，日日漸抵太行山。西歸何所苦？西歸非所苦。爾有友于兄，迎爾葬之故鄉土。魂兮莫哀，故土是依。履德之山，松柏垂垂。吾先祖考，攜爾游嬉。雲中羣仙，騎鳳驂螭。吹簫鼓瑟，戲掇紫芝。手持琅函，待爾同披。魂兮莫哀，乘時亟歸。重曰春草不感榮，秋木不怨脱。人乘元氣中，誰得終長活。爾神儻有知，惟當逍遥乎溟涬之津、翱翔乎寥窈之圃，覓古聖賢遺踪以爲託。不往復不來，無忻亦無戚。其爲境也，生死兩忘。與天地同原，命曰至樂。兒歸哉！

關進士母八袠詩

長夏景修時物芳，世運熙隆家道良。有母歡燕坐中堂，耳聰目烱壽且康。子孫多賢盛趨蹌，效祝殷勤捧玉觴，姻婭填門爛生光。

酒清肴豐琴筦揚，願陳此曲歌未央。

寄題李水部嘯園

李君本自天下士，昔時長嘯梭山村。十載别家向江海，堂前閒地生竹孫。竹林窈窕度花關，樓閣枝梧遠近山。喬木煙光横紫翠，春泉鳥語問緡蠻。主人學富鄭康成，擊劍彎弧更有名。底事風流何水部，畫圖繾綣憶山情。老夫顛倒苦衰疾，但幸年來婚嫁畢。

赢糧約訪岱宗行，先僦君廬舒兩膝。

思歸曲清明前一日得喬贊善書作此答之

帝城草緑迷芳洲，思歸病寢空煩憂。愛君窗前摹古書，正月寄我西山頭。二月又過清明前，開緘長嘆淚眼懸。浩浩昔賢安所仰，半生毛髮先皤然。山深春雨琅玕長，悠悠我思欲汝倣。煙嵐蒼蒼木石多，混身鹿豕閒來往。

悼李侍御方夫人

人言喬樹多烈風，幸有紅日當天中。主聖臣直古定理，皇朝至德垂無窮。君不見，方夫人，一女流而知道義。憶昔間關辛苦來，數語正色無驚悸。今留孤鳳在梧桐，啾啾顧影長流淚。

東谷集續刻詩卷二十一終

東谷集續刻詩卷二十二目録

五言律詩

七言律詩

五言排律

五言絶句

東谷集續刻詩卷二十二目録終

東谷集續刻詩卷二十二

清　白胤謙　著

五言律詩

偶憶

偶憶山中好，宅西巢隱樓。古榆將屋抱，翠竹向人流。鷄犬眠深巷，兒童和小謳。曲欄如可架，妻子日同遊。

兒敦亡五十日矣忽夢同遊海會寺兒素不談禪惟契正學詩以志之

夢中還故刹，父子樂相將。流水穿僧舍，經聲滿寺廊。幽明惟一理，儒佛儼同堂。悟爾三生迹，依稀合坐忘。

贈朱平寰廷尉

磊落朱廷尉，迂疏白太常。我方珍意氣，君更好文章。籠藥供多病，叢蘭報遠芳。同舟載高義，傾倒幾時忘。

送朱平寰中丞開府江南

鐵甕雄江口，樓船壯海門。風威齊虎豹，撫字偃鷄豚。萬姓憂方轉，三軍氣不喧。平生忠直性，攄寫報君恩。

初夏過陰掌科新寓

官閒慵禮數，轡屧到鄰家。華屋薰風集，梧垣晝漏賒。鄉情依畎晦，客話戀桑麻。羞澁持詩戒，因君興未涯。

銀臺署中

銀臺非散秩，四海積封章。水旱時多故，寅恭道執詳。嘉言偏不數，讒説更無方。九列將何補？心昏畏健忘。

伏枕

力微不任職，伏枕主恩深。暑雨連晨幌，凉風起暮砧。無能餘病骨，知罪有臣心。投劾嗟猶滯，非關戀故林。

病起

老來經病困，氣質漸冲融。夷惠何妨合，行藏道一同。年華信流水，身世本飄蓬。報國知無術，時當念固窮。

寄上官金之使君

賢良能屈抑，安穩在嘉禾。質性餘披拂，文辭憶切磨。湖山親水鏡，魚鳥帖風波。愛爾河東鳳，詩成附玉珂。

王龍錫通政父母改給京銜誥命

令子高標迥，雙圍耋壽齊。掀騰扶象緯，矍鑠附虹霓。鼎食逾丹餌，天章換紫泥。恩新緣孝理，殊異重封題。

讀裴孝子萱壽別紀有贈

當年金粟影，避地得清泉。哀慕終何極，慈心竟晏然。龍章褒德重，象教報恩偏。淨境留千載，芳徽寓此傳。

贈蕭太翁

巴峽生雛鳳，邢州頌不窮。冲虛王霸迹，閭隱士，唐貞元中，即其宅建冲虛宮。高妙魯連風。李太白詩：『魯連特高妙。』世載詩書澤，人尊藥石功。家筵春酒熟，歌舞近花叢。

辛丑三月請告作二首

一

行藏恒自卜，廊廟委非宜。衰謝吾當老，勳名敢妄期。日華浮院静，春意破畦遲。歸卧扁舟穩，田家二麥時。

二

不道移官冷，其如老病侵。寫愁饒白髮，函淚有丹心。婦莫辭親饁，兒休問賜金。欲隨韓衆侶，採藥析城陰。

歸田二首

一

拜命予休沐，支離一病身。信非經國器，合是太平民。騄騏開賢路，駑駘避要津。故鄉風雨足，坦腹未爲貧。

二

倚仗還輕適，君恩浩蕩餘。衣裝隨草草，食計判徐徐。時雨蘇塵陌，新篁迓小廬。吾生有本始，探討貫居諸。

謝客譽一首

未必今行是，胡勞訟昔非。岫雲聊一出，林鳥偶還歸。戀戀辭丹闕，遥遥望翠微。高名焉敢襲？拙福儻容希。

吾衰久矣兒鴻早勸歸休幸兹蒙恩得請爰作示意

參乎能養志，點也足歸來。共樂舞雩下，相從沂水隈。稼圃謾云小，斗筲良殆哉！尼山如可作，且學漆雕開。

黎城道中

吁駭臨關隘，風塵幾度過。著行官樹少，彌望亂山多。草屋浮烟直，沙田得雨和。故園農事逼，飽飯荷恩波。

遣病

林居差遣病，生計本蕭條。卧起容疏懶，門庭愛寂寥。雨餘天淡淡，風過竹翛翛。率意真無悶，貧家樂自饒。

衰白

衰白驚鄉故，何施可報君。素餐歸幸免，聖政遠還聞。獨樹臨深巷，連山出晚雲。永懷遭遇日，徒有淚紛紛。

聞沆仲選得崇信即賦待别二首

一

策仕秦川好，西征屬快遊。地貧心易守，邑小治能優。梓里歸時暫，蕭關過處秋。所珍惟古道，幕府重相投。

二

別爾出京門，還家視子孫。支離成老物，休養是君恩。期望平生遠，翱翔事業繁。他時須慰我，折屐在山園。

閤中謾詠

幽居雖郭内，俯仰萬峰間。獨坐披殘帙，無人識舊顔。樓臺朝日上，井邑暮雲閒。多謝絃歌宰，頻將車馬還。

七言律詩

上巳明日大雪伯珩見過問疾即贈

春半雪飛黯黯寒，凍花零亂遮簷看。主人病榻殊未起，朋來酒樽聊對歡。久蟄蛟龍乘霧雨，欲眠鷗鷺倦風湍。陽和歘放天心正，爲爾欣彈貢禹冠。

病中酬趙懿侯見贈

吴門烟月傷心處，落日琴臺罷昔遊。陶令還家松菊老，晋祠臨水石苔秋。長安美酒堪投轄，旅舍沉眠倦倚樓。爲報鄉園著書客，陽春白雪媿難酬。

送醫士程鳴岐隨高弗若通政奉母還秦

依萱孝子西歸日，審藥名賢北下時。春釀鶯花臨道路，雲開河嶽曠襟期。囊中仙術應希見，席上儒珍倍可師。老病沉緜思望切，帝城鶴駕莫教遲。

送薛衛公之淮上并簡霍劍寒任雲石

淮南煙景滿春蕪，儷使乘驂駐此都。無事但觀鴻烈解，有時還寫輞川圖。城樓落日銜旌旆，海嶠溫風聚舳艫。極目雁行天不斷，翩翩飛遶射陽湖。

病中值李五鹿倉場假省走筆送之

天涯春色滿燕臺，遊子看雲首重回。萬里波濤兼雪湧，千桅秔稻逐冰開。鄉園酒熟歌還酌，驛路囊輕去復來。自此蒼生懸望切，莫令丹詔更相催。

和田黃甫苦節吟

化石山頭望藁砧，歸寧垂死抱冰心。鏡中久絶孤鸞影，世上猶傳黃鵠吟。白髮艱難成節苦，青雲期許報恩深。芬芳早已輝彤管，得句重嗟淚滿襟。

都門寄贈王爾嘏僉憲

南紀追遊歲月闌，風流每自憶鹽官。清時晝錦年還富，高隱滄洲興獨寬。蕙帶籃輿真絶俗，晶盤寶珥競承歡。雲霄鴻鵠元堪仰，矯首并州滯羽翰。

奉常署中贈朱范二少卿

容臺自是清嚴地，病骨寧堪伴客星？人愧叔孫叨漢澤，漢高帝拜叔孫通太常。

天留夔命在虞廷。鶴飛碧落聲相和，松歷寒冬色倍青。鐘漏沉沉官舍寂，時聞搢笏誦仙經。

臘日偶成

殘年且莫嘆歸與，漸已忘形近太虛。老病不堪天下事，乾坤無復故人書。當筵濁酒還酙酌，過檻浮雲信卷舒。西望鄉園春色早，得知聖主意何如？

寄羅藥齋學憲

使君移節自西秦，馬首雲山晋國鄰。學海聲名能藉甚，聖朝功令恪須遵。褰帷堯舜遺風古，振鐸河汾化雨新。滯客久憐朋舊隔，滄浪行得傍垂綸。

寄贈范太翁

爲識龐公高隱處，竹林千頃占煙霞。騎馬屢尋盤谷墅，留賓相勸王川茶。冰河活活浮仙鯉，陽木翩翩乳孝鴉。中原耆舊多難老，坐賞行歌駐歲華。

馮侍御父母雙壽

津亭駐轡課鹽官，驛使書傳海訊安。阿母舊擎青玉案，家公新著惠文冠。三春江口櫻桃熟，五月華陽洞府寒。每候鷄鳴朝北闕，數將南極倚雲看。

大行皇帝輓章

渺渺霓旌拂御牀，素縗冰結淚千行。鼎湖何意升龍馭？遺詔真堪泣萬方。一統山河新主極，諒陰日月舊春王。新詔以明年改元。微臣朽鈍終難策，追慕君恩詎忍忘？

贈王侍御長安壽母

見誇柏府登賢盛，羣是西京作賦才。俊隼盤空凌直上，青驄當路望争迴。九天阿閣薰風入，千里函關紫氣來。歌笑休愁不爛熳，即看王母在瑶臺。

感王母周太宜人遺事作 有序

甚乎！孝弟之道可以格天，而義利公私之間，辨之不可不精也。王贈君以不忍人之齮齕其弟，故齎志以没，非勇于孝弟而然與？周太宜人不難質嫁時物佐其夫子，使爲其弟，弗憾弗德，卒食子榮，天答之矣。吾猶異寧海之民奔走饋遺，太宜人于福山至抵都用不能罄，胡修而若是與？今夫司牧于民，或彊攫巧索，不可必得，又府怨焉，孰能使之輸奉其母于去官遷越之後與？是故非王君利其有然，亦寧海之民篤于公義，而王君之政足以致之耳。是奚浼焉，又曷足詫乎？然則贈公于弟、太宜人于其夫子、王君于寧海之民，皆有可風者也。遂作詩以貽王君兼道故云。

萋萋萱色暗飛霜，細雨疏鐙掩北堂。原上鶺鴒餘慟在，海邊鴻雁繫思長。乘槎他日依蘭槳，出谷何年換荔裳。欲話舊情因問訊，碧雲千里限同鄉。

得請後口占

不才久輟尚書履，謝病猶稱老納言。徼幸山林娛化日，終慙衰碌負朝恩。一枝枯竹堪扶伴，數卷殘書足討論。商料平生未了事，閉門灑掃度饔飧。

送鹿屏陳明府擢任太倉

春風五馬騁鳴鑣，忍淚持觴對柳條。野老紛紛遮道路，行旌望望入雲霄。山郭月明琴調遠，海門濤靜戰塵消。頻識主恩隆守牧，論功期早著金貂。

五言排律

送趙復安職方假省

使星東國返，歸路太行西。駟馬曾題柱，高堂未杖藜。致身規遠大，論道析端倪。濯濯圭璋器，依依桃李蹊。衰年珍契托，把臂惜分攜。載覩成康世，應難戀故棲。

寄贈儀封尚翁

儀封君子里，木鐸大河湄。世代生耆碩，如曾見魯尼。伊人懷璞玉，有子應熊羆。華誥丹青麗，清風邑巷垂。篝鐙餘討論，植杖喜耘耔。惟有加餐飯，徘徊樂不支。

復病欲呈署中僚友

玉闕稠恩遇，銀臺屢曠鰥。悲慙羣職外，眠卧一春間。僮僕扶猶怯，朋儕聚已艱。微躬空跼蹐，雙淚欲潺湲。劍佩輕隨葉，柴扃寂似山。茫茫逃物役，贅贅寄人寰。歲月驚心駛，乾坤過眼斑。折花看不忍，哀雁聽相關。策窘蘇寒骨，方窮駐老顔。東隅堪更失，北斗敢重攀。小草非難舍，疲翎合頓還。遺忘真憒憒，坐廢豈閒閒。擊壤思專切，尋山願每慳。昇平多俊乂，庶早放愚頑。

五言絶句

雁字

朝來見雁羣，天邊横一畫。雁去天悠悠，悟得畫前易。

閒詠四首

一

飛飛雙鴛鴦，日日湖中戲。湖中有鴛鴦，何預天公事？

二

憂來無可語，沽酒聊自傾。君看古時物，貴在不知名。

三

昨朝興悟心，禁詩兼禁酒。今朝興悟心，請君還禁口。

四

入山虎可擒，投水蛟易斷。只愁周處心，何能孚月旦。

編韻語示兒輩四首韻語者何？非詩之謂也。

一

常日兼風雨，陰晴不可期。欲占佳氣候，多在午前時。

二

艱辛營峻宇，安穩讓藜牀。誰料後生者，能嘲郭侍郎。

三

率物養人身，人身祇一物。天道有衡量，明者自齋祓。

四

東園栽芍藥，西園種菊花。休言開處異，歲歲不争差。

補齋韻語三首

一

東隅雖已邁，徒悔計安出。秉燭尚可遊，桑榆亦非失。

二

殷勤告主人，好生留客住。慮客有遠心，儻隨他客去。

三

萬品依九轉，羣星向極傾。主人恒在此，不畏客聞行。

六言絶句

六言三首

一

黄帝遺其玄珠，使知求之不得。何如象罔無心，一任莊周蝴蝶。

二

忙裏偷閒便福，苦中作樂還乖。須信袈裟多事，癡翁枉自安排。

三

愁疾鎔殘軀殼，驚哀伏退精靈。自是出山小草，莫比金門歲星。

哭敦兒時余年五十四三首

一

惜汝平生好學，孔門顏子先傾。未及聖人知命，敢云太上忘情。

二

自古天傾地缺，參差世事休論。尼父元高季札，西河争似東門。

三

神仙會亦有盡，安問小年大年。逃墨逃楊總謬，惟應質任天然。

七言絶句

河堤作

緑水汀邊駐馬羣，楊花飄雪墜紛紛。城頭一片笳聲動，幾處簫箏盡不聞。

題王侍御父母壽屏二首

一

海上詩名誰最高?不如三泖酒人豪。吟成笑酌桃花下，目送天邊彩鳳毛。

二

桂子香浮萬里清，秋窗掩映讀書聲。玉京拄笏看明月，還照江東白苧城。

送故人席覺海赴蜀中提學

一

回首并州醉管絃，春風三十二年前。天涯莫恨重分手，西踰嘉陵是閬仙。

二

萬里崎嶇抱玉琴，惟將古道慰知音？慇懃記取河東句，去和南風愜舜心。

三

慷慨悲歌意氣親，白頭送別淚沾巾。青山臨路應無數，到處題詩寄遠人。

春日寄喬贇善三首

一

莫道東風賤綺羅，子規啼盡月如梭。門前楊柳千株密，不換年來白髮多。

二 時伯珩抵都。

張子歸朝話所思，含愁獨不見知之。碧窗燕語藤花發，憶得研硃點《易》時。

三

騎馬看山到幾峰，白雲深處萬年松。相攜孰是同心侶，去聽白巖寺裏鐘。

戲題諸子

一畫奇文世已傳，苦心揚子亦徒然。當時不有侯巴在，覆瓿何人受太玄？

長安始春作示南雄弟

棠梨花發映山扉，聞道年來樹漸稀。欲仗東風助歸興，商量早製芰荷衣。

集句

集唐二絶句

一

天涯春色催遲暮，杜甫《奉寄高常侍》。歲歲無如老去何。劉長卿《贈崔九》。塵世難逢開口笑，杜牧《九日齊山登高》。幾時迴首一高歌。杜甫《峽中覽物》。

二

白雲芳草與心違，司空曙《酧李端見贈》。老去親知見面稀。杜甫《十二月一日》。不用憑欄苦回首，杜牧《題城樓》。將因卧病解朝衣。王維《酬郭給事》。

奉懷薛師集唐

回首風塵甘息機，杜甫《將赴成都草堂》。頓令心地欲歸依。李頎《宿瑩公禪房聞梵》。春山處處行應好，張籍《寄李渤》。竹裏泉聲百道飛。沈佺期《奉和初春幸太平公主南莊應制》。

寓後柳隄集唐

人家多住白鷗洲，韓翃《送客歸江州》。風物凄凄宿雨收。前人《同題仙遊觀》。藥裏關心詩總廢，杜甫《酬郭十五判官》。一雙鸂鶒對沈浮。前人《卜居》。

東谷集續刻詩卷二十二終

東谷集文卷一目録

制誥

表文

東谷集文卷一目録終

東谷集文卷一

清　白胤謙　著

制誥

擬赦詔稿一

朕荷上帝寵靈，承有明末祚，除寇救民，代爲雪耻。奄有大命，方期戢兵卧甲，嘉與九有，拱受天庥，詎意浙閩恃其遠阻，苟求割據之謀，不聞歸嚮之義，遷延怙過，曷恤民罷？是用勞師遠涉，冀正亂萌。幸毗祖宗顯佑，平南大將軍貝勒等宣暢國靈，兵聲孔振，遂舉浙東以及全閩稽首來歸，罔不大定，載拓版圖，獻兹洪捷。思爾赤子久罹鋒鏑，詿誤宜矜，拔之湯火而胥生，扶厥瘡痍于新附，所有地方合行恩例臚列如左。於戲！玉馬遄奔，席太和于奕世；霓旌遐召，肆正朔于蠻荒。允保弘庥，丕彰大賚，布告遠邇，咸使聞知。

擬赦詔稿二

詔曰：朕受皇天眷命，撫有區寓，頻年以來，惟務德義，綏柔罄，圖效順。西川僻在一隅，向爲賊獻竊據，尚懸一面，待其歸降。迺昧天幾，徒恃地險，怙終播惡，淫虐貫盈，履有稱抗之形，罔聞請罪之舉，是用張皇天討，拯彼倒懸。幸托文武將士策力，遐驅迅擣，席捲雲覆，元憝授首，全蜀底定。山川謝懸車束馬之勞，民庶有解溺除焚之樂。復念無辜，宜與更始。特弘汗號，用鎮嘉師。所有地方合行恩例具列如左。於戲！負嵎之逋寇，築京觀于一朝；按堵之遺黎，載壺漿以萬里。帝圍永固，民祉無疆。布告遐邇，咸使聞知。

擬赦詔稿三

德隆聖善，標懿則于璇宫；典備尊親，襲鴻名于彤管。貽庥有永，錫祉無疆。欽惟皇妣皇后，體順居貞，承乾正位。克勤克儉，光贊我皇考肇造王迹于艱難；以慈以仁，誕鞠朕眇躬嗣保前徽于滋大。迺丕勳既集，適令範弗延。緬内治之攸勞，發祥陰教；睠母儀之未遠，衍慶慈幃。爰攷舊章，式昭顯號。於戲！大業成乎開闢，宫庭尸盛美之源；典禮重乎几筵，華夏播休隆之譽。榮光罔斁，孝則攸長。

擬册文一

朕惟自古帝王崇述母儀，咸懋徽稱，式隆孝思，用昭罔極，甚盛典也。朕皇妣大行皇后，佐佑皇考，誨育朕躬，紹兹大統，允符至德，萬方載澤，乃遽升遐，實勤追慕，謹以某月日奉上尊謚曰文皇后。於戲！顯號鴻名，尊榮儷極。焕彝章于寶籙，乖顯懿于璇圖。

擬册文二

徽音有淑，聿崇象服之榮；令則允臧，克迓星軒之福。蓋德彰而名懋，爰義協而典隆。恭惟某皇妃殿下，秉性温純，飭躬儉素。當服勤于先帝，實多内助之勞；用效順于後庭，恒著進賢之譽。

是以化施邦國，勲在壼闈。迨及菲躬纂膺大寶，頃者，推尊聖善，既展親親之上儀；遡美肅雝，宜昭貴貴之令典。某封號。于沼于沚，式嫺珩珮之規；如山如河，永介璇宫之樂。

擬册文三

於戲！古王展親同姓之國，優以大封，爰亦褒美公侯之宫，錫之懿號，所以表惇叙共休樂也。咨爾玉度温良，蘭儀肅穆。勤而克儉，堪繼美于葛覃；貴以能謙，用流芬于芣苢。允稱賢哲，作範家邦。爰册命爾爲某封號，尚益懋敬乃躬，襲兹嘉慶。祇端翬翟之容，罔替蘋蘩之任。欽哉！

擬册文四

《易》稱歸妹，《書》載釐嬪。《詩》美肅雝之文，《禮》重公宮之教。倫化攸關，厥惟慎哉！咨爾秀挺金扉，榮分玉牒。幼禀幽閒之性，圖史著徽；長修敬順之儀，瑟琴流懿。兹册命爾爲某公主，其尚服國榮，益修婦道。罔忝椒庭之訓，永垂彤管之名。

表文

擬皇太后聖誕表文

伏以坤元正位，聿開仁壽之禎；慈極凝休，永效尊親之祝。慶流星渚，算益嵩丘。恭惟仁覆羣生，母儀萬國。備尊崇於椒禁，弘啓佑於萱闈。兹逢載育佳辰，正值千秋令節。臣等志遵典禮，職列分藩。遥跂宮庭，共獻思齊之頌；願同寰海，長霑錫類之恩。

賦

墨酒賦

地多柿，以爲酒，美而不酲。家大人嘗蓄雙甕，剥荔枝肉置其中，踰歲出以試客。其色重碧，香味倍勝。大人笑曰：『此墨酒也。』不肖敬受而賦之。

維金衣之纍實，有銀光之甘漿。臣嚴樹於朱崖，走蒲桃於西涼。迺厭白薄而引青瀋，爰呼玉友而配水孃。折蒼梧之僊芝，觚雲英之玄霜。松風披其膏滋，茗烟積其密茫。覆鴟夷之雙蹇，啓陶匏之一觴。謝紅泥於銷骨，罷緑螘之浮缸。既氤氲兮春温，亦溟濛兮冬藏。知白兮守黑，積久兮彌芳。淋漓玳瑁之姿，茀鬱龍劑之香。若迺玄亭上客，漆園佚吏。讌澆北海之賓，飽汎倉頡之字。挈榼盤翔，倒巾游戲。從事先驅，督郵迴避。石抉怒猊，泉奔渴驥。藁成子安之腹，汁濡張顛之髻。捆丹篆以吞喉，紛白鳳而噴地。庶幾乎延杜康而嗽文苑之津，挽陳玄而朝醉鄉之帝。吾乃今而知濁醪之妙理，古玄酒之遺製。請與調朱弦，伐土鼓，合太羹而並味。蓋下者不失爲文字之飲，而上之可至於道德之位也。

序

初尋草序

予幼而稱詩，初不能工，特有所好之而已。長涉古今作者之林，愛憎取舍無有常家。比年顛躓百狀，遂不復厝意。此中曰：『人世間自有性命經濟之業，豈必此哉？』家姪沆仲，顧私從友端、去偏兩甥，商刻予詩，予殆弗知也。比見之，率多予志未安者。且曰：『是真君之詩，能不爲向之鍾譚者也。』予寔疑其言之誣，而既不能止其匆刻，又不能移三子之情，使之刻予信賞者，任之而已。已而得三子和予近題，又各得其藏帙觀之，人不一律，皆非予所及，然大要皆不爲鍾譚者也。予始服之媿之，稍信其言之不予誣而予愛也。蓋予亦病今之稱詩者，人人鍾譚矣。鍾子云：『今偏天下化而爲石公。』是豈石公意哉？審斯言也，予向者之詩幸不爲鍾譚見也。譚子云：『念生平空曠孤迥，祇是一家，將上下四旁而索之，山高淵沈而究之。』宜非妄語。且以痛快俊穎之石公，不足服譚子，而獨取其晚作之卓大堅實。人謫子瞻之詩曰室、曰積、曰蕪，宜與譚子不肖而晚乃嗜而選之。譚子而在，吾知其進於鍾矣。大凡文章之道，一落途逕精神，便不可問。李獻吉明詩冠冕，譏之者謂是杜家奴。杜家奴尚不可爲，况其餘耶？寥寥結習，汨沒半生，不圖氣類相宜，近得之三子。予將從三子洗滌胸臆，求其真爲予之詩者。適去偏刻其詩，欲用予初尋語爲名，因告以此，表予今日亦又當初尋之時也。去偏天資穎上十倍余，其詩瑩秀俊爽，翦翦塵外，若不經意而得之。乃其自命，不僅以游戲，棲托在是，而卓然有以。信乎！其道之深以遠也，豈予所可望也？夫是說也，不獨序去偏詩，即以序三子詩可也，以序予詩亦可也。

朱樹庵詩序

文章之道，雖扶理而行，要以瑋麗爲工。至於詩，益無取於革鐸水鐘之喻。往在史局，獲交宗伯海寧陳素菴先生，讀其《秋懷》諸作，情深文明，宜登一代作者之壇。時復有文學錢君武子，獨以詩名海内，亦海寧人。會予與言詩，竊嘆謂詩正而葩，君鄉豈有衣鉢？適奉使湖南，道武昌，得讀朱君樹菴《黄鶴樓》諸咏。再過岳陽，觀其題蹟，依稀乎宗伯、武子之間。意者魯無君子，斯焉取斯？比次臨湘境，則朱君之頃所治也。詢父老，無不垂涕，朱君去非其罪者。臨湘殘陋邑，有此文采邁俗之吏栖遲其間，稱祥鸞矣。而直令席不暇暖，豈伊人才，亦斯地之不幸也！夫今朱君事且白，作益閎肆，以其師薛公碩侍御，予門人也，求序其詩，故爲應之如此。不遑他及，且將于宗伯、武子前，侈其鄉之爲詩藪矣。辛卯冬日，使楚侍讀學士東谷白胤謙書于雲谿人家。

鄒孝廉詩序

往予詩，蓋嘗法鍾譚云。微獨予也，當天啓、崇禎間，胥天下人而鍾譚矣。使起兩先生而與言詩，實應且憎，無惑乎論者之變也。然而兩先生真能爲楚詩者也？三百篇無楚風，而存于屈宋，詩之特奇也，降而爲孟浩然之沖雅、皮襲美之質素。兩先生則繼孟皮而興，其真至之音，足以蕩滌塵滓，轉移風氣，不可謂非楚之奇矣。相國百史陳公，不爲鍾譚詩者也。嘗品予詩稍得鍾譚力，謂其芟洗之浄，而真老出矣。予雖愧其言，然兩先生者，豈易及哉！禹封鄒君，竟陵名士，辛卯秋雋出于門人徐武昌之門。始見予江夏，以其詩爲羔雁，反覆讀之，其真至如鍾譚、冲雅質素如孟皮，即不難繼屈宋而稱奇。楚雖大，當代之賢有名人雖衆，豈足以閼鄒君？然而風氣陶淑，兩先生之教不可誣也。予固質然言之，志不忘所本焉。至其他著作，益俱奇奥不可磨，會與其楚之賢有名人濟濟然翺翔于金華石室間，海内士遜不及焉，在此行矣。

衡山政蹟序

予奉命有事南土，跋歷幾八千里，然後抵衡。先二日過湘潭，接攝令黄君，顧盼談吐之間，識其爲才賢。舟中偶問及岳狀，言之甚詳。悉叩之，蓋前此嘗攝衡矣。至岳廟，虔禮既畢，有碑峨然于門之左。即視之，則衡人思黄君而立者也。因咨詢其父老，始知衡人之得有今日，實黄君招撫之功云。又從衡士得讀彭禹峰憲使贈君詩，循蹟益瞭然在目。噫！孰謂攝吏無賢者也？又聞湘之人誦君不異衡，兩地俱新闢，疲苦不易爲理，來者褏足，黄君獨能隨地而奏其長，賢者之有賴于人國也如此。然君已奉薦改補，將舍湘而北，予恐湘人之思不後于衡。噫！胡不即令其究理此邦，而待其報政爲百姓便乎？雖然，君行矣。察其顧盼談吐，固非百里才也。

羅克生詩序

南岳主文，宜爲雅人淵叢。予來，信宿其麓，獲一羅生，風儀秀發。讀其制舉業，有籠蓋一世之氣。謂予曰：『岳志散軼，將窮搜輯而爲之。』予用是敬禮其人，岳靈不受閟。異日當爲岳之文獻，必是人也。將别示予《寄草》一帙，蓋其所爲詩，大要清麗絶俗，無寒儉態。心益喜，曰：『羅生其人，即不爲詩，固將有聞於世，况其詩且工也。楚山宋玉于生乎？是望即予南岳之行爲不徒矣。』

贈醫士常君序

醫之爲技尚矣，用以尊生而利人，通于治理，合乎仙術，學者罕能造其至極。家伯兄長洲先生特精其説，恒以導予。予謝不敏，心知其内察百竅、外審六氣，睬舉子業不啻倍之，故不敢爲也。患難以來，嘗悔儒術貽累，不若早置力此中，爲居業之最，每教兒鴻，鴻漠不加省，顧不謂其獨能擇識異人與之遊也。客歲夏，予奉使吴楚，會抱微疴，且長途落莫，疇與起居，鴻則以所交澤州常君進，遂携與偕行。比渡河而南，涉江淮，達於金陵，時當溽暑，僕夫往往道暍，常君提藥囊，相厥脉候而治療之，罔不立愈。路逢羸瘵人，輒呼授一劑，詰且來崩角謝矣。以兹名布道周，每停宿郵舍，病人環擁，如堵墻然。君悉爲問切，施以方藥而去。予乃適然嘆異之，及叩其術，皆古方載在醫經者。匪是不敢以試，試亦無有不捷應者。則其審用之妙，有非人之所能及耳。予居平善病，矧兹役萬里，未出門先慮弗克終，蓋約略計之，有十二死焉，而病居其六：曰南方熱甚，曰食味之殊，曰湖山瘴氣，曰近粵蠱毒，曰疲勞不休，曰多憂傷心。而初未知南方之風濕，二者尤易中人，且深而難拔。踰長沙，薄言受患。常君曰：『本原固種種，無虞也。』因歷簡醫經，製劑服之，晨夕不輟，卒獲免死焉，殆其力也。以至楚中仕宦多北人，聞其如是，争願致之，敬奉若盧扁矣。然則予此行非君固弗克終，而非予此行亦不足展君之長，疑亦有數焉。傳曰：『人而無恒，不可以作巫醫。』又曰：『恒以一德。』君爲人温醇如赤子，其天者未漓也。又兢兢焉承其家傳，所裁方壹稟諸古人，不踰尺寸，譬之射者正，已而後發發無不中者矣。在《詩》之《鳲鳩》曰：『其儀一兮，心如結兮！』常君有焉。操是術也以往，即與之講治理、求仙術，無不可矣，況醫哉！昔予客京師，有黄于石者，名醫也，誠謹大略類君，而器量恢廓，千金不啻芥視，人亦以此高之。常君異日，亦其儔也。

東谷集文卷一終

東谷集文卷二目録

序

東谷集文卷二一目録終

序

清　白胤謙　著

壽業師成先生序

士之自重者，豈不以其品哉？而人之重之者至矣。非徒人之重之，亦天之所以重之也。今夫萬物之中，其凝然静止者山也，人皆仰之。以言其究竟，直能配高厚特立而長存。在《詩》之《小雅》曰：『如南山之壽，不騫不崩。』而夫子亦嘗取以論仁，曰『静』曰『壽』。然則士之自重而得天人之重者，亦必有道矣。吾師成先生早遊庠序，焕然有聞。時謙小子方在垂髫，先大人延之家塾，命從而事之。蓋先生既篤嗜讀書，復勤于教育。謙奉侍者十年所如一日，由今約略記之。其容則穆然而不可犯，其論則截然而不可易，其提撕誘進之意則殷然而不可止，師道之醇也。謙小子雖用其說，薄見知遇，要未足望其道之萬有一焉。迄今懔懔偲顛越而未知所税也。乃先生則擯絶世榮，嘿然獨善其身，又推其餘以教令子伯玉，累建章縫之前茅。既于有司，異時大行先生之志者，必伯玉也。先生今年六十六矣，聰明志氣不減盛壯時。晨夕飽甘旨，口授長孫習章句，而懷抱幼孫以爲娱樂，抑何其適耶！而謙更以卜先生之必壽。試問先生，曾究心黄老書，或對人談説服丹藥效熊□之狀，故絶不聞焉。而謙以爲先生壽者何也？先生居平，蹈藉忠信，因任自然，口無華飾之辭，足無矯曲之行，客有談耳目所不經見聞之事于其前，搖首而閉睫。彼夫儇輕其外，險譎其中，舞機智以自雄，罔世而逐錙銖之潤，其視先生直如糞壤螘封之于泰華耳。且人受天地陰陽之氣以生，厚薄不甚相遠，浸淫于嗜慾，銷切于愁思，戕鑿于機智，故未老而形衰，或蛻存而神喪，孰有履中正、含太和，因任造物之自然，而不得其貞固、致其長久者哉？則謙之所以壽先生者，亦于先生之品信之所謂仁人君子能自重而天人交重道原如是耳。若夫顯榮先生之盛德，伯玉饒能爲之，非謙之才所能及也。謙不勝大願。

穌譚序

順治壬辰，予既丁先慈母之憂，廬居無事，家伯兄先生往往就予言。因問及所讀書，予應之曰：『經世之書無其才，傳世之書無其志，出世之説復病其左。間思一紬繹先儒身心之旨，而行能不逮，是以未也。』又問，予曰：『未也。』翼日，先生手一卷相示，其近歲所爲《穌譚》者也。予受而讀之，曰：『幸哉！長者之教，凡吾之家學積此矣。』蓋先生雖老于家，而學術才智實驅駕一世有餘，特不屑夫世之所爲仕進者，而自舍以去。多變以來，人稱其有明哲保身之則。今年行七十矣，讀書敬畏之意未嘗少衰，尤慮夫二三子弟輩弗達此意，或其學術才智未必如先生，一旦沈溺于仕進，復不自知敬畏如予者，是固先生之所憂也。爰顓顓焉爲寫其耳聞目見之實、以爲後來者扶德救過之謀而成是書，蓋其于天道人事之攷稽、世故物情之經練，業既熟且審而採述之惟恐不切且密也，豈非身心之欵要而載籍之倫貫者哉？語曰：『奔車之上無仲尼，覆舟之下無伯夷。』讀先生是書者，可以作而省矣。且先生于書靡不究，而更深于醫，故復附録諸便方十一其末，總不欲爲無益之文實虹小子云爾。吾家自司空公嘗有《惺心録》之傳，先大人亦有《闇修録》諸藏帙，合之是卷，其爲助孔多。惟所望于今與後之讀書者，庶幾無愧于家學與！而予非其人也。是歲仲冬之望，弟胤謙拜手謹序。

詩二房同門稿序

夫謂制舉之文非文，苟也。年來鈔剿作俑，因有爲之甚工，獲其利而迷所從來，比比然矣。竊意當有英流奮臂其間，挽江河而澹沈溺，闢茂草而軌周道，固斯文大幸。會忝分較禮闈，齋沐惕思，求其如是者。一遇焉，遂不敢執一見，錮文因錮士也。既得士如干，以仰佐當寧之求。論其文，至者爲玉瑩丹液，次亦及鋒干鏌，蓋不獨斯文，爰世道賴之。已，諸士各以其成藝見質，予讀之累日，什存者三；久之，存者二；比卒業，存者財一焉。狹矣！慎從告之曰：『二三子不治詩乎？吾向也采詩者事，今也删詩者事。采之事羽翼國典，惡失則嗇，嗇則漏；删之事興起化風，惡失則龐，龐則濫。是故有洋洋穆穆者近於頌，煌煌赫赫者近於雅，雝雝喈喈者近於南，粼粼齒齒、悠悠湯湯者近於國風，數者吾取之，取其粹然各出於正，足以爲教，凡不在是法者逸焉可。且夫質文之論古詳之，畸勝則胥遠耳。故曰質有其文。子夏得繪事後，素一言悟詩禮之合。斯古今文質之宗，通於斯可與考文，可與議禮，故曰可與言詩。今大雅不作，文質失真。二三子居平，攷刺志業精純，既無取於瀹丹卯爨彫橑，又不徒草衣木食之尚，其所爲亦既鑿鑿焉、亦既斌斌焉，所謂言之有本而足傳於世，不屑屑制舉止也。若此者，將以之宣王猷、翼古訓。文質之觀，治理之端，於是乎在。又多乎哉世之論文者，即不乏韓退之、歐陽永叔其人。予不敏，願以此言就正。』

韓長孺先生詩序

《詩》三百篇尚矣，其爲教温柔敦厚，舍是不可言詩。漢魏之作冲深奥遠，固爲近之。樂府者流，問有刻露，然風刺之意甚深。齊梁而降，競尚新艷，風雅掃地，不得不歸乎唐。而以杜少陵集大成，其大小横竪莊諧正仄無不三百篇也，至矣！乃其體之變，則時爲之，非少陵也。宋元大段薄弱，明稍振起唐風，首李獻吉，次推于鱗。于鱗無獻吉之精大而深老，其氣色聲調雄高遒逸，則往往過之，足以狎主壇坫，不止表東海也。祝阿實近，歷下韓長孺先生聞風而起，奮詞遺調，晃晃若杲日之出林，漻漻若笙竽之奏，不屑爲纖曲幽寂之態，樂府數題，口角倩雅，讀者解頤，即匹敵于鱗可矣。謙於先生子又韓君同年也，宜師事先生，而先生猥好謙言，命其同官謙甥張去偏者，徵數言爲序。謙則曷敢？惟以其論詩之常談，習所聞於人而有合於己者一相商耳。或曰：『此常談也，曷足以知之？』曰：『詩道大矣微矣，謙尚未望見其津涯，顧安敢以他論溷先生！先生同里趙韞退君，今名家，嘗與謙論詩者，先生幸問之，其或有加於斯言。』

宋小遲稿序

宋生靜者，處闈之日，予奇其文，若執熱之濯清風，識其於此道深矣。既見，一恂恂少俊，愈益欽之。則告予曰：『杞幼蓋攻嘉隆諸大家云，久之不得意，廢而去。與當世賢有名者遊，又久之益不自足。顧反而求之冥寂之域，既專且篤，隨所發皆得吾意焉。然後乃今，有杞之文也。』予聞之，嘆曰：『宋生之言文也，得其真矣。所謂有本者如是也。韓昌黎有言，意得則心定，心定則道純，克於中者實，故其發爲文者輝光，施於事者果毅，三代兩漢之學不過是也。』今觀生示予文，大小數萬言，無梗筆留情，其中之淵微敦重，曠邈而高清，罔弗各極其能，而法度井井然，勿詭於先正，所以爲奇也。然吾觀宋生才慮智辨，將有大用於天下，而志欲坐進乎古人，則繇其文而上之，行己法度，亦必有可觀。願生勉之矣。

張太公壽序

今歲丙戌會試，當興朝首科，吾里中捷者十人，館選三人，盛皆前所未有。而有祖若父在稱重慶者，獨賁玄張君一人，以上第入詞林，榮炳一時。而賁玄朞耩鞠䎸，抑抑然若處之不勝。同官數君器之，見訪於僕，僕曰：『是乃祖金山公之德也，君之貴有自來矣。』曰：『金山公何人也？』曰：『不知也？請述其略：僕自丁卯歲與公弟孝廉公同舉於鄉，謁公季弟中丞公，蒙中丞公過遇，不以童子畜之。退而見人，誦中丞公之賢。時即聞中丞公有長兄，長者也。少爲邑椽史，誠謹有度量，得人歡敬。方封公治生於外，公主家政，教勉兩幼弟，一致尊位，一掇顯名，蓋其力。後三年偕來京師，始奉公，周旋旅邸數月，若飲醇醪，聆其言坦白見衷曲意，親之不欲違去。既而筮仕江山簿，二年丞西平，又二年遷金山幕。倦遊以歸，爲鄉之祭酒。亡何，賁玄登賢書。僕尚下第家居，公顧揖僕言曰：「君才雖過時，會必達。」意殷殷如，蓋得諸中丞公語。僕亦稔聞中丞公稱公治兩邑及攝確山，嘗蠲償糴之金，廣賑饑之額，真寔慈廉，確山至今有載德之碑云。既而止食其舍，觴簋肴醴悉用舊制，無仕宦家氣，益肅然起敬之。若公者，殆古之淳行人也。今其年耄矣，而聰明康勝，泰若處子。昔萬石君馴行化其子孫，貴顯者踵接。賁玄居平學醇而行飭，一旦處榮若不勝，是固其祖德有以使之然也。他日，鼎鉉之業將在焉。僕又聞賁玄言，其四弟三已露穎甍序。意者，公所貽及不止此乎！』數君聞之，嘆曰：『弘哉，金山公之德！顧非其年，何以有是？』僕曰：『年之爲仍德之爲也，請爲之言：曰才百不如德，福百不如年，身貴不如有後人，而兄弟之貴不與焉。記載所稱，仁者必壽，善人必有後，世之疑信者常半。今萃於公一身，而天不吝、人不忌，則公之爲人可知已！有器於此，彫飾繁而數動舉，則勞敝而易損；質實勝而謹試用，則安暇而恒完。公之厚者其德也，安者其隱也，仕者其暫也，享者其餘也，公之器完矣。欲辨福者，觀諸其受，君子不可小知而可大受，蓋言德也。』數君曰：『善！』他日，以告喬君星又，星又以告賁玄。賁玄曰：『是知吾祖。祖今年八十有二，九月二日其生辰也，願諸君各惠錫金玉之篇，而以是爲發端，何如？』於是星又諸君贈詩，請僕言書於軸。

順天府鄉試録後序

歲丙戌秋，邦畿再論秀士，臣胤謙奉命，副臣統虞典厥事。顧惟闇窾待罪禁近，頃分較禮闈，尚惕若未著效，矧兹先善都人士萬民望，其敢曰有知罔負上任使？然竊從同事諸臣後，涓衷鴕慮，黽勉竣役，其於士之言徵才、才徵德，皇皇乎弗及，幾幾乎若將得之。則兹百七十有一人者，不可謂非敬慎之選也。自辟舉道墩，求士於科目，有能發聖賢之心、明當世之務，則執其目前、信其生平，又信其異日作者之氣候與觀者之精神相遇，鬼燦神昭，若握柄宰，蓋法莫有公焉也。皇上睿聖嗜賢，天下士聞歌鹿鳴而來者，偏隅下邑，亦彬彬鱗奮。客秋，國都之彦捷在南宫者業拔十得五。《詩》曰：『思皇多士，生此王國。』凡以近光式化，氣聚五方之全，故閎偉茂異，隨取輒足。則臣今之役譬采珠於淵、揀材於鄧而相馬於冀也。庶無大舛，第怵息簡書在上，勤攬博登之不厭，匪直言而言其先資。孔子曰：『不知言，無以知人。』詖淫生心，孟子是懼。臣何人，敢自附於知言？惟嘗草而習之，管窺原流蓄大者，决沛韞深者，光淵識澄者，吐辨不爽鍼黍矣。今諸士之言，人不一，大抵和而平、詳而核、約而暢、疏而廣、深而淳，銓情播義，發謀植畫，亦既釀斟於洙典，星貫於騶壇，眡諸鏤篆奉心者懸甚，要不僅爲能言之人止也，則亦可稱是選而不怍矣。且諸士今日當漸鴻之初行，萃於宗伯，升於冢宰，儼然爲重於朝廷。臣以爲朝廷重士，士猶自重。士自重者，志必潔，學必静，處必方，慮必遠。世稱燕趙士慷慨義幹沈雄多，大略辟雝集諸侯髦俊，不患其華鋭未足，所謂忠信之美，優游之法，愉易以待之。雍容而進，則言爲德音，行爲尺度，千秋事業道德基於斯。管仲曰：『一樹百穫者，人也。』草昧文明，非人不辨；皋稷伊吕，蔑代弗生。亦顧其樹之若何耳。國家尊儒貴文，諸士各煅礪，其具乘陵光景，嘘吸風雲，天下經綸，占丕變焉，是安可無敬慎乎？故必若昔人之天下己任而爲人物，第一脚踏實地而以道佐人主，志謝温飽而不愧科名，冲然澹然，有基勿壞，以仰荅皇上側席至意，可無憂異日。不然，聞言而信行，孔子不能得之宰予。臣曷恃而無失乎？夫正其始以虔厥中，祈無負今日諸士之責，樂道人之善以勸其歸，而相與有成用允典詔者，臣之心也。其他，則臣統虞序之詳矣。

王胥庭聯捷稿序

吾友王敬哉君，當代龍門。厥嗣胥庭弱齒而出，奪大物，追趨著作之庭，豈不赫奕盛事哉！是故方其在舉也，予忝貳主者，讀其文甚厚而靈，初不意其穉秀耳，而蹻捷既然矣。語云：『璿璧産於崑崙。』厥有本哉！乃比復得其素業覘之，莫不磊砢英多稱絶奇，因益駭其學力天慧，較若不欺。用以按轡文雅之場、環落藻繪之府，信鮮儷焉。而吾門復有東萊宋生玉叔者，宿雄於文，胥庭嘗從之游，意胥庭之煆礪爲斯業，惟其有之矣。然而宋生坎壈名下蓋久，即予與敬哉君皆丁卯舉者，距第時各幾二十年所，胥庭顧一旦而跨越其父師若友無難色。則爲胥庭者，不得獨以工文早遇合爲幸，而夙夜審進，愈益深廣乎！其所爲至俾異時徵大業者，稱是父是子不專文之一事而足。予駑庶亦竊附於知言云。

望岳序

自江寧南行，皆望岳也。雖祀事尚有二陵在岳疆内，皆岳也。今上之八年夏四月始興崇典禮，而南岳及神農、大舜、明太祖陵，臣謙實受命將事。秋七月，先至江寧。既董率有司詣孝陵，齋戒成禮，心恒怦怦然未敢即寧。蓋是役也，在朝廷爲盛德事，而臣謙非其人也。月晦發江寧山，太平陸傳而西踰池陽，渡九江，山路人稀，霪雨累日，虎狼成群，日行方數十里。九月初抵楚會武昌，問諸祀所，曰：『幾二千里，山愈深，水愈大。長沙卑濕，衡陽雁所不至，永州瘴鄉，俱古人流謫之地。加以兵革新定，歲復荒儉，或尚憂不虞。抑嘗攷之故事，率遣南人，謂其土風相習也。君胡不幸而獨勞王事爲？』臣謙曰：否！否！國之大事，祀居其首。使於四方，臣之微分。居平讀書，謂明禮義。出事人主，當禮義之大者，而反忘之，臣則奚敢？蓋臣之一身，先朝生之，爵禄之。而由死而之生，由患難而之爵禄，則本朝之德也。

上自親政以來，方慰安先朝之裔，祀明諸陵，設守衛，仁之大者。至於岳瀆，各祀典雖并重，獨衡永地最遠，人心甫歸，惟先修俎豆之義，以荅神庥、示遠人。神其具享，遠人其具服，爲國以禮，莫大於是。顧臣謙以愚闇之質，束身史局六載，養閒素瀀，無可報稱。而六載之間，違老慈，荒丘壠，亦切私憂。今者遠役，即不無前種種之慮，而上以奔走報朝廷，下以便假省良厚，幸矣！』或曰：『是關忠孝。』『即亦不敢當。而岳靈之赫，二帝之尊，先皇祖之近，胥獲借寵嘉，竭其誠意，固餘生之一念所可自勉者。跋跡之苦，何足憚焉！不然，朝廷以斯事大，不敢委之守土有司，方欲其經歷險阻而代鳴上之隆敬也，容敢謝諸？

謹日采攬其間見著於筆札，自此始。

湖廣鄉試録序 代

皇帝五載秋，郡國大賓興士。先是功令釐正文體，典厥職者俱臨期徵察文行，試可乃已，洵欽重之。而臣某偕科臣某適奉命往楚，維時炎熇飲冰，懔懔就道，跋涉歷七旬餘，抵境上。則監察御史某某各如例，乃集提學臣某，所較士若干人，率同考官，矢公殫精三試焉，得士若干人，藉其文以奏。臣謹再拜稽首，言曰：有是哉！我大清之右文興賢，殷殷乎肅肅乎無遡弗屆。而臣竊慮宣奉之弗力，未稱厥舉，臣懼且滋甚。臣蓋生而誦法孔子者也。孔子大聖而其自言，以爲文莫猶人，躬行君子未之有得。豈果外文哉！古人出一言則終身蹈履保衡。當畎畝中，欲堯舜使其君民，比釋耒耜升巖廊，一一如左券，後代因之，以徵言爲選法，行之往往效焉。降而季世，逢衣之徒脩羔雉而繡其鞶帨，文行背馳，始判焉兩岐。語曰：『玉巵無當，侈言無驗，病矣。甚者議論偏反，山飛海立，魑魅晝出，異哉！而口固可使若蜩螗，而心固可使若山川乎？又何建樹之足云，而以辱弓旌爲？今國家鼎造方隆，文運肇熙，所爲申飭廣厲者，固期得忠實端亮文行相副之士，出入不悖所聞，以爲社稷無疆之休。臣何人？奉此簡書，敢不憲章是怵？故臣今日甄士之文，執符於往度，參變於今觀，割正於中庸，會通於天人，有能酌理味以融胸懷，諳故國而需注厝，辨淑慝而陳要害，斯華實合者也。亟收之其詭故畔經剽掇雷同者，雖搜奇抉奥、塗出幻化，置弗録。曰誠得忠實端亮文行相副之士，備他日任使，以稱上德意，庶幾覩得人之效，不生聖明鄙菲文士之心，而臣亦得藉手以光斯舉也。且楚文之雄長於中原素矣。自射父作訓辭，倚相獻善敗，屹然爲春秋實臣。至於屈大夫，爲《離騷》，忠憤感切，軒翥三百篇之後，伯夷之流亞也。有宋周濂溪淵淳粹朗，纘絶學於孔孟之庭。今其人雖往，風具存也。士生荆江鄂渚之間，固不難噏吐三湘七澤之奇，惟是植德效實，足以升諸廟堂，稱穆如之頌，賡康哉之歌，而不徒以楚聲自結。則楚文之雄長中原，厥未易沫哉！昔蔡聲子與子木語晋故曰：『如杞梓羽毛，自楚往也，維楚有材，晋實用之。』子木曰：『夫獨無姻親乎？』曰：『雖有，而用楚材實多。』夫劍斷則知利，才任則知賢，楚材固多用，斯辨之矣。今爾多士，既乘風雲，翔集闕下。大宗伯比而試之，其儲蓄立剖，爲龍爲光，不足多假令使人。謂是役也，亦如楚人之對項襄王，出寶弓碆，新繳其所獲者，非特鳧雁之實也。則豈惟楚材之榮，臣亦與有厚幸焉。不然，澤之麋得蒙虎之皮而溷入罝羅，微獨有司不任吏，且奉三尺繩之以不適蒙罰。吁！爾多士重勗哉！俾臣獲逭於罰也，則懼釋矣。

武舉會試録後序 代

今年己丑秋，復當會試天下武士。上既命臣某偕臣某司較文之役，取士如制，録將獻，臣宜序言末簡。臣惟古者，文武合出一途，後雖異科，而武士嘗不廢文，其法所繇遠耳。我皇上神武開基，知人善任，諸佐命親賢大臣無慮皆文武爲憲，以曁從龍俊彦，并軌宣翼要自不乏，即下而熊羆爪牙之選，莫不胥赫赫然嘽嘽然矣。亦安所事若曹爲，而汲汲乎再舉爲此者，豈其《大風》猛士之思？抑式蛙市駿、廣厲天下之意云爾。人不必盡生而材。夫苟鼓之，未有不舞之者也。國家誠嘉重干城腹心之寄，而務登用之。將使與帶礪以下公聽并觀，蟠木輪囷，皆得爲萬乘之資也明矣。以臣今日觀爾多士射鵠步馳而外，復能陳形便條利害，言之暸如指掌，庶幾哉！謨謀爲劍戟，策略爲旌旗。以之乘陵風雲，未必無尺寸効，其敢曰紙上之言而已乎？雖然，臣之望若者不遽止此。亦曰將以求其所爲天下之將，佐聖天子仁義之治耳。太公曰：『得賢將者兵强國昌。』又言：『士外貌不與中情相應者，知之嘗有八徵。』今既已問之以言，窮之以辭，可以得其詳變不必盡其全也。臣家解梁，關漢壽之所生也。漢壽軼群絶倫，善《左氏春秋》，發爲人心、天日之論，古今論賢將者必歸之。臣生其鄉，雖不習武事，竊謂當斯世，有其人爲之執鞭，所忻慕焉。今在收者，凡若而人業濟濟然慶遭逢。或習聞明季將權之輕，文武太分，卒及於敗，而不深責其所謂將帥賢否之故與！然而明季之將，亦不爲不重矣。盜賊者國之患，而將帥利之。故嘗舉十倍之勢，立毫芒之功，以藉其口而貪其利。將重而寇愈多，所以敗也。孫子曰：『務勝敵而不務得財，使其利不在於殺人。』爲將者誠慎守乎！是説則所稱賢而爲國之賴矣。昔鄧禹師行有紀，赤眉望風相携迎降者日以千數；馮異討赤眉，光武戒之曰：『元元塗炭無所依，訴諸將非不健鬭，然好鹵掠。』異、禹受之，卒降男女，衆號百萬。赤眉以平韓弘舉大梁，以所得美婦人遺李光顔，光顔流涕卻之，曰：『何忍以聲色自娱悦也！』曹武惠攻金陵，誓不妄戮一人。大搜軍中，無得匿人妻女。歸舟惟圖籍衣被。及太祖論責伐蜀諸將黷貨殺降之罪，衆曰：『不負陛下者，惟彬一人。』今在收者，果有如上數人者，是社稷無疆之福也。不然者，惟是陷陣出奇，遽足云報也，豈其然乎？豈其然乎？且臣又聞之武爲植、文爲種。藝有六而武吏廢其半，故一時雖卓然稱名將帥，然不過竭其力於捍禦之任，而他符檄賞罰節度饋運，不得不屬之文吏。苟能奉法和衷雍容折節于其間，無敢以英雄之色見，斯足以爲賢矣。李愬之平蔡州也，具櫜鞬出迎裴度，拜於道左，曰：『蔡人不識上下之分，願有以示之。』文帝之時，平勃交歡而致刑措。爾多士必厚自底厲，壹乃心，奮乃力，恢弘德器，無負朝廷置羅之意；異時揚威萬里，書勳旂帛，而復能被服禮義，勝而不驕，上以報國，下以自保，其功名於以定禍亂、興太平、總文武，使合出於一將在此矣。豈惟臣之幸哉！豈惟臣之幸哉！

武狀元仲升金君賀序

往戊子武闈，仲升金君裒然稱舉首得。於録中讀其文，擊節甚謂是管樂之亞也。今歲會試，典文者爲吾友王敬哉、喬月娑二君。出闈之日，即各誦言金氏子文優，叩之乃君也。予曰：『是故當冠軍京國矣。』曰：『然。』曰：『再冠軍乎？』曰：『否。』『然則奚爲？』曰：『以其書偶塗乙數言，至其文則無有能出其右者。』予愀然曰：『惡有。』於是越數日，上詔百官朝集，侍傳臚，親從稠人中竊聽之，其第一則君也。因向二君者稱快，賀其知人之明已。復嘆曰：『有是哉！』天下事以成格害之者十嘗八九，在前代猶甚，他不具論。即如每科進士對策，俱不論文，但取其繕寫清楷無塗乙者方進覽，謂之合式。否則敷陳如董賈，斥去之耳。此在文科，識者猶心病其失，况介胄之士乎？今天子神武，加意延攬英雄，不欲以文辭成格困之，故金君得以韜略之長，躍然自奮，於執轡貫革之餘，跨天下士而三拔其幟。嘻！亦偉矣。且吾聞金君起家儒者，非生而習戰陣與挾子侯舍人之素也。一旦欲棄筆研，如班定遠，已度越流輩。及其所爲，屈首而條具者，又有如留侯之借箸、伏波之聚米。豈不誠英雄其人，由此而樹勳閫外，爲國虎臣，肘斗印，手彤弓，齷齪八股生何足道哉！夫今天下不日言戰哉！聖天子方右武而重將。介冑士生斯際者，不難立致功伐。顧所爲方略何如？爾頃敬哉、月娑所發策有云：『不戰而屈人之兵。』又云：『戰必勝，勝吾民也；攻必克，克吾城也。』深謀長慮，可謂善問。金君既稱善對，折衝之筭知不在五花八陣間矣。慎保此也，以往雖古之名將何以加焉？會君之里客若干人，將有以賀君，過而問序，爲應之如此。

退思草序

今世爲詩者衆矣。舒其麗才，騁其洽覽，非不顓然自命一時。而求其本中發和辭近指遠，湛于文而合乎道，足以感人心、佐治理者，蓋落落無幾焉，曰去《三百篇》遠甚耳。是道也，吾於漢魏三唐以下屈指亦不數數。在宋則蘇子瞻、明則李獻吉兩公者，人品高卓，議論正大，作而爲詩，其光明磊落之氣、陶鎔雕琢之功，毅然籠蓋古今，上窺無邪閫奥，豈非湛於文而合乎道，有兼得者耶？雲中環溪魏公，今之王文端也。初起家翰苑，洊爲名都諫，掌吏垣，前後圖議章疏百十上，其見諸施行者，業炳在天壤，胡藉於詩？而適以微譴，從容復肆力此中，如翰苑時，其亦有兩公之心哉！間者出所爲《退思草》，授予讀之。大都婉贍似子瞻，而疏其蕪滯雄宕似獻吉，而益以淳和。如曰：『雲連古北横戈戍，風落燕臺擊筑聲。』『海國瘡痍真痛哭，王家征伐□儲胥。』『太史詩成回萬竈，黄門疏上動千巒。』『馬頭山色連西北，曾入媧皇煉石無。』『喪亂未死必有爲，丈夫耻言鬼神祐。』『剩有狂愚終不改，十年牽碎老人心。』『賴有肝腸如雪膽如斗。』激昂悲壯，音感至極。『時清多水旱，海内欲無兵。』『全因漢法平，誰滯一身歸？』『世情只合烟霞老，已過長沙痛哭年。』冲澹涵蓄，妙得温柔敦厚遺意。『而今此道元輕薄，不信文章有性情。』『是人都以道心迎官去。』『祇留方寸地。』『匪德何師？匪道何履？』則皆老成學問見本之言，又不當以詩論也。公學術既止以世道爲任志，憂勤惓亟，慷慨純篤，中外屬望甚鉅，乃其細餘，復正直忠厚如此。蓋所謂湛於文而合乎道，足以感人心、佐治理之一端，顧因以充其所養無有解異時被諸施行者，煌然粹然，又不徒此之爲得也已。予何足以益公？

祝韓母馬太宜人七十序

余家陽城，在沁水東，去沁水之東北鄉數十里而近，習聞郭壁故有兩韓公云。其一曰通政公，立朝廉而介；其一曰郡守公，官青齊，有治譽，請告歸侍養母郭太恭人，撫弟贈中書。公以孝友著名里中。余生也後，未及執鞭兩公。登朝以來，獲幸交比部君偕兄進士君，俱郡守公猶子也。循循莊雅，望之識其家學。今歲夏，謬辱上簡拔承乏西省。比部君修僚屬禮，日對衽席，間相砥助爲理，受益弘多。間就余曰：『頃者，某以中書滿考，某母馬既邀恩封太孺人，製冠帔欲進，而某適忝移郎署，弗克依膝下。

歲孟冬之月，爲母七旬初度，有某諸兄率孫及曾孫輩，稱觴效祝里中，薦紳先生復列幛於堂，願得長者一言以闡闈德之光，幸甚！』余謹按：令甲官五品者，母當受宜人封。比部君業由中翰進主政，遇覃恩增秩五品大夫矣，母亦當易太孺人加封太宜人，特需時奉璽書耳。故今祝之者，即宜從太宜人稱。太宜人生於望族，夙嫺内訓。歸贈公，佐闔政唯謹。時郡守公用孝弟教家，兄弟怡怡。太宜人左右中饋，動稟禮法，罔敢軼纖毫。奉姑太恭人純孝無間。太恭人年逾八旬，起坐恒太宜人躬自扶掖，不以委人。飲食衣服，必求若太恭人性，雖數數請問，無厭也。敬事郡守公配某恭人爲丘嫂，終其身不敢有惰容亢語。生五丈夫子，遭贈公捐館日尚未成立。太宜人以身兼嚴父，延師訓課之弗少弛。今比部君兄弟聯翩貴顯，餘俱列名黌序。將以孟冬設帨之辰，進士君手比部君冠帔，觴而跽進之，太宜人必逌然喜也。蓋余嘗嘆《關雎》《麟趾》之化微而女教放失，婦人之喻於義理者絶不可多得，無怪其流施於子孫者鮮卜世卜年之澤也，抑亦觀刑于者倡示之力何如乎？余生平數締納沁水諸鄉先生，其産於郭壁者固森然多賢，要自兩韓公起也。竊意太宜人從結褵以還，即漸摩郡守公德讓之家法，其真誠篤厚之氣，既以釀門内之和而蓄積於冥渺之中者，復醇深緜茂，以故載生載育，蔚爲國楨，繩繩輩出乃爾。況今太宜人之榮遇壽考，已足追乎太恭人。而比部君兄弟之名業品誼，亦且並峙乎兩先公。則自兹以往，太宜人所爲樂其志意、康其起居，以順迓休祥於來者，又寧有歲月之可紀耶？余實敬慕夫太宜人之家法有源而世澤罔替，故亟欲壽太宜人以爲吾鄉里之風，而益又嘉比部君兄弟之能孝焉。因不辭固陋而爲序之。

沈亞斗集序

今論士者莫不秀南勁北，而夫子答子路之問，則分謂之强。或曰：『夫子特以南北之文别世之强者有二，非謂其果拘于方也。』吾初疑其説，乃今于沈君信之。沈君之爲人，外望之日閃閃如巖下電，精神挺動若裴令公；聲作洪鐘，言多慷慨，怡怡然爲士友所宗若陸平原；至叩其中，則掇皮皆真又若王宛陵。吾聞杭州天下之麗也，俗尚侈靡、習工巧。士生其間者，多風流儒雅。沈君之風流儒雅即亦不後人，而其雄特之識、淵實之氣、澹約之操，往往不之于巧靡而之于樸重。余西晋之鄙人也，與沈君處數月，既服其爲人，復獲讀其所著書若詩若賦若雜文，大槩博洽而藻逸，故尤賞其諸論恢奇確斷，不爲章句小生眉睫之談，一若忠孝惻怛之性，鬱于中而圖維振作之勢動于外。沈君而有此，豈非天下之强耶？苟其保此而不變塞焉，將夫子之所謂强哉，矯者于君可期而許之。此余蓋私附于裴憲公器識之説，不敢徒以文藝相君者也。願君厚自懋勉，迹其異時所就，庶幾哉陸敬輿乎！

養恬齋文集序

余友王世如，自幼即秉宿悟若邃學。爲時藝能直造王唐諸大家之室，每試必踞第一。歲丁卯，與余同售晋闈，君實爲故相國商丘宋先生首拔。越十九年丙戌，復爲今相國安丘劉先生首拔。中間弗遇甚久，然世如從不自鬱也。雖世如爲人沉樸，不好以言先人。乃與之辨明經義，攷證故實，即匡鼎解頤、朱雲折角不足多也。間發而爲詩古文辭，莫不意議卓絶厭服乎人心而止。大抵晰理明決，一範之于先民。故其優柔敦厚似周，朴茂雄深似漢，風華秀發、沉著粹温復兼宋唐之勝。余故謂世如由宿悟而邃學，涵養充積，道德之器也。今世如始受特簡爲學臣，既堪以其學教人，尊其聞、行其知，必慨然以敦士習、正人心者爲己任，將返渾噩元音，消鑠群慝，明六經大義，示厥指歸，固自易如。蓋凡世如之所爲時藝、詩古文辭，其氣醇而體和，本深而末茂。所由鍾埴于王唐諸大家，浸淫釀郁于周漢宋唐之盛，而取心注手者也。且其文有曰：『全可以救偏，偏不可以救全。』又曰：『有昌黎錯落，後可易六朝綺靡；有廬陵雄深，後可易劉幾軋茁。』旨哉斯言！于以羽儀文教有餘矣。余無以益世如，惟以尊聞行知成就天下道德之器，求克副朝廷選擇任使教人之意者，勉世如于行。

東谷集文卷二終

東谷集文卷三目録

序

東谷集文卷三目録終

東谷集文卷三

清　白胤謙　著

序

送河陽薛夫子歸壽序代

夫人於君臣父子之際遇，雖曰人道，此有天數矣。其克全焉稱最盛者，豈嘗易易哉！抑聞諸聖賢獲上先之信友又先之悦親，而要歸於至誠能動，斯則不論數而論道者也。且以君臣父子之大，而區區朋友得關於其間，何説之易歟？或亦唯是臣子忠孝之性所感通，天人交應有不自知其然耳。今禮部侍郎河陽薛公爲余友者二十餘年，其負命世之才而湛于經術、抱康濟之志而恢以雅量，蓋舉天下之人，殷殷然願得以爲天子之宰相非一日矣。會主上神聖以時燕見九列，恒于公屬目焉，亟謂其賢可大用。而公亦竭股肱心膂，克盡寅清之職，凡所敷贊莫不悉當上意。余平居于公自視，瞠乎弗及，頃雖承乏衡要，亦愛莫助之。間思所云朋友之義何居乎？乃公一旦語余曰：『聖眷殷矣。顧吾二親春秋高闕侍養，行乞歸乎！』余止之曰：『令甲有侍養爲獨子也。聞太翁母康疆踰壯者，諸子孫及孫之子甚蕃茂，夫誰非怡老人志者，殆于不可。』越日章竟上，下吏部。余適得從諸臣後，持駁議挽留之議上。上曰：『議誠是。獨謂孝子之情，何其勿拘成例，令暫歸省，仍具限令亟還可。』公得命，稽首忭舞曰：『幸哉！臣何修而得君寵若是耶！』時長君大武射策中高第，陛辭之日，父拜前，子拜後，請縉紳大夫在班行者，莫不嘉嘆曰：『幸哉！公之得君寵若是，盍爲所以贈公行者？』余應之曰：『豈惟君之寵臣之幸，實太翁母之德不可誣也。夫天欲厚天下而生公，欲厚太翁母之德之報而生公。于太翁母，業已予公以文章之美、道德之深、經濟之偉，需次輔相朝廷，宏堯舜之治。因以其爵禄公者爵禄太翁母、顯名公者顯名太翁母、寵異公者寵異太翁母，宜爾也。自非太翁母淳龐恢博之度、靜穆淑慎之儀，伉儷齊德垂百年克勤乎内外，烏足以受此而無恐歟？爲公者當此時，既得天之厚，以有其君臣父子之樂，真可謂不世奇遇矣。將思所爲黽勉□獻以酬君之恩者，亦即以其得于君者安二人之心，二人安而公之心亦安，隨以其心之所安者懷來靨趨報命于廷，以安吾君而安天下，然後乃今克全乎臣子之事而已矣。意昔所稱至誠能動者非此之謂而何耶？余於公忝朋友之義，所以信公者無他焉。《詩》有曰：「明發不寐。」有懷二人，公前此者也。又曰：「夙夜匪懈，以事一人。」公後此者也。宜以是爲勸且贈公於行，何如？』諸大夫曰：『諾！』遂書之以贈。

懷觀齋詩序

昔者聖人之删《詩》也，蓋隱然誘天下以詩矣。至後世體格雖變，要其時之人之詩也。而唐遂用之取士，明至今皆以徵館材，其教亦未嘗廢也。然而學者不甚貴重，等之于琴奕草書之類，以爲玩物適情之具而已。即工之成名，亦不過琴奕草書等。故士之有志者不暇及焉。余少也癖，嘗從事其間。通籍以來，輒已厭去之。屬國家治平，天子明聖右文，有意于興觀之旨。作者烝翕坌涌以起，而余憊矣，稍亦悔忘其初步，間語家姪沆仲。仲憮然曰：『爲之將若何？』余曰：『人知《關雎》《麟趾》，詩之正始，而不知自舜作南風之咏、皋陶賡歌喜起，居然爲雅頌造端。故曰九叙惟歌，勸之俾勿壞。誰謂文言之細無關于聖人之治耶？迨漢柏梁倡和，已遠於《大風》之遺。而下極陳隋，君臣淫靡無度，可傷也已。今國家鼎造，賢公卿思佐天子修明禮樂之大。詩之爲道，誠與樂通。學士大夫有能以六經爲鑪冶、群史爲鼓吹，調酌八風，象周萬育，氣和陰陽格上下。其于此道也，亦庶幾哉簡韶之再作也，曾玩物適情之足云。』仲曰：『惟。然于誰徵之？』余曰：『是何難與？孔子生，去舜千五百餘年，當在齊，聞《韶》至不知肉味。夫舜之後尚有《韶》也，謂《三百篇》後無詩，可信哉？況聖人在上，以堯舜文武之澤譽髦斯士，是故天下非無詩也，必有能辨之者。』仲曰：『顥他日嘗有作矣，未聞先生之説也。願以是説題于顥他日之作，俾勿忘其所能而知其所亡以自勉，可乎？』余喜嘉其志，乃援筆載其卷端。

送賈南溟署教河津序

夫人度量相越，豈不誠遠哉？觀于仕宦一途，無慮皆趨捷而好尊、慕羶而避閒。反是者，則以爲不情。而豈知夫大賢之出處，淡乎若無心，汲乎若不得已，有非流俗人之見所能測者。南溟賈先生幼稱神童，長從兄宦遊四方，足迹半天下。遂起賢科，其學富而才宏，謂宜芥取一第。及公車，輒躓且三十年，勤學不仕。後進之仕者，或宦成而倦與罷，先生視之漠如也。顧稍稍以其學傳授厥子及門人，厥子及門人咸用先生之學後先舉于鄉。然則先生之學從此行矣。謂先生之意不惟不仕，更將贅視一第爲可有無者。乃一旦幡然願受教席，比筮地得河津，先生益喜，躍欲往。同輩率疑之。余曰：『非也。夫君子之學也，其始皆欲大用于天下，而遇或違之，姑慎藏焉以待，其淡乎若無心，非好高也。至于遲之愈久而竟老焉，君子不欲也。故夫子曰：『如有用我者。』孟子曰：『王庶幾用，予類汲乎！』其若不得已也，卒之不能，始退與其徒爲删述之事以師天下。四子言志，而曾點獨以咏歌沂雩，有契于夫子之心，此又不以仕不仕論者也。今天下無師矣，司教之官備師之名而虚冒者多。先生曰：『吾試爲之。』亦師道之幸也。蓋是官位雖卑，然名尊而局閒。尊則可以傳其學，學傳而志行；閒則可以精其學，學精而志益崇。守朝廷之職，任斯道之責，而無妨于科第之業，惟是爲可樂也。是何必讓于咏歌沂雩之所爲耶！不然，鄉貢之在今日，儘足以鬭捷而媒羶，先生獨擇地而蹈，此奚爲者？且自宋迨明，倡厲正學繼程朱之脉者，首推薛文清先生，河津之士必有其遺風。自非先生明敏之質，高談遠覽，有意于孔孟程朱之微旨，孰敢晏然爲師于文清之里而無虛冒之愧哉？余餘生無狀，無志于當世之事，獨生平寡學、求道弗力爲憾，願因先生得盡讀文清之書，而沾其緒餘以自淑，庶幾贖從前謬誤之萬一，則先生之賜也。余謹執鞭俟之。

武方塘詩序

詩言志也，其爲教温厚和平盡之。然世之工者，其言多怨而善悲，甚者爲慢爲侮，負其有餘之材而不免于失中之病。夫豈性情或乖，抑學有未至也。方塘武君令永和，材大而邑小，以其暇日作爲詩盈帙，走使千里求序于予。予聞永和處河山之阻，僻陋險偪，人民少而土地荒。武君芟舍藿飡，務拯民疾苦不以爲勞，而區區咏歌其志若此者，豈伊多言，蓋亦不忘學耳。夫古之君子其仕也，志在行道，不徒利其身而已。以故時地之險夷、功名之難易，皆不以動其心。而或其處險且難也，又資之以爲學。故無入而不自得焉。斯陶斯咏，勿能自止矣。然則武君之爲此，所以自寫其艱難子惠之情、求瘼去害之志、奉職忘功之義，孶孶然以行道爲樂，洵非好爲多言者也。子夏子曰：『仕而優則學。』其武君之謂與！予既因君之詩而知其政，故樂爲道之以勸君之美，且以風今之仕者云。

樞機録序

易曰：『言行，君子之樞機。』然言復操行之樞機。况爲天子大臣所承者、天下一人所圖者軍國重事，關民生休戚社稷無疆之計，使不學無術，安能矢議剖决？則臨事寡謀而績用弗成。山居無事，讀全史，欲采纂古賢應對、實可見諸施行者爲一書，而略其遇合之迹。旋病繁浩，因斷自漢逮元，擇其人品醇正而猷業炳著者録之。若賈誼樹國相疑之論非不切也，鼂錯用之而敗，後得主父偃推封子弟之説，舉之易如。可不謂議計之利？獨以其人横譎置弗録，餘類可知已。史漢文字簡古，叙置詳明，時用多録。唐尚四六，槩從删減，率取其面陳口决者，而章奏之辭不與焉。久之成帙，得若干卷，庶幾習目而極思之。事迹更而理道熟，亦未必非學問之一端。雖然，訒訥君子或落落于聚訟之庭，而疆敏華辯之士得傲以其所不足。重豈在言乎！重豈在言乎！順治癸巳臘日胤謙識。

白太素迴文詩序

吾白受姓自秦而著于太原，故樂天公居下邽，每自署太原白氏。謙之先人，相傳遷于清澗，頻年遊跡，所至輒物色其地二三族姓，志弗忘本也。最後獲拜太素先生，始知清澗之白又徙從永寧，益信太原本支，蓋百世不迷也。先生文學宿老神，鑒朗徹，酒中爲予劇談清澗人物，其性行高下大抵類陽城云。尤奇者，都憲公之章名偉業，先宫保克與輝映；蒲州公之德義勤施，絶類先大夫；而先生之閎博儒雅，若家恩選君。獨以謙愚無狀，步太史君後爲甚媿矣。豈惟祖宗功德之遐遡清潤，先丘苞五原匯大河，或亦山川靈奥鍾植宜然！謙方思搦筆敷次所云，適得窺迴文一帙，循環應變，意象天然！足空古今作者。先生曰：『作者不多爲，爲亦不必多。』謙則曰：『能爲多，多多益善。』昔者樂天公亦工斯體，惟先生能嗣其傳矣。聞他著作鴻巨，已付太史君讎料。猶非鉼管所能形讚，輒列爪葛之由猥附簡端云。

右北平集序

余往以廷試文識展成器之深遠，輒相期以民物之事。既睹其所爲詩，謬勉以古人之法。别去數年，復詣闕下，則展成儼然司李右北平，有善政，余聞而喜之。尋展成走使以詩來，余讀之，蓋喜甚，曰：『展成進矣！』始展成才高學富，最長于文，詩俊麗特一端耳，故與之言詩。乃其今詩無復展成也，蓋有韋蘇州之冲雅、元道州之踈老、杜工部之沉蓄頓挫，而爲展成之篇什者也。夫三子之詩于唐皆大家，而其政術之愷悌、人品之磊落、忠孝至性亦可望而知。今展成之詩能有三子，則亦可追步古人而克盡乎民物之事如余昔所談説也。聖朝方稽典籍，咨儒雅以仕學訓吏。三輔之間民瘵甚，吏即多賢，旦夕舉彬彬最當上旨者，必展成矣。余廢學不達政術，其敢妄附于知展成？聊爲書數語歸之。

定州元日觀東坡先生雪浪石續之以銘

天地生物唯祖孫，殊形肖氣逢其原。藐兹片石雪浪翻，循環質文萬古存。昔賢契賞銘在盆，觸類尋之洞角根。東谷來觀嘆何言？順治乙未是日元。

祝張封公序

今皇上用孝治天下，既推恩群臣之父，得封如子官，其廷臣中在職久者，復往往允假定省如例。于是大理寺少卿臣某奏言，祇厥母夫人大事，亦得請乘傳歸里。行有日，戚黨在京師者，自不肖胤謙外，有比部原君、計部田君，謀以爲太翁先生致祝，就胤謙徵文焉。胤謙曰：『太翁先生布衣而生有令子，獲躬被天子寵命，誠榮之大者。乃行年纔踰艾，壽未涯也，奚以預祝爲？』二君曰：『否。夫太翁先生洵善人長者，然所謂謹節制度人也，執區區筐筥效祝其前，或未必爲悦。獨大理君篤于孝情，自受宰邑而被召列台憲，兩奉使巡視，及復命過里門，輒未煖席去，太翁先生復不肯輟家務遠涉就養。今八月十有九日，其懸弧辰，適大理君依侍膝下，情物之備，賓友之盛，咸不問可知，顧非得君文以佐大理君舉觴不可耳。』胤謙曰：『有是哉！太翁先生善人長者之德，大理君孝子之情，夫人而信之矣，胡以文爲？唯是大理君爲鄉邦間出之英，胤謙從釋褐定交，即雅以大器相期。迨其治疲邑則著循字之能、按危疆則弘戢寧之略、糾繁膴則多釐舉之功，而不緇不磷之守、不吐不茹之度，始終若一，中外欽服。于以受朝廷深遇，特拔擢右職，乃居之充乎若弗容，叩之淵乎以實，其亦近代一人而已。非太翁先生善人長者之德、謹節制度之教，式穀使然而何？間數吾里先達若原襄敏、楊貞肅、王太宰、衛少保、張大司農、先宫保，俱高位顯名而有父在，及膺貤典者獨聞一衛少保。甚矣！大理君之似少保也，且賢亦與之齊而春秋之富則更過之，故未易爲大理公量也。太翁先生以踰艾之年爲大賢，父履尊重而不自榮，益兢兢率循故步，思蓄積其祖先勤儉忠厚之，業而累崇之惟恐軼尺寸，或失天人心。因以訓誡大理君兄弟若孫及其家人，而又以化其閭里之俗。夫保是也以往，恬焉，熙焉，醇焉，閎焉，有單固而無騫崩，雖千百世可也。豈非生之源壽之招哉！故武王曰：『恭則壽。』孔子曰：『仁者壽。』唯太翁先生克有焉。一旦拜璽書、睹制辭，煌煌然懸日星、比金石，令賢子孫傳之于無窮，此真所爲太翁先生之文也，又胡假于不肖之言？』二君遽起謝曰：『止！止！是足以祝太翁先生矣。』

薛子纂要序

薛文清夫子一代正學直接考亭。夫子之傳，其爲書明切簡易。王遵巖氏謂：『多其聞見而後守以卓約，即考亭隨事精察力行之意。』誠聖統垂屬而爲世教，來學所嘉賴也。都諫石生魏公手訂《纂要》一編成，授環溪魏公，勉予爲序。予惟石生公具弘毅之資，有兼濟之志，篤于信道而復沉于論學，《纂要》一編已見其大。凡我同志君子，進之以納誨而陳規，退之以修身而蓄德，胥于是取之，庶幾哉操存講習之有要，不以多爲貴也。今皇上興崇聖學，命儒臣次第表章《大學衍義》諸書，復採古人事蹟勒爲大訓，凡以立治法而垂教統，非學不可矣。文清有言：『天理人事精粗無二致，故下學人事即所以上達天理也。』學者誠不以迂鈍拙滯爲耻，而浮巧虛僞之足患，其亦文清之徒矣。因試取《纂要》中所載，一一紬繹體認向自家身心上，淺之可化氣質之偏，深之可悟性命之正，推而廣之可得天德王道之純全，豈細小者哉？文清又言：『爲學無別法，只是知一字行一字、知一句行一句。』學者苟能以此法讀文清之書，久之正學明而賢人君子衆多，以扶翊國家平康之運、宣助皇上立治垂教之盛心。伊誰之功？必石生公矣。敢以是貽環溪公，使復石生公之命。

武舉會試録後序

順治十有二年秋，會試天下武士。臣胤謙實奉命較籌，略録成例序于後。臣山右謭儒，猥以經術事上，兢兢懼弗稱。矧兹韜鈐役媿生未嫺習，而敢以相士？顧幸皇上嘉惠介冑，親提衡拔擢訓練之，暨諸所登賚典曠而寵渥若此。臣伏繹詔言，豈伊二三武士是屬？毋亦惟是居安慮遠，不欲使文武之道畸于二，凡所以立教之意深且至耳。蓋孔子不言軍旅，而教民期于即戎。由今思其所謂教者，宜不出仁義德禮倫紀之事而坐作進退止齊之法，不使耳目手足素肄習之，亦何恃而稱好謀成事戰則克者耶？是故先王之治，無事則寓兵于農，有事則六卿皆將，蓋其所以爲教者雖百歲可不試，然不可一日忘也。嘗讀《詩》至《江漢》，曰：『王國庶定，王心載寧。』而其始必欲得滔滔洸洸之武。夫經營四方以告成于王，然後可幾四方之平，而定王國以寧王之心。又讀《常武》，王命卿士，整師陳行，必先之以敬戒。豈非其時上有常德立武之君，董育儲待有道，而後奔奏禦侮，咸折衝萬里之英，不至戢而時動嘆才匱也。今諸士遭逢盛際，承鷹揚之烈而沐兔罝之澤，其置在陛楯者，既日親法駕、服習威儀，無慮即虎賁長子之選，餘亦黽勉淬厲，足備國家干城腹心之任。顧臣竊謂皇上之進諸士也不徒以名，而諸士之所自矢以報皇上者，亦惟以實而已。是故工技擊、按營伍不足以爲能，明約束、洞利害不足以爲智，搴旗奪壘、潛地動天不足以爲勝。而屹然獨貴一誠，誠則無二心、無欺事、無匿才，一旦應國家緩急，利有所不趨，艱有所不避，善有所不矜，積其忠篤一念，爲天子仗信以建樹光明俊偉之業，直取諸懷抱而有餘。故曰誠者立事之本、人臣事君之準則也。且諸士不講射乎？射之爲言繹也，各繹己之志也。故心欲平，體欲正，持弓矢欲審，固先王于此觀德行焉。諸士誠，就此控弦鳴鏑之中，深惟夫比禮比樂之故。以至循法奉職之間，胥不失正己後發之道。從此畜練其神明、運用其策力，則心純而志壹、智深而勇沉，無猛戾騺悍之氣而復不爲陰秘險譎之習，豈不亦韡韋跗注君子哉！異時握龍虎符當一面，計必鎮静如山、昭晰如日、決斷如干將莫邪，不難著勛疆埸而獻成功于社稷，曰止一誠之所造耳。昔聖賢論誠必兼天道人道，蓋盡人即所以合天，舉天下之剛脆哲愚，俱可奮于是而無論。夫時之安危、勢之阻易、境之遠邇，畢奉爲經綸康濟之基。然則名也者，上所爲責下之實，而實也者，下所爲副上之名也。諸士期以實報皇上，惟秉一誠自畐而已矣。且夫忠棐之誼，在一人自靖者猶狹，合千萬人共效則力萃而功弘。諸士業精白乃心毅然，以真悃相先將，使天下之抱誠而思獻以應，上鼓舞振作之求者，又寧有窮乎！是説也，豈獨二三武士願與諸臣並勉之，庶無負皇上立教天下不欲畸視文武之至意也云爾！

東谷集文卷三終

東谷集文卷四目録

記

東谷集文卷四目録終

東谷集文卷四

清 白胤謙 著

記

千佛精舍記

予既歸山中，所居隱洞巖壑險絶，荒僻無四鄰。獨西峰有洞名曰梵延，僧興行焚誦其中。饑寒猶易堪，孤寂爲甚察僧意殊安之。間以相叩，知出家才四載耳。先有失母子，捨爲澤州上掌村庵僧海龍弟子，而甘意獨修。竊謂其忍人也。與居數月，見其温静堅劬，已具佛體。且戒律之净、慧悟之超，老宿争謝弗及。則其託子於龍，非龍之戒律慧悟大服其心胸，亦必其温静堅劬之行有以則傚之而然也。龍定非常僧矣。初，龍本陽人，遊履此鄉，同善士某者募造千佛鐵相，飾遺廟爲精藍。居數載，病其規局小狹，謀廓之。會遇庚辰異荒，厥蹟未興。踰歲辛巳，沁水善士某不憚破產佐之，復捨身經理二載。增殿三楹，東西禪堂併西耳室莊嚴諸佛寶相，計費不貲。晨夕齋供其間，洫然爲一方净土。是固其鄉崇信法教，諸檀越助行之勤，然龍之幹力不可泯也。屬孺子省親山中，道其所以，請記於予。予重行，因及龍，但以千佛精舍易山中梵洞。華寂有間未識龍亦能堪行之所安否？

鐵盆嶂大士殿碑記

陽西南故多山。其秀削攢竦稱最奇者，惟盤亭。盤亭之尤奇者，曰鐵盆嶂。嶂純石骨，一壁萬尋。而頂有微膚凝滑若脂，方廣僅數尺。當佛座下，兼有神瀵出自石隙，珠滴成泉。下有凹石仰承之，渟涔晶徹，儼盆然，嶂以此得名。更奇者，涓涓不息，滿而弗溢，間值法侶攸萃，動歷旬夏，斟酌數百衆，曾未告涸，信足詫也。開士如法與其師棲處有年，雖病其楝宇湫隘不稱勝觀，然方試堅苦，勿厭荒陋，迺發大勇猛，瀝血傳諸經若干部，安禪禁足，持袈鉢者積若干歲。又拈豆念佛，累石近百，以斯歆動諸方檀信。二時齋供之外，輒有贏餘。忽師弟聚謀曰：『山僧惡用此，盍以新佛宇！』時有居士某竭力贊成之，拓舊址建殿三楹，莊嚴觀世音、文殊、普賢、地藏、白衣五大士像。丹甍碧瓦，晻曖雲嵐之際，從上俯瞰下界，溪谷窈窕，夭喬生動，畢現几席間。落成之日，復弘設壇醮，敦請高平正脉和尚鴆領百衆，衍授毘尼經百晝夜始徹。十方比丘及諸善侶遠邇雲集，鐘鼓梵誦之音與樵蘇猿鳥相亂，允深山之顯跡浄界之完利也已。法走疏京師，求僕文紀之。法，河南濟源高氏子。僕往交香林大師桂公，雅識其沙門杰特，兒子方鴻童時，從傳棒術。比倏一變至道，望之醇乎古德。計其師弟宿願既償，便從此閉關老矣。僕在山日，每願捨身出家，不幸塵因糾縛，客中作客盤亭，愧未拭目，尚邀我縹緲之間矣。

重修岳陽樓記

湖之有洞庭，樓之有岳陽，東南巨觀也，詳宋范文正公記中。歷今數百年，兵燹之後，山川不改，而人民已非。樓雖巋然僅存，亦傾圮非故。順治某年，江防兵備樓公某、知府李公某來歷岳郡，郡則虛無人焉。蓋自明末群盜所藪，虎狼榛莽，争此瓦礫之場。大清受命，王師底定楚疆，始留兵戍守，竈壘之外，虛無人猶昔也。賴兩公竭力招徠之，然後負耒占茆者稍集。踰年烟火漸繁，又以威輯兵，俾民與晝然相安。郡稱無事，兩公迺登樓縱觀而嘆曰：『域民不以封疆之界，固國不以山谿之險，威天下不以兵革之利，信乎！吾與吾民，迺今而後樂有斯樓也。』于是捐金募役，因其壞缺而修葺之。計費不徵派、勞不動衆，樓之舊觀頃復。八年孟冬，予以使過而登之，兩公具述其役，因屬予爲記。

今夫孩提之童，父母愛之，不徒欲其飽煖之而已，或導之游戲之區，授之玩樂之具，凡以教之適心志、忘疲病也。岳父老子弟困極矣。彼習見知其地有大湖之奇、樓觀之美，一旦淪廢，未有不愀然傷之，不後其衣食者。今即嗸鳴者未息，而斯樓既復，郡之荒陋，樓之崇麗足以蓋之。朝夕登樓一望，猶見湖波晏然，估舶漁艇往來，停泊于樓之下。伊何人之賜邪？則兩公今日之役，固所以率作其樂生之心，而兩公之能樂民之樂亦可知已。願以嗣文正先憂後樂之旨。

南岳景行書院碑記

岳有五，四在江淮之北，而衡獨當南，奠麗半天下。餘岳雖并著，不過禪客羽人占棲其間。獨南岳自唐宋來爲書院者几十有五，周張朱三夫子、胡氏四先生之遊跡在焉。豈非文明垂象莫可掩，抑以故英儒茂彦接足而未已也？上之六年，王師甫定湖南，民出喪亂之餘，什存其一。田既荒蕪，供億旁午，歲復比凶，僅皇皇不能保朝夕。又衡郡當黔粤之衝，深山長谷伏莽者實繁有徒，人心靡有堅嚮。維時兵憲關中宜男張公奉璽書至，首以人心爲慮，召集諸父老子弟，宣示朝廷德意。又親臨各屬，請蠲三載，諸所厲民宿弊釐革聿新。民始加額曰：『生我者，公也。』時王公及各鎮兵駐衡者動數十萬，軍民上下之間殫力調停，俾得和協。然後衡民戴公若父母。公曰：『未也。衡故大郡，士承諸前賢遺風，文采彬彬。兵燹以來，學宮化爲煨燼，士存者寥寥，猶懸鶉嗟半，萩風斯盡矣。」公乃以燕閒延進于庭，而誡之曰：「人心若苗，更數歲不耘，其爲莠亦深矣。」于是陳經藝，躬爲攷課而析其疑義。士則翕然悦服，曰：「吾師乎！吾師乎！」居無何，公以事詣岳。岳有閒舍，在集賢峰南。公亟命諸士習業其中。時一來臨講，貫則群侍而聽之。遞進問難，咸娓娓力爲剖辨，莫不厭所懷來者。比公還郡，士乃相與謀爲公畏壘而尸祝之。中堂設公位，表其顏曰「景行書院」，期與周張朱胡諸人後先輝映祝融之麓云。落成之日，予適奉使祀岳，徘徊几筵而興嘆曰：「高山仰止，景行行止。斯地也，斯人也，有以哉！」且夫世道之興替，繫于人心久矣。士爲民之倡，厥屬抑重。昔周王壽考作人而化行江漢之遠，其詩《甘棠》則召伯所憩也。公之經術既醇，爲政識本務，剛柔燮用，不越樽俎而抵遏衝，其他蹟猶緒餘耳。宜爲之賡《召南》，爰作詩曰：『岳之峨峨，楚邦所域。匪楚之域，維夏王所式。我公涖止，孔文且武。民用釋于賊，以燕鐘鼓。于以鼓之，于以舞之。來居來修，咸曰公我師。疇德靡底，疇遠靡邇。懷允公懿美，比于壽岳，以翰天子。』

香林大師涅槃記偈

師願桂，俗姓靳氏，陽之固隆人。父尚舜，三世皆信奉佛。以故師生十五六，嗜誦佛經，父母欲爲娶，輒亡去。因自請于父母，從上義之西神庵僧滿江出家，多所□造。久之，意無所得乃去。入雲蒙山石巖竇，飯糗飲水，與豺虎爲鄰者數年。復以深山荒𡨋、性塵并杳，遂出，振策北遊清凉山，盡窺八藏三篋之文，毛舉絲分，參研無復留義。又孰精等切之學，處忠神珙不足多也。既歸，服袈托鉢往來于析城山之熌亶胡家屹，誓不入城市。至于宣暢教旨，遠邇投歸。予伯父大司空公有別墅在上義，至必請見，每嘆謂彼法陵遲如師者，不扶自直，近世一人而已。壬癸間，辟寇盤亭山鐵盆嶂。賊至，師第結跏趺爲説小乘，賊知有異，一一頂禮去。已，其弟子勉奉之移寓近城。時先君寢疾，慕其名，欲一見，恐不能來。先君没，予以爲恨，乃迎供西莊小廬。時師年七十六矣，聰明好學，持浄律甚篤。予兄長洲先生雅敬重之，間覓諸宗隱語相叩，咸應答如響，能洞其角根。閒居無所爲，獨手升許豆，念阿彌陀佛不輟。予問之曰：『念佛當爲下士攝心法，顧安事此？』師曰：『固爲是攝心法，安問下士？』因語予生平歷試百千法，未有若念佛真實。此後出行路遇人，輒勸令念佛。行路人遇之，亦無不念佛合掌者。居二年，忽端坐化去。其弟子塔之於廬西百餘步，與先君葬地相望，時崇禎丙子仲冬四日也。予謹悲淚稽首，爲説偈言：『諸法外文字，甚作應類觀。又云無罣礙，律嚴利用解。重聞二者病，非枯即入狂。香林發心早，亦從文字入。嚴畏守毘尼，凛然循墻走。最末悟無學，單依佛聲證。譬如初住山，終乃離山住。至謂平地山，大道圓徹後。却反還著實，厥理亦如是。師曾爲我説，昔到清凉墟。親睹實光雲，文殊示現相。此相定非有，心眼無轉故。以知求佛人，何必先解脱？希有志心一，而不成正覺。師勇猛精進，學守俱第一。以之爲儒者，分在遊夏間。况用僧銖兩，是故謂師佛。無有不深許，良哉此婆發。如即見佛面，誓願不滅慧。長度未化生，婆發亦無壞。』

歌風臺閣記

沛，漢高帝故里。舊有歌風臺，不知廢於何時，獨存亭榭，亦傾圮不足稱其勝槩。有碑相傳爲蔡中郎書，則名蹟也。順治三年，邑令王君克生來治此邑，時值大水，國漕以缺。令上民昏墊狀於當道，得無罪。旋苦盜，令單身詣湖陵諭降。會稍叛，復請兵一再創之，盜平。於是令喜曰：『水與盜二患者息，吾民庶幾無疾病乎？其胥從我游。』於是簿書之暇，率諸父老子弟，即臺之址登望爲樂。已而，俯仰興廢之跡，感慨係之，因指畫僦工，順其舊基，構傑閣十尋。面水通舟，築堤若干丈，植榆柳數百，視前廓然爲巨觀。既成，走札請記於予。予聞之曰：『嗟夫！天下之易亂而難定、易定而難守也。昔漢高起微細，不數年有天下，論者以爲至易。而中間臧荼利幾，陳豨、黥布、盧綰輩累起猝動，迄今咏大風猛士之辭，蓋重有味乎？守四方之難，而因攷當日赦負固者罪，賜從反者爵，及觀叔孫通儒者守成之論、陸賈逆取順守之説，皆於治道有合，漢高能聽納之，此其所以興也。今天子方勤遠略，耀武功，蜀以西、粤以南旦夕大定，從此而推誠任人，講求所爲守天下之大法，雖久安長治可矣。沛爲天子土，令亦受命分守臣之責。在宋，傅欽之嘗守徐，邵堯夫謂其清而不耀、直而不激、勇而能温，人皆欽清直勇之名而未知不耀、不激與温之貴。是三言者，君子用之以守身、守官、守邦，胥有餘矣。令，吾壻也，故以此勉之，俾庶幾無疚于斯土焉。』

紅螺嶮建三元聖宫記

紅螺嶮者，西山中之幽絶奇最，在房山縣西南五十里許。層峰百數，隋谿千尋，其絶巔謂之上崄，降而中崄，再降而下崄，俱以陡峻得名，其中淵泉林石之美不可殫述。惟勢阻逕遥，游者艱之。余友王生有大，嘗以避亂至，得盡歷其妙。因爲余誦説及道士姚真慧之賢，余嚮往久之，第爲塵緣罥縛，幽盟未果，言之不勝忸怩。慧本自寺人，自己巳歲辭職隱居此，二十餘稔矣。其早能屣脱薰炙，用超然於興革變亂之外，洵有大過人者。然道士既明哲，雅復好事，謂：『三崄之勝，遊者不數數至，抑山靈之憾也夫！』迺於山麓三家村名黄山店，即古之桃葉口也。其地出山十五里，入山十五里。厥土平廣，堪以暇息。爰募建三元聖宫，其間門壁道舍無不畢舉。然後遊人至於是者，徘徊陟降，怳焉如不知歸。山之美，其亦可沿是而窮也已！道士接引之意，蓋亦非徒然哉！宮以某年月經始，庚寅某月落成。具石請記，爲書之如此。

履德白氏公田公堂記

不孝兒時隨侍先大夫往來西莊，以及遷兆于北原。時田尚無幾，比見背，積三百畝有奇。雖非盡膏腴，而前廬後墓，連阡接陌，更無他氏之産。自身之外僅亡弟遺孤熙一人，謂可以躬耒耜、長子孫，永無異析，先大夫志也。歲在丁丑，不自主持，剖而二之。時即就塋之前後畫地若干爲公田，欲取歲入供春秋祭掃。嗣益以河西數畝，計其數不足當一夫之畊。又不孝與熙俱叨禄仕，春秋之禮不宜過嗇。昨陟望丘山，慨然嘆作。環步山之左右，達于趾，得若干畝，亦命增其内。子孫而賢，世守坵壠，可免卧榻之鼾，愈于祖塋之參差足矣。至城中第宅一區，先大夫經營孔艱，不孝兄弟負瓦礫相從，以有寧居。往者亦既有專屬，顧念公宅未立，非所以洽情親、貽久遠也。廳事五楹并東西二樓，雖經平剖，今約兩門公之。廳事以肅賓客、備婚慶。二樓上下爲四所，一曰家廟，藏祖先之主；一曰神倉，貯公穫之入；一曰公厨，取燕祀，遠邇適均；一曰家塾，令子弟歲時肄業。家長一人，領其扃鑰，掌其公田，出納之籍，歲終稽核，或年一更代。俟大羸則更繕祠田而廣之，亦不爲限。蓋祖宗之業，數子孫各守之，不若群子孫共守之。不然，一人手自創垂，亦豈樂其後之瓜分鼎裂不相繫屬邪？辱瞻矚而叢笑譏，亦大非祖宗之心矣。此約一定，其名則美，其利則均，其業則悠而可久，實先大夫志也。請申誡于子孫曰：『自吾公田公堂而外，雖負郭膏腴、連雲棟宇，不以易吾始出者之遺，庶不愧履德之子孫云。』

重修三靈侯廣禪侯五瘟神合祠記

邑西郭有古諫臣唐葛周三侯祠，配以廣禪侯、五瘟神。廣禪侯所司牛羊孳息之事，在在禋祀，與田祖共御，獨三侯原委未詳。相傳侯生前伉直，殁而靈爽，率五神糾察善惡，默用扶抑廟食，良有以也。惜規制陿陋，風雨侵壞。里父老某等謀出社積資若干，佐以化導，庀材鳩匠，拓而新之，殿宇門廡視夙昔閎敞壯麗不啻倍蓰。既落成，乞言于余。余竊窺天地之氣有陰有陽，而鬼神效用于其間，故曰二氣之良能其見之人心，則正直邪佞之攸分，中之人體則清和沴戾之迥異。此三侯之所以生而直諫，志在戢奸，歿而掌瘟，又靈在癉惡，總以其氣之澔漾炳烈、害淫福謙，與人之精誠相感通焉。夫人身之氣，固以道義之慊不慊爲盛衰。當其精誠之至衾影不愧時，三侯允惟呵佑，豈待夫牲帛盥薦之彌文也哉！且邑西郭尚有孔廟、關帝廟，戴聖教則從而祀之，仰忠義則從而祀之。今三侯之祠赫然與之鼎立，歲時祈禳、奔走趨蹌者亹亹恐後。則以侯之聰明正直壹其志而帥其氣也。藉使保是誠敬之心，以去非遠罪，無即于凶。群然樂赴乎疇祉惠迪之會，至于奸頑化善。人多將此時之爲鬼神者，但有扶而無抑，有福而無害，疫癘除絶，氓庶壽康，則侯之功德其永，有助于政治之所不逮，洵先王設教意也，不亦休哉！諸父老聞而稱善，因勒諸麗牲之石。

棲龍潭神廟碑記

陽城爲縣，踞萬山之會，所少者非山也。獨有沁水逶迤經其左肩，折而匯于東南，與群山奔蹙盤萃，若石塘之洞、九仙之臺，嵌空挺拔，信爲奇觀。而水之尤奇者，則爲棲龍之潭。潭當谿谷衆流穿射之衝，泓然深竊，莫測其底極。或值暑雨横集，秋濤怒張，木驟石轉，蕩潏凌嘯，洶洶乎可畏。及夫沍寒收潦之際，湛然一碧，若巨蠡盛醽醁萬斛。沿岸石凝滑如脂，履之頭涔涔欲墜，毛髮爲悚矣。習傳其中爲神龍之宫，潭遂以此得名。四圍山雄立矗起，卓爲危峰，列爲聯嶂，以助其翔舞騰踴之勢，殆不可數。稍南平崗迤靡，磊然若畫，置名曰龜山。土人廟其陽，享祀惟虔。歲或雨澤愆期，邑大夫率其吏民馳禱于廟，復取牲帛投潭中，俄頃風霆翕集，膏潤沾渥。惟神有是功德，故春秋祈報之事振古如兹。先是，廟貌傾壞，章訓耆民張起仁勤義而敏事，慨然顧念，約其里黨某某、廟僧某，募財鳩工，飾而新之。適己丑姜逆之變，未竟厥緒。當變時，予薄宦京師，兒鴻奉八口逋遯此山，幸免于危，實荷神庥。比亂平，予銜命過里門，適廟役告成，起仁請記之。夫鬼神之爲教，先王不廢，所以圖民之安也。必妥厥攸居，使鬼神獲安，而後民克依之以安。惟神興雲致雨以登百穀，制民出作入息饑食寒衣之求，是社稷之副也。其以動民瞻慕歡響之情，而親其肅恭蠲潔之薦，良匪虛已。矧夫山水靈奧之區，俾其土木閎麗、像度昭赫，歲時伏臘，遠近旄倪往來奔走者，呼駭竭蹷不違。則起仁輩勤義敏事之功，亦誠不可没也。爰書之石，以志歲月。

小天壇山神廟碑記

古名山大川，各有其副。五嶽惟衡最遠，而《洞天記》云：『黄帝以灊霍副之。』故漢武登封，止於天柱，以當南嶽。王屋去吾陽百里而遥，雖今職方隸濟源，實析城伯仲。《禹貢》：『底柱、析城，至於王屋。』其上蓋有軒轅氏之跡焉。峰巒突兀，竦峙煙霄，因名天壇，道書所謂第一洞小有清虚之天也。歲二三月間，四方來登謁者不問遠邇，雖數百里外饑疲跰躚不敢言勞，厥神之靈爽感召猗與盛哉！陽之東二十里曰劉善村，當沁水之隈，其北山一峰最爲峭桀，群向諸山俱頫而下之。梯級躋攀，始届其頂，以視王屋，殆具體而微耶！舊有軒轅廟，亦名小天壇，或古者用以副王屋也。歲久廟貌頹圮，弗稱觀瞻。鄉耆老某輩葺其前殿而新之，後殿肅玉皇像，久闕焉，未舉。道人某自太和來，焚修於此，齋心力募，爰起而更之。丹甍碧瓦，前後輝映，一如王屋天壇之制。經始于某年某月，落成于某年某月，道人之功可謂天懋矣。其四方之樂善輸財者，例具載名碑陰。竊謂天壇地遥而逕險，榛莽梗塞，豺虎接踵。兹山高不概雲，深無藏景，然陟其巔，一隅之名勝盡在几席。四方士女苟齋穆其心，儼恪其體，神之所止，奔走如騖，安見兹山非天壇王屋者，而必饑疲跰躚于數百里爲？

顔神廟碑記

顔神廟者，益都之鎮神廟也。以唐天寶五年立于孝水之源，而盛著于宋咸平熙寧之代，靈貺響臻，蓋千有餘歲矣。記稱：神顔氏女，事姑孝勤于遠汲，因感靈泉湧于閫後，人即其居祠之。宋熙寧中，神宗褒禮百神，爰册號爲順德夫人，仍賜靈泉廟額。今讀其文牒刻于石者，略可考信。以迄金元，歷明三百年中，福饗尤異，豐碑遺搆翕艴勿絶。咸云：『水境之内，即有旱溢兵荒，輒菑而不害，允惟神休。』且夫神事雖邈，而孝義可著立百行之原。神道設教于一方，非他禨祥巫祝之説可比。歲春秋用肅事于有司，宜也。廟□枕長城山麓，前臨泉水，寢殿左右各有祠曰公姑、曰父母，公姑之側祠曰王友，父母之側祠曰郭令公。父老相傳，謂皆有事斯廟者。夫生而事之，没能使人世世俎豆之，惟神之孝爲不匱。愛其德以及其所事，又敬其祠以及其所有事，惟鎮人之追孝爲不衰。太子太保、吏部尚書孫公中正而誠，凡有言于人皆信之。既叙述其鎮神之事若是，重按《水經注》中載此水或爲瀧或爲隴，又謂即古袁水也。公曰：『泉下流之河，今尚襲名孝婦，字形相訛，恐當是古孝水耳。』厥惟審哉！且以今皇帝孝理洽于海隅，懷柔河嶽，獨此廟貌傾圮弗修，實二三有家君子之耻。乃倡父老請于有司，會錢若干萬，募力若干，鼎而新之。肇始某干支某月，訖于某干支某月，工告竣。孫公命余爲作記，刻于廟。余嘉其用心于朝廷化理有助，足以興起後人崇本重倫，求無忝夫水之所由名者，故不以辭。記成繫以銘，銘曰：山東之泉，紛彼其源。聿源自天，奚必以人。洋洋孝水，振古潤滋。疇瀧疇袁，若爲正之。耿耿顔神，裔于賢族。令德敷施，主兹川谷。民生其間，安庶而淳。亨湘浴游，婦織夫耕。肆興文獻，于焉俗美。神是具依，亦不以水。胡以歆之？崇致其室。報禮祈祈，牲牢黍稷。神之來假，其雨其濛。燕我豆登，樂我叟童。閭姓攸寧，倫物丕懋。有極有閒，有治無蹂。覃千萬年，駿奔走集。銘言匪佞，風示維則。

東谷集文卷四終

吴廣隆　編審
馬甫平　點校

東谷集

清　白胤謙　著

第四册

中州古籍出版社

東谷集文卷五目録

誌銘

東谷集文卷五目録終

清　白胤謙　著

誌銘

聖符白君墓誌銘

嗚呼痛哉！是惟余弟聖符之墓。余家世系自義官公諱清，而下高祖文學公諱子富，曾祖贈少司徒公諱道，祖省祭公諱銘生，﨑縣司訓公諱所蘊，是爲家大人。嘗麯於嗣，四十餘先妣成孺人始舉余兄弟，愛之不啻雙璧云。聖符諱胤恒，少余二歲。十七補邑庠弟子員，輒善病，患滯下者靡歲不數數作。然而精勤整練，家大人時以家務委託聖符，聖符夷然不屑也。雖日奉身藥餌中，而研田迄無曠咎。久之，與里中諸名士論社，廣文趙孝廉先生深賞其文，有先『後着鞭』之譽。亡何，聖符以病試失利，退則攻刻益力。會學使者拾遺之役，聖符决意上太原，雖父若兄不能奪。比太原歸，跋涉勞頓，業癯然不勝衣。訊之，謝無恙也。居四日而病，病倏劇，又六日而卒。是夜狂風暴作，大雨如注。次日近午雨止，則後易簀，一瞬耳。病中往往口道：『帝徵某急，不得辭。』卒七日，余夢聖符告余曰：『帝用某爲博士矣。』嗚呼！白駒送杜，赤虬迓李，亶其然哉！聖符生而茹素，嗜古愛潔，操履端嚴，意不可一世，卒未嘗輕肆齒頰。性篤倫理，讀書至古忠臣孝子，每向余誦説，輒汎瀾泣下。以故生平獲親信友稱聖符孝弟者無間言。今年夏，偕余辟暑齋居，兼有一二知己，日夕從事碁酒間，磊落争讓，未覩一狎嫚態，蓋不言而飲人以和矣。又喜爲韻事，修花植本，品泉移石，維日不足。近稍習爲五七言詩，亦□澹有致。往歲丁卯，余從家大人官雁門，聖符經紀一切家政如承蜩也。私幸仲氏克立門户，余得以繼□文史，苟免身世憂。迺天奪之，遽毁我令原命也。夫聖符以萬曆戊申八月初六日生，崇禎庚午八月念一日卒，年纔二十三耳。娶衛氏，大司馬桐陽公女。子男一曰方熙，甫七歲，聘庠生賈益默女。女三：長五歲，許字庠生崔鼎鉉子洪初；次三歲，許字庠生崔鼎新子澤初；又次産甫彌月。以是年九月念日葬先孺人墓側，銘曰：子往銅鞮泥雨濕，送子于行嗟何及！死生有命聞諸昔，幸然有子萬事畢。遺我以難子處逸，我則何心拊石泣。

勑封孺人王母張氏墓誌銘

孺人，謙外母也。外父郡丞王公没於萬曆乙卯，後二十餘年爲崇禎戊寅八月庚戌没，得年七十有三。厥子茂才君伯仲，以十一月甲申祔孺人柩郡丞公之窆，而屬誌銘於謙，不以狀，曰孺人之懿，謙知也。弗獲固辭，遂劭勔爲誌之。誌曰：孺人姓張氏，父拱元，母劉氏。生而端重，容止婉娩有則。于歸日，郡丞公方窮，□約爲諸生，好讀書，不問生理。孺人身辟纑佐之，執勞不敢怠，奉饋食姑徐太孺人唯謹。及公舉於鄉，筮仕爲靈寶令，綦縞從官，迎徐太孺人就養，亡不伺所欲而敬進之。治閫以簡，不事煩苛，而方舟泳游悉中度。口不道金錢，手不披紈綺，意泊如也。以故公治靈寶，廉能聲懋著。政成，孺人得受封爲命婦，躬被翟褕若固有之。詩稱『如山如河，象服是宜』，孺人有焉。既公擢丞常州，政事勞勩感病，歸殞於道。時孺人近艾，稱未亡。諸子女半嫁婚，乃默識從子之義，外事一委諸長君。纔畢嫁婚，即弛其管籥，聽諸子析業。獨退處一室中，日斂袵端坐，終其身弗踰閾。雖姻鄙稚幼，罕得覿其面。每季秋誕日，諸子若婦暨諸女進，稱觴上壽，璫繡盈門，衎衎然樂也。長君文行藉甚膠庠，終期紹其先烈。仲氏倜儻握兵符，捍此一方。季復挺然茂士中，稱克家。諸孫蘭駢蕙蕃，既庶孔嘉。即諸外孫男女，亦衆至二十人。胡其枝葉繁盛爾邪？今歲偶感末疾，顧執意不聽醫藥，曰：『吾何望哉？吾夫子不及耆而吾得踰老，不及抱孫而吾撫有曾孫，吾何望哉！』臨革，更無他語。嗚呼！若孺人者，亦可以亡憾矣。始謙在襁褓，孺人之季女在娠，先君已受郡丞公約爲婚姻。逮謙長，弗克拜公，獨起居孺人歷年。所欽其母儀肅穆，如玉在山，珠在淵，望之粥粥然無能，而實矯矯獨行其志，洵貞母也。異時，從季女得孺人相夫狀頗悉，大約儆戒以成其志，委順以適其心，所聞琴瑟友之不啻是矣。在《易》之坤，順而能承故曰妻道，静而廣生故稱大母。以謙觀孺人，性行寬忍，慈惠温良，恭敬慎詳，罔不一與道合。將約一二言舉名之，則惟曰順静，無所取之，取諸坤而已矣，即安得不爲婦德之正歟！孺人生平寡言笑，絶齒不掛人短長；御諸婦明恕有恩，惟恐或傷其意；奉己絶廉，飲食服用取足一身外無長物；諸女歲時致餽，少所取，猶申戒勿復；雖服再澣衣，咸楚楚若新，珠翠纖纊非大事不出諸笥：凡皆懿則之可紀者。又異者，不謟信浮屠師巫，此近世笄褘奔走如騖，而幾幾得一孺人卓然爲正之，可謂明也已矣！可謂遠也已矣！詎不難哉！孺人生三子：用俊，邑庠廩膳生，娶庠生吴竟成女，繼成明女；用良，繇太學生授寧山衛指揮僉事，娶孺人弟壽官張崇照女，繼衛聖言女；用翼，庠生，娶謙從姊，伯父工部尚書白公女。四女：長適庠生吴養志子庠生吴道亨，次適河南右布政使田公子運判田起相，次適兵部尚書贈太子少保衛公子恩生衛廷亮，次是爲謙室。孫恂，庠生，娶湖廣監察御史楊新期女，繼庠生原懋質女。俊出。協，娶李若蘭女；次怡。良出。恪，庠生，娶庠生張會中女；次勺，承郡丞公姪、靜海縣知縣用士嗣；次悦；次相。翼出。孫女五：一適外孫廩生田紹宗起相子，一適增生栗時忻子庠生允恭，俱早卒；一適增生賈益讓子允揮。俊出。一許聘舉人趙士俊子庠生于鼎，一許聘韓城縣知縣石鳳臺子禄。翼出。曾孫一必昌，恂出。其銘曰：執勤勞於俶載，履之者維艱。都顯榮於盛節，受之者孔安。歛莊敬於考終，秉之者既純且全。窈兮窕兮，佳城繚兮。子孫世保兮，疇必偕老兮。

噫！嗚呼！

成子不費墓誌銘

不費諱惠人，予伯父司空公外孫，衛大司馬桐陽公孫壻也。生有異質。年十三，父用我任雒陽簿，偕兄友端往省。渡孟津，中流風怒，衆怖失色，獨假寐若無與。詰之，曰：『樂天知命，故不憂。』丁卯失所恃，朝夕攻苦，期進取，以得父歡。尤嗜古圖籍及名人帖，每竭力購求。嘗自歌曰：『不惜千金買詞賦，長門終老更何人？』久之，文大進。數以質予，皆卓犖有氣。其外父扶區孝廉喜語予：『君諸甥多神似，之子倍傑出乃爾。』無何，與友端應里選，邑父母楊公特奇之。尋同補博士籍，輒負笈澤之青蓮寺，兄弟交勵，爲千秋業。會秦寇渡河東犯，父召以歸，歸則日邑邑如不克久居。以故賊稍西，屏迹城南别墅。忽於中秋前一日，隨兩奚步詣析城諸山覽勝。越三日，次栢崖。賊復突至，被滿巖谷。不費爲所掩，踰山而走，失足墮險死。或曰與賊鬭，度不敵，恥爲所脅，遂自投死。始不費喜談劍術，善馳射。方賊初掠東北，憤然攘臂，欲殲此朝食。嚮使提一旅衆，據阨塞，其芒潁逼見，而卒不試，反用是輕身遠出以敗。惜哉！不費生萬曆癸丑四月十一日，至崇禎壬申八月十七日死，年僅二十。葬之前，友端以狀并遺詩來，謂其生平酷學李長吉。予讀之，果幽秀得長吉一體，且時有讖句，與其死事符，益憐而怪之矣。銘曰：干將未發，其光屬斗。及躍津墮水，而龍化以去。揆所爲用，曾弗若鉛刀之一剖。三復才難，愴吾小友。噫！

福建建南道兵備按察司僉事瞻淇趙君墓誌銘

嗚呼！君，吾友也。君未第之先，與予同爲鄉舉，好學樂交，博綜爲文章，甚有名于遠邇。學者非有所携長，雖慕君不敢以見，而獨私折節爲予下。往予每有事郡中，君輒就召，予出酒食，論文甚洽，諸同輩者不在也。歲己卯庚辰間，結社燕都，聲氣益密。丙戌之役，謬屈君門下，時論深以爲奇。同宦三載，德業交勖。比聞建南之命，予頗攢眉道遠，顧覩君欣欣有喜色，曰：『丈夫樹立，奚必擇地乎？』予退而壯之。郊別時，容稍悴，然飲噉視常有加，曰：『南士某自快之，勿煩知己也。』噫！孰謂竟成永别哉！君諱嗣美，字濟甫，號瞻淇。先世出宋太宗昭成太子，居澤之土河村。傳至七世祖毅，移郡城西郭。六世祖燧，五世祖雄，高祖錫，皆有隱德。曾祖維邦，贈户部郎中。祖諱九思，隆慶辛未進士，歷官中憲大夫，四川夔州兵備副使。父諱求益，號淇園，萬歷甲午舉人。初娶苗，再娶王，三娶毛，生君；四娶鍾，生孝廉君嗣彦。君生而穎異不群，十九補博士弟子員，試輒冠軍。二十二食餼廩，奮志研苦不勌。丁卯省試，分宋玄平先生權房。已擬前茅，時魏璫用事，君論策語涉譏刺，遂置副卷。是冬，復以覃恩選拔貢于廷。戊辰，居都門，與楊維斗、張天如輩論社。至五月，忽心動，冒暑馳歸。甫十日而淇園公病，及捐館，盡哀盡禮。壬申，流賊薄城，君登陴露宿，手不釋卷。癸酉秋試届期，適賊衆扼衝要，諸生裹足，君獨毅往，遂領鄉薦，出李二何先生士淳房。總裁葛屺瞻先生寅亮爲《晋墨一變録》，盛推君及王拱垣君采，見之其序云。癸未，李二何先生官簡討，會試卷復分其房，凡屢薦，以奇古見擯，置副卷。君鬱鬱不得志，會有求言之詔，君條陳利弊。疏入，特旨取趙某硃墨卷進呈，疏及卷留御几數十日。冬杪，考授内閣撰文中書舍人。遭國變，遯歸。皇清定鼎，有司徵起。入都，即具文籲請會試。時予在闈中，忝較《毛詩》，得君文，辨爲名宿，亟收之。是年，賜進士出身。丁亥，授刑部湖廣司主事。戊子，陞山東司員外郎。會銓部吏書號天王者，發本司正郎未補，君理其事，執法不阿，卒令大憝伏辜。己丑，陞陝西司郎中。庚寅，陞福建按察司僉事，奉勑分巡建南兵備。時建寧初經焚毀，人心未定，又遠在天末，仕者以爲畏途。君叱馭馳赴，至則敗垣若秋籜、遺黎如晨星，且兵肆狼貪、官恣魚肉。君嚴飭官吏，禁兵丁，多方招徠。一月之間，民樂復業，百堵皆作歌安宅也。其大者修飾考亭祠，復其子孫，解諭江生夫婦得以完聚。又倡儉約，禁夜飲，立官解，發市價，種種善政，建人利之。甫月餘，積勞成病，凡病四十日而卒。君生平孝友，不畜私財。中憲公清白貽家，淇園公雖列鄉書，時見窘迫。君早受知有司，廩贈所入悉出以佐朝夕。弟孝廉君生，或向之言，家貲當自爲地，君作色謝絶之曰：『願吾父有子十人，吾能與之共産。』言者愧悔。孝廉君十月失母，十二失父。君日則同食，夜則同牀，躬課督其學，俾有成。凡意所欲需，輒先爲區畫，不待出諸口。遇他出，笥橐悉以付之，未嘗有簿籍緘鑰也。女兄適王氏，中貧，君迎館其家，没爲殯葬。遺甥超，教訓成諸生，旁通琴書，凡仕燕閩，皆與之偕。讀書刻苦，至於嘔血，或經月不一入内。予常過其廬，見帖括粘贅壁間如櫛比然，叩之，皆成誦。性猶樂朋友，自諸生及遊宦交結盡知名士，坐客常滿。然素厭聲伎，讌集惟佐以琴奕金石骨董爲娱。

蓋君于琴奕畫無不精，而奕猶勝。書法少學顔魯公，晚嗜孔北海，間倣鍾王歐柳，漢潁《急就》，各臻其妙。詩出性靈，不事掇拾，所著有《西遊草》、《庚辰紀遊》、《燕市草》、《雲司留稿》、《赴閩紀行》。時萩有《讀書艇萩》、《奈園彙刻》、《藕花莊萩》。予蓋論次君行事畢，作而嘆曰：君真材士也。君長予八歲，當予之少未識君，已聞其標望絶人，無勢柄而類通顯；又聞其鋭意進取，早夜攻苦，復旁營人事，毛密不亂，卒之掇名中科，累級而上，戛戛乎成之，不易矣。然觀君意氣灑然暇裕，殊無譸張困急之態，是非其有大過人者耶？今君没未久，郡人請祀之鄉賢，詢其故，得三事焉：一、郡集市，古三關均派，關民賴以存活，後獨豐南關，君集父老公請復舊。一、郡供張，胥役包攬歛之，各坊民不堪命，君請官設法置器，胥役止供掃除，歲省二千餘金。一、郡食户口鹽、按丁徵課鹽究烏有，君議立，本官鬻得息充課，歲省五倍于舊；又年荒收道棄小兒覓婦乳養，有女鬻娼優者，出金代贖，使爲良婦。鄉里所由、義之不忘，宜哉！至攬孝廉君狀，其孝友大節娓娓不休，幾令人出涕，爲之悚然起敬矣。

銘曰：處而名四海，士之雄也。宦而隕萬里，臣之忠也。生勞没寧，反魄故墟，孰曰非令終乎！惟孝友愛，厥行無忝，庶幾永侑於學宫乎！

清故冀山張封翁墓誌銘

吾澤有異人曰張穀臣給諫，其貌言材氣靡不奇傑，先入爲諫臣，彈御史不肖者數輩，名震天下。旋中忌者誣，坐令當塗，日細事往受質焉。予故善穀臣，適以使事道當塗，親睹當塗之人所以保戴穀臣者，益加敬焉。臨別語予曰：『此行過洞庭，欲得方竹爲家尊扶老。』予心儀其孝子之用心也，謹識之，歸斸一莖奉太翁。已，穀臣事得白，取次還故物，乃依依膝下不去。予時居憂山中，每感謂穀臣真孝子。俄穀臣寓書于予，稱孤子，心悲太翁已矣。書窮而狀在焉，曰：『甚哉！不孝京熒熒之罪通於天矣。京幼奉父訓曰：「人莫大於孝，孝性無方。雖貧賤而宜勉富貴之心，如古人冰鯉冬筍必求供也；雖富貴而益篤貧賤之行，如古人日至寢門三親滫瀡器之類也。」故即立身行道，期爲廣譽無窮，若榮名膴仕其緒餘耳。『烺烺芳規，恨京之習聞習見而弗克盡也。』嗚呼！此縠臣之孝之所由耶！太翁之賢亦職是可思矣。因諾其請，按狀叙而志之。太翁諱□，字以宏，號冀山。先世稱爲留侯裔，居澤西北之張莊村。金元時慮丁繁，析之各里，郡之張八九其族也。六世祖讓遷河東，構居卜兆，生五子。長次四人商留豫楚，惟伍公爲郡庠生，能文好施，兼善形家術，稍移兆焉。伍生朋，朋生倫，皆有隱德。倫生雙泉公孟春，郡庠生，仁柔木訥，甘里豪凌虐。生岐山公鳳鳴，郡庠生，有至行，以授生徒，廣施予爲務。岐山公生三子，太翁其長也。少攻舉子業，以貧故中棄。天性純孝，八歲事父温凊，終夕不寐，至十九有室，猶泣戀不忍離。父素病胃，即習揣摩術，衣不解帶者數年如一日。劇則禱天，願以身代。喪葬，刳心盡禮。事母，出必告，反必面。又時時嚴戒宋孺人所爲奉孀姑者，委曲周詳。會家道艱窘，則百計鬻典以奉。處他塾，供饌稍甘潔，即輟食懷歸進之。竊喜謂：『承北堂歡，雖枵腹伊吾聲出金石也。』迨轂臣登賢書，諸子亦英趙芹泮間，婢僕井井，薌羶奕奕，年已踰老飴孫矣，尤必躬親奉養，誠敬有加，侍疾數月，一如侍岐山公母。即憂勞慰遣之，涕泣不爲變。待兩弟極盡友于，析産日夷然不受，婚喪則獨任劼勩。遭仲敗蕩，内外患累及一身，茹荼忍辱，孝友之志百折彌勵，終玉兩弟于成，惟恐孝思傷缺也。居里閈，高朗至誠，畢世不作一欺事僞語。人有急，輟己衣食以應之。有過，正言古道以諭之，遇横逆則怡然忘之。鄉有從亂劫儲糈者，時平，轂臣謂宜直之官，命置勿較，其全活不可計。教子首先人品，次及文萟。夜分口傳經義，每涕泣爲道：『岐山公垂没，病中猶勉授卦繫，恐易學之中斷也。』館隣某孀窺其閒居，持契券奔至，招就暗處求代閲。即逸出中霤，疾呼轂臣來同閲，婦慚遁。因教轂臣曰：『丈夫當時刻鬼神在念，此不欺暗室小節耳。』某嫗感解紛德，俾幼子裒金以酬，卻之弗得，命轂臣持還，其家長謂童子之誤遺也。尤好以陰德善事逢人勸勉。轂臣迎養宦邸，墻壁户牖遍題忠愛清正格言。穀臣爲吏，累至廉仁有聲，猶諄復誡爲未能也。比遷梧省，日切切以正直忠厚提耳，殆古長者之風云。晚年更精性命之學，八十餘尚健步登覽，日可百里。今秋微恙，猶正襟危坐，食噉如平時。至重九，索曆書指下旬之五日，曰：『吾祖父俱以秋月辭世，吾其此日，仍暮秋乎？』客謂聰明强勝，宜爲長生者。曰：『體受歸全，安在晝之不夜，但求一寐爲樂耳。』果屆期端坐如寐而逝，時順治十年九月二十五日子時，距生隆慶六年二月初五日子時，享年八十有二。配宋孺人云。銘曰：翁之諱同吾父，翁之子惟吾友。翁之論篤于孝，翁之行不可朽。岸爲壑，谷爲陵，翁之藏允惟壽。

真定府平山縣知縣高公墓誌銘

高公諱厚，字完生，江南寶應知縣仁度之父。初寶應君與余姪象顥舉同年，得悉公家世顯有名，寶應君才而賢，竊心儀之。歲甲午仲春，余讀禮山中，忽有客騎臨門，出應之，則寶應君也，手所自爲公狀，泣且拜曰：『願得一言，不朽先人。』余固遜謝弗獲，乃受而誌之。公潞安之師莊人也。王父騰，嘗率衆驅盜，以義服里閈，卒贈户部郎中。父環，萬曆丙戌進士，官户部郎中。生公與兄朴二人，少同爲諸生。每試，公輒踞府學第一，而兄踞長治學第一，以爲常，時人目爲二俊。無何，户部公督餉甘，固卒于官。公匍匐奔喪，距家三千里，徒跣扶櫬而歸，卜兆安厝，曲盡禮。會里中有齮齕者。母某宜人素嚴毅，饒心計，督之曰：『家事我爲之，爾曹第讀書勿煩念也。』公與兄朴受命，益發憤下帷。及萬歷丙午，薦賢書。己酉，朴亦舉于鄉。庚戌，南宫卷主司擬首，本房置架板，偶忘之，急索卷，不得額定，力薦僅冠副榜。公念户部公之訓，非捷兩榜不以膝假人。歸則裹糧西山，磨礱攻苦，復博搜經史百家之説，罔不根極理要。間肆餘力爲詩古文辭，咸臻其妙。工書法，雖倉卒中一畫不苟。暇猶流覽醫卜等書，其孜孜好學博雅如此。值某宜人疾，躬侍藥餌，每浹旬日不寐。及卒，涕號襄事一如户部公禮。天啓甲子冬，上公車，兄朴以疾卒于道，家務埤益一身，而文事罔告輟。崇禎戊辰，遘齒疾，强扶入闈，復中副車。尋以生計漸落，勉爲禄仕選，署洪洞教諭。洪號才藪，公至與諸生爲忘年交，諸生皆樂事之。立社課之，力剷蕪漫，求先正法脉，文習一變，春秋報隽者接踵至。束修則絶不責厚薄，貧者尚分俸賑之。五年陞平山縣知縣。平山彈丸地，奸胥猾民持吏短長，宰者恒難之。公清正公明，寬猛適宜，頑鷙俱馴化焉。有河淤積，租爲地方累，力請臺司疏奏蠲免。流寇蔓延，由晋東境盤踞于平之西山，防兵鱗集。公日夕億餉登陴，寇知有備而遁。久之，循譽大起。然公性介直，不事要津。會當事有銜之者，故亟賦歸來，于甲戌解組矣。旋里，蕭然四壁，公毫髮無介意，欣然曰：『有田可耕，有子可教，于願足矣。』日坐家塾，督寶應君治舉業，屏去纖趨，惟取王唐諸大家爲法，説書務徹根宗，不涉影響，鄉子弟之從遊者日衆。己卯，牛孺人逝，梱政乏人，至不克舉火，公居之澹然。豪强或加凌侮，置弗較，人稱其有黄叔度風。癸未春，寇據潞安，僞將劉方亮拷掠縉紳慘甚。公夢有神祐，卒無恙。衆驚異之，謂非德感不至此。順治丙戌，寶應君捷晋闈，丁亥成進士。公喜曰：『吾志少抒矣！』是年，寶應君授令山東博興，迎養署中。其地多盜，公頗以爲憂。寶應君旋用他故解職，奉之返里。於辛卯春赴補京師，羈棲一載，至壬辰二月得江南寶應，涉夏南發，而公訃至矣。公處家孝友，居鄉仁讓，遊宦廉謹。幼翩翩公子，人不見其有侉態，長列賢書，人不見其有倨色。老以子繼成名，愈過自卑牧，并忘其爲貴人父，故人人不介而親。雅嗜豪飲，數斗不亂，每浮白，夜分無倦容，即村氓野老皆得持觴以進。居平耻談人短，推心置腹，無不可告人之事。歷年七十，窮通迭更，内美純白，終始不渝也。白胤謙曰：『甚哉！資格之困人也。昔在明代，非進士榜，作官輙有程限，不得自爲屈伸。以吾所聞，潞安沈藍田國華風流，儒宿而阨于一令，遂鷄肋焉，與高公略同。本朝此法亦稍弛矣，然而吾友周郡守再勲、程中翰之鼎，俱以古學名家，秩踰于兩公，而程以憂亡，周且逮事。察其意，未嘗不鬱鬱然，以資格自消沮也。乃四人俱潞人，賢者竊謂，官人之典亦惟賢是睎，奈何令其果于淪放若此，豈國之福乎？及吾迴旋于高公之所以訓其子者，而寶應君卒克黽勉繼其志，庸詎非自命之卓哉？凡爲制舉者，覩公父子可以興矣。雖然殖學蓄德而弗竟其用，報不在子孫者，吾不信也。是誠可以慰高公矣！』公生于萬歷辛巳年十一月初七日，卒于順治壬辰年四月初八日，享年七十有二。配牛孺人。子一仁度，丁亥進士，江南寶應縣知縣，娶朱氏，繼申氏。女二，長適庠生崔延祚，次適大名道兵備副使程之璿，兵部尚書正己子。孫男一景嶽，孫女一，俱幼。以順治甲午年三月十九日葬于北川地之新阡，遷牛孺人而合窆焉，重以銘。銘曰：嗚呼高公！處則矻矻，以就其學。仕則矯矯，以遂其志。

其學也勤，久而不移。其仕也甘，拙而樂退。夫惟學之精醇兮，故厥志之靡墜。雖有施而未大兮，中自得而恒粹。仰克答于所生兮，俯克開于所嗣。允斯人之楷模兮，吾敬銘之而弗愧。

原任刑科給事中沁湄楊先生墓誌銘

士有躬廉介直方之行、懷憂民嫉惡之志以立于朝，一旦奮然抒其所聞，期無負于得言之責，斯其賢可知矣。乃言一出而身斥，再出而再斥，若是乎賢者之難遇于世也，固誠有不幸焉。然將使凡立于朝者，争陰持私計以憂民嫉惡之論爲戒，而指廉介直方爲迂闊無益之行，風議不明，綱維滋壞，貪黷憑陵，民生日蹙，詎直賢者之不幸已耶！吾陽沁湄楊先生以名進士起家，爲行人七載，考選户科給事中。疏劾高平知縣某貪酷，遭某賄營反噬，誣以請托不遂，勘問數載，卒正某罪論絞，先生亦坐廢爲城旦贖歸。語云：『是非不兩立。』曾見以言官劾一貪酷吏，聞見既審，竟與俱傷，天下重惜之。先生林居十載，食貧如寒士。洎大清定鼎，徵起補舊職，尋轉禮科右，再轉刑科左。值丁亥大計拾遺，有平陽通判某者署兩縣，婪墨之聲載道。先生具疏糾之，下部行覈。當事忌所糾異己，曲庇以覆。于是謫先生浙江按察司照磨，某得轉西安府同知，旋以婪敗，遂是非大白，而先生中傷猶故。是時先生七十老矣，謙進微辭止之，先生不可，乃疾趨杭臬受事。杭之上官類欲試先生才，且聞其貧，牒委沓至，先生各遣報如法，不名一錢。尋以甲午正旦，齎捧便道過里門，途病終于家，貧不能營葬地。嗟乎！先生蓋終身貧也。自家居及宦邸，朝夕之奉壹取給責貸，即門生故舊間有贈遺，輒峻郤之，自非其廉介山自性生，經百折不回，或不難少委蛇濡忍，爲償負計，而先生挺然執固，卒不以彼易此，鄉之人率惜之。或且呰笑其爲戇拙怪迂，而謙獨敬服之，以爲古道之遺。至于彈摘穢邪，微第效衮職之宜，即鄉里狂，且每嫉之如不可容。竊欽其好惡之正，于俗化有助，非賢而若是乎，乃其不遇于世也。固賢者之數，亦有不幸焉，豈足爲先生非耶？吾聞爲政之道務在惜民財力，而朝廷馭臣之術必以廉爲本。今使賢公聊台諫以及郡縣有司，各自洗濯，秉羔素之節，惜民之財如惜膏血，聞剥民之吏則如己寇讐，推此心也，即一交接往還之際，如將浼焉。久之，風化所被，在位者多廉士，而國受其利。否者，不能自飾簠簋，見人之廉則從而詆之曰：『是矯焉徒峻其迹以干譽，而不近人情者耳。』甚者坐視有司掊克不敢言，又利其餽囑而爲庇奸之行。吁！此世所以擯棄先生而不復道也，可慨也夫！先生博聞彊記，自少迨老，孳孳好學罔倦。爲古文辭詩歌，俱確質有體裁。陽先達自張蕺山先生外，名古學者復有先生。又喜接引後生，莊容温色，矢口經史，座中得奉先生若飲醇醪矣。甲子分較京闈，得士十人，金正希聲、唐豫公九經俱海内名宿。丙戌主試山東，得士九十，發策終篇，問《春秋三傳》，綽有深旨，可以觀其蓄藉。先生諱時化，字季雨，沁湄其别號，萬歷己未進士。父嘉禮，贈徵仕郎，户科給事中。母延氏，封太孺人。祖廷璋，祖母曹氏。曾祖文義。文義上，無譜牒可考。嘉禮上，俱單傳，而嘉禮始自上佛遷下佛。生三子：伯聖化，庠生，授先生學；仲王化，先生其季也。生于萬歷乙酉閏九月初四日，卒于順治甲午三月十四日，享年七十。初娶趙氏一和女，贈孺人，生于萬歷癸未六月二十四日，卒于萬歷戊申九月二十七日。繼室張氏，繼先女，封孺人。生女一，適沁水庠廪生孫陽，巡撫湖廣副都御史孫公鼎相孫，早卒。嗣子庠生梓如，娶庠生李甲寅女。將以乙未春某月某日，葬先生于下佛之北岡，地名神嶺。初，先生爲贈公所營壙，既葬後，因艱于嗣，徙望川之開明寺前，虛其壙，今啓而葬先生，趙孺人祔。銘曰：猗先生廉兮，噫！誓不假貪兮，噫！不卑小官兮，噫！貧而無怨兮，噫！聖人所難兮，噫！

封文林郎山東道監察御史上官公配封安人王氏墓誌銘

翼城之上官氏出吾陽城，徙翼。至賓吾公而上數傳皆富饒，爲翼興賢坊巨族，而文章科第之盛則自公一人始開先，而大發于其諸子。當公少爲諸生，下帷攻苦，有聲藾林。凡經書傳注皆熟而究之，至白首猶口誦先正文，一字靡遺，則其有志于此途，而卒不遇，殆時數爲之耳。洎中歲，舉三子，悉授以學，嚴爲課督，不少假借，曰：『庶以竟乃翁之志乎！』久之，俱學成。歲己卯，仲子舉于鄉。壬午，季子舉于鄉；癸未，聯捷成進士。丙戌，仲子成進士。是秋，伯子亦舉于鄉。後數年，季子爲名御史，巡按湖廣、江南，清卓之聲動于中外。仲子任户部，督餉甘固。令甲兩子並貴，封從高者，于是公受監察御史之封，公配王氏則受户部安人之封。吁！亦盛矣。無何，王安人没，獨伯子奉舍歛，仲季咸聞喪自任邸踉蹌奔歸。公固康强無恙，居二載，服將除，公忽以微疾告逝，蓋三子咸侍焉。季子故與余同出今禮部侍郎薛公之門，稱篤契，因委狀于余，求爲公、安人誌銘，誼弗辭也。謹據狀，公諱薦，字惟賢，號賓吾。高祖志；曾祖貫，耆賓；祖巨，壽官；父恩光，以仲子陞入貲官大理寺副，贈如其官。母王氏，贈孺人。生三子，公其長。公生而穎敏，年十八補博士籍，每試必占前列。遘贈公疾，躬侍湯藥。二載贈公暨王孺人相繼捐館舍。公哀毁骨立，茹蔬飲水，三年不出户。時兩弟一妹尚在提抱，公撫誨成立，弟若妹亦事公夫婦如兩尊人。又叔惠愛，俱携厚貲商京師，諸從弟幼，胥遣就學。公獨秉家政，擴宫室，闢田疇，締婚媾，同爨者數十人，門庭之内和氣藹然，無少間言，翼人談孝友者僉首屈指。公比爲封君，青紫滿膝下，曾不以動其胸中，勤儉朴素，始終如一。與人交，明取與，重然諾，殷殷懇懇，從無疾聲厲容。至里中有大利害，邑令君造廬請益，則不憚剴切披陳，務期便民而止，翼人實嘉賴之。卒之日，遠近親疏，無不隕涕悼嘆。其縉紳耆老復相聚，謀私謚爲文孝公，作傳梓布，則公生平行誼之卓槩可徵矣。王安人出翼名族，父國英，母某氏。少端謹，不輕嚬笑。于歸公，事舅姑以孝聞。見背日，所遺孤子女，躬親鞠育，訓迪之，迄以有成。時公王母某孺人在堂，與公叔輩同炊，安人以少婦周旋諸老幼娣姒之間，雍雍如也，宗黨咸稱之。馭下嚴而有恩，寬而有體，閫内肅然，識者預卜其家必興。迨諸子貴顯誕被恩綸，猶親操作，罔異疇昔，毫不以名勢猥自侈大，其内德之純茂如此。公生于萬歷丁丑四月十一日，卒于順治甲午八月十一日，享年七十有八。安人生于某年月日，卒于某年月日，享年若干。三子曰鉉曰鑒曰銘。銘曰：翼多名家，上官與王。兄弟聯駢，聲施于邦。偉歟季君，鐵面凝霜。伊昔友予，同門之良。爰及伯仲，以莫不臧。胡以尸之，由公義方。公實有文，肇發孔殷。既用多子，食報具蕃。亦克助公，王氏之媛。煌煌帝命，賁此一門。疇不有文，惟質是循。公媛之貽，永裕後昆。鬱鬱佳城，封厚而堅。銘言昭信，垂久其存。

清故儒林郎浙江道監察御史加一級泉山陳公墓誌銘

此墓葬監察御史陳公者也。陳公，澤州天户里人也，徙居吾陽城郭谷里之中道莊，七世矣。始祖名林，生西鄉縣典史秀，秀生滑縣典史珏，珏以子某由進士官某貴贈户部主事，而陳氏之族始顯。珏有弟曰珙，生修，修生懷仁縣教諭三晋。三晋之弟三樂，生庠生經濟，有志舉子業而未就，娶于范，生公。公生萬歷二十六年戊戌十月十八日，由進士任樂亭知縣，入爲浙江道監察御史。順治八年春，用覃恩加一級。十年夏，予假省親。十一年假滿，引疾展期。十二年乙未十月十八日卒于家，年五十八歲。有子元，以明年某月某日葬公曁其配三氏同域，乃奉公遺命走使都下，徵銘于白子。白子出涕曰：『嗟！公先余達也，而莫逆余，故稱銘以報公者，宜余。』始余幼習章句，則聞公攻制舉義沉苦，有大家名，藉甚于州庠，心嚮慕之。比爲諸生，赴州舉，獲一親，公器宇端重若山岳，退語同儕，沾沾然欣御李也。亡何，余倖售于鄉，而公適執父喪，未與試，竊用愧嘆久之。公捷兩榜去，歷官爲名御史，而余守公車猶故。癸未之役，謁公西臺，公大擊節。余又猥期以今日嗣則聯鑣京洛，日愈親密，往來過晤，話談以爲常，用深知其真慤素朴之性、明練決定之才、彊毅端飭之行，雖處群衆勿能移，造次勿能變，誠哉所謂老成典型者矣！苐素躭麴蘖，自謂得全于酒，亦坐是内傷，衰形早見。然公既引退，視大位若贅遺，而班行猶望其還，爲所未爲耳。胡意遽至于此耶？諺云：『名莫美，成進士；官莫高，爲御史。』公之位雖不躋九列，而風望之偉，享庸之安，即三公不是過。且生有令子，將克繼所未竟，公亦何所憾哉！公諱昌言，字禹前，號道莊，志厥里名。晚更號泉山，蓋公之所居背高山，下有泉泓然以清，冬温而夏寒，公搆宅其陽，井之、池之、蒔之、樹之，無非是泉也者。往流寇之變，秦晋騷然，公預爲曲突徙薪之計，架層樓，高數十仞跨泉上。寇至，攻圍數晝夜不克，因棄去，鄉之人賴存活者甚夥。公又念樓隘，不足以容衆，益築堡環之。欲僦避者，咸不責賃直人，愈歸德焉。治樂亭日，庭無留牘，胥無容姦。各臺使者至，供張之具，悉自爲儲置，不費民間一錢。會大水，城不浸者三版，公胼胝疏塞，民幸不魚。按視山東，值齊魯緑林蠭起，公嚴爲戰守具。一歲之中，封事不憚百十上，諸所糾墨吏、褫懦弁，不避權貴，直聲達于朝右。洎大清定鼎，以原官薦起，奉命督學東吴。東吴故人文藪也，向沿習軋茁，莫有禁禦，公授之繩尺，力返于醇正，士類翕然宗之。至于絶苞苴，杜請託，風教丕振疇昔，波靡中尤推砥柱焉。公爲人内直方，外敦厚，于世所謂機智權術漠如也。至遇人有過，輒面折之，不爲假。其居家節儉，食無兼味，一衣數年，弗敝弗改爲。而奉母范太安人，具甘旨，設田祠，祀贈御史公以上四代主，則竭志盡禮，務避菲略。有兩弟昌期、昌齊。昌齊早夭，俸入之餘悉委昌期經紀，不以一毫入私橐。昌期有子五人，公取其一繼昌齊，撫誨之悉如己子。昌期亦殫心父事之。嘗綜厥餘財，即其居壤綈室，棟宇壯巨，園林華蔚，器物僮指充備其中，欲待公爲菟裘。

公請告歸日，履豐養豫，依依泉石間，頗有人世富貴歡適之樂，而孝弟之稱亦溢于族黨矣。余故論叙公立朝從政之大，而以内行終焉是爲公誌。配王氏，贈安人，白巷里生員升俊女。繼栗氏，潤城里義官得義女。繼李氏，封安人，白巷里民宗沆女。壼懿詳公所爲誌内。一子元，辛卯舉人，娶張氏，右僉都御史雨蒼公子貢生元聲女。女二：一適生員張爾謀元聲子，早卒；一許字下佛里生員劉天章子振坤。妻子婚嫁俱陽城云。銘曰：聖賢爲訓，務内崇實。孰苟富貴？譎詐勿失。公持繡斧，正議無虧。亦擁臯比，儼恪而威。惟孝與友，施于政事。十年不遷，終知足止。惟知足止，免于殆辱。實公蹈德，罔不令淑。蟠礴斯原，中妥者墳。御史賢聲，裕厥嗣人。

清故敕封文林郎陝西道監察御史繩武張公暨配石孺人延孺人合葬墓誌銘

余里中張大理公伯珩，生後余十有八歲，爲同年友，其材器名實純乎古賢。乙未夏，同余官京師，適奉覃恩得封贈及所生，乃心慟母孺人榮不逮身，又葬非其地，謀所以更厝之。且聞封公抱微恙，一旦請急歸。值仲秋十九日爲封公初度辰，取余文進祝，踰月封公遂没。人謂大理公之歸，殆天所以成其孝，不偶然也。大理公既哀歛盡禮，爰卜兆下佛村之西，舉兩母孺人偕葬有日，以書與狀走京師，命余誌之。余嘗以大理公故尊事封公，又習耳大理公述其母孺人者甚悉，曷敢以弗敏謝？蓋封公諱念祖，字孝思，號繩武，世居陽城潤城里之六甲。始祖諱全，全生鎔，鎔生徐，徐生世岩，世岩生廷貴，廷貴生永庫。永庫生自立，號曰處士公，于封公爲父。娶石氏，有三丈夫子，長即封公。爲人醇樸謹重，幼罕嬉戲，屹然有成人志。稍長，就外傅讀書，必尋其實。以章句之學爲不足學，屬處士公遠遊商販，室中事壹填委于躬，無所辭，乃不竟學。是時，封公年十有四，慨然以家務自任，治田間，課爐冶，薄食忍嗜，習爲儉勤，與僮僕最下者共苦樂，用是居積阜成，處士公無内顧憂。居久之，邑中相推擇爲吏，不得已起應之，事邑明府唯謹。乃封公治産法尚嚴敏，爲吏則益以寬大，人稱長者。丙寅歲，居母石孺人喪，哀禮備至，三黨稱焉。兩弟振名、振秀，始辨方名，就塾，保愛之不啻慈母，而訓誡實同嚴君。甲戌、乙亥間，四方寇亂，處士公方行賈中州，春秋復高，封公意不自安，遂走數百里迎之以歸。而躬往代拮據，至于搆病，不言勞。處士公曰：『吾今而後知爲人父者逸也。』先是，封公娶于石，蚤卒。繼娶延孺人，名家女，幼嫻閨範，相封公事一翁三姑，爲冢婦，以勤孝聞。尤善處娣姒間，獨勞瘁，能忍人所未堪，而家之上下無不歸悦，十五年如一日。至是卒于家，時封公在外，失良内助，撫心悲悼，猶恐傷老親心也。壬午歲，大理公登賢書，明年成進士。處士公喜溢眉宇，而封公彌抑抑不自勝，曰：『古人福至而懼，吾何德堪此？』乙酉歲，大理公謁選令原武，封公以處士公病不之官。越四月，處士公没。封公移書大理公，惟兢兢奉職，愛民爲重。洎大理公持節出按巴蜀，會姜逆煽亂，山右震驚。大理公難封公理輪道左，封公曰：『賴朝廷威靈，鼠輩不日成擒，勿以我故稽王事也。』趣之行所居潤城砦，三面阻水，而前當澤潞之衝。封公率鄉父老籌畫，晝夜堅守，不解衣者數月，賊兵往來絡繹，不克逞，卒就殲滅。其料事明而制策勝，可見一斑。嗣大理公歷任清顯，自視鹺兩淮，三遷佐棘寺，年甫踰壯，位望日隆，封公之教章矣。顧封公處家，折節修隱行，履素一如平時。恒左挈瓶罍，右携故舊，班荆酧飲，罷則徒步歸，不以奚奴隨，人不識爲大理公父也。又監築砦垣，躬先勞瘁雖甚，寒暑不避。里中社宇傾圮者，廣集衆力修葺之，焕然更新。視人之終歲營營，僅爲其私何如者？力大理公令原武，奉衣一襲爲壽，屏不御曰：『毋改我布衣爲。』及大理公受命道里門，親朋舉賀，戟手揮之，其廉約不驕多此類。要必其中有以勝之者，非謬爲矯勉而已。獨當大理公予假日，始欣然爲一加冠，俯伏舞蹈謝朝命，而旋已偃床第，溘然告終。厚德弗厚享，如吾大理公何矣？豈其鍾美於大理公者誠巨，故不克身竟其享耶？然生子而有大理公之貴與賢，獲考終其手亦胡憾焉？余終不謂天之報德者非厚也。卒之日，爲乙未九月十九日，距生甲辰八月十九日，得年五十有二。元配石氏岫女，生癸卯六月二十六日，卒戊午十一月十四日，年十有六。繼配延氏儒官宜女，勅贈孺人，生丙午五月二十九日，卒乙亥六月二十四日，年三十。又繼配成氏朝軒女。子四：長瑃，即伯珩，癸未進士，大理寺少卿，娶曹氏學信女，封孺人。次璘，國子監官生，初娶澤州蔡藻女，繼娶庠生原懋質女。延孺人出。次璿，庠生，聘庠生楊桐如女，故刑科左給事中楊公時化姪也。次璡，聘庠生劉天章女。女一，許字辛卯舉人王步階子某。成孺人出。孫男一：茂生，余女許字之。孫女二：一許字工科右給事中王公紀子行五，一幼，俱伯珩出。乃爲之銘，銘曰：大塊勞民，惡可底而。昏窳多壽，賢勤痗而。令德孜孜，翁媪齒而。君子有子，匪傳俟而。深山大澤，龍虎匭而。胡不百年？助仁里而。嘉允良碩，孰樹美而。肇域攸寧，澤載啓而。寵光蟬爰，賁穹壘而。鍰石其中，期勿毁而。

清故福建都轉鹽運使司運使心盤王公墓誌銘

心盤諱崇銘，少精敏，多智計，讀書刻厲彊記，爲文閎摯有波瀾。年二十八舉于鄉，屢試禮部不得意。國初詣京師，受選知永年縣，多循政。未幾，用直指曲沃衛公薦擢户部主事，監寶源局，收羅廢銅供鼓鑄。胥吏欲緣以爲奸黠，不可制。心盤患之，乃牒司農增設舊員共事，圜法振肅，卒得報代去。尋奉勅分榷滸墅關稅，通商裕課，具有科條。滿一載，奏報數餘于額，司農多其能，請敕再理一載，復餘于額。還部，歷員外郎中，陞浙江處州知府。處山郡，荒瘠多伏莽，心盤聞之悒悒。余曰：『第當如作秀才時，不則齎橐以往耳。』心盤連領之。比至郡，首先籌畫殲撫積寇。居五年，廉幹有聲，能不負予規戒。以俸薦深次應擢副使，適無缺，暫還福建鹽運使。雖浙閩相距不遠，而心盤在處坐畏暑毒，歲輒病瘧。及抵閩，書來云：『恐不得復見。』久之，閩安克，復書又來，不言病，反自多其轉餉功。無何，訃音至，余且信且疑。蓋因其前有恐不復見之語，而信其後之不言病且自多功也，必有志于建樹，非以遠地不相宜猥自頹廢者，比而遂齎志以没。嗚呼！惜哉！心盤爲人性若急卞，口期期不休而中實洞直無他腸，材計有餘，動自稱負，而措諸事，爲類沉細，周匝約己，自下弗敢爲徑情。與余交多年，所言激切無忌諱，而亦雅聽受余言，所謂朋友責善之風庶幾有焉。乃今先棄余以去，故亦余之不幸也夫！故亦余之不幸也夫！心盤以順治十四年十月二十八日卒，年五十八。以某年月日葬某地。高祖諱付，曾祖諱□蘭，祖諱永泰，二世俱庠生。父諱瑄，贈中憲大夫浙江處州府知府。母延氏，贈恭人。初聘延氏争光女，未娶卒。娶申氏，封恭人，九皋女。恭人生二子二女。子仁深，官監生，娶趙奇珍女；仁洽，庠生，初聘沁水張忠烈公子庠生道潤女，未娶卒，娶御史楊公新期子庠生蜀材女。女一適澤州鴻臚寺丞范四知子庠生和衮，一爲余子方厚婦。側室汪生一子仁濬，聘工部員外郎楊榮胤女；趙生一女。幼孫三人：嘉植，仁深子；嘉楨、嘉楫，仁洽子。孫女二人。銘曰：心盤之師，伯氏曰琦。及其二祖，困約勞思。四世一經，于焉奮迹。學成而宦，章施顯奕。既顯厥功，克死厥官。號以丈夫，不愧豪賢。沁河之灣，山拱其形。維室萬年，繼續孔寧。

勑贈内翰林弘文院檢討加一級文林郎集公喬公暨配張孺人墓誌銘

公諱彬，初諱楨憶，在庚申與余偕應童子試，始更今諱。邑令君宛丘徐公特賞異之。其年學使者東渤傳公號最公嚴，録公諸生。明年辛酉，文太青公爲學使，薦公科試，傳其制義，奇秀蒼勁，心推其非凡品也。嗣癸亥，余偶遊邑北山白巖寺，覩公詩在佛座下，兼行書，有右軍法。詢之寺僧，知公與弟朴讀書往來此山中久矣。慕而不值，留紀遊一篇其傍。後遇公于客座，誦述之不置。以此稱相好，并識其弟朴。亡何，朴亡。又數年，復哭公。時遺孤贊善君年十餘，已列諸生，能讀父書矣。後若干年丙戌，贊善君成進士，授館職，與余朝夕共事，執後進禮過恭。間泣告余曰：『傷哉！不孝之失所恃也。方兩歲，呱呱襁褓中，罔知識，迨失怙。時寇聚于垣，疫徧于户，倉卒殮葬，迄今恨悔靡及。意圖卜宅兆改厝之，將奈何？』余曰：『君先人殖學弗疇，以有君，今日可以云疇矣。何改厝之亟？無已，則移孝爲忠，需時而舉焉。可乎？』君諾而去。尋編摩告有成，緒奉詔使東吳，還復一分較禮闈。乃用覃恩贈公官檢討，元配張、繼配陳俱爲孺人。贊善君曰：『此其時矣。』遂援陳孺人以請，得終養于家。比歸，日討形家言，習之數年，既究既精。然後得吉土在南山之原，輒自爲狀，達京師求余文爲志。其狀曰：『公字毓華，號集公。先世自陝西龍橋關遷山西高平赤土坡，再遷陽城。高祖儒，曾祖廷周。祖永興，服勤治賈，家累千金。父鳳鳴，邑文學，私謚孝懿先生。卒之日，公甫十歲，與七歲弟朴居喪，即能成禮。

出就外傅，日三入問母，母戒無數人。繼入必竟學，母由是亦不戒。弟亡，對母不敢哭，出一慟，幾至絶。治喪力從厚，曰：『不獨弟也，兼慰吾母耳。』嘗以書生禦勢暴不爲屈。賈朝議六符公，稱其篤聖賢之心而饒英雄之色。公自署亦謂，仰不愧、俯不作。跡公生平，信讀書躬行孝友之士也。當流寇之亂，天行大疫，病兩日即卒。狀所云：『夜提劍五雉之上，旦揖醫三黨之中。』病未必不由此，言之有餘憾焉。張孺人，父國泰，年十五歸公，手女紅，佐公讀恒至夜分。事姑病五年，廁牏無倦色。父卒，亡嗣。其叔伯爭産鬩于墻，孺人哭柩下，日夜不絶，争者皆感止。孺人乃決擇别宗于嗣之。竟以哀毁故不起。悲夫！是并宜志。生一子，即贊善君映伍。銘曰：『世謂青烏子之言，誕妄而不經。乃考之紫陽氏，厥亦有斯云。蓋匪必要嗣人之利也，而祈化者以寧。惟化者寧，然後孝子之志行。于傳有之曰：君子不以天下儉其親。

長洲先生墓誌銘

先生吾白氏宗子也。昔謙曾祖贈侍郎府君諱道，子七人，有孫嗣之者惟伯祖贈侍郎府君諱鐸及先祖贈學士府君，餘俱不嗣。伯祖之子四，伯父唐縣府君諱所學其長。唐縣公子三，先生其長。母田孺人以萬曆甲申十一月十日生先生，少先府君二十一歲，居同巷，相與比于師友。謙生亦後先生二十二歲，幼學時，府君訓之曰：『學若而伯兄可矣。』間往從請益，先生輒不擯。迨府君背，益師尊之，前後周旋三四十年中，先生于謙亦如府君于先生者。兹不幸已矣！謙守官京師，遥痛不得訣先生。子象顥等録其所嘗自誌，來述治命，謂：『生平契合惟謙，猶將屬誌焉。』嗚呼！先生有言：『人誌何如自誌之真耳。』因報令顥等悉刻其諸所自誌，而亦附以謙言。先生諱胤昌，長洲號也。幼秉高資，博極群書，爲諸生試，累冠于有司。泰昌元年，以恩選貢于廷，時年三十有七，即罷去舉子業。伯父司空府君雅器先生，屢勸就試，謝弗應。繼此遂絶意仕進，卒用明經終其身。雖具經世之材，智韜而弗展，聆其論者咸嘆謂莫能及。爲古文辭，出入《史》、《漢》，宏麗有典制，不屑作唐以下人語。平居一室，掃地焚香，課子讀書其中。里士大夫相慕厚者，如尚書藐山張公、給諫沁湄楊公。或間歲一再晋接，餘惟行游阡陌督畊稼，或覓野老緇流過話移時而已。性無不能，尤專精于醫，以治人比比奏功，顧不責報，亦不憚煩。自誌云：『無一寄心之物。』此或其所自寄一端云。至其周慎以持身、退讓以酬俗、朗徹以燭幾，凡一言一動必期合乎道，猶鰓鰓爲未然之防，所謂老成顧慮後進之楷模也。娶栗孺人，讀書明達，稱賢配。生子象庚，早慧。俱先卒。側室王，代栗治梱井然。生四子，俱材，會王亦卒。先生晚而孑處，以産業分授諸子；朝夕手一編，倦則枕編而卧。著述之暇，自爲誌凡若干篇，超然命爲達生。客歲冬，少子象彝卒。彝絶慧，能得先生古文傳者。入春，先生病胃，漸不受食。象顥患之，爲罷公車試。延至十月二十七日以卒，得年七十有五。卒前往往誡諸子，飭後事惟儉。臨終猶賦詩，命題旌，戒哭泣，自言心地明白如常，端坐而暝，蓋得力于戰兢之學者若是。所著《穌談》十卷，謙序之，并《醫約》已行世；《容安齋詩文》二十卷，《蓼廨叢編》十卷，藏于家。餘行及子姓婚嫁具自誌者不録。以卒之明年，順治己亥二月七日，葬邑南坪祖塋之次。謹復爲之銘。銘曰：昔儒謂：『可以有用，而能自安于不用。』聖門惟顔子一人，吾兹欲並歸諸先生。又謂：『真正英雄從戰兢中來。』若先生者，終身退慎弗違，人幾疑爲老氏之行，孰知其不立崖畔，儼然稟範于周程。抑人重先生者隱居能文，而其所不知者，已得夫道學之精。雖道學之名非先生欲居，而隱與文也實未足槩先生。蓋隱以寓其形，文以發其英，惟亦臨而亦保，乃明哲之本情。嗚呼！先生往矣，明白常存。小子諾之，惟先生心，先生其領之。依于祖宗，子孫是承。

東谷集文卷五終

東谷集文卷六目録

墓表

傳

贊

東谷集文卷六目録終

清　白胤謙　著

墓表

先大父盤溪府君墓表

府君諱銘，別號盤溪，于義官府君諱清爲曾孫、文學府君諱子富爲孫、贈户部侍郎府君諱道爲第六子，而于先大夫府君父也。先大夫之生謙已晚，每誦言大父見背之早，恨謙小子之不及見也，輒孺子涕泣，且曰：『吾父蓋古之君子。』君子云，方大父失怙于曾大父，僅七齡耳，諸長兄俱已成立，獨大父與少弟文吾公在提抱，遂均受一人之産。長攻舉子業，未就第。鄉居課治農事，勤儉力田，漸致贏裕，乃上貲爲藩司椽。歷滿謁天官，考邑尉，未受選。歲時伏臘，鄉人接歡喜合，殷勤油油然也。而言笑不苟，衣服起居咸修整有法。生先大夫一子，幼即遣入城，就伯大父贈侍郎公居，從伯父尚書公學。間往躬親較督，絶不少假顏色。洎先大夫補博士籍，而尚書公聯第履仕版，大父愈益冲抑自牧，議論則鑿鑿據理，不俛仰于時，不依是非于人口。里中得大父單辭片語重如鼎鍾，其有不直者，必曰：『叔翁得無知之乎？』斯其制行之服人可知已。卒年纔四十二。尚書每言叔父馴行孝謹，鄉稱長者。而謙幼，亦竊聞諸宗老，稱吾家有善人，僉首大父焉。謙不及見大父，而侍先大夫之日，觀其言動意，雖古聖賢不過。而先大夫必曰：『吾先公之教如是如是。』吾白氏上世居頗阜饒，人率魁傑豪岸，爲當世賢豪所稱道。曾大父尤義聲籍甚，而大父以恭默醇恪守之，元氣所苞，深固有餘。先大夫復繼之以勤修，隆焉粹焉，弗可加也已，厥惟有本哉！謙小子即至愚劣，濫名竊禄弗足稱先志，要祖德未彰，亦其罪耳。且以先大夫之孝，玄室既遷，神氣必依依故丘，不可無以識之。爰揭石于阡，用昭示後人，俾勿忘云。前進士中大夫内翰林弘文院侍讀學士加一級孫男胤謙表。

贈資政大夫禮部左侍郎加二級兼内翰林弘文院學士小山薛公墓表

歲丁酉嘉平，河陽薛宗伯先生致政將歸，謙小子具酒侍坐，先生取案間《俎豆重輝録》示之，曰：『此吾曾祖考平山公、祖考小山公從祀澤宮之實也。吾幼猶及見平山公，長隨侍小山公之鄭楚。二公皆經明行修，老而嗜學，于素所呫嗶經書傳注及史家言，往往歷舉之不失一字，今學者寧多若人乎？』謙對曰：『唯。謙之先君亦然。意其時儒風端厚，士據業專而守論篤，類終其身不易，以及乎禔躬從政，不得已而爲師造士，咸仡然若一，庶幾夫聖賢立教之指哉！』先生曰：『然。』越日過謙，出少傅安丘劉公所爲小山公傳，命謙載筆表其墓前之石。謙不敏，居恒服佩先生道訓，仰頌封公先生福德，子孫之賢而多，乃今始得其所由興焉者，二公之以也。平山公爲令既有陰德，小山公克善承之。自少讀書傳而勤，爲文章雅正，不浮不支，出試輒屈其儕伍，亡弗俛首服。數應科舉不售，退攻苦益力，凡所誦習必體驗諸身心，以爲可否；飭躬踐行，壹稟理學諸儒矩矱。學使者至，廉其誼，屢嘉賞厲，其儕伍亦亡弗俛首服者。卒困數奇，亦用明經升有司。時方泥尚格目，公顧不欲試爲吏，則嘆曰：『以吾所誦習聖賢者，爲朝廷司教一邦，安在不可自見也？宋安定胡先生于湖，今澠池曹先生于蒲，伊何人哉？』初授□山訓，日進諸生，闡揚正學，諸生信之。會母憂去，諸生爲樹碣，其文曰：『正大光明薛夫子。』再補鄭州，講讪不勸，復遭平山公憂去，諸生請祀于名宦。起擢武昌諭，廉正有聞，其教益著。有當道者重公，檄察邑中利弊，公條具狀井然以報，當道賢之。尋病告歸，道卒，得年若干。今上順治辛卯，贈中大夫太僕寺卿，頃復進資政大夫禮部左侍郎加二級兼内翰林弘文院學士，俱以孫宗伯先生故。按公之先出晋河東，與文清夫子同系。公孝友忠厚，紹述家學，相轉授及子孫。身三秉師鐸，所至漬其德化，不忘没而俎豆。雖自擬胡曹兩先生之間，非過任者，終大其貽于宗伯先生，負宰相器而不欲自竟，谷納海涵，有餘于受。然則謂公父子之報，今猶未盈，其可也。故謙敬爲表之以竢焉。公諱士傑，字邦才，號毓陽，一號小山。父曰容城令應祥，即平山公。母曰楊孺人。配宋太夫人，卒年若干。子四人：某封資政大夫禮部左侍郎加二級兼内翰林弘文院學士；抱朴，廪監；抱璞，署丞；抱瑜，庠生。孫若干人：某是爲宗伯先生；所習，南康知府；所具，博白知縣；某某。孫若干人：奮生，進士，户部主事；某某。玄孫若干人。餘詳誌傳。

清故正奉大夫刑部右侍郎加一級慶餘李公墓表

士君子居嘗論治他猶非所難，獨處夫戎馬之境、兵革之交、安危繫于呼吸，一區區文墨吏厠迹其間，自非生長邊疆素練習者罕識其計而稱愉快。慶餘李公，起自儒生，爲孝廉時，予屢同計偕，聞其語煦煦然如對家子弟。一旦罷公車，去治州邑，材智逼露，不數年爲治兵使者，歷漁陽荆楚間，皆赫赫著聲。國朝初，授辰常道僉事，遷川北道參議，再遷襄陽道副使，所至有戰守功。辛卯夏，予奉使湖南，道高平，值公將赴蜀，因訪以湖南形勢及洞庭之險、氣候之異，公笑語從容，了不爲怵。乙未，以卓異内擢太常少卿。丙申，遷宗人府丞。長安樽酒中，數爲予道疇昔行間事，輒掀髯動色，若有見獵之喜者。予歆之曰：『方今聖主用人若渴，一旦以節鉞之任相屬，公豈有意乎？』公笑曰：『是焉敢辭！』予退而壯之，諸同列士大夫亦未嘗弗交壯之，蓋信服者若是其衆也。丁酉九月，晋刑部侍郎。予承乏同署中，遇事有疑難者，輒就公爲斷。公告予曰：『法官之職，有執而已。惟爲執，乃所以爲全耳。』共事者不兩月，倏攖疾，具疏請告，奉旨留用。

未幾卒，時順治十四年十二月二十三日也。禮部以恤請，蒙賜祭二壇，造墳安葬，工部仍請遣官督造。墳成，葬有日，厥子偉標、儼標等持狀，乞予爲文表其墓前石。予受之曰：『是宜表。』爰表之曰：公諱藻，字鑒明，號慶餘，山西高平人。父曰時漸，大父曰大全，俱以公貴贈正奉大夫、宗人府丞。公生而聰穎，讀書一再過目，終身不忘。辛酉舉山西鄉試。丁丑筮仕，令保定，調大城，尋守涿州，多異政。維時總督楊公、大司馬范公、大司農傅公，咸以賢能推轂，五日之内章三上，擢兵部員外郎。兩月，遷遵化監軍道僉事。屬弁某，錮金鐔中，詭密進之，公立糾舉。既以流氛藉才調湖廣沔陽道，聞國變，棄官居德安之孝感。

大將軍南下，用士紳保委，署武漢兵巡道。奉旨朝見，銓用歷今官。公爲人嚴毅直方，舉止有度，長身玉立，望之如鷄群鶴，而接物必務爲和悦。服官守最廉，好鋤疆梗，而精明不爲猛厲。至其規畫時事，則猶洞若觀火。宦遊二十餘年，閲歷艱險，往往處變不驚。在楚，蜀寇數薄城下，公調度毫無懼色，曰：『守朝廷封疆，幸而完固，君之靈不幸與城俱殞，即張皇其何益？』壬辰，四川開鄉闈，公爲提調。適劇寇攻圍急，衆有懈志，公曰：『城以外俱賊，即去何之？』乃決策令士子宿闈七日，卒克竣役。均州自明末爲賊穴，久欲恢復。聞其城門焚毁，慮兵難駐足，公密遣工匠由水路載門夜入。均城壘砌，兵到登城固守，賊遂逃遯，均州立復。其智略之過人類如此。予同年友故鄖陽中丞韜潁胡公，雄鋭善治師，號爲名臣。公在襄陽，與同城，能以暇整佐之，胡公倚爲左右手。後遂特薦擢内，臨别繾綣不忍捨，至于泣下。語云：『三折肱爲良醫。』公雖非生長邊疆，然練習素矣。以此知爲治之道無他，讀書明理義，鎮静無欲，臨事不敢苟，的然内斷于心，雖所遭遇利害不一，皆可以有立。孟子謂：『人有不爲，而後可有爲。』惟李公之内守不撓，外可以盡其長，所由應變若環歷奏奇，能取顯名而卒無娟嫉之患乎？至于臨勢岌岌，意緒怡然，儒者之威，亦胡可矯飾也！是足以表李公矣。

敕封監察御史聶公墓碑

余里同年進士中有兩異人，俱少年而具公輔之器。一同邑伯珩張君，一蒲坂輯五聶君，俱起家縣令，爲名御史内擢。伯珩于乙未夏，以大理少卿假省，及秋丁封公之憂。今年戊戌夏，輯五以大理丞假省，甫匝月，亦丁封公之憂。嘻！胡其同也？余既以邑子識張封公而誌其墓，獨未獲起居聶封公，意即輯五之爲人可想見之。俄輯五走使京師，來告封公葬，復具狀，謂余嘗從史臣後，令載筆紀其隧道石。余不稔封公，故稔輯五，以輯五之温沖縝密治江都、南陵兩縣，民頌循慈，曰惟封公教之惠；以輯五之强毅果敏按楚秦，克著澄清之槩，曰惟封公教之直；以輯五之沉恪老成，佐廷尉班九列，便隱然有大臣度，曰惟封公教之公忠。蒲坂自前代以來，名臣鉅公項背相接，蓋其地屬有虞故都，士君子佩服遺澤，以淑其子孫者居多焉。及按狀：聶氏祖諱慶，始自江右豐城，徙蒲。慶生天仁，天仁生德，是爲封公父，纔四世而大其子孫于蒲。且封公學行，蒲之人識者信之，不識者慕之；其受褒爲監察御史，又咸榮之；迨其没也，莫不咨嗟流涕曰：『善人乎！』凡皆事之特異者，可表章也已。封公諱尚友，字寬夫，號益我。生純孝過人，以父心喜縫掖士，發憤自力于學，治尚書，爲諸生執文壇牛耳者三十年。九入省闈，俛得儁復不偶，乃慨然謂輯五曰：『是在孺子！』朝夕訓督，不少怠，卒克觀厥成，用慰其先志。天之所以不負孝子者，固如是夫！封公爲人坦直素朴，周規折矩，無錯趾。常書先正語于座右云：『隨處體認天理以自警。』與人不少少，不賤賤。至教課門下士必嚴，自談析道義外，絶不他及一語。鄉飲酒再舉大賓，且論忻之。以順治十五年七月二十日卒，年七十有三。疾革，猶問《中庸》小序，其于學也可謂勤而能踐，已宜其後。輯五名玠，年未彊。歐陽公謂唐子方：『進用于時，所以榮其親者，未知其止也。』余于輯五亦云。輯五一弟曰璘，亦篤于學。餘悉某官某公誌中。

傳

栗孺人傳

孺人姓栗氏，吾伯兄長洲先生胤昌之配，而前少參鎬山公魁周孫女也。父明經公實寛，母田氏。生而端静，無妄言笑。幼習傳記言輙通曉。晨夕起居，一依古典禮。人問之，曰：『所習誦固然。』年十七歸吾伯兄，相莊如賓。時伯兄方治舉子業，恒佐讀至夜分不倦。覽古人嘉言行輙手録之，曰：『鮑桓、梁孟，乃尋常事。』奉尊章甚孝。伯母田孺人，即世伯父唐令公，知孺人賢，即以家秉授之，内政井井，纖悉無所漏。洎伯父令唐，隨侍任邸。伯兄往來里中，簿書牋牘皆孺人代掌其事。年未壯，稍藉於育，即爲伯兄納王孺人。後舉一子象庚，王孺人舉一子象顥，並撫之若孿生然。稍長，口授章句，不令就外傅。二子甫垂髫，下筆伸紙，業已驅駕名宿。亡何庚天。王孺人復連舉數子，孺人曰：『非王姬，何以謝白氏？』初伯兄爲諸生，名藉甚，累試冠其儕伍，卒困數奇，用恩選入成均，迴旋幾一紀，盤桓不欲仕，曰：『非其志也。』暇則課督諸子學業，或著述爲古文辭，舉世俗名爵利市，毫不挂其胸次，而文章道德之望亦日隆。仲子顥弱冠，既禀學宫，聲譽駿起，諸少子接蕚齊穎，各峥峥露頭角。人謂先生不仕，意有所須。而孺人在内，翼翼然、矜矜然，終日手一卷不去目。入其門肅然，若公府然，上下骨肉間恩義愉愉如也。識者以卜其家祥之未艾焉。歲辛巳，孺人年五十有九矣，忽患疫，逡巡牀蓐間，數月卒。孺人既没，諸三黨内外，素稔孺人行事，無不悲悼懷思，如失師保，則孺人之賢可知矣。白胤謙曰：吾家蓋多閫懿云。若吾祖母呂淑人之勵節持户、伯祖母馬淑人之嚴肅訓迪、吾祖母原孺人之孝姑媚睦、伯母田孺人之柔惠相夫、吾母田孺人之慈明逮下、吾因母成孺人之孝謹執勤皆可傳。長洲先生以命謙久矣，而卒未能至求其略。笄褘之瑣見，達儒者之大體，舉動有則，不大聲色，使人莫測其涯際，則不得不特推栗孺人。栗孺人者，殆優於才識而得之問學居多，亦近代之鍾郝矣，是烏可以無傳？且謙幼即師事先生，入室而拜丘嫂，亦視猶師也。比復與仲子顒游，稱爲小友，重以同社諸君，仰止徽範。以表孺人者責謙，其敢辭！謹竊撰斯文，附於家乘之末。贊曰：夫人處世末流，苟超然有出世之思，斯已難矣，然其妻勿許也。

古稱於陵仲子、老萊子、梁鴻之妻，皆遭時不偶，抗志偕隱，尚矣！長洲先生抱周物之智、經國之才、濟人之德，乃偃蹇丘壑典墳之側，以妻妾爲梅鶴，子姓爲金蘭，泊然寡營，若將終身焉，庶幾遯世不悔者乎！藉非内得孺人爲知己，將同室異趣，亦徒有温飽誶語亂人意耳，安必其志之果行哉？以今所論次栗孺人，文人而賢者也，故能爲文人而賢者妻也。小星麟趾諸什，猶未足爲孺人詡矣。

女兄小傳

女兄諱閏，以萬歷甲辰閏九月十五日生，長余二歲。孩提時與余同受書先大夫，先大夫每多女兄之慧。既長，曉其大意，工作字，至女工之屬則無弗精也。十四適潤城茂才楊載簡。繼從載簡尊人賁聞公官胙城、湯陰兩邑宰。數歲歸，病瘵。甚療之，罔愈。卒于余家，時天啓癸亥十一月廿六日，年僅二十，無出。女兄自幼寡言笑，好書，與余親愛甚篤，性過謹，心過下，與余俱早失恃，依于慈母成恭人。恭人撫鞠之惟恐傷，女兄亦能曲意承順，得其歡心。比嫁楊氏，姑嚴，日惴惴焉仰視顏色。每歸寧，未嘗不泣濡衣襟也。然載簡方爲名士，琴瑟静好。没之日，矢誓不重娶，久之始婚靳氏云。

贊

長洲先生像贊

吾兄長洲先生博學卓識，寄托深遠，以富貴爲浮雲。謙自少師之，長益相視莫逆，每談論家庭間終日不倦。其於六合内外無不周知，而其言諓諓多至理，發人悟性。生平居己以虚，與物以厚，望之如停霞止水，而一動一静必有道存，方圓中規矩，無或苟焉者也。然人卒莫識其端，用是不知者疑先生有遺世之跡、忤世之隱，謙獨謂其以用世才行度世法者也。間質諸先生，先生曰：『知己。』出其像示謙，拜而贊之。贊曰：讀先生文章者，未必達其經濟；服先生議論者，未必詳其心胸。長慮却顧，古人之行；韜光處晦，君子之容。蓋先生之不可及者有三，曰玄覽，曰洪慈，曰大勇。若先生者，信猶龍乎！

王世如像贊

昔之王生癯然也，而今則腴，覺少于前矣。昔之王生耿介方嚴，而今則無可不可，水渠之回矣。夫王生邅迴難遇不爲不久，而今如此意者欲幾有□□□□。方王生少時芒穎射人，不謂竟老其才至于此。是天將以大酬于王生之身也。予售亦不爲非晚，而學未融成，動違本心，以睎王生之局度，含章任坦，數變而不驚，誠不敢望其淵津矣。噫！王生深哉！

成友端像贊

聖門之徒，身通六藝。一物不知，引以爲愧。美吾友端，司空外裔。敏而好學，威儀棣棣。膂力方剛，有聞足畏。目君瑚璉，善藏其器。

上黨大士閣贊

一觀世音，現種種相，建種種號。是謂白衣，從似續起，以教慈孝。惟彼慧光，一切衆生，無有不照。逝以無情，而運有情，隨感必報。居士之先，爰有世德，垂兹廟貌。莊嚴孔安，繼人之志，曰惟克肖。潞水之隩，君子睹之，式勤則傚。

聖符像贊

迫而睎之，眉目之間聖符也。及諦觀之，色黝神削，幾不可認，意者其病起之時耶。莊子曰：『自惠子死，無以發吾言也。』夫人不言，於吾言無所不説，肅然對立，相視莫逆，則以心訴心，曰聖符在也。

題鴻兒小像

早歲讀書，得其糟粕。脱漫試之，鮮不銜蹶。幸尚未疇，俾精且專。吾斯能信，胡復惴焉？惟善讀者，得意忘象。操約而出，庶幾無妄。

題敦兒小像

谷虛善下，受風自鳴。有聞無實，吾恥過情。惟静與虛，外和内明。子敬念之，濂溪至人。

東谷集文卷六終

東谷集文卷七目録

頌

辯

説

跋語

東谷集文卷七目録終

東谷集文卷七

清　白胤謙　著

頌

至德祥刑頌

順治十五年十二月四日，太子太保吏部尚書臣孫廷銓、刑部尚書臣白胤謙、侍郎臣杜立德，恭侍皇上南苑，而訊江南舉人程度淵，厥情既得，上爰顧左右，申諭言曰：『朕于天下臣民視之如一，用刑豈朕得已？惟一二姦慝不率于憲，是用赫然，冀以儆其餘。雖然，朕心大弗忍。令繼今胥納于化，將爲天下究去殺焉，實朕之幸願也。』欽哉，天語！惟臣民之福，惟社稷億萬年無疆之休。臣等謹按《尚書》帝舜之命皋陶曰：『明于五刑，以弼五教，刑期于無刑，民協于中。』蔡沉傳曰：『聖人之治，以德爲化民之本，而刑以輔其所不及，始雖不免于用刑，而實所以期至于無刑之地，故民亦皆能協于中道，則刑果無所施矣。』及後，周穆王之訓呂侯曰：『告爾祥刑。』蔡沉傳曰：『刑期于無刑，民協于中，其祥莫大焉，實亦推本典謨之意。』我皇上道合覆載，仁育萬物，浹歲肆赦停刑緩死之旨屢下，今年秋決纔七罪。當覆奏時，御筆撟而不落者至再三，揆之面諭所云，誠與舜齊德矣，非刑之祥而何？臣等不勝忭慶，敬再拜，稽首撰頌一章以紀上恩德之隆，并欲宣告中外臣庶，使仰體皇上生成至念，各務浣垢剔瑕，芟去邪萌，罔自外于聖人之化。臣等實幸甚幸甚！頌曰：清受天命，仁義爲威。德教四溢，人同物歸。九州洽壹，文物斯烝。治用斌斌，不肅而成。孰是穿窬？以莠傷典。上震疊之，厥辜載殄。亦越見聞，咸寒振慄。上撫導之，避凶擇吉。曰汝無畏，其畏其心。予不其忍，其忍其身。凡其有身，疇弗若予。疇弗自爲，而甘予鋤。予時乃禹，下車汝泣。盍保汝常，免刑之即。嗚呼聖言！既昭孔仁。孰諦聽之，弗信以遵。而父而子，而兄而弟。稟教相淑，援禮自治。聖度式弘，六合在宥。無刑之刑，懸彼屋漏。始也哀矜，終也樂愉。萬邦恬熙，無詐與虞。馴致刑措，囹圄遂空。至德涵濡，與天無窮。

南岳碑陰頌

有雄南紀，厥峙維衡。配天長養，象離孔明。皇清受命，宅隩奄奠。是勤尺書，式遵殷薦。峨峨崇峰，不鮮其巒。翼翼寶祠，函宇具瞻。五土之産，帝視攸同。陰陽罄宜，神使允中。不焚不霪，無或兵瘧。瘴烟永消，文物蔚若。時乃神休，祐天之子。歲事胥今，于萬萬祀。

張灤侯頌

於美灤侯，實古循良。去世百年，遺澤孔芳。在明庚戍，郊輔蹂猖。灤圉獨全，民用鮮傷。濬渠作梁，洗冤造士。凡利于灤，以莫弗底。廉且不阿，致忤權宄。長嘯拂衣，流風斯偉。始終灤土，家戴侯恩。父曉其子，祖告其孫。爰及易世，去思若存。有儼籩豆，濟濟蹌蹌。吁嗟仁人，令聞靡殄。一德累傳，如繩斯縯。簡貞之子，克孝而顯。侯美永宣，式欽式勉。

張居士往生净土頌

惟大準提，厥報影響。居士得之，飄然直往。不病不狂，天清日朗。既脱塵坌，亦空梵網。隨衆法侶，大笑合掌。

辯

清潤族譜辯

吾白之先出自清潤，先大夫每言元時有四祖來入陽占籍云。先司空官吏部時，曾囑清潤令高平馮某訪來陽者名不可得，但扁于其縣白氏曰『天官第』。後有人持譜謁司空者，公不納。予幼，蓋嘗聞而疑之。及睹公所訂家譜，五世而上已失其名，愀然曰：『自吾之近如此，況其遠乎？』順治四五年間，予官簡討，曲周知縣白足長以清潤宗人來見，又見貢生白鰲宸，自稱曲周姪，心喜其同宗也。九年夏，憂居里中，清潤有兩生曰復泰、生泰，稱爲后坪白氏，與曲周貢生同，又皆屬白草里，獨手一譜，無曲周貢生名。詢之，蓋三派也。自言扁『天官』者其門。父曰燦然，昔官上海訓導。按譜序云：『山西石樓義帖寺碑記止有廣信五甫名五户。』白氏乃其後與？又云：『始祖貴，避元亂入關中，然則清潤之白實自晋遷也。』其世代始元至正二年壬午，迄明嘉靖二十一年壬寅，凡二百餘年，其始祖名貴。貴生信，信生安，甫以孫行順貴贈副都御史。三子：長文舉，生希。希生行仁，四子。會厰虎其一子失記名，另筆註云：『陽城住。』似因其失名而增註也。再按，失記名二子鎮禄、鎮山，鎮禄一子相，鎮山一子宗相。則失記者止一人之名，不宜遂疑其居地明矣。且考其世，在明正統、天順間，非元之世也。别載云：希亦四子，其一子早卒，失記名，撫姪淮爲子。淮一子智，智一子景春，景春二子，自意、自饒。自意二子，吕、品。自饒三子，屋、靠、盤。屋一子，另筆註云：去陽城，以其世則尤晚矣。且昔聞同來者四人也，二説皆非實可知。兩生曰：『文舉官歸州知州得罪，充河南閿鄉站。』其弟曰：『維舉子安二子：長曰行義，次曰淮。淮三子：志能、志同、志本。本二子：全、英，俱住閿鄉，應文舉原充站。豈自閿鄉再遷陽城耶？』及按銓三子，英四子，俱多孫曾玄，數世列在譜中，其言遠乃愈甚。總之，吾陽之白遷于貴，先清澗諸白宜俱其宗，不敢妄據譜爲宗，亦如陽之白始清澗四祖，亦不敢妄援祖爲序也。譜中行順，成化間爲湖廣巡撫，右副都御史；行中，御史。又有五守七尹。當馮令時，兩生父燦然廩于庠。諸白俱世居后坪，燦然亦居后坪。而城中獨有室廬，『天官』之扁有自來矣，未可以爲信也。然則司空公訪之于始，而不納于後，有見哉！予既宗其人而還其譜，恐陽之宗人反以譜傳疑異日者。清澗之譜浸假而忽註有陽之名，故預爲辯之，俾吾宗人各親睦其支屬，而虔敬其本原則已矣。何在吾陽之祖宗茫然于五世以上，而清澗之派必過爲推尋與可嗤也已。雖然，自始秦井伯百里奚，始皇嘗封其後仲于太原，子孫世爲太原人。唐樂天公家下邽，每自署太原白居易是也。

十齋辯

釋家者流制爲十齋日，謂其日皆有神降，宜作爲善事，或戒葷肉，持誦經咒數滿若干，且獲美報，世俗從之。予性惡殺樂儉，又不能卒斷肉，偶用其説以化婦子，但不誦經咒耳。客疑之，問曰：『先生亦有求與？何其動於異也？且夫月三十日而齋十，爲欺而已，何報乎？』予曰：『非也。予惡殺樂儉，特以之爲服習之具云爾，豈溺於報哉？蓋脯腊膴胖，聖人所不廢，必使葵菽以爲祭祀，藜羹以宴賓客，匪惟不能，殆於不可。吾先世嘗非賓祀不宰生物矣，貧官家食，無恒肉，間日或僅有之，勿敢兼，猶懼侈汰植薄，無以示子孫。偶得此一端，因樂得而持循之如坊表然。又以利導吾愚婦子，易易如矣。曾何異之，敢擇不然者，將欲復創爲之格，則又異之異矣。與其自爲異，無寧從世俗之異。且夫世俗之爲此者，亦何必不善，於魯人之獵較乎其異之也。己丑端陽後三日，補齋居士著。

説

名孫説

夏始，予奉使過里中，鴻兒抱孫前侍，問何以名之。予曰：『家慶比自吳而楚道念之，欲名以岳。』客曰：『重使事乎？』曰：『然。』『亦猶古懸弧之意乎？』曰：『不敢也，亦不欲。凡人于其子孫，未有不貽之以安者。予之仕也亦危矣，而猶仕者，所以報本朝再生之德也。雖奉使危遠之地，宜也。巨典煌煌，誠幸之矣。雖然，幸而事竣，即將告止焉。自揣其筋力學術，皆不足以奉朝廷矣，而又敢以勸子孫。向也鴻熙厚欲爲其號，予告之以潛止免，今猶向也，其字以居之。』

補齋說

東谷子之出谷而來朝也，年餘無定居，凡三徙而後止於主人之館。館敝矣，又值多雨，牆棟屢傾。嘗中夜而起，抱子移簟席，赤足水中，顧貧不能他移。且懷主人之德，不欲去也。退堂之西偏耳室，地少燥，宜棲書籍，因固以泥而封以楮，旦出坐其中，軒軒如洞洞如。客至則延之入，莫不笑其痺且濕者。東谷子曰：『無傷也。今國家新造，百姓喘息未蘇，居處之間，不敢遑寧吾得，即次於主人幸已多矣。方吾年十餘，病狂妄，有志於道德之林，積三十年而嗇於學，窘於遇，蕩傯剽撼，於衝飆横流之中。喪亂以來，自分爲罪廢之人，而已自顧無狀，復如敝衣漏器之思補也，而暇居乎？《易》不云乎：『旡咎者，善補過也。』管仲之存也，夫子贊其仁。許衡之仕也，後儒子其功無他，其補之者誠善耳。顏子之賢，爲孔門最純，夫子稱之曰『不貳過恒』，人望顏子而遜不如，至於居則謝陋巷，而不肯終日，吾惑之。吾修能弗立，恐恐乎老之將至，思欲寡過而未能也，而暇居乎？客去，遂以補名其齋。

夢説

夢之説其荒忽也明矣。而古人占筮是重，列在周禮，竭精求之，殆不可信。然予于諸占筮之事槩屏絶之，而夢兆嘗多試驗，由今歷追之。少而志學，則夢孔顏，長而求名，則夢文昌奎宿，中丁患難，則夢闕聖，雖閲履之間，往往徵應。要皆結想專一識神用事，而不可謂爲睿哲之通也。還山以來，頗忘情一切，或累夕不夢，即有亦無奇，始知向者心原不净，故顛倒于其中，而不自持也。且凡天下徵兆之説，不能違理，越理而求徵兆之應者，必無之。然則夢之理果荒忽而不可信矣。且夫寤明也，夢幽也，君子不信其明而信其幽，奚可哉！

舍桃説

舍有桃，術者謂不宜。癸巳中春，求樹者改接以梅，室人堅止之，曰：『有是哉？夫子之惑于術也。奚其梅？』予遽從之，因覓他桃于郭外而梅焉。室人聞之曰：『有是哉？夫子之惑于梅也。』予罔以應。既而曰：『予過矣。』凡君子之愛物，于其已然者常静而安，于其未然者常動而危。夫固將轇葛轉徙于其中，而未有已也。初予之舍此，未有桃也。數載于外，而桃可食。未及其花而改圖之，愛物者固如是乎？且以徑寸之梅，不忍而役志焉，惑孰大于是！故君子之道，適其已然而已矣。彼夫天下之物安在非桃也者，盍亦與之爲桃乎？

跋語

山藏餘帙跋語

予十四爲詩，今二十餘年矣。少時作無慮數千百，咸散漫無統。歲庚辰，始有《澹宕齋》刻，蓋家侄沆仲選本，時即總其逸者，别爲二集，藏於家。壬午北上，刻《雪帆草》於京。第後又有《青鏤草》刻，及諸文稿曰《澹宕齋文選》。隨復悉索家中逸帙及文稿至京，會亂竄身，委棄草莽。抵里，屏居東山窮谷中，將終身焉，著有《隱谷草》，詩文兼之。不意病殘謬膺薦檄，仍點館局，遂刻《隱谷草》於京。三載以來，神情盡矣。間有所作，都無興致，非取快於觸喉，則應人點倉卒。汰厥不馴，更復無幾，謂之《玉芝草》。今年夏，鴻兒來邸中，間與言詩，以爲曩昔寥渺之習及近今誕漫之味，俱可去也。兒迺合取五草類選之，得四百餘首，手鈔成帙，予題之曰《山藏餘帙》。明是帙所收外，其遂藏之矣。但未知藏與否者之美惡，究竟何如也。噫！詩也吾也，其藏與否之難易，又何如矣？順治戊子夏日，東谷居士自記。

賈南溟雁字詩跋

他詩易也，七律難，咏物難，一物而二咏尤難。雁字詩具此三難，近世作者胡林林也？賈南溟先生雁字之作，吾黨膾炙有年。往在長安，睹諸咏者，則必曰是未見吾南溟耳。南溟既主盟雁字，南溟之雁字其遂不可不傳于世固也。昔胡元瑞稱弇州，『信手匠心，天然凑泊，千秋玅解，獨擅斯人』，吾於南溟亦云。養由基之穿楊葉也，其穿楊葉者耶？其穿非楊葉者耶？若南溟之于雁字方諸射，亦可謂石粱有餘勁、鷩雀無全目矣，後之作者容措手哉！是故吾服南溟之詩，獨爲工人之所難，而其他具可知已。

書沛志後

甚矣，夫人之好苛也！以漢高之功，蓋前古三代而下稱首君焉。後之過沛者，不述其靈迹所鍾，反多興廢之感，若鴻虦之度于前也。斯何故耶？或者其王霸之澤異與？今有人履蒲冀而追堯舜之德，臨會稽而遡禹功，殆終古如新也，其亦不侔甚矣。然則非人之好苛也。王霸之誠僞相遠，而人心之直道曠代不殊。雖以人君之尊建有顯業，且猶無以奪之，况其下乎？

題晋江楊太孺人卷

不佞嘗愛讀晋江王遵巖先生文，有云：『教始于閨門而内言不出，必其不可以出者耳。』果其切事本理，而有益于教，固其所可言而未始不可以出，心甚韙之。又疑其中每稱謚于婦人，意其鄉之内訓必茂矣。蓋今一徵于黏母楊太孺人之戒其子給諫君，曰：『臨變須鎮定。』因戢叛者之謀，事定後又曰：『慎勿株連。』斯其言可謂本理而切事，有合乎古儒者之論。夫非太孺人之善教，而給諫君善成之者哉！或不佞自昔遊長安，即與何舅悌、李蟠卿、吴宣伯、梅麓諸君善，獲聞其鄉俗淳美有古風。中辱交黄慎庵司馬、鷗湄方伯及王伯咨與黏君兩給諫，信晋江多賢，不自今始。而復聞卓識炳理如太孺人者，能以言教子而施及于國，洵今之女君子，區區俗吏不足言矣。然則欲世之化行俗美，而善人多必非無故端由閨門始也。不佞謹因太孺人之美，而自表所嘗受教于其鄉，并給諫君之能因孝爲忠者傳述之，以告諸同志如此。

東谷集文卷七終

東谷集文卷八目録

雜著

祭文

東谷集文卷八目録終

東谷集文卷八

清 白胤謙 著

雜著

論制義

制義之爲制，未可以爲不善也。則其道亦未可以爲細小，而君子之從事于斯，其務不可以不專精也。每見世之不工者薄之，以爲不足好而移志于他學；即工者不過以爲售身之物，身既售而敝帚棄矣。此皆未入其中而寢宿其味者也。苟入其中而寢宿其味，舉詩書百家之文無不貫通而變化一致焉。有童而習之，終老而未盡其妙者矣。故大以之明理致用，小以之稽功就名，顯以之勤躬攝氣、微以之入悟侔神，君子知其如是，欲不專精求之而弗得也。

吾向者聞有二人焉曰陳大士、趙儕鶴，見有二人焉曰李粹然、孫二如。陳大士日揮一二十作爲常，晚年卒捷南宮。趙儕鶴官冢宰，年近八十，尚日作一首。李粹然備兵澤潞，親聆其論説，娓娓不勌，後挂刑獄，恒以制義自隨。孫二如總憲長安比鄰，自言以此度日，徧索諸少年課業觀之，意彼皆入于其中寢宿其味者耳。陳大士不知其人，若趙、李、孫，居官建白，固俱所稱偉人鉅公也，奚在不可以爲儀型耶！且夫人嗜好之篤，有一琴一奕之陋，博趣成名而老死不替者，奚必其善于制義歟？莊列之書所引承蜩削鐻、郢人之斤、庖人之刀，莫不近諸道而合于天。制義之爲道，寧多讓焉！况乎時王之鼓舞天下，而君子借以售其酬世之身者，於是乎在《書》曰：『不作無益害有益。』有志者宜早自決擇矣。癸巳九月十七日，諭鴻敦。

改過箴

人非聖賢，誰能無過？有則改之，奚爲不可？凡人有過，實非本心。能自覺悔，真妄自明。偶失何妨，怙終者賊。積久愈多，其惡斯極。是故君子，早作夜思。或因人言，聞而喜之。涓涓不息，流爲江河。兩葉不去，將尋斧柯。去所不安，以歸于安。自疾自醫，胡諱胡難？聖賢之門，原無棄人。不念舊惡，許以自新。隨過隨改，漸至于無。德進業修，聖賢之徒。

柳下惠不以三公易其介

聞古人之介，不欲以和掩也。夫和者權也，介者正也。此柳下惠所以不可及乎孟子，意曰古今人品未有不先於持己者也。歷是非毀譽之途，而弗克矯矯自持，猥語涉世，有全人焉謬矣。雖然，未易言也。吾得一柳下惠，惠之生平非一言可得而形容者矣。向也吾嘗贊之曰：『此聖之和也。乃惠之心曲，非一言可得而表著者矣。』今也吾重思之，曰：『此不止爲聖之和也，蓋不以三公易其介云。』跡惠之行而外求之，其弊或鄰于不恭，毋論未必爲聖人，先已不獲爲君子。審惠之微而內斷之，其中實有所不屑，衆人不妨見其同而一人必能窺其異。枉己者非介，而直己者爲介。三黜之士師爲直乎，爲枉乎，久已有定論矣。狗人者非介，而狥道者爲介。不隱賢之小官爲人乎，爲道乎，此更無容置辨矣。富貴可懷也，拂鬱宜其所難堪，介孰介于佚遺阨窮而無怨憫者，天下疇得而移之。操持可瑕也，朋比類其所易溺，介孰介于袒裼裸裎而不自失者，天下疇得而貶之。是故惠而不爲三公也。惠而爲三公，三公賴有惠，而惠不知有三公，豈足以易其介哉！直而評之曰：『和和者權也。惟惠庶幾與權，似乎惠之不可測也。』深而推之則曰：『介介者正也。權而不失其正，此猶惠之不可及也夫！』或者曰：『爲夷齊易爲惠難，而東方生則拙首陽而工柳下。』豈知一行不可以槩聖人，固未可以難易工拙論也。必也達于不念舊惡與三公不易之旨，而真夷惠乃出。然則惠之品涉于和，其亦惠之不得已耶！噫！三公不易，只是説介。着講一語不得，且豈獨柳下。錢若水曰：『山林之士，懷才抱德，不求聞達者尚多，豈必三公能易人哉！』但詔制命題，意或在三公，所以補出數語。自記。

祭文

先妣成恭人百日祭文

兒不孝，自九歲失産母，十一失嫡母，親受我妣撫育誨囑，得成此身，以至今日，三十有八年矣。尺尺寸寸，皆妣之恩，實我先府君曁兩先妣之靈共鑒倚之，不獨兒自知之而已。兒自九歲至今四十七歲，中間讀書中舉、有室生子，惟先府君與妣同見之，兩先妣俱不獲見。至兒成進士，薄作官，及長孫中舉，次孫作官，三孫受蔭，又新有兩曾孫，則惟妣成之，惟妣見之，而府君亦不獲見也。嗚呼！痛哉痛哉！兒自府君見背後，猶幸得依妣膝下，誠不自覺爲無父無母之人。而今則俱棄我去，始覺煢煢無依，加之累遭患難，忽忽老至，竟一無所報效于妣之前，長爲不孝之身，如此而已矣。痛哉痛哉！乙酉之歲，兒謬應薦，辭妣入京，謂本無心榮禄，不久當返。豈意一别六年，告假四次，俱爲執政者所留。後則方將迎養，而適有使命，復謂可優游家庭，奉侍我妣歡笑，便引乞終養。又不幸地遠而危，馳驅一載，甫得生還，僅及與妣一訣。雖妣聖哲知命，自云含笑而會先府君與兩先妣，乃兒之心則以爲萬里遠役，重勞妣心懸念遊子，以至于斯也。兒興言及此，不孝之罪可言哉！嗚呼！痛哉痛哉！甲申之變，兒以官故危身破家驚憂我妣。己丑之亂，再被驚憂。及今以覊旅微軀更貽妣憂，遂至于斯。皆先府君兩先妣所未經，而妣則獨當之，誰謂妣之福享有餘，實妣之含辛茹苦恩隆罔極也。兒自知不孝之罪延致于親，自恨生平受妣恩重未報萬一，所以見背數月以來，夙夜思之，寢食不安，疾病侵尋，重復加老。非我妣慈靈及我府君兩先妣嘿賜啓佑，將使兒罪無有贖期，竟長爲不孝之身，如此而已乎？嗚呼！痛哉痛哉！

成御六哀辭

嗟乎御六！言直而行方，志大而氣雄。少攻書義，涉目輒通。落筆爲文，風雨長虹。與人忠侃，剖肝露胸。偶意言之乖迕，奮不識其有躬。或道之以奇曲，誓雖死而弗從。夙吾期之，不雲而龍。胡造物之冥茫，汔轗軻而固窮？適吾竊禄之年，遂齎志而告終。責予歸之不速，意菲薄乎樊籠。惟吾弟之與君，恒瘵疾而先夭。嗣世途之駭變，紛凌轢而牽擾。既蛇蚹之可嗤，忽彈雀其失寶。桐素懷之昂藏，徒沈汨而將老。嗟乎御六！死生大致，古今晝夜。苟生存而鮮歡，曷必愈夫阜化？獨金石之良朋，苦難得而易謝。感遠昔其可忘，淚涔淫而重下。

祭孫二如副都文

嗚呼！世復有老成，石畫謀斷國是，坐而言起可施厝如公者，幾人哉？折節讀書，達世務熟於掌故如公者，幾人哉？留心人才，推賢進能，至死不勸，爲人所慕如公者，幾人哉？此三者，宰相才也。蓋天下之引領望公當大位行若事者，聚聲如雷，而公之所以皇皇於天下者，亦無日不思恢弘其康濟，固不謂梁棟之輒摧也。夫御史丞，非儼然一大臣哉？公之正顏侃議僚采罔不是程是式，而以論今日同寅協恭，則曰諸大夫在也。雖然，其巖巖岳岳爲所可爲者，固不啻石之轉而刃之鍛。藉第令專以事權，究觀其用，必有殊猷偉績溢於風紀之外，奈何天不憖遺，徒相與咨嗟惋惜乎！老成之凋邁，嘗遡公之初爲名吏部焉。當時太宰賢者如趙忠毅輩，皆倚辦之，謝弗及，乃秉正不阿，卒中纔忌，邅迴起伏歷二十年。洎乎本朝定鼎之始，尚白頭郎署，載蒙顯遇，立躋九列，亦略以酬厥夙志吐露膈肝矣。今天子方將加寵舊勤，恤予之典班班踵至，又非公所忻然於蓋棺者哉！獨念公之生平，信傑特而罕儷，著爲文辭，殷彝而夏敦；發爲政事，川流而劍利；以之攷故實，惟公抵掌爲文獻；以之衡人物，惟公月旦爲進退。蓋公賢大臣也，而識則通儒、學則良史，復兼乎老吏，洵耆哲之存亡，爰世風所攸係。某等忝與交游，人亡少長，咸辱公惠，而進教之周旋謔浪，典刑寓乎誠意。是以信服之久、哀慕之深，醞淚束芻，用悼一往於殄瘁。嗚呼！

祭張太母文

歲乙未夏，大理寺少卿張公奏言于朝曰：『臣先母延育臣，方幼輒棄世。比臣幸早聞達，獲事陛下，歷今官。臣母越在淺土，臣每一念至，慟不自勝，顧縶于職守，罔敢以私告。頃讀令甲，竊于遷葬期例有合，敢請。』于是得旨，予假以歸其鄉。仕于朝者僉曰：『孝哉！』既設祖席，觴公國門之外，復具牲醴，裂帛爲文，寓奠于勅封孺人張太母之几筵，曰：『於維太母，克相封公。植家厚生，有鵲巢之功；約用嗇出，有葛覃之儉；肅祀躬事，有采蘩之敬；執勞兼猥，有卷耳之勤。是故鞠有令子克岐克嶷，爰洎象勺之年，已擅敦敏之譽，識者卜張氏之興焉。不圖蕙質先零，玉儀遽隕，修短定數，族戚歎惋。無何，大理公聯篋青雲之上，綰綬中州，著蹟最，入爲名御史，出按巴蜀，載治鹺江淮。廉足以肅紀，明足以釐功，威足以息姦，正足以鎮俗，雖古名臣不啻。天子嘉其賢，特擢右職。年甫踰壯，儼躋槐棘之班，六卿三事，拾級匪遥。且伊德器粹醇，立于聖門，宜居顔閔之科，匪是母疇克母。公適奉國榮恩，贈誥煌煌。太母雖不及身享之，没者有知，必歆華寵于九原矣。矧大理公孝思不匱，躬親叩籲而安厝之，備物盡禮，亦可逭于終身之慕。豈非内範徽懿之所積，彰不可掩，故冥冥者顯以是報，而昭白其賢孝之實耶？敢獻此詞，以侑七勺。大母庶忻然聽之。』

祭王心盤文

維順治十五年戊戌正月十二日己酉，刑部尚書白胤謙始聞其友人福建鹽運使心盤王君之訃于長安道路之口，輒潸然出涕奔告，其邸舍中人咸若信若疑。少子官生方厚之婦，君女也，擗而號，厚除冠而哭失聲。明日庚戌，從邸報中具得其月日，乃令厚及婦易服成禮。哭之以文，將遣僕馳東帛佐以牲醴，奠告于君之靈位曰：嗚呼！生死大夢也，天地逆旅也。何賢何愚？何貴何賤？斯亦何足深悲乎？惟謙之生，終鮮兄弟。年來鬢髮種種，二三戚故，日見凋落。如兄者所謂異姓骨肉，膠漆相依三十餘年于今矣。前十餘年蘭芬金斷，肺腑若一；後十餘年宦轍雖異，時散時合。中間尺素之往來、聲氣之求和、道義之規錯，要非泛泛功名世俗之交已也，吾惡能勿慟乎？方兄擢閩之日，書來以道遠爲嫌，時即引止足之義相陳勸。入閩以後，又以水土爲憂，謙所持者仍前説，而兄不吾答。夫謙之本懷，蓋自揣衰疾無狀，亦將固請以歸，獲與吾兄退老于沁濱之上，拉田間舊存者，羔酒往還，豈不陶然自遂哉！而兄先弗待矣。謙即一日幸歸，豈復有相對而莫逆、縱談無忌如兄曩日者乎？吾惡能勿慟也？且兄往浙時，弱女穉子尚未畢室，今已生孫四歲矣，兄尚能見耶？吾惡能勿慟？雖然，兄之死閩王事也。況有長嗣視含歛，兄亦胡憾于閩？獨惜兄之精體强爽如彼、材計雄足如彼，而弗克登享大年，一往不復，謙之僝困亦又奚望哉？知音邈其遐邁，孤踪落落疇依，回念交情，肝腸欲斷。意者返柩之日，兄靈不昧，庶見吾文在壁，將必悽然頷首于異姓骨肉之言也。嗚呼！慟哉！尚饗。

哭穉宗姪文

順治戊戌年正月二十四日，愚從叔胤謙在京師，聞七郎穉宗之亡，涕淚交頤，哀不自勝。于其夕，燈而坐，欷歔太息者數次，至于忘寐，乃援筆爲辭曰：嗚呼！惜哉！穉宗之亡，吾宗其衰矣。夫方吾來京師，穉宗故無恙也。別年餘，聞其病股，恃杖而行，以爲偶然。嗣聞學使者至，罷試不出，心疑其廢矣。尚因其年少，厥翁善醫，或猶望起也，豈遽料其至于斯耶？日張東山侍郎爲其叔祖母乞文，吾屬諸爾，而果能應之否耶？爾生具敏慧之才，負雄豪之氣，而性復好學，使之網羅百家，上下馳騁，雖以文章名一世可也，顧何有于一第？即使斂其所長，加以切磨之力，絶狂狷之徑，而入中行之室，亦必易如，豈遽料其至于斯也？嗚呼！惜哉！顔子、賈生世所稱夭，猶登三十，胡尔之更短耶？向使尔坐廢，終身跛躃，固無傷于好學之性，吾猶將依尔，持一卷書送老于山林。而今忽失尔，是尔由病股喪形，吾形雖存而股喪也。況以爲煌煌瑚璉宗閌之揞耶？吾昨夕之夢指墮齒落，自怪其匪禎，而適有爾訃以驗，意吾祖宗見告，非無因者與？爾翁年齒邁矣，雖健飯，能堪此與？雖爾兄輩俱壯且佳，而亡一爾，遂覺黯然弗光，吾是以心傷目瞖而勿能自止。聊書此于札，俾從兄熙用一少牢代祭于爾墓而告之。

祭伯兄長洲先生文

順治十五年，歲在戊戌，十月二十七日庚寅，前恩貢長洲白先生以疾終于家。小功弟胤謙守刑部尚書京師，逾月始聞之，易服以哭，旋搜餘俸爲賻寄焉，又作詩四首吊之。再踰月，先生嗣沆仲函厥考所自誌來徵文，不獲已成之。乃于歲除之夕，挑燈抆淚，復爲文一篇，寄兒鴻，命具少牢代祭于先生几筵，曰：維昔丁丑，謙有詩呈先生曰：『各無當世事，真與古人居。』忽忽二十餘年矣。謙不意謬被爵禄，憂危無狀，客長安數年，每懷憶舊作，悵悔不可勝。獨幸先生家居無恙也，然亦念先生七十高矣。日夕求爲乞休，計不可驟得，因請先生所輯《穌談》一書，欲刻以傳。適寄到非久，其中有述樂天詩，『不知天地内，更得幾年活。從此到終身，盡爲閒日月。』續以先生語云：『吾今幾年之活，業已聽之。若所謂閒日月者，不知徼倖能終身否？』謙竊嘆先生享有閒福，蓋亦造物所私。且知福而不敢自恃，心何如其虛慎耶！幸友人王宣城許爲代刻此書，未及報聞，得先生書自稱病亟，不得面訣，無何訃音至矣。哀憾何可言？哀憾何可言？今遍讀諸自誌文，從容待盡，意思安舒，當是吾家樂天再來。及沆仲叙記臨終所云，先生于世固無所歉也。若所云生平契合惟謙，謙則胡能勿愧乎？以庸碌之才居艱大之任，憂懼叢身，深負先生知己厚德。或天與祖宗念其悃誠無他，使早得罷免還家，拜于先生墓下，雖未及與先生訣，庶幾同沆仲諸弟子輩搜求先生遺書，講讀其中未盡之旨，俾後來者以先尚書、先贈君及先生三人爲法，謙之至願可以少遂。顧尚未能，我心孔痗，跂望家山，有涕漣如，先生其知也耶？其不知也耶？尚饗。

東谷集文卷八終

東谷集續刻文卷九目録

序

論

說

東谷集續刻文卷九目録終

東谷集續刻文卷九

清　白胤謙　著

序

陽城縣志序

陽城名治始唐，其址濩澤于魏。由漢以來，地俱屬濩澤，而遡自陶唐，總隸冀州封内。《禹貢》所載底柱、析城二山，儼肰在焉。則其地披拂，古先聖人之治教深洽而悠邈。肰處境陿瘠，舟車不通，人安布菽，書乘猶頗闊略。至明，栗公具有前志，雖中經先司空修輯，而歷年滋久，文物踵增，時俗遷易，版章登秏之數不齊。興朝景運維新，詎宜襲其簡陋，仰文獻罔昭？順治戊戌，令君金華陳公至，理人訓士，清和寧一，爰敦請鄉先生爲整飭之謀。蓋踰期，新志告舉，乃函示余國門，徵序焉。余觀之，文充以典，事該以晰，義審以衷，殆非徒作者也。又于其中得數善焉：曰賦役、曰風俗、曰人物、曰宦蹟，率視昔加詳。夫詳賦役而胥吏不得施其蔽矣，詳風俗而小人思以恒其本矣，詳人物而君子思以善其則矣，詳宦蹟而上人將以慎其政矣。即而論之，蔽撤則政釐，恒本則民勤，思善則士規，上慎則勸。一志也，釐政、勤民、規士，又以勸其後之治者，公之慮綦遠矣哉！陽城即小邑，猶有陶唐氏之遺風，其亦奉公于古昔之盛而咏歌公德，勿敢諼視此志焉耳矣。因撮其要，而爲序之如此，俟夫馮軾者過覽焉。

徐子制義序

徐子之曾大父太僕公與先伯父尚書公爲前癸未同榜莫逆，而其所受業師尤子展成從余遊有年。歲辛卯，余奉使江南，展成將徐子以文來謁，時尚未離童子。余評賞其文，信非凡器。嗣乙未戊戌，徐子已再上公車，余皆得評賞其文而器之，逢人則稱説之。顧猶左于遇，徒悒悒肰無所解。踰年己亥，始售南宫，復以廷對當上意，臚傳爲天下第一人，而平昔制舉之義，亦藉是大著顯，國門相傳紙貴。徐子不克謝梓人之求，乃過質于余。余讀之，篇不一製，大抵曙理深而揆脉正，搆指精而布辭裕。類得之顓矻之餘，神解之後，有以見其學力道詣所攄寫卓越若斯夫？豈直致身先資，舉後乎此者之珥筆在焉，論思在焉。即以崇贊主德而雨澤蒼生，蓋靡弗造端焉矣。肰則余前之所信，于今足以解之，而今之所期，益望有以信之于後爲非佞耳。徐子必勉之！顧勿忘今日寵榮，夙夜齋祓匪解，樹品植勳。胥以第一人者是踐，庶無忝于聖天子拔識之重而纁素作合有靈也。區區文藝云乎哉！

施尚白集序

昔先王以道德仁義之教治天下，不廢詩書禮樂之文，嘉育羣髦，俾成材器，久之風行化格，相烝相濡，用登世理于雍平。顧非得人以分其教責，鮮克舉焉。余不佞，宿與宣城施尚白君交，悦其冲恬，服其博雅，謂當時賢有文者。會遭逢皇上親試其藝，命視學山以東。山東古齊魯地，聖賢遺澤沾被，號人文藪。尚白至，歆肰不敢以名士相矜耀，惟奉宣上指，務在以道德仁義敦厲磨礱之。三年化成，不疾而速。輶環所閲歷，形爲詩古文辭凡若干篇，乃介其屬吏余子壻王壽光寄示余，意徵言爲叙。余讀其詩，語和而莊，意舒以厚，文敷揚理，事贍而有則，莫不攄寫自肰鎔裁正大，雍容禮樂之觀，匪直詩與文而已者也。余舊讀尚白作如林，非不雄雋雕奇。殫擬議之工，備形容之變，今更進于醇實温粹，華質道藝之辨不可揜也。肰後知吾尚白之學之正，不難繼鄒魯爲天下倡，又非徒區區詩與文之以。孔子曰：『温故而知新，可以爲師矣。』肰則尚白之所以爲學者方日新而未有已，山東之士所以師尚白者亦必不以小學而大遺可知也。敢以是言猥附于《師説》，何如？

秀巖易編序

易之大，大以道也，天理人事莫不具備。君子有志于學者，將以窮理而治事，必求得其道之全者務盡心焉。吾師秀巖胡先生，忠信博學，乾乾不息，明于易理者有年，間欲以其觀玩之所得，廣知覺于人，爰手定二編：曰《大易》，則通折衷諸儒之傳，以剖示圖像之旨；曰《易史》，貫穿歷代之變，以發揮卦爻之藏，斯其明體致用之實，非先生不能兼也。編成授胤謙，使序之。胤謙不敏，于易學靡所窺，而既受先生之命，獲卒業此編，揣摹其梗概，竊悟夫先天後天之學，本末兼該，不可相無，乃易道之所以爲大也。蓋易中圖象之體始于伏羲，卦爻之用成于文周，聖人吉凶與民同患之意先後一揆。虛談象數者，固于生人無益，若只從中半說起，不識向上根原，亦未可以見易道之大而稱爲全學。故周子太極一圖，上溯畫，始直剖陰陽五行之奥，指出人性，示之以修吉悖凶，實推本夫子易有太極之語，獨爲善于學易。至程子所傳者，雖辭其謂體用一原，顯微無間，意亦與此相符。朱子有云：『看圖方知六十四卦全是天理，自肰不用一毫智力。』又云：『一部《易》，皆是假借虛設之辭。』天下之理若正說出，便只作一件用，今觀則通。所載圖說，雖縱横反覆，非一而貞一之理自存，粲肰不雜。《易史》參引互證，後世事迹常變險易、錯著迭陳，而權衡一歸易簡，不可惡亂，于此可見易道之大而無不包，故能先天下而開其物，其用至神而無不存，故能後天下而成其務。要之，先天豈非人事，後天亦是天理，即體而用在其中，即顯而微不能外也。循是而論，則知先生之學，天人一貫，神明嘿成，于易蓋深有所得。二編廣大精微，確肰爲繼往開來必不可少之書，夫豈區區圖史之迹云乎哉！胤謙即不知易，顧顧傳先生之學，及所以知覺後人之意，與周程諸子同功，遂不敢不序。

顧御史詩序

有道德肰後有文章，猶之有天地肰後有聖人也。人知文生于道，而不知道實賴文以傳。朕則自有文章以來，均述者事，豈待吾夫子始不作自居者耶？朕其曰：『文不在兹乎？文莫吾猶人。』曰：『不在。』曰：『莫若是乎？』文之號，雖夫子未敢直朕自任，彼後世之文人紛紛以著作自命者，抑胡多耶？侍御西巘顧君，才卓而學奥，今之文人。余自昔歲覩其詩似蘇子瞻，蓋文人之詩，不以恒人之蹊徑爲屑者也。嗣得讀莊一吷，而知其詩其文之本殆亦猶眉山之脱化于漆園，夫豈淺之乎猥爲者與？及觀其集中《正直忠厚論》自比汲長孺，《聰明平淡論》又比于張子房、諸葛孔明、謝安石、李長源諸人，其所云格君心于未萌，養元氣于不露』，必有冲如淵如之體，而後可盡徹耳徹目之用，則皆所爲宰相大臣之道，不直以臺諫之名翹肰表異而已。至又以理體爲博，以至精爲約，而實之以主敬主仁，抑更幾幾乎道德爲文章者哉！屬顧君過余，欲刻近所爲詩，問序焉。乃其詩，余尚未悉見，而輒取君集中論詩所引蘇子瞻之答陳師仲曰：『意所樂則爲之，何如？』顧君知言以詩，特文之細者耳，或不以余爲瞽矣。

悠肰齋詩序

今世之爲詩者何衆耶？雖肰，匪意匪辭，而期合于古，自非肰者，徒韻語，非詩耳。初，余在史館，與今少傅劉公論詩，每持斯説，公不惟不余謬，且信許焉，乃公之詩，已卓肰爲最于天下。後與余同年。大司馬梁公論詩，亦可余言。會公有貺余篇，余答之云：『諷詠含中和，老成寓綽約。』蓋非爲佞也。頃復以《悠肰齋集》一編見投，使爲序首，其中近體尤多且工。夫近體以唐爲古，聲調氣格不唐則非。余向所推服者惟劉少傅，而公與之齊驅。大都若柳河東所稱：『和其氣，正其性，稱德而盡志。』非如北地所詬『雕刻玩弄，情寡而辭多』者也。余于此道，向也慕沈老而失之伉厲；今也樂淡質，而復流于腐率。以視公之雄搆雅唱，殆不勝却步焉。今皇上方崇學，考訂雅音，以公等之人列在左右，賡和之作洋洋著其盛，必使其傳之于後。不爲羔羊之委蛇，則爲卷阿之雝喈，不爲定命辰告之謨，則爲孔碩肆好之風。彼周召衛武尹吉甫者，詎獨非詩人也與？肰則余所謂『匪意匪辭，而期合于古』，其義亦徵諸此而已，遂援筆志其集端。

席覺海詩序

余束髮時中鄉闈，出介休令宰濟南張先生之門，實從郭麓俠、崔三水、席覺海三君後。嘗于并州夜譙，酒酣談詩，麓俠躍肰起曰：『吾三同門友，乃三詩友，殊快事。』嗣麓俠、三水相繼登第去，獨覺海與余同釋褐于十六年之後，官比部堂司，聯詠于白雲署中，則更奇矣。余早衰多病，興致索肰，而竊窺覺海勁爽豪朗之襟期猶昔。偶以《四明》、《匡廬》諸什見示余。迥肰挺者其風骨，灑肰露者其肺肝，大抵不離天質，得諸藐姑射之孤峰者居多，余不勝擊節。今且奉朝命爲蜀之文翁，越瞿塘劍閣之怪險，攬錦江玉壘之奇秀，將必求若揚、馬、少陵、太白、三蘇者流，與之倡和高調，斟酌古音，快哉樂乎！肰後余知覺海之詩當益工，因以進于作者堂奥，不直爲雄視河東已也，故與之酒而贈以斯言。

誠正齋集序

友人松石子示余《誠正齋集》，中有云：『朝廷所以重士，與士之所自重，將望其爲賢人君子，而不徒區區公卿大夫之爵。』又述海忠介語云：『士君子當爲天下第一品人，毋求天下第一品官。』蓋古聖賢之書，無非以此教人。而學者治書，或誤執爲榮名之梯徑，余久傷之。至于得官之後，不復求所以爲人，究也官之味愈親，而人之趣漸流于下，斯其可悲也已！苟無論官之有無務實，盡其所以爲賢人君子之道，斯又何必不公卿大夫爲也？往記皇上諭旨有云：『明體則爲真儒，達用則爲良吏。』因諭內外大小官，政事之暇留心學問。爲臣工者，不能勤心自厲以務進于學，不幾負朝廷告誡曲成之意哉！松石子以御史深資爲十四道長，前後建白甚衆且偉，今其章奏之外持論如此，隱肰有大臣之風。又取《大學》『誠正』名其齋。朱子曰：『平生所學只此四字。』四字者，『賢人君子』，總途尤學者所當置力。集中推濂洛、關閩、洙泗之正派，不欲以呫嗶爲學問、圭組爲事業，動稱引古名賢大臣，不一而足。其亦可謂深于砥迪而明于則傚，不徒浮慕爲學者已。余故嘉其論而叙之，兼以爲百爾勸。

晋風選序

《晋風選》者，太原趙懿侯氏所選晋人之詩也。古者，列國之詩皆必陳于天子，其後寖廢。故夫子删詩以爲教，于列國槩謂之風。魏與唐俱晋地，考之于傳，一則曰『有聖賢之遺風焉』，一則曰『有堯之遺風焉』。于《伐檀》則嘉君子之厲志，于《蟋蟀》則美民俗之厚，斯其爲風可知也已。自下作者遂希聞。文中子曰：『非民之不作，職詩者之罪也。』漢晋而還，孫綽用平典名，景純以雋上著，而子安、延清、右丞、子厚數子，在唐尤稱踔絶。故懿侯氏曰：『元宋以前，歷歷可指。明以來，始與晨星之感。』因欲任選輯之役，備聖朝之採，其用志伊何如者哉！乃遂舉恒山、太嶽以南至于河，其公卿大夫以及閭閈士庶之作，不憚綢羅澄汰之力，得若干篇，按其時世爲先後，纂成題曰《晉風選》，謁余求序其端。余閲之，或清平和樂，或恭敬温肅，或咨嗟惻怛，或揚厲慷慨，哭兮其似春夏，漻兮其似秋冬，不離天地名物之常，而寓仁義忠孝之大。溯厥源流意者，出于子夏西河遺教。若《詩》大序所云『發乎情，止乎禮義』者非歟？而豈僅僅逐文之事耶？今國家景運熙隆，聖天子右文崇學，海宇之廣，握管而咏歌者彬彬其盛。晉人即簡質少文，亦皆思獻《康衢》、《擊壤》之音于光被時雍之下。無他，上之教澤所感興起而肰也。

懿侯氏適乘此時讀書之暇，修葺鄉邦之闕軼，洵賢乎已，而不得怪爲好事。特槧下里巴音如鄙作者，亦濫溷一二于中，毋失之不倫。至于理學事功，道賴人弘，代產弗匱，文之大者，宜更不後于斯，尤望懿侯之留意焉。

葉田九詩文集序

金華葉子田九材高學富，好古，善爲詩若文，來遊于晉。晉之人見其詩若文者，競與之遊惟恐後。葉子造白子，值其病，見其子方鴻，請序焉。方鴻爲述其詩若文，請于白子。白子曰：『願之，需吾起也。』方鴻曰：『葉子之禮于吾門也屢矣。今將駕，盍答諸？』白子曰：『葉子非吾令君陳公之客耶？』曰：『肰。』

曰：『甚矣，吾陳公之邃于學也！其言曰：「讀書以明道也，不明于道，雖盡五車奚益？」又曰：『見聞，入道之資。而入道者，見聞滅而能化。」是故公之政靜而醇，居己以廉，而字人以惠，陽城之民宛登春臺焉。夫服聖賢之教，以德行爲文學，以文學爲政事，三代雖遥，道孰有加于斯？吾聞葉子所爲詩若文豐于製、麗于辭、雄于氣，既備且精，吾甚敬之。且而先施之勤若有歆肰不自限量，欲更輔進于人者，尤不可虛其意。葢嘗思之，君子之學凡以爲道，非徒襲諸空言市于外而已者也。乃近世文辭，或不盡肰迹其貌五色炫蔚，揚聲類夫金石，至探其中則枵肰無物，措之于時，復悖格而罕當，固亦有焉。今葉子之作迥異乎此，而其望進于人者復誠懇不已，將必求所謂博而能化以幾于道，合德行政事而爲文學者肰後可。非公，疇能暢引之以輔葉子，慰其來請之意。且葉子于公，正猶邴君之于鄭公、王潛夫之于皇甫規也。舍是，而欲索諸晋壤之蒙，誠曷足云？試復之葉子。」

庸言小序

薛文清夫子少習詩賦，及見周程張朱書，嘆曰：『此道學正脉也。』遂專精焉。胤謙向逐辭章科舉之末，晚抱岐路亡羊之悔。頃甫欲棄其舊徑望門來歸，而蓬蒿未闢。間晤環溪魏子，自言四十後不喜風雲月露語，因著《庸言》諸説爲補偏救弊之行。披讀之，舉示坦明，提撕警切。凡人不無此偏弊，即凡人可自補救，而不得舉示提撕者，將遂迷錮一生。肰則所謂『補偏救弊』乃魏子遜辭，實皆大中至正之道學，聖賢者必歷之階梯耳。竊尤愛其《考行説》：『君子不爲小人之匈匈而易其行。苟無常行，便是小人。』最的確，最要約，大足堅學道者進修之志。文清謂：『天理人事，精粗無二致。』宿聞魏子寡欲盡倫之論，正從下學人事、上達天理之旨。而此編《讀書説》引昔人『讀一尺不如行一寸』，又與文清『知一字，行一字；知一句，行一句』之言恰相脗合。總以覺人爲心，是故求接文清之正傳者于今日，舍吾環溪氏誰歸哉！幸勉旃勿墜。胤謙弗敏，願執鞭以從。

過半方序

予伯兄長洲先生洞徹醫理，往時家庭中倚之爲盧扁。邇遠遊多病，不克親聆其論。且春秋高，勿敢勤杖履。間以書札承請緩急，頗不相及。乃先生愛我甚，從家函中見授一册曰《過半方》，皆其素試可而手録定者。閲之數刻輒畢，而按其證治實無不該具，于以扶痾布惠，袪疑習哲，復省尋覽而便取携，洵可珍焉耳。適友人劉子德馨見諸案頭，悦之，遂梓以傳。其好善而樂與人同之志，亦匪易及也已。先生諱胤昌，原書自署曰容安齋主人，今因之。

節烈紀事序

《節烈紀事》，紀裴母范太安人節烈之事也。太安人之存也以節著，没也以烈終，事俱不可無紀，以故有當道之請、禮官之議、郡邑之志，及夫薦紳先生士君子之文辭，雜見于疏表序記碑贊，若賦詩間者重篇累帙，不厭其複。凡以太安人所爲守禮行義明決而安舒，不僅一閨幃女子之事，而卓肰有關于國家彝倫之大、名教之重、風化之遠焉。又其所紀者，亦皆出乎物則之正、人心之公，非苐爲一時華飾之私。而上自京國，達于邑巷，轉相稱述，傳覽流播之惟恐其不多，雖垂被至于無窮非踰也已。太安人子晋卿公，不忍母氏之遺蹟，奉别業爲精藍，尤懼其幽貞閟而弗耀，爰有斯輯，使褒美之實緣追慕之誠而愈彰，夫而後公之心與太安人之心兩無可憾也。余交公久，欽其賢，載觀其所以爲太安人者勤而不忘，如是豈不亦孝乎哉！因作詩附于羣公，而申爲序導之，如孝子志。

祝田封翁并安人序

太史凝只田君，年未壯以進士高第讀書中祕，聖天子累親試其學，俱列之前茅。未幾，命爲講官榮矣。顧其爲人，質恬以淳，氣冲以温，人見之無不悦其善。昌黎所謂『鳳凰芝草，賢愚皆以爲美瑞』，蓋不問而識爲他日國禎也。不佞忝官同署，申以鄉譜誼，愈益欽重之。乃問從鄉人獲其太翁之賢，既信篤生非偶，兼聞其訓誨有方，故食報之蚤，爾爾宜也。歲丁酉三月，以上皇太后尊號覃恩，得封太翁官編修儒林郎、太母某氏封安人，其榮有加，鄉大夫某等謀一舉觴觴之。太史君辭曰：『會迎養抵，邸未晚耳。』越今二載，受交于太史君者益親且多，罔弗願抒疇昔之悃。肰太翁故賢，韜斂退遜，間乘羸持襆一再至子舍，旋輒馳去，又戒不令人知。以斯久曠于行，適不佞抱痾在告。少司馬李君枉就，亟命輟藥爲文。將及仲夏上旬，太翁之初度稱壽焉。始，不佞聞太史君累世積德孝友服誼，併識君伯氏饒陽孝廉二君，稔其家高平素封及太翁之爲人。重倫惇行，動以古人自處，族鄙子姓相觀而化，咸醇謹篤厚，家法之善比于唐之柳玭。又嗜讀書，飲食燕寢手不弛卷，有聲諸生間。雖屢躓場屋，意未嘗少倦，昕夕課迪太史君學，不遺餘力。既貴後，復曻以行業唯勤，時時裹糧遺蒼頭走都下，繼其俸薪之乏，囊橐爲虛。而居閭巷中，樂善喜施，慷慨勤大義，不修宿怨，鄉之人莫不推其正直，又樂其簡易，洵足爲太史者父。某安人以静順之德佐翁，復生有令子，慈懿之範足以淑之。肰後知太史君之所以爲太史君，厥有由焉。不佞即病，甚不能文，其曷敢辭？第聞太翁之生也，與不佞同太歲，未及古人杖鄉之年，某安人齒尤亞焉。若未合乎憲乞之義，奈何？司馬君曰：『否！壽者取其期而已，榮者固其義也。』不佞笑曰：『雖肰以不佞之年弗先于太翁，而衰且病若是，欲乞爲山林之偃仰不可遽得。太翁者，胡獨健勝往來趫捷如彼？

則其克以方來之日月享天之厚隲，而安人齒尤亞焉，伉儷偕老，爰相引于無窮可知也已，斯豈不當爲二人壽耶！不佞平居，想慕山林之樂，如仲長統所稱『良疇廣舍，背山臨流，場圃築前，果園樹後，咏歸高堂，安神閨闥』，此誠凌霄漢出宇宙之至貴者屬，不佞以勞拙故不敢望于斯，而翁以逸休之度得之當必有餘矣。且太史君少年學成，而得君行道顯親揚名，更人世之子所願焉，不可必于天者，翁父子直取之若掇，可不謂榮焉。朕太史君忠信好學，進而未止，不佞雅信服久。則以翁之賢素履而刑于厥家者，亦必能處易而持之以難，兢兢焉罔使或至于盈于以受天茀禄、沐朝廷寵榮斯無疆也已，即其爲壽不亦愈多乎哉！司馬君曰：

『善！』他日，誦于諸大夫，僉命書之，以爲羣言倡。

公餞邑侯陳公詩序

竊嘗懷望古昔，而慨興起教化之難也。夫興起教化，雖朝廷至意，而承宣董率之責必從縣邑任之。乃縣邑之所施行者，又必以學較爲之端要，論之非其人，靡可得而望焉。金華陳公治陽，庶幾能興起教化者，適當報政之期，移擢大州以去，未竟其施行，非陽之不幸與？雖肰，其風感亦略可覩矣。蓋公嘗取學較諸生羣萃而教課之，不啻父師于子弟。迄其身範所立，漸摩既久，彬彬焉，郁郁焉，而其所以感服公者，亦不啻子弟于父師也。會公且去，諸生重違公，求予言附于餞送之義，代鳴其依依不舍之情。

予以衰病弗親文事謝諸生，卒求之不已。肰予既以有興起教化之意者許公，見于去思文中矣。予之意本謂，公之政不尚威嚴，務在用德行化民成俗，若有合乎古先王之治理者。肰斯其意，宜非尋常才能幹濟之士所可企及，故曰曠時而希遇也，而實亦多公崇重學較、樂育人才之美爲得教化所先爾。今諸生志不忘公，盍各誦言其所由，比于風詩，斯固諸生之長，而公所樂聞者，亦何假于不文之言？諸生曰：『諾。』遂各出所賦投予，次第而復請爲之説引其端。夫是説也，在烝民之詩，尹吉甫之送仲山甫有曰『民之秉彝，好是懿德』，非今諸生于公之謂與！其曰：『柔嘉維則。』公之德誠似之。曰：『愛莫助之。』諸生之情也。將如公何？曰：『以慰其心。』則其篇什具在，惟公之幸覽焉。

論

刑法論

嘗聞王道本乎人情。人情雖至繁，約言之，好惡二端而已。故凡人情好善而惡惡則吉，反是者則凶，聖人緣之以制禮焉。至于禮不可救而後輔之以刑，抑末也，朕亦大抵以情爲之端。夫子曰：『聽訟，吾猶人也。必也使無訟乎？無情者不得盡其辭。』曾子曰：『如得其情，則哀矜而勿喜。』《春秋傳》曰：『小大之獄，雖不能察，必以情。』故曰刑期于無刑，所以生人，非所以殺人，聖人不得已而用之，必盡心焉者，此而已矣。善乎！卓茂之言曰：『律設大法，禮順人情。』使用法者，執律而不原情，則恐其失刑也亦多矣。人命至重，一麗于法，大者以死，小者以遷。萬一不當，而煩冤之氣至，以干乎天地，惡得徑情而弗加之意哉？是故有律重而情輕者，亦有律輕而情重者，君子必酌而準之，務求其平焉。夫子曰：『刑罰不中，則民無所措手足。』中之爲言，不輕不重之謂也。張釋之爲廷尉，犯蹕者論罰金，盜玉環者辟止其身而法治。使有司者治罪，不推原犯人之情，測淺深之量，論輕重之序，而一出于法，則一刀筆吏事耳，何取于士大夫以儒術緣飾爲也？隋法盜一錢以上棄市，天下懍懍，有數人劫執事而謂之曰：『爲我奏至尊，自古立法未有盜一錢而死者也。

而不爲我以聞，吾更來而屬無類矣。』文帝聞之，爲停此法。武强令裴景仙坐贓事覺，明皇命斬之。大理卿李朝隱奏：『景仙贓皆乞取，罪不至死。今若乞取得罪，便坐斬刑，後有枉法當科，欲加何辟？』明皇卒許之，徙嶺南。昔孟子與萬章論交際之道章，以諸侯之取民猶禦，而孟子謂充類至義之盡者爲盜，凡以順人之情，不欲爲已甚，如此而已矣。是故法過重則上下無情，非無情也，各以其情相遁而已。夫多制之世刑獄滋章，吹毛求疵，轉相逮引，于是姦人熒惑，乘險相誣，一人被訟，百人滿獄。或果桃菜茹之饋而集以成贓，或小事無妨于義而以爲大戮。當是時也，獄吏相毆，以刻爲明，深者獲公譽，平者多後患。故治獄之吏皆欲人死，非有所憎于人，自安之道在人之死也。是故其敝至于國無廉士、家無完行，天下喁喁，莫知寧所。卒之，法有所不能禁，令有所不能止。夫本意革民之非，而其敝也乃至于不能禁止，則又多隱憂焉，豈國之福乎？《詩》曰：『不愆不忘，率由舊章。』凡爲國者，必有常律，此世世守之者，所謂舊章也。自小人倡爲不測之説，人主受其顛倒則舊章毀棄，令出而必亂矣。太公曰：『爲國而數更法者，不法法，以其所善爲法者也。』夫以其所善爲法，是法者一人之私而已，豈所以順民之情者歟！晋袁宏曰：『夫民心樂全而不能常得。』利用之物縣于外，嗜慾之情動于内，于是以進取爲貪競之行。希求放肆不已，則苟且僥倖之所生也；無以愜其嗜慾，則姦僞忿怒之所興也。先王知其如此而欲救其弊，故先以德禮陶其心，明其善惡所以潛勸其情，示之恥辱所以内愧其心，故過微而不至于著，罪薄而不及于刑。夫子謂冉有曰：『凡人之爲姦邪竊盜靡法妄行者生于不足，不足生于無度。』是以上有制度，則民知所止而不犯。故喪祭之禮明，雖有不孝之獄而無陷刑之民；朝聘之禮明，雖有背叛之獄而無陷刑之民；鄉飲之禮明，雖有變鬭之獄而無陷刑之民；婚姻之禮明，雖有淫亂之獄而無陷刑之民。不豫塞其源而輒繩之以刑，是謂爲民設穽而陷之也。按是二説，皆與《論語》道德齊禮之言互相發明，所謂本論也。救末者莫若本，盍于德禮加之意哉？抑又有一焉。程子曰：『聖人所知宜無不至也，所行宜無不盡也。』朕而《書》稱堯舜，不曰刑必當罪、賞必當功，而曰罪疑惟輕、功疑惟重。與其殺不辜，寧失不經，則用猛終不如用寬也。人情不甚相遠，莫不好生惡殺，歸仁而懷有德。則夫仁可過而義不可過，于以興教化、静人心、召和氣而去殘殺，是誠王道之要端也已。謹論。

説

止齋説

熙也質美而學未成，蚤仕于中州，數年幸無過狀，移疾歸，始有志于學。侍母之暇，築室履德公堂之東北隅，蒔花種竹，朝夕讀書其中，取吾向所命者而扁之曰『止齋』，乃以書來告。吾聞之，喜曰：『不亦善乎！』雖肰，止不于其迹而以心也，不于其境而以道也。易之艮其義爲止，辭曰：『艮其背不獲其身。』程子傳曰：『人之所以不能安其止者，動于欲也。』所見者在前而能背之，則無欲以亂其心而止乃安，不獲其身，謂忘我也。夫人生而静天之性也，非凝肰一止體哉！迨感于物而動，則未免逐乎氣質之偏，而人欲之私生焉。至于欲復漸緣而爲習，則卑者溺于慾利之娱，高者騖于功能之尚，而紛華傲慢之病入于膏肓，不知變化，志氣滿盈流蕩而忘返，寧能得止哉？間有自覺其非而厭之思脱去者，不過愓于一時之牽擾，如暍者之就蔭，非能久于斯也。

即或其所爲之迹辭榮而處退，所棲之境清寂而閒適，澹焉漠焉似可自足而無營，視前之滿盈流蕩者爲賢，而或其慾利功能之根未泯于内，紛華傲慢之萌未絶于外，究亦何能止耳！艮之六二『其心不快』，九三『厲熏心』，皆外止而内違者。惟若上九之敦艮，能厚于終，斯可謂始終于止而得其道者矣。肰所謂『忘我者』何也？克己而已矣。顔子之學不遷不貳，皆克己也。至于若虚若無，則非止而何？今熙也欲從事于學，而遽以引之于虚無，恐凌節而難爲守，盍先致力于孝弟田里日用，讀書之間求其忘怒少過者，内外交修而馴，致乎不遷不貳，肰後止乃可幾也已。又《大學》釋『止至善』而引詩曰：『於緝熙敬止。』蓋敬者，主一之謂。一則無欲，無欲則静。意誠心正，而止至善。非敬不能爲功，此真所謂安止之道也。由堯舜至于孔孟以來，相傳教人爲學之法莫不皆肰。故曰：『兢兢業業，翼翼乾乾。』戒慎恐懼，求其放心，無非敬止之意云爾。苟不此之致力焉，而遽號爲止，止豈可易言者哉！吾故嘉熙來告之意，使勉于學，無愧于斯築，爲書是説以貽之。儻曰：『夫子教我之言，非夫子所能也。』則曰：『信非吾所能也，吾與子共勉焉，何如？』

東谷集續刻文卷九終

東谷集續刻文卷十目録

跋

記

東谷集文卷十目録終

清　白胤謙　著

跋

書鳥鼠山人集後

集胡可泉纘宗詩文，偶得而讀之，其言有曰：『政不本于王伯而已矣，教不本于聖藝而已矣。』有志于周孔，其惟深造極致哉！夫政則法周公，教則宗孔子，既大且正矣，三代以下不多見此論也。又有曰：『宓羲之卦，文、周、孔子之辭，古之所謂文。若董仲舒、韓愈、歐陽修三子，雖文矣，猶非古也。及讀濂溪之圖、明道之道、伊川之傳之説、横渠之銘、考亭之註之語，知文在兹。』是其談文直遡本原，又崇尚正學，不徒區區以文藝鳴者，可敬哉！詩載韓苑洛評云：『詩以調也，匪意匪辭。苿莒之辭淡，狡童之意近，而文王之化彰，鄭國之淫見矣。』又云：『尚辭而詩亡，由漢魏而下可徵焉。』夫言詩者衆矣，匪意匪辭而獨以調，罕有能及之者。苿莒之辭淡，淡則意遠而歸于和平，故風化之美彰；狡童之意近，近則辭鄙而流于妖艷，故習俗之淫見。吾讀是書，如獲一益友也。

學言跋

甚矣，予之失學也。曩也《學言》之述，蓋欲從事于斯而未能之意，故其所述亦猶瞽之言而已矣。己亥仲春，予抱病在告，日長無所思，爲命童子覓《性理》一書，卧而讀之，間有所觸發，輒呼童子執筆記其所述。已，令續諸《學言》，後而授之曰：『予聞德盛者形不能病，由養之者素也。予素養未充，既病矣，復無以爲養之者，不將愈殆耶夫！是書也，諸大儒咀聖賢之精粹而出以投我疾，奚止于草木之膏滋而已。即不肰，病未可以卒已。朝聞道而夕以死，何幸耶！且予已揣分量能，爲乞歸之舉，庶不即死，猶欲私淑于聖賢之門，以振作其衰暮不學之氣，而使心病漸瘳焉。若夫形之病與否，可勿論而已。則今之記述者，吾又懼其爲譫爲囈，俾尚存之，以俟他日藥石我者辨焉，而後棄之，何敢自附于學與？抑程子有云：「能盡去就之道，則可以盡死生之道。」』予未嘗聞道，敢弗勉于學！

題南嶽卷

盛弘之《荆州記》曰：『南嶽衡山，朱陵之靈臺，太虚之寶洞。周旋數百里，高四千一十丈，東南臨湘川。自湘川至長沙七百里，九向九背，肰後不見。相傳其峰有七十二，祝融爲之長，高九千七百三十丈，紫蓋天柱次之。又以回雁爲首，嶽麓爲之足。』順治辛卯，余奉命典嶽祀，自長沙抵衡州，循覽一周，馳軒而往，歷垂柯跨谷之奇，理檝而旋，有窮涯息檝之趣。委頓七尺，愜兹曠遊，慙無揚馬之才，一爲山川舒洩靈異。屬衡邑，宋令贈余此圖，嶽僧師水筆也。《水經注》言：『帆隨湘轉，望衡九面。』《湘中記》曰：『衡山如陣雲。』梁吴均詩：『重波淪且直，連山糾復紛。』合此圖觀之，全嶽大致了了指掌間。用携歸茅屋，與二三眷屬如倚龜楓而聽響石，皆國寵也。是歲嘉平望後岳陽樓題。

書藐山沁湄二先生文集後

吾里山川環複，靈氣攸鍾，代産鉅公，其勳名之俊偉、品行之端卓、赫肰流映于後先，而文章之美，獨至二先生尤擅能焉。胤謙生晚，又邑中距二先生居廬稍遠，侍杖屨者希，獲讀其所論著亦無幾耳。自二先生没，當兵燹之餘，竊慮其作多湮滅而不可較。幸吾友伯珩氏搜録若干篇以授，胤謙伏讀之累日。蓋藐山先生之文領悟最超而出手特妙，晚年造詣愈臻醇至；沁湄先生之文觀摩古哲而規矩不踰，斂華截溢居肰老成。至其風流慷慨礪世砭俗之意俱深，要渺温沖符經合道之情若一，而要由二先生之孳孳寘力于學者勤也。夫文而不本于學，則其理爲狂慧、體爲虚郭，枝葉之言而已矣。胤謙汶汶半生，望洋自失，雖欲奉二先生爲典型，竊附于見知之列，既恨資器之薄，兼以衰惰，撫卷太息，誠未如之何也已！因書此以還之，惟伯珩氏其圖焉。

志藐山先生讀書説後

昔人謂老而學如秉燭之明，言時迫也。先生云：『今纔知書是須臾不可離之物，讀之則生，不讀則死，是以懼而不得不讀。』噫！先生其殆謂予哉！其殆謂予哉！予少壯不知讀書，讀亦不能用，今始欲讀而恨已老，至望洋之嘆所由來矣。日者于不得已之中，姑自爲寬解曰：『善學者不盡書。』是言也，不惟自寬解，亦以自督策。蓋與其朵頤而亡得，不若一勺之可味，安在夫梁肉珍錯之雜陳乎？乃今聞先生簞瓢免死之説，實獲我心。雖肰此簞瓢也，苟即爲吾究竟資糧，則其樂而忘死與！夫雖死而樂者于是乎在矣，豈特懼云乎哉！

書法先生志表後

膠西之諱，法先生罵賊以殉，人或曰可以無死，不知見危援命，生固其所輕爾。孔子曰：『志士不忘在溝壑，勇士不忘喪其元。』《禮儒行》曰：『愛其死以有待，其備豫有如此者。見死不更其守，其特立有如此者。』惟君子秉禮行義，所以籌之者，固審矣。先生晚修程朱業，以正心誠意爲本，假令先生不死于此時，先生之心豈能晏肤自已者哉！惟心盡而後理得，斯爲順受其正而已矣。至于二子偕能死孝焉，益又見先生家學之素、明倫之大有如此也。吁！可悼哉！吁！可悼哉！

書白鹿洞學規後

朱子曰：『自昔聖賢教人之法，莫不使之以孝弟、忠信、莊敬、持養爲下學之本。』又曰：『孔門之教，不過孝弟、忠信、持守、誦習之間。』今觀其所傳白鹿洞學規，初不離五倫之本，而繼以窮理、修身、處事、接物之要。蓋言行者修身大端，忿怒爲過悔之門，懲窒遷、改實困、知勉行，反同變異之方。若夫尊道義以存天理，黜功利以遏人欲，不欲勿施，不得反求，皆力行近仁之事。聖賢教人，切實爲己做工夫處。學者苟循是而漸進焉，其于學也亦庶乎可以有入矣。五倫外無道，倫理即性理也。學問思辨所以窮理篤行，而下無非盡性之事。窮理則道明，盡性則道行，守之終身而弗變焉。達天知命，不越乎此，而學無餘事矣。朱子又曰：『博學、審問五者工夫，終始離他不得。』或問：『有只教人踐履者？』曰：『義理不明，如何踐履？』又曰：『不真知得，如何踐履？』若是真知自住不得，此規故是學者實實下手門路。

記

蔚州魏氏家祠記

光禄丞蔚州魏公，忠孝人也，素以學聖賢重名教爲事。其仕于朝，余愛而敬之，前後者數年。久之，閔其母老，乞奉養。將歸蔚，余作詩六章以送。公問余以家祠之禮，余答曰：『不知也。』雖肰，具在會典，先儒家禮盍衷焉。迨其歸之明年，以書來告曰：『祠成矣，盍爲我記諸！』余曰：『媿哉！家尚未有專祠，敢稱文于人？無已，胡若公之自爲之？』未幾，公復裒所祝告于其祖先之言并祠規制、興落期日爲一册授余，曰：『禮儀節目，某别有記，在祠之右。肰虚其左，必須公之文也。』已，又趣其友駕部王君來請數四。余不獲已，應之曰：『嗟！吾所以愛敬公者何爲也哉？爲其忠也孝也，學聖賢而重名教爲事者也。昔公嘗爲諫官，侃侃有直名；後在光禄，釐舉創肰，無怠于職守，非忠乎！其于母也，始則假省，既則迎養，又乞歸侍焉。今甫即家門，先以祖宗烝嘗爲亟，斯弗謂之孝而不可也。雖肰，學聖賢重名教，欲以知禮，自任于身者，苟其誠意不屬，亦徒肰而已。公爲仁不富，孜孜務察于禮制，其爲祠也即一甎一木莫不出之乎義，是其于親也必能爲古之純孝，非僅以外爲炫而已者也。願公恒自進焉。余弗類，未能講明先王之法、備事先之禮，顧靳于揚人善而闡其實于世，閉觀化者路，更可愧之大者。因遂爲記之如此以復，其規制興落期日等宜悉公所自記中。

始祖塋世系圖記

陽城縣之社稷壇西，稍折而北三里許吴家莊村南，有墓纍纍肰數百塚，曰白家墳者，吾白氏先世所葬地也。地東距西凡六十五步，北距南凡三十步，先伯父大司空公嘗碑于神道之南曰『闔城白氏祖塋』。相傳白氏之先，于元之世徙自陝西清澗，其後子孫分著于陽各里。余家繫籍化源二甲，七世而上已失其名，惟聞其初居開福寺街北，號閣後。白氏高祖文學公嘗遷縣西北之黄厓村，伯祖贈侍郎公及先府君乃復返城居，而曾祖贈侍郎公始遷塋縣南二里平頭村北以葬。蓋此塋所葬者惟吾七世祖諱敬而下至義官公三世可識，其上碑碣既無名字莫考，荒朕丘壠荆棘之中，子孫過者不勝其徘徊悲愴。竊以此塋自元歴明三四百年間，爲塚雖積若干，遡其初無慮皆一祖之所分衍，得不謂之周親乎！今其子孫散處于各里，耕者、廛者、學與仕者，孰賢、孰材、孰貴、孰富，莫不有人，蓋亦不爲弗盛矣。浸假而傳世滋久，派别漸遥，不有以識之，懼或淆泯其迹，非孝子慈孫所以追遠報本之道。間與宗姪沉仲氏纂述譜牒，因爲此圖，其雖同此塋，而本支稍遠及分籍他里者，誠不可得而悉叙，非不欲也。圖既具，遂勒于石，立諸塋次，使後之人歲時修謁者有可省焉。

碑

潤城夫子廟碑

蓋昔先王之教人也，自王公國都而下，及鄉黨閭巷，莫不有學。其學也，將使之内自得于心，以成其性，居無倍容，出無越行，而後推其餘及于天下國家，是以天下國家賴之，非有所賴于天下國家，取爲聲名榮利之地而已也。去古既遠，斯義弗明。每有豪傑之士少試于學，長能自成其材，不務求進，期免于貧賤而止矣。甚者學而未成，輒希心外物，以濟其不材之欲。抑更下者，凡此皆末世之人心，狃于其俗，以枉其性，未嘗深入于學之中，以古道振覺之而肰也。是尚得爲夫子徒歟？于此有人焉，好學而無枉其性，躬行孝讓于己，以修明先王之道，磨礱遷化其鄉人，俾相親睦，爲善傳之于後人，尚得指而數之曰：『是鄉也，實產若人，豈不亦賢乎哉！』」潤城，縣大鎮，四方道路所衝出，商賈雜集，游手不農之徒狡獪譁譟，爲士者百一其間，宜不免近利市三倍，然過其門聞誦讀之聲，揖其人肫然退然，類未失爲馴厚者居多。自明迄于今，發跡者數見文獻，相續浸浸未沫。地舊有夫子廟，狹促不足聳瞻視。順治某年干支某月，鎮人士某等十一人告于大理張公，爰彙材鳩工，拓其構而大之。以某年干支某月報完，請記于余。余以夫子之道廣大而悠久，海隅絶徼咸知欽崇之，然州縣之吏，或玩視宫墻爲不急，俾淪于草莽，又怠意春秋之祀，往往而有頃。奉上明詔，有能率修學宫者，懸以酬叙之格，僅乃應之。潤城數千室，爲士者不過百一，乃能奮肰相勸于兹役，尊學率禮，克稱天子諭意，而非以邀恩，即張公其人。好學而行古道，克樹教于鄉之人者，亦于斯可覿焉。故悦爲書之以紀，并勉其後之學者，胥不愧爲夫子徒云。

兵部右侍郎兼都察院右副都御史贈兵部尚書勤毅胡公神道碑

順治十三年丙申十一月十二日，總督湖廣等處地方軍務兼理糧餉兵部右侍郎兼都察院右副都御史胡公卒于襄陽官署。公時撫治鄖襄，丕績簡在帝心。蓋總督全楚之命方下，而公已疾亟，亡何告隕。上聞之驚悼，特旨從優議恤，贈兵部尚書，祭二壇，加一壇，給全葬，仍與謚。禮臣稽法議公能修其官曰『勤』，致果殺敵曰『毅』，詔曰『可』。子應麟奉新恩蔭入大學，乃以十四年丁酉十一月四日，葬公于敕營墓鳳山之陽。故事得樹石神道，應麟間如京師，請謁余爲文。余于公同年，素辱公好，且信公深，其可辭？按志：公諱全才，字體舜，一字韜頴，山西文水人。考諱誥，庠生，嘗以親喪廬墓，稱爲孝子，感異夢生公。性豪邁，爲諸生，淹貫羣書。丙子舉于鄉，癸未成進士。會闖逆入西安，乃上疏陳機要，乞許在晋諸藩王各招養健兒，使人自爲戰，如委梁以捍七國故事，又屯蒲中以扼渡口，保河東以壯右臂，娓娓數千言，罔不切中時宜。未幾，晋省陷，都中大震，亟召見公，即授兵部職方司主事，贊畫李閣部軍前，次真定。公勸塞井陘，又自請鐵騎三百以往，俱不許。唯率所隨百餘人，列疑幟于固關。寇從居庸入，而京師不守矣。公慟哭還里，糾集義旅，欲以襲殺僞帥復太原，不果。順治元年九月，大清兵至，乃仗劍投誠于業清固山營，領兵導收平汾等處。十二月入京陛見，欽賞貂裘鞍馬。二年，授車駕司郎中。五月，陞陝西漢羌道參議。叱馭抵漢中，值賀珍倡亂，尤鎮遯走，按臣失印，州邑淪陷，二千餘里以孤綴之危城，抗方張之叛賊。公招募民兵，擐鎧倡戰，擒斬僞兵備宋朝美等，竭力剿禦，具總督孟公喬芳疏中。又川孽張定國據保寧，窺伺漢中，人心未固，逃者紛紛。公佯置舘舍，以迎大兵爲名，而密遣參將嚴自明領兵馳擊，遂下保寧。三年四月，賀珍自西安敗迴，復犯漢境。公誓衆死守，立城頭矢石間月餘。城中糧盡，幸大兵至，圍解。公措辦芻糗四萬八千有奇，養馬七月仍裹攜入川。部題奉旨：胡全才屢保漢城，兼多斬獲，功可嘉尚，陞都察院右僉都御史，巡撫寧夏。得報後，公慮蕎麥山砦有狡賊孫守法等鷙伏日久，不欲以禍貽後人，遂躬冒險阻，搜殺賊萬四千有奇，必掃穴而後束裝焉。四年三月抵寧，正馬德殺焦撫之後，巨寇李彩相繼播虐。公先期發兵勦捕，一戰于預望城，再戰于泥兒坪，馬德授首，彩亦就擒，蜩螗之勢頓息。六年，緣追劄甃穆遠，于刑論罷。恭遇皇上親政，部核功大過小，于十年三月推補江西饒南道參議。適經略洪公素識公才略，謂饒南不足以展所長，疏薦隨征湖南。會鄖襄羣寇合股侵犯，洪公復特舉公撫治之，上允其請。維時郝劉袁塔高李諸賊蟻聚蜂喧，遶闉馳詈，百姓迯散，人心洶洶。公招集將士，秣厲遄往，受事後即馳赴穀城之白虎山、南漳之蜈蚣砦，相形布置，分檄各將與賊死戰。曾河灣則有副將文德之捷，廟灘則有都督于大海、副將苗時化之捷，白土關則有副將張德俊、王嘉會之捷，賊始披靡歸巢。又修復均州以扼其咽喉，添設水師以拒其潛渡，禁殺歸降以散其黨羽，前後收撫僞將黃鳳昇等百餘員，降丁萬羅兒等五百餘名，救出難民徐自嘉等萬餘口。拮据綢繆，疲勞不息，瘀火驟發，尚力疾視事。諸將領勸少休養，公乃太息言曰：『昔晉滅虞，唯秦能制晋，百里奚遂竭力于秦，勞不乘暑，不蓋以迄于卒。今大清討平寇亂，吾身受國恩，雖捐軀何足報乎！』後旬日卒，距生萬歷三十三年乙巳正月二十二日，年五十有二。余猶憶公初第時，每于稠衆中談兵，色動手舞，氣志壯奮，即知非常人。入本朝，抗賀珍于漢中，定亂軍于朔方，厥功既章，乃以細故落職，羈棲燕市，恒持黄石素書一卷永日。又爲余道其誦讀所得，余始乃知公非徒疆力自喜者。嗣荷聖主知人善任，使削平麇楚積寇于一朝，雖竭瘁隕躬，而疆埸食其威德，忠誠達于黼扆，蓋信天之生公不虚，朝廷所以用公者爲無枉，豈非公之幸歟！而原其所以，則志以鼓其才，學以效其謀，匪直虚憍致用權變制勝爲也。志中勇于任事，寬以待人，招撫宏裕，于將士功尺寸必録，殆非謬語，卒獲爲時功臣，光于史册。嗚呼，偉哉！餘詳具志中，更爲之銘。

銘曰：維晋産材古允臧，誕自風后説在商。缺衰厥偃繼以嗚，衛霍狄裴温與王。孰生今克副弧桑，曰體舜氏實虞宗。有偉闞虎氣虓雄，凛若介胄包文章。西鶩秦隴控漢江，鋭全危障搤賊吭。樹隼賀蘭鎮披猖，武略飆驟波亦揚。帝睠南紀聚蛙螳，特詔移軍從豫章。糾結組練挺魚腸，鯨鯢震奔斬且藏。俯摩赤子扶瘵尫，至今墮淚峴山陽。帝曰斯朕之股肱，庸功立假全楚邦。食減事煩費傍徨，白晝轅門墜星芒。訃告鞠死天吁傷，恤予加隆典肆龐。龍章赫赫霈玄堂，申建嘉名流浩昂。丈夫完立展令終，化爲雷雷依九閶。嘉陵以南紛桐鄉，英神弗居駛彼疆。傳千百年耀巍封，象賢之胤蒙休光。

邑侯陳公去思碑記

去思何義？由漢循吏龔、黄、朱、召等所去見思而昉也。有吏于此，居則使人驩忻鼓舞，去而已焉，其治未足稱也。肰而爲吏者，汲汲乎徼誦于目前，尚弗能彊而致疇，克以其旦暮之行事，繫人心于他日，逾久而不忘，不亦難哉！此有道焉，期之不可必獲，未嘗期之卒亦莫能辭。是故雖百里之邑，爲政亦有道術之分。百里之邑之民之心，亦有三代之直，非可以僞爲者也。金華陳公治吾陽三載，陽民安焉。屬余不佞，以衰疾奉命予假卧里中，習公之治悦而服之已，復慮之曰：『公勿遽去，陽民庶幾久安與！』蓋未幾而有太倉之報，陽民咸皇駭若有所失，太息號呼不可勝，顧束于□功令，不能籲閽借寇，無如何耳。行有日，其父老之皤者及博士弟子輩，始僉謀攻石道左，爲文載公之政，以永其思于後，請于余不佞。余曰：『試言之。』父老曰：『仁心惻怛而蒲鞭式化也，明晰幽曲而案牘不留也，倍置官馬而驛遞以蘇也，甃石衢路而康莊肆闢也。』博士弟子曰：『新邑乘而文獻彰焉，勤較課而單寒奮焉，飾孔廟而儀度肅焉，禮賢碩而思益周焉。』余曰：『肰，皆公之緒餘耳。以余窺公，儒者也。學沉而養豫自守，篤實而與人和易。故其爲政也不倚名法，不任智巧，不爲可喜可愕之事以震耀人耳目，而博其歡忻鼓舞之聲。一務當前，惟秉于理，衡于勢濟焉而止。略無譸張窘迫之容，而人之被其惠者，如坐春風，如行霧露，如飲醇醪，不自知覺。而久之鬱者以舒，困者以振，迷者以醒。甚矣，公之爲政！』躬儒者之道而施行，所謂學道則愛人，君子之澤也。夫尋常利濟之事，接足而非難，有興起教化之意者，曠時而希遇。吾知陽民戴公，繼今以往，必且思之不忘矣。亦所云三代之直繫于人心，辭之而弗克者也。公行矣，太倉之州繁鉅十倍陽，公即以治陽者治之，使儒效大著于天下無不可者，獨陽一隅之思哉！公諱國珍，浙江金華人。

疏稿

遵諭陳言疏

内翰林國史院學士白胤謙，題爲遵諭陳言事。臣以樸訥庸流，數年守制，依限赴闕，輙蒙録補。恭遇我皇上好學勤政，虚己求言，臣安敢緘默自處上負至懷！謹竭蠢愚，列爲四條，伏祈俯賜鑒裁。臣不勝懇惓幸望之至。計開：

一、端學術。臣聞帝王之學與儒生異，而載籍極博，泛覽寡益。臣竊謂聖賢精微之旨盡於四書五經，而《論語》一書道理該貫，意味尤深，所當首習，次《大學》，次《中庸》，次《孟子》；而五經之内，《尚書》更切。祈先專精數書，參以《資治通鑑》、

《大學衍義》、《貞觀政要》、《洪武寶訓》。間命儒臣講明佐讀，外有順治二年翰林諸臣纂修《明史》，大段已成，内闕天啓四年一年并崇禎十七年，因無實録，暫停未修。伏查《元史》係明洪武年修，初進時亦闕元統以下若干年，嗣後補修。請敕内院諸臣，將纂成《明史》先進御覽，蓋鑒觀自近，較之古事倍易倣摹。除此數書外，即有他書，以漸及之。其餘諸子百家、釋道、小説，俱勿涉目，以防淆雜正學。

一、敦政體。臣聞帝王開國規模弘遠，纖瑣之行、操切之念，皆非所宜。有《大禹謨》曰：『臨下以簡，御衆以寬。』簡謂不煩密，寬謂不急促。蓋凡國家利害興除自有次第，煩密之則愈紛，急促之則愈病。惟持其大體，提綱挈領，而節目自理也，故曰『一哉王心』。又曰：『君執要，臣執詳。』軍國之事，一日萬幾，若必事事躬親，綜核不惟太勞，且設臣工何用？近讀上諭有云：『聽選州縣官員，揀分三等，上等者引見面定。』此皇上留心民瘼、迫望治平至意，自然不憚勤勞。但此選人之事，既經天語申飭，料部臣盡心無欺。在皇上間一行之，未爲不可；若因爲定例，是亦煩急一端。所宜飭部，後不爲例，以便遵行。

一、審章奏。臣伏讀上諭內云：『廣開言路，博詢化理，如有未當，必不加罪。』此誠堯舜盛節，近古未有也。臣謂言不貴多，貴乎善擇。孔子曰：『夫人不言，言必有中。』是故僉壬之言必巧，老成之言必朴，奸邪之言必諛，方正之言必戇。語曰『忠言逆耳』，又曰『主聖則臣直』，在人主更宜垂察焉。祈皇上于省覽章奏時，勿厭平淡而喜新奇，勿取逢迎而怒亢直，遇有違時之談、拂意之語，甚或左右皆以爲迂，政須斷自宸衷，深思而曲體之。如其言果出至誠，有利于國家，不妨采納，見諸施行，天下幸甚！

一、速恩典。凡官員封贈，在朝廷借褒嘉爲激勸，在臣下亦邀名號爲寵榮，法至美也。自皇上臨御以來，屢下恩詔，頒給各官封贈誥敕，乃稽遲數歲。詢其所以，由于織造軸少。近聞織造奉旨暫停，似此費亦當裁省。竊思一切詔制并各敕書，俱用黄紙鈐寶，重在寶也，豈獨不可用之封贈？·請除見有軸數照例頒給外，其餘槩用龍邊黄紙，分别品級，異其長短張數，撰文就日一槩書寫銓寶。内則按某衙門，外則分某省會，彙總通發，以杜奸弊、兼節冗費，庶使臣下早沾恩典。

自陳疏

吏部右侍郎兼内翰林國史院學士臣白胤謙奏，爲自陳不職，祈賜罷斥，以重計典事。竊照京察舉行奉旨：三品官許令自陳。臣待罪銓曹，自知不職，尤當早避賢路，謹恪遵具奏者。臣年五十一歲，山西澤州陽城縣人。由進士庶吉士，于順治二年閏六月内蒙恩考授内翰林秘書院檢討，充《明史》纂修官。三年二月内充會試同考試官。八月内充順天鄉試考試官。五年十二月内陞弘文院侍讀。六年正月内陞侍讀學士。七年二月内充纂修副總裁官。八年三月内奉使江南湖廣等處祭告。八月内遇恩詔加陞一級。九年二月内丁母憂。十一年五月内服闋。十二年五月内補内翰林秘書院侍讀學士，仍加一級。八月内陞國史院學士。九月内充武會試考試官。十月内充武進士讀卷官。十三年正月内充纂修《通鑑》副總裁官。六月内蒙轉今職。伏念臣材質庸鈍，學識迂疎，謬荷國恩，備員侍從，數年以來未有毫髮表見以酬寵遇。而間因四年十月内，禮部磨勘順天舉人何良策、劉争光、張廷瓚三卷，或字句有疵，或題式倒錯，奉旨罰俸六個月。又因十二年八月内，誤寫廣東巡撫李棲鳳未奏本章二本具奏，認罪，奉旨姑免議。是臣雖久濫祿秩，無功而有過，不職之罪，誠不可逭。乃猥蒙皇上天地爲心，含垢掩瑕，不以臣爲不肖，猶復洊加遷擢。臣内省慙懼，幾無以自容，而感奮圖報之懷亦最深且切。是以頃者佐銓之命，弗敢違例辭免，原思以向後之磨厲，補從前之缺失也。不虞受事及今，愈益揣分難堪，蓋緣臣生本愚下，復當始衰之年，疾病時侵，聰明日短，即欲勉竭微誠，終覺限於器量，斯臣所爲夙夜憂惶，靡敢即寧者也。況今内計肇舉，必得精明幹辦之才，方克參佐察事。如臣陋劣，自治尚且弗暇，安能課人？深恐舛錯未當，不足愜服輿情，則上負盛恩。臣罪滋重，懇祈皇上將臣立賜罷斥，亟選賢能，以襄大典，仕路幸甚！臣愚幸甚！

辭尚書疏

吏部左侍郎兼内翰林國史院學士臣白胤謙奏，爲驚聞寵命懇切，上辭伏祈恩允，以全愚分事。伏念臣以庸拙之資待罪銓貳，奉職無能，夙夜慚懼弗遑，乃不自意于今月十二日吏科抄出吏部一本，爲遵旨會推事，奉旨：『白胤謙陞刑部尚書，欽此。』臣聞命惶駭，跼蹐無地，顧臣何人，蒙皇上拔擢，洊加委任過量。臣非不知皇上堯舜之德、生成之恩，儒生幸躬逢之，可稱千載一遇，惟當感激圖報。況我朝不尚虚文，焉敢猥自遜謝？但思刑曹一官，關繫國法民命最重且大，猶非他曹之比。而臣于舉朝諸臣之中，更至愚極陋，無足比數，實亦自知頗明。與其受任而難堪，何若早爲引退，罪或猶可逭也。又聞刑曹事務繁多，臣少未習律書，一旦貿貿從事，深恐遺誤不小。且臣素有腰痛麻暈諸疾，每值勞役，輒忽動發。夫以庸拙素病之身，而當重大繁勞之任，誠萬萬弗能勝耳。伏懇皇上俯鑒下忱，收還成命，于諸臣中别簡才品超卓、熟練刑名者授之。容臣黽勉，未逮報效將來。庶任使得人，而微分獲安，斯朝廷之典愈光，皇上之恩彌厚矣。臣愚，不勝悚慄待命之至。爲此具本，謹具奏聞。

陳職掌疏

刑部尚書臣白胤謙奏，爲敬陳職掌事。伏念臣以庸流，荷蒙皇上簡拔，備員刑曹。受命以來，夙夜冰兢，敢不罄竭駑鈍以圖職守！但生乏明敏之才，懼多疏漏，有負皇上之恩，雖一寢一食弗敢遑寧。今已閲月，竊窺部中職掌，經諸臣釐飭，頭緒頗清，謬以臣瞽見尚有宜申明者數事，敬具列上陳，伏候睿鑒裁擇，果無謬妄，敕賜施行。臣不勝惶悚待命之至。

一、斷獄擬罪，全憑律書，雖有明哲，不得意爲輕重。近見外省招詳看語，多有簡省律文未全寫録者，難以稽核。至於律無正條，該載不盡者，詳在各條例内，竊謂亦當兼引，不宜疎率。又八議之法，遇宜開具所犯取自上裁者，亦當遵例　題請。

一、赦詔欵項，原朝廷法外之仁，布大信於中外，奉行自宜恪慎。凡問刑衙門援引問減者，即當於招詳看語内明開奉某年月日某欵赦條；間有不應援赦者，亦當明開事犯，雖在某年月日赦前，不應援赦，以便稽考。

一、本部司官舊設本科管理章奏，近久不行，分責無人。竊謂除郎中管理司事外，當于員外郎内委用一二員司之。果有勤慎著勞者，遇郎中缺，即移咨陞補，以寓鼓勸。

一、舊規通狀有事在百里之外，及地在外各衙門見問未結者，俱不准行，載在事宜。近例凡屬旗下人與民搆訟，外衙門不許審理。但必事關人命强盜重大事情，方許赴部告理，其餘小事應歸五城。

一、舊規各衙門解到人犯，除原奉欽件及軍罪、死罪，收本部大監，其餘徒罪發城監候，杖罪以下保候。又各衙門送到人犯，事有干連，應合添提者俱牌，行該城兵馬司提解問理。如係外府州縣居住者，該城轉行彼關提察。近不行，似應復舊。

一、流徙衙蠹，奉旨察其事犯，在順治十二年十月上諭以前者，見經本部改擬具題，其同在諭前已經流徙者，應否一體沾恩？且以臣愚，謂流徙之法本以懲貪，今於犯贓蠹役尚從開減，其或有他罪下於貪贓事，在屢赦之前者，應否酌量察議加恩？

一、告狀止理正詞。間有捏訐列款粘單狀尾者，係奸民惡習。及審問之時，扳引狀外事犯，牽連平人者。應飭中外問刑衙門俱不許問理，仍將本犯加等治罪。

一、投充旗下人，嫁女不禀明本主者，例將原嫁女追還給主，所嫁本夫斷離，其有已生男女方在懷抱，一旦斷離，嬰孩無人乳養，坐視必死。臣愚，竊謂其夫妻禮成，斷離再醮，有似不情，或應追給本主贖身銀若干，仍治私婚之罪。

一、在外官司擅責旗下人者，懸有厲禁，似非滿漢一體之意。今後除逃人在外犯罪，自應解送部審，其他官司，執法斷罪，偶有責罰，應置勿論。

一、竊盜因贓定罪，列在正律。近例止論盜情，真者槩杖八十、刺字，則贓少者法失於重，而贓多者法失於輕，似應依律爲平。

合祀疏稿

爲祭祀事。臣等伏以合祀天地之禮，既奉旨舉行，但察考書開載合祀舊儀，與每年見行分祀之禮有參差不同者數端，竊疑合祀係當日創舉、分祀經後來更定，是以不同。今見行分祀禮，南郊有四從壇，大明、夜明、星辰、風雲雷雨而合祀，則星辰獨分爲二壇，風雲雷雨壇似不應次于五嶽鎮海之下。北郊有四從，五嶽、五鎮、四海、四瀆而合祀，則五嶽、五鎮、四海各分爲一壇，共十四壇，惟四瀆仍舊總爲一壇，又似不應次于帝王山川之後。且大享殿臺地界頗狹，壇案較多，其位次先後分合之數，似尚當酌議詳妥，奏請奉旨然後舉行。臣等愚見，公同商擬，謹繪爲一圖，不識于禮合否，伏祈敕下該部察議覆奏施行。再察部題疏內，開配位玉用蒼璧一，今見行配位壇祭祀，從未用玉，應否添設；又山川壇開帛二，神祇壇止開帛一，似應更正相同，併祈勅部查覆，以便遵行。

遵諭陳言疏稿

題爲遵諭陳言事。臣愚，奉職無狀，蒙皇上使過之恩，冒玷班行，方慙無以報稱。兹奉温諭求言，自知迂踈寡術，肰而仰覩焦勞，罔敢緘默。竊以從來政治之要，不越省刑罰、薄税歛二端。是以古先哲王遇灾祲之日，往往釋囚蠲賦，傳紀于後。我皇上敬天勤民十有七年，蠲赦之詔屢下。今因亢旱日久，致廑宸衷，命臣等條奏政務，關係國計民生急當興革者，謹就臣愚見所及一二妄陳之。近奉詔：十六年以前錢糧拖欠在民，遣官清察蠲免，此甚大德意也。但慮奉行之吏，借口其中有經撥補者，而猶然取盈。在有司則既奉豁除之名，難復施催科之政；在窮民則業已蒙恩于前，旋即追呼于後。雖日事敲扑，萬難輸辦，徒令轉徙溝壑，究竟無濟于撥補。此無論非播惠初意，而朝廷大信亦宜急布於天下也。伏祈勅下户部，速稽撥補何項，另行酌盈濟虛之方，務令殘黎得息肩于舊欠，而竭蹷以辦新徵。其撥補一項，或總核經制出入之數，何者應裁，何者應減，挹彼注兹，在司農一持籌間而缺額已足，正不必借此難追之拖欠耳。即不然，各工之營建似尚可緩，南方之船艦有無實濟，及諸織造窑器賞賚齋醮之費或皆可酌議停省，暫應撥補急需也。臣愚妄，謂今日實事之當修在税斂者，此其一。臣又伏察每年熱審之法，原因時當炎熇，恐囹圄充斥，煩冤疾疫之氣上干天和，足爲陰陽之咎，例除笞罪，釋放徒流，以下減等發落，其重囚情可矜疑者，亦應奏請定奪。今則于輕者減釋，而重者猶然沉滯獄底，似亦非立法初意。伏祈勑下刑部，或特遣内大臣會同法司，速查見在重囚，分別情罪有無可矜可疑，刻日開列奏請定奪，以拔冤而蘇滯，或亦皇仁所不靳也。至于直隸各省，原奉旨一例舉行，亦祈勑部通行詳審，有重囚可矜疑者開列奏請，不得止開徒流以下塞責。又大清律例，原斟酌累代舊典勒成，頒布中外，遵行已久，近奉旨命官修訂，此最要典章。臣竊謂節奉特旨并一切新例宜另爲一册，列之首卷，以示不可犯。而舊律不必輕改，以存古昔之成憲；舊例不必輕删，以備臨時之參酌。使用法之官知其守常者不宜變，而間用者非得已，庶擬議之時寬猛相濟，適于平中而無畸重畸輕之失。將一代損益制作可比隆于堯舜，而皇上明罰勑法之意與泣罪解網之仁並行而不悖，更足以克當天心者矣。臣愚妄，謂今日實事之當修在刑罰者，此又其一。臣愚，識見鄙淺，學術迂疎，謹因奉諭冒昧上陳，深以無當高厚爲愧爲懼，伏祈睿鑒裁擇施行。

東谷集續刻文卷十終

吴廣隆　編審
馬甫平　點校

東谷集

清　白胤謙　著

第五册

中州古籍出版社

東谷集續刻文卷十一目録

疏稿

表

啓

制策

書

與伯珩……………………………………（九五七）

東谷集續刻文卷十一目錄終

疏稿

清　白胤謙　著

請明職掌疏

題爲請明職掌事。本月二十二日伏讀上諭，諭刑部云云，欽此。謹察臣等衙門奉旨向行事例，凡有投到民本通狀，臣等公同詳閱，本狀内除情涉虚誣及未經該管衙門告理者不准封送外，有情詞迫切似屬冤抑者，本即行封進，狀准送刑部審理，月終將件數造册奏報，間有在外本狀虚實未明者，仍咨行巡撫察奏，年終造册類奏。但臣等衙門職司封駁一應題奏本章，非係問刑法官所封民本并所准狀，止看原寫情詞，公同參詳，並無審理之例。今奉上諭內云：『果有冤枉者，先赴原問衙門控告覆審，不得於原供之外捏詞增飾。』仰見皇上洞察民隱，慮有下情未達，復恐奸頑飾詞越訴，嫁害無窮。臣等敢不仰體睿慈，熟籌情法之宜！公議得：以後凡內外本狀奏告官吏不法、軍民惡蹟，事情重大害切己身者，在內必經刑部五城等該衙門，在外必經撫按衙門告理。果其冤抑未伸，再告覆審，仍有枉屈者，許赴臣等衙門奏告。其本狀內必須明聞某年月日具告，某衙門覆審，如何斷結。臣等即將本狀存司，一面行文原問衙門，調取覆審緣由，察對虛實，有無增減，方爲確據，以便封進駁回、准送與否。其上本人并原告暫送兵馬司寄候，以防顧覓逃遯，庶可杜奸頑健訟之徒誣害善良，及刑獄成案妄圖翻異種種弊端，而臣等衙門亦少追輕忽舛誤之愆矣。至於臣等衙門見奉旨，漢人告滿人并滿人告漢人，重大事情似應一例聽令，先由刑部等問刑，各衙門具告，未服再告覆審，仍有冤抑者，然後赴臣等衙門具告。此係臣等衙門職掌所關，爲此謹題請旨，以便遵奉施行。

乞罷巡行疏

題爲乞罷巡行之議，以專内治鎮人心事。臣等竊聞之《書》曰『皇建其有極』，《易》曰『垂衣裳而天下治』，《論語》曰『譬如北辰，居其所而衆星拱之』，皆有居重馭輕居静制動之義，此萬世不易之常經也。所以上古巡狩之典後世難行，而令臣工代之，蓋所爲變通盡善者耳。今天下已大一統，乃者海上遊氛尚未報殄，計旦夕大兵所至，不難蕩滅。皇上即欲乘時親移法駕，閱視指揮，相度形勢，爲一勞永逸之舉，斯誠度越百王者矣。而臣等區區之愚，竊謂皇上者萬方之主，京師者天下之根本，八荒兆庶心志嚮之，耳目繫之，誠不宜降尊而履卑，勤遠而遺近，攬區宇重大之全勢，而專事于一隅之偏末爲也。極知廟謀周至，即六飛啓行，居守萬萬無虞。然而開闢之初，猶然新國也。南方之糜爛，政須休息；北地之瘡痍，亦易驚摇。一旦有此非常之舉，揆之情勢，似非静民急務耳。豈獨師行煩費，不忍勞民之力而已耶?惟乞皇上早下諭旨，暫罷巡行之議，晏然坐鎮撫之。勿令四方聞之，紛紛生其疑畏，則天下幸甚！儻無已而欲爲牖户綢繆之慮，不過慎簡一將帥之臣任之有餘。從此廣集群策，講圖内政，省刑罰，薄税斂，固結人心，以永杜亂萌，則國家有泰山之安而與天地同其久矣。臣等無任悚切待命之至。

告病疏 己亥三月

刑部尚書臣白胤謙奏，爲痼病劇作，乞恩解任調理，以免曠廢之罪事。臣至愚極陋，兼多過誤，伏蒙皇上寬宥，覆載深恩，實出望外，惟思勉竭駑鈍，仰圖報效於萬一，何敢妄有控瀆？奈臣素抱痼疾，班行諸臣所共知者。腰痛麻暈之症，已歷多年，數數動作，每動作輒踰旬日，延醫常永光、翟餘慶等療治，俱旋愈旋發。今月初七日之夜，忽焉大發，腰背疼痛欲折，左臂及股軟麻，艱于擡舉，眩暈昏憒，不能進部者已十餘日矣。竊念臣本庸碌無能，兼之衰病多過，祇緣感激高深，涓埃未報，所以年來雖病，罔敢輙以病請。顧臣雖在部勉强辦事，其實身負重病，不任勞役，耳聾健忘，怔忡昏惑，非同曹諸臣左提右掖，時時難免錯誤之愆。今且委頓牀褥，輾轉呻吟，縱盡瘁有心，而驅策無力。敢懇皇上垂憐病狀，暫准臣解任回籍調理，員缺另推。俟臣瘳日，即速趨朝，誓罄犬馬餘生，以效捐糜。察前本部侍郎張爾素、宗人府丞高珩等，俱以病告荷允，儻獲蒙恩一視，叨幸曷極！臣實因久病難愈，恐致公務曠廢，罪益增重，迫切哀鳴，萬非得已，統乞皇上慈鑒施行。臣無任感激待命之至。

告病第二疏

刑部尚書降一級照舊供職臣白胤謙謹奏，爲宿疾未能遽痊，部務不敢久曠，敬再懇天恩准假調理事。臣於前月二十日具有痼病劇作乞恩解任調理以免曠廢之罪事一疏，二十五日奉旨：『白胤謙著暫調，稍痊即出供職，該部知道。欽此。』臣隨扶掖望闕叩頭謝恩，復延醫療治，恨不少痊，强起供職，期無負皇上生成至意。奈臣宿疾已深，醫藥急切難效。計臣腰痛之症感自二年冬，今經十有四年；臂股麻木之症感自八年秋，已及八年；頭目眩暈之症感自十三年春，亦三年矣。去歲七月二十日夜出，忽然倒地，昏迷不醒人事，半月方瘥。從此腰身痿弱，久立則倒，耳聾健忘，精神恍惚，以致八月經筵日期不敢入侍。嗣復諸症偕作數次，甚或用人扶掖入署，及今遂爾委頓不支。自奉旨及今，已經一月，輾轉牀枕間，日則呻吟，夜復不寐，思惟不才薄植，何幸而受皇上恩遇之隆？何不幸而宿疾纏緜不愈？即今腰痛不休，麻暈時發，不惟肢體困憊，兼益心志昏迷，非從容將養難望遽痊。但刑部事務繁重，何等關繫，臣苦不能强出辦事，又恐在寓日久，徒增曠職之罪。臣心實惶懼，一刻難安，敢再申前請，懇乞皇上天恩，俯准臣假，解任回籍調理。冀需之歲月，少得輕可，誓竭犬馬未盡之力，以報皇上罔極之恩於萬一也。臣不勝感激待命之至，爲此具本謹具奏聞。

告病第四疏 辛丑三月二十一日

奏爲久病不勝職務，懇恩給假調理，以免曠官之罪事。臣以庸陋，荷蒙先皇帝隆恩，報稱無能。伏遇皇上御極，正臣盡力效職之日，奈臣血氣久已衰憊，頻年疾病纏繇不已，素有腰痛舊症已十餘年，曾蒙先皇帝准暫假，在寓調理二次，今則日甚一日，漸不可支。本年正月内兩患腦瘡，復有怔忡暈麻等症，雖在衙門勉强辦事，而筋力實不能勝，每接閲本章稍多，輒頭昏心跳，出語訛錯，坐用枕囊支靠，爲時稍久，則腰脊痛不可伸，此同官諸臣所共知者。前月二十四日夜，忽患半身痿痺，未明强起，顛躓仆地，延醫郭圖英、茅致策等療治數日，漸知痛癢。今已二十餘日，倍加沉重，左臂左股麻軟不能擡舉，腦痛耳鳴，心慌目暗，時時迷暈，語言錯亂，計非旦夕藥餌能瘳。衙門職務豈容久曠？臣衰庸多病，實實不堪供職，即在寓養痾，徒虛縻朝廷禄秩，轉恐爲罪益深。臣心惶懼，一刻難安，謹援宗人府丞高珩、通政使晋淑軾等例，具疏上陳，懇祈天恩垂憐，俯准回籍調理，員缺另補賢能，庶于職事無曠，而臣心得以少安。儻有痊期，誓竭捐糜報效高厚于靡極也。再查吏部題准給假定例，除一面取具本衙門并同鄉官甘結送部察照外，理合具本。臣無任激切待命之至。

表

賀移宮表

伏以宅中定鼎，那居弘攸芋之規；纂大乘乾，肇域衍于胥之祉。憲北辰之居所，閶闔齊巍；正南面而嚮明，河山表壯。功垂磐石，慶洽普天。恭惟皇帝陛下天錫英符，物歸神器。武功昭于時夏，四海爲家。文德耀于天階，八荒在闥。既控幽燕以奠宇，遂稽營室而作宮。在皇上遹追之孝方隆，識宸心之匪棘；而臣庶子來之忱偕作，共王職以維勤。捄之度之築之，千夫鱗萃；其庭其楹其正，百仞翬飛。正殿崇閎，金碧煌而卿雲照户；連宮瑞麗，丹青焕而璧月臨軒。方瞻穹廡以落成，乃戒天閽而臨御。卜云其吉，既登乃依。不固不奢，象陰陽以照令德；匪金匪玉，型堯禹以建隆圖。國族聚于斯賡，美奂美輪之盛；大命光于舊遂，肯堂肯搆之思。出武英而正天室，跨太和而躡明庭。依稀登宇宙于周年，髣髴仰星雲于虞陛。駕六龍之容與，攬八柱之峥嶸。地止天行，祝聖躬于彊固；一勞永逸，占王氣之久長。臣等材謝棟梁，惟惴巨室之任；思虔繩墨，不遑啓處之勤。徒欣大厦之成，慚同躍雀；欲奏長楊之賦，耻類雕蟲。伏願處高聽卑，先憂後樂。室家增其塗壁，瑞生朱草之階；牖户載以綢繆，德洽碧蒿之柱。思殷適館，渠渠勿嘆權輿；念廑窮簷，肅肅必俾安宅。將霧擁雲迴之室，居重萬年；而竹苞松茂之基，合祥百代矣。

啓

賀劉憲石相公小啓

恭惟老先生閣下，志希皋稷，道繼伊周。既宅揆兼師保之尊，復冢衡荷均平之重。弼亮之業弘于一人，斷休之懷昭于四海。是誠天作之合，而世集其慶者也。顧念庸陋之資，宿侍表儀之側。敢謂同心無挾德之迹，蓋因前輩有忘年之風。洎乎奉使萬里而遥，嗣則倚廬三載以久。每懷汎愛之雅，不忘下交之誠。追緒論于平生，承温顔于夢寐，蓋亦屢矣。中間聞大拜之命，荷聖明登進之公。即今處得爲之時，覩道德施行之效。太平有象，草野何求？第慙敬問之虚，委緣末制所束。極知大度，俯恕顓愚。屬當衰絰之甫除，敢憚馳驅而爲禮。庶幾慈誼，鑒茲燕雀之私；是即隆情，慰彼綦縞之舊。

賀成青壇相公

恭惟老年臺閣下，德爲大器，才擅生知。配稷契以傳家，抗伊周而繼迹。大拜以來，歡情靡極。一則慶太平有象，聖明之穆卜攸宜；一則幸想望非虛，宿昔之深期不爽也。且以老年臺純粹以精之品，中和備美之風，握手而挹雲日之姿，傾心而佩金石之益者舊矣。實兹大位，雅稱高賢。必能舉聖主于堯舜之隆，佐興朝以禮樂之盛。是用鳳梧之咏，不輟于衡門；梁月之思，時通于丹禁。今緣末制告畢，適當爲禮之初。庶邀盛懷，鑒兹燕雀之悃；是即隆誼，慰彼綦縞之私。

制策

策一

蓋聞一天下者謂之王，既將執其一化天下之不一者，又將通其不一就天下之一者，則天下永一矣。然而舉之有漸，不可不講也。今夫語言文字至末也，治天下者卒不能外焉。古稱蒼頡造書，仰觀奎星圓曲之勢，俯察龜文、鳥羽、山川、掌指而刱文字，後世因之。然以攷五帝三王之世，改易殊體。周禮八歲入小學，保氏教國子，先以六書：一曰象形，二曰指事，三曰會意，四曰諧聲，五曰轉注，六曰假借。六書既列，墨士飆起，諸所摹畫，緒分縷布，無不本諸此。故書肇于形，形不可象則求諸事，事不可指則求諸意，意不可會則求諸聲，聲不可諧而後轉注、假借行焉。是六書者，萬書之統，乃其所統則固繁矣。周宣王太史籀著大篆十五篇，與古文或異。至孔子書六經、左丘明述《春秋》，傳皆用古文。其後諸侯力政，不統于王，田疇異畮，車涂異軌，律令異法，宫室異制，言語異聲，文字異形。秦兼天下，丞相李斯乃奏同之，罷其不與秦文合者。斯作《蒼頡篇》，中車府令趙高作《爰歷篇》，太史胡母敬作《博學篇》，皆取籀篆，頗加省改，是謂小篆。小篆作而大篆一廢，古文一廢矣。是時秦滅經書，除舊典，大發隸卒，興徭役，官獄職煩，以篆字難成，乃用程邈所制隸書，以爲隸人佐書，故曰隸。隸既作而小篆一廢，大篆古文再廢矣。今之楷書，則隸之捷者，其初意以爲通隸之窮也。然楷既作，而隸一廢，古文大小篆再三廢矣。要而論之，唐虞迄夏商周，唯古文爲用最大，漢唯隸爲用最大。漢迄宋元明，唯楷爲用最大。楷書制本古文，兼綜諸體，撰擬神明，明融物類。有體以别其方圓，有形以定其曲直，有音以分其清濁，有聲以辨其平仄。理非是弗曉也，情非是弗達也，事非是弗著也，物非是弗紀也。數千年以來，文字蔑有易此者。今自盛京肇興隆業，統一區夏，漢書既未習也，而舊所用之書又未可遽廢，故制以滿漢並行。蓋滿漢雖已一家，而其情尚有未習、其言尚有未通，勢不得不藉一二通譯者爲傳送之關。夫天下之患，莫甚于上下相蒙，亦莫甚于上下相疑。人之情僞，事之變化，無慮百千其端。而言書既岐，明察未能徧及，憑私臆决難于轉石，權落于旁借，利分于衆持，中飽之奸所由宿也。愚以爲凡法之興，始自貴近，高百物者師百物。今見無以漢人治滿者，而多以滿人治漢，則尤當以漢書先通之滿也。至我皇上又非臣民可比，萬方將待治焉，萬民將待澤焉，萬幾將待理焉，勢非精習漢書且先習焉不可。何則？帝王者，禮樂教化所從出也，綱紀法度所從生也。皇上神靈建極，道兼作述，政事之暇，既譯定遼金元三史，復命史局諸臣變本紀、列傳之文，著爲《明鑒》以觀法近代。爰書告成，亦亟爲翻布，其于滿漢兩書，誠兢兢務必重之。然試核以要論，書契既興，六經子史而下，不啻汗牛充棟，何代之書不可以佐流覽，然豈能一一盡譯之與？嘗約略舉之，有字同音同而義同，有字異音異而義異，有字同音同而義異，有字異音異而義同，有義同音同而字異，有義異音異而字同，有字同義同而音異，有字異義異而音同，其同異殊絶者無論。歉慊不殊而快恨殊，是字同音同而義異也；資藉不等而借取等，是字異音異而義同也；益翳、契禼、鮌鯀、垂倕，是義同音同而字異也；純，均也，或全或準，苢，均也，或赦或貸，是義異音異而字同也；吹鮮思看，韻兼平仄，是字同義同而音異也；禹宇、丘蓲、用别、規圖，是字異義異而音同也。又其别者，燕趙傷重，吴楚涉輕，秦隴以去爲入，梁益以平爲去。今譯者或止譯義或止譯音，譯義者得其一義不得其又一義，譯音者得其一音不得其又一音。音義互乖，得毋苦混亂歟！今欲使折衷滿漢之書，以何者始之，何者次之，何者主之，何者輔之，非皇上躬親示之法則不可，則必自講筵始矣。皇上天姿日茂，睿齡加長，多識前言往行，此適其時。雖聰明饒于天授而覩記未廣，凡陳説古今及民間疾苦、稼穡艱難之類，不可不豫爲敷導，以養成君德。旦夕金華肇舉，玉軸式御，愚以爲不患不習滿，患不兼習漢。使不啻以漢書爲兼務，而□漢音以就滿音，翻漢義以就滿義，有漢音繁滿音簡，亦有漢音簡而滿音繁，有漢義詳滿義略，亦有漢義略而滿義詳者，則經義或幾乎晦。且漢音傳漢義，經猶經也；以滿音傳漢義，則經非復古人之經而今人之經矣。皇上得無亦慎此歟！如尹氏，傳或以爲夫人或以爲大夫；如宣公，傳或以爲得正或以爲不正。去聖未遥，字音不易，猶尚如此，况變而益遠，弊豈一端歟？元金履祥曰：『爲學者若五味之在和，醢鹽既加，則酸鹹頓變。』况我皇上神明間出，習與性成，湯沐之地，語言文字不煩講譯，而獨此堯舜周孔之學載在典籍者，與其譯文而晦義，何如精義而考文！以譯文雖便省覽，終非聖賢之本義。猶夫臨軒召對之際，雖經通譯者之轉相傳釋，而已非效忠者之本願矣。誠使皇上從容習漢，俾諸臣進講時昌言朗誦，不煩重述，從此天下無可眩之文，無敢欺之人，無可疑之事，不特進講諸臣之快，實社稷無疆福矣。芻蕘之言，或嘉納焉。

策二

視都知野，視野知國，視國知天下，遠邇之勢殊而情不殊矣。惟王治本乎情，斯遠邇各以其勢合，故王者不敢遠視天下邇視國也。以國視天下，以天下視國，然後舉國而從以天下。是故謀治者不以法，懷遠者不以威。欲民之從，不能强民以必從，莫若與之以所欲；欲民之順，不能强之使必順，莫若去其所甚惡。夫生養安全者，民之所欲也；刑殺殘害者，民之所惡也。致其所欲，去其所惡，令不出于四境，威不示于國中，而海宇咸服荒遠來至，此篤于内而厚于本也。王制規方千里以爲甸服，天子之所自治者不過四方百里之地，所謂百里之内以供御者也。餘以託于圻内諸侯。其能使天下諸侯服從，億兆無不被澤者，内治修而本計得也。故《詩》曰：『邦畿千里，惟民所止。』此言王者所治，四方于此觀法則焉，兆民于此徵聚涣焉。則明問所云，天下根本，非王都誰與歸？然則化不期行自速，俗不期變自美，令不期下自順，不馳驟于四方，四方莫不敬應而聽從者，亦先之此而已。《書》曰：『邇可遠。』言王者無遠也。非無遠，不以遠爲事也。惟不以遠爲事，而遠在其中矣。故《大學》稱『國治而後天下平』，非略遠而專近也。近者無向隅之悲則遠者有酌兕之望，近者有庇㦝之怨則遠者無作堵之思，是以聖人惟以修内爲事。今皇上撫有區夏，三載以來，驅巨憝而靖狂孽，軫哀鴻而蘇頳尾，仁心礴于無方，龐澤汪于遐寓。京師之民首先沐浴歌舞之，以爲我大清之德振古未有也。然而大君施惠惟日不足，小民望惠亦惟日不足，是故治不厭其詳、教不厭其至、情不厭其摯、恩不厭其深。百姓稔信皇上愛養之心無已，微慮承流奉宣者未必盡一于皇上之心。則有治法無治人，猶尚難之，矧乃督責嚴而深文之弊甚于桁楊，奉行過而美善之意變爲酷烈，何怪乎畿輔之民失職而扞法徙業者多有乎？雖然，惡影者不若休形而息陰，厭迹者不若止行而憩足，不忍殘民者不若簡令而寬法也。《書》皋陶曰：『臨下

以簡，御衆以寬。』何謂也哉？蓋好生之意，惟恐其不洽于民，
而又繁其科指，苛其疵隙，故民易以政獲罪也。臯陶刑官所制
者，刑而教民祗德，聖人所重在此不在彼，以故明刑之條厥有服
流宅居之異。譬夫殺人者誅，叛逆者誅，以他故罹辟者亦誅，是
殺人叛逆與雜罪無異。五刑之例可不别爲三千、三刺之掌可不懸
其三宥矣，豈帝王而民父母之意哉？是以禹見罪人，悲其不若堯
舜之人，以堯舜爲心，而各自以其心爲心，故下車泣之。非徒泣
罪人也，自悲其不能致民之一心，是以泣也。湯以解網之懷施之
聽訟，不求于民而自責焉，故其告于皇天曰：『百姓有過，在予
一人。』猶恐民之有罪，或自上開之也。文王之政，罪人不孥，

其在《詩》曰：『彼茁者葭，壹發五豝。』蓋言德澤蕃于禽獸。夫鯤鯢麛鷇，聖人猶且不忍，而况乎其以人之罪及其父母妻子，維何甚歟！由斯以談數聖人者，代雖邈矣，世猶今之世、民猶今之民也。夫謂用古不可以治今者，猶謂三代以後其必秦鞅之法，而後可以勝民也。然而漢高之得天下也，以父老苦秦法久，與之休息，悉蠲煩苛，作三章之約，秦人惟恐其不王。孝文耑務以德化民，禁罔疏闊，在位二十三年，至于斷獄四百，有刑措之風。唐之初載封德彝言三代以還，人漸澆訛，欲化而不能，太宗不用，而用魏徵之説。貞觀四歲，斷死刑者二十九人，喜謂群臣曰：『此魏徵勸吾行仁義，既效矣。』宋祖注意刑辟，嘗嘆：

『堯舜之罪四凶，止從流竄，何近代之不及乎？』故開寶以來，大辟非情理深害者多得貸死。金之世宗性仁而信于賞罰，能以不濫爲寬政，刑部歲斷死人或十七人，或二十人，有小堯舜之稱焉。元世祖仁明英武，渾一區宇，定天下之刑笞、杖、徒、流、絞五等，死囚審讞已定，亦不加刑。歷繼以守文盛德之君，修其成憲，遂使七八十年間老穉未覩斬戮。明太祖嘗曰：『用法如用藥。法以衛人，非以殺人，用之太過，必至傷物。』數君者，豈皆不知威法之可以速得志天下，且有世輕、世重、亂國、平國、新國之殊，而必一于寬大耶？惟其于本末之數明也。昔者，舜敷文德而舞羽七旬，禹敷文命而執玉萬國，彼曷常遽求聲教之暨訖哉？蓋古先王盛時，四方各有不盡之地，故西不盡流沙、東不盡東海、南不盡衡山、北不盡恒山，而惟謹厥柔能之德宅，是封内至于惟德動天，無遠弗屆，四方安歸乎？而班氏亦言：『文德者，帝王之利器也。』文之所加者深，則武之所服者大；德之所施者博，則威之所制者廣。夫武以力爭，威以勢拓，力所不及則撓，威所不至則困。其孰能如不争而力不可勝、不威而勢不敢抗，此三代之盛，囹圄空虚，虎賁脱劍，而本末有序，爲帝王之極功也。今欲使天下之無逆令，則莫若先形以畿甸之化；欲畿甸之善其俗，則莫若厚以德教。夫民知生之無所戕而死之必可避，則誰不欲扶老携幼、跋履山川，願受一廛而爲甿也。不然，雖有嚴令重禁，未必能使之畏于其志。況乎霸之世使人悦不如王之世使人思，王之世使人思不如帝之世使人忘，即奈何使人畏也？且夫大道之行也，天下爲公。叔季之世，鉤織起焉，法重而姦生，令繁而詐作，東濕揚沸激而愈深。自上之人立一法，欲其難犯而易避也。典文者不能分明，反欲羅元元之不逮，是豈上之意也哉？今即揆内治之道，或不止恃寬大，寬大亦不止省法懲威。而大聖人奮起，志興禮教，建遠猷終，不得舍此别求，所爲正本清源之論耳。孟子曰：『無傷也，是乃仁術也。』惟仁者無敵於天下，故三代之得天下也以仁，守天下也亦以仁。夫知仁之可以長守天下，願我皇上之長守仁也。

書

成衛二中堂書

古云：『陳力就列，不能者止。』胤謙年甫逾衰而髮禿鬚變，可知禀賦原薄也。謬蒙皇上寵任之過，奈才短而力微，受非其器，比雖罪過多端，猶仗共事群公提助之力。若胤謙則心形俱病，不任職事久矣。約略數之，有五不宜，而形病不與也。一曰愚暗，臨事不能洞見是非；二曰健忘，事無新久過即遺忘；三曰迂戇，議事拘泥不能圓通；四曰疑滯，遣事遲鈍否即有悔；五曰拙訥，短于口辭，不能引喻曉暢。有此五病，而復益之以耳聾之病，時鳴則暗，數尺以外聽之邈如。又有眩暈之病，頃刻動發，心志迷亂，豈能免于失錯？至于腰背積痛不息，漸成傴僂，用人扶持，則大非體儀。胤謙即懷戀聖恩，不敢言去，不忍言去，而心形俱病，其何能復强而就職、素飡竊位、徒自作過累、以重負委任哉？夫明明知其不能，而恥于自言，是自欺耶？欺人耶？自欺欺人即欺天，欺天即欺皇上矣。數日内仍有小疏，懼不達意，敢乞老先生鼎言于諸老先生，煩代爲申奏下情，則朝廷部務不至廢弛，而胤謙不肖可幸苟免于罪愆之及，皆老先生之德賜也。

與魏環溪

比再告，不蒙恩。俞計亦不敢復告，需日當强出。其實日來但飲食稍復耳，心病則久深也。頃受委趙懿侯詩，初讀之尚踴躍，及妄評長洲吳越二集，竟遂昬眩不支，右手亦弛然痹倦，意重違命，復勉竣其近稿之一，而益蔌蔌然怔忡作矣。因停置枕旁，擁衾喘息者一晝夜，今晨起始甦也。謹奉還，求覽正之。懿侯才情高逸，而領派甚正，此近世所希，若加以深老，則卓然古人也。且以詩旨言之，欲其忠厚和平，而不欲嘻笑怒駡。今于集中選其佳篇若干，大段氣格逼古，不徒掇拾辭采而已。至如《愁霖》、《明妃》二歌，綽有興味，更非易作。而再論其句之佳，若『貧者士之常，胡爲重凄凄』、『不如返其樸，浩蕩任蒼旻』、『世自競世榮，吾自尊吾道』、『藏鋒爲世用，含物學坤柔』，俱學道人語，所謂『怨不怒，思無邪』者。至于『舉頭見天高，投足知地厚』，更是萬物一體、胸懷儒者之氣象，竊服膺之不欲置也。竊又意懿侯集中，尚不無一二得意而失之輕，如《惠山泉》類；有激而失之露，如《四愁詩》類，令俱本前等句意出之，則不惟無憾，信乎風雅之宗矣。某去此遠，故謝不能，而望近于此者能之。蓋懿侯之才情信美，集中作多似古人，所猶欲進之者，不欲其一篇一語涉于今人，則真古人流亞也，故不覺論之苛耳。執事學醇養粹，足以砥鎔後進者，輙瑣瑣如此，惟進教之，以爲何如？

復魏環溪

承教論學書，謂學者下手工夫，要在『寡欲』二字上討消息，此最真切簡捷道理。竊謂孟子『寡欲』，『寡』字原是方便歆動人，使其由寡而漸至于無。其實欲何能遽無，故學者下手工夫喫力全在此一『寡』字，不得輕易覷過。又欲不止房幃，但此處把持得定，其餘自不難論更破的。至于二氏之説，誠不足言，亦不當言。雖其説偶有一二合于儒處，要皆假竊儒書而爲之，不足爲異。吾儒立脚既定，斷不可一毫沾傍于彼，所謂『攻乎異端，斯害也已』。能言距楊墨者，聖人之徒也。老親翁根器過人，學問得力，故真能以寡欲爲易事，而不能者不知，亦未足深怪。至論人于五倫中求盡得，諸嗜慾中求省得，便許是箇人，尤平實篤論。只持此二端，作人勸人便可以升堂而入室，設教而垂訓亦非過者。至論性，除孟子性善之言外，再無别説足以加之。若夫道與事物，則似亦不可相離，即後面所云性命中即有經濟，經濟中即有性命也。不然，恐離事物尋道，便非脚踏實地矣。又一篇内拈出禮字，信是卓然。夫禮者，天理之節文，正所以制欲者先。儒謂飲食男女之欲，人不甚相遠，但中理與中節即爲天理，無理與無節即爲人欲。夫其所謂中理中節者，非禮而何？然此中間尚有一個主宰，則敬是也。先儒自二程子以後俱言敬，即台論中所引《中庸》『戒慎恐懼』，此禮之本也。若求寡欲盡倫，而用此操持，似更簡易得力。台論中自身體驗之言，亦蚤已得之矣。末一篇所貶，不外不宥解脱變化之説，其病正坐不識敬字，遂落于禪窠，駁之誠當。胤謙于此未望見津涯，輒以下詢所及，敢布狂謬，惟開示幸甚！

再與魏環溪

頃稿皆數年前隨所聞見于人并有得于自者，漫筆諸札，遂積有㞐，伯珩取去許久，纔送還，曾一披閱，儘多未安者，尚無暇更正，辱見索後，思之益復愧甚，因領還，次第點簡，頗有涉于二氏并觸忌諱者，悉已汰去，此豈非良朋磨礪之一端乎？其留者，尚求指教，果復悖妄，不妨去之至于盡耳。内陽明先生『日損』之説正與前示『寡欲』論合，已曾商及，但以近聞程朱説參之，又覺小異，因附録于《還山稿》末。其説先理而後欲，即所奉陳

『敬』字之義也。蓋『敬』非枯敬，只隨時隨處體認天理。天理常做得主，人欲自不能奪，故不期寡而自寡矣。陽明雖從人欲倒説向天理，其實天理不明，如何損得人欲？動似若小異，而亦大同，但程朱説較順而近。本附此一訂是非。又台教自信寡欲，不自信盡倫。竊謂倫亦理也。惟爲欲累，則或有不能盡；苟其欲去理存，而倫亦不難盡矣。老親翁何過讓耶？恃愛敢布胸臆盡言之，惟命幸甚！續稿容更抄出請正。不宣。

與伯珩

承示環溪中和位育説，弟愚，何足以知？然重孤下問，敢對以臆。朱子注中謂『致推而極之也，從戒愼説來，有工夫故下』，云此學問之極功。環老從大本達道説來，無工夫，却只以『推』字解致而以『極』字解位育，與朱子微有不同。以文氣遞接處看來，環老較順。其實大本達道，亦離不得戒慎工夫。但朱子以『戒懼』節爲存養工夫，『慎獨』節爲省察工夫，而此一節爲充其本然之善，『充』即致也，此字亦煞有工夫耳。台意以爲何如？其云一身之中和，即一身之位育也。初謂『如陰陽氣血之流通、四肢百骸之順適尚偏』，次云『如不陵不援不驕不倍，睟面盎背固佳』。東陽許氏云：『心正氣順則自然睟面盎背。動容周旋中禮，補出動容周旋中禮。又好環溪意，似不喜朱子『有此理』三字。但其上云『有此理便有此事』，故史氏伯璿云『不若直以事言而理在其中之爲盡』亦此意。竊謂孟子『形色天性也，惟聖人然後可以踐形』，『踐形』二字說得寬，似兼事言。一身之位育，于此可思。望有以教之，何如？《胡勤毅誌略》爲更正數字，『中葉祖』應改『第幾世祖』；父母已曾贈何官應補出，不必用『候贈』字樣；『近璫匿疏後始上奏』，恐未然，想當日或曾奉旨下部，則應改爲『下部議』；『近當』以下至驚駕也，悉可删，始獻前所建白亦删之，何如？至授兵部贊畫，似因曲沃所薦，都當查考勿錯。

東谷集續刻文卷十一終

東谷集續刻文卷十二目録

祭文

制義

東谷集續刻文卷十二目録終

清 白胤謙 著

書

與王孟禎書

日聞人言用刑稍重，頗以爲慮。欲有言，苦無便人。已作一字，投馮學士寓中，令有順便寄，料能達也。後見計役問之，亦云：『地方百姓頑悍難治，抗賦不納，非刑不可。』聞此，則益覺其非。夫善爲政者，先平其心。姑息不可以爲仁，殘暴不可以爲義。若有心偏于振刷，恐不免傷于操切，而下將苦之，非爲民父母之道。且恐胥隸利其如此而緣以爲奸，更大患也。曾記吾邑諸城李公，一介不取，但因病易于發暴，用刑失宜，後遂激變。

《書》『御衆以寬』、《論語》『居上不寬』二語最宜念之。《性理》稱明道先生『治惡以寬』，思來亦只是以至誠化導之意。王道無近功，不當責效旦夕也。况足下賦性耿介，不好逢迎上官，惟公廉可以服之，嚴急恐不足以爲號，故不若平易近民之爲愈也。至于催科，止有勸勵一法，蓋民窮而後逋賦，豈强刑所能得志？况迫之更何所容耶？偶讀胡可泉集中有『民箴』一條，今録去。可泉子告曰：『民去君之地遠，不知君所以爲民者切。民之安居樂業皆君之賜，而君之宵衣旰食皆民之勞，故貢賦租納所以報君也，而怠焉慢君莫大矣。不知者且曰特輸之官耳，身處治世亡怪乎其不知也。』至于作姦犯科之輩，亦當加以教戒而後刑之。記童時新鄭王公每造祠廟中講鄉約，輒帶罪犯數人，講畢面加刑，無不感泣，亦治悍之一道耳。

與王鐵山冢宰

適本稿雖具出署後，反復思之，似終兼論俸爲長。蓋觀每次推陞題本，俱有詳開俸次之語，則俸原不得抹殺。若從今題定，止論銜門，似涉偏執，恐後仍開滯礙之端，勢必又議改弦，終未便也。即如此疏命下，大理少卿缺出矣。依品級考槩論銜門，除常少鴻臚卿已陞無人外，應推僕少，而督捕少卿似又列在僕少之後，必將先陞見任僕少一人，太常少卿缺亦出矣，必將再陞見任僕少一人，而鴻臚卿一缺方及督捕少卿也，不愈難爲俸深之人乎？且復疑于俸淺者驟陞之爲倖也，此一難也。又查品級考，常少、僕少、府丞、通參、理丞、光丞六項由内俱有都給事中，僕少、府丞、通參、理丞、光少五項由内俱有御史。設前之都給事中遇缺陞補光少，勢必歷理丞而通參而府丞而僕少方陞常少，則不無太鈍；後之都給事中遇缺即陞補常少，徑陞大四品，抑何驟耶！前之御史遇缺陞補光少，勢亦歷理丞而通參而府丞方陞僕少，則不無太鈍；後之御史遇缺即陞補僕少，徑陞常少而大四品，亦何驟耶！是不反令後來者居上，而起俸深者積薪之嘆乎！揆之理體，未爲均平，此又一難也。至于他項未暇熟思，恐更不無滯礙，竊謂止論衙門之説且不須題斷，俟再講求妥確，或于原稿更定一番補疏，何如？區區愚見，輒妄布聞，伏惟老先生台裁。詰朝入署候面教，幸甚！

復白撫臺

老公祖以文武兼資，福臨敝晋，一草一木，悉被仁澤。數月來披讀台疏及得之輿誦者，不勝歡慶。緣忝侍從朝夕，僕僕未遑奏候左右。忽枉慈誨，軫念地方荒亡情狀，此誠秉光明之燭而回黍谷之春者矣。至敝邑陽城，自姜逆煽禍以來，西南村落大半丘墟荒亡，一毫未除，視他邑爲最，慮開墾驟難盡復。若可援永和、大寧近例，單蒙題請，庶望蠲豁，則將來國課不致大虧，此尤老公祖覆載生成之德，陽民婦子當蓍祝靡窮期矣。在寒舍薄産，幸無荒者，敢因下問，輒布告以實，伏祈鈞裁，垂造地方。幸甚！不宣。

復魏環溪

輿亭侍養之樂，何啻三公！願珍重，爲道自愛。不肖衰病侵尋，無補于朝，不知何時釋此愧疚也。家廟之禮，實茫然未學，辱下詢，重違台指，敢妄對以臆，何如？來問四世以上主當遷或即祧之義，遷當何處？按朱子《家禮》，有百世不遷之宗，有五世則遷之宗，蓋遷即祧也。遷之處，當祭告而瘞諸其墓穴，塚爲坎而掩之。又贈官者作何添入，有于主外另設神牌者何如？按《家禮》，程子云：『加贈易世則筆滌而更之。』可見加贈當改題原主，或先用水滌粉蓋其外層而書之陷中，仍舊祭告而行之可也。豆登器數，《家禮》雖載有設饌之圖，竊謂炙肝脯醢未必今古制合，不若隨其鄉俗，稱家之有無，酌定儀則爲常便耳。至于祭主分大小宗，《家禮》雖廟因支子而立，亦宗子主其祭，所以有孝子介子之稱。敝邑士大夫家立廟者有之，主祭則未聞推之宗子，蓋宗法久廢，若能舉而行之以率後人，甚善，但非愚所能妄議也。病中昏冒，率此奉答，乃寒家祖先尚未立專廟，俟再有訪聞，更以求正，亦望高明教之，幸甚！

墓表

長洲先生墓表

先生姓白氏，諱胤昌，字季文，長洲其别號。上世自陝西清澗遷山西之陽城，高祖文學府君諱子富，曾祖贈户部侍郎府君諱道，祖贈户部侍郎府君諱鐸，父唐縣知縣府君諱所學。母田儒人，以萬歷十二年甲申冬十一月十日生先生，于先府君爲從兄之子同堂姪也，居同巷。胤謙童時，府君曰：『學若而伯兄者可矣。』顧胤謙生後先生二十二年，自以穉，弗敢請。既長，乃獲侍從觀聽而步趨之，比于嚴師。賴先生不擯棄，前後辱友愛者數十年。竊以先生之學淹通經史，貫穿百家，爲古文辭典麗而弘暢，部勒雍容，尤長于善善。爲人明達而周慎，雖才具優于世用，居恒持之謀議者甚辨晰，而小心抑畏，每先事而憂若弗敢遑。與人處愷悌和煦，犯至不較，所稱無衆寡小大無敢慢者。近是初爲諸生，名藉甚。年三十七，以明經選貢禮部，廷試天下第一。還即罷去舉子業，後遂不復求仕。蓋先生天性明良，及夫學之得于古者浩博無涯際，惜終身未一展試，然其志不在焉。獨家居以自善爲樂，生平言動不苟，文章德行邑里之間莫不歸譽，大略見諸《穌譚》一書。而儀型于内者白首相莊，教成于子孫者振振克肖，其元氣包釀所得有餘裕者已。胤謙至不類，不足窺測先生。竊妄謂一家之學亦有統緒，胤謙生晚，于諸祖之上弗槩聞、諸父之間弗槩知，意吾祖宗數世積累遺澤，大約至司空府君而一萃，微獨名業丕昭，即其操躬之恪清静穆，耄老不勌。允哉！古儒者之懿範，同姓之宗也。先府君嘗于司空府君受業焉，其抱誠踐德罔愧屋漏者，亦無俟胤謙贅言之。爰及先生，始終翼翼淑慎，其身厥修洵俱不易，外人或未知之悉耳。胤謙至不類，少逐科舉之學，中復役役于仕，頃已衰疲，間始欲發憤爲學，冀補東隅萬一，俟旦夕退歸後，求進于先生。奈乞告未獲，而先生弗待，卒何所恃以爲救耶？嗚呼悲哉！先生素精醫，卒前患胃症數月，自知不起，即戒諸子飭後事，比臨終猶賦詩，自云心地明白如常，端坐而逝。與司空府君暨先府君一致，斯又存順沒寧，其養可徵者矣。時順治十五年戊戌冬十月二十七日，春秋七十有五。大抵先生之心行頗悉，所自爲誌，其餘孅胤謙亦既取而誌之納諸幽矣。乃仲子象顥等孝思不已，仍磨石于塚前，求重載片言，來書哀切之甚。胤謙獨曷能已，因復援筆綴此，俾勒之爲表，以告夫吾家後人之不及見前哲者。

誌銘

封刑部右侍郎張公墓誌銘

夫作德之報昭昭已。冥行者或背馳之，若盲人不見日星。然甚有聰明，舞其機智，以希世好，則如有目而故閉之，舍坦而趨坎，胡惑焉？惟天之佑善人，非有微妙隱密之故。乃其所以得于天者，信順弗違，廉退而愈不可謝。跡其末以求其端，循其事以考其理，無古今一也。昔予少遊京師，遇同邑謁選者張公，初探籤得山陰簿，既吏詭易以江山。二三少年咸起揶揄之，公怡然自若也。予時悚焉敬其雅度，是爲今少司寇賁玄公乃祖。賁玄公通籍後，與予同官京邸，因又熟其封君條山公，爲人直樸簡率，獨好盃斝，酣餘琅琅誦心曲，絕不爲矯飾態。予嘆曰：『張氏繼世而爲善人，德澤詎易央哉！』順治八年，遇覃恩敕封儒林郎內翰林秘書院編修加一級。十四年，再遇覃恩敕封通奉大夫刑部右侍郎加一級。是年夏，賁玄公以疾告歸，公健勝如壯歲人，日與鄉之耆宿數輩醵飲歡聚以爲常，陶然自適。會有司舉齒德者飲于鄉，僉首藉公，典禮爲之有光。亡何，賁玄公疾瘥，公方趣治裝，忽患瘍十餘日而逝。賁玄公以疏籲于朝，蒙賜祭二壇，給全葬，恩寵隆異，一時稱希遘焉。嗚呼！是雖賁玄公爵秩之巍品望之純，上逮其所生，夫亦公之德有以自致之而然也。蓋公雖爲諸生，才高敏雅，不樂以文采自見。事親篤孝，贈公耋年失明，晨夕盥溺必親。賦性剛直，不隨人俛仰，人有過往往面折之，而又樂道人善津津不置。閭黨有忿争者，咸就質公，力爲排諭，務得其平。遇婚葬事，必勉爲周助。然持己過于儉樸，從無華衣鮮食之奉以輔體悦口，尤申誡家人，勿即于靡。生五子，俱課以學，長即賁玄公，次蒼溪君，餘盡翩翩材美好學而多文，公復誨以馴行，一家之中慈孝廉讓相後先，無纖毫習俗富貴氣。《易》曰：『積善之家，必有餘慶。』孟子曰：『可欲之謂善，民之秉彝也。』故好是懿德有人，于此窮約則强勉爲善，居富貴而易所守，惡在其能積而有餘也。公家自僉都公前葆德于闇，及貢玄公已再世顯榮，乃其父子兄弟間壹皆謹願古處，不爲夸侈之行，元氣渾涵充而弗溢，斯實固而發彌長矣。而要自公一身爲之董率，吾故嘉樂慨嘆之，欲以爲世作德者勸焉。公諱元初，字還之，號條山，世居陽城之郭谷里。始祖曰閭，閭生韡，韡生江，江生子三：長思敬；次思愛；次思誠，贈中憲大夫都察院右僉都御史，生子四：長登雲，官京山衛經歷，贈通奉大夫刑部右侍郎加一級，是爲公父；次祥雲、慶雲、鵬雲。上世皆務穡事，後奮儒業。慶雲與予同年，舉丁卯舉人，殉寇難，贈宛平知縣。鵬雲，丙辰進士，歷官巡撫順天都察院右僉都御史。公生萬歷十三年十月二十六日，順治十六年閏三月十五日卒，享年七十有五。配李夫人，李公愛女。子男五：長爾素，丙戌進士，刑部右侍郎加一級，前左春坊左諭德兼内翰林秘書院修撰，娶庠生李鼎新女，繼平遥訓導孫如琰女；次爾淳，四川蒼溪知縣，娶陳經綸女；次爾厚，官生，娶生員石逵女，繼席尚福女；次爾實，廪生，娶封工部員外郎楊公時萃女，繼馬延祚女，繼程中相女；次爾質，庠生，娶李逢亨女。女二：一適監生曹積善子庠生象煌，一適庠生王修身子人豪。孫男二：范，爾素出；韓，爾質出。孫女二：一適廪生王熙明子均，一許聘貢生王維時子克仁，俱爾素出。賁玄公將以是年十一月初三日葬公於紫薇堆之新塋，不遠二千里走壯來徵銘，予故爲論次而銘之，不敢誣也，惟以實。其銘曰：周子有言，端本善則。厥本謂何？曰維誠質，曰順而祥，曰坦而吉。無懷葛天，鹿豕木石。其心匪他，昊天不忒。我銘公幽，聿寧其魄。不匱孝子，爾類永錫。

贈御史陳公暨封太安人范氏墓誌銘

贈公、太安人，御史泉山陳公之父母也。先是，公令子長公嘗以文謁余京師，余器之。洎辛卯獲儁于鄉，公尋請假歸省太安人。余時里居，間造焉。公復出其猶子子端以見余，愈益慺然稱異之。後公没，太安人健在堂。余聞之京師，語人曰：『泉山位不酬德，太安人諸孫行復大也。』既而子端以酉戌聯第，欽選庶吉士，文譽駿發。明年己亥正月二十三日，太安人八十誕辰，子端父大來公率長公及諸子姓，羅拜稱觴，爲壽甚歡。是年八月再舉會試，長公亦成進士，欽選庶吉士。競爽繼茂，所以酬泉山公未竟，而頣樂太安人者且未已。亡何，太安人遽病以卒。臨卒，謂大來曰：『吾昔少若父四年，而今多者三十三年，又從若兄貴顯，復再睹兩孫之榮，吾邀天者過矣。』蓋其年九月二十八日也。訃聞，兩庶常具位號泣。已，長公以冢孫故，乞請奔還承重。將啓贈公之壙，奉太安人祔而合焉。乃先期遣使令子端過拜余，以大來公所爲太安人狀并昔泉山公所爲贈公狀徵銘于余。按狀：贈公諱經濟，字伯常，泰宇則别號。弱冠爲諸生，昂昂有進取志。父没，與諸叔同居。逾十年，始析七箸，猶代經紀其家，因輟舉子業。事寡母，晨昏省視，不啻孩提，庶幾所謂五十而慕者。守先人素封之産，布衣菲食；每用一僕，恒數十年不易。建家塾，教子姪輩讀書，不以夏楚爲威，而忠信勤儉務以身率之。伯父仕懷仁廣文，卒于官，躬跋涉千餘里，扶櫬還葬盡禮。撫其孤弟，畜而師誘之。其生平篤于孝義者如此。以天啓丙寅十一月十九日卒，距生萬曆丙子十月二十六日，得年五十有一。卒後八年，而子泉山登第，令樂亭，考滿授浙江道監察御史。在官誠毅端重，顯名中外。以故贈公累得贈如泉山官，今稱之爲贈公者，禮也。

贈公父三樂，三樂父修，修父珙，珙父秀。秀爲西鄉典史十載，有惠政。秀父林，始自澤州天户里遷于陽城郭谷里家焉，今籍猶繫澤州。太安人父，陽城范梅，爲隰川王府儀賓；母某氏，生太安人。幼嫺禮教，兼精于女工，絲枲不去手。粢盛脩脯，必敬必潔，能當姑舅意。舅姑每謂：『吾婦不惟賢，而且才。』其他接娣姒以禮，御婢媵以恩，相贈公三十年，始終無間言。贈公没後，事姑以孝。姑疾，不解髺，左右之，親爲浣滌厠牏。姑疾亟，手太安人，彊語曰：『願若子孫以若之事我者事若也。』則太安人之婦道可知焉已。當泉山公令樂亭日，板輿迎養。太安人勖之曰：『凡爲吏之道，以廉恕爲本。』及入臺班，又勖之曰：

『御史以不媿朝廷耳目爲得其職。』泉山俱奉之唯謹。其爲母也復若是。初封太孺人，加封太安人，愈益謙抑自下。茹素數十年，素健無疾。將終，偶抱微恙數日，端坐而瞑。生三子：長昌言，甲戌進士，浙江道監察御史加一級，即泉山公，娶庠生王升俊女，繼李宗沆女，俱封安人；次昌期，恩選貢生，即大來公，娶李某女，繼舉人張洪翼女；次昌齊，庠生，娶楊某女，繼衛某女。孫男九人：長元，即長公，己亥進士，翰林院庶吉士，昌言出，娶貢生張元聲女，右僉都御史雨蒼公孫女；次廷敬，戊戌進士，翰林院庶吉士，初名敬，奉旨更今名，即子端，娶庠生王祚啓女，吏部尚書疏庵公玄孫女也；次繼，庠生，嗣昌齊後，娶郭某女，繼張某女；次薹，庠生，娶張元聲女；次素，聘舉人李芝馨女；次宸，聘貢生王龍御女，寧前道參議王公徵俊孫女；次統，聘會稽知縣楊公鵬翼女；次彤、次贊，幼未聘：俱昌期出。曾孫積瑞，廷敬出。女二：一歸庠生李甲寅，一歸庠生張琇。孫女七人：一歸庠生張爾謨，元聲子；一歸劉振坤：昌言出。一歸庠生盧啓茂，任縣知縣時升孫；一歸秦光先；一許字廩生王熙明子；一許字貢生張象守子，某官璇源公曾孫，陝西參政肇昇孫；餘一尚幼。銘曰：語云：『期年樹穀，百年樹德。』於嗟！陳氏之先，吾不詳稔，而迹其所居廬，泉芳壤闢，豐飫者殆數世矣，豈山川之靈若斯，其惟德澤所集邪？洋洋贈公，勤殖不施，以滙以禴。亦越侍御，不騫不遐。璞玉而礦金藉非然者，胡篤二孫，既繩天禄爲國珍歟！乾初守潛，不易乎世；坤三可貞，有終光大：夫惟贈公、太安人以之。爰頌爰祝，自二孫及多嗣，曰惟侍御式肖，洵克永之，咸贈公太安人之貽。

仲庸吴君祔配故姊白氏墓誌銘

仲庸吴君之配爲先長姊。姊，先君長女，妻仲庸。仲庸父完初先生，先君執友。余童子時，恒從姊過其家嬉戲，仲庸母粟碩人飲食供玩余甚暱。先君暨先淑人命余尊事碩人謂之曰吴母，謂完初先生曰吴父，而處仲庸昆弟中亦居然比于雁行。又及拜見仲庸祖善人翁，年九十餘，孑處一室，布衣帬，倚杖坐終日。吴父吴母歲拮据農蠶，即與臧獲語故下其聲，若恐傷之。户庭以内，融融如煦煦如也。余姊以新婦周旋堂廡，竭力饔飧女紅之事，歡然無惰容，具當厥舅姑志。仲庸咿唔簡編，年二十許始入博士籍爲諸生，時余已就外傅成先生受業。先君則迎仲庸來，其誦習家塾中將十年所。余既入博士籍，仲庸乃辭去。嗣兒方鴻生數歲，復以先君之命踵結爲婚姻，如陶孟故事。雅悉仲庸生平，孝友謹飭，行不踰禮，姊柔惠，克慎作家有法，能盡夫婦之道。歲辛卯，姊以少子裔振才慧而早亡，哭之過慟，成疾不起。後九年庚子，仲庸七十矣，蹻健無纖恙。偶從耆友數輩會飲，歸抵家門，失足仆地，氣遽絶。吁！人誰無死，其獲免于牀笫呻吟之苦，亦未可云非幸也已。昔余先君每言，人家貴顯之後輒傷祖宗元氣，所以立見其衰。余間輯《學言》有曰：『豈獨貴顯生驕淫，即席富厚，亦易豪縱，故兩疎云。』子孫而愚則益其愚，子孫而賢則損其志。以吾所見，仲庸吴君祖若父及其子孫五世矣，家道平平，用孝弟力田數十年如一日，豈不勝于暴富驟貴旋就頽敗者？而原其乃祖，故善人也，信先君説不誣。頃讀邑志載孝子吴茂事，楊貞肅公嘗爲作廬墓詩。茂，仲庸七世祖也。孝行之著，貽澤長子孫，蓋其宜哉！按茂世爲陽城立平里人，子某。某子質。質子克威。威子應奎，嘗旌『善人』。子完初先生，諱竟成，爲邑諸生。子三人：俊傑；俊賢，即仲庸；俊偉：俱庠生。仲庸子三人：裔蕃，庠生，娶庠生賈益讓女，繼張某女，繼貢生閻士衡女；裔振，庠生，早亡無嗣：姊出；姊没後仲庸納侍女某氏，生子一人曰某。女三人：一爲余子舉人方鴻婦，一從姪象紱婦，一嫁庠生趙嗣鼎，俱姊出。孫二人：㜭，聘庠生楊斗樞女；珏。孫女一人，嫁田某。先是姊没，在順治八年某月某日，葬邑南坪之阡；□今順治十七年十月十二日，仲庸没，以明年之某月某日合葬焉。其孤余甥裔蕃預以書來京師，乞爲隧道文，哀而命之，遂不暇倫次。銘曰：與善者天期不爽，昭德者文惟不欺。終千萬年，伉儷于斯室。

白叔子墓誌銘

叔子名方厚，一名方敦，字叔將，東谷居士少子，母王淑人，以崇禎丙子八月二十九日生，性慧而沉，貌若處女。自幼即有志于成人之度，初授書，誦讀必勤，研究義理，一字不肯輕過。所從數師，俱折節心下之。既能文，愈益精進，獨于諸史古文外博取諸經傳大全，求先正所以爲文法。久之有悟，告其父曰：『文者道之華，未有無得于身心而能實臻其妙者也。』父大韙之。居京邸，延師仁和沈璇，相砥礪爲學。一日，璇見其父曰：『叔子素弱善病，而汲汲嗜學不少休，慮非攝生法。』父遽召而戒之曰：『爾忘濂溪至人語耶？』初，叔子名敦，以順治八年覃恩入成均，易今名。嘗令人作小影，求父題其上，有濂溪至人之語。濂溪，先儒周子。號周子，雖大儒，而用蔭起家。父意蓋欲以儒行期之，不望其作科名事耳。乃叔子言動温良静重，式遵古儒，庶幾無忝父命，復樂習攻舉子業甚篤。甲午、丁酉疊應山西、順天兩鄉試，雖俱弗偶，顧其文咸自成一家言，後先里中并國學，知名士及諸先達長者皆津津推許之。居平爲文，偶經父師指導，無不得心應手，立中父師意。則其殫精經營，不遺纖毫力于此也。以故叔子聞父戒後，始漸停棄舉子業，專取《性理》一書，質疑問難二年，于此尤多所證悟焉。今順治十六年，叔子生二十四歲矣，積患瘕瀉，寢食未甚減異。忽大吐汗，輒呼父母兄方鴻席前，曰：『父母恩罔極，兄大友愛。』語畢，息漸不屬。有頃，曰：『目暗矣。』頃又曰：『齒逼矣。』移時遂逝，時己亥九月初四日也。娶福建鹽運使王公崇銘女，生一子畿，甫五歲。東谷居士曰：『自吾復仕，來京師四載餘，從公退舍諄諄與言者惟是子。其所言匪他，皆學而已。前此之年，吾未知學，亦無共學之人。自是子之能志于學，吾即未敢望于知學，竊妄謂可與吾共學者有人。而今亡矣，然則吾尚欲何望哉？吾尚欲何望哉？』是歲十月朔，東谷居士白胤謙撰此文付長子方鴻，令先還家，與猶子仲子方熙營叔子葬地，陽城縣西履德莊北祖墳堰後，竢叔子歸葬之日，刻石于壙中。銘曰：觀此文而知叔子之于學如是，于其師友如是，于其父母若兄如是，則如見叔子矣。嗚呼！叔子其或不棄于顏子之門者乎！而父奚足以子之！

祭文

祭忠鄰兄文

維順治十六年歲在己亥十月二十六日癸丑，弟胤謙自京邸遣家人白信齎文一篇，命兒方鴻用一少牢代祭于貢生三兄之靈曰：兄離謙甫半載，何遽永别耶！兄與謙生同年，自孩童至既冠，會文考試日相追逐，聰明學業，謙遠不逮兄。乃謙雖蚤脱秀才，晚得一第，而艱危備嘗。兄英聲壯氣，百戰不挫，而僅酬以貢。然兄骨力堅彊，兼通攝生之方，服藥行氣，髣髴仙人。昨歲夏以廷試來京，周旋邸舍幾一載所。兄睹謙顏蒼毛白、疲勞焦苦之色，與夫拘攣偃仰病殘之狀，每憐而慨嘆之，云：『胡衰若是？』而謙之視兄，則閎談如鐘，雄飲如鯨，可呑壓少年數輩。即兄亦自謂：『八九十歲猶存乎！見少，尚思置婢媵卜子嗣之期，并拾級科名歇歷仕途之事也。』乃一旦齎志以没，豈不悲哉惜哉！先伯父一生名德在人，其所屬望于兄者，亦豈慮其止此耶？則更可悲可惜也已！頃兄在京，謙與兄相向而悼雁行之零落，弗謂今抑甚也。少子方敦，兄愛讚不異成人，今亦從兄携帶先人之側。昌黎有云：少者彊者俱爾，衰病者復何恃耶？大化浮雲，風塵寡趣。一官膠滯，間隔重巒。西望長號，兄其得聞否？尚饗！

又祭方厚文

維順治十六年十二月十五日，兒方厚亡去百日矣。父東谷居士率其孤子畿薄設食品于兒柩前，酹之酒而告以言曰：兒今亡去百日矣，兒之神靈果竟去耶？尚猶未耶？兒生聰明好學孝弟溫良，頗不同于常人。臨死之時，語言明白，神氣安祥，亦不同于常人。由此觀之，兒之神靈宜未竟去也。初，兒未病，勤于讀書，能知作文之法，吾未免以科第望之，兒亦以科第自勵。及其既病，吾不復以科第望之矣，兒猶以科第自勵也。吾察其氣禀清弱，不勝勞役，稍稍戒其讀書；縱讀，亦但求修身作人道理，不必以文章科第爲事。久之，兒亦信從吾言，晨昏問難，一皆古儒躬行道理。此豈非孝子能體親心者乎！不謂吾過愆所積，天命莫違，卒喪吾孝子也？吾非不知天命既定，雖聖賢難逃，有生者必有死，自古今常理。即父子至情，哀慟何益？但自兒亡後，別事都可相忘，惟生平嗜好止一讀書，遇有會意之時，寂寥誰可告語，以此悶懣填胸，哀病增甚，且奈何？且奈何？猶幸兒有遺孤子幾，欲勉强撫育，待其成立，即如兒存也。而哀病之軀，留滯一官，憂懼叢心，又恐不克自保。兒果有靈，勿徒悲傷，當乞告于我祖宗庇佑此身，令早得還家，安厝汝柩于土，以奉祖宗祭祀，是兒不盡之孝道，亦所以慰吾之孝思于無窮也。兒其能之否？尚饗！

祭竈文

順治十六年十二月二十三日，太常寺少卿白胤謙，謹以食品香楮祭告于竈君之神曰：胤謙樸樕小才，行能陋劣，不能事神，凡有罪愆，俱蒙神鑒宥，尚然安享官職、朝夕俯仰、無大艱虞者，非荷神之福不至于此。但胤謙少子方厚似大成之器，乃不幸于九月亡故，猥自尋忖，果此子賦命不長有生已定，或其自不保重戕鑿而然，胤謙俱可心安。但思胤謙曾作刑官，恐于其時冤害人命，故犯天怒，譴不于其躬而于其子也，然耶否耶？苟其然也，則當此子未死之前，或其既死之後，夢寐之間，神宜以此見責，使知造孽所因，求爲懺改之方。何前後通無此等夢示，一旦如斯，徒令其迷惘而虛疑耶？又念胤謙在刑部日，遇問擬重辟，情法昭昭，自有天理之正、人心之公，縱不能主持，亦務盡己心于死中求活、重中求輕，必至萬難爭執而後付之無奈；然猶慮精神一時昏昧，難免錯失，是以日夜憂焦成疾，奈乞歸不許。區區此心，皆神所洞曉。今雖以罪謫幸得脱離此職，竊亦疑神憫念所賜也。然而胤謙自審才鈍力衰，久已不能任官，無以酬報國恩，惟在官一日有一日之過累，究至于深積而難贖。況朝廷禄位豈患無人，若得及早放歸，則更荷神庥無極矣。今欲以新正半間再具疏陳，祈神默佑，使得保全微命，還家奉其先祀，并以葬子。若其罪大弗克解免，亦望預錫夢兆，容其圖維省悔萬一，去惡進善，增有幾微功行，庶幾在世一日，不虚天地生成之德，皆神所予也。惟鑒命之。

制義

子曰學而時習

聖人論學，而歷著其性功之純焉，蓋學以爲功于性者也。由『時習』而至于『君子』，庶幾可稱純學哉！夫子勉人意曰，天生人而予之性，固人人皆善也。而或有失焉者，豈非不學之故與？然人欲復性而從事于學，以求其有得而至于成，亦不難也，吾試歷取而徵之以告焉。夫天下之理皆吾性之理，學然後知之，學然後能之。而有一念或輟焉，則此理已不相洽矣。苟以其學所已知所已能者，而時習之不敢忘焉。將此理之入于吾心者何如乎？吾思之，必有愜然自得之趣，而其進自不能已耳，不亦悦乎！然吾性之理又非吾一人之理，而天下人之理，學之而自知其知、自能其能。或信從者尚寡焉，則此理仍多隔閡矣。夫既時習而悦，不獨習獨悦也，而有朋自遠方來與之共學焉。將此理之暢于吾心者何如乎？吾思之，必有快然共喻之懷而其功益不容遏耳，不亦樂乎！且吾性之理雖可以及夫人，而究以自成其身，學之而共服其知、共服其能。或汲汲表暴以爲心焉，則此理終未純固矣。夫既有朋而樂，即無朋亦樂也。而人不知而不愠，惟一于學焉。將此理之貞于吾心者何如乎？吾思之，必由德性渾成之至而其修迄無有斁耳，不亦君子乎！吁！夫如是，乃可言學也已。他日曰：發憤忘食，樂以忘憂，不知老之將至。雖夫子一生行事，此章足以盡之。要之，天命於穆不已，性體原如是也。故朱子明善而復其初之説，直指性學，使有志于聖賢者人人皆可置力焉。

东谷集续刻文卷十二终

歸庸齋詩文叙

予曩在都門，白東谷尚書常與予論詩文，并讀其諸集。別數年來，聞其歸田所著俱以『歸庸』名。適予客維揚，從李長文學士見之，每一讀輒嘆服不已。孔子曰：『學而優則仕，仕而優則學。』是言乎，始終之于學者乎！始之學也期在仕，常不怠；終之學也期在學，常怠。蓋期在仕也，以仕之故學者也，故不怠也。在其學也，止之乎學者也，學之外將無他，似見學之急于仕，深于仕鮮不怠者矣，故怠也。東谷之初年入史館，是已學者也，猶處乎學之地則學之，然不得不學者也。其後措之仕，爲朝廷大臣，賡歌明良喜起，潤色黼黻，休哉天下之文章在，是以之畢其一生足矣。告老于家，益不忘學，著書立言爲千古事。今詩文俱在，海内之文人後學莫不以北斗仰之，予之不得復與言久矣。今讀此，幸與夔州李子長祥，予及門士，東谷同年友也。常恨少陵能詩不能文，昌黎能文不能詩，予謂不然。少陵之《公孫大娘舞劍器行》、《課伐木》諸叙，豈文之易及者！昌黎《秋懷》、《琴操》亦自能入風雅。特少陵之文非昌黎之所謂文，昌黎之詩非少陵之所謂詩，而不得謂少陵之無文、昌黎之無詩也。予之論前人之詩文者如此，以觀于東谷，詩自兼文不必兼他人之文，文自兼詩不必兼他人之詩，則自有其文自有其詩者，是前人之詩文乎！而東谷固傑然于此。孔子之所謂始終于學者，吾于東谷見之矣，乃因長文請而序之。康熙甲辰冬，龍眠甦庵老人方拱乾書於廣陵之隨園。

歸庸齋詩文叙終

歸庸齋詩卷一目録

歸庸齋詩卷一目録終

歸庸齋詩卷一

清　白胤謙　著

歸庸詩三首

歸庸，詠吾齋之詩也。齋曰歸庸，詩之亦曰歸庸。所思所居，非得有二已矣。于是乃爲歸庸之詩，以詠于齋，惟恐其忘焉。康熙元年二月作。

一

于嗟庸兮，其由其歸。天高地下，不遠人（如之切。）兮。寤寐作息，惟其時兮。年踰七八，詎未遲兮。懷名狥物，一往俱非兮。浩哉浩哉，保此知兮。

二

于嗟庸兮，其由其中。凡今之人，莫不有心。思容切。府物汝心，無物汝心。敷彼升暘，自畀其幪。綏生匪易，顧亦匪凶。耳天契命，于身弘哉。

三

夙我顯人，率修聿訓。惷予小子，職惰斯斁，用甘于穽。鑒茲繁霜，毿毿在領。悠悠行老，厥始爰舜。如菹百藥，亦和其性。亹斯繹斯，予終孰欺斯。

歸庸三章二章章十二句一章十三句

述懷倣謝體

夙我遊承明，非材濫朝請。徒然林壑蹤，踐躡華要境。累辜歷紀餘，蒙惠謝所領。貧居寄山邑，偃息塵氛屏。乘候有遷換，撫物無匿景。雊雉振東皋，鳴鶯趨北嶺。兒佽播植良，婦告春蠶整。首愉租課畢，再欣鼓鉦靜。逡巡結綬年，都炎常若冷。稅鞅斯未晚，已矣矧多幸。悠悠鴟夷棹，兀兀文園枕。綺黃匪不出，終遵鴻鵠冥。蒔花燦幽籬，蓊翳桑榆影。放懷天壤間，達生庶可省。

閒居效陶五首

一

閒居少塵事，杜門閱典墳。幽性不遑移，非欲故離群。山林在屋後，鶯語朝朝聞。此外意都忘，嗒然得所欣。生理已云拙，恥與外物親。天命信有然，聊以遂吾真。

二

乾元乘氣運，物化各有因。人心如晦朔，逐緒還生新。嗜欲信無涯，爲患萃一身。愆尤日既多，塵瑕堪再淪。一身分焉䘏，將貽與後人。

三

後人夫如何？哲愚那復知。各自秉性分，良亦任天爲。告誡費苦心，異聞强爾滋。生前一杯酒，此理不吾欺。

四

生人豈不悲，古云譬傴僂。泖然鼓聲歇，好醜寧復理。壽祉殫百齡，死亡終已矣。萬有會銷鑠，胡事致碑誄。

五

形骸雖可外，綴論涉虛空。佛老非我徒，高明洵失中。詩書塞蔓草，千載謬所宗。嘿嘿尋大易，善訣寓諸庸。萬端本貞一，斯言堪折衷。

福慧上人塔詩

予往交榼山僧祉上人，號曰福慧，性聰穎，喜讀儒書。及好予詩，予亦樂與晤遊。然福慧善病，奄然化去者十三年矣。康熙元年春，予始謝官還敝廬，福慧弟子昌覺來謁，欲索予詩爲其師刻于榼山之所瘗處。予實戒此，不作向二年許，輒追念其師平生見好之意，遂弗忍拒覺。

上人竟奚爲？嗟昔空門友。揚聲少林座，巉巖霹靂吼。禪龕儼陽崗，清規出埃垢。道愜遁休倫，留詩表几牖。晚予倦鞅掌，逆墮恐滋厚。尋山復舊盟，靈蜕逝焉久。一塔老松岑，蒼蒼負蚴蟉。回風起琳殿，遺香蕩宿莽。榼山終古存，斯人難恒有。欲愴戴公懷，翻歆殤子壽。

春雪呈潘明府

茂宰迴車日，山城見雪初。送和兼節候，召瑞藹瑤琚。濟濟迎旌旆，皇皇問里閭。六花隨滲漉，萬井不肅疏。教化思遒鐸，歡娛動荷耡。琴堂梅待發，鶴徑柳將舒。賦就閒堪紹，花稠縣欲如。風光蘇我病，吟頌起樵漁。

城上散步

垂老心餘一寸灰，强臨睥睨當登臺。不憂風俗江河下，疎放何難眼界開。

城下人家園松

舍後巖城半山立，人家川壑相盤紆。濛濛一樹渾奇絶，每度登臨情爲輸。

常愛

常愛茅齋竹樹幽，四時屏幛對山樓。籃輿隔市頻非易，緩步行應豁遠眸。

曉起

院宇沉沉曉氣清，俄看旭日半牕明。桃枝婉娩催生息，簷雀喧啾趂物情。

移居

廟前舊舍留兒住，閣後重移就祖居。杜門寂寂斷人事，隱几朝朝讀古書。細雨霏微霑草樹，夕陽明滅美牕疏。風流覺在羲皇上，不是南陽諸葛廬。

再用前韻

傷心陵谷久趦趄，畏失香山累代居。風雨流連簷下樹，龍蛇隱顯壁間書。烏衣門巷追群謝，白髮山林繼雨疏。祖德宗功元此地，分明精爽護吾廬。

自嘲三首

一

糟粕兼煨燼，勞生秖妄營。至精堪自寶，何用著書勤。

二

明鏡無疲照，清流有惠風。我身異土木，底事慕躭空。

三

餘生雖可厭，大道欲終聞。領悟隨時在，餘生會有□。

解嘲三首

一

亡羊臧穀俱，書策終微益。所好固不同，舍此亦安適。

二

《中説》竟如何？迥然超二氏。韓愈繼孟騶，王通小顏子。

三

鵬飛恙未得，鼈伏恙未非。聖門悦曾點，只爲達天機。

壬寅立春明日兒鴻置酒樂邀同王淑人過舊宅題柱有云猥因春酒延雙壽笑著斑衣領衆孫喜其語佳遂成一律紀之

五句敢遽稱雙壽，到眼居然見衆孫。苦恨駑駘力早憊，永懷風木淚還吞。殷勤但覺添兒事，疏放應全仗主恩。兩宅東西俱舊業，未妨柱杖共饔飧。

移竹簡石子約

小齋宿雨坐樊籠，竟日沉吟恨枯槁。偶憶曩昔青林遊，千頃琅玕秀巖表。萬石郎君雅我曹，誤將瓦礫當瓊瑤。子約鐫予舊遊詩于青林壁石。瀑布淩虛灑蒼靄，年華迴首興滔滔。可喜郎君愛人不惜物，輸情滿意應人乞。四僮力負十一根，根根青幹直如筆。樹之茅墻亂雲目。入耳早有蕭琤聲，不飲不餐愈我疾。美哉此君愈我真我藥，欲報郎君無好作。

寄贈御前單副戎赴鎮甘肅二首

一

世祖蓬萊殿，升騰集武臣。直廬侵霧雨，夾帳盡麒麟。策略孫吴富，恩私絳灌鄰。諸君才不忝，同合奮風塵。

二

北闕蕃褒寵，西征爾絶倫。鳴鞭輕擬鳥，命的欻通神。近日烽烟静，懸知壁壘新。安邊餘壯略，何遜扈楓宸。

高平田沛蒼侍讀枉駕草堂忽猝未盡欵待作此寄謝

高軒度鄰邑，山路景依依。未滿留歡願，虚令乘興歸。朝儀期早侍，農俗重相違。惆悵花谿月，難同理玉徽。

獨坐二首

一

莫漫懷高爵，伊周可易爲。朝廷曾有意，蹉跌欲何辭？任取衡門樂，休煩爨下悲。埋名今古内，亦忘鬢毛衰。

二

馮生但一宿，何苦逐牢籠。好醜千場破，高低萬事慵。竹書難坐偏，花蕊亞枝穠。垂老羮牆意，寥寥契所宗。

即事效韓昌黎體一首

昔日司空舍，高真列上仙。今朝司寇館，頑陋謝前賢。石室抛殘竈，繩牀覓舊氈。遺風相接處，清白類家傳。

堦下添甃花竹欄

花竹分畦列，中邊三逕開。求羊不可見，杖屨自周迴。紅藥臨堦發，黄鸝過樹來。春風與佳興，解帶坐莓苔。

仲春二十五日成友端甥邀集石公子兄弟池館看桃花

病起看春興欲顛，芳菲多在習池邊。正逢燕子來今日，初見桃花勝昔年。潘縣雨深霞色麗，武谿津隔錦光妍。乾坤浪迹還重合，歲月勞生亦可憐。柳觶長絲牽酒醆，萍翻疊浪濕歌筵。良時景物誰能負，倚醉留連親故前。

三日石子約招集青林別墅

故山討泉石，最勝青林溝。時花滿林柯，野竹翠修修。草堂臨禊日，公子招我遊。清歌裊烟蘿，觴坐遞勸酬。厓際素瀑來，響激山逾幽。雜花落春澗，錦水當席流。人情依孝友，風物眷和柔。即境樂天然，庶獲退者襟。

杪春楊少咸齋中看牡丹集古詩十四人各一句

周任有遺規，張華 長揖歸田廬。左思 及爾同衰暮，沈約 執手野踟躕。李陵 陽春布德澤，班婕妤 紅藥當階翻。謝玄暉 灼灼葉中華，陶淵明 結根奥且堅。陸機 馨香盈懷袖，無名氏 容色更相鮮。郭璞 努力愛春華，蘇武 揮金樂當年。張載 聊用布親串，謝惠連 無令孤願言。謝靈運

古歌輓張綠雪給事

偉哉黄門真丈夫，古人罕有今人無。憶昔黄門存在日，美髯過腹眼如炬。望若龍虎，豈容狐兔？一朝還故丘，深藏類老衲。座上不聞懸河音，時時塵滿梁間榻。塵滿梁間榻已虚，傾朝争誦美名譽。有子三人猶子五，公然齊視不差殊。吁嗟黄門，其身雖往，其行猶生。上可以振風議，下可以砥世趨。偉哉偉哉真丈夫，古

人罕有今人無。

挽張恭人

閩山何岌崿，浙水亦涔霪。孤舟緬多阻，悽傷遊子吟。雲衢鶩神驥，靈嶠儀瑞禽。北風吹繐帷，遺徽邈安尋。榮名倏易沫，孝理感心深。撫毫不能喻，淚下彌我襟。

酬王敬哉尚書

家山歸後少知音，無限相思翰墨林。千里夢隨燕樹遠，一函書到晉雲深。帝城鶴逕迴高步，故國鷄栖抱野心。總荷聖朝因禮渥，順時魚鳥自飛沉。

近郭林園之美無踰石子約東池者子約嘗請予名之曰琨并詩一

篇贈之

山林簡遊迹，興至巾我車。我行亦何適？欲就此君廬。此君君子樹，主人君子儒。樹既比琅玕，人亦配瑾瑜。磊壁間鳴泉，森森衆玉如。主人處其中，吹壎洽友于。題之曰琨園，表德庶不孤。我懷菉竹詠，衰痾徒欷歔。期君琢磨力，堪與此園俱。

南雄弟抵里贈之

草堂無悶意蘧蘧，有客歸從萬里餘。閉户已拌花事過，倚樓重念雁行疏。家遺清白憐同氣，案賸詩書望起予。三逕未荒堪笑玩，拂雲堦下擁樱櫚。

六月一日義風樓作 客歲此日請告發都門。

玉階搔首罷朝天，茅屋銜恩已一年。引分無能酬造化，捫懷猶畏負林泉。當空臺閣攢朝爽，隔水菑畬美夕烟。大喜成康風化洽，終堪安穩北牕眠。

樓望

幽棲眼界莫深愁，收掇群山半入樓。望處濛濛遠松直，有時片片高雲浮。世情醉飽轉蕭瑟，老病歸休聊自由。却恨嵇生懶無匹，椷書終歲未能酬。

亭葵五首

吾友張子之撫秦也，以素節化其率屬，秦人誦之。踰年，乃有閩之遷，道歸。作此爲問。

一

亭亭者葵，有煒其華。猗與伯兮，言旋于家。言旋于家，令德不瑕。

二

亭亭者葵，其葉嫵嫵。猗與伯兮，言旋于滸。言旋于滸，令聞俁俁。

三

亭亭者葵，依于垣竹。猗與伯兮，言旋于陸。言旋于陸，薄言休沐。

四

無遄爾車，于江于海。君子有行，矢慎勿悔。

五

匪卜匪筮，爾猷是力。無曰遜矣，天王咫尺。

亭葵五章三章章六句二章章四句

走筆送張東山侍郎還朝

謝公本意在東山，早被朝廷命召還。獨事搜方營藥物，未緣餞客出郊闗。殊恩合進麒麟閣，雅度重趨鵷鷺班。儘爲蒼生作霖雨，賸教絲竹故山間。

送都憲張少司馬伯珩左官赴閩中

開府還家尚壯年，分藩遠去意欣然。憑將報國謀猷富，未覺蠻方天地偏。海色重經瓜步集，君舊按淮揚。山容盡入武夷船。相思莫畏頻年別，拜詔行歸魏闕前。

秋齋遺病懷伯珩

寂寞秋風裏，門前十丈蒿。故人分散盡，誰賦廣陵濤？

歸庸齋詩卷一終

歸庸齋文卷一目録

歸庸齋文卷一目録終

歸庸齋文卷一

清 白胤謙 著

經書字學攷引言

白胤謙曰：士生于今日，何其幸哉！自秦焚書，簡編中絶，漢興而後出，淆亂特甚。至宋諸儒表章詮次而後，古聖賢之道列在經傳文字者，《易》、《書》、《詩》、《春秋》、《禮》、《學》、《庸》、《論》、《孟》之書，粲然備具，靡少廢缺。然童而誦之，耄老弗省，顧頗亦有之矣。亡論其中之義理，即一聲音點畫之細而眩焉弗察，至于侈口肆筆，或有毫釐千里之謬。如是而求，不垂于聖賢之指要，其將能乎？斯固學者之罪，抑其故有三焉：一在俗師，一在舛本，而亦驕于字書之浩漫，吾友端《五經四書字學攷》之所爲作也。友端，先伯父大司空公外孫，讀書不苟，留心于字學者有年，以至楷篆八分俱得古人之法，因復肆力討訂而就此書，友端之意，蓋有所重憫乎今之治經傳者，臨聖賢之文，鮮敬畏之心，而又欲以懲夫三者之弊，故不憚其勤且詳如此。適學憲錢、羅二公嘉與爲善，亟命鬮布之。此書既行，將俾後之學者各知重夫此，以相與勸誘，釋其述誤，通其義理，無敢侈于口、肆于筆者，由是使聖賢之道愈以劃然昭著于天下，用之窮理致用而無疑自此始也。噫！庸詎非二三學者之益，而友端之助之與！然則二公之教造，亦終弗可忘也已。

泊静齋文集序

傳有之人能弘道，矧區區文章之末與！雖然，不學無術則人亡而道息。舍道矣，惡有文章？亡怪古學之一脉疏且澈于今時也。胤謙少嘗以父執侍賁聞楊先生，其容謐以肅，使人不敢不嚴。聞其政，三仕爲令尹，所至經畫卓有名。晚退于沁濱之上，作砥洎城，保聚其鄉閭之衆。先大夫每稱其能，即管夷吾、晏平仲不足矜焉。乃今讀其文章，淵然巗然陗然氣色不在周秦以下，而旁所撰定形家之説，更必推引諸易之卦爻，圖書縱横，深窈而難測。夫今學者苟能捉筆摹擬爲唐宋人文足矣，求可望見先生涯涘者誰耶？按先生之先，再世爲諸生，其大父獨喜誦子書，意先生之傳法固有然與！先生曰：『吾里風俗舊澆，吾大父以儒者之言行變倨侮而敦禮讓，今里中推儒者之道，有不本吾楊氏乎！里三十年前博士弟子屈指二三，自吾食芹登賢書僅十人，今則濟濟不勝筭也。』由斯以談，先生里人胤謙所與交親者，有王運使、張少司馬其人，夫是固皆不可謂非先生之學之所淑、道之所範，而不得以傳信形家之説之故或歸功于地道爲也。先生又謂，《論語》中『節用愛人』一語治邑，已用不盡，天下豈少儒家者流！假治世而害世，其害治愈甚，幾使堯舜以來相傳之道雖尊而不信。噫！先生之言雖似有激於其中，要不可謂非知道之人者之言。斯其所以能轉移乎流俗，而開章後之學者，夫豈區區文章之末云乎哉！先生仲子載簡嘗娶胤謙之女兄，爲人守貞而慕古，手繕是集，屬胤謙爲序，故傳道其所由，俾之知重而藏焉。

沈太公八十序

沁水明府淄川丘公，賢者也。客秋就視余病榻中，語次及前紹興使君静瀾沈公之賢。兒子方鴻，公門下士，因詢其師家食之狀于明府。明府答示特詳，顧尤喜其太公先生健在，慈孝一堂，視他宦遊者，庶幾可無垂白倚閭之患。歲杪，明府寄札鴻曰：『太公先生以獻歲某日開八袠矣。』鴻遽請于余曰：『兒不肖，往受知沈夫子之門，嘗與四人者俱。今四人者各先鞭掇華膴以去，獨遺兒不肖，抱舊業大人膝下，兒何恃以報夫子而上及太公先生？』余曰：『狹哉，小子之見夫！亦觀沈公之所以爲師何如師，其所以爲子者何如子耶？而謂其徒以世俗之道責望若與？蓋昔孔子之門稱孝者無以踰于曾、閔二子，曾弗聞二子與由、求比肩而曳裾于侯王之庭，其夫子具臣之目亦不之及焉，異時授道統選德行則不能舍二子，何哉？今沈公既脱綬會稽，奉太公先生于世俗功名爵禄之外，以孔門道德學問相師友，或不言道德學問，而持愉色婉容周旋于晨夜定省之餘，道德學問亦在其中，迥異乎世俗之子區區用功名爵禄悦其親之耳目爲小孝，甚或有以功名爵禄之故而危其親者夫！豈公與太公先生之意與！且向者吾友少宰念東高公，道德學問不啻蓋其一鄉，與余同班于朝，而坦夷之性常在海中三神山間。窺其迹固不屑意于一切功名爵禄，之所爲若古東方執戟賀監者流，即今栖遲枌榆之社，必將挽公斑斕之袂，進杖履從侍太公先生遊，以燕以豫間講明老子彭鏗之所謂，與吾孔子之道所以同與不同之處，不禁顔爲開而神爲解，其爲康爵不多乎哉？亦奚假于爾小子？爾小子勉之！父若師之望若亦或不專在彼而在于此耶！雖然，爾小子有此志于公父子，而道遠不能自致，幸及太公先生稱壽之期，欲借丘明府一致吾言稱壽太公先生，因通問于其子沈公及高少宰，可哉可哉！盍亟庀策載所以其同門四人者名不妨並列之，以慰其師繾綣及門之思。所愧者，吾言之陋，率不足發揚公父子之盛美，惟太公先生長者恕之。何如？

讀荀子

初聞荀子有性惡之論，意謂其貴學而尊教也。或如《書》所云『生民有欲』，須人主之治之者也。乃今閱之，則直以孟子性善爲非，初亦謂其未見孟子之説，故見之弗及思之未深論之弗篤耳；而不然焉甚，且以善爲僞，又以聖人爲僞。噫！何其橫肆無忌至于斯耶？嚮令荀子其所言者一無足取則已，而又不然，則其失言之故誠亦不可得而知矣。韓子謂其『大醇而小疵』，此言之疵不得以爲小矣。彼楊倞所稱『激憤而著』者，其或然耶，其亦何必然耶？子貢曰『一言以爲不知』，荀子是也。

讀曾文

曾子固《宜黄縣學記》論學之成材有關于實用，而不成之材足以害治，所以歆動學者之處最精切；又《梁書目録序》言佛之徒自以爲得諸内，而取聖人之所爲内者以折之，得失較然。王遵巖謂：「唐以來未有其言宜非過也。」而茅鹿門以子固之言爲非，曰：「佛非以吾儒之外而彼自識其内也，只欲見本性，故將一切聲色臭味多爲去之，而非以狥内也。」噫！鹿門于是乎失言矣。世儒多推尊韓子續于孟子之後者，謂其《佛骨表》、《原道》二文也。鹿門評之有云「退之元不知佛氏之學」，其意謂韓子所言皆佛之外者耳。子固云世之論佛者皆外也，故不可詘意，正謂此也。故作爲此序以助韓子，未發之志而鹿門非之，不亦異乎！且其所謂見本性而去一切者，不謂之狥内而何與？蓋聖人之道之在于天下，未有不由内統外，而爲言者無一偏之理也。今即子固二文誦而思之，其亦庶乎可以無惑于道與！彼此之間而已矣。是故謂子固之言唐以來未有，可信也夫！時因教子鴻學而併告以斯言，遂識之。吕見齋云：『佛之道理自好，但作用處不是。』夫道理内也，作用外也。其内者，君子猶有取焉。故曾子固與之辯，若其外則不待言矣，非敢過爲是不平之説也。要而論之，《中庸》曰『智者過之』，其佛之謂與！

贈甥孫成生説

有先司空之曾外孫成生曰周望，來謁予，其年去童子未幾，矢口談醫，執筆爲古文辭，皆大契合于予心，此不待問而知其材器早晚達于世矣。父友端，博雅識古文字，工書翰間，作爲《經學字考》，謂得其子之助力，欲使聞于有司。予止之曰：『不可。夫人有高明邁衆之資與天相近，極其所就，雖至于聖賢非難矣。而恒不至由其志之弗力也。志之云者，盡已務實之謂。昔子夏始學于夫子，見紛華靡麗而悦，及其既通，則曰：「君子學以致其道，雖小道必有可觀，致遠恐泥，君子弗爲也。」今古文制義比諸聖學，故謂之小，醫與字則猶小矣。鄉舉里選之法既廢，士舍制義無由進于有司。生胡不勉焉？蓋生之于古文其易如彼，制義之于古文則猶易可知也。吾里藐山、沁湄二先生皆用古文爲制義，故聲光照耀當時，懿範流映于後。其它制義之士，即不爲二先生，而攘攘奮迹于功名之塗亦未肯多遜也。予今日相生之材器，可追比二先生，次之亦不失爲制義奮身之倫，故舉以相厲焉，其尚勿以近小者自限哉！匪是，而欲驟進于有司，殆于不可。雖有他説，吾不敢爲生誣矣。』

庸説示光昭孫

先伯父大司空公，道德勳名炳于前史，而并其學修之法，尤爲吾家開宗。其後嗣曾孫三人、玄孫二人，俱勤學家塾，所望洪衍先人之遺澤者將于是焉。在其長曰光昭，獨能孝友率作諸弟子，予聞而喜之。昭乃燕見予，求誨之，以言者至再。予材下失學，行弗逮先人遠甚。欲勿許，故不敢忘其先人之嘗以誨予，許之，將何云？憶予初爲舉人，計偕辭司空公。公命曰：『儻得第，必無依傍門户。』歲辛未，謁費縣王襟海公于京師，問公起居，曰：『昔吾令陽城，公語我曰：「人學爲庸人止耳。」吾時未喻。今數十年，佩服其言，始知有味也。』王公言之，予亦未喻。今又三十年更一世矣，益信其言之爲至。則公之議論之平正、品識之端卓，蓋有得于學問閱歷者素且精矣。當時之搢紳往往相依傍以博名勢，公惟持公廉之誼靖共于朝位。至其居于鄉，操履静以約，老而彌恪。允哉！古大臣之則而真儒之範也已。予年來究讀《醒心録》，有云：『庸德庸言，便是作聖路徑。』間又悟夫庸者，道之所寓，而中其體時其用，因以『歸庸』名吾之齋，亦無非誦法家學而然。昔孔子論道曰：『中庸，其至矣乎！』而其孫承之，遂作爲《中庸》一書，豈非繼志述事之大孝哉！朱子曰：『庸者，依本分不爲怪異之事云爾。』就今卑之乎論，庸則順父母、和兄弟、樂妻孥皆是也。而盡人性、盡物性、贊化育、參天地，何莫不由乎斯？淺之乎論，庸則言顧行、行顧言皆是也。而考三王建天地、質鬼神、俟百世，何莫不由乎斯？是故爲戒慎恐懼而弗敢爲無忌憚者也，爲素位不願外而弗敢爲行險徼幸者也，爲困知勉行之愚柔而弗敢爲罟擭陷阱之予智者也。舍是，而外形迹之顯晦、遭逢之亨屯、人情之順逆、世俗之毁譽，舉紛紛不足以動其中也。所以者何？一言以蔽之曰：『誠而已。』予嚮與昭言：

『所謂忠信之道，亦即此而已。』司空公曰：『誠不可掩，僞難有恒。』又曰：『誠者，敬之熟。除却孝弟無道，除却敬畏無學。夫不敬胡以至于誠？不誠則無以爲庸。』嗚呼！盡之矣。爲公之子孫者，非是之服從，將于何服從乎？矧予欲舍是求一言之益于汝而有所不能昭乎，盍慎繹之！勿或厭本分而趨怪異，墮乃先人之志，斯可謂孝，亦庶幾予之所藉以對于先人也。

復魏環溪書

還山數月，病狀猶存，其獲免于在官之失、竊禄之愧，誠屬聖恩，其不能報國補過忘身之疾病，則臣罪曷辭焉？然不材自量頗熟，以爲不能忘身之疾病而報國補過，不過庸人之分，其罪僅于一身。若竊祿而蹈在官之失，貽誤于社稷蒼生，其罪大。故審擇而爲乞退之舉，凡以求心之安，而非爲身謀也。然所謂心安者，亦非必合乎禮義之爲安，究竟不過求無忝于庸人之分而已矣。不識知己者以爲然否？比狀會客，坐談絶少，而閉户尸寢之日爲多。非故欲爾，氣力不支也。遇静時未免讀書體驗，或存養省察，皆了無所得。近始小有微窺，所謂真實下手得力之處，雖不離聞見而不著聞見。如聽人説某果某菜之美，終不是美，畢竟自己口中嘗得美如何，乃爲知味，雖不能告人，而自信確然不疑。又如登華山，騎不得馬，坐不得兠子，一步一步要自己脚下親歷，所謂欲其自得之也。因此竊欲妄擬爲《中述》一卷，待就當請教大方指牖，何如？執事根器高明，志趣廣遠，孳孳于道，所進定卓。來教尚以門内之事未盡爲遜辭，何也？集杜忠孝至性堪泣鬼神，鄉約詞曲益復老成在行，何不并示？儒録若何？鄙見須首行業并著者，學行次之，經術又次之，若文詞、歷律、象數之末不足深道。此君子小人，儒之辨不可不慎，以爲何如？里中友自東山白山外，遂希白山恒抱纖恙，東山又將出也。寥寥空山，徒切『蒹葭』、『伊人』之思。奈何奈何？臨復依耿不盡。

義風樓記

庸齋深閴，可以處吾不材之身，據梧而坐，曲肱而眠，無不適者。獨其爲境隘，不足以游吾目而騁吾足。間用鬱邑，則召呼從者，走數十武，臨高城之上天王臺一帶，矯首而南望，遠山嵐氣，使環邑之勝落吾襟抱間。或月明雪霽，秋濤漲發，遵睥睨而東，躋聚奎樓，抵于開福寺前，緩步以歸，亦一快也。顧年衰膂力弗彊，數往則亦嫌疲憊而多事。偶偕兒子登齋之後樓視廩，啓北牕，面北山，丹厓蒼壁，草樹蒙茸，羅列于其下，遠風忽至，居然在野。兒進曰：『胡弗日涉于斯？』吾首肯之。兒退後，因命撤廩障壁，爲梯，設几席焉。每晨起，杖而上，聽黃鳥數聲，始還就齋中。午飯後，再上，眺觀雲物，或受凉風以散熇烝，信足樂也。乃反顧兒子，笑曰：『道在邇而求諸遠，非吾向者之謂與？蓋聖賢之道近在于人心者，何以異乎是？故學者之于道，方其未得，雖竭聰明窮昏且而求之，卒未能益焉。及其來會于吾前也，不越跬步而遇之，是以謂之庸。夫庸者，道之所寓，而中者其體，時者其用。有志于道者，不可不審諸此而已。是故子莫執中違乎時之守也。時然後言，人不厭其言，應乎中之理也。有孔子之時而後堯舜，相傳之中常存于今日。不然，舍是而求諸庸，庸豈即道乎哉！昔陶淵明卧于北牕，清風時至，自謂羲皇上人。以羲皇之去淵明數千歲遠矣，而淵明擬之，不啻其近焉。然則淵明之去今雖又千餘歲，今之風猶古之風也。謂獨遼邈而莫之親耶，其孰能信之？』兒不能荅。吾復大笑，遂命書之以『羲風』名吾樓。時康熙元年壬寅仲夏云爾。

潛齋記

吾先君敝廬之南，臨深以高，先君即其地爲陶復堵環之，顔曰『學圃』。余少同家弟聖符讀書其中，嘗植梅一株階下，因復扁曰『梅龕』。聖符亡後，遂罷栖涉者垂三十年。僕夫雜糅居之，踐毁罔治。今余獲乞身返敝廬，兒鴻乃請于余，略加芟整，使可復爲讀書地，取余舊命所謂『潛齋』者，書于其門，又增梯路一道，盤旋屈曲數仞，而上達于所居淡宕之齋。齋左肩爲雪帆閣，其地軒然峻豁，可以望遠。由上而下，攀緣穿歷，爽者儼臺榭，幽者比洞壑，其美蓋略兼焉。夫人世居室之事，取足以蔽風雨止矣，惡事其餘。而或者謂，祟痺燥濕趨避之宜，可禦災疾四體之奉。

亦所以捍衛天君安而能慮，未必其無纖賴也。鴻也，苟能由繹乎『潛』之爲言，而與爲朝夕焉，與爲磨厲焉，沈晦而冥默，使德以藏而加進、業以豫而彌修，汲汲乎借境攝心，而弗以心躭于境，夫然後乃知居處之爲益，而外物之果不足爲吾累。非然者，忘其進取之志，而甘放惰，弛其攻苦之力而狃佚娛，或遺聖賢之大道而小慧是矜，舍尚友之爲樂而匪朋是比，尤悔之來疇能遠與？而況乎日月逾邁，祇訓而貽謀，孝慈之事責在于汝身，將誰庸泄泄與？《詩》曰：『潛雖伏矣，亦孔之昭。』子思子曰：『君子之所不可及者，其惟人之所不見乎？』蓋人所不見者，非終於不見而已也。鴻也，盍三復于子思子之言？壬寅仲夏十九日，東谷病叟書。

憲副翥雲石公墓表

蓋吾今而知名之于人大矣。君子之道内省不疚而已，奚其名然？有求之不可必得，亦有辭之終弗能克者，所謂闇然而愈章，誠之不可揜如此也。羊叔子、杜元凱，功名之士也，欲名而名卒歸之。魯仲連、嚴光，遺世之英也，逃名而名不能去焉。夫非名之足重輕乎？人亦重之以實耳。吾鄉不尚華誣從來多賢士大夫，欲舉其功名俊偉之尤者，于今日則憲副石公是也。公他事行姑置不論，即如備兵寧，前日抗疏條議，開人不敢開之口，屹爲定難之遠謨，因獲罪逮繫詔獄。然遼民實知公疏中之指，于當日利害有裨，感公德，呼號擁蔽數千人叩閽保救，究賴當事者洞公先識之明，得免歸，此豈可泯泯者乎！皇清受命翦寇，師入關中，委公署撫三秦。時變亂甫定，百姓驚憂未已，有大帥建清堡之議者，實利子女玉帛。公方食統兵王公帳前，舍箸争之，竟寢其議，秦之百姓戴公若父母。旋以伉直不阿與督臣搆，幾中不測，卒恃公道獲揃白，此豈可泯泯者乎！當流氛熾溢，軍令廢弛，諸郡邑苦兵猶劇于寇，公時在鄉，用遼左宿威彈壓，往來諸將領靡敢縱其卒徒肆虐我土疆。及寇南渡，餘孽盤踞西南山中，尚數百人，將爲腹心患，公曰：『皆赤子也。』移書當事，毅然以撫事自任，談笑而力辦之，境内安枕，鄉之人胥倚公爲命，此豈可泯泯者乎！公才性爽敏，遇事慷慨敢爲，雖有讐怨禍害當于前，不能怵期遂其胸之所欲爲，而其所濟立定國家之急難，以捍衛鄉土亦既赫赫可睹見者數端，至其他宦轍敭歷興厝違合卓犖非常大抵類斯。亡論仕進里居，與之遊者咸樂其簡易而服其幹力，猶尚惜其才大，阨于時勢，用之弗能盡其才。公之自信者，亦何獨不然？公臨終誡其嗣子約兄弟曰：『勿求誌銘，勿聽舉鄉賢入祀。』余在都門，聞公此言而嘉之。公没，子約遵治命弗敢渝，第濳取公遺事述行略及輯四方僚吏賓友頌贈之言，題曰《逸齋外集》，録而藏之，冀盡其人子之心與所得爲之分而已。亡何，鄉人追思公德，群請于有司，祀公學宫，非子約兄弟所得止也。余聞而嘉公，亦嘉鄉人，曰：『公之信于鄉人與鄉人之信公者，俱非虛耳。』今讀子約《外集》載吾伯兄長洲先生所爲傳，傳公無一浮飾語，爲兄生平摹寫最真之文，則更嘉兄知公，復嘉子約能重兄之文以存公也。往余嘗受公命，使子約從余商制舉業，即察其有孝子之志。于公没後，觀其行，慎以承家，愛以友弟，重以持躬，而復用心于此集，寓其彷徨慕親之誠孝矣哉！因竊嘆公之生平，氣殊豪，略殊雄，挺然壯往于功名之會，而考終之誠于名也。則外視之，斯又足稱達人高致，士大夫中罕見其儔，吾所以嘉之。而名之于公也，故終不能舍焉。吾家樂天先生嘗自謙云：『有名于世，無益于人。』若公之于遼左、三秦、鄉里諸大事，其爲益于人也亦既彰彰矣。公即果欲遠名，又誰從而聽之？揚子曰：『不爲名之名，其名至矣。』余何忍無一言發公遺烈，又何忍使孝子如子約者，其親實不可使泯滅，而顧不得遂其善則稱親之願以告諸冥，爰論著其梗概之大者授子約，俾作石于公葬所，鎸伯兄之傳亦以此文附于後，而弗爲違公之命，目之曰表，于孝子之心庶其恔矣乎！

書樂天池上篇後

家姪紱，先伯兄令子，嘗受伯兄岐黄之説，而能精之以世其傳，又以伯兄遺命委謝功名，篤志學古，孝弟力田，將求其所以爲君子之實行者，吾甚重之。一日，以素屏求余題。余取家樂天先生

《池上篇》示之，而復書其後曰：吾白樂天先生文章人品重于古今，余孺子時即已知其名，仰慕之若儒。既長，學作詩文，往往效之。顧天稟迥然弗及，非可彊耳。頃歸田之暇，重閲集中如《廬山草堂記》：『外適内和，體寧心恬。』《醉吟先生傳》：『夢身世，雲富貴，幕席天地，瞬息百年。』合于是篇之識分知足，俱洞見性真之樂，達觀萬類之廣，而後乃能爲是言也。先生初被遇爲翰林學士，言事多見聽可，會當路忌之，貶斥于外，再入而再調。太和初，二李黨事興，進退毀譽，更相傾奪，先生弗屑，遂移病東都，《池上篇》應作于此時。其後天子欲相之，爲李德裕所阻，而易以從弟敏中，其實爲相亦非先生志也。先生嘗勸人主體黃老之道云：『宓賤不下堂而單父之人化，汲黯不出閤而東海之政成，曹參獄市勿擾而齊國大和，漢文刑罰不用而天下大理。』是言也，雖當時藥石，而當時恐亦未必能用之。特敏中雖因先生得相，而名卒敗焉。後世之人追慕先生者，何嘗以弗相也而少之乎！先生順時險夷，放意文酒，不以行藏異見，吾向者固欲比之曾點矣。曾點在聖門爲狂簡，暮春之對不離目前而胸次悠然，與萬物同得其所，故夫子取之。蓋夫人之樂莫善于素位，而憂莫戚于願外。先生不嗜權利，不屑攀倚，隨所居處，而有以自適其性命之真，絃歌觴詠于山水風月之間，廓然與造化同遊，得不謂之樂與！今吾與爾幸各免于馳驅之役，將休志于一室，即不必問有先生之適與無其適，亦期于自適其適而止，庶不媿先生之家子弟云爾。弗然，而池其池、竹其竹、琴其琴然後爲適，則必將馳神于物而先不能保有吾目前之樂，斯先生之後所以無先生也，豈非愚哉！豈非愚哉！夫『如鳥擇木，姑務巢安』、『如鼀居坎，不知海寬』，先生之言也。吾與爾其并志之，可乎？

壽瀛洲兄詩序

今皇上元祀，風雨攸敷，麥秋告熟，禾黍峻茂，山縣之民熙熙然樂遂其生。七月壬午，從兄瀛洲先生初度也。六月乙巳，其子輅、猶子紱見于予，請爲文，將稱壽焉。且曰：『周黨閒一二紳士，有欲先之者，顧非夫子志也。』予詰之，曰：『信然。』兄故崇實，謹節度，即予文之弗可免乎？對曰：『頃邑里之家爲此者非一氏，而叔父應之亦屢矣。夫子曰：「吾弟也疇，獨吝于我？」』予曰：『嗟！』然二子退，予且信且疑，久之快然曰：『嘻！吾聞至治之世，時物以嘉，民氣和亨，皆有興于禮樂之思。茲吾里俗雖役志于文章之觀，宜不忝于魯人之獵較也。況庸敬在兄，奚啻鄉人之斯須也者！而敢自愛其一言于兄！』兄吾伯父唐縣公少子、大司空公猶子，性醇質，爲諸生，能恭儉守其家訓，不敢軼尺咫于非禮義之行。大者奉養庶母裴孺人四十年如母，君子曰孝。又以少弟事諸長兄，敬而無失，即諸兄子咸退而下之，勿敢執父行自居，斯弗謂之弟而何？昔孟子道性善，自告子以及荀揚，疑者紛紛，至宋程子論性不論氣，不備之言出而性善之指始大明。蓋性善者，天地之性，餘則所謂氣質而已。惟未發之前氣不用事，所以有善而無惡，及其感物而動，則有萬變之不同，非性所本有也。是以聖人立教，俾人自易其惡，自至其中，遇于衆人之中有質美者，則群起而敬之效之扶進之，惟恐傷焉。至于浸漬之久，則善人多而天下率治矣。吾兄既醇質忠信，自少至老無譣言無衺行，守之終身而弗易，庶幾《洪範》所云『有守不罹于咎』，視世之彊弗友譸張爲幻者大有徑庭。然則非吾家庭之良與！今年雖及衰而氣力不衰，猶呻其佔畢未肯脱棄博士籍中，課子之暇則之田間問種植，以食八口，給惟正之供，斯誠不辱先訓，克保我祖宗元氣，以順聖天子平康正直之化者也。予擊壤野人也，即考德于他人有若是者，猶將詠歌將助其善而樂道之不置，以歸誦于王澤之弘，矧吾兄耶！且夫不鑿其性，以裕養命之源，與之論壽，更操其必得之道也。遂取少陵贈四兄《狂歌行》，掇原首句并次餘韻爲詩一首贈之，而導以序，其詩曰：『與兄行年較一歲，彊者是兄羸者弟。兄輕榮貴樂田園，弟亦辭官謝名勢。數載長安足迹迷，今還巷陌聽鳴鷄。兄鬌半弟尚蒼色，阿嫂舉案與眉齊。兒女長成婚嫁畢，况值朝廷清晏日。高堂大厦午風涼，穩卧無憂倉廩實。姪男歡喜具錦幬，介壽張筵花萼樓。蟠桃芝草爛明燭，檀板洞簫疊勸酬。主賓争讓各成禮，弟起拜兄兄謝弟。追感少壯相留連，呼爵重吞淚如洗。吾兄百歲不難臻，兄饒馴行任天真。願覓歡娱減思慮，許兄從今即是神仙人。』

刑部主事成公墓誌銘

修武成姓，其先自吾陽城徙居修武，蓋久矣。然自公始用文章起家，爲順治丙戌進士，仕清源知縣，有善政，數載陟刑部河南司主事。當去，百姓難其代者，戀之攀援百計，公不得已，爲緩其行。歸道復過陽城，祭其先人之塚，致踰多月。抵部後竟坐遷延踰期，故論謫公官，尋以病辭，不就職，蓋順治某年某月也。余之友丁酉舉人成君公瑜，字伯玉，與公同族，嘗爲余誦言，公忠信强直有古人風云。及順治十七年秋，公年六十五以卒，妻薛氏亦以其年冬卒，年六十四。明年，伯玉自京師下第還，往吊公于修武。又明年，爲康熙元年正月，余在告里居，公之子進走數百里介伯玉以幣來，稽顙乞余銘，將刻于其墓葬公。余以弗識公于生也，反其幣，已又難伯玉之請不止，乃徐手其狀，而詢諸伯玉，稍稍得其大略。謂公少績學爲諸生，嘗一中庚午副科，延禮于巨姓。遇庚辰歲凶，或勸之乞貸巨姓。公耻不爲，惟藜藿是甘而已。其自守之賢如此。治清源，地僻貧，一行以悦安强教之實，使窮黎漸登贏裕。時姜逆鼓亂山右，無堅壘，公率士民卧食城上七月，屢挫賊鋒，反側賴之以消。巡撫祝公世昌愛重之，每舉以厲其寮屬。故清源知縣某因賦税缺額，不得去，公至竭力爲完逋負，卒資之以行。其治官之美又如是。家居篤族屬，嫁孤女，育孤孫，外惠戚黨，恤睦鄰友，不自以爲德。及遇其鄉土有疾苦，弗克陳達者，侃侃言之于公，不少爲色沮。夫是合之去官清源爲百姓稽留、追祭陽城遠祖二事，并今世俗所希。然則伯玉忠信强直之譽，豈非然哉！是故公之亢厥宗而有聞于世也宜矣，其可以不銘！公諱觀光，字賓王，自號曰醇翁，若有志于古人之學者。考諱某。始祖陽城人，遷修武者諱伯綱。薛氏修武望族，慈惠温良，克相夫子，以不失其令名。生子一人，即進。孫三人，琮、璜、珽。墓在所居紙坊屯祖塋之次，遂銘。銘曰：斵彼石，鑱以文，于洪河隈。千秋而下，忠信道貞，墳永勿頹。

四書引經解序

六經之言，爲用甚博，孔孟之所雅言也。學者不通經，則不得其引。言之指之，所以爲妙，何以能讀其書而無惑與？乃童子始讀書者，未必遽皆取其經而通之者也。故郭生《引經解》作焉，以授予。予讀而好之，曰：『不亦善夫！經術之興也有時矣。』于是爲序其志而望廣之，以勸夫學者。

歸庸齋文卷一　終

歸庸齋詩卷二目録

歸庸齋詩卷二目録終

歸庸齋詩卷二

清 白胤謙 著

草堂詩七首

一

于以考槃，西谿之灣。朝屐偕從，暮笻與還。

二

幸哉已焉，自昔鈍迂。已焉幸哉，終此退居。

三

川路迴錯，岡巒曲抱。臨淵受濯，憑虛發嘯。

四

磐厓在户，爰對其嘿。匪求有得，維以永日。

五

遵彼岸沚，桃李陰陰。嘉我尊酒，樂我比鄰。

六

比鄰如何，一水所周。而春而秋，胡美弗疇。

七

載欣載矚，乘涉從容。託身畎畝，聊爲下農。

登高漫興

野色蒼蒼落木寒，城頭哀角又秋殘。登臨不用添惆悵，興在青松密露溥。

蒙部察病痊未具狀展假漫作

欲報君恩恨力微，同朝朋故況多違。蒼雲片片迷山徑，紅葉紛紛墜野磯。舊法初醅桑落酒，新裁難捨薜蘿衣。傍人未信爲官拙，十載長安賣宅歸。

猛虎詞

南山有豺狼，北山有虎豹。猛獸且相吞噬，何況于人無長牙與利爪。麒麟騶虞安在哉？眼見平地無生草。

採芝謠

貧不能治黃金，饑不能煮白石。山空日長何所爲？攀巖繞澗覓靈芝。覓得芝，刺口不可食，不如還家餔糜粥。

冬日過南雄舍弟即齋值郭相傑太醫送酒弟治具招同成友端甥

飲至夜分

萬竹圍深翠，幽亭憩歲寒。白衣具樽酒，紅燭對盤餐。風雪顛毛變，江湖眼界寬。生涯歸老處，歡愛慰平安。

臘月九日携子姪散痾于石子固西池同乃兄子約弟子受成甥友端并子見呂凡八人紀之以詩

梅花挺水央，鳴淙漱垣外。城闉襟帶間，振古斯園最。今晨老少集，沈況得聊賴。林垧歲寒景，欻與陽和會。時芳匪容競，道運無心泰。睠情川上言，悠悠仰圓蓋。

石門詩

石門距陽城五里，亦一隅之奇勢。壬寅臘月十九日，偕友人石子約、張射四、男方鴻來觀，賦以代記。是日，屬石子受治具邀酌莊園，因書與之。

萬山奔一城，石門當水口。仰垂千仞壁，清潭俯承臼。森然敞雄界，包鐍此重厚。緬自陶唐季，鑿出神禹手。稟靈人物萃，過續徒虛有。朅來據巉巖，風霜滌埃垢。嶔崟萬古心，傾寫寓杯酒。誰能隘六合，獨後天地朽。

方鴻詩册

古柏唐宗廟，荒山李靖祠。數篇論氣格，不愧少陵兒。

方熙詩册

朗令非難賞，臨池亦可人。居然王謝子，應自慰天倫。

哭壻王孟楨

不謂凌衰晚，凄凉竟哭君。奇才難屢見，直性且多聞。在昔同袍並，忘年結趣芬。清談開笥篋，健筆代耕耘。下榻留徐穉，東牀得右軍。一朝乘景運，歷試策高勳。沛國棠初茂，齊州竹再分。志超艱稱遂，馭促飽辛勤。煎迫征輸累，顛危戎馬氛。死生俄契闊，兒女合情殷。長路縈榛莽，空囊剩典墳。真嗟駒過隙，偏感雁離群。屈抑雲霄器，沈埋珠玉文。訃書侵宿雨，歸櫬阻遥曛。忤觸增心悸，愁牽益面紋。知音都寂寞，誰分識揚雲。

雨晴後山寓目

洪濤撼山麓，人家綴危峭。灌木亂鳴蟬，孤雲迴夕照。流止獨何心，盈虧緣衆竅。誰能冥萬有，曠然持一笑。

吊李四孝廉表弟

乘舟直到地南頭，處處題詩墨瀋浮。一自歸尋范蠡棹，幾番空憶武昌樓。雲殘極浦猿聲斷，月落荒城桂樹秋。老我平生兄弟少，不堪蕭瑟淚長流。

中元日雪帆閣引子孫望月

少日中元度此辰，斜陽野月映車輪。新來添得兒童喜，玉兔應驚白髮人。

廊月

曲閣虛廊高下殊，竹陰過月未踟躕。歷盡寰區幾萬里，故著風光傍酒徒。

簡友端

友端即是黄山谷，我愧東坡又拙書。爲文欲效醉翁足，底事修顰漢魏餘。

又簡

杜老詩章百代垂，同時風雅亦多師。休憑定格攀崖岸，認取元音漸力追。

郭相傑新築

濁市懸壺有底好，城隅草舍煞風流。天王臺近臨高闊，覓醉從辭俗客遊。

陳子端太史過酌小廬率贈

露菊披茅徑，高軒上客來。猶覘篇翰美，獨重老蒼才。蔬菜微言接，乾坤病眼開。叮嚀珍玉體，宣室望君回。

西谿偶就二首

一

青郊桃杏爛晴霞，西望遥村更有花。不是連朝風色猛，争教獨讓武陵家。

二

鵁鶄頻來浴淺汀，柴門瞥對眼還青。天然五柳生成好，更欲臨皋置爽亭。

錦堂高宴奏笙竽，花樹淩霄舞鳳雛。自是太平多樂事，神仙元不住蓬壺。

谿行

習習輕風透袷衣，閒行不畏日光微。一聽流水心期足，隨意落花高下飛。

嗟哉董生行

嗟哉董生，朝耕夜讀書。父母不慽慽，妻子不咨咨。男兒隱居，不仕如處女，純粹潔白無瑕疵。何必出擁千騎、入侍九霄、揮金縱樂誇及時。嗟哉董生，王公不求聘身，不自衒名。但願昇平千萬載，耳不聞金鼓之音，目不睹旌旗，父母妻子永無別與離。嗟哉董生人不識，自有天公知。

效作二首

一

風風雨雨鬢成絲，月落空堂罷酒卮。爲問當年歌舞伴，白楊古塚幾人悲。

二

一年春事阻風沙，纔報花開驟落花。遮莫愁心與芳草，相連不斷到天涯。

山亭二首

一

山亭之上無絲竹，盡日惟聞鳥語多。谷聲相應喬林外，半是樵歌與牧歌。

二

籬首高厓散日光，隔谿石壁更蒼蒼。謾道幽居但蕭索，秋葉春花爛漫粧。

五月三日衛澹足年丈招同趙軼凡吴九苞兩社長喬白山田兼三澤航三年丈賞芍藥白山即席索賦適余患氣短辭已歸卧占成請正前月同看牡丹兼三齋因用爲起句

牡丹獨讓千秋館，芍藥群誇叔寶園。數對好花堪共醉，休嗤病叟不能言。穠枝磊磊丹砂重，香蕊霏霏甘露繁。更有翩躚雙鶴舞，何煩采藥到崑崙。

齋中蕉花自賞却憶館中故人康熙甲辰五月二十八日

年來頻道蕉花異，今歲吾廬蕉亦花。草木雖非與人事，尋常難見此奇葩。光摇菡萏凌風矗，香滿醍醐墜露斜。詞筆昔同分氣象，高吟疇復續烟霞。

贈賈翁七十歌

賈翁七十心尚少，世事浮雲都不較。手持一卷神仙詩，吟哦那顧傍人笑。吁嗟衆人真足悲，汝曹安敢笑人爲。茫然不解神仙道，豈復能信神仙詩。賈翁賈翁，平生抱負天下奇，目前一官雖可待，疇昔志氣未足施。惟有神仙緣，相要應未欺。况有室中之人，年亦幾古稀。膝下明經兒，鳳毛會一飛。女壻薄爲官，出門有馬騎。翁之夫婦于此時，但當竝坐飲美酒，彈琴鼓瑟厭甘肥。百年歡向人間住，何必天台洞裏歸。

西池一首

池水涵空碧，泉聲不住流。夕陽娱客意，一半在城樓。

閏六月十六日立秋作呈同會親友

故園秋節至，孤興欲成闌。賴有同袍約，寧愁避酒難。支離學力減，詿誤老人寬。是處榆枌舊，生涯每得歡。

夏日偕吴明府衛田二直指喬宫贊飲趙明府城南園

遊息爭向山，趙侯懷不同。爲園遠巖嶂，逍遥四望空。雲烟相淡沲，氣象浩無窮。衆客亦不俗，遣此林野風。鳴泉落坐隅，湯湯碧沼中。平臺延夕月，縱飲一何雄！綢繆忽將曙，慨論有深衷。且試畢歡宴，詩成貽老翁。

贈軼凡九苞二社長

解組成三笑，何曾異布衣？酒情君各壯，詩興我今稀。白髮無塵役，青山有道機。莫輕相見日，繾綣數忘歸。

補衛園看芍藥之二

豸使高齋迥絶塵，犀樽佳釀欵留賓。春來期召還添數，花下追携倍任真。浩態連叢開總麗，狂香逐逕散俱匀。惜芳底遣虛零落，縱飲饒傾破百巡。韓昌黎《芍藥》詩：『浩態狂香昔未逢。』

讀廬山志

匡廬詩句古今新，不似匡廬對而真。舟中記得遥相識，回首烟霞是故人。

乙巳春日送田蒙山侍御還朝

驛路鶯花滿，車前引舊騶。辭山歸闕下，扈聖列班頭。氣動衝星鍔，風行破浪舟。良時須仗託，畎畝更何憂。

我所思行

婁守金華鹿屏陳公，天下循良，昔宰敝邑，與今治吴，名實茂建，昭昭在人。不佞别數載，來去思甚切，公亦時時枉問山林。如此氣誼，彌難多得。顧恨山川緬杳，誠意無由遂通。乃因石生子約舟楫之便，奉寄此篇。

我所思兮在海濱，婁東太守洵絶倫。雅材純質善牧民，器收溟渤浩無垠。三年不見懷抱親，尺牘時時及老身。邑中諸生舊吏人，争往從之若魚鱗。張筵歌舞娱衆賓，不數孟嘗與春申。石生矯然真麒麟，公夙遇之九方歅。少年風格胡彬彬，要窺南紀涉海津。新秋爽氣凌高旻，順流鼓柁無埃塵。道采白蘋雜緑筠，登獻華堂照錦茵。歡然入座氣生春，忘形笑語盡陶甄。行山故人拙隱淪，出入蓬蒿偕鹿麕。欲取神鰲奠八夤，空持兩拳乏巨緡。喈我思公久逡巡，安能致之佐楓宸。相距數州如越秦，眼前慷慨難具陳。

石生石生，試聽我所思行，教兒歌罷欲沾巾。江海連天挂席去，側身遠望勞心神。

驀山溪

半生愁病，笑無端勞碌。往事不須題，要揀受些兒清福。讀殘書卷，白首愧無成，單一件未癡迷，是老來知足。短簷低户，栽幾竿修竹。蒼翠映盆池，都一樣，看成碧玉。林居興味瀟灑，有誰同陶彭澤、白香山，願執鞭追逐。

歸庸齋詩卷二終

歸庸齋文卷二目録

歸庸齋文卷二目録終

歸庸齋文録卷二

清　白胤謙　著

即齋賦

余告歸之明年壬寅冬月，偶過家弟曙谷所居。弟憩余于東齋，蕭然一亭，修竹千箇，雖市聲隔堵，邈若巖阿，不禁喜形于嘆。弟乃前請名，余曰：『即哉！』蓋取旅二爻之義，謂人生逆旅，亦以弟還自嶺表未久也。踰二載，歲在甲辰正月望前，弟復招余，成子友端偕，時晴雪在簷，禽聲喈喈，茗觴迭進，逸興横作。弟揚袂而起曰：『願爲賦之。』余曰：『可哉！』維造化之生人，與草木而弗殊。其流品之區别，譬松柏與蒿蘆。苟能踐形復性，心安體舒。雖處甕牖之中，儼夏屋而渠渠。此太上一流，所謂居天下之廣居者也。然而元黄既判，質罕槩醇，由德慧與術智，名實迴乎有分。或爲時勢所捂，或爲群誘所攖。非無雨露之養，庸不免夫斧斤。是猶喪家之犬，與乎觸牕之蠅。恒營營而逐逐，終偃蹇以無成。目騖外而遺内，號曰流離之旅人。不亦悲夫！今者聖人在上，海宇康莊。罪綱既弛，修塗孔張。進不必軒冕之班，退不必游俠之場。宜静約之攸歸，孰險巇而爲行。況吾與汝少産華族，中更仕轍。閲歷艱危，晚甫寧帖。幸殆辱之告謝，信休暇之可悦。對此君而盤翔，慶得此其曷易。正當服中庸素位之言，而佩君子俟命之説。庶幾目前之爲，是又焉問彼屑屑者邪！于是友端撫手而歌曰：『竹林之中兮，樂且從容兮。繄古道之是崇兮，余倚竹而和之。』歌竟，弟浮斝以進，相與歡洽，宵分而罷。

教諭田公鄉賢録序

初先大夫爲諸生，與德陽田公友也。洎余爲諸生，則亦友田公。蓋公爲諸生，積學工制舉文，應大小試，率先諸生，而其爲人又忠信樂易，同輩歸德焉故也。歲在甲戌，先大夫棄賓客。踰八年壬午，田公及于宜城賊難。丙戌，公猶子侍御君成進士。後數年，余爲侍讀學士。朝廷贈先人如其官，鄉人乃舉其行祀于學宫。余聞之，愳非先志，及謝之，已弗及矣。歲己亥，公之子進士君亦中甲科。壬寅，侍御君奉假還葬，家寵煌然，公于此時亦用鄉人請得從祀焉。余適亦病告在里門，樂從諸長老後，與觀文物之盛。潛聞諸長老交口嘆服公，謂其與先大夫之存，俱嘗以孝友馴行受旌學使，出秉教鐸，爲世儀型，而公復蹈義以終，皆庶幾所謂學聖人之道而無愧者，則以之陪俎豆于宫墻宜也。余猶憶少時遊庠序，睹鄉先生之列在是典者，非有高位頗弗以之相及，故曰思非先志也。以今所聞于長老之指如此，始知夫君子之道，尊德而貴行，將欲宣風布化于鄉之人，豈徒拘拘于爵位之次也耶！况古者釋奠之規曰，有國故追王公乎？崇師儒也。是故其事苟出乎人心三代之直，而合乎朝廷禮法之正，在賢有司莫之敢廢，雖其後之人亦惡得而讓諸。余故幸今之所聞，以告進士君，使慰其不匱之思，而并以自慰焉。

分守冀南道陸公政成歸養序

陸公，宣公之苗裔乎？其材略似之，忠鯁似之，而生地又同，甚矣其似宣公也！先世祖皇帝時，余使畿内，嘗識公于文安。公時令保定，攝文安，二邑之民頌公循治若一，余作詩紀之，有千里驥之目。無何，内擢爲侍御史，會罷巡方，公抗疏力争，勁直之聲聞于天下，朝廷重之。已而冀南道分守參議缺，上特用公。若曰：『山右股肱，國使之握虎竹、馭群吏、問民瘼，以申其威德，安在不可侔于巡方，寄天子耳目也者。』公拜命，欣然曰：『皇上知我。』及臨所部，立綱紀，布德惠，孜孜焉務盡心于其所欲爲、所能爲、所當爲者，無不周浹暢遂，而圭璧之操瑩然卓然，尤足以風諸有司。居三載，施效之蹟章章可述，境内式化，于以究上恩澤，而光先皇帝簡注之顯名，蓋充乎有餘美焉。今年春，從督臺白公按潞澤，復以大體佐軍門，威而不猛，凡所懲厲悉當法，軫疾苦，滌煩苛，閭閻老幼莫不感涕。余得從父老後，環睹而交祝之，如文安、保定時。既行，司李王公詔余曰：『公考績最，佇大任用，顧厪念岵屺思，爲依養之舉，奈何？』余曰：『信乎！公即有志，其誰從而聽之？』王公曰：『事具矣。』余嘆曰：『有是哉！昔人謂忠孝二者不可兩得而兼至，公之爲此，是誠不可及哉！』夫古人之仕也，移孝爲忠，雖食人之禄，非爲己也；得君行道，以顯父母，非爲身也。陸公初在内，言人所不敢言，有犯顔折檻之風；出鎮冀以南數百里，蒙其休澤，以無負上使。斯自其家訓，則然忠也亦孝也。乃者明發二人之懷，必不肯爲，方來之功名秩位所移，固其天性有獨至哉，謂目前之蒼生何！雖然悦親之實左右無方，報君之年方長未艾，公誠不樂汲汲于天下見其才，而欲全其所生之性分于一身，忠孝二者庶幾兩無愧矣。余曷敢妄置辭？于是王公爲詩，咏歌其美，將贈公于行，而用余之言爲序。

王内兄初度序

公于不佞爲内兄，又娶伯父大司空公女，爲從姊丈。先外父郡丞公三子，存者獨一内兄，先伯父五女，存者獨一從姊，是爲公夫婦。自少至老，雅有伯鸞孟光之風，居豐而享裕，子孫盛衆且材，斯亦可稱備福也。客歲不佞在都門，聞公抱恙且劇，頗以爲慮。比告歸相見，壯貌魁梧，不異恒平，獨少蹇音耳。既屢過從，則飲噉甚雄，步趾便迅，談吐亦漸可審辨，自此捫于舌簡干詞，處嘿習静，使真氣内充，更得培葆壽命之一端，而遐齡可期也。今歲，公年望六，仲夏念五爲公初度辰。前期有姻友數輩，約公甥衛孝廉儲實及兒鴻謀擧觴，儲實暨鴻曰：『諸君不鄙棄，將竭歡于我舅氏。吾二人者，固所願也。』于是醵金製錦，請不佞爲文書其端。不佞雖荒于文，顧重違諸姻友志，蓋約略公之一身生平，邀受于造物者，可謂不貲而所以酬其所生者，攸繫亦維鉅。當郡丞公見背，公才十齡，周旋母兄之側，而卒業黌序，慎守扃鑰，又能恢拓農田，克保其前世所遺，襲輕煖，厭肥甘，終其身斯受于造物者不可謂薄也。乃復産有令嗣昆季，左右奉養，佳孫蟄蟄繞于膝前，使人謂郡丞公之澤未艾，滋大滋昌，于是乎在。《易》曰：『子克家。』詩曰：『永世克孝。』公能有焉。且夫人修短之數，雖視諸賦禀之厚薄，而人事亦居半焉。是故體欲休勞役則否，心欲適拂逆則否，嗜欲嗇濃則否，事欲省煩則否，應接欲寡雜擾則否，機智欲忘舞鑿則否。夫試察公未恙時，其體與心種種之間，豈無有可以休而弗肯休，可以適而弗肯適，遂令二竪得乘其瑕敝而構之患。今則種種異于前矣，口不必言，曰有人代之言；足不必行，曰有人代之行；心不必謀，曰有人代之謀。含餔而坐嘯，頤指而色使，而況有問寢視膳之殷勤，騎竹捉柳之供玩，胥爲公解愠而導娱之具，無懷葛天氏之民不過如斯。以此優游歲月，歲月又寧可限乎！然則公之恙非恙，乃反公之藥石，又不徒公之藥石，而公之丹餌也乎！因趣兒鴻偕儲賓，從諸姻友後，舉觴觴公。

衛母賈太宜人壽序

余里澹足衛侍御君，弘才偉略，忠孝出于至性，論議侃然，余夙所敬服而樂從游。方其爲冬官尚書郎也，先世祖皇帝識其風采，于儔人之中特命巡視江上。時海逆猖狂，厥母太宜人從家遺諭云：『此正兒報主日也，勿以老人爲念。』余聞之嘆曰：『賢哉！』及侍御君攬轡江干，募兵登壘，期滅此朝食，究與諸同事者蕩殲醜類，厥功懋矣。已復明目張膽，彈劾大憝，當先皇帝懲貪至意，特旨内擢將柄用。未幾，逮事，禍且不測。君刺血報太宜人，還諭云：『兒不負朝廷，不獲罪公道，吾曷憾？』尋賴今皇上仁聖賜還，日夕侍太宜人左右，舉昔之移孝爲忠者，復移忠爲孝，凡所以致勞致愨、承顔悦志者，蓋靡弗周至，非第奉養都美囊篋無别而已。而問太宜人之起居，行年六十有七，方且聰明彊健，攬家棅若壯時，人謂其福備而壽隆，享報殊未沫也。是歲孟冬十有八日，值太宜人設帨辰，諸搢紳大夫在閭黨者，將揚令德視期順聞于侍御君。君愀然曰：『吾母五十年茹蘖之苦，以有不肖，今日雖邀榮再命，未酬萬一，計烏足以祝吾親者？』已而忻然曰：『方不肖待罪法曹，此身已非吾親有矣。茲幸蒙國恩意外，歡然奉七箸膝下，非吾母之爲慶而何？其敢固違諸長者惠寵！』入白太宜人，太宜人曰：『嗟！凡斯皆皇上大賜，孺子可忘報哉？老人疇足以當之，矧而先考弗克共此觴也，獨若之何？』侍御君不禁嗚咽出。予聞之，語諸大夫曰：『賢哉！太宜人貴而不盈，居溫而約，年登而罔勚于勤，其自飭也。而非徒以節其教子也，寓明肅于溫惠，弗苟爲慈，至于遜不忘君，以策勉侍御君未竟之勳猷，猶其大焉。唯其銜念夫子，爲禮則已恭，是不必然。夫太宜人既克有侍御君忠孝之嗣，代贈公光大其宗祊，將使融洩之氣被于九原，即今日者，太宜人之壽祉贈公之壽祉，太宜人之燕樂贈公之燕樂也，夫又奚辭？且吾里風俗近古，閨幃之令淑雖多，求其賢而知道者，吾必歸太宜人。蓋其所爲内則母儀，允足型範于鄉邦，而不僅一家之福澤也，是烏容已于二三君子之稱舉，俾比屋知所感傚而崇美化乎！余縱不能言，亦曷敢以婚姻之屬而阿所好？』諸大夫曰：『然。』適其時，侍御君構新堂告成，遂相率張錦于庭，介余言進祝。

田節母王太君墓表

墓之有表何也，標揭之義也。志藏諸幽而表揭于外，所以著也。

然使非其人，有潛德内美，足以維持世教，風示來者，則雖表而弗彰有矣。夫婦人之節，足以維世教風來者，其常也。乃其大者，遘一家宗祊絶續之關，獨賴一人之孕育繫屬而緜衍之，又光顯焉，斯猶不徒以節著，而其節之著也益復至。余里侍御田君，材敏而德懋，爲天子名臣。自其貴，仕且二十年，昆從兩成進士，榮耀寵光，子姓繁盛，鄉閭交羡之。其贈公兄弟五人，兩與余契識，爲茂才明經，睎科第不啻囊中物，顧俱不于身于其子，余至今猶追仰之。時則聞其奉嫠母成孺人者，年八十餘，後其子棄栝棬，未聞其乃翁，身爲遺腹子，而出于九十六之節母王太君也。今侍御君輟職事，得請來歸，飾贈公塋域間，手余友王宗伯所傳節母之文，示余曰：『此吾曾祖母也，姓王氏，洪上人。父諱某，母某姓，年及笄，歸吾曾祖樵山公。十七，公没，祖母義不獨存。高祖母泣指腹中爲言，始勉進食。越三月，生吾祖繼山公，以長以誨，幸至于成人，俾有今日之胤嗣。聞當日有司旌之，有云：「十七而守空幃，三月而産遺腹，絶粒誓不偷生，恤孕姑爲緩死。」蓋實録云。某不量，竊已具石墓左，願惠述一言，詔示其後人，使知所由來，以教不忘。』嗚呼！節母以一婦人，而尸一家盛衰之運，于存亡呼吸之間，其爲功于田氏者如是，不其重與！善乎！宗伯之言曰：『假令節母殉夫，世雖賢之，而田氏之世何以滋大乎！』篤哉！篤哉！蓋凡人家之將興，必非一日之積耳。或其祖先之世，閫閾之中，不無縈鞠之遇、艱厄之行，瀕于危殆僅如毛髮，而一念精誠懇摯，獨爲神明所隲佑者，實降之福。迨于富貴之後則忘其初，遂使潛德内美湮滅而弗聞，夫亦後人之過也。若侍御君者，光昭本原，能不没其先人之賜于數傳之久，不妨使畊夫饁嫗歔欷傳道于無窮，即其孝思亦與之俱永矣。侍御君其賢哉！是爲表節母。子一人，孫男若干人，曾孫男若干人，某即侍御君，某觀政進士，元孫男若干人。

仁敬誠贊

余舊有悟語云：『每日隨事求仁，則此心常在，少間斷歇，便是自欺。但不敢自欺處，即敬，即誠，即仁，至于仁而事畢矣。』此語載在《學言》，然未嘗不悔其言之易也。近見程子書中『先須識仁，以誠敬存之』之説，覺有合；又蔡氏《書》序『曰仁、曰敬、曰誠，言雖殊而理則一』；會又得湛甘泉先生《心性圖》内『萬物一體，敬始敬終』之義，益涣然有契于心；乃不欲自隱，因揭以示同志，願共試證之，勿徒虚語，遂作贊曰：

三代以前，説中説極。至于孔門，仁字乃出。無私曰仁，無適曰敬；無妄曰誠，不離心性。程子教人，先須識仁。誠敬存之，一語最親。蔡氏九峰，書傳是集。謂仁敬誠，言殊理一。要而論之，誠始仁終。貫之惟一，主敬爲功。聖賢之學，由博反約。念茲在茲，庶幾合轍。

復性贊

余作《仁敬誠贊》，或見之曰：『仁大矣，敬密矣，誠渺矣，孰與吾河東之學所言復性猶顯而易循與？』余曰：『仁即性，誠敬非所爲復乎！』或曰：『固也，曷亦爲之說！使吾黨小子確然識所宗，而靡惑于他歧之論之爲愈也。』故贊：

理本于天，與心俱生。名之曰性，所以爲人。人性俱善，罔有弗同。形氣蔽之，因或失中。清濁既分，哲愚殊軌。狥理狥欲，毫釐千里。變化之方，乃在于學。窮理篤行，勿徒口說。至誠參天，其次致曲。雖及聖神，僅號能復。復非外來，返所自有。孰甘暴棄，而執其咎？至平至實，極中極正。吾道宗傳，小子敬聽。

靜箴

周子主靜之言，其本于太極乎？太極體靜湧動，其至一乎？後儒疑靜不可爲訓，所以防異趨也。然而非靜無以善動，靜未非也。故君子猶取靜焉，以厚基也。

動箴

纔有知覺，便已非靜，况于動乎？吉凶響應，天下之動必貞，夫一動而無動，爰動之則。

賈心赤墓誌銘

太學生心赤賈君者，故陝西按察使鳴寰公之冢嗣，母張淑人生君。君生而豐頤廣額，重厚寡言笑。年十餘，按察公見背，依于叔氏，不好舉子業，及藐棄一切人事，若自絕于世情禮法之外者。然性躭書史詩賦，信其手口指畫謳吟，靡不入情中律，一本于孝友之言，可異也已。中年後諸叔謝世，乃復溺于酒，舉家務付之妻子弗問，日惟操杯杓，頽然于市肆。或走之山巔水涯，流連斟酌，醉而狂歌，旁若無人，或姍笑之，狎侮之，弗顧也。至間與諸儕輩談及古今興廢人物之臧否，咸井然不亂，故知其胸中自有涇渭焉，或曰其托于酒而然也，亦不可知。久之因酒得疾，或勸止之，則瞑目曰：『死便埋我。劉伯倫如是，我亦如是。』以斯終不起。没之年五十有五，時康熙元年七月八日。子允迪，方遊秦中舅氏任邸，未及視含斂，終天之恨不能已，乃裒其行，介從兄載維乞銘于予。是蓋欲盡所爲子之道，以永其父之存，而非徒要諛以誣其所生者也。予謂載維：『昔者王謝之胄，不隕于湛奐，無失色失言于人，孝子之大節也。君之家自按察公貴後，冠裳踵接，聲明文物最于鄉閭，顧得一心赤純純然恬息無競，獨獲全于酒，以終其未鑿之天，可弗謂賢乎哉？世之父望子者，類不勝其欲之過。夫心赤爲人，于其先人之遺德亦既承而勿墜，斯無忝令子矣。非然者，即狡若智囊、佞若炙輠，胡益焉？而予敢以之誣心赤？詒如是，何如？』載維曰：『唯。然允迪之志也。』

君諱益淳。按察公諱之鳳。祖定陶知縣、贈陝西按察使諱。贈妻沁水張氏，父諱銓，贈兵部尚書謚忠烈。允迪，邑庠生，娶崔氏，庠生鼎鉉女。孫二人：長克紹，聘庠生衛大元女；次克繩。女二人，一嫁廩膳生田經國子昌化云。

原任山東青州府壽光縣知縣王君墓誌銘

王君克生，字孟楨，自號半石。少而孤，爲諸生，家貧。獨負材敏，喜讀書，奇于文，以就試于有司，屢先人。故户部尚書藐山張先生重其才，聘而館之，傅乃孫。亡何，中己卯鄉舉，與余從甥故鳳翔知府張去偏同榜。去偏名士，樂朋游，而孟楨與之頡頏，及藐山先生子坦之，飲酒賦詩，談咢爲樂，豪邁不可羈。庚辰之役，余已老，計偕猶俛首從孟楨課舉子藝。長安逆旅中，恧焉遜弗及。間有言，孟楨失偶鰥居，求余女妻之，余不可。既罷試歸里，姻黨中爲孟楨媒妁者復踵至，乃以先慈母之命許焉。丙戌，孟楨中禮部，賜進士出身，初授知江南沛縣。沛瀕河衝疲，號難治。孟楨治之，朞月聲譽大著，各臺使者交薦之，大率稱其才具充然有餘，沛小不足理。而淮徐兵備張公兆羆倍敬其學識，謂非俗吏所能望，部内事悉以諮之。孟楨亦緣是矯矯自喜，不欲屈人下，曰：『吾之才守上官知，吾自信以往可矣。』會張公移調湖南以去，沛之境湖陵有盜盤聚，孟楨聞之，親詣其地，曉諭威福，盜解散去。尋大兵狎至，孟楨奔走供億，復不當，其帥禆志將持端見罪，孟楨賴沛人陳其德獲免。然繼張公者不樂孟楨，以斯中大計，鐫一級，謫判河南許州。孟楨才故高，又以甲科躓下僚，當事者因欲厚任之，疊檄署洧川、臨潁、扶溝三邑，俱有善政。滿三載，用薦録擢知山東壽光縣。壽光雖青齊大邑，而民俗悍玩難伏，濱海地曠，國賦積逋，胥役復肆其侵耗，遺累長吏，前令坐黜者三人，尚羈留其地，數載不得去。孟楨至，竭力清剔，又請豁斥鹵民竈重税若干，顧其歲額僅乃完什八九，餘仍負。遇考成動不及格，司農覈覆，輒停陞以爲常。越三載，雖他政釐舉，再膺薦章，敕進職一級，獨坐催科詘額寢叙不得遷。邑有丁楊二族，互讐惡。丁遣家僮叩闕告楊叛，密發兵擒之，夜至邑，迫令親出爲鄉導。孟楨先驅趨楊砦下，未及置語，左臂忽中飛礟，幾死。功令嚴，匿逃山東之民犯者尤多。壽光民崔某被讐挾訐，孟楨訊其誣罔，既脱之後，有姦吏通郡役，借名求索過當，崔不能忍，走訟通政使司，語連守令，通政移其事巡撫偵報。孟楨不得已，躬詣省剖辯，久之始克白。撫奏上，未得旨，適有他逃人首發，曾僑寓壽光民家。督捕懸例，凡邑令失舉者罪罷，遂罷孟楨官候代。未幾感疾，旬餘卒，實爲康熙二年五月丙子，年四十有八。卒後旬日，撫疏奉旨報可，下壽光，而孟楨死矣。孟楨爲人介直好古，樂奇言動，耻與俗伍，購書滿屋，下筆古勁不猶人，與人交尚肝膽意氣，千金不難立揮，而操履端潔如圭如璧，卓乎德義君子也。官沛日，求余爲作《歌風臺記》，有云『人欽清直勇之名，而未知不耀不激與温之貴』，箴孟楨也。比壬辰自沛還，余亦居憂棲里中，相與切磨數載，望之醇然湛然，謂從此造日益隆，而命途不副，卒困于短馭。悲夫！孟楨初娶趙某女，年若干先卒。吾女繼，生女子二人。側室田，生男子二人：長遥識，聘生員栗允恭女；次某，甫二歲。某姓，生男子一人，某亦二歲。女長許字舉人成公瑜男儒，次幼。孟楨之世籍陽城化源里，高祖某，曾祖枏，祖用光，父自成，母寧氏。其族自前朝大參公諱玹始顯有聞，先外父郡丞公諱桂，厥考贈靈寶公諱實德，與孟楨父以上俱葬同塋，殆望族云。銘曰：嗟！孟楨仕坎而業阻，志峻而行方。齊楚豫人蒙其濟略，閭里之譽歸其端良。道古勤勤，所爲不同。兹千百世，庶弗愧于古人之藏乎！

衛婦白女墓銘

嗟！瘞此者衛婦白女，行四，而父東谷爲銘識之。其辭曰：白仲女，行四稱。歸于衛，尚書孫。曰振光，邑諸生。二十年，如瑟琴。衛白初，兩姨親。烈祖命，爲婚姻。入其家，孝而温。及悌恭，愉滿門。舅姑賢，屬愛均。産不育，取伯嬰。兒接美，識母恩。生卅四，第積春。年則嗇，允德純。形厝兹，神既寧。父東谷，于汝誥。清康熙，歲甲辰。維仲冬，日在寅。

祭壻王孟楨文

某年月日，外舅白胤謙謹設牲酌醴告奠于孟楨賢壻位前曰：嗚呼！孟楨後吾而生，先吾而死，豈不悲哉！豈不悲哉！始吾奇君安貧好學，謂當及時致身遠大，而位止于郎，不得中壽，命與才違，此亦已矣。所猶憾者，吾老告退，君亦解官，歸田之樂，倍于禄位，爰自吾女壽邸旋歸，日夕跂望，豈意一旦，乃至于斯。聞訃之日，舉家驚絶。吾女淚竭眼枯，誓不獨生。吾弗忍割，彊令米粒，以待汝棺掩之故土，撫汝遺息，婚嫁訓誨，繼爾之世人世之道，盡是而已，夫復何云？惟汝生昔，大玩于書，文章一事，乃其最長。資禀既超，用心專刻，由博窮約，遂造精微。馳騁縱橫，挺特雋偉，不山而高，不壑而邃。爲道爲藝，斯其至矣。然君固自喜，吾亦好之。曩嘗相約，周易一道，百家穿隔，欲共尋曙，務獲其真。肆以營餘，旁及他籍，縱無所益，幸不徒生。兹山林化日，適遘其時，而念已失君，誰復與我？長令此願，托于空言而已矣。嗚呼！悲哉！公卿富壽，世所常有，若斯人者，未可多得。口無煩辭，而中有異，直諒多聞，允能兼之。縱彼無良，毁譽罔測，君之立心，孰不知者？嗚呼！造物既生若人，而不畀年，得之胡難？失之胡易？徒使衰翁，興盡神傷，有淚盈觴，奠之爾側。精爽如存，實受此言。尚饗！

焚黄告文二首

一

謙小子不肖，仰賴祖宗遺澤，竊禄于朝，忝位尚書。嗣以問擬失旨，降至通政，尚在九卿之列。屢被聖恩，追贈祖禰，子孫受廕者四，非我祖宗積德累仁，餘波下逮，宜不至此。今蒙恩予告還鄉，始克奉我祖宗祭祀，追念本原，不勝哀慕。所有原領祖考祖妣誥軸一通，即以是日補行焚黄禮，統兹上告，惟我祖宗共鑒歆之。

二

嗚呼！謙小子至愚不肖，奉我考妣遺訓，列官于朝數年。雖叨陟尚書，而中經審擬失當，降秩通政，猶忝九列之末。自顧鈍迂，兼侵衰病，國恩至厚而報效無力。常恐隕越，爲父母辱，遂用屢疏乞告，蒙假還鄉，皆我考妣慈靈默佑。兹當寒食，又慈妣成母十年忌辰，敬申薄薦，以故弟聖符、亡子方厚祔食外，順治八年覃恩追贈顯祖考妣、顯考府君、顯妣田母、生妣成母誥軸二通，俱已領得，即于是日兩塋補行焚黄之禮。又去年登極恩典，已經部題，應加贈祖考二代通議大夫，補贈喬妣爲淑人。并弟聖符八年贈典，亦經部題允給，但未領軸，俱俟後日行禮。曾孫岳、階、畿三人，前後俱受恩廕官生，統附以聞。

告伯兄墓文

年月日，愚弟胤謙謹以少牢香醴，敬告于伯兄長洲先生：胤謙少時，孱弱寡昧，父師而外奉侍吾兄之日較多。自聞兄一言以上，或可或否，不啻父師詔之而友朋訂之。弟之于兄亦然，蓋非妻子所能及耳。間者違離數年，牽于仕宦，非出獲已，後經屢疏乞退，不蒙放歸，竟不獲一盡送終之禮于骨肉長者。今兹幸歸，而欲見吾兄，及聞兄一語，俱了不可得。哀慟曷可言！哀慟曷可言！兄乘化以去，存順没寧，其心快愉可知。弟辛苦半生，于少年期許古人三不朽事，一無所就，獨有乞身之早，苟免世人貪禄無厭之誚，亦可少贖向時求名嗜進之愆，而年已垂暮，無足稱者。在官日誦習諸先儒語録，稍契于心，妄思勉强，求進于道，而筋力不任，聰明無主，舊時知己，目前俱盡。從今以往，顛躓誰爲扶携？迷惘誰爲指牖？後死此身，將何所恃以爲安身立命之地？豈非可憂之甚者耶？吾兄有靈，尚啓示之。

祭吴氏翁姆文

嗚呼！小子爰自幼童，以父母命，依賴姆翁。姆翁鞠之，爰啻父母。提抱飲食，往來趨走。我生既晚，慈範不延。于怙恃外，獨有二天。我姊爾媳，爾男我昆。歲時過從，呴呴其恩。垂念餘年，我翁告逝。我志我銘，輙不復記。我姆之終，挾策于外。倚風嗚咽，靡苦靡塊。以及後來，受官于朝。姊亡曷早？此身蕭條。幸兩家兒，綢繆姻婭。仲氏阿丈，行觴坐話。今我告歸，嗟仲亦没。有文叙德，磨礱刻石。惟我翁姆，積累既豐。宜有顯人，光大其宗。天實克相，子孫續續。孝友如常，胡羡公卿！

祭外祖墓文

外孫不肖，自幼同弟恒失母，俱十歲以下。蒙外祖撫育百計，每臨我家，銜淚出入。及外孫二人長成婚娶，外祖猶及見之。先慈妣每令外祖偕外孫宿，外孫時已能詩，每作一詩，必講説于外祖前。外祖甚忻喜，輒爲更易一兩字。外祖即世日，外孫哭之。有少微一星委草莽，西風半夜，凋鶴骨之語，外祖亦曾聞之否耶？忽忽四十年間，先考慈妣并弟恒俱見棄去，獨留外孫一人，烏能不悲耶！然此四十年中，經幾翻覆變遷，外孫幸叨科名禄位，長有子孫，弟恒之子亦徼薄宦，可以稍慰外祖向日惓惓之心。追念舊恩，不勝哀愴，謹兹申薦，惟我外祖鑒之。

歸庸齋文卷二終

吴廣隆 編審
馬甫平 點校

東谷集

清 白胤謙 著

第六册

中州古籍出版社

歸庸齋詩卷三目録

歸庸齋詩卷三目録終

歸庸齋詩卷三

清 白胤謙 著

送長孫岳入太學順治八年恩廕

生年一甲子，乞退四經春。摩頂兒童長，觀光景物新。彤霄凌鸑鷟，璧水浴騏驎。悲喜兼惶恐，恩殊負紫宸。

送賈元度之盂縣訓并簡太原王守盂縣張蘇伯賈君大父嘗訓太原屬同郡

仇猶山接晉陽宫，白首儒官繼祖風。投轄陳遵懷不減，談天騶衍氣仍雄。孤城苜蓿朝煙裏，疋馬蒹葭夕照中。心識老成賢太守，遇君情與故人同。

寄答魏環溪

恒山遠望鬱嵯峨，鹿洞深深映碧蘿。千里題書相問訊，思君無奈白雲何？

秋日清涼龕同郭山人訪回岸上人二首

一

一龕穿怪石，千仞歷危梯。勇烈聲何往？清涼境不述。暗泉禪杖下，斜照梵牕西。縱有遊尋客，無勞屆虎谿。

二

舊劍留何處，新袈著二年。無愁斷煙火，獨在好林泉。見性寧多指，忘機得正禪。自憐終浪宕，爲爾一翛然。

悲歌行寄贈新城王悔庵僉事

從來燕趙多奇士，宿昔逢之有王子。王子長安舊酒徒，問亦窮愁托著書。口頭不住談鄒魯，心鄙尋常章句儒。醉中拍案翻銀鲊，大言天下無狂者。獨有容城孫先生，甘心乃肯爲之下。顧我蒼黄孤拙人，訝君邂逅神相親。掛冠别去多年歲，夢寐交通如一身。潞州小阮驊騮質，治理廉平稱挺出。欣傳一札自天來，惝怳空山驚有得。寥寥皓首少知音，南北天涯各在林。相思永夜看明月，一曲悲歌淚滿襟。

西谿秋興歌二首

一

秋田兮膴膴，巾我車兮川渚。川波兮潺湲，四山羅兮嶫峨阮古切。蔓樛木兮緣垣，駛迴風兮隕擇。弄芳兮搴秀，左右顧兮跮躇(敕略切)。山蠭兮迸竄幽，禽鳴兮女蘿。殷遠巖兮樵牧，獨和答兮歗歌。

二

騁遐望兮帝京(經天切)，憯辛苦兮寸丹。浮雲兮千里，策余駕兮盤桓。盤桓兮趑趄，心氛氳兮形跼。空悲惋兮素絲，恥爲容兮膏沐。白日迅兮西馳，飄風颯兮吹衣。念身之既隱兮疇闗是非，吾亦豈能枯槁而抑塞兮軼餘興之橫飛。戲把壺觴舒笑靨，酩酊空山卧不歸。

中秋前二日石子約子固兄弟邀同成友端父子并家子姪飲遠光樓子約讀書處

主人高樓陵素秋，如澠美酒相携留。白甆爲樽光勝玉，陶然一酌散千憂。酌酒攀留情劇熟，坐有詩書隨意讀。長空片月忽親人，不用《霓裳羽衣曲》。樓前煙景藹仙居，蒼嶼白厓列畫圖。只尺山川疑萬里，始知清興在江湖。

表幽二首

陵川郝公经

公奉元世祖使宋，被留十六年，持節不渝，爲元名臣。比讀其文集，學富而才雄，氣壯而筆老，川湧飈發，一出乎道德仁義之正。厲志論云：『天下無不可爲之世，亦無不可爲之時。士之聰明睿知而達乎此者，必以天自處，以生民爲己任。』公言若是，蓋自任爲通儒志安天下者，而卒之守道不肯自失。曾子固云：『世之治亂不同，士之去就亦異。』若伯夷之清、伊尹之任，彼各有義，吾於郝公亦以此信之。且以公學若是，即謂吾澤間出之英不虛耳，詩以表之。

郝公生元世，自任爲民天。濟時用六經，謀道遑顧身尸連切。當其處羈厄，委順合本然。周程與韓歐，造術堪後先。嚮非剖遺珠，疇將鏡淵源。炳哉太極理，萬古一壺春昌緣切。

和顺王公雲鳳

道原於天而率於人，天人一也。世間無物無道，亦無處非天，盡人以合天之外，豈復有道乎哉？學者復性之旨不過如是。王和順《遼州學田記》云：『窮理以明其智，行道以復其性。大窮理非窮理，所以致用也。』朱子云：『智有不盡，固不知所以爲仁。智而不仁，則亦將流蕩而不足以爲智。』正學異學辨正，争此和順『行道』二字，誠切實有得之言。余故服膺其説不已，亦表以詩。

維天不容説，所盡者人事。得聞與不聞，敢猥分形器。文中羽聖詮，闡繹蔑弗粹。文清復性旨，視昔爲簡易。行道以復性，和順簡尤至。晋國孰云眇？踵建道之幟。

小崦山

我田川坻村，維小崦山麓。疋練擁懸厓，青蒼多怪木。神宮綴危巔，清泚片泉出。四序氣蕭森，亢煬風雨蓄。憶昔垂髫遊，世年迅轉轂。臺殿改故觀，延賞駭新矚。有形皆爲累，大化無窮域。曜靈不可羈，塵坲眇一粟。迂想騁八荒，陵虚騎黄鵠。

初冬同友端宿郭谷王伯昭仲昭園

自我還故林，未遑遠行涉。此鄉饒古道，偶踐山陰迹。名園樊山下，葱蒨沿水石。結築麗川灣，照映明霞赤。野服葉聲中，好懷愜朝夕。留句謝主人，棲遲荷君益？

贈懷二首

一

遠夢不可尋，乃在華之岑。高天聳芙蓉，悠悠河水深。沉吟獨倚佇，浩曼愁人心。

二

美玉爲君佩，精鏐爲君巵。連駟爲君客，琳琅贈君詩。永懷崇令德，茀禄無終期。

重九前三日衛藏庵姨丈招同田黄甫茂才并兒輩賞菊薄暮出古甆玉潔可愛因快酌數行漫賦以志

滿園金菊鬧霜枝，攜客登臺傍竹籬。華燭四圍人欲醉，更邀新月對瓊巵。

得伯珩書却寄冬至後二日

別離歲月疏，值此陽回初。何處最關情，閩海一雙魚。重以錦繡段，萬里擎來遠。使君能自玉，不恨歸時晚。明年春草綠，相迎向田畎。青鸞白鶴本同林，呼兒拂拭舊時琴，洗耳聽君彈古音。

雪中口號

大雪不可掃，門外無車道。手揭瓮頭泥，開口爲君笑。世事無端老却人，酒邊留得朱顏少。

贈形家作示孫岳階輩

開口問山川，山川不能言。舉頭問上帝，上帝亦何心？君不見，英雄未遇時，困窮無立錐。功名事業等閒就，流行坎止應天機。神龍能變化，猛虎自有威。丈夫不自努力憤發馳驅摩索亦何爲！

東鄉幼童年十一，居然賣卜誇神術。若令埋頭刺六經，會得翱翔嚮天闕。世間萬事雖有命，日月不能避薄蝕。理數茫茫誰得知？未見駕牛車，忽從鼠穴出。

過西谿偶憶東山故巢戲題堂壁

東谷煙霞鎖舊棲，西谿水石趁扶藜。幽巖冰雪跧龍虎，近岸桑麻狎犬鷄。陶令酒杯真足老，謝公屐齒莫重迷。白頭甘作無名子，沉溺林泉任笑詆。

戲贈

西施漫道會傾城，枉逐扁舟范蠡行。看來只似鄰家女，莫犯墻東阮步兵。

傳異一絶

表兄閻明經子年十餘，從來癱廢臥床枕間，顧能作古文短篇，咄咄不俗。其鄰人張文炳賣豆腐爲業，作詩有唐人風，致其佳句云：『門前芝草鹿麋田。』余甚擊節，因令以『麋田』爲號，勸之力學。

年來里俗嘆江河，只有人才禀賦多。蒼矯曾驚癱子筆，清新偏愛腐郎歌。

野老亭

新留城南平頭村宗舍數間，將以來春命兒支苫，爲余游涉之所，名之曰野老亭。又將買蹇驢，興發則乘之以往，殊足快也。重省來日無多，或者不免達觀者譏誚乎？躊躇得詠，漫載於此。

古槐樹下高曾塚，逼近平頭原上村。茅屋數間宗老去，前居此者爲秀才族祖，號平溪，身長九尺。其子亦秀才，號禮庵，好讖緯家術。荒煙一片斷垣存。傍阡新欲添畊畝，側面還堪閱灌園。情事有餘朋舊少，騎驢幾度到柴門。

五豆日

長安煨栗應難覓，石炭爐邊柿子紅。但祝太平官長好，年年豆粥謝天公。

老成 丙午正月十一日作

傷賢友伯珩之逝。

老成不俟，吾誰與歸?嗟我友伯珩，睿哲足師。

其出不世，其行聿安。秉心翼翼，小大無間言。

閩之山，海之水，王事靡怠，我心孔痗。

慘兮怑兮，鞦而奄兮。懷君三歲，終弗反兮。魂兮歸來，無昵遠兮。

海之水，閩之山，諗及千秋，民永勿諠。

老成五章，四章章四句，一章六句

代祝潞守

飛花如雪擁朱輪，一道喧傳介壽辰。試向五龍高處望，長松多與絳霞鄰。

念園詩四首

一

暮齒依林薄，塵情盡掃除。餘生何戀著，久計在郊墟。自笑還營屋，人扶且荷鋤。從來食舊德，應不厭菑。

二

隙地開荒穢，白茅覆數椽。判無多景物，擬作小林泉。汲汲供王賦，依依守墓田。孝懷期勿替，松栝自年年。

三

鑿井幽泉溢，雲根出亦奇。暫移親臃腫，細啜動鬚眉。造次爲賓主，逍遥閲歲時。景光如不棄，步屧未休期。

四

衰颯吾將老，棲遲此菟裘。不成追稷契，敢道學巢由。几杖延新賞，郫筒失舊愁。主恩那可報？歌祝在畦疇。

夏日熙兒新園

爾園谿岸側，吾遂接芳遊。園距西谿草堂半里。頗喜添幽事，真堪豁野眸。繁陰聽鳥弄，空水看雲浮。取次經行熟，從教百不憂。

務本堂二首

一

草樹緣山脊，高雲自去來。墻頭見耕稼，底事覓花栽。

二

今晨遇田父，發言知至理。倍覺厭僧閒，不如勤四體。

哭伯珩二首

一

傷心此日沁城阿，風物凄涼水自波。哀笛不堪愁裏聽，總帷疑是夢中過。崎嶇南國舟航遠，寂寞西州涕淚多。千載斯人難重得，空將白髮怨蹉跎。

二

盛年豈合閩中死，重望由來天下聞。曠代君臣深遇合，美名南北峙功勳。綢繆尚憶彈冠會，倉卒頻驚落葉分。舊國山川愁對絶，幾迴慟哭向煙雲。

酬寄都門執經舊友

故人群在五雲邊，出入瓊樓捧御筵。見説朝廷多盛政，莫言林壑有遺賢。年過甲子重加老，月望關山幾度圓。努力昇平君輩事，餘生長戴主恩偏。

康熙丁未正月次孫階從父公車便用世祖皇帝舊恩入太學即日得兒鴻家報聊書紀喜

先皇親政次年春，使節還家綸綍新。當日門庭崢左矢，順治九年春，予奉使歸自湖南。而今冠佩藹成均。時次孫生未彌月。休矜瑚璉名堪重，解識驊騮氣早馴。奕世頻仍蒙聖澤，茅堂歡頌樂天真。

正月二十六日黄昏寒雨大雷電天明喜見梅枝得咏

不見迎春與探春，奔雷急電暗重闉。開門一寸香風入，底事巡檐索笑頻？

獨不聞二首

一

朝聞夜雨色如墨，暮見雪花大如手。斷遺陰陽休問天，有生且願安畎畝。獨不聞夷光冶、無鹽醜，又不聞比干戮、盜跖壽。世間萬事何不有，然然否否。

二

否否然然，智與不智，判於一言。曾聞天上雨，即是地下泉。陰陽應人事，一後而一先。巫覡不可信，鬼神不足疑。處彼胸臆間，外人那得窺。三光尚然有顯晦，度數曾不爽毫釐。是以君子都不言，冥然獨貴在知希。

春興二首

一

老至詩篇苦未工，春來一倍嘆才窮。草堂次第融殘雪，柳逕依微任好風。謬矜元草傳西蜀，實厭丹砂轉葛洪。山水娱人可辜負，却令何地著衰翁。

二

郊關處處有新園，祇候春風樂事繁。競倩武陵花注眼，豈惟彭澤柳垂門。籃輿木屐尋芳墅，皂帽青氈度野村。寄語流光暫停緩，溪山無恙日相存。

天王臺口號五首

一

西北高臺四望尊，俯臨城郭似山村。三河交錯圍天柱，雙塔雄撑捍水門。

二

複閣層樓高下間，蒼松翠柏四時顔。到此每從天際望，雪峰一帶是西山。

三

城上平臺緩步尋，謾誇城外好園林。有分煙雲供對賞，無窮風月助遊吟。

四

三月花遲鶯未來，天空雲净此登臺。析城峰近連王屋，參宿光遥接斗魁。

五

太行群山禹貢同，沁濩亦載《水經》中。地屬唐虞舊畿内，莫教人異古時風。

嘉爾新園

詠猶子熙之池園。

嘉爾新園，有沼有亭。侯沼侯亭，不如中園之式濯且平。

嘉爾新園，有禽與魚。俟禽與魚，不如中園之式衎且訏。

上天下地，爰暮及篁。疇鶩疇躋，于焉泮渙。

湛彼泉源，其來匪深。豈水之是謂，式湛爾心。

森木在垣，懸瀑在道。匪適我私，于鄰之好。

先正有言，玩物喪厥志。好樂無荒，俾爾攸繹。

嘉爾新園六章，章四句。

歸庸齋詩卷三終

歸庸齋文卷三目録

歸庸齋文卷三目録終

近思要録序

清　白胤謙　著

謙小子窮鄉下愚，少逐科名之學，牿亡半生，晚始微聞儒先大指，思奮於學，奈宿往多愆，雖悔靡贖，又從簡編中識改過遷善之義，聖賢不棄。夫《抑》之詩，衛武悔過之所爲作也。至於行年九十有五，猶使人日誦於側，其中云『借曰未知，亦聿既耄』。謙今年六十矣，兒子四十，尚昧敬慎之訓，將復何待耶？因取理學諸書，相與窮索之。適見《近思録》，乃朱子所輯周、程、張四子之書，謹采掇如干，使鈔之，命曰《要録》以共習繹。苟即從此而注力焉，不出日用彝倫之間，可通性命神化之理，下學上達，無二致也。謙雖迫暮，願與後生者並勗之。

朱子要録序

薛先生曰：『孔子之後有大功於道學者，朱子也。』又曰：『《四書集註、章句、或問》發輝先聖先賢之心，殆無餘。』嗚呼！不有朱子，聖賢之道何自而昭著於今耶？胤謙曩亦謂經書傳註至於朱子而權衡獨至，則亦可知其造地不讓孔門諸人也。其教人處，都從蹠實一路，乃夫子下學上達正傳，故曰：『聖人教人只是日用常行底，人能就上面做去，則心之放者自收、性之昏者自著。』由是觀之，非不能爲高譚闊論，蓋不敢以欺誤後學耳。然竊怪世儒妄生訾議，究厥所由，不過厭其平也，憚其方也，知尊德性而不知問學之必不可舍也。間讀高雲從之《節要》、曹木忻之《語要》，皆有表章苦心，乃灑然心喜，各摭取如干，亦以《要録》名之，續諸《近思》之後，庶俾學者有所持循，而弗昧吾道之統宗，非細故耳。雖然，録者言苟能潛體而力試之，則不僅言也。朱子云：『論其至近至易，即今便可用力；論其至急至切，即今便當用力。』力之不用，雖聖賢之言亦無殊糟粕。信哉！信哉！以告今之讀朱子書者。

薛子要録序

先生一語直剖聖傳，曰：『不知性而論道者，妄也。』蓋前之聖賢多矣，道理發揮殆盡。孟子所以私淑孔門者，以能明性，下此皆無能出其範圍。故《性理》一書直指『性』字，便爲繼往開來真把柄。則論學於今日，文成之『良知』不若文清之『復性』平正無弊。胤謙曩有此説，今觀其書，總以闡揚性善之理爲主，最真切最簡易，無一語雜於異曲，直示學者入聖之門，程朱以後一人也。學者宗之，庶乎趨嚮正而進爲不虛矣。間竊采録成本，雖條段無多，頗屬精當，謹附諸《近思》、《朱子》二録之後，用備省摩，尤爲不遠之則云。

陽城詩鈔序

陽城蕞爾地也，鈔其人之詩凡若干首，匪爲弗多矣。雖然，昔少而今倍，其故何也？説者謂今之作者實多，曰：『不必然，或其前此未有鈔之之故也。即如虞夏固嘗有詩矣，而斷自孔子删定之三百篇，其前後俱泯泯。至於漢而下，始有傳者也。』昔河汾王氏有云：『非民之不作，而職詩者之罪此。』吾所以重有嘉於鈔陽城詩者之人之意也。其人爲誰？陳子弘度，字子容，吾素與論詩者也。蓋詩之爲道，發乎性情，止乎禮義。作之者匪意匪辭，神韻爲上而格調次之。嚴滄浪所謂『不涉理路，不落言詮，乃合於三百篇之旨也』。皇清受命，斲雕爲朴，乘一時之元氣，烝然丕變，諸作者翩翩而起，以鼓吹休隆，將在於斯。要其所以匡而正之者，則不可謂非子容力也。子容之於此道，其洽聞雋識沉透淵微，非苐涉其庭閾而已者。然而吾與子容俱陽城人，子容溺愛吾作，亦見采入其一二於中，又使爲序之。雖不能辭，實厚愧也。而其末卷遂以子容之作益焉者，則吾與子約石子諸人之意，即子容亦不得而辭者也。於是乃合爲陽城詩鈔四卷，使之副於邑乘，以光人文而與其地并垂也。

陳太翁偕配張孺人膺封序

皇帝康熙三年六月日，内秘書院檢討陳君，先以登極恩詔循例請給敕命，已經吏部覆具以聞，於是檢討父陳公宜封徵仕郎翰林院庶吉士，母張宜封孺人，報曰『可』，其撰文關軸各有攸司方需次頒發。而檢討君得假旋里便省視二人，鄉邦榮之。四年春，檢討君將以假滿趨朝，乃用侍御衛、田二君請製錦於庭，虛其端，過余舍再拜，言曰：『願有述，以光昭君寵而奉二人歡。』余不佞，嘗待罪禁近，親睹先世祖皇帝優禮詞臣，東觀横經，長揚較獵，率多盛事。檢討君時弱冠，翺翔玉堂，所譯習之業往往蒙上賞許，賚予甚夥，以爲不世奇遇，而檢討君當之拳然，謹樸無少矜異色，同輩咸推服之，謂是國家偉器。間復審詢所自，以爲爲其父母者實教育之使然，則今日之徽恩一命，公與孺人允宜蹈舞上賜。而檢討君報國悃誠因顯揚之志愈益加厲，且以聖天子春秋鼎盛，檢討君韶齡純質，好學不怠，異時必大任用，攄暢其謨猷，光贊太平悠久之業。而公與孺人優游燕衎，食子之美，報於無窮，胡慶如之？雖然，有以也。公生平敦重，饒計略，言笑不苟，每寢必中夜，未至旦輒起應事物，雖有疑難，不驚沮却顧。自先侍御泉山公在日，家政一倚辦之，其於出納經營生節諸作業洪纖中度，舉所爲室廬、田畝、樹圃、儲積、豢牧之數歲增斥而服食之費不加豐，至其他孝義友悌之行，率多類古人，非曰矯强爲之而不自知其出於古也。檢討君曰：『吾讀《洪範》，五福曰「康寧」，下六極反言之曰「憂」。康寧者，無憂之謂。若家大人，庶幾哉！』張孺人，故威令萬涵公女，於婦道能孝、母道能慈，能取經書所載，一一稱説之訓誡其子，又能逮下法《樛木》、交儆法《鷄鳴》，非苐執尋常中饋之事以爲事而已者也。蓋余嘗觀於天道，微渺至不可知，及以人事究論之，祐福之來各如其實，未或爽焉。今即以檢討君之賢榮所自出，已有可信而傳，矧公與孺人之實章章具是，是故其居席之厚、子姓之茂，爰被朝廷休寵而申固其命夫，寧有異乎哉！余因爲著之，授檢討君，俾書焉。又作詩，令可歌以佐諸鄉老之後。其詞曰：魚山之陽，巖巖崇墉，富潤屋兮。俯仰林泉，案有詩書，廩有餘粟兮。天誕其賢，如珪如琚，秉彝粹美兮。升於王朝，夙夜不懈，勤自矢兮。具慶在堂，伉儷相莊，元凱盈兮。龍章肆貤，象服攸宜，展爾榮兮。考鐘伐鼓，福禄穰穰，百事備足兮。保爾繩蟄，力善承先，交重勗兮。

軼凡趙公七十序

軼凡趙公自山東茌平令歸十有餘載，爲康熙乙巳年，蓋七十云。公少壯時屈首讀書，停蓄博浹，又鈎深致遠，爲制舉文往試于有司，動輒取高等，爲名士。余時甫入博士籍，亦以先大夫命厠迹邑社，與諸名士遊，則尤獨傾服公，稱莫逆焉。亡何，與公相踵掇鄉舉，各邅挫十餘載，復相踵成進士，列仕籍。又十餘載，余始獲請告謝職事歸，而公已先逍遥里閈，課諸郎君力學治恒産，且蕃孫枝。諸郎君俱長，才敏幹，各營齋墅，以奉公杖履，周旋往來其間，陶陶然樂也。適邑社舊友九苞吴君，亦歸自滕令，而衛直指、喬宫贊、田侍御三君咸後先暫過里，遂相邀爲率真之會，每酒酣話夙昔，輒欲忘歸，間復談文。公顧屬目余曰：『疇能吝一言於老友！』余謝弗敢。頃聚，更話及，衆僉慫慂。余言：『使爲公壽者，余其疇辭！蓋居常聞儒者夭壽不貳之説，若是乎，壽非君子所亟也。然詩書之文稱壽者不一而足，何與？且夫人一生大者，將致其性分之益於天地，而不然者，亦期自盡所爲用於其身，二者似俱非壽不能，非若蜉蝣靡草之無關者也。乃其得與不得之數嘗予天，而可以必得之道嘗予人。故曰「既克有定，靡人弗勝」，此之謂耳。公天性素誠慤，無巧飾之言、回曲之行。爲茌平，當國初造，其民瘵而盜斥，公用實心撫訓有成緒。俄中誣以去，茌平之民至今猶思之。然公即不獲久於仕途，而超然屣脱塵鞅，得甘食晏寢於放佚閒寂之鄉，其天全而神固、志怡而氣舒，然後乃知造物之薄於官公而陰厚之，以其所享耳。鶴，壽鳥也，寵之者載以華軒、被以文錦、啖以八珍，鶴錯趾則顛、伸翅則折，日震撼不敢寧，而又以羶薌之物苦其腹腸，壽於曷有？故不若棲遲沮澤之中、翺翔雲漢之表，乃可以順本性而引長年也。何以異乎是？至若公平時簡嗜欲、屏煩慮，以恬以熙，所爲默與道符，或稍旁涉諸養生者之言而佐用之，以故老而不衰，舉體彊適，與客坐久不倦而樂杯杓，反踰其少壯日，夫非有道者而能然耶！嚮讀邵子『詩拙於用而康濟其身』，謂非易事。以今觀公，胡能不服？然則公之壽，其可量也。夫公尚益精攝勉，自進於期頤。吾儕幸奉公儀型，亦期歲歲陪舉觴無有斁，公其許之乎一笑。

陳將軍九十序

陳氏，吾初不知其先。憶爲兒時，遇先大夫晏客，從門隙竊窺，客中衣巾楚楚頒須者一人，武冠而頎偉顧盼昂然者一人。抵暮客半去，武冠譁笑酣歌，旁若無人，其去也又獨殿諸客後。心異之，以問先大夫，曰：『二公俱陳姓，頒須者字泰徵，茂才，吾同總友：武冠其從叔也，字任宇。二公者，邑之望族，其上世富饒甲里中，孝悌而好義有聲。昔吾兄吏部公未第，嘗應其家聘，就其家塾，授泰徵書，吾從焉。任宇者，棄諸生，習武事，蓋英雄人也。』余謹識之。後數載，余忝鄉舉，任宇公歷官延綏遊擊將軍。還里門，值其慈母喪葬之日，請余祀土，觀其塋域垣舍松柏之盛，及其先人三世廬墓之跡而嘆美焉。尋流寇闌入邑境，官募鄉勇若干人，屬公訓練之。凡所爲旗鼓干盾之容、進退守禦之節，莫不有方，足以覘公才略。亂定，余玷國恩，前後又十餘載，辛丑始蒙賜假歸，見其孫子容茂才，敬問公起居，云：『老矣，然健飯甚，非肉不飽也。』屬余多病，未克造謁公堂，而子容時執文業相商確，因復得其先世之詳。蓋里中有古大姓者四，首陳，白亦次焉。公之父輩嘗用孝悌爲諱，人稱不媿其實。累傳素封，或上貲爲參佐官，家有衣冠、田圃、祠墅、圖籍、玩具，異于平人之家，及夫官府公義興作賑貸之事，往往率先爲之。公生最晚，爲人器度恢廓，樂與賢士大夫遊，有其先人之風烈。生三子：長、次俱諸生，三孫而子容爲諸生，敏悟善屬文，尤博雅能詩，異時克振其家聲者，于是焉。在客歲丙午，子容之子舉子，於公爲元孫，而公高祖也。公抱之喜甚，目前五世，宜人世所稀。問其年，今歲八十有九，行九十矣。二者俱可慶。子容屢言之余，余作詩一首，將進贈焉。適子容友田子黄甫、石子子約等醵金製軸，虚之以俟余。余因謂子容曰：『勉夫子容！《傳》稱君子小人之澤，至於五世而畢，苟其間之蕃裔復有興者，世則惡能限哉！』今由所聞于先大夫并子容所述，而遊擊公所承者，先世孝悌之澤也。此澤雖遠，使益滋豐之勿替，福祐之來，其可量也夫！然世俗中人知孝悌之美，而實不多見者，何也？其夫或多由於不悌。孝可勉也，悌獨弗勉焉，何也？謂悌之名殺於孝也。豈知弗勉爲悌，已不得謂之孝矣！而大者又以壼德先焉，何也？兄弟之間，男子猶有天性，而女子則頡頏之同人耳，能盡其道焉者，固鮮矣。是故吾論孝悌，而畸責于男子之明者，刑于其壼内，不專爲陳氏一家者也。特因陳氏，而追本其今昔所聞，以昭公之所承，并其作人高致不群所得於天福祐者之全，而因以勸其後人與吾家子弟，一以爲率循、一以爲觀法焉。庶幾余之言，子容諸友之請，俱不徒矣。公更歷久，熟於理義之大，其謂之何，而後乃誦吾之詩。

重修天王臺記

陽城縣治因山而城，其西北一隅獨穹然以高，昔人甃之爲臺，建天王廟其上。平時眺望，則山川邑里之全勢畢集於兹。不幸而遇警急，縣長吏率壯勇食宿其間，以策應四壁，往往獲安堵無事。蓋臺之爲利，於縣如此。康熙二年秋，積潦忽而崩決，形家者謂此地於位爲乾，號天柱，徵在民多眉壽，不且有眚，其説即未足深信。然地屬登陴要害，脱令呀然稱缺，亦非所以防衛不虞之道。鄉耆某某以告於縣侯潘公，予之甃二萬有奇，嗣里中紳士素封漸出金錢佐之。耆衆乃易甃，鳩匠興事，起自四年正月至五年四月，而臺之故復。按工摎撤，甋趾櫛比，而層素之實，視故爲固密，凡用甓五萬有奇，人工廩食稱之，計費錢若干緡。既告落，耆衆請予爲記，予讓之弗克。噫！予讀城記，肇自故冢宰王公，獲請於侯咸陽張公，矢謀作始，凡七閱月輒報成，以全城之費僅五千緡。顧兹臺一隅之罅，延曠彌縫者洊歲乃畢，何其懸與！聞中間上下觀望持久，屢營屢廢，卒賴耆衆合心拮据就緒，而前莅平宰趙公以居鄰邇，後先從叟往來，省課猶得其力，殆非易易者。歐陽公云：『自古賢智之士，爲民捍患興利，使其繼者皆如始作之心，則可以久常存而不患其敗壞。』然其事勢之難，多不必副所願如歐陽公説。其故在賢有司，徒憚傷財動衆爲懟，弗察其利害之緩急以引爲己職，而悠悠里俗，則又聽爲守土之責，甚者飾梵宇、崇禱賽、張燕戲，則競趨之惟恐弗勇，而於此類重切，乃欲諉之於公。噫！其疇能不興懷於昔人之績之偉，而靡可幾及與！今既藉衆策力，俾茲臺不就淪没，儼然睹崇碩之舊儀，以永禦於是邦，是可慶也。謹書之，表示來者，庶幾上下交勿狃焉。

念園記

念園者何？念祖德也。維昔先君田於此莊，没而葬焉。前廬後墓，以貽我子孫。子孫食其澤而漠焉忘之，可乎哉？自余不肖乞退以來，五年於茲，歲春秋祭掃外，畊獲之役多委諸僕僮，間一涉歷，不終日返矣。言念先人創垂此地，靈爽憑依，實亦在焉，其弗後於邑中之居宅審矣。因復營斯園，以備菟裘，且近先人兆址，若奉省視，又以之巡阡陌，測雨暘，休疲病，精學藝，蒔蓏蔬，靡弗便者。此莊地形當山谿之交，其勢迴互去留如有意云。樹莽蒼，可觀園之制。中爲虛堂，曠朗宜夏；左爲朝室，有牕有廊，宜春秋；左上爲夕室置卧處，宜冬。井宜灌植，土垣石逕，素朴不華。既成，以示後之子孫，庶幾勤履於斯，而睠懷祖德，冀盡其所以爲子孫之道，則余不肖今日之志亦或少愜於萬一，而不得謂之老而多事也。於是乎記。

常惺惺贊

敬是聖賢入門總途，但恐操持難於純熟，得上蔡常惺惺一言，點化何等活潑。真予先生云：『敬能生樂，於斯可認取焉。』因竊請事之而爲贊。

常惺惺謂：敬，存心之故也。非禮勿視聽言動，必有事焉，勿忘助也。貞之則動静不失，純之則從心不踰也。於稽其功，蓋戰於欲而勝燭於理而寤者也。苟由是而進焉，豈非仁者安仁從容中道之路邪！

敬誦

周子謂静，程子謂敬，而朱子解之曰無欲故静。白胤謙曰：静者天之性，動者性之欲。由不敬生諸欲，由諸欲生諸妄，而性體失矣。制欲者莫若理，是故程子主一謂敬之言，爲去欲還理復性之本也。守是而行，惟常惺惺。雖非敢曰聖人必可學而至，庶亦可以寡過矣夫！

樂誦

公則不怒，達則不憂。不怒不憂則樂，循理則達，無私則公，其惟仁乎！惟至誠乎！或問樂，曰：熟玩《太極圖》，雖死不憂。此數言者，予近之所得也。雖然，欲從事而尚未能也。

復魏光禄二首

一

王允升篤實之士，賴執事造之以學，此來氣象覺大不同。細詢道履，具悉孝養之至。及與州父母，作人事蹟，三代之風於今再見。敬服敬服！前拙刻略無足道。承來教：『誠爲本體，敬爲工夫，而仁在其中，無所謂先識者。』説得十分徑截，誦之暢然。但此言出自程子，再三思之，亦非無謂。如孟子『萬物皆備』章，首節便是識仁，次節是誠，三節是敬，亦自貫串。且所云『本體』仁之本體，『工夫』仁之工夫。『先識』二字，或亦不妨存之。不知是否？仍望便中見示爲感。聞允升言，大同各州縣官都甚良，而又得足下以師道樹立，陶淑其間，太平有象，庶幾仁風漸曁而南。即不肖穩卧荒山，嘉倚不淺也。道業方新，惟勉旃自愛，不勝幸願！

二

歲前兩次奉教札，苦無便復。伯珩之没，深爲吾道兼爲天下惜。尤恠王允升之受教門下，稍有志於學者，而亦奄忽以逝，豈亦所謂『朝聞夕死』者歟！讀大作祭吊詩文，皆一字一淚，真兩人知己交誼始終，不遜古人也。頃乃復聞吕見老訃音，斯道同心殆盡矣，可奈何？足下道力精勝，願益珍厲，爲天下之幸。不肖年至振奮無力，秋時患痢四十餘日，迄今血氣尚憊。遵伯珩治命，勉作誌文一篇，緣病餘及易悲，不敢求工，但取其顯白而止，遂欠精警。今止録祭文并祭吕見老文二首，請正之。餘文辭一向禁作。病前讀朱子《近思録》并《朱子語録》、《薛文清語録》，擇其尤切者，鈔訂爲三書，名之曰《近思要録》、曰《朱子要録》、曰《薛子要録》。自知删存未能盡當，蓋聊附私淑之意云爾。伯珩子茂生，不肖子壻也，頗能謹慎有其父風，兹欲以祠堂文求大筆，望慨賜之。伯珩學宫之祀，自俟舉行。種種過壓雅慮，頂荷不盡。

古愚齋圖書八卦位次解後

張子《正蒙》曰：『學未至知化非真得也。』蓋常觀於《易》而識天地人物之所以生成之故，亦妙矣哉！然不惟其理，即以其象數考之，亦無往而弗合焉。但於其説測之未深，頗疑其牽附者有之。今觀表兄閻古愚先生所爲《圖解》，用明道加一倍法，於凡天地陰陽五行動静消息常變之理從衡求之，不爽銖寸，其實皆自然而然，非强爲之者也。先生爲人直方而固守，乃能卓然有悟於此，不可謂非其學之有得。抑聞之云，天理一貫則無意，必固我之差，先生亦見及此乎？未見及此，即天地之陰陽五行自在天地，我自我終，不能與之相似。苟見及乎此，而天道人事微顯一致，總順其自然而然之理，不得以我見參于其間。久之，學問加進而動與道符，即以語知化亦非難也。願以此爲復。

誥封禮部侍郎養真薛公墓表

公諱某，字養真，其先山西芮城人，徙河南爲孟人。祖諱應祥，直隸容城知縣。考諱士傑，湖廣武昌教諭，本朝贈資政大夫禮部左侍郎加二級，兼内翰林弘文院學士。兩世俱茂學醇行，没并祀於學宫。公隱居不仕，以子貴受封中大夫太僕寺卿。又進封資政大夫禮部左侍郎加二級，兼内翰林弘文院學士。康熙三年三月二十日卒，享年八十有九。明年十二月，葬於孟縣城北留宿之新阡。子五人，孫十二人，曾孫八人。而其長子宗伯先生，胤謙昔嘗執經事之者，因獲拜識公，竊睹公豐下巨耳，體康而神完，其氣象蓋爲海不爲山，爲陽春不爲冰雪，爲渾龐浩噩不爲叔末浮澆，福德之隆厚可知也，諸不具數記。自國初乙酉歲，宗伯先生獨先群臣蒙假，護送公及劉太夫人由京師還鄉里，天下榮之。嗣乙未歲，長孫給諫君登第。其時復以宗伯先生之請，沮于部議，卒奉特旨予假，省侍公夫婦于家，廷臣咸讚羡，謂是不世奇遇。

而胤謙得從二三大夫後爲文贈之。文内上頌朝恩，中幸賀公父子得天得君爲最盛，必公之德克膺多福，故天重其報，而使生宗伯先生，遂默佑朝廷以其爵秩先生者爵秩公、顯名先生者顯名公、寵遇先生者寵遇公也。今夫匹夫有一節之美、一遇之奇，足以動衆人耀里俗者，惟恐掩没而不知于人。矧公之一身，自盛年宗伯先生即起家顯仕，禄養克然，及其安驅上壽，奄有多嗣，南康博白暨給諫君後先輝映中外，於人世吉祥善事備取而靡遺，乃循守先世儒範，處之隱約始終如平人，未聞以富貴子孫故驕人，斯其度量所以包裕百世者，不既遠與！至其居家孝友之實、教誡寬嚴之則，與人真誠坦直，施濟罔勩諸懿行，曲沃相國誌中已載之矣。胤謙小子養痾山谷數載，於公之終恨弗能躬酹几筵，忽枉宗伯先生賜書云：『先公往矣。幸勉襄葬事，顧尚闕所以表之者，繄子大夫是望。』胤謙不敏，謂公生平豐德駢福，奚所事于蕪陋之文？而獨是其大者，嘗累徼朝廷之盛典，尸邦國之榮名，二者俱堪不朽而垂重於來世。且以其富貴蕃熾，如公而處之漠然，不以之自驚驕人，夫非其克守先範量包百世者，曷以能然？此尤當表，故爲表之，使孟之人往來其墓下，津津傳道之于無窮，亦庶以慰宗伯先生之孝思焉。

巡撫陝西兵部右侍郎兼都察院右副都御史伯珩張公墓誌銘

公諱瑃，字伯珩，與余生同里，山西陽城人，少余十八歲，同年舉進士，辱爲莫逆交二十餘年于今矣，竊謂公其人立心制行，雖求之於天下之大不能多有。比不幸以王事勞瘁終于閩，輤還，子茂生傳其遺命，稱余生平知己第一，使爲誌銘記其墓。余受之，泣曰：『吾責也，雖病憊安所諉負？』遂誌。公幼抱宿慧，爲兒不好嬉戲。方數歲，大父教以總章數法，輒能通曉。大父奇之，遣從舅氏延生芳聲學，讀書一再過，終不忘。尤奇者，未受講訓，援筆輒能成文。年十五補邑諸生，十九舉于鄉，二十聯捷登第。國初，授知原武縣，年二十二。原武縣小，瀕河，經兵燹後城中居民僅數十家，男女半裸，日不再食。河以南數里雖隸縣版內，尚多伏莽，觀望未服。公至，加意綏輯之，漸乃復業。又察其地之荒蕪與人户死徙者，申請蠲除其賦累，務與民休息。凡徵比錢穀及詞訟，惟用誠心感化，未嘗嚴刑。縣駐防戍兵，復值禁旅往來河上，阻舟停泊，公并竭力運籌供億，賴無隳事。他政尚多，壹歸於清静愛民，殘邑爲之起色。載趙户部明遠《去思》等文中。乃其自奉，則疏食布衣，無異寒士，衙舍不蔽風雨，從未聞有一物遺寄其家。居之三年，凡七列薦剡，行取入朝，考選陝西道御史，出按四川。蜀自獻賊作亂，民屠戮殆盡，王師開土，止收保寧、順慶二府，餘尚諸逆盤據。公與巡撫李公國英，鼓厲將士，漸次恢廓，龍安、潼川相繼歸化。時文武官多委署，公每接見，即諭以潔己愛民，勉圖實授；其治兵者，諭以束兵守律。

又體簡書鹽屯兼舉之命，招流移，勸開濬，務儲本計。又會同撫臣，請撥牛種五萬，給散兵民。本年奏報，除接應軍需外，貯粟六千八百有奇。又疏催學臣，以興文教、頒憲綱以肅吏治。十年草昧之地，因公耳目一新。適有暫撤巡方之命，遵奉入都，會世祖皇帝親政，甄别諸御史，公同十六人俱留用。差次應視鹺淮揚，隨蒙召見太和殿，天語申誡嚴切。蓋淮揚素號羶途，公聞誡愈益悚惶，憂形于色。受事後冰檗自矢，盡革從前陋習，擇吏之誠謹者數人供役，餘悉裁退。凡權貴人過淮揚請謁，槩絶。察舊弊，姦商賄通蠹胥，引鹽額觔外公行夾帶，雜以私販，致地方售鹽實多銷引則寡，下病貧商，上虧國課。公立法嚴禁私販，遇告獲即按治其罪如律，但不得蹈襲往轍多所牽引波害無辜。乃親詣儀真，抽掣引鹽夾帶之數以充公餉計十三萬，歸朝廷。法既行，而鹽之累年滯塞坐困商竈者咸獲變售，因得完解正課，併帶徵積逋溢額二十三萬有奇，實前此所未有。復命，部臺考覈，交章上其異等，法當褒嘉。吾師河陽薛宗伯先生，亦特疏求請奬廉。奉旨：『某實心任事，不愧風憲。』尋擢大理寺丞，遷順天府丞，再遷大理少卿。公念少失恃，故母延孺人尚寄殯淺土，疏乞改葬。歸里，適丁太公艱。服除，仍補前職。緣隨駕南苑，世祖面詢往者按鹺狀，俄陞本寺卿。復遇上親閲大僚，嘉其操守清介，特加一級。未幾，轉工部右侍郎，督修合祀壇。尋奉上傳，改兵部右侍郎兼都察院右副都御史，巡撫陝西。撫臣兼理兵民重務，前此皆用親舊大臣。公膺世祖特達之知，感激圖報，濟河而誓，首飭法廉以警貪墨，文武將吏望風震慴。抵任後益謹防範，絶包苴，薪水之費按季取給於家，期不以一物累民，諸屬皆承風丕變，秦人頌之。未幾，兩直指再撤，督府移川，諸務萃集于一身。公隨時裁决，案無留牘，復小心敬慎，靡敢恃智矜能，凡事必虛公延訪，鋭意舉行。俟有成效，則讓善于人，而己不居，以故人人樂爲之用。往例，撫軍親丁掛餉多取資標營，公但携僮僕數人，羸馬數騎，自爲贍養。本標舊撥四川降將十餘員，俸給不足，往往庭謁慨嘆。公察絶屯田地計口撥給，以示鼓舞安反側。

上疏言：『各府歲徵解蕃司餉，宜貯本府庫，就近兑給境内兵馬。既省解運之苦，兼資飽騰之實。』又臨鞏兵奉調西寧，部議餉運軍前，公疏請用西寧額賦抵銷，或有不敷，方令臨鞏折徵，赴彼召買。復虞臨鞏近邊，請移漢兵鎮標駐秦州，使兵得就食，民免變折，以爲建威銷萌計。漢中駐平西王藩旗兵，鳳翔歲運米豆二萬，價脚約費四萬有奇，民馳驅雲棧千六百里始達軍前，公請除漢中額賦辦納，不敷者藩司按期發價召買，亦如西寧例，鳳屬則照歲額折解藩司。俱奉旨可，此皆隨地通變酌盈濟虚，必使兵民兩利而後即安。時因餉缺，允部議各省地糧畝派練餉一分，慶陽、延安、平凉諸州縣臨邊貧瘠，舊額正賦原不以畝計，而練餉必計畝徵之，數溢賦外，民苦敲扑，至有焚廬而走者。公特疏乞罷，疏雖留中，旋奉特旨永停各省練餉。寧夏、甘肅、延綏三撫舊止典兵，會有撫臣不攝軍務之旨，議裁三撫。公念邊方要地，慮姦宄乘虛，則封疆多事，疏割所轄臨洮、鞏昌、慶陽、延安、平凉五郡民務分隸三撫，欲存餼羊舊號，彈壓邪萌，而實則各屬地近，錢糧易于稽覈，即刑名盜案亦得速結，省民間往反會城數千里讞鞠之苦，尤爲便計。至弭地方大患，如賈鳳貴、王奇等，挾妖術煽衆，潛通竹溪山寇，約舉爲亂，公密授方略，刻日就縛；再如朱君應、董易等，勾引諸番，謀爲不軌，公行河州營，將要路伏獲論定，止于逆犯伏辜，不忍株連，以負朝廷好生德意，後坐是鐫級。又招徠開墾荒地九千餘頃，疏通鄭白二渠水利。清覈漏造錢糧五萬有奇。計公在秦二年，善政種種，載党相國崇雅、李朝邑楷碑文内。久之，自以早入仕途，歷華顯，志存退遜，有自劾不職簡賢代任一疏，未蒙俞可。亡何，用甄別降調福建督糧道參議。去之日，秦人士攀轅號泣，追送數百里不絕。閩省經海逆披猖，軍餉歲數十萬，胥于儲臣取辦。先是商賈入閩，出納維艱，遂相率裹足，致米價騰踊，將士枵腹。公至，首通商販，四方之糴不招而集。且舊弊，舟船挽運，入倉有斗斛諸費，民間數鍾，僅致一石。公懸厲禁，兼覈侵漁，而下之漏巵以塞，上之羡潤以革，藩督撫鎮咸服其才守過人，饋儲倚以無匱。

然公拮据二載，憂勞骨立，屢以病呈督撫代題乞休，得旨允放。嗣因交代延遲數月，疾勢增劇，竟卒于閩之官署。病中自爲年譜，及臨終遺命，教戒其子弟，言後事纖悉必周，從容不亂，得正命焉。蓋公天稟既優，尤得力于學。幼則沈潛舉業，中則精練吏事，喜覽典故諸書，隨人訪納問塗于已經。既大就其功名，間亦究意理學，又以其聰明所及，旁涉五行堪輿之説，自言『天地人道三才相合，而成理與數』，不可誣也。其論術數，亦必援合修德施報之成迹而弗詭于正。又謂：『人能于五倫中遭逆負屈，真心忍苦，不求人知，即此是陰德。』與余交，折節過禮，同朝數年，饒有相成之益。在淮揚，適余奉使江南，公故就儀真，僅一江之隔，遣吏邀余至再。余辭避不赴，曰：『此一往，不獨人疑浼公，實恐疑我，我亦不受浼也。』公遂止。後同官法司，議獄資其指牖，平反者頗多。御史王秉衡案，誤執另議，實余冒昧之罪，公勉從之。及世祖面詰，公正告曰：『議出尚書。』上就以其言重詰臣謙，臣謙引罪。雖卒坐此降職，要對君不敢不誠，公與余幸俱無愧也。令甲誥命，三品例不重給，余爲吏部侍郎，遇覃恩各官俱加一級，給與新銜誥命。會陞尚書，部題封典不及，蓋誤以三品封已得，而忘其應給從二封也。部中怙過委令余自請，余質諸公，公曰：『第俟尚書封何如？』余心知其意不可，遽止。及公爲工部侍郎，帶加一級，旋改巡撫，部題職銜誤落去之，公亦不言。余詢之，曰：『難于自辯，如公曩日耳。』公爲人老成沉重，常以憂勤利物爲心，而自處欿然，遇事從容不苟，籌度中節，以斯敭歷中外，饒有經濟，與人寬裕和平，務崇大體，好稱人善，不稱人惡，而人亦不敢干以私。余無狀，素取友于鄉國天下之中，靡敢掩人之善，而獨于公信其有純全之美，無忝古名賢，故作詩有『道若生安』之語。人或詫余所言之過，然余言之始終不易，非諛也。卒之日，閩省兵民如喪慈母，四方僚吏故舊部民聞之，無不悼惜。訃至家，鄉閭老少哀泣，無親疏，胥以失公爲不幸云。張氏其先以忠厚力穡傳家，世籍潤城六甲。據公世系碑，自八世祖全下始可叙。全子瑢，瑢子徐，徐子世岩，世岩子廷貴，廷貴子永庫，永庫子自立，公大父也。性豪邁，治家勤儉有法，識公于襁褓中，慨然有高門之望。後親見公登兩榜，筮仕中州。没贈通議大夫巡撫陝西兵部右侍郎兼都察院右副都御史。大母石氏，贈淑人。父諱念祖，初封御史，贈通議大夫巡撫陝西兵部右侍郎兼都察院右副都御史。母延氏，累贈淑人，行詳余作合葬墓文。繼母成孺人，公事之以孝。弟官監生璘，同延淑人出，公友愛甚篤，宦遊四方，家政悉委之。又庠廪生璿，先卒，時公在閩，尚不知。暨璡，待之與璘同，每家報中，必詢問其所與遊處并學業進退以爲憂喜。一妹歸王舉人步階子某，奩送有禮。娶曹氏，白巷鄉耆學信女，累封淑人。一子茂生，恩廕生，余第三女妻之。二女：一歸山東布政司參政沁水王君紀子官監生錫五，先卒；一受楊舉人拱明子千頃聘，未嫁卒，拱明亦卒，公遺命尚令其家爲千頃完婚，照視其成人。孫二：仔，公命名；任，余所名。孫女一，幼。公生于天啓四年甲子十月十一日，卒於康熙四年乙巳十月二十日，年四十二。用康熙六年丁未三月二十二日，葬于潤城東莊北陰之原，公自卜兆。銘曰：遇則早矣，而枳殘以讋之。用則大矣，而艱遯以投之。爰經爰綸，克樹有顯名。既清既忠，亦庶知其仁。嗚呼！伯珩可謂生榮死哀矣。然生者孰與死長，允斯人其可亡？

外孫王郎遥識墓碣并銘

王郎遥識，字瞻百，父壽光知縣王克生，母吾女也，而實出于側室田。生數年，從父任許州及青齊，延傅授書，輒能了了，下筆爲文率奇矯不群。父喜曰：『以此往應童子試，冠軍無疑耳。』尋父卒于官，代者留難，其櫬不遣。遥識時年十六，竭蹶走謁諸上官愬辯，居一載事得白，乃扶櫬還，執喪葬中禮，人稱壽光有子。始壽光爲人介直好書，嘗積書滿室，是子慧悟善學，吾不禁望之厚，又樂其容止之温、性行之恬，待之如成人，因付以所著述書，謂曰：『若吾之羊祜也，其勉之！』兒方鴻亦大器，愛令就余家塾，偕諸孫誦讀。亡何，患喉症，醫藥罔功，呻卧月許殂，爲康熙四年夏六月，年十八。嗚呼！惜哉！壽光世單子，幸有三男，子遥識，長而且賢，同出子淵識，甫四歲，前數月殤，而復失一遥識，獨一五歲子存，曰廣識。吁！壽光之緒亦危矣，吾女之命劇艱苦矣。雖然，吾終弗忍遥識之以彼其子而使之泯泯于泉壤也，故碣。銘曰：麒麟殰，鳳凰殈。景星匿，卿雲戢。孰知其然邪？孰知其然邪？

祭張伯珩中丞文

嗟乎！伯珩聰明純德，間氣篤生，動静有儀，内哲外仁。二十策名，老成安重；其品與猷，上下交聳。自按巴蜀，載著兩淮；大宣于秦，騰茂若雷。古之仕者，原本詩書；拜獻成信，受禄不誣。求之于今，惟君足配；令聞始終，其可弗愧。生地多賢，公論孰欺？昔之原楊，君克繼之。衆所嗟惜，年力方彊；譬彼喬林，忽而隕霜。當君適閩，沁水西徙；及其返㒵，旌竿風毁。蓋天生人，靡不有命；君宿信斯，順受其正。究君之亡，在遠胡疑；地不擇易，官不辭卑。平生莫逆，告勉惟誠；曾不我迂，以底于成。慨我凉鄙，君今棄之；昏眊前塗，疇復我師。琅琅遺音，見諸楮筆；生死從容，宜學之力。我别既久，含臆莫攄；或傳君言，尚猥德予。我實慙惶，不省所云；撫棺號泣，慟其可勝。

祭吕見齋侍郎文

聖祖神伏而後欲求道者，必從夫理學之家，譬之水行求舟、陸行求車也。然自非巨艦壯輿，欲乘之以四適，何能利涉而安驅？胤謙生于山僻，少不知學，徒持科舉之文，于以博名干進。初不自覺其闇，虛年四十。後蒙朝廷録用舊官，獲與海内名賢翺翔御府，其地清而秩優，始乃有志于圖書。適于此時，與君聯袂，觀典刑于左右，奉步趨于前後。聞其講論，若被冰穀而飲醍醐，因知吾河東之學敬軒，爲魯尼真予，爲孟騶故其，所以闡楊厲翼者，實頼君爲之。徒雖有頑石，不吝琢磨，同學數年，曲荷君薰炙獎掖之力，殷殷使出于泥塗，然而性生之中和，既邈大道之粹懿，罔希聞言若信行則未能也。而君猶弗鄙，欲納之于廡下，申申告誡，不講是憂也。無何，奉使楚粤，先後分飛。乙未之歲，再見國門，遂送君于歸老，蓋已不勝其嘆吁矣。病退五載，茅塞滋深。今甫得請，將圖策蹇條山，而依君杖履。胡天不憖留矣？烏虖哀哉！斯文不幸歟？吾命不淑歟？平生擇友匪多，間者凋落幾盡。君老成冠冕，忽復告違，道望誠孤矣。衰薾此身，尚孰施其救益于桑榆邪？感今追舊，徒有滂浪之淚，和翰墨而介我東芻。

歸庸齋文卷三終

歸庸齋詩卷四目録

歸庸齋詩卷四目録終

歸庸齋詩卷四

清　白胤謙　著

喜沁水王世如使君由蜀川東齎捧過家移就泊城宴會作贈

君從三峽趨京國，親過瞿唐灩澦堆。星節遠看南極外，酒筵高會少城隈。杜詩少城注：『小城也。』泊城亦名小城，故云。十年懷抱狂吟減，萬里巴渝滯客回。有意相邀卧林藪，莫愁幕府重相催。

友人陳子容丙午抱孫今二歲矣乃祖游擊將軍方在堂健飯子容欲求予文爲壽先贈以詩

陳公八十九，膝下見元孫。五世神仙眷，累朝德義門。熊羆猶矍鑠，鵰鶚且飛騫。爲識將軍樹，能文有後昆。

縣邑對南山幼聞故老傳述古昔松瀑之勝杳然既久今故老繼盡

物態迭殊況此後生者豈復得知因作寄慨二首

一

城對南山列翠微，年年花發愛芳菲。松柏入雲誰得見，半山猶有暗泉飛。

二

山學眠龍頻起伏，城如舞鳳亦婆娑。風雲變化應無盡，頗恨年來虎豹多。

哭薛夫子

河陽北阻太行山，跬步門牆可再攀。垂老未忘經世略，餘生猶歎報恩環。丹青合照麒麟塚，劍佩曾追鵷鷺班。絕代遭逢那得戀，空令躑躅淚潺湲。

再輓薛夫子

伊昔南宫會，非才玷綱羅。恩私元不偶，慙恨欲如何？雅望傾人表，虚名濫甲科。吹嘘煩玉律，忝竊到鑾坡。一自蒙華近，周還賴切磨。經綸功不細，陶冶士猶多。産屬韓公里，遊從邵子窩。芹香臨璧水，鳳翽集卷阿。賈董封章密，龔桓德業過。開誠搜夾袋，作意護嘉禾。叔度涵容廣，林宗應接和。麒麟争負鼓，貔虎徧投戈。禮樂高陪席，明良盛載歌。在廷容穆穆，行道舞傞傞。寵被逾章衮，情娱及釣蓑。親闈依戲綵，子舍騁鳴珂。北闕思方側，東山髮未皤。若華期捧日，龍劍忽沉波。山木悲安仰，儀刑誓靡他。所憂兼老病，論報實蹉跎。贊欲窮游夏，騷尤謝玉差。
顓愚須後死，藥石彊扶痾。識昡千江月，腸縈九曲河。百年餘想
像，沾泣盡幽蘿。

西園桃李下二首

一

人生慕時榮，無榮亦何衰？桃李開艷陽，不避東風吹。蕩蕩江河
水，茫茫晦朔期。水流無迴波，花落無留枝。人命一朝傾，視之
忽如歸。理也孰不然，持以謝憂疑。

二

貪生不謂智，輕死不謂武。顔淵不謂夭，盜跖不謂壽。上與切。遲速

百年中，日月如奔馬。勤苦殫一生，終晚貴自考。餘光幸未沫，慨此當誰主。

誡子

修士若處女，其出號國賓。未聞踰閫閾，休織以自奔。仕塗既多徑，百姓日焚熓。所苦非一端，吏道實難任。側惟隆古時，讀書重本原。臣工不假易，皇路爲之尊。不患治無術，第患學未成。學成乃觀守，行義始徵仁。非此而求庸，菑害其自尋。吁亦可畏哉，牖下寧終身！

立夏日西谿看牡丹預約芍藥發時頻至

可怪今春老，花開忽地過。豈因風色阻，猶感世情多。炎景凌新夏，穠芳綴晚柯。故憑安石屐，一當魯陽戈。尚想親霞綺，渾愁減玉瑳。惟應乘小蹇，日日到巖阿。

立夏明日石子約招集琨園看牡丹同白山友端

一逕沿溪曲，人家似輞川。山容呈磈磊，流籟落潺湲。竹筍供庖嫩，花枝佐酒妍。頻來煩地主，未敢愛詩篇。

夏日過澄景堂

城西水易得，數尺即見泉。匯之爲曲池，宛似月半弦。群山亦雄鶩，到此忽偃眠。遠螺出細皴，隱態斷復聯。愛此平遠勢，百里當目前。悠然閒堂上，雲物相澄鮮。鄰樹多好風，禽鳥鳴聲遷。迴盼塵壤中，足知處地偏。陶陶夏景修，追留若小年。性境兩無礙，庶幸可忘筌。

成友端五十七生日贈之

友端矯矯如高鴻，神慧得之先司空。一生作字用心苦，况復能詩晚益工。西走咸京南鶩越，秦碑漢鼎羅雙瞳。論交海内青雲士，志氣迴然堪自雄。今我愈老汝亦翁，似謂平昔知我衷。男兒願欲有何盡，委順不得悲固窮。山城風景幸不惡，時邀白髮對花叢。惟當散吟或坐嘯，窅冥濩落酒杯中，世間萬事甘矇矓。

夏日由念園至西谿作

爲園親種樹，迂想緑成圍。暫愛谿田畔，黄鸝遠近飛。浮生觀物態，逸樂信天機。慙愧年華晚，經營事事非。

聞磬

西谿谿水水西頭，隔水遥棲老比丘。龕在半山人不見，時聞一磬度谿幽。

過衛直指新莊

卜築青林口，古岸宜新柳。溪邊事事幽，俱爲主人有。

再至西谿看芍藥

西谿芍藥叢，粉白頗蕃茂。擁夾衆草中，可以蓋凡陋。開時每未親，悵惜風雨驟。今年始努力，決願頻來就。穠香劇牡丹，兩次得披覰。餘晨不可即，景物虚延逗。宿緣輸野傭，煩促將焉究。

良人三章

鄰有喪其親者，哭甚哀。求之，得路氏子，感而賦之。

夜何其，東鄰之聲。哀此良人，實勞我心。

夜何其，東鄰之咽。哀此良人，展轉不寐。

夜何其，東鄰之恤。哀此良人，胡與聞國。

良人三章章四句

題琨園小集圖 有序

康熙丁未夏，霖雨既降，雲嵐異景。仲月五日，石子約招集于青林之琨園，屬成子友端至自靈泉，話其來徑之美，頗類山陰道上，主人請客循其迹步而溯之，予亦杖從。幾二里，許每逢水石潆洄湍激之處，輒布席少休。客主凡九人，間以童奚，坐起散合，低昂眺聽，惟意覺耳目漸新，神期爽邁，遂造奇邃。惜日薄山，未窮其有而返。踰日，王子赤玉圖以代記，景事宛然。示諸同遊，莫不意滿，乃各載其作以俟後之覽者。九人，成端人友端、田宅中黃甫、陳鴻度子容、王甸服之、王璋赤玉、成周望見呂、石博子約、石禄子受、予白胤謙也。

一

主人金谷廬，遊盤匪晨夕。緑谿景復妍，移杖躡湍石。賓從遞縱横，澹蕩情畢適。恨無瑶華吟，思附蘭亭迹。

二

行行幽礀裏，數折入雲深。縹緲疑仙逕，逶迤借酒尋。林巒空外出，賓主畫中臨。應許王摩詰，兼詩擅古今。

寄贈徽州守曹冠五首

一

昔我驅使車，遇子燕山北。浩氣薄蒼冥，咏歌盛文墨。時來謁至尊，一朝動顔色。再見承明廬，傾壺寫胸臆。期許無終窮，相將厲羽翼。

二

羽翼會忽分，辭禄返我疆。杯酒不遑共，息痾嚮太行。太行莽千重，浮雲四縱横。所思不可見，何由慰彷徨？

三

彷徨望帝京，城闕胡峥嶒。豈無濟時想，積痾卒未平。翩翩畫省郎，疇昔與同盟。老成觀步驟，慷慨内晶瑩。手綰大郡符，叱馭方南征。

四

南征渺何所？治郡來新安。郡中山水好，政事亦復寬。訟寡農務勤，黎庶得所歡。沖襟恒晏如，吟嘯以盤桓。

五

盤桓寧幾時，展眉蔑弗宜。鳳凰天上來，俄頃復高飛。巍巍黄金閣，照映瓊樹姿。君行當自珍，努力襲黄爲。裁詩表宿誼，耿耿情未移。

過潛齋示兒作

城居苦喧隘，眷此隙地幽。草木日以蕃，蕪雜爲我讐。何當一載鋤，清景會得留。勤業不辭累，勿令君子憂。

三韻二首

一

暑陰盛泥潦，庭宇静沉沉。讀書五十年，昏眊忽見侵。寓懷無言子，何由結契深。

二

年齒日已老，行藏勿復道。本非匡世人，畏説抽簪早。嗟此堪孰知，寂寥獨自寶。

沁濱

沁水韓子六，一家孝友而行忠信。在官日嘗與之處善，間懷之，作《沁濱》。

維沁之濱，厥産緌緌。言念君子，不爽其恭。實俾我喁，匪伊自昔。胡爾從乃如斯人兮，載見我伯珩兮！

維沁之濱，厥産秩秩。言念君子，不爽其識。實俾我則，匪伊自昔。胡爾乃如斯人兮，載見我伯珩兮！

沁濱二章章八句

擬古謠

蟋蟀蟋蟀，古堯之鄉。君子下教，董此野萌。一解

俗尚漓，匪自今。志少奢，向百年。闐闐士女，好樂不懲。試觀平水陽，茅茨終古存。二解

俗尚漓，何易譁？彼澤之東，實甚且哇。無苟爾嗟，維君子父母，令德不瑕。三解

維君子父母，以終燕豫女。爰愷爰悌，受福孔皆。天子神聖，岳牧允諧。太平千萬歲，讚頌永無涯。四解

課農偶紀

雲景幻天宇，翱翔無定姿。渥渥林中雨，及兹三伏時。聞説年穀好，穜稑莫不宜。步出覽山川，植杖自耘耔。飯牛暮歸來，不覺

笑語隨。上以供王賦，下可免餒饑。老妻進薄酒，穉子誦新詩。
逍遥重華世，擊壤吾當師。

歸庸齋詩卷四終

歸庸齋文卷四目録

歸庸齋文卷四目録終

歸庸齋文卷四

清　白胤謙　著

西谿賦

樂哉乎！西谿林樹兮纍垂，又陵阜兮四周，維隱淪之所栖遲。爰有數仞之石兮确硊而對竦，予既贈以嘉名兮曰默友，復有新植兮二松，問欲相呼之比于二仲。乃睨二仲，仰默友，箕踞于谿上，持酒而飲且噱曰：『默友，吾翁兄也。二仲，吾穉子也。後吾安知其所終，前亦不辨所自始。吾老于是而已矣。雖有他樂，不可得而兼也。舍旃舍旃，渠悔焉。』

析城山新廟碑

惟析城名山載在《禹貢》，隸陽城縣治西南七十里，古有廟，祀成湯。宋熙寧中，河東路旱，神宗遣使禱應，封山之神嘉潤公，賜湯廟額『廣淵之廟』。歷元祐、宣和，尊崇神祀，恢飾殿廊，幾二百楹。金世宗大定間廟災，入明世累事營繕。鄰境兩河之民每春夏交，咸齋沐奔走拜取神池之水，用鼓樂旂輿導供行宮曰虔歲事，秋獲後各即其行宮而報賽焉。改歲又然，循爲故式，以斯彊內屢豐，休祲不爽。明末季，廟再災毀，適連旱荒，兵燹大作，以迄于改革，議者僉咎匱墮所由，而嗸嗸孑遺，救死弗贍，靡任修舉之役。順治十三年丙申夏，憲副石公適于山謁神，瞻顧咨嗟，爰集二三耆庶倡謀資募。會有道士某本自上黨軍人來，矢願事神，單身胼躓荒窅蟲獸之區，誠與神通，輙能驅丐遠邇裹餱負鷗，升木山之四高，陶土鎚石，震怪不沮，既其勤苦，用編目緝月，卒踐厥緒。乃因廟舊址，改立正殿五楹，東西陪殿各五楹。肇始丙申秋，至康熙壬寅春訖工，用財凡若干，繼若干，年道□請紀其蹟于碑而徵予辭鑱諸石。竊度兹介壤，形觀維赫，出雲興雨法，協于祀典，矧昔先神后湯以六言禱于桑林，振古爲烈。山左偏地名適符，相沿謂是聖王功德昭被在兹，山靈攸配，承傳滋久，庭墠渠峩，匪尋常淫瀆者倫。屬今皇帝臣庶萬邦，仁澤四洽，神洊效美，祥雨暘時，若丕膺康年，凡附山郡邑有家士大夫爰及父老子弟，莫不欽受顯賜。卜自今逮于後，庶幾恪恭新廟，亦越四方有衆瞻依畢稱，罔或敢怠厥事，俾爲神愆肆，神將永佑之於祉哉！碑是以告。

仕説一

學非爲仕也，而仕乃所以行其學。君子惟學之是務，仕不仕弗問焉。予年四十前，亦嘗志于仕矣，其時學之未至也。嚮使早仕，幾何不蹈大悔？四十而後，始知自勉，遂勿敢廢學，循至于今，學猶未至，仕之念則廢已久矣。且夫學由己者也，仕由人者也。由己可爲也，由人不可爲也。況其有無緩速吉凶難易之間，又各有時命之不齊焉，而奚能自必哉？是故君子安命而遵時，凡爲學也夫。安命則適，遵時不殆，然後無失進退出處之正矣。孔不爲政，孟之不遇，爲時命也。往時孫容城、吴濟源二孝廉，長洲伯兄，亦皆不樂爲儌幸者也，而奚失哉？雖然，談仕于今，宜非難矣。貿貿而履之，嘗得悔禍，其惟不學之故與！亦可以觀矣。兒子鴻，年踰彊，將息學而願仕，爲《仕説》命之。

仕説二

欲識仕學之宜，尤莫先明義利之辨。夫仕何義？所以體天地之仁，正君臣之分，展素學之具，弘性生之理也。澤流四海，名施于後，其義在微而已。書曰『天工人其代之』，此之謂與？而未聞以利，雖在朝廷有養賢之典，然食人之食而憂人之憂，非可以坐食也。乃或者欲緣之以爲利，則欺君倍公、毁法盗國、病下賊民，無所弗用于以自肥，而資之以鳴豫，鮮所愧耻，于意安乎？

其究也，將使朝廷之爵禄、生民膏脂，徒委諸谿壑，又將使布衣藿食、勤身苦心于學者，僅責報于宫室、輿馬、妻孥、口腹之奉而已矣。而豈其然乎？皆義之所不出也。況夫邪行不悛，穢名彰溢，淫夸之積，不有人罰，必有天殃、刑患隨之，盡不旋踵，是以君子惡之。荀子曰：『君子之學，爲窮而忘困憂、知禍福，始終而心不惑也。』是故以試之于仕，而上眦下賴，寡怨而遠罪，無所憂隕，則可以仕矣。彼欲懷利而仕焉，幾何不蹈蛾于火中，招鱗于網罟也，必無幸矣。然則君子有終身□學，不肯易以一日之仕，豈離君而背上、棄功而察私與？其決擇誠審也。

學説

方鴻問學，曰：『子何學之？』問：『學不同乎？』曰：『不同。上焉者得學之樂而爲之，其次審學之益而不敢怠，世俗求仕之學又其末也。昔人有言：「學問不可以小成，公卿不可以苟處。」仲尼不聽子羔爲宰，子産不使尹何爲邑，皆不欲輕仕而薄學也。是故貧賤之人而與貴富者較分常遠焉，貴富之人而與學者較則亦遠焉，術誼之正也。是故莫貴于知道而軒冕爲微，莫富于博聞而金玉爲嗇。貧賤而不忘學，斯可以揆學之益也。老死而不忘學，斯可以悟學之樂也。天之有時以興百物，人之有命以建萬事。非學則廢時而逆命，宇宙之罪人也。是故有狗聲之學，成名而止矣；有求仕之學，安禄爵而止矣；有治行之學，治效邦國而止矣；有致盛之學，爲人主大臣功加于時而止矣；有道躬之學，奉之爲言行出入而不可失也；有純化之學，任之爲死生旦暮而不可離也。日月行于上而弗知，萬變當于前而弗動。居非此無以爲畜，行非此無以爲力。耄老非此無以自全，身非此無其身，心非此無其心也。然後乃知學之樂，孰因人以爲事。』

少咸楊君七十序

天命果無定乎？吾不得而知之也。人壽果有定乎？吾不得而知之也。然則孰爲正？曰：己爲正。于何徵之？于其所養者而徵之也。蓋昔上古之人嘗多壽矣，而卒莫常存于世者，其迹然也。雖有孔顏之聖賢，不能使其身之迹留至于今，而顏之視孔，則猶有懸焉。豈亦其所養之非與？曰：否。其志不在也。志不在故養不在，養不在故各竭于其所事，而不得不安其久速之命于天。若黄老之爲養，則殊于是，其道主于清净保嗇而已，後世之論壽者必歸之。苟有志焉，未始不可以學，而幾非難知者也。吾姊丈洎城楊君，家世儒，年十八爲諸生，二十壻吾家，態弱不勝衣狀，聰明好古，能文章，有聞于當時，先大夫每喜謂『得壻』。余小君八歲，初習八股文，私求其講誘，得通入，以此信服之甚深。已而余附諸生，與相摩厲，以舉于鄉，心未嘗不期君顯發也。尋君從父賁聞先生仕，之中州及京邸，父望之尤亟，顧卒弗遇。比余濫出身薄宦十餘載，請告歸，而君已辭諸生老矣，然體貌眎昔無異。今年七十，髮黝而神王。余食素倍君，今與君對食，乃反倍余，及其他起居猶是。余因憶君少壯日，食則畏飽，寒則畏出，瞿瞿然風雨霜露之弗保，今何遽若兩人？夫豈有異術哉？積其昔日之不足以養，今日之有餘，道固宜爾。則謂其將來之享歷，必且引之而彌長可知也。至其居室之善，壹用此法，以故凡所指籌力作爲節約諸物事，動合準則，得潔齊，不惟不至于匱乏而已。往賁聞先生理人治家，最號明肅于先，而君能不墮焉，可謂能子矣。夷考其德行，于鄉邦中溫慎而整立信服于人者，亦非一日。頃邑大夫舉鄉飲酒禮，庠序特推藉君，僉以爲不辱，非夫好古而躬行者之效與？余衰病謝客，疏親戚久，惟獨不忘君，深思欲爲源源之會。屬耆舊范嘉謨等請余文，須其嘉平初度進贈焉，遂書所以爲告。昔劉康公有言：『敬以養神，篤以守業。』夫業守則修，神養則壽，皆君之能事也。况其年日以增，長養之之道亦不過爰清爰静，輔之以恬愉無爲，而其精者已得，行瞻其效而已。餘慮瑣瑣，奚足以動其中哉！昔人又云：『吾壽于顔子。』此言非儒者所宜襲充。君之志，惟竊比于老彭，無傷耳。斯固孔子之言也，君其志之。

閻子常擬古文序

子常之大父與先大夫同外大父。子常生九年，病股，卧不起，僵仰者若干年，終不可起。乃從其家求拾斷殘書讀之，因試斧斵模擬爲古文辭，盡得其規度，望之蒼然嶷然，無有能辨其非古者，其食古之氣力甚深故也。予見之，既用擊節，復于中擇其完粹者十有三題，命童子鈔之，欲俟諸識者傳焉。夫子常奇人也，然非其數之蹇厄，其長亦未必遽出。惟其數之蹇厄，不能有得于世，不得不于所爲文辭間一露其奇。是故天之所以處子常，猶不孤也。天不孤子常，而與之以才與志與文辭之奇若此，乃欲任其廢困，并使其文辭終身泯漠無所顯聞于人，夫豈天之意也哉？夫豈予之意也哉？何以言之？曰：『弗忍。』昔桓譚有云：『彼親見雄禄位，容貌不能動人，故輕其書，要其書必傳。』吾謂子常亦然。

琨園燕集序

予既屢至石子約琨園，有詠詩，主人俱刻之于壁。予往見之，愧焉矢不復作。丁未孟夏，復招予同喬白山贊善、成友端明經、令弟子固就賞牡丹，出門微雨，坐小兜冒之以行，入青林溝，經石阪，瀉水數道流石上，亂雨聲淙淙可聽，衛澹足直指新作園其央。憶昔與子約諸客觴坐此，弄水波爲樂，今復爾改觀，山水須雅人故若是。沿溪而北凡數曲，厓壑之間，各有人家，大類輞川鹿柴，南北垞山巒低昂不一，石色蒼潤，細犓異狀，毫髮皆入畫妙。行半，天忽清霽，雲雯四散，予命兜者弛步徐觀之，惟恐其盡。及抵琨園，則居肰竹里也。林稍蓊翳，瀑泉直其中，陰森縹緲，不復知在人間。堂左右花開，熠爚可觀。乃相與蔭大木、面方池布坐，遥瞰行人往來驅負，路其下隱見有無，驢鈴聲閣閣肰。子約曰：『此山雖幽，故賴有此，不則鳥獸場矣。』予曰：『昔嘗遊醉翁亭，見樵者相續亭下，因謂歐記中「負者歌于塗，行者休于樹」語俱實景，歐公文章之妙如此。山川易得，獨恨鮮若人耳。』酒間，子約取白山暨田濩野侍御舊遊詩共讀之，鏤寫之工足使山靈首肯，吾作直瓦礫可棄也。俄而林風大作，群鳥亂鳴，流雲奔蹙，噴雨驟至，不禁駴眙避席。此山林中變態，亦城市所未睹者。移時雨止，子約導客出磵户，眺嶺雲良久，復踰磵剔蘚，尋予舊題。花蹊石瀨，于叢石端户邊，藤竹夾步，虬姿與琅玕交映，又一快也。子約彊予題，予拉友端曰：『吾作誠贅。適覽二君之作，須汝一賡之，何如？』子約曰：『善。』遂罷去。越日，得友端詩，果亦過予。因喜爲書其歲月，示遊者。白胤謙序。

石贊

友人楊君少咸家傳石，珍甚。求題，具贊如左：石之爲物堅且壽，静嘿而無憂。數者似人不如石，而嘗主乎石之去留。然則人于石，果孰好而孰讐？必也具相忘于美惡之外，而後數者乃或與之儔。苟弗然矣，將不免爲其所顛倒，而勿能自已也，亦又奚尤。

祭薛夫子文

嗚呼！胤謙受教于先生門下有日矣。竊以先生謨猷之淵富，器量之恢宏，精神之周通，文筆之敏健，凡有耳目者所共覩識。意者天挺其人，使之扶翼乾坤，裁成萬育，左右朝廷而霖雨蒼赤。譬諸連檣廣艦，必聽流喝于長年；明堂巨宮，必稟經營于匠石歟！自非邀爰立于九重，膺保衡于三事，隆總師之任而肩顧命之托，未易罄其所作也。而乃亞于秩宗，終以二品，揆諸輿情，想望猶不無小抑耳。然則辟雝之式化，羅俊乂于四方；禮樂之攸司，徵文獻于百年。譽髦烝進，郊廟孔時，濟濟穆穆，厥功懋焉。至其居恒宿抱，期致主于堯舜，澤民于三五。而親與稷契周旋，矢口論列古今失得，與夫時政之窾要，莫不痛切。而歷諳其厝諸行事，不動聲色，而區畫利濟之咸周規折矩，左方而右圓。其遊于士大夫也，愷悌樂易，以虛受物，推忠布信，遐邇攸攀。而先生居之，汪汪如萬頃陂，澄之不清，淆之不濁，允惟至德之渾涵。嗟乎！漢治雖隆，賈董中棄，片言朝及，引身夕避。蓋先生之閱歷，華近洊，被優寵，洵重且渥矣。而所未盈者，獨不得夫宰相之位。蓋林居十載來，依依于色養之備，人謂其有君子之三樂。而迹處江湖，乃心王室，終弗忘乎大臣之義。而况夫山頹星隕，典刑卒墜，孰有不愴悼哲人而殷憂其殄瘁者歟！雖然，長君之于先生，伊陟召虎也。乘富有之年，就日升之業，式弘先志易舉耳。且而元凱之倫，踵述遺烈，繩颬之胤，群昭舊武，以及四海之内，奉其吐握、遵其汲引者，人思表樹以報，爲先生光澤者，豈勝數哉！獨是胤謙材術駑下，躬負積訧，既知難而乞退，無纖補于疇昔。爲先生墻廡，羞聞訃之日，禮即匍匐兩楹之下，而痼疾繇深有加無止，實抱惋于筋力之弗遒，徒跼天蹐地、鼠思泣血，而寓悃愊于嘲啾。嗚呼！先生往矣，胤謙亦旦夕向盡矣。知己之恩，絜于罔極。在三之感，浩杳難酬。區區素衷，欲言而哽塞。縱或先生鑒其不欺，亦終胡以自聊也耶？嗚呼！慟哉！慟哉！尚饗！

封太安人白母衛氏墓誌銘

太安人者，予弟贈承德郎聖符之婦，猶子河南開封府同知方熙之母也。父曰兵部尚書桐陽衛公，母曰楊夫人。衛公前朝大臣，清正有顯名。楊夫人與公齊德。太安人之生也，出于陳孺人。陳早見背，楊夫人實撫訓之。而歸于吾家，事先大夫、先慈母，相弟聖符，能不有其貴。歸三年，生男子一人方熙，嗣生女子三人。而聖符没，距始歸未十年，稱未亡。賴天之佑，白氏祖宗之靈，方熙漸長，克自樹，用予官翰林簡討所受恩廕，任河南歸德府通判，三年遷開封府同知，太安人俱從焉。順治八年，遇世祖皇帝親政，推恩方熙，贈其父爲承德郎，母封太安人，故獲有今稱。此雖皇朝寵榮，要天與我祖宗，或者閔念聖符年弗讐德，即善其後而肰。脱非有是子，聖符之德縱弗讐，其若何，然則太安人之功也章章矣。至其他素食澣服，不厭不斁，閉閨織絍，白首不爲輟，以己身持節之久，暨鞠訓于乃子之勤勞，抑更協乎婦則而罔忝焉！太安人誠予弟婦矣。今皇帝康熙六年，太安人年六十四，以疾卒於閏四月之十日。方熙喪事之備，外内咸盡其心，既卜以其年八月二十五日啓厥考之藏而祔焉，乞予誌，故誌之如此。方熙娶賈氏，盂縣訓導益默之女，封安人。孫男一人，詠，聘庠生劉漢鼎女。孫女一人，字庠生成吉人子某。女一適庠生崔濟初，一適庠生崔澤初，并先卒，一未字，殤。長女外孫一人瞻，次女外孫一人堯瞻。銘曰：孤也，立孀也。訖化者逸，即爾室。伯願塞，惟孝道無極，惟孤永攸曷。

禮部侍郎薛先生墓誌銘

先生姓薛氏，字子展，别號行屋。其先商左相仲虺苗裔，國于春秋之際，遂以爲氏。隋唐間，河東之薛最著，世多名賢。先生九世祖仲皋，復自河東芮城徙居河南孟縣，四傳至高祖諱乾，拾遺金還主人，有司爲表其門。曾祖諱應祥，容城知縣。祖諱士傑，武昌教諭，累贈資政大夫禮部左侍郎。兩世俱有儒行宦蹟，祀于學宫。考諱抱素，累封資政大夫禮部左侍郎。母劉氏，累封夫人。生四子，先生其長。性敏惠好學，年十八補邑庠。從祖宦遊鄭楚間，傳習經史，通古文辭，試輒冠軍。既再舉不售，乃益發奮攻苦，墐户穴壁以通飲食。歲丁卯中鄉舉，明年登第，授襄陵知縣。勤于爲政，審察地方利害，爬革釐舉，無留事，人稱神明。而操守嚴潔，俸薪外一介不苟取。縣人逐末者多，舊例賦役上户額外加徵有差，名曰産銀，往往累及子孫。先生廉其貧者，具文豁除之。東郭外汾水病涉，夏月尤甚，先生令結連艘爲浮梁，以便往來。他若興學勸善，使漸厚成俗，尤非俗吏所媢。己巳冬，京師戒嚴，部檄取山西鉛黄二百萬，價昂數倍，襄陵派二萬餘。先生預借帑金，遣幹役市之潼關諸處，輸納最先，所費不及什一。尋三奉檄買馬，先生仍用前法，貿之陝西沿邊，馬良而直儉，比他州邑大省尤免駁賠之累。庚午，流寇渡河，先生聞警，即嚴保甲，簡練壯丁，得千餘人，教以進退止齊之法。賊數萬，突壓境上，先生命設伏于白石坂，殺傷無算。已乃繕城浚池，中以賞罰，使人自爲守，環境之内外聲勢聯絡，寇偵知之，皆遯去，無敢近襄陵者。時征討師四至，他州邑多以缺供貽患，先生供置有方，至者秋毫無所擾。曹將軍變蛟招降賊萬餘人，督委安撫，先生各犒以酒食布疋，牒遣還本籍。他境數因處置失宜叛去，而先生撫者獨無。一日，先生躬徇縣西山，訛傳困賊，士民傾城奔救，鄰邑之民亦素戴先生，皆倉皇來援，擁塞道路，至不得行。比歸，則登陴者悉婦女也。鄰邑缺令，業有署者，其民控請當事，願得先生兼攝，其得人心類如此。癸酉，舉卓異，以入覲去任留部，士民肖像立祠，至今祀之。甲戌，考選授翰林院簡討。先是，朝議閣臣未習吏事，特選知推治行之優者充館職，命教習改辭章例，課以實學。先生受命感厲，日討論歷代政事得失，當時典制，毅然以匡濟爲任。學士黄公道周，疏論樞輔召對廷辯，反覆數千言，記注官悚懼不能成字，先生獨奮筆直書，坐是鐫三級。左都御史劉公宗周，以直諫被譴，先生抗疏力救，不爲怵。時方多故，先生慷慨敢言，數陳天下大計，聳動殿廷。又偕中允劉公理順合疏，請出孫公傳庭于獄，俾討賊自贖。癸未，遷國子監司業。皇清定鼎，先生奉母夫人間走涿州，守臣敦趣入都，復補原官。太師范公文程聞先生名，延見諮以當世之務。時河南賊李際遇、劉洪起等俱擁砦觀望未降，先生建謀招之，卒收其衆，以抒民難。明年，擢祭酒。屬亂後，生徒星散，先生請令勳臣及文武大臣各送子弟入監讀書，設八旗教習，訓課滿洲諸生，剏立監規，日夕孜肄不倦。又疏薦容城舉人孫隱君奇逢，以自代請遣使，購求遺書，前後凡十五疏，皆開國訏謀。其年冬，奉假送親。初，豫王南征，李際遇暨黨咸隨，留其弟二撓頭、渠率張陽、劉繼漢于懷慶。丙戌正月，撓頭與有司構釁，鼓噪將據城爲亂，先生適抵家，聞變，即單騎入郡，婉諭撓頭，令解兵歸旗，分遣張陽、繼漢，後皆伏法。當兵噪時，豫撫吴公景道聞之大驚，既而曰：『有薛公在，料能了此。』已果然，乃寓書致謝。

是年夏，假滿趨朝，滿洲弟子馳迎二百里，悲喜交集，觀者傳爲盛事。未幾，用所收監生溢額左遷太僕寺丞，歷通政司參議、順天府丞加太僕寺卿。世祖皇帝親政，設詹事府，以先生爲詹事，兼內翰林秘書院侍讀學士，尋擢弘文院學士。扈從閱蒐耕籍侍宴各有紀載，侍宴詩編入國史。總兵任珍隸旗下，多不法，上怒，詔內院九卿科道議罪。滿官當珍大辟，漢官論珍守漢中有功，法得減死。上益怒，疑群臣鬻獄，悉收與議者頌繫之，將寘重典，更召諸學士議罪。先生爭之曰：『唐臣徐有功謂：「失出人臣小過，好生人君大德。」今欲以失出坐議獄者死，非法意。』上愈益怒，起還宮。先生惶恐待罪，五鼓傳旨，悉赦群臣，并貸珍死。

甲午，遷禮部右侍郎，仍兼學士。尋轉左侍郎，考滿加二級，進階資政大夫。封贈二代如其官。凡大典儀注，咸屬稽定。乙未春，疏請終養，下部議，格于成例，旋奉特旨暫假歸省，仍勅立限回部供職，殆異數。抵里，值征南大將軍養馬河北，總督李公蔭祖舊成均士，謁先生詢便宜，先生與開誠商畫，俾官民兩安，鄉里德之。本年還朝，屢請致仕。丁酉冬，得俞旨，以原官歸里。兩尊人俱大耋無恙，先生日偕諸弟子姪輩承歡左右，或優游翕園，倡和爲樂。甲辰，封翁先生捐館，先生耆年當大事，哀毁過甚，遂構疾，逡巡不起。卒之日，爲康熙六年三月六日，其夕有大星隕，光燭户，臨終猶以不克卒事母夫人爲憾。年六十八。

其年夏，子給諫君疏先生官政，上之于朝，蒙賜諭祭全葬，遣官行事，蓋優典。白胤謙曰：薛先生殆所謂當世之特達大人者乎！當其治襄陵日，胤謙爲舉人，即已聞其名。癸未會試，謬以文遇先生拔識，誠不自意，獲在所分較之第一，嗣忝陪侍從末，辱德誨者二十餘年。竊窺先生所爲經濟之才甚富，于天下利害是非、禮樂刑政、兵農財賦之故靡弗周知，論辯挺然，而其所挾持擔荷之力、權衡施運之方，亦班班較著，若視天下無不可爲之事之時者。與人交，豈弟樂易，得一善不啻己出，一時公卿勳舊大臣，莫不信嚮。而其所推舉賢材，賴以顯用者尤多，計前後所登進，凡一較晉闈，再較禮闈，領國學教習館員，典武會，經先生訓育接造爲名臣大官者，濟濟出乎其間。揆諸以人事君之義，惟先生弗愧。以斯中外人士知先生者半海内，日夜冀望先生大用爲執政，而先生獨念父母春秋高，思乞身就養，于其才與志尚有所未竟。間聞先生家居會賓客，必問四方時事善否以爲喜憂，所謂出處不忘天下者，豈不亦卓然當世之大人乎哉！幸今天子神聖，軫念先皇帝舊臣，恤予從厚如生之榮也。胤謙既綴次先生行事具右，復取所爲文集，抆泣伏讀之，有云：『天下平陂治亂之故，人事得失善敗之林，惟有胸無心者昧昧罔覺。即覺矣，非深心遠識之士，又以爲無可如何，姑娱目前爾。夫悠忽罔覺者，衆人也，以爲無可如何而姑娱目前者，今日大病入人膏肓而扁鵲望之反走者也。』又云：『凡官可以才藝辦，惟宰相非克己之學，卓然内斷之識，與堅定不可奪之力，不足以勝任而愉快。蓋克己則無我，故偏私不起，而官賞刑罰與天下同其可否，然後鑒空衡平識瑩而力定。周公之不驕不吝，《秦誓》之論一个臣，斷斷休休皆是物也。非是者，不爲平津之曲學阿世，即爲荆公之變法滋擾，二者交譏。夫公孫卑卑不足數，介甫讀書富經術，矯矯清節自負，然而意見用事，遂至以人之家國嘗試，豈有幸乎？』皆偉論。竊又嘗聞蘇文忠謂：『歐陽公，今之韓愈。』胤謙即不敢比蘇，先生實今之韓歐，且與韓公産同里，詩文嚮法，有其風槩，而猷業際遇猶若過之。歐陽公傳稱『閎廓見義敢爲』，先生亦堪與之擬。至其他謀議似李長源、陸敬輿，雅量似黄叔度，獎訓士類似郭林宗，誠未易窮其涯際也。胤謙無狀，不足以知先生。而給諫君移書述先生易簀時，欲以此命之。胤謙胤謙，病且憊懼，其言不能彌，然于義罔敢逃避。狀又載：先生讓廬諸弟，撫孤姪有恩，爲人謀忠，不求人知，即有負者，不之較。比卒，知與不知，莫不流涕，雖喪私親不過。所著有《澹友軒文集》、《桴庵正續詩》、《四書蠡測》、《里音正訛》若干卷行于世。爲文敏贍有體，詩與少傅劉公正宗齊名，尤長于古歌行。論者謂其豪縱似李太白，悲壯似杜少陵，并宜書。先生大諱某，與先考同，謹闕之以俟載石。元配錢氏，封孺人，累贈夫人。性賢淑，躬備四德，事舅姑以孝，逮下以慈，佐先生自諸生以至仕宦，得其内助力殊多。庚辰歲荒，先生奉使關右，出篋中餘金及釵珥，奉太封翁賑救親族，賴以舉火者甚衆。以崇禎十四年某月日卒。生四子：奮生，乙未進士，吏科右給事中；葳生，從六品京職；芊生，官貢生；穎生，從七品京職。又二女，俱夫人出。繼配趙氏，累封夫人。奮生娶王氏騰程女，封宜人。葳生娶兵部左侍郎張公鼎延女，繼四川按察司副使張公國泰女，繼傅氏庠生鶴鳴女。芊生娶錢氏庠生世濟女。穎生娶江南按察司僉事張公縉彦女。壻：襄陽知縣毛文錦；郡庠生李維棻，江南按察司副使李公政修子。七孫，奮生出者三：宏聲，娶廣東左布政使郭公一鶚女；同聲，娶兩浙鹽運司運使范公正脉女；振聲，聘河南按察司僉事任公竣女。葳生出者三：琳聲，聘庠生沈洪英女；鏞聲，聘舉人段文蔚女；璁聲。穎生出者一：書聲，聘候選通判段振鯤女。孫女七，奮生出者一；葳生出者一；芊生出者三：一適郡庠生李範維棻子，一字永豐知縣吴國用子，一字准貢生宋裋子；穎生出者二：一字湖廣按察司副使張公瓚子。曾孫一，清允，同聲出。敕營地在某山之原，葬以其年十二月乙酉，錢夫人祔。敬爲之銘。銘曰：維孟有薛，昉于河東；實誕先生，昌黎是同。容城起儒，武昌載襲；施于壽考，德茂丕集。嶽嶽先生，卓學弘受；顯令自昔，揚聲九有。爰贊聖朝，辟雝于京；爲唐陽城，爲元許衡。秩宗之治，以晊以皇；禮樂肆興，允先生功。高明廣大，厥望孔昭；胡奄其終，聞者號咷。於鑠褒章，在其墓門；于以寵之，天子之恩。天子之恩，子孫之守；弟子作銘，附于長久。

歸庸齋文卷四終

桑榆集詩文序

桑榆集李序

辛亥之春王，吾師東谷先生使者賫詩文二册，賜實秀讀，兼命付梓。實秀拜手啓函，越旬始竟讀。時搆匠至，將授工，而先生復命爲叙。實秀不敢固辭，乃叙其端曰：吾師蓋法周之元公者乎！元公一身而擅百代制作之美，不異其手而風雅歸之。俾讀其書、誦其詩、論其人心，服乎尼山耆老，矧後之人與！吾師世際聖朝，身荷鉅任，因高因深，不忘不愆，所稱善學元公而無相，故其著爲詩文，皆準于道，而于《三百篇》及諸典謨之所脩，莫不神肖而體具，學者家傳户誦，智則見智，仁則見仁，隨韵律緒言之表，直與元公之才之德相訂正在名山大川之間，如其前後身。然則是集也，觀以詩，如天風在壑，如候鳥披林，如古樂奏堂陛上，一空凡響而出以真聲；觀以文，如布帛衣身，如菽粟果腹，與子言孝、與臣言忠、與父老言耕鑿，無有枝葉而得所憑依。近輓倡和之林與往昔講習之轍，先生不蹈矣。實秀何幸而親炙之也？至于命集曰『桑榆』，先生年瑞也。若夫著作則非桑榆也，實秀則以爲雨雲之先出山而松篁之長栖谷也，非桑榆也。

康熙十年仲春元日，汲郡門人李實秀沐手拜撰。

桑榆集自序

往余少于業舉外好詩古文，常試摹擬爲之，苦弗能工。通籍後忝冒詞職，雖不得辭其役，然終弗工，率漫爲之耳。中晚稍稍望見實學門逕，每思罷輟，而區區積習難變，遂有數集，輙爲知愛者鋟傳。頃歲存稿之選，已與兒鴻申禁，不再戕木。而家姪沆仲，復以案間餘帙見曷，乃命童子繕録如干，號之以『桑榆』者，謂悉野老無用之談，不足當高明有志者之覽觀，略備衰末之考課而已，尚祈二三知憂者指救之，敢自覆匿歟！至于從事恒業，獨有《學言》一刻，其所訂輯諸先儒之書，并雜著新聞晚聞剩語，自忖狂迂，疑畏未遑，幸不即木，猶須其成，求先覺者之裁牖爲至願焉，謹執鞭以俟。

康熙庚戌夏，東谷野氓題。

桑榆集詩文序終

桑榆集詩卷一目録

桑榆集詩卷一目録終

桑榆集詩卷一

清 白胤謙 著

過兒潛齋

梧柳新兮依依，叢梅苑兮舊枝。載往還兮便旋，遲步月兮忘歸。

析城

析城山色擁晴嵐，一片秋容畫裏看。鳥路盤旋七十里，白頭空自望巑岏。

秋齋試筆

下有黃金菊，上有珊瑚子。黃金珊瑚何足貴？惟愛二物顔色有如此。若是真金與珊瑚，彼富人者所爲美。安能並入主人之眼中，葳蕤而蘼靡。西施不能爲容，盜跖不敢攫取。斯吾秋齋中之所得，固已多矣。

季秋十四日

宿雨一朝晴，黃花逗眼明。百年無贖望，只有酒堪傾。

擬伯珩張公入鄉賢祠迎送神辭

若有來兮自東，駕雲輧兮雙龍。朝閬山兮夕沁浦，叱萬里兮飄風。彼南之方兮道路險巇，胡跂予望兮心怨悲。聲金兮度玉，慰鄉髦兮群爾思。

右迎神

饙之宮兮煌煌，儼豆籩兮苾芳。揚華鼓兮峙靈旂，神具萃兮洋洋。森沕兮冥渺，羌後先兮國老。蹌鳴佩兮衮裳，燕從容兮不嚬以笑。

右降神

緬吾黨兮多師，獨未邈兮英姿。瞻如生兮在列，庶淹飫兮遲遲。

藹旌麾兮煙霧紛，欲讶兮將歸思。彷徨兮搴留，懲不淑兮漣洏。

右送神

寄題槎山松呈張職方年友

龍泉之竹靈泉栢，故迹千年莽蕭索。只今惟有大雲松，玉龍十萬空山積。天外樓中煙靄重，劃然長嘯驚鴻蒙。望美人兮隔秋水，飽飦茯苓顏頰紅。嗟君尚然如此我已翁，相思不見君與松。雪霜虎豹何能阻，會得騰踏乘天風。

送喬仲楩宰武隆

巴蜀亦仕國，古賢留其名。千載頌文翁，僻隅教化成。伊川讀《易》巖，乃在涪江濱。同心得譙子，道合慶有鄰。雲中故菑盤，易地守彌貞。志平忘險阻，瞿唐亦可輕。顧念昔人言，欲與齊民耕。努力保固窮，歸來慰友生。

喜孫男岳階畿隨從孫僶俣僎從曾孫肇錫課文有作

汝曹明我眼，玉筍出頭頭。學事相增益，群居有應求。易羡鳴珂里，難齊花蕚樓。要令慎趨尚，元氣祖宗留。

戊申人日從諸友猶子熙西園觀熙集杜詩汨沒聽洪鑪句悅之歸得詠用結成篇示子孫

一

蕭颯鬚全白，都將歲月徂。老人那復理，底事世間無。北極乾坤正，東風草木蘇。惟應隨□物，汩没聽洪鑪。

二

六十餘三歲，淵明昔化徂。深慙無藉在，早變舊筋膚。浩漫除詩障，沉冥謝酒徒。誓今諸念絶，修短一盧胡。

無事作

昨朝種芋地猶凍，今日澆花氣覺春。飽飯不知誰所賜，開顏欲忘老催人。穉孫問字趨走慣，晚女誦詩音韻新。賴此太平疾病少，知吾即是葛懷民。

雜詠二首

一

他翁執書只益睡，獨我抛書眼倦開。欲覓好方彊斟酌，從教化作不然灰。

二

日日攢眉薄務纏，每逢吟詠便陶然。惱煞頃來乏氣力，世間底物換詩篇。

醴泉謠

黄龍山頭醴泉出，老夫不用問虚實。漫道祥瑞有百端，未似年年風雨時，大地官清民怨息。

效李白二首

一

早年慕李白，自號澹宕人。流浪天地間，倏忽六十春。哀彼世中人，百歲空勞辛。榮名是何物？白骨同一塵。興至沽美酒，浩歌氣嶙峋。莫嘆光景邁，悁悁喪心神。永願追赤松，翩躚轡龍麟。

二

朝來隱石几，遊雲拂面凉。顧見一翔鳥，文彩類鳳皇。口銜赤文書，欻爾墜我旁。傳説衆老仙，教令非荒唐。鴻濛爲我舟，太極爲我房。日華爲我鏡，沆瀣爲我糧。三山爲我枕，滄海爲我觴。且自怡目前，外物都兩忘。

履德山壠上三首

一

野風吹白日，照此塚纍纍。塚中非他人，父母及第兒。我今塚其間，阡陌相因依。終久會一來，未識早與遲。但取骸骨聚，千載願無違。

二

長松蔭廣陌，寂寥寡四鄰。他日九原下，寧復竟我身。蚩蚩一世間，豈得無踈親。詛詈了不關，笑哭俱任人。笑者徒巧顏，哭亦枉涕洟。斯人已淪滅，哀怨將誰施。

三

平生幼小日，慕李昔人詩。綢繆數十家，而頗無專師。中歲嚮杜叟，所恨道力微。晚驗三百篇，始及陶與韋。大運會忽盡，一物難獨隨。想念曩時作，疇當辨是非。絶筆行自玆，孰爲知音希？

春日陟履德山東岑種樹

丹厓引清甃，霏煙帶林莽。遲迴愜此遊，寂寂丘中賞。雲車邈難攀，欲待青松長。

齋居即事

良朝攝席坐，藹然春氣温。簷禽噪日光，枯竹四五根。偃息庭户中，誰測微尚存。

送田澤航宰合江尹吉甫其地人。

之官輕遠道，春物正離離。擄爾十年策，報君萬里時。岷峨山不斷，巴閬水交支。此去南邦理，重聞吉甫詩。

邛竹杖歌報王世如使君

故人贈我邛竹杖，水西金馬韉。慚愧我老據鞍顧盼有何力，且喜東西南北絶風煙。卷韉閉户不一出，出時但倚蹇驢背。喚童握杖隨我肩，杖兮杖兮天然鶴。郄九節合度萬里，行來入我屋。我既非仙君亦不淂爲異，惟當日日取君撫摩伴幽獨。有人問此作何具，爾我俱不敢妄荅。躊躇一語與君相告曰，我死灰，君槁木。

偶過西谿

磵户空冥裏，尋常度野雲。今來花叢候，未遣主人聞。翳逕扶葩爛，排簷散蘂芬。煙敷還湊景，鳥哢故成群。指顧艷陽滿，招摇結轡勤。豈令遺世跡，猶負北山文。

上巳日石子固邀飲西池同喬白山成友端石子約看桃花

幾度留歡共此中，春來餘興倍能雄。休傷老鬢難重黑，但愛繁英似昨紅。景物離離驕燕雀，詩篇籍籍趂兒童。從教酩酊花垂盡，平世無妨著醉翁。

送崔碧嵐宰都昌

文場推宿匠，才具晚能伸。單父琴初鼓，廬山鹿再馴。燕逐隨車雨，花迎滿路春。昔遊還有夢，陪送九江濱。

王徐守居州請同衛直指澹足即其家園賞牡丹作贈

五馬招遊處，層臺四望春。故人彭澤侶，勝日牡丹旬。並蒂無多種，重樓劇許珍。用君詩句美，揮灑百迴新。

和王居州酒家口杏花

陽城酒家口，亦名杏花村。杏花歲歲開，紅徧南山原。遊人入山口，必過酒家門。村邊有杏花，酒家無酒尊。抱恨累百年，徒然有話存。堂堂五馬客，美才氣飛騫。遨遊興不盡，隱括入詩論。酒家聞此詩，庶以風子孫。輟畊斈釀黍，當壚待花蕃。明年花神喜，盛發報詩恩。我雖已龍鍾，快幸實此言。願隨五馬後，爛醉老瓦盆。

始夏西谿

雨餘境慮清，駕言越山郭。壠麥秀將句，穀種幸有托。物情斯以愜，觸遇頗無惡。時鳥助佳音，連叢蔚芍藥。芳蕤豈易遘？青陽悵已昨。得歡且自適，來者詎堪度。

故第聖符夫婦以子熙官膺封贈本塋宣制

喜有今王制，悲疑舍弟存。分番邀國寵，前不肖謙已蒙恩贈二代。累代續朝恩。曾祖考妣嘗受先尚書贈，并祖考妣、顯考妣前後俱列贈銜，至聖符凡四世。馬鬣豐碑亞，龍鱗錦字翻。撫躬誰足報，揮涕在松門。

沆仲姪自崇信乞罷歸以詩見貽率筆代酬

仲容吾家儁，抱負天下奇。中歲綰縣符，投劾自來歸。卸職雖半塗，操守未磷緇。作詩寫情愫，彷徨念烝黎。縣小經破殘，徵輸力不支。文檄日煎迫，敲朴空爾爲。催科與撫字，決擇昧所宜。代償固亦計，而苦乏家貲。坐使騏驥足，跼絆不得施。豈敢薄爲官，久漆畏禍罹。縱酒適本性，竹林願無違。我才慚步兵，孰謂能不癡。三復舂陵篇，感慨有餘悲。

寒 戊申四月十七日。

山城喜雨罷，重畏雨兼寒。牕隔鶯仍澀，爐添火未殘。學道初知雜，尋遊漸意闌。尚憐餘骨在，多半恃無官。

得喬武隆信欲寄簡令姪贇善

別家一月强，問路近河陽。地屬巴渝會，人傳魚米鄉。公事農氓辦，長閒政理康。君行應絶喜，穩便作循良。

簡王世如

舊得修真訣，虛無最上乘。年華塵擁蔽，藥石病侵陵。道力君能有，離思我不勝。緱山一輪月，相望隔崚嶒。

野外

野外山爲侶，遊雲每共閒。餘春花澹治，晴日易緡蠻。暫脱甕中苦，都忘鏡裏顔。遠聞童牧唱，思逐翠崖攀。

輟讀

惜氣輟觀書，蕭條晝掩閭。未妨生事薄，猶喜世情踈。花落渾無賴，雲行逈自如。悠然坐忘意，元不爲逃虛。

漫成

談生死者，畏生死者也。雖楊王孫之裸葬、劉伯倫死便埋我，亦皆贅語，不如一切置之。

生死本來齊，何用齊生死。莊生枉號達，未若忘言子。

念園作三首

園作于丙午夏，始植花樹其間，甫越二載，花開可觀，林果纍纍然。譬之學業勤就，殆亦不爲難事。漫紀二首，用督勸吾後人。

一

花樹與園成，葳蕤擁獨行。香生頻映蝶，密處可藏鶯。犬馬年侵暮，溪山夢亦清。柳陰荷鋤倦，惟聽轆轤聲。

二

花陰未密樹齊肩，青李來禽箇箇圓。蚤知此物生成易，可惜歸田踰七年。

三

眼邊色色任生成，山自蒼蒼水自清。歲歲花開還結實，世間何者號功名。

流水三章

戊申七月望，引子孫浴于水磨之灣。

渙渙流水，烝徒畜之。君子來遊，左右設之。

渙渙流水，瀫瀫其瀦。君子來遊，左右其除。

渙渙流水，左右具作。君子來遊，式濯且樂。式陶式從，靡以叟童。

流水三章，二章章四句，一章六句

本鄉蒸麨食

到口真成雪片虚，枉教子美賦銀魚。新來孝得東坡訣，洗却千年笑贊豬。東坡嶺外寄子由書云：『惟食乾蒸餅，飲水而已。』公又嘗有《豬肉贊》。

劉魯一少司馬使晋祀媧皇成湯陵過敝邑奉贈

昔年江上乘查使，此日籬邊植杖翁。雙詔分馳千里合，孤城重會二陵東。馬嘶驛路行山裏，人聽謳歌舜日中。爲報瘡痍今色起，賴將封事達宸聰。

山家

山家無客至，永日户長扃。醉卧花陰下，黄鸝唤不醒。

承王敬哉尚書貽詩畫見懷依韻酬寄

當年侍從同三署，竝轡朝參動五更。别後共殘雙履迹，夢回猶遶舊鐘聲。山林痼疾惟孤陋，翰墨餘波盡老成。惆悵佳期杳何許，長安長望月華明。

曉行田間

柴門初散鳥，藹藹露沾衣。雨後看花重，林間過客稀。乘興盤旋須盡日，還邀山月送人歸。

重九明日同姪婿崔虚舟家姪沆仲方來方熙兒方鴻縣西十里風

神嶺

十里登高控遊轡，踏破千山萬山翠。山頭古廟饗千秋，斷碣猶存淳化字。天時人事莫悽傷，跬步名山總太行。遍看紅樹如春景，況説登高在故鄉。

紀異

天威不假易，主聖合憂時。日午星微見，山東地屢移。懸韜温詔下，戀闕病臣私。預審天心格，昇平億載期。

民謡

天南漏，地東坼。三晋之民，幸無苦厄。三晋民窮壤地小，錢糧徵解歲有額。不信昨聞解吏回，退給民間三數百。嗟此三晋之民樂豈無因，朝廷新換賢督撫，更得達公好方伯。

康熙戊申仲冬七日約同成友端明經王服之茂才遊沁水榼山大雲寺適韓傑一茂宰王若樸大參邀宴留宿并和壁間諸賢韻各一首

一

榼山松作境，玉樹幻青葱。樓殿臨無地，川原望不窮。鐘鳴蒼靄裏，客度白雲中。竟夕塵緣盡，初知法界空。

二

榼山名山一榼提，况逢勝侣得遊攜。長松攫石龍蛇鬬，飛閣陵空日月低。大劫塵沙迷寶筏，上方冰雪引瓊隄。餘生幾許還堪戀，笑覓雲巢認故栖。時雪新霽。

戲題天外樓壁

我愛大雲松，蒼茫太古色。老夫頻年倦趨走，恰喜遨遊今日得。噫嶮乎！薈哉林霜，皚皚巖石。肅肅長風飄送海潮音，披拂萬松如萬佛。矧我衆生具佛性，不禁呼駴而太息。上方有層樓，牽手捫九天。吾將與數子者，嘘噏丹霞，驅駕紫烟，曠浪而觀于混沌之先。

贈了義上人

大雲不減匡廬勝，了義應同惠遠名。身傍寒松堪自老，莫將文字悟無生。

榼山再贈了義上人

山寺松顛月，狂來一放歡。佳人羅袂冷，童子玉笙寒。遊戲通三昧，機鋒閱萬端。仗師爲伏虎，吾意待驂鸞。

榼山歸重題示同遊

暫過大雲寺，看松豁所思。不見樓居子，空吟壁上詩。明月照松間，清風鳴松枝。風月會長好，曠懷千載期。

履德莊三十二韻

古堂临大道，水磨数家村。野聚留餘景，溪春没故痕。嬉遊童稺日，风範昔贤存。负屋田三顷，依垣竹萬根。年年忙稼穡，岁岁盛鷄豚。羽士栖巖穴，邦君礼蓽门。楼高吹玉笛，花盛逆朱轓。

手足悲何遽，松楸淚竟吞。鵬衢中道屈，豹隱壯心煩。載槖搜墳典，依僧結旦昏。老槐圍鐵甕，大月漾金盆。力憊辭南畝，神縈奮北轅。涸鱗深拊拂，鎩羽漸升騫。鄉黨十年別，朝廷八座恩。臣謨羞淑問，帝澤滿黎元。紕誤蒙懲艾，封章閱叫喧。儋圭疲獻納，投劾即丘樊。草莽漁樵押，行藏日月奔。形骸餘六十，天地几更番。藥裏隨行坐，書籤付子孫。扶藜尋逸客，荷蕢息山園。舊業蒿萊闢，閒蹤桑梓敦。喜憂乘氣運，綿促信乾坤。分與雲煙杳，那希雨露温。有鄰惟貴德，不朽豈關言。厭捲詩千首，迷袪酒一尊。竟須嗤跨鶴，無用續招魂。他日詢山鬼，幽墟寄北原。

孟冬十五日同成友端王服之登西谿對山觀于石林聯句

今晨風日好，可作石林遊。端友 策杖臨危磴，服之 攜尊度古丘。東谷
高吟追白雪，服之 逸興寄滄洲。東谷 記取東山迹，友端 終慙謝傳儔。
東谷

桑榆集詩卷一終

桑榆集文卷一目録

桑榆集文卷一目録終

桑榆集文卷一

清　白胤謙　著

送喬仲梗令武隆序

有難治之地，無難治之民；有難治之民，無難治之道。不問天下難治之地凡幾，難治之民凡幾，善治之君子惟一睬之而已。不與，非不與也，自盡其己之道，而民與地咸受職焉，故曰無難也。今之爲吏者，内不知修己之道，外不講治人之術，紛紛然日競于榮利之塗，以行險徼幸爲事者十動八九，其人莫不以地大而饒，民衆而畏有司爲樂，反是者則憂。董子曰：『皇皇求仁義，嘗恐不能化民者，大夫之志也。』今亡矣夫！仲梗喬子忠信而好學，初由鄉舉以貧署懷仁教諭。既登己亥進士且十年，貧愈甚。

今年丁未夏入都，守選推官，適遇功令裁罷推官，改知縣，得四川之武隆。鄉里聞之，多爲仲梗憂者。而仲梗捧檄及里門，顧色喜甚。或疑之，白子曰：『是天之所以位喬子也，喬子方樂得其地而喜，奚疑焉？』或曰：『武隆之遠五千餘里，當蜀道之難，田賦數鍾，民傜不滿一金，然則奚爲而樂？』白子曰：『能就人所不能就者，必能堪人所不能堪。凡人之情，志榮利則樂榮利，志恬澹則樂恬澹。夫喬子之志，忠信好學，吾以觀其素矣。且吾聞喬子之言曰：「養吾拙，守吾貧，吾以遨遊。」此三言者，君子之道已得，奚在武隆不足安喬子，其民不可以沾王化也者？又武隆之所隸曰涪州，程伊川先生爲州司户數年，嘗與其地之君子譙定談易，往來山中，其故迹亦可訪而求之乎？王陽明先生之學術事功，皆本自謫龍場日。夫一黔南馹丞，方蜀之邑令，則更邈如矣。今喬子儼然綰符綬，載天子之命，治遠方之民，意惟以親愛化導其民，爲奉天子之職而已。身行道之志，因與之俱得，餘何足慕焉？而有所不樂，必若世俗之紛紛以行險徼幸爲賢，則吾不能知喬子矣，何敢咎武隆乎哉？蓋吾所以愛喬子者，頗與常人異，故于其行與之酒，而告之者如此，喬子其亦以吾之言爲然否？』

長治縣誌序

序曰：版圖齒錯，皆古后王司牧政教之所維植者也。無政教則土域爲虚器，然無文獻而政教之端亦熄，郡縣之志，固非要與！長治，潞首縣，置自前朝嘉靖初。萬歷中，故令馬、張二公始立有志，抵今未百年，地經變革，元氣洊削。皇朝統壹二紀，壞墜釐舉，百度聿新，則令君長沙于公功也。公豐于才，茂于學，昔余奉使祀岳，識之于湖南。及涖長治數年，政教之實著于遠邇，曰廉而惠，練以敏。蓋余還山以來，頗疑鄉國之政教弗往若，而獨得一公，卓卓乎，耿耿乎，庶幾所稱三不負矣哉！戊申歲首，獲公所修縣志讀之，并手書欲得余言爲序。噫！余之言亦何足重公？如公者，誠定重吾言耳。按志體格詳整，考究精覈，于田賦徭役諸大務登載必晰，鹽筴織篚二端，尤厪長慮焉。其他指陳倫貫，靡巨靡細，皆公所嘗早夜盡心者。然使非其政教之善，與才學之優，克溢而畢齊，疇克爲之滿志而無遺觖若是。是故斯志之美，余曷敢蔽諸？亡論一時光照鄰國，即以施之于後，中材之長吏稽而守之，宜無失職焉。然則公之所爲不特冠今鄉國有司，而千百世牧長治者之師模也。爰不辭固陋，而爲之序。

懷舊賦

昔有人兮字子期，旁皇遇兮心相知。佩明月兮結杜衡，舒文章兮振容儀。時予方濫忝于皇造兮，從迅戾虗九逵。步玉堂之從容兮，仰法座之崇巍。瓠欒因其蟠醜兮，曾不足與夫程度。孰耿耿以皭然兮，乃褰裳而睠顧。肆抗軼于紫垣兮，乘機軸而罔詘。荷秉彝之素昜兮，恒不啻其口出。驅稷契與伊虺兮，慮難勝其所期。責驋駘以先駕兮，中道躓而焉辭。括豫章欲輻輳兮，觀明堂之峨峨。猥恬抑以爰耽兮，尸淵蠖而避之。胡大運之靡常兮，陰陽遽而弗調徒紅切。瀕厮累于請室兮，憯靈均之幽忠。陵谷驌其失次兮，溷妍媸與白黑。龍上天而蔑聞兮，若使爲之比別。始重耳之霸兮，一蛇逸而不復。少正卯之既誅兮，仲尼自湛于燔囱。嗟蓋世之英英兮，藐近古而少雙。慜方貞之蒙詬兮，獨向隅而不寧尼良切。荊棘與芝蘭並畜兮，由亭毒之大唐佐切也。仡斷斷于痏瘕兮，匪惟他人之過也。漢文之恭儉兮，賈生弗以自延夷真切。卧淮南之聵直兮，亦奚憾虖公孫？羌剛折而不移兮，咤荏苒爲可羞。决鸞皇于八表兮，下視凡鳥其誰讐？惘予宿爲好友兮，求錯艾之弗先斯人。景踉踉其垂暮兮，挈悼惋之餘情。意芒沕其罔訴兮，目炯炯而瞵眴。撫哀弦之嘶噎兮，永太息而莫諼。

恥説

人之有恥，性也，溺于習焉，則或忘之矣。雖然，忘恥非無耻者。苟其一旦觸之，故勃焉而發矣。充其所至，將己以之克、禮以之復，所謂爲仁由己者，未必不在于斯。余少頗知自好，中陷名途，不無冒進之失。既而竊禄，于時尺寸莫效。遲之數年，然後乞身，即退而不返，有恥于中故也。夫無耻，則亦已耳。而非然者，將必求遠乎？可恥之行，以保全其有恥之本。然窮而不憫、勞而不怨，疾病老死而不敢怠，以從事焉，靡有他也。而或者謂：『表樹良時爲盛事，遯迹川巖爲可恥。』嘻！果可恥邪？斯而可恥，若《詩》所云『孑孑干旄』、『何以告之』，『彼其之子，不稱其服』，孰與于『十畝之間』、『獨寐寤歌』者與！要以吾論，士非窮而不達之恥，惟生負靈性不學之爲可恥，吾將學矣。

林下晚聞跋

往余未知學，而未嘗不學。業舉時弗論，入官以後未嘗敢釋卷策，遇有聞見并所師心弋獲，未嘗敢廢楮筆。自辛卯奉使還山，紀述諸藁删存無幾外，乙未再出，有《輦下新聞》四卷，辛丑告歸，迄今有《林下晚聞》十卷，皆隨意手録備遺忘者，未嘗敢以就正于人。偶家如沆仲見之几案間，摘其中數則，問曰：『講學語邪？』余曰：『昔交吕見齋，以斯相約，吾謝不敢。吕曰：「學之不講，是吾憂也。」吾未有以對。吕又曰：「薛文清，吾河東正傳也。」乃始退而取《讀書録》卒業焉。然吾聞文清之學，門徑不立，生徒不聚，况實未知學，何能妄效？一語即或萬一似之，不過師心弋獲，非有真得。且余他日有作，輕爲知契取録，或以菑棃，增其疢赧者不少矣，恨追改之無從。幸及此未成書，而求助于高明，與爲裁訂，其可否庶俾一二，可留爲老人末路補救，及可貽誡吾家後生者，尚以兹爲草創焉，講云乎哉？』

與薛世兄

胤謙不肖，自乞骸山中，閱六載矣。狗馬之病，未嘗去身。頃者，先師大故，祇遣家姪代躬意，俟襄事之辰匍匐一往也。乃自入冬，食力增憊，太行當面，若吴牛之見月，深慮此懷，未必能愜。或迨吉期，令豚兒齋沐駿奔，以告罪愆，但未敢決耳。前受命作志時，荒瞀甚，于先師大諱雖未敢填，然較他文宜别超法例。况昔先考亦同茲諱，重一省憶，疚悚莫勝。今存副稿，已從更注篇終。謹以奉聞，惟察正之爲幸爲感。又銘字先大父諱，求命傳寫者俱減省一畫，猶荷體愛不盡。

書吕文簡集二首

一

秦地高士之才傑者，得天氣多，宜慕古義文之遺，其次往往能竊西京自潤。吾鄉所取胡可泉、王槐野二公，今始得讀文簡集，察其道力故爲過之。屬余過石子約，從群籍中取宋司馬公、范公，并是集次第觀之，未有軒昂。竊謂使公大用于當時，亦宋之兩文正也。以睎胡、王，有師友之懸焉。遂爲題數字還之。

二

文簡之學，志在救世，故雖退不忘仕，此自孔孟正傳，亦其居世然也。若陶淵明處晋宋間，白樂天遇牛李時，亦非好爲高者。

書司馬文正范文正集

二公文，余前此少見。今讀之，殊工，而嚮未聞人議及之者，蓋爲其名業所掩也。今亦不論其文之工拙，而考其文中之義理，如見二公之人焉。大抵皆以任天下爲事，以憂天下爲心，初終不渝者也。肰則非其人品學術之純正，恶能若是？間欲求其作略之所在，亦惟以賢材爲急務而已。故司馬有知人之論，又曰：『或非才而驟進，則必有罪而見寬。』范有推臣下之作，又曰：『賢材不克，則名器假于人。』皆提綱領要、正大切實之言。昔堯曰：『允釐百工，庶績咸熙。』舜曰：『咨！汝二十二人，時亮天工。』臯陶曰：『在知人，在安民。』禹曰：『知人則哲能官人安民則惠。』後之大臣，有憂天下之心，以任天下爲事者，其必于此加之意矣。孟子曰：『爲天下得人者，謂之仁。』博哉言乎！

重修集慶菴記

陽城縣西五里村曰水磨頭，余先人田廬在焉，所謂履德莊也。余童子時，隨侍先大夫，命蒼頭抱負。余嬉遨場圃間，其廬前周道之旁有古祠一區，今名集慶庵者是也。內祀三教聖人、觀音諸大士。住持僧劉，每茗食余，後遂不知其往。會祠之正殿圮，神像剝落，先大夫率村人趙道成輩、僧惠倉，寂意盡撤其舊，廓而新之。工始于萬歷戊午，迨天啓辛酉告竣，越今五十年矣。其南殿亦摧，神像承雨漏中，過者心惻。康熙戊申夏，村之諸生田玉鳩衆，吳鶴、趙居鼎道成之孫也、趙俊美、僧悟覺，相與指度募厝，葺其敝壞，塗其晦蝕者，經時而修復焉。乃謁余曰：『斯昔先大夫之遺蹟也，不可以亡述。』余聞之，且悲且愧，曰：『余非子哉？顧獨多諸君之勞勩，克保是故觀。復追感童孺經遊地，又朝夕耕播以餬八口，異時將從先人首丘于北山之下，兹杖履所如，愴然風木之慕，肅然桑梓之欽與！夫慷慨古今上下往來之情畢萃于此，而勿能自已也。』固書之以爲記，示不敢忘云。

重修上義西神菴記

香林大師桂公，經旨淵貫，戒律清嚴，余里之真僧也。始余從壯歲識師，乃請供于城西別業，後化去，徒子洪中塔焉。其地逼臨河澨，余意弗忍逾三十年。當康熙己酉春中之徒深向來謁余，告以其意，而向適與余同，遂爲改造新塔。塔已，向曰：『上義之西神庵，吾祖師發迹地也。庵制土垣不甓，必間歲繕葺之，乃獲無患。往壬寅歲，向爲城南原居士請禮《華嚴》，禁足三霜。比歸，則殿宇傾墮，向愳諸佛法相無以捍蔽，因與村人盧居士某謀，募集材物，治而新之。閱年餘，工始告竣。向念斯役雖諸檀施功德，不可磨泯。脱非祖師法行所垂感，以向之惷愚，疇克就此？』余聞而嘉之曰：『豈不然哉？蓋嘗論浮屠之教旨不明，至于今日而爲病極矣。以吾士論之，其信尚者愈廣，佐給者愈豐，而俗緇業滋，實亦彌天。故余于其屬，每慎與之。今觀若師弟子文義之宣暢、證悟之精沉，不淂不推隆先人，而淳質戒守綽有其遺風迴遠。于俗緇者之爲，則謂祖師之傳接得人可也。且余素敬重祖師，而于其發迹之地，何難于一言闡繹啓示來者！若祖師之常住于是庵也，其即以是言勒之爲記。』

遊榼山記

榼山大雲寺，沁水之名境也。其地多松，幼聞人誦常評事詩云『殿前長松十圍大，我欲絶粒栖雲巢』，心慕悦之。會有山之僧福慧者，能詩，寓陽城，余贈以詩云：『赤日長濤吼萬虬，乘風欲去無雙翅。』今三十年矣。解組後懷願猶切，而頻奪于冗病，弗克。客冬，又寄竇莊張職方一詩云：『雪霜虎豹何能阻？會得騰踏乘天風。』徒彊語耳。今歲康熙戊申仲冬六日，有事竇莊，去山五六里而近，乃以七日偕成友端明經、王服之茂才往遊。初沿沁流歷坡坨達于山趾，仰睇危峰，亂松蔭覆其上，如佛頂黛螺、招提横亘，當山之頤項間。是日薄雪旋霽，丹碧與瓊瑶相映，不禁目眩神摇，因輟乘徒步入松林，盤旋磴道中，紆回數折，左右怪石蹲伏多狀，林隙微漏天光，隱射殘雪上，瑩瑩然與松身同色。良久，始抵山門，適舊桃源令韓傑一、大參王若朴二君，并去山十里自郭壁至，相邀入寺，禮佛階下。雙松插雲，殆數千年物也，衆撫摩讚賞之不已。常評事詩手書，殿廊壁間墨跡尚存，且正德抵今已百六十年，未受塵埃剥損，不可謂非鬼神阿護使然。寺僧慧光摹寫一幅，筆意宛肖，亦佳事也。次觀諸天殿像，像法精妙，飛動有神，時匠所不能及。僧請同過齋樓，茶罷，凭欄俯瞯下界，軒豁無際，天風颯至，覺此身飄飄然徑欲飛去，問其地，曰天外樓也。樓前萬松蓊鬱，沁流一線，環繞山根，每當曲處，輒有村落點綴如畫。遠近巖岫巀嶭，或斷或連，至此下視，直丘垤耳。余謂客曰：『山之勝在于松，寺之勝在于此樓。』客亦謂然。僧復飯客，飯已，韓王二君同置酒雙松下，促余行，僧輩將仍導余從欄檻間穿歷，盡樓之妙。余曰：『不若脚踏實地。』衆因大笑，遂造松下，列茵坐酌。月鈎適挂松末，僧徒奏笙樂侑之，疑非人間。曩服之曾言：『暫到榼山，不復知有人世名利事。』信然。俄王君召一妓至，粉頸纍纍結粟，執壺而顫，蓋其衣薄不勝山寒也。命取小僧綿背覆之，歌聲始發。余嘗見山頂觀音堂在面前，起欲往觀，僧應之導。衆客由寺東松路登準提閣，其地勢益高，境益幽邃，僧叮嚀僕輩：『此去荒逕，久無人行，必須謹慎。』王君曰：『試呼號大衆，鼓鐃而往。』問其故，則曰：『日將夕，畏虎出也。』余遽命止之，因言：『天下名山水惟僧居之，以其深奥窮絶，非真修行苦志者不能處。世人不知，反妬之者，誠冤矣。』衆復笑，遂還方丈，持燈赴二君宴。余謂衆僧：『山寺布置都佳，惟山門入首行陰道中，似宜改作一逕。』韓君曰：『昨山根偏厓間墮一醉人，腦裂而死。』余竦然避謝，曰：『其止陰道而急偏厓乎？』客或笑余非慣遊山者。有頃，出更衣，見巨石堆積院中，云自山上落下者。友端笑曰：『嚮令此俱金，厓道不足修也。』王君曰：『嘗想古三皇各萬八千歲，何近代無百年人？萬一上帝下詔復古，固未可知。』衆僧笑不休。余謂服之曰：『好記此等妙謔，收入遊記中。』時夜將半，乃辭就寢。詰旦，詩僧了義舊刻山志者，與福慧弟子若愚合具食。食罷，了義指示志中所載奇松異石，各不愧所名。遂相率出寺，西循松間路，緩步里許，及小腰峰，看連理松。余遠望磐石磊磊，石間一松蟠蜒異態，捨衆扶僕，趨上往觀，了義尾余曰：『所謂黑龍松也。』蓋山松皆白，而此獨黑，類京師報國寺者。尋群客逶巡踵至，列坐其下。王君回顧曰：『蓋二客不能從焉。』

少頃，韓君亦至，遥見友端倚石坐喘息。或笑之，余曰：『亦不可無此。』西眺常評事墓，在山之隰，余謂：『評事才不在李謫仙下，其放浪亦類之。而山靈所鍾，偉人迭見，不一二足。若劉莊靖、張忠烈公并父宫保公諸君子，俱堪爲此山光寵、後進之楷模也。《詩》曰：「惟嶽降神。」又曰：「高山仰止。」孔子登泰山而小天下，泰山豈能高于孔子哉？是在二君矣。且吾聞此山賴諸君子培護，獲免斧斤牛羊之害，草木暢茂，偉人迭見，而山之性獨全。學者能觀法此山，則思過半矣。』話竟，復扶僕降至峰頂，其地頗寬平，相與散步。移時，余欲易小腰名爲逍遥。了義曰：『竇莊張太史曩亦言之。』王君曰：『便應勒石記之，云可以逍遥。』僧曰：『諾。』遂與作别，各乘以返。

福建鹽運使松石王公墓表

余友心盤之墓，余嘗志之而鑱諸幽，垂十年所矣。厥嗣仁深仁洽，既大治其阡隧，石器臚備，觀者壯之。今皇帝康熙戊申，始得其知府時覃恩誥軸，乃録其副，鏤載豐碑，别鑿石，虚其陽，謁余，求爲文表其遺行。余曰：『孝矣二子，然何所加于制辭之榮？』二子求不已，曰：『願即用其幽者而施于顯足也。』嗚呼！心盤得不謂之顯與！安所事余文？雖然，繼今以往，交游日盡，滋至于不可知，文之固吾責也。始余束髮爲諸生，識心盤于潤城，攻苦士也。尋與應州試，心盤則儼然踞首選，人曰其伯父仲寰先生之教云。仲寰者，諱琦，蓋名宿。歲丁卯，余濫鄉舉，而心盤在焉。登其堂，問所爲太公及仲寰先生，俱已即世，而心盤之王父亦用青衿老，聞報儁後一笑而逝。又聞其先曾王父亦諸生，及心盤凡四世矣。以斯知心盤之學，非自心盤始也。余既得交心盤，相從公車十餘載，多其業之淹熟而尤勤，厲不勸，恒自謂弗及。顧其遲迴偃蹇如余，竊亦疑之。後逢術者于逆旅中，期余今日，謂心盤曰：『縱不絓蕊榜，亦當黄其腰。』心盤作色曰：『使吾獲綰半綸，何第出流輩下，間小窘偪。』輒又忿然曰：『生握算沁濱，駔儈中一老計，肰渠憂貧耶？』而伺其意，稍稍厭公車矣。國初乃就選爲令，得永年。永年，廣平首邑，號沃饒。心盤至，屬大兵駐牧，糗糧芻秣烝薪皁剉之屬，動以萬計，咸取給。俄頃，心盤厝置罔不秩秩，得所閲五十餘日，始起營去。于是心盤治永年率多循政，未㐫，用直指薦擢户部陝西司主事，舉前駐牧費抵銷正賦一年，其人戴至今矣。尋督鑄寶泉局，增爐選銅，懲其惰者，得羨二十三萬，已，監滸墅關税歲額十一萬。心盤籌榷有方，遂浮于額，部主者以爲能，留監二歲，獲税三十萬有奇。歷福建司員外、廣西司郎中，陞浙江處州府知府。府踞括蒼山，土田墝埆，頑梗多盜。心盤至，極力整頓，久之，盜就撫，荒漸闢，諸所爲剔猾胥、制悍兵、飾孔廟、講六條、除火耗、禁私幇善政種種，處人便安之。其地産松石，心盤見而悦之，因取以自號。在處五載，凡四登薦剡。遇世祖皇帝親政恩，得贈父如其官，母延恭人。丙申春，遷福建鹺司，宜行，適守道缺，委心盤代攝。具時歲祲寇發，衆數千人。處屬七邑俱無城，兵不滿千，日夕報數驚。心盤鼓飭將吏，率旅往，斬其渠魁三十，脅從散釋，而地復安堵。乃捐俸開庾賑其餓者，俾免于溝壑。迨夏麥熟，始卸事具裝如福。時則閩安用兵，路阻塞，幇期停滯，商皆束手。心盤詢知之，乃建議陸運，詳直指，得允行之而課裕。又閩安兵需舟楫，當事檄委造船四百餘，不三月而辦。比閩安克，論其功在叙列，而心盤以不習水土，加之勞瘁致殞，實順治十四年十月辛卯，年五十八。仁深奉其柩，返葬于陽城縣王村里沁河之陸。其未卒前，遇皇太后徽號覃恩，當贈王父母、父母二代誥命，尚未布及，是在仁深等。嗚呼！以心盤之才，强敏有智計，乘時遘會，自奮于功名，無不立見其末，可稱豪傑之士矣。肰而貴躋三品，累仕華膴，躍馬刺肥南方巨麗之區數年，于鄉所矜許者，亦竟疇矣，惡得不謂之顯與！且自心盤顯達，人或偉其志能，詫其命數，甚歸之于地氣，而不知攻苦勤厲之力，與其家世傳學充畜而推衍之，其實予人什九、予天者什一而已。因爲之表其迹，并考論所由來，昭揭于墓，使邑里之人知之，無過辭。其他可述者別見于余文，不更入。心盤諱崇銘，字曰心盤，晚乃號松石。

庠士成先生墓誌銘

康熙七年，歲在戊申七月七日，業師成先生卒。子公瑜棺斂如禮，乃卜于其年十月二十日葬先生，豫營石，屬其門人白胤謙執筆以志。志曰：先生諱吾學，字我悦。其先高平赤土坡人，始祖慶遷陽城，數傳至高祖諱鑒。曾祖諱希奎。祖諱朝寶，早世。祖妣吉氏，以節婦受旌，卒年九十餘。父諱均恩，妣王氏。先生弱冠入邑學，爲諸生，業精，數試高等。先大夫敦請家塾，授胤謙及弟胤恒書，里人子從者十餘。閲十年所，胤謙兄弟并里人子成躍龍輩入博士籍，先生始辭去。胤謙旋中鄉舉，最後中甲科，仕于朝。子公瑜爲諸生，試輒踞前名，尋中晋鄉丁酉榜第二人，實皆先生之教。先生爲人淳誠孝友，因任自然，其操己務勤約素朴，雖耄老一不變。始學治《易》，中後猶篤嗜《毛詩》，往往爲人訓解不怠。邑大夫行鄉飲酒禮于學宫，凡再舉先生，人以爲德行稱之。卒年八十二。先生故壯少疾，晚末無事，常徒步往來郊野間，問農圃，不以人隨。卒之前患瀉數日，遽止，既而輟食，臨終神氣不亂，索衣，公瑜具新襲帛衣以進，手揮之，要所常服。又索筆，書遺命，謂生平凡事必遵天，令公瑜薄治葬，即以遵天云云，其歸全之善又然。配張孺人，父諱貢。孺人幼孤，從兄天津道參議張公諱志芳撫訓而嫁之，恩禮甚著。迨歸于先生，孝謹循婦禮，爲賢配。生子一，即公瑜，舉人，娶儒士趙夢豸女。孺人以崇禎七年三月二十三日卒，年四十九。繼娶白氏之亮女，無出。孫男二：俁，庠生，娶合江知縣田君七善女；倧，娶胤謙之外孫女，父故壽光知縣王克生也。孫女一，許字庠生賈允揮子淏如。曾孫女一，幼。墓在孫莊西山，先生所卜地。葬親者，張孺人祔。白胤謙曰：『嗟乎！世人之知天者何少也？遵天之説自先生發之，不第爲其子孫詔也。後之人苟明其指一其志而踵行之，容有不得天者哉！』凡皆先生所爲教也，爰作銘。銘曰：士無爵命，審自貴，鞠躬行之。老彌厲，施誨于人，受者愧。善厥子孫，嗣弗墜，有聞其不在一世。

成母賈碩人墓誌銘

昔余未第，蓋樂與從甥成友端端人游。室王淑人舊亦稱友端之妻賈碩人婉嫕，與其夫子相莊也。比從仕，晚弗任告歸，友端始用其字學素名于有司，獲貢去，心益愛重之。歲時過從，非友端弗宜。顧其妻，則患痼且十年矣，雖賴子周望習治藥餌，得不死，卒未能修往來如平生。今年秋，倏增劇，至九月終，驟下痰如許，語言煩清，似夢初覺者，而胃不納食，復却藥，噤不沾脣，遂殞于冬十月之八日，年五十有九。踰月，友端來請余誌，許之。再踰月，周望衰杖稽顙，抱所自爲狀，泣曰：『必得王舅文，以不朽母也。』狀中臚列甚偹，其他事猶恒婦所能，獨于其爲庶姑段者凡三致意焉，斯則天下之絶奇耳。夫友端母，余從姊

也，先伯父大司空公長女。棄友端時，碩人歸者三年，以少婦接

持壺務若素嫺習，奉舅少尹公一飲一食皆自烹飪，必潔必恭，衣

裳履絇從不假手人。甲申，僞餉追逼，友端父子憂危間，碩人突

取己嫁時簪釧進佐之，俾免于難，少尹公每道其賢。少尹公自失

耦後不更娶，獨一側室段侍，未有出。壬申寇變，友端一弟不費

及于難，碩人念友端單孑，陰與老僕婦計，代段致禱于高禖。未

幾，舉弟偉人。僕婦言之，少尹驚嘆無已。及後，偉人婚聘，少

尹獨具錢十緡，其餘儀物盡出諸碩人笥中，段感激之終身。庚辰

辛巳大饑，人相食，段母妹至，其家隸閫之户外。碩人潛入之，

留養于别室，年餘始遣。當甲申亂，友端奉父偕外舅孝廉賈公避

之西冶村傍砦而居，忽中夜盜發，鄰人螘竄。友端適與僕輩有事城中，孝廉率家屬蜂擁登砦，尋遣兩僕一騎迎其女，而自偕妻張憑砦堞注睇乘騎者。及至，則少尹公也。趣再迎，又至，則庶姑段也。復趣迎，碩人始至。父母異之，碩人曰：『使我即來，僕騎肯更往耶？』白胤謙曰：『凡碩人之于段者如此。賢乎？非賢乎？以言乎段微也，以言乎其舅與？夫子則關于孝弟之道焉，孝弟而不可賢，如之何其賢也。乃觀碩人對其父母之辭，抑又胡晰焉？』狀曰：碩人生五齡，父孝廉公之鵬口授以詩，輒成誦，伯父觀察公奇之。會女奴有小過者，戲謂曰得女誦詩，小姑一語釋女。稍長，父欲令受書，對曰：『女子第求無愆内則耳，他何慕？』迨嬪于成，事舅姑持家，相夫子訓誨子女，咸有法度，能符其所言。晚遘病，始謝家事，實由慟念父母相從死河津官邸，過哀毁，故循至于弗瘳，類死孝者云。生男一人，即周望，邑學生，娶庠生王煜女。孫男三人：潁，聘庠生賈允捷女；檖；稔。女一人，適關西道副使石公鳳臺子丙午科武舉子固。孫女一人，許字庠生衛員子維則。外孫男二人：石泰生、石賁生。友端營壙水磨頭先塋之次，以明年康熙戊申三月四日葬碩人，虚其左自竢。循厓澮而西不百步，先大夫之阡，有余豫爲墓在，巋然相望，故爲銘曰：綿綿兹山，土厚而水深。惟吾與女，夫婦之宫，適東西且！千秋萬歲，魂魄相爲鄰，永無違且！嗚呼樂哉！孰哲愚修短遲速朽，有知無知且！

墓記

主人東谷居士白胤謙偕妻王淑人，自營求宅于斯。在陽城縣西五里水磨頭村北原，先考履德府君墳後二堰之中，負艮坐癸，分金兼丑未。其筮維曰吉祐，亦固且安。子孫尚勿遷易。康熙六年歲次丁未九月二十六日自記。

桑榆集文卷一終

桑榆集詩卷二目録

桑榆集詩卷二目録終

桑榆集詩卷二

清　白胤謙　著

己酉元日

循年當易卦，周歷欲無餘。傾耳何能順，捫心覺漸虛。昇平乘氣運，安養賴居諸。萬慮渾非益，從今罷著書。

人日

今年人日雪滿檐，與客行觴不下簾。抱拙已甘林壑久，委順未覺年華添。荏苒此生欲自了，縱横世事誰能兼。傳聞壠麥新可喜，牖邊敝毫起一拈。

上元日賦懷

蚤暄叠雪弄山城，顛倒重寒節候平。野人預識陰陽轉，藩伯頻傳治理清。方伯達公廉聲迴著，屬部瞻望太平。窣地歌鐘沿舊俗，徹天燈火續深更。十年偃臥蓬蒿客，此夕雲璈夢帝京。

雪寒

雪稠宜兆麥，翻恐冷凋傷。澤腹堅餘凍，庭梅澀早香。年華長浩浩，勳業逝茫茫。猥説田園暇，陰晴費較量。

元夜雪開福寺閣贈秘聞上人

春城撾鼓夜紛紛，佛閣觀燈倚凍雲。清境望中連法象，真禪眼底絶塵氛。度檐雪當花飛雨，看院僧如鶴出羣。頗愧向時醒悟少，徒將鐘磬隔鄰聞。

上元次夜石琨泉請同諸友觀燈

千門燈火厭笙歌，屧雪摩肩次第過。莫笑狂夫不知老，開顏偏籍少年多。

挽傅夢徵少司空

國初，余卧山中，辱公疏薦。

懶病重裁薜荔裳，時時幽夢到嵩陽。洪河苦恨無舟楫，巨室誰須作楝梁。獨鶴放歸天杳杳，哀猿啼斷樹蒼蒼。空悲一紙山公疏，難贖千秋叔夜狂。

華賡七章

《白華》孝子之詩，予嘗擬之贈蔚魏子。歲戊申，魏子母慶八袠，復用其體作而贈之，曰《華賡》。

藹彼白華，孝子之色。勞心惙惙，其維令則。

藹彼白華，孝子之容。勞心忡忡，疇美弗衷。
皇帝戊申，四月初吉。蔚魏孝子母，遘是八衺。朕曜十年，以迨
茲日，曰于神隲。
爰有錫命，爰有章服。穆穆皇皇，表于閭族。以燕以喜，以飲以
御。笙簧鐘鼓，百戲具舉。
維孝子之行，正直忠厚。飭躬率俗，淑訓是守。壿壿蹈舞，以介
眉壽。
白兮華兮，德音不瑕。夙奉于朝，亦惠于家。優哉游哉，靡識其
他。
華兮白兮，德音不已。母氏之愊，人倫攸企。允千萬年，式固爾

祉。

華賡七章，二章章四句，一章七句，一章八句，三章章六句。

杏花村簡王徐州 有序

南山杏花村，余少時攀遨之所。自庚午後，輟跡四十年矣。去歲春間，聞王徐州作詩，念其地名酒家口而無沽者，因戲和一篇。今歲清明翼日，辱君召，偕衛直指、張固始、石文學同至，則設鼓吹于旁峰，又見酒簾二，飄颺林際，問之，果有沽者矣。興感故昔，耳目加新，不謂龍鍾猶及預其會，乃漫題紀并詩一絶報焉。己酉三月八日。

酒家真在杏花村，沽酒看花羯鼓喧。東道不逢王逸少，蘭亭只合度山猿。

履德阡望新塔

晞陽散廣阡，巖杏已舒朶。麗空出浮圖，影映松區左。嶢然拄山闕，突上直如笴。群峰之所錯，氣象胡紛邏？真僧亮不滅，光耀代星火。嚴慈宿具歆，因緣結净果。休策佇巍封，卑願庶酬妥。焂焂雲岫浮，浩浩嵐霜裹。探頓誓焉名，契懷得忘我。

野堂

野堂春欲半，移杖始能來。柳亞高低密，花爭深淺開。朋好不常聚，壺觴寧幾迴。何如此閒對，送齒白雲隈。

辟雍八章

康熙八年孟夏，上幸國子監，釋奠先師孔子。先一月，徵直省在籍生徒入侍行禮，擬撰。

於樂辟雍，有嚴其光。天子至止，和鸞鏘鏘。
三階時平，萬有職豐。典禮肇興，以奠不崇。
四月維乾，其日丁丑。既戒既虔，牲牢孔阜。
龍旂煌煌，金玉左右。百執用欽，聿將奔走。
於皇升鞠，公卿偕從。肅肅威儀，不顯其恭。
帝御戟門，觀者如雲。侁侁胄髦，韶穉畢臻。
率厥師儒，綴序允櫛。匪直也文，天王盛德。

彝教式章，武功告戢。昭于萬年，爲四方則。

辟雍八章，章四句。

送岳階㦤三孫赴太學迎駕

雍宫薦菜傳仙蹕，章甫環橋識御衣。千仗影圍石鼓動，六龍光擁翠華飛。敦崇解信遵周典，講肄還知薄漢徽。此去雁行天尺五，相從早捧聖恩歸。

香林大師塔成奉落用唐體

寶塔德莊東，神光指太空。人來開闢境，山在畫圖中。珠日涵朝彩，金霞駐晚紅。諸天羅法藏，九陌覲宗風。應共菩提樹，流香萬劫同。

合歡

合歡樹，亭亭翠羽蓋。花開若撮絨，茜色紛可愛。朝開而暮合，榮華含變態。一物定何關，要識乾坤大。

己酉夏日偕楊少咸姊丈成友端王服之家沆仲兒鴻集猶子熙湛園水亭

猶子爲園頗清適，復改吾家舊園入。柳織長絲覆短廊，水邊新樹同來集。跌宕層巒畫不如，林陰上下鳥相呼。學書瀋落池中藻，潑酒香迷濠上魚。忘機兀對冰壺裏，荷益團團風不起。愧我曾無金可揮，似爾竹林應得止。年來此地足盤旋，車馬朋儔盛接聯。東園碁局聞歌笑，北里笛聲悲遠天。須臾天黯雲如墨，城頭怒雨翻盆急。世間憂樂本相尋，流連莫使歡情極。

輓吴九苞滕縣

春社酕醄兀自雄，豈堪灑泣向秋風。老彭殤子真誰壽，遮莫浮雲度碧空。

中秋前二日觀野月

待月坐場圃，月出喜不遲。揚輝大若輪，拜舞酹金巵。觀罷帶月還，城中猶未知。

重陽後作

深秋未倦追沿興，令節虚過重九來。半月雨陰艱對酒，百年歡會幾登臺。霜遠黄花猶寂寞，風横鴻雁故徘徊。眼邊萬事渾無賴，縱遣韶華作意催。

送張顯卿宰黔中

黔中聞未遠，只在楚州南。文事堪閒作，蠻風亦易諳。一官追祖步，三載換朝簪。囊橐君家有，英聲起不貪。

都明府蒞縣傳瀛洲劉大司空金鑒上官參藩錦帆趙郎中三札見訊即成奉簡并寄

久辭魏闕年華改，遥憶中原故舊多。鳧舄喜逢仙令至，雁書群接好音過。黄河水落兼葭遠，濩澤山深雨露和。人美已先觀政美，農歌合即助絃歌。

太原張中軍餽米酒輒就

晋水香秔饒别味，并州桑落更超群。裝囊遠載臨山巷，開瓮先嘗對馬軍。

酒莊爲以和王先生修吾閭表伯故莊又有族子王庭墓茲置薄田數畝欲爲晚女立業感而命之

舊時垂柳一村遮，遶屋夭桃爛熳花。别後主人都不見，山原宿莽更堪嗟。田塍負耒聊供食，桑柘營蠶可作家。莫羡高門資送盛，挽市提甕即生涯。

寄興

白頭心迹喜相符，餘興那須到酒壚。一樹蠟梅深雪裏，窗前明月不曾孤。

庚戌元正六十有五歲感省一律

年華空復老，漸近古稀名。隱几匏尊棄，看山藜杖輕。自憐知過晚，未信著書成。身事終何竟，低心向後生。

上元日開福寺僧房觀成友端書余舊題勒石贈如在上人

老去終何得，僧閒愛隔鄰。乘春開茗席，隨喜玩燈辰。支許名堪襲，鍾王法絕倫。慚將比陳迹，長與配松筠。

上元次夜承都明府召集賦呈

今年立春春氣浹，飽飫上元三日雪。漫言雪片衆于燈，注映燈輝偏皎徹。天生我公神仙才，鶴氅翩翩喚客來。歌鼓烟花相間發，玉山照耀瓊瑶杯。昨朝下教示樽節，故飭清厨樂今夕。我曹罄醉佐公歡，不爲玩燈爲喜雪。不見今春雪好元氣浮，兆應豐年禾麥稠。公偕赤子百無憂，座上從嘲最白頭。

雪峰僧

山僧閉關處，歲歲雪峰孤。禪性同山定，焉知雪有無。

酬比部趙郎中

爲憶河濱友，能詩趙錦帆。書來因附問，不負白雲銜。

贈天然上座效韋體

松栢非足貴，四時無凋顏。吾慕出世人，悠悠心所攀。天然釋門舊，闊別忻來還。素芹一爲禮，清話相與閒。宿在職事場，結懷望故山。惻兹遲暮景，俗缘了不關。晨煙暖敝廬，哢禽對竹間。

方期杳無累，永易寵禄班。

城南小葺野老亭成落之二首

一

村舍遮茅薄，新題賜老亭。尚能親杖履，那不荷朝廷。麥浪憑高見，鶯歌耐細聽。白頭須曠適，努力此頻經。

二

佳城依舍北，芳甸遶垣東。山水相縈抱，風雲故鬱葱。課兒營穡事，攜酒度花叢。敦樸思原本，茫茫意不窮。

春日城南示如在恒愍二上人

清絶城南路，乘春試一行。川迎朝景媚，林遞午鐘輕。何事柴桑老，堅辭蓮社盟。漸知忘出處，來往信浮生。

寄贈魏光禄二十韻

十載山中客，長懷舊省郎。平生珍意氣，斯道屬津梁。當日傾朝寧，英聲起奏章。華塗中坎壈，清署屢翱翔。戇直同長孺，形容類子房。卧閨非薄秩，辟穀欲求方。脱屣春明外，依萱比嶽傍。贈詩曾餞别，投袂久還鄉。夙厠芸臺迹，恒霑梓里光。經綸資謦欬，問學得励勷。猥惜同時契，相期踰等量。星辰分野闊，宇宙此身藏。默默腸千結，盈盈水一方。傳書經往復，命駕幾彷徨。老病惟儲藥，昏蒙合面墻。未能窺道岸，已覺厭辭場。毛義行非競，王陽畏早償。會徐違草莽，續上接鴛鴦。戀闕心元赤，憂時髮未蒼。休休大臣度，樹立更輝煌。

柴荊

草徑平岡上，槐陰小院邊。新來營稼圃，别是一山川。歲月非相貸，行藏敢自賢。柴荊終不阻，步履任迴旋。

清明後六日友人李葵軒成伯玉邀同姪熙登南山黄龍廟賞杏花

絶壁巖清廟，重遊五十年。神功垂故碣，異蹟湧新泉。日淡天風疾，花稠地軸連。向來今古意，俯仰一悽然。

哭沈亞斗二首

一

抗直鄒陽雖出獄，連篇詞賦亦何成。空將十載長安夢，併作蕭蕭夜雨聲。

二

絳帳誰堪話舊京，白頭猶自戀交情。荒山蘿薜迷行處，漫和離騷泣賈生。

庚戌端陽都明府初度即日傳致大粱上官金鑒使君書贈到時亢旱雨中喜作奉酬因簡明府

河上官人心似水，書來惠問我何堪。緇衣繾綣開雙鯉，素髮蕭疎悵盍簪。勝日葛蒲九節茂，快人霖雨一朝甘。欲將斗酒陪仙令，携手行山望遠嵐。

同成友端家姪沆仲天王臺下觀田兼三侍御新築

城隅荒壟俯郊關，柱史經營興未慳。沿高早著層層樹，照遠平開疊疊山。勝日樓臺披霧上，僊家鷄犬出雲間。繁華匝地歌鐘滿，次第從君破老顔。

得合江田七明府書賦答并簡令兄六侍御

遠憶循良信杳茫，一書俄至自瞿唐。懷新解得江山助，政好寧論道里長。南國春洲鴻雁集，故園花樹鶺鴒翔。由來萬里升賢地，會和塤篪列帝傍。

方外

暫就鄰僧憩，盤桓上佛樓。夕陽明遠堞，水色繚圓洲。鐘磬真相警，茶香亦易留。渾疑交態盡，方外有羊求。

中秋前二日石子約期飲阡莊阻雨悵然有作

纍坐愁城白髮翁，無端苦雨攪秋風。宜人最是汀洲月，不分山陰野興空。

九日鏡山堂作簡堂主人

尋常天外見芙蓉，移對新堂黛色重。漫載緑尊舒野興，猶憐紅樹絢霜容。城池倍覺添名勝，禮法全應恕老慵。爲覓登高最高處，難虛令節一扶邛。

答贈頌五

宗國人方盛，行藏爾特奇。遊真半天下，志莫傲當時。

庚戌冬日得李范林使君書聞范林近工詩及與孫徵君遊即寄

百門山水近何如，邑里蕭蕭久索居。空谷跫聞佳客至，雪天快讀故人書。詩傳衛武風應古，學訪孫登識未踈。後會幾時身倍老，太行東望獨躊躇。

行經子約阡莊戲簡

古岓冬晴踏雪迴，亂峰迴立對崔嵬。真看屋上烏能好，誤當春還樹似梅。総愛平疇堪挹月，可虛長嘯已鄰臺。須時乘興同臨集，快受天風萬里來。

桑榆集詩卷二終

吴廣隆 編審
馬甫平 點校

東谷集

清 白胤謙 著

第七册

中州古籍出版社

桑榆集文卷二目録

桑榆集文卷二目録終

種樹説

清　白胤謙　著

余辛丑歸田，于癸卯春獲西谿廢圃，芟治其荒穢，植柳數章，藝以芍藥，謂可備游息已耳。再逾年丙午，經猶子棄地，在先人墳墓近，乃易以旁舍，作念園，雜莳桃李花竹其中，又即園之對河壖散布柳楊。至戊申夏復再逾年。而木遽可蔭、果可食，心甚喜，期以今春，多求果木，視其間隙務滿焉。而會苦重寒以霜，三月半始出，詣各地問其樹者，期則已後，乃悵焉惜之，謂：『人之不學，胡以異于是?』昔柳子謂：『種樹之法，欲順水之天以致其性，而實可以通于學。』孟子牛山之論，亦莫不然。夫當余始歸，年五十六，今六十四，中間相曠九年，非躭疲備，則樹爲賢人之德業亦既久矣，而徒以豢其朝夕，消其體髮，萎乎若木之内櫞不待斧斤之及也，猶尚弗自葆殖，將復焉俟？爰書是說，以董吾未盡，俾誡于後。

張薪軒質言序

道德者，事功之本也；事功者，道德之餘也。吾未識薪軒張子，讀其書，樸而醇，弘以卓；稽其行，爲蜀巴縣，且十年有賢能名，奉養其八十之親于六千里外，能樂之，尤非常士。康熙己酉，從蜀道函書一帙寄示予，求序焉。初閲其詩，純五言古，大有陶意，心喜之。及其自序，謂：『文始于一畫，何嘗有心爲文，意欲不尚空言而尊實用也。卒請業于王先生，首責其好事功之非，而因悟知本之學，以之及人，自無不足，此天之與我與！我之所當爲者，其他種種不足以亂之，而筆之于書，真道德、真事功悉在是矣。』至所持論：造物生生之理，天下國家大計，莫不可信而可行，使觀者洞心刮目，迹其造，誠所謂豪傑之士，可以入于聖賢而無難者也。夫張子秦産，予舊喜讀胡可泉書，論政則法周公，教則宗孔子。乃吕文簡，復薄可泉之詩過于工，而云道無止息，不間于仕隱，學無止足，不間于顯微，吾尤服之，謂得聖學之正，爲張子之後一人。然則今之張子，庶幾有志于斯，其異時著立使人曉然于道德事功之合，尤吾喜之喜、服之服也。

予素交中負道德事功之望者，有蔚州魏子，茲復得若人，吾道幸猶未孤哉！是歲孟夏之望，太原白胤謙序。

祭喬武隆文

初君仕武隆，人多爲君患者，予妄解之曰：『君素壯忠信而安貧，必無患。』君行後數月，見邸報，武隆奉併入涪州，心益喜，日望其歸耳。既踰年，不得消息，聞有言其死者，弗信也。未幾，而喪至，傷哉！予之智果不若人與！吾生平信理不信數，自謂閱世久，于凡善惡吉凶之報洞然無疑于胸，胡至今不能無疑于君也？豈君曏昔所爲忠信者僞與？抑君素安貧少疾病亦皆不足恃與？詢之家人，云：『君在道塗，食飲倍人，無纖恙。初抵重慶，謁上官，上官多言武隆地不可居，不宜往，且見議併，更不必往，争留之。君顧念朝廷之官，弗聽，卒往，非忠信而能然乎！及抵武隆，輒病。土人云，其地北人至者多死，能居之三年後方獲免焉。君能于此時或移之重慶就醫，因郡上官詳請，即郡侯併，或尚可免于死。乃病至百日之久，始再詳蜀撫，詳略云權以避瘴癘，那住渝城，或可少延。又數月，始以迎新督入郡，而疾亟以死。脱令少前數月移郡爲就醫，候併之舉，未必不可獲免，而君不敢。然則君雖死于地之瘴癘，實死于忠信也。蓋夫人所爲苟不得罪于天，無可死之道，而所遭之境，適足以死人，固亦無如之伺。而君重朝廷，不欲苟爲避，縱死其無尤矣。頃讀君在武隆作《遊枳記》，備叙其地之苦，而歸諸莫非命也，順受其正。又云：『以天地爲逆旅，百年爲須臾，以峨嵋華岳作丘垤觀，以灎澦、瞿唐作行潦觀，以已往未來可啼可笑之事作無心觀。』君雖死于遠方，亦不可謂非正命矣。獨吾晚女許君穉子，君尚少吾九年，一旦委之以去，而遺我老人，安望能睹其成，此吾即不爲君傷，不能不爲穉子晚女傷也。雖然，君家世積信于里閭，猶有宮贊君父子能顯固之，吾卜之久矣。天或者憐君之遭不幸，不忍終替君之後人，其惟宮贊君父子之德是賴，君亦可免爲穉子晚女傷矣。嗚呼哀哉！

仕說三

兒鴻燕侍，與之言及于仕，對曰：『譬如登舟，不知其風波之時也。』予曰：『迹則似之，而不盡然。夫舟之習于風波也，無時無之。登之者，蓋必有道矣。』請問焉，曰：『徑渡之舟，計時而濟；戒程之舟，窮日而泊；逆浪之舟，淹速不稽。若夫泛洋之舟，上下出没，一委諸風波已矣。』鴻曰：『斯時也，非道也。』予曰：『違時何可以爲道？昔人謂：「瓊舟瑶楫，無涉川之用。」躬儒雅而寡治略，非翼亮之才。』苟舍道譚仕，不猶舍舟而浮乎？今夫舟之爲用，以虚載物乘險，必正安焉審焉懼焉慎焉，覘時而動，止于風波乎何有？是故君子仁以爲篙，義以爲枻，忠信以爲柁，識斷禮讓以爲組縭檣幔，而奚憂仕焉？然而猶憂之者，必其器尚未成耳，庸顧其外與！《論語》曰：「用之則行，舍之則藏。」夫子獨與顔子。大臣以道事君，他日舉以進，由求下此，而學道之訓豈惟是偃，未信之對豈惟悦開，孔門之論仕者備于斯。雖然，學而優則仕，仕而優則學，道莫有善焉。後之君子，祈弗墜溺于流俗，所爲必用子夏之言夫！』鴻諾而退曰：『如夫子之誨。』

澤州孟二守攝陽城序

余讀《職方》：『澤州沃淳，高平僻煩富，陽城僻煩儉，陵川僻煩簡，沁水刁疲。』以今觀之，澤州沃矣而弗淳，高平煩富衝少次于澤，其僻視陽城皆未爲僻也，陵川、沁水俱如昔，獨陽城不古若甚矣。何者言乎？山川道路則近于僻，而實通關陝，郵傳號僻則難。明季兵燹之後，户口凋耗什七，雖經國朝休養，城池充牣，西南一帶村落丘墟虎狼繁殖，山田耕無人，荒棄猶故也，殆未可以稱煩。至于風俗，化儉爲奢，漸即于貧，其勢然耳。而近復群習健訟，寖成頑悍，甚或以膚受之愬，獲罪于長上而弗悟，徒使人疾首蹙頞于其所爲，令非早爲變計，長此將安窮耶？然則談爲治，于其時洵非易矣。在舊縣列中缺徭賦，歲不滿額，惟正之外無溢征，故民應之嘗輕。自改上縣以來，與澤州、高平鼎列而爲三，上官督責之者恒均左右，或利其督責而誘導之，民力實弗能支，是以重困。夫民既貧，故易亂，而風俗之敝因之，無怪乎治之者難也。今歲仲夏，琅邪孟公來揖陽城，徭賦首革火耗，聽民自封納，里胥不能爲姦，登諸公者秋毫無羨潤，其外種種假名浮濫之朘一切報罷，決訟獄情僞立判無留牘，久之訟爲之息而刑爲之措。又自奉日止蔬糲，給發價直與齊民等。兩月來，公府肅如衢巷，寂如闃闐，帖如郊鄙，晏如靜聽而無啼呼怨嘆之聲，密偵而無角鬬攘竊之形，庶幾所謂至治者非歟！余里卧數載，痼病未除，每思屏視塞聽，或投諸清冷之淵，而不可得。乃今于于徐徐，甘食而酣寢，疑造物者之思尚予我以生也。忽二三父老叩門，請曰：『孟秋廿四日，公懸弧辰，邑衆子弟聚而謀所以壽之者，惟公言是徵。』余聞之，曰：『嘻！頃吾與若衆偕遊于至治中，而不知公之爲也。微父老之請，幾欲與之忘言，而今則胡能已已，蓋以非公故不能灑罪于陽城也。夫陽城之民，久矣負難治之名，而今幸得公之治一灑之，且以吾所疾首蹙額思避去之不得者，今而後可無庸也。居嘗謂人，得能吏百不若廉吏一，或未盡信之，而今觀于公何如耶？老聃有言：「治國如亨小鮮。」又曰：「無事而民富，無欲而民樸。」其論治固未爲左也。而世之論壽者亦歸之，矧公鄒魯名儒，習聖賢之教，而出治堯舜之遺黎，則其所爲過化之神，不疾而速被其澤者，咏歌祝誦之，將至于無窮可知也，而奚有于老聃？第公向佐治一州，未獲大行其志，而一試于陵川，再試于陽城，約略舉之，其廉可比懸魚。愛可方蒲鞭，誠可齊馴雉，數者咸驅駕古循良。即求之本朝，治陽城者如公實未多有也。今天子不次用人，旦晚以巨任委藉，公必能留赤子膏血以厚國家之元氣，其膺受多祉，亦且如岡陵之比，獨今日之陽城躋堂稱觥已耶！」其以是爲祝。

送琅邪孟公署邑還澤序

時勢其有常乎？民之好惡其有私乎？君子之挾道以行，而欲有爲于世也，其亦有所擇乎？曰：『皆非也。』時勢之轉移，視夫人民之好惡，視其上君子之欲有爲也，視其道一而已。不達其故，則窮年累世難于見功，而牛刀不可以割鷄。達于其故，則抱關委吏皆可托而期月可以大治，非他也，孔孟之教也。胤謙之生也，尚及先朝盛時，親睹其時邑里之樂，官民上下相愛之情，其時之官爲費縣王公，其爲治若慈母之于嬰兒。迨年二十餘，謁王公于京師，公謂：『識我容否？』對曰：『識之。』公問其年，驚曰：『吾在陽城，生君也。居之七年去，時君數歲耳，奚能識我？』對曰：『信然。』公次第問及耆舊某某之存亡，灑淚以別。又崇禎中澤守黄公，沂人也。居澤僅年餘，其善政不勝紀，抵今四十年，遺愛在人。雖陽城之民，猶能言之。嗟！澤與陽故多循良君子哉！二公實尤卓卓矣。乃今日之陽城，風俗敝壞，前後屢累其官，豈時勢之獨難于昔？抑或其民實甚俾生其地者耻焉。時則有若澤之佐守孟公來攝陽事，其始至若無官，非無官，能不以官累乎民也。其既若無民，非無民，能不以民累乎官也。是故貢稅無贏羨之入，聽斷無金矢之費，市肆無酒脯之擾，而官正于上。是故田野之鷄犬不驚，比閭之弦誦不變，道路之怨詈不作，而民恬于下，上下熙然不相爲累，雖三代之盛疇以加于兹？然則非時勢有難易，與民好惡之性殊也，亦非公有所遷避于其間也。竊考之公與黄公，俱沂人，而王公者費人，皆生鄒魯間，素服孔孟之教，故其出用于時，所爲弗苟類，非有道者不能致也。夫是以官無卑崇，時無久暫，民無譁静，其治之者一而已。孔子曰：『君子學道則愛人。』孟子曰：『愛人者，人恒愛之。』且凡爲上者，皆能處己以廉，而率其民于静若此，即孔孟所稱行義達道，而民不失望，雖由此進于卿相，尚不足言，區區一隅之治哉！聞以此多公用私志諸策，著吾聞見之實，屬公攝事竣去還州，因遂録之以爲贈。

滕縣知縣吴公墓誌銘

滕縣知縣吴公諱起鳳，字九苞，一字仞千。幼與余同塾師，長爲諸生，同邑社。時在社十餘人俱名士，而公之文獨先受知于邑侯獲嘉馮公，迨後余暨社中人舉鄉會榜，或貢去受餼廩者若干人，而公不與，以故其爲諸生甚久，業最專且精，持行復賢，余與社中人尤服之，各命子弟及他後進者争以公爲師，公咸受而教之。往時，邑學者相傳授惟《周易》一經，公乃以其暇力兼習餘經，既通熟，相門人中資近者授之，自後里中經學漸廣，實公始之也。順治戊子，公年四十八，始中山西鄉試第六人。乙未成進士，年五十五。丁酉選山東兗州府滕縣知縣，有治聲。居二年餘，坐募船夫不力，忤當事，削級歸。適余及同社茌平知縣趙公先退，待老在里，而直指衛君、贊善喬君、侍御田君俱次第至家，三君故嘗以制舉藝受品識于公，率尊稱之爲先生。六人者，乃相約歲時數遊集往還，具酒食勿用豐，談説道味，甚休樂也。前歲，趙茌平捐館，去其一人，今歲公復卧不起，友朋會好之難固若是夫！先是，公自念老無子，諸父昆弟悉單子，不獲已，求諸疏屬，得二子養之家，欲以爲後，輒俱辭去。公有女三人，其長嫁李氏者最孝而寡，生二子，欲取其小者孫之，且曰：『女子己出也，女子之子奚遽大遠于孫？』遂樹之爲後，命名曰允承，姓吳氏。久之，公得疾，勢滋重，其朝夕左右持掖卧起進侍湯藥者，獨此女與子李曾暨孺子爲後者，外無人焉。余初得之子姪云云，已往候親見之，然而知公所爲自擇後者，非無以也。其門人列庠序者前後幾三十人，内中鄉舉并仕爲官者復數人。余子方鴻、姪方熙皆是。當公疾亟，諸及門不令公知，即請于夫人，命寡女率幼孫經理棺衾等。後事略備，會公少間，聞之甚喜。後數月乃卒，喪禮秩然，蓋得諸其教力云。卒之期。當康熙八年七月九日，年六十九。以某年某月日，葬邑南坪考妣墓次。考諱思能，妣延氏，妻喬氏。壻李蟠根，早卒。衛員俱庠生，武文接，沈丘知縣傑子。蟠根子李曾，亦庠生，葬之前及門議推銘于余，謂：『實公友。』余弗忍避，乃銘之曰：維古聖教人，文行忠信。公庶克踐，餘則謂命。名位雖遲，究均有之。經學嗣興，孰始訓牖之，斯非其所不朽者邪！

四川武隆縣知縣喬君墓誌銘

君諱楠，字仲梗，世籍陽城青陽里人。父諱鳳翼。祖諱永豸。曾祖諱廷周，左春坊左贊善映伍高祖也。贊善君用丙戌起家，而君即其年舉鄉榜，以家貧母老，就署懷仁縣教諭。至己亥，捷南宮，廷對賜甲第，例授推官。會功令裁罷推官，改選知縣，得蜀之武隆。偵其地最狹陋，在宋曰枳縣，故且多瘴癘，前令死焉。親故聞之，率爲君危，君固欲往。既行，抵重慶，方奉議裁併武隆入涪州，諸上官咸止君，武隆不宜往。君曰：『受朝命來焉，敢恤其私？』竟如任，旬餘輒病。乃自爲記，號曰《游枳》，備叙武隆之苦，非人所居，而要諸命不得已，惟順受其正。病三月，寖劇，適新督府到任，乃舁就郡迎之，遂卒于郡，而武隆尋報併。長子映礽扶喪旋里，里之士大夫與諸親故者莫不悲哀。余哭之以文，謂君素壯，忠信而安貧，不當死，然所遭瘴癘之地，適足以死人。君重朝廷，不欲苟爲避，雖死于瘴癘，實死于忠信也，縱死其奚尤矣。贊善君讀之，嘆爲不欺。久之，復造余，請銘其墓。余以交君晚，不悉其行辭。贊喜君曰：『疇昔君行，公送之有文，曰忠信而好學。夫好學忠信，能安貧，三者概君生死無遺矣。』余應諾。而或者哀之曰：『君好學得官，反因官故困窮，客死于遠方，幾何不禍官而罪學乎？』余曰：『否。昔孔子論忠信不如好學。君之忠信，質然耳。其好學知道，固君獲而豈徒以官？若夫際遇吉凶，則有命。嚮使君非好學，亦奚能有游枳之言？賈生吊屈大夫之死，傷于勇，卒亦弗免于死。及觀其《鵩賦》，蓋不可謂非知道者，道即可幾而知命，固可强爲哉！』噫！君初配吴氏，俊美女，生三子：映礽，娶沁水庠生孫如琮女，湖廣巡撫玉陽公孫女；映禧，娶邵武知府原君體蒙女；映禔，聘余第四女。一女，嫁余從甥固始知縣張擇中子祐。繼配張氏，鵬選女。君卒之日爲康熙七年九月二十七日，以九年十月一日葬山頭先人墓次。自其生逮喪殯，壹倚累贊善君。復終保持其家訓，造諸子于學，贊善君之爲德厚矣。乃爲之銘。銘曰：唈苦志，矚其子。

繫辭説

《易》有繫辭，爲孔子贊《易》而作。歐陽公疑之，謂卦爻之辭，乃文王、周公所繫，孔子不應自名其作爲繫辭，其非孔子之作似也。但觀其書，誠亦非孔子不能作者，况朱子《本義》明謂此篇乃孔子所述繫辭之傳也，則亦惡用此疑乎哉！蓋易道雖大，其理備于經文，而非得此傳，委曲指示其密微，發揮其功用，爲學聖人者必由之路，行止動静須臾不可離之物，恐亦茫然望洋而已。況今雖有此傳，而京焦者流尚執紛紛之説，亂之者不少。嚮使無之，當復奚如耶？或以時代遥邈，不無殘紊，未必純乎孔子之作，則有之矣，然亦奚從而正之？胤謙從退老後始讀《易》及此書至于再三，而孔子學《易》之功如見。故有曰：聖人之道尊矣，未若仲尼之大；古今之書富矣，未若《易》之粹。然則凡爲聖人者，所爲無有不合乎易，而孔子所以獨爲聖人之至者，亦皆易之至而已矣。以故其端，畢見于此書，千載而下，庶幾得見孔子之作者，實頼有此。而起而疑之，夫豈學者之幸也哉？請以是說，猥附于公《傳易圖》序後。

與王敬哉宗伯

孫輩返自太學，誦述撫接恩禮周至，想見平昔温恭之度，至服至服！辱示《冬夜箋記》，字字堪佩。所引許魯齋語『凡事物之際，由自己的是義，不由自己的是命』固好，竊謂用功只在自己。近理會《尚書》『以禮制心，以義制事』二語，頗覺親切。蓋以禮制心則人欲遏絶，當用之存養；以義制事則私見屏化，當用之省察。然亦只是『克己復禮爲仁』注脚。道理雖多，舍却仁外無所歸著也。高明以爲何如？又極喜『省察是有事時存養，存養是無事時省察』，其實『存心』二字可以盡之。所謂『存得此心在，便是學也』，何等直捷了當！但不可作了當話頭，一直讀過，便放在一邊，須識得是我安身立命之方，下死功夫，庶幾得力耳。若劈頭便將心引向樂天知命上去，尚恐浮游難于把握也。此等意思儘多，恨無從覿面質證，羽便姑妄及之，惟不吝指南。幸幸。

履德白氏公宅家祠記

履德白氏公堂公田者，余祖禰之家祠在焉，墳墓在焉，並昔先考府君所營以遺子孫，而子孫仍取以奉祖禰之物也，其詳刻在前記。嗣余不肖，歸田以居，地少狹，與兒鴻議析箸。先是，鴻爲同姓之義，勉受先司空壞第而補，葺之，推余遷處，余安舊宅不欲動，時猶子熙代謀，請以其居合公宅融通之讓余，厥意誠厚。

余念家禮，凡祠堂所在，子孫世守之，不得分析，復不敢變記中之言。而鴻與熙分屬兩支，長子附處公宅，合奉家祠，迭掌祀事，固善計也。其後熙欲自爲親祠，問于余，余作貽示一通，云：『祖宗創業艱難，所望孝子慈孫世世守之，惟恐弗義。若有分離異析，必非其意。况我履德府君，以韋布樹立德澤施于後，可謂一家不祧之祖矣。今我兩支，幸不甚賤貧，實其積蔭使然，合祠共田以承祀事，不過取其所遺田宅之一分，未嘗自損毫毛，繼繼繩繩延諸久遠，名實並美，而甚易爲也。每見鄉里平人，家積數世之主，紮紮几案而不病其狹。若果數世之後，生齒蕃衆，祠狹而田不足供，尚思廣爲之計。不然，縱或弗給，義無敢先棄公物之理。況凡茲盛舉，聯合極難，而散敗最易。頃見田瀖野侍御、澤航進士二君，同祠祀其二考題柱，曰兩文人云云。又思古人有十二世同居者李庭芝、九世同居者張公藝，料其家主雖多，亦必無異祠耳。無已，禮有薦新之位，設于私室，取便晨夕拜供，以免入祠煩瀆也。吾所居室久設有之，或可兼倣此意而行，至于祠主田園既立者，萬勿改易。西樓滿日，即增東樓，爲二祠，其神創寧營處所，此所謂孝弟之事，寧厚勿薄，共圖悠久，信美而無非爾。又不然，必欲展己私情，終以是祠爲不祧之位，俾與公宅公田同永，祖宗之靈實式憑之矣。』康熙九年歲次庚戌元正朔旦謹記。

冢孫婦衛壙記

衛尚書，曾女孫。白尚書，嫡孫婦。夫白岳，候補職。光禄簿，琴瑟友。入夫門，歷三載。四德周，爲家寶。年十九，産女嬰。甫及月，病而夭。嗟婦賢，享弗永。人豈能，天之造。皇康熙，歲庚戌。四月六，日黄道。権厝兹，魄攸寧。祖翁志，義勿苟。

祝都明府序

天下之治否，關于民生之休戚。治民之官，莫切于邑宰，則其難亦百倍于他司。雖然，不辭其難而易者出矣，天下豈真少古循良其人乎哉！乃今于吾陽都明府親見之。公英年甲第，起家貴胄，早知名，當世上之八年冬，奉簡命來涖陽。先是，地方因循積弊，民俗習于頑悍，屢累其官，生其鄉者實慚且憂之。公未至。百姓已欽其名。及下車，德容温晬，若朝霞旭日，莫不欣欣手額曰：『天以公賜我也。』于是始懸一令革耗羨，既懸一令罷私派，既懸一令禁健訟，而民服其廉以簡。然而燭事若觀火也，聽斷若流水也，用法若蒲鞭也，而民頌其仁而明。蓋以潔清之守、神明之才而行其愷悌之德以爲政，易如也。民即甚無良，有弗爲至誠所感動而革心歸化者無之矣。且余嘗竊論爲政之道，必以廉爲先。夫廉者，約于身，而不有其私圖利乎民，而不謀其利，然後爲下所賴，無或失望焉。公初到邑，即恤行市之累，一粟一蔬咸平值以沽，所啜惟邑中水。衙宇壞，出己貲，顧募修葺，告成而人不知。又軫鹽引之缺，不難躬詣運城，復親解餉，爲會城之行，種種爲民盡心不遺力，尤皆前所未有。故余目公全德大器，不當于今時之治求之，陽之民胡幸焉！且自吏道之雜在他塗，鮮能以高節奮厲，其有過自矜飭，或務爲多事者，亦虞其扞格而難諧。惟公純學雅度，耻尚矯異，承陽之敝餘而冲夷静恬，務與民休息，不欲刻覈以急功名。又適當諸上官裁減，中丞達公端方率屬，凡所興釐一本至誠廉愛，獲展攄其素畜所謂期月而已，可殆庶幾乎使益深之歲月，沐浴其膏澤者，淪漬乎肌骨，雖古之盛治，疇以殊焉？然未必不因地方之難而磨鍊以出，異時功名大顯，爲國家賢輔相，福禄壽考無有涯涘，夫孰非今日治陽之勞苦爲之根柢也耶！屬仲夏五日，端陽之節，公懸弧辰，陽民愛戴祝願之情無以自達，欲效古躋公堂稱萬壽之義，託余代鳴之。余不肖，偕諸父老具受公德爲公民，重忝公惓念，淵源末誼，顧復有加，其敢以荒略不文辭故序。

題方來姪像

夫人之子，有生而聰明，志學攻苦，以取科第，自致于公卿大夫間，爲世名賢者上也，而爾不爲。或拘拙自甘，鏟削其英華，凡事不欲先人，盡力于畝畎樹畜，以養其妻子，而爲鄉里善人，亦未失也，而爾不爲。憶吾伯兄先生，有公卿之才，而爲善人之守，二者之外，又嘗竭其心思，習爲良醫，樂之不爲疲。爾則爲之取以成名，間出其才智之餘，若不難驅駕乎公卿之上，市耶隱耶，吾幾無以定爾也。噫！吾家即不乏佳子弟，而欲求如往日伯兄，倚之爲家庭盧扁者，則惟爾也。爾故吾家繫重不可少之人與！因出其像求吾言，吾無以益爾。揆爾之像，大類厥考，而又能得其所長，將由此慎用而充致之，不屑爲世之才智人，而思爲善人君子，則更惡可量也。書以厲之。

沆仲像贊

爾少穎，而多藝，清且揚兮。肆文藻，蔚奮飇，譽孔彰兮。洎宰邑，展奏功，秦之疆兮。勞于政，拙在征，德未爽兮。仕雖阻，志則適，乞自放兮。嗟我老，爾同歸，樂退藏兮。學有立，名位符，于宗亢兮。保此終，豈不淑，士之常兮。圖厥形，維幻影，及偪塲兮。神相遇，心莫逆，笑不忘兮。

郭相傑墓碣

相傑郭子，以醫名里閈中。余初未與之識，童子時識其父上，嘗棄諸生隱于醫，神貌清晳，家有千葉榴花。前十餘年，余官京師，相傑署縣醫學，以事至京，始識之。瘕黠而戟髯，目炯炯有光，問其家榴已無矣。後數年，復至京，氣岔然述其家毁于事，誓不顧返。同時衛、田兩直指及余頗爲解喻，且推薦之諸縉紳家，未幾，囊篋充然。余復作詩勸之，有曰：『調龍龍性伏，療虎虎心善。』相傑遽悟，乃返，以其所有營巢城西北隅，蒔花藥自樂，意若忘世者。相傑生茹素，嘗信奉二氏，蓋至是其志始愜焉。余亦時時過往，又爲作詩道其美。戊申九月，尚步詣析城山，立神廟碑。其年仲冬，倏感風痹，歲餘卒，年六十。相傑名圖英，子二，曰生俊、生賢，習其業。當相傑居成，乞余扁字，可以示後者。余扁之曰『道追和緩』。和、緩雖古醫人名，亦用其義，爲悍厲者垂誡焉，况醫道哉！二子志之。

老亭後記

老亭作于庚戌之春，既成，植桃李雜樹亭陰。而是歲少雨，播種愆期。五月十三日，雨，種禾及菽黍，方乃有苗。嗣復艱雨，苗半槁。六月九日再雨，籃輿出觀，苗始有興色，而前所植樹盡椔，蓋無水也。院有湫井，瓦礫填漫之。僕夫指謂，可開濬以供灌溉。其亭背臨巨壑，中田數畝，凡五區，層次而降，若梯級之相承然。使井遂告，復從區中各修渠道，時汲而注之，猶建瓴矣。杜子美夔州詩：『竹竿接嵌竇，引注來鳥道。雲端水筒坼，通流與厨會。』每諷讀之，景幽事絶，而細繹所云『往來四十里，荒險崖谷大』，又『示獠奴怪爾，常穿虎豹群』，實最艱苦，非其好樂而爲之者。今兹衣帶間俄頃可達，或甃石，若懸瀑而下滚洩，得宜俾藝筠篁，插秬秠，就亭俯而憑瞷之，洵可玩也。因出若干緡募淪者，刻期竢其成，庶及主人未厭，猶不爲多事云。

桑榆集文卷二終

桑榆集詩卷三目錄

桑榆集詩卷三目録終

桑榆集詩卷三

清　白胤謙　著

西莊水涯

島嶼瀠洄處，如堪置一亭。水門争獨豁，山市落空青。會待親螻蟻，寧知産茯苓。生涯吾已就，不是暫居停。

示姪曾孫肇錫

宗閥司空造，文才合爾名。弱齡看憤發，七葉待光榮。自曾祖始有爵命，至肇錫凡七代。冠劍遺香邈，詩書剩澤清。白眉端有望，努力慰重情。

經晨

經晨素食吾能飽，老況生憎客席喧。欲省肩輿休步趾，堪衝寒景歷郊園。漸拚散漫忘生死，奈可經營奉子孫。甕牖穿光聊抱膝，不愁無分逐芳尊。

冬日谿行適水泛決觀羣豎敲冰爲戲

策杖谿邊午，谿流故故斜。冰穿滀細籟，沙溜落交叉。旋趁兒童喜，真寬老大嗟。煙空望無極，隨意晚還家。

北堂萱

北堂萱，宜男祛百憂。漫論富貴高車駟馬，日從五侯七貴遊，不如此樂無春秋。世間兒子知有母，豈獨潁客一封人。嚮無左丘明，至今誰解傳詩言。君不見，北堂萱。

餞宗人頌五還清潤

遐訪意殊殷，旋歸迹何早！吟殘聚星館，酒盡垂楊道。隴雲迎望切，塞雁度聲悲。莫畏風霜冷，黄河水落時。

辛亥初春 六十六歲矣。

北極浮雲外，春風鮮凍初。梅稍當户牖，鳥韻落階除。天道明哀益，人情浪毀譽。白頭有新興，未合負居諸。

霽

霽色添春興，來書報帝京。君王罷行幸，黎庶樂深耕。未覺貧爲累，重忺病得輕。賴憑心迹合，調適養餘生。

買松

今春人倍老，六十六加重。短髮年年盡，勞心事事懵。田園饒景色，行止賸從容。惟傍雲歸處，添裁幾樹松。

歸雲

雲之歸霏霏，碩人之肥。既曰歸只，云明不夷。

雲之歸洋洋，碩人之弗。既曰歸只，云胡不減。

雲之歸悠悠，碩人之修。既曰歸只，樂且有俅。

《歸雲》三章，章四句。

春郊

攜酒踏春郊，酒醒日已暮。松老鼯鼴場，花開轆轤處。

城西思仁橋先大夫修姪熙於此樹坊植柳並紀以詩

思仁古道石橋西，楊柳陰陰半欲齊。爲有石坊新建處，也應號作白家堤。

寒食履德塋作示諸孫

山田圍半井，畊稼百年深。孝弟思良久，無忘履德心。

閔塋樹

寒原被叢楚，荒壟一何多。自非名家基，往往尋斧柯。伊余高曹宅，螭文表崇阿。修棘峙其陸，樵竊敢見苛。豈無丁齒蓄，他人斛則那。嗟兹尚勿保，千世當如何？寄語後來子，思懲同室戈。

海鷗

海鷗樂海寬，不識天地窄。翡翠入林塘，徒使漁人得。豈無清水芹，獨嗜羶腥喫。倉卒墜羅綱，寧謂一朝逸。滄溟遠無際，鵬運會不息。鷗慮百不生，蕩漾無一失。

清明日雨

春花猶未放，春雨一何多！節候空知晚，情親幾見過。郊扉長寂寞，游騎枉蹉跎。會逐田舍老，醺然卧緑蓑。

課種桑柿于履德阡西

歲採桑可衣，歲儲柿可飽。雖荷皇天慈，經營戒弗早。阡西有餘氣，術取林柯遶。農慮貴必周，王制矧居要。風度劃翔迴，煙蒸鬱壯邈。豈惟疆界明，兼以固坊表。樹德亦視斯，勤苦信足寶。

送衛儲實令鉅野

甘棠依祖轍，濟水號通津。家是尚書舊，人看墨綬新。天連沙樹遠，雁度野城春。歲歲舟帆便，猶堪御老親。

初夏西谿隱居簡友端服之

柳暗倉庚節，花明芍藥天。芳辰過爛熳，朋會少因緣。風雨聞愁度，溪山野徑偏。多慙古賢輩，得意在歸田。

簡王服之 可樂山在陽城東，與澤州樊山接，故太宰王疏庵公所處。

垂老初聞可樂山，勝遊空羨昔人間。何時共醉山松下，百丈懸泉洗老顔。

步涉

步涉古城隅，憩息松陰下。閒堂倚空曲，結構胡瀟灑。羣仙暫往來，倉卒袖莫把。獨鶴厲九華，寥寥和者寡。

自責 晚兒方祐殤。

聖符不求名，叔子不應科。天倫到今聚，安事淚滂沱。祐兒老所愛，擬之白玉禾。一朝忽見萎，妄謂藥石訛。藥石縱有訛，天道當如何？恩親有偏謬，愧彼春夢婆。

天然

天然老窮衲，化去能不繫。苦遇俗僧徒，疆事遷遺蛻。茶毗施螻螻，其言本非戲。慧福果難全，虛然咎文字。

寄贈徐立齋祭酒

一從辭陛楯，十載頌王春。獻納慙餘拙，雲霄別故人。主恩榮甲第，時望絕風塵。講幄謀猷盛，橋門氣象新。地優需啓沃，道廣籍陶甄。桃李欣承處，垂光倚德鄰。

贈濟源段進士

我家太行北，南樓王屋山。濟源出其夾，匯之爲玉川。盤谷蹟已荒，至今泉水甘。邑中王謝家，代產多名賢。往時鄰曲情，橋梓覿玉顔。君今倍超絶，文辭非火煙。行驅士元駕，快識祖生鞭。

有懷故宮

室邇道復同，暮齒諧夙緣。儼然第一洞，乘雲會偓佺。

藤蘿昔奉養心齋，翠葆蒙蘢映玉階。爲覩新陰懷故寵，不禁清淚灑天涯。

再簡鏡山堂主人

幾年寂寞卧空山，得藉君堂洗暮顔。絶壁遠看雲起處，長天静數鳥飛還。巖廊盛事元非望，草野詩名久自剛。君再振纓匡社稷，容吾策杖往來閒。

七月二日赴兼三侍御召集

別館高鄰雉堞齊，客來頭上夕陽低。涼飄觀閣松風入，望合郊原草色迷。壘嶂雲連搖菡萏，長河樹擁斷虹蜺。從教露坐侵牛斗，不遣城門問鼓鼙。

天王臺廟告成登望

飛構崇臺上，巍然天柱峰。山川留禹蹟，疆城自堯封。世久更新代，人誰見古農。登臨無限思，日暮有歌鐘。

夏熱齋中

終朝苦炎熱，無力上高臺。閒堂疎樹下，萬卷百城開。竹牀堪獨卧，凉風時一來。却笑陶元亮，羲皇安在哉？

日出吟

一

大化不饒人，誰曾饒大化。勞勞聖哲心，争此百年暇。

二

有形斯爲累，何事無沾滯。惟有樂天人，從容會出世。

蜀中張巴縣以質言求序擬答

巴山巴水入雲嵐，近日猿聲更不堪。忽疑異書來萬里，英雄從此識張柟。

辛亥重陽後飲衛澹足直指共園

遠峰如黛桂踈林，池面泉聲送玉琴。不遇招來醉黃菊，十年空負故人心。

擬古歌贈徐健菴編修

君不見，徐君兄弟天下奇，次第皇恩下玉墀。老夫閲人亦有數，親見狀元探花未遇時。阿兄盛名横四海，阿弟早識寧馨兒。龍騰鳳翥回天北，風雲際會迭有期。生成授受信不爽，□見乃翁乃舅與乃師。年來□嘆不自持，爲問今日復有誰？惟有皇皇周召二□業，仰答聖主慰我思。

壬子仲春酬太原趙懿侯見贈並得東吳顧寧人寓太原寄音

并州春草緑，千里思悠哉！龍劍還堪拔，焦琴半已灰。詩酬元亮罷，書接幼安來。惆悵雲山裏，空令雁北回。

仲夏日趙懿侯明府見訪山中謬爲仄體以贈

姑蘇令尹清冰質，千里來遊携彩筆。下榻初開舊酒樽，捲簾共對新篇帙。幾年蘿月照空山，一夜花風迴寶瑟。彤墀結佩可相忘，縞帶知音那得失。

雨中再酬趙懿侯時擬北行

方丈夏城隈，雲連渾未開。美人天畔落，佳句雨催來。彩色江淹筆，黄金郭隗臺。德鄰知不乏，遊騎任遲迴。

送太原趙懿侯寄輓裴晋卿通政

伊昔京華會，羣推經濟才。平生重蘭臭，風望出霜臺。比日行山道，故人匹馬回。何由報知己，遥笛數聲哀。

寄贈羅藥齋中丞撫川中並簡宋玉叔錢介之

益州險連天王地，伏□遥從北闕來。江上猶存諸葛壘，朝中獨藉落京才。旌旗晝捲帝猿寂，關塞秋高旅雁迴。爲重諳陪多舊侶，不妨終日盛樽罍。

寄贈宋玉叔觀察蜀中

按節重爲萬里行，雲山到處客愁輕。漫誇宋玉才難並，解識文翁化早成。玉壘晴開翡翠色，錦江月落子規聲。少陵佳句從來慣，莫倚能兼吏隱名。

寄呈錢介之學憲時守成都

古來天府本成都，今日文翁再剖符。道詘何妨乘五馬，遊寬安取限方隅。程林故國思還切，論舊殊卿德不孤。極目天涯聚星地，賦詩倒屣盡吾徒。

壬子夏日石子受分送石葛蒲走筆戲謝

藥名石葛蒲，種別于葛陽。見之辛亥冬，静者子受房。葉細瘦以堅，翠色含幽香。移來屬炎暑，清芬曷可當。浣我齋中塵，燦然羣卉光。愧我旦夕人，心忡苦多忘。聰明儻易假，經史願盡償。

贈田蒙山侍御改給諫進級赴詔在即

朝端久切清卿望，禁掖重新侍從名。言路雙街真罕絶，要司增秩豈盧并。相依斗酒交親會，忽動驪歌戀别情。爲奏九重願垂拱，萬方無事伏深耕。

再酬頌五宗丈

鴻雁聯秦塞，河山認祖家。高門盛冠蓋，芳樹滿雲霞。昔會嗟猶暫，前旌望欲賖。相思驚歲暮，幾度逐天涯。

爲友人張晝初寄謝交城趙明府

茂宰賢聲自遠聞，共傳佳語惜劉蕡。欲待豐城龍劍剖，却將心事報徐君。

洞庭湖

洞庭岳陽樓詩，自杜、李、孟浩然、賈至後，難乎繼者矣。

遊履所經，興會逼至，遂不克掩覆耳。

洞庭湖對岳陽樓，樓下湖光汗漫秋。九水横交天際合，孤峰一點浪間浮。君山在湖心中。扁舟明光乘清興，玉笋酣歌快勝遊。多少北來詞賦客，煙波騁望揔生愁。

天王臺古意

禹貢太岳山，今于晉爲霍。其陽有侯國，自漢澤曰濩。世邈徙陽名，行沁相包絡。墉隍表臺觀，千室兹焉託。青春方送爽，朱火遽潛爚。柱析曖層嵐，雲生紛漠漠。蝶蝀落長溪，光彩散林薄。行次日將晏，物態焕屢作。憶昔黄鶴樓，横睇江漢郭。寰中識廣大，未若枌榿樂。

近代詩人大家七絶句

一

牢籠川嶽氣無終，北地元堪百代雄。不是少陵生較早，後先鉅筆許誰同？

二

峨眉詩品比青蓮，白雪樓高倚暮煙。自有濟南奇絶處，居然列國讓先鞭。

三

韋齋詩律美唐音，酷似河間領悟深。選帖譯文心倍苦，千秋聲譽重詞林。

四

過眼新詩更誰好？河陽夫子稱國老。漫將史館紀恩傳，識取歌行希世寶。

五

韓蘇豈但誇文傑，還從吟咏擅龍門。閱盡近來諸作者，兼才祇有一梅村。

六

復有山東宋玉叔，錦爛高文等潘陸。老成韻已繼秦州，巴蜀吟重續卷軸。

七

琅邪文價海隅垂，何事争衡六子詩。删却尋常牽率調，堂堂阿閣鳳來儀。

再輓裴晋卿通政

天門回首漏沈沈，垂老誰明報國心。刮地風雲饒變態，乘秋鴻雁有哀音。青春憶逐華班日，紫電空瞻北斗陰。屈指故交存在少，同年趙職方先没數載。寂寥終已罷鳴琴。

即事志喜 壬子夏日

近得朝廷信，求賢復古風。馮公真自偉，能薦魏雲中。

自傷

一枕先皇淚，還驚是罪臣。可憐據鞍叟，不及渭濱人。

簡回岸上人

幾載逃名隱翠巒，投師俄返自長安。年深久許能超累，世上初争羨築壇。持法從教猛虎伏，種松欲待老龍蟠。信知成佛非難事，一任山空雨雪寒。

題新齋澄觀樓

習遯蔭幽林，天光阻深巷。陽居適告成，塏此延虚敞。胡然塵堀踪，緬邈雲烟上。周顧凈無央，惬我冥鴻想。

沖然臺作

寒月理幽栖，朔風侵薄顔。我臺始可登，遠見郭外山。落木罥天末，孤塔一何閒！雲端有仙侣，瑶佩安可攀？返照映高甍，迷離烟靄間。籠禽匪不翔，櫪馬常苦銜。投簪幸非晚，聊以藐人寰。

舉曾孫報兒方鴻

恭喜長安子，生孫向早春。山林無疾病，場屋長精神。謬竊餘生幸，真看四世人。君恩與祖德，合併一沾巾。

酬成杏懷掌科即次來韵

珮聲昔共鳳池頭，十載青山隔驛樓。楓極忽增新氣色，梧垣遥識舊風流。才高況合推詩伯，志苦還宜借國籌。自笑白頭諸念息，懷人清夢幾曾休。

絶筆

罪孽糾纏望七年，多憂多病亦徒然。從今了却平生念，得見元來混沌前。

桑榆集詩卷三終

桑榆集文卷三目録

桑榆集文卷三目録終

重建天王廟記

清　白胤謙　著

縣城西北隅天王臺廟古矣。歲癸卯臺圮，曠二稔，復于丙午，具余前碑記。然廟貌摧剥，于綱維主輔之形終弗應。間復從鄉大夫衛田二直指、喬宫贊諸君謀議，召集里閈耆宿材辦者若而人詢焉，僉謂廟工宜亟舉，緩且盡。顧邑父母都公廉而愛人，勿敢煩，惟他廟社積有斥貲，或可儥。又時勤農畝，罔敢以公役用衆。無已，及今肇事，大小匠料食力畢視私家，顧貿讐直乃可。於是議定，撰時日請告於公，遂獲命興事。自夏抵秋，凡三閲月，動用城隍廟社四十金、五嶽廟社十八金，諸鳌役者各量蠲佐，里人簞食壺漿，繼之廟成，棟榱垣牖瓴石壹撤其陳敝，易以堅好。仰而睇之，若偉丈夫峨冠振衣卓立臺端，又若修幢崇蓋焕映天表，其威神峻麗允凡爲墉隍之助，而垂歷之長久因益可知，故不名修名重建焉。或曰廟位乾而象文，邑美祥繼此矣。則曰是邑父母之惠，諸大夫及里社予肯之義，而二三耆宿材辦者之功。昔于臺紀所稱上下勿狃，幸兹其徵矣夫。首事庠士某某，里廟社長某某，例併書。

昜齋日觀臺銘

余既遷止先司空公遺宅，更無旁舍，孫畿、綏二人尚日往來，舊居從餘諸孫受師學，疲於步趾。歲壬子秋，得壞屋其地之東北隅，乃召匠役治之，俾可爲二孫學室，規置一依舊，其西北偏尤狹且偪側，令改甃爲平臺。命二孫曰：『子知夫學乎？惟乘時之爲汲汲而已。昔人謂：「少而好學，如日出之光。」又曰：「失之東隅，收之桑榆。」謂難及易失也。此地西南二方，咸蔀于豐屋，惟有東北可受日光，而居者資之以學。脱乘之以玩愒之心，則景光不爲我用，猶正墻面而立矣。故可愛者，孰有如兹日？可畏者，亦孰有如兹者。子能愛而畏之，庶可籍以收學之益，免貽悔於桑榆，豈非大幸與！不然，如吾今日何？』語竟，因以『曻』名其齋，而臺曰『日觀』。『日觀』，泰山之峰，實冠乎岱宗。學者之志故不可無此卓立，而吾所命之亦以歆動其所爲，使之與日增進云爾。因併告以其意，俾勿忘。復作銘曰：人心之靈，與日偕明。

惟學不息，勗哉後生！雖然，平旦一氣而舜跖□分。夫日亦□□之有，庸自昏諸。

沖然臺説

夫宮室之制有臺，所以舒遠目疏沈鬱也。故仰之而覿雲日之輝，俯之而攬山川之秀，往往爲學人之助焉。勗齋地褊狹，天光虧阻於臺宜，因預擬其名曰『日觀』。既成而登之，意氣曠溢，欲名之曰『浩然』，已而思之，非所以誘小子也。誘小子者，始必遵之以高明，非高明則其進爲也弗力；既必戒之以沖抑，非沖抑則其容畜也弗厚。斯臺也，取其形象，可以鼓少年奮興之志。爰揆厥基，則卑下而堅實是憑。匪是者，或顛欹而早頹。故君子之於學也，淵然凝然以立其本，如臺之端静，巍然峙然以植其幹，如臺之峻崇，而其中所磨礲包孕之美，温然邃然廓然隆然，有至於不可究極者，則非夫臺之所能擬也。抑又聞之高明之家，鬼瞯其室，惟處高而能下者，其宅心也。常與太虚爲徒，斯其所爲雖日造於大成，而不見其止息。如韓子所云：『不有得於今，必有得於古。且於古既得，而今尤不足言矣。』斯甚爲學之助，不亦多乎哉！於是乃易之以『沖然』，俾小子觀法。

與孫徵君

某山右鄙人，半生聾瞶，四十後累聞儒宿之論，始知慕學，及五十餘，遂辭官家食，今十年矣。索處窮壤，業不加修，然仰止先生道望有素，每與親友言之。頃歲，從甥成友端薄遊河朔，不意遂獲親炙門墻，歸誦居秦晉接之儀、名壽子孫之盛，至于傅述教言，奚啻虛往實歸也。某伏承齒注見惠新刻讀《家規》，竊有味乎身範之説，蓋舍身範即無家規，且不止於家規已也。序謂一節即具全體，信然信然。楊先生《興學約》指出『知性固是扼要』，但尚欠發揮。先生於曹先生書後評云：『學性而已矣，性善而已矣。』何等透露。鄒東廓《講語》跋抹却從來虛實聚訟之柄，尤見大處，許先生後一人而已。某渴思負笈相從，恨老病難策，謹搜雜著《學言》四卷，大都影響猜度之語，難於自覆弗審，堪施斧斤與否，儻蒙先生軫誘，授以安身立命之法度，有持循實荷同時之幸。臨書翹切，不宣。外注《孝友堂家規》併附。

與杜振門總憲

伏謂奉假施里山中，悵惘久之，蓋雖難進易退。士君子之高節而乘權履要，建功當時，大人者所爲有事，不獨卿曲依願之情爾爾也。弟以庸憊告退十年，其始自知進爲無術，惟有奉身避罪一策可爲，故不得不出於此，然所期望於當塗，知契補天浴日匡扶神器，若公者其一也。則不願其然伊尹傅説之初，本無意於功名，及遭太甲武丁之時，不得復安畎畝版築之舊，非惟己身不能自遂，其高人亦不得執其戀位而非之，無他焉，道固然也。特患居其位而無其具，不能爲奉身避罪之舉，世多有之，是以君子間託於此，明其高潔而實不必皆然，公今日是已。公生長河嶽交會，古聖帝名臣接迹之區，量足以任天下之重巨，才足以謀天下之遠難，是羣望之屬也。而亦擇其易者自居，將舉其餘徒委諸不可知之數，仁與？否與？且恐與孔孟昔日之行未合也。用是進言於左右，願試思之。苟以爲可，則處亦不宜久，出亦不宜諱。區區庸僿之所爲，終不足繼也，何如何如？

答清澗宗人頌五

窮山野老，無志於世，雖往欲從事於學，今亦不能望洋，自廢而已。辱問，愧無以相長。念學者變化氣質一端，實亦克己要事，吾輩西北人稟賦亢厲者多，《書》稱『直而温，簡而無傲』，曾子

『暴慢鄙倍之遠』尤當留意焉。須得孫鍾元徵君書讀之，覺和氣襲人，問其爲人，灑然樂意，思其得此之故，非由涵養不能。重思儒者心法，惟一『敬』字。張子秦産，獨先教人學禮，意可知已。但論境實難，意必以變化氣質爲始功，久之習氣脱除，當有進也。足下才高氣雄，讀書多，行路遠，且薄視功名，欲爲斯道干城，志誠壯矣。然功名易期，而斯道難企，非入室者不敢妄談，欲求之於今若孫徵君者，或庶幾焉，而不肖非其人也。謹復。

答清澗宗人頌五孝廉

往從者見訪窮山，未盡款待，薄贈又必不受，郊村之送，復辱佳詠，姝感且愧矣。中部王生傳札到，獲悉近履。立學就教之説，實是儒者正經行徑，從此循塗上達，步步實落，雖至三公不爲傲倖。海中介、曹月川一流人，皆由此樹立，何不可爲也。至謂以體面介懷，未免是病，且欲求古人安貧之法，恐古人不見貧也。但如前惠什所稱『任真常自在，守道得安趨』，而言道盡乎是矣，豈止安貧一法哉！不肖雖乞休數年，尚自覺晚，何敢妄擬吾家樂天？前有鄙作二首，一刻集中，一録求正諸。餘鄭重不盡言。

鏡山堂序

吾里陽城治内，居人蕃密，屋瓦相錯七間隙。西北城墉迴然當其顛枕，故有天王臺、五嶽廟，迤左地廣數十丈，曠無居人，其废坡陀數丈，接鄰民舍，自城内外郊野參合如一。陟而望之，惟見山高川平，林樹水光浮映空際，雉堞隱伏屋瓦間，不識在城邑也。然從城外崗阜返顧之，則蕭然赤地，疑於勝觀未備。侍御田君内擢，歸沐之暇，乃始易其地經緯之，構實若干，其美蓋於全邑。庚戌春，余偕客往觀，樂之，作詩以紀。是秋九日，再同客往，爲登高之遊。則新堂既立，南山一帶紅樹可愛，天末遠峰獨出，若青芙蓉者，正直堂之中楹，尤足詫異。客問余何以代主人名斯堂，余謬擬之曰『鏡山』。客謂爲可，且曰：『樂哉！主人賢者而後有此也。』余曰：『居廟廊則憂其民，處江湖則憂其君，非范文正之言乎？然而主人之爲樂，亦何異乎？是進則樂以其言匡贊乎上，以敷政寧民爲事，退則樂以其身偕其民安享太平，而頌上功德之隆，是進以樂退亦樂也。其諸游息踐履之迹，直寄焉耳矣。余老謝事久，上弗能竭身報主致太平之樂，下猶得借主人之爲而樂其樂，斯固吾儕今日之所同也。曷敢忘主人之賜？』客喜而退，因序其由，并録前後所作，爲主人謝。

交城趙公壽序

僕昔友同郡録雪張公，爲名邑宰、名諫議。其嗣仁度，長才而文，侍公喪廬墓得孝名。僕從林野聞之，幸公有子。歲己酉，仁度用《春秋》起冠晋閒，時即開分較交城趙公者賢，又聞邑張子射四由他官較牘，要公拔識，雖擯而德公，知實公不靳念於張子之故。越歲庚戌秋杪，仁度乃介射四，請僕言壽趙公。僕林野贅人也，雖幸仁度遇公，公能得仁度非常士，爲桑梓慶，而荒謭不遑爲辭，發揚其美。已，仁度函公壽親之章，及前所自爲壽公作讀之，獲公爲人生賦奇穎，而篤於孝，未冠以文奮賢能科，浙中士勿敢與之衡敵，出交遊四海豪俊，有聲琅琅然。揀任交城，難治之邑，剖棼扶瘠，文經而武緯，遠邇服嚮。近受特知於大中丞公，政最爲奏薦首。夫以大中丞之公廉聰察，號擅一時，而公能得此者，必其實足以當之而罔怍，斯其賢愈可知矣。且以天下之廣，賢才之士操文之術與較文者，兩相求其知之最深，而不可倖，如公與仁度者，不必常有耳。夫子釋《易》乾五曰：『同聲相應，同氣相求，各從其類也。』《春秋傳》援《詩》曰：『孝子不匱，永錫爾類。』類又爲言，謂公仁度哉！要非其城意凝蓄於較閱時，靡敢玩易。朝廷掄才巨典，人才詘伸、大小、真贋、精微之辨，或未必其兩相求應，而能勿失有如斯耳。然而仁度壽公，其説以名居先，欲遡循良而上之，爲名台諫、名侍從，以至於名宰執，其所爲祈公與其自祈者誠重。而僕以爲，名故皆其所自有，即進而徵壽於公亦宜，何也？誠也！僕居謂天下事，非不能爲之患，爲而用志不誠之患。是故以誠事親則孝，行政則惠，知人則哲，得人事君則忠。孟子曰：『爲天下得人者仁。』夫仁道至大，而弗離誠，矧其餘邪！孔子曰：『仁者壽。』意亦皆誠之爲。《中庸》論誠曰無息，曰悠久，然則非壽而何？且人必能壽，而後學可幾成，而德可幾盛。學成德盛，而後可以建無窮之業，垂不朽之名。是故老成黄耇，爲國典刑，若商六臣，周周、邵、尚父，或間世乃有之，然皆其德自致，非必人人而可許望也。僕故因仁度祈壽於公之説而終及此。《易》曰：『可久則賢人之德，可大則賢人之業。』公仁度或有意焉。因俾僕言諸諛也。

交城趙公册引

往西之役，友人張子晝初受知於交城趙公，凡再詣交，公之遇晝初猶及門也。晝初歸，誦述公美，不容口，則就二三臭味徵辭比賦焉。大槩交偪古樓煩，地險絶叢盜，公保障有方，治聲冠於三晋，旦夕膺内召以起。如交何？且吾陽之勢偪下，亦恃交也。然則保障吾晉者，非公誰與？雖然，公才大而樂善，與人誠壹充，其至寧晉之爲，將天下實望公矣。是故因畫初徵辭壽公之美，而及於斯以爲介云。

王内兄墓誌銘

公于余爲内兄，又娶伯父大司空公女爲從姊丈。先外父常州郡丞，外母張孺人，生三子，公最少。生十歲喪父，二十補博士弟子，頗不好治經生業。余間詢之兄輩，答云：『術者多美吾弟，福命當無慮。』久之，乃謝去博士藉。先是，公未遊庠，蚤聽兩兄析箸。長兄好周旋禮文而拙營畜，仲益豪踶不羈，公獨能守扃鑰，稱克家子。及是農田大廓，歲多稼獲，居常襲輕刺肥，尤善飲酒，形幹頎偉，談吐雄抗，不肯處人下，人亦往往讋服之。比外母背，兩兄俱窘落，以次亡去。公子之性蓄壯，雖故産小虧，而素亨尚自贏裕。人謂術者言未大爽。即郡丞公之遺澤，異時可望，未振者亦於是焉在。未幾，忽患失音，顧其形幹頎偉猶昔，飲噉倍彊，步趾健迅。歲甲辰夏，諸甥輩以鄉閭意，求余文製錦致祝，文中指欲公省煩處嘿，使真氣内充，或反得培葆壽命之道。會中痰症，暴發以卒，康熙七年五月三日也，年六十四。以九年十一月八日，葬於南坪祖塋贈靈寶公右側，與仲兄瘞地相近。初，郡丞公葬邑西北吴家莊，長兄與長子恪墓俱在，而□無後，乃今改從祖兆云。

公諱用翼，字羽寰。郡丞公諱桂。贈靈寶公諱實德。子四：長恪，庠生，蚤卒；次增，生勺，出繼從兄靜海公；次悅，次相，庠生。孫四：悅出者二，曰企通、企維；相出者三，曰企導、企褘、企充；勺次子企商，繼兄恪後。女一，壻廪膳生趙予聘。孫女五：悅，壻閻晋；英，楊斗璇；相，壻段公薦；餘未字。長兄諱用俊，廪膳生。仲兄諱用良，寧山衛守備。余痛公墓之遷也，遠於考妣，復憫長兄之弗嗣，略寓其意於銘，俾爲公子孫者謹識之，庶有永哉！銘曰：附其祖，惟仲與女，各有主。爰得女所，離其禰。長兄長子，或恐餒，於女孔痗。女所女痗，女之心可得知。或主或餒，非女之靈所能爲。於以覲女後之順建，于疇不悲？

海山張公暨配竇氏成氏合葬墓誌銘

吾陽城之俗，初以郭谷爲近古云。地多豐室大族，其姓張氏者尤號蕃盛。近歲著人，自東山少司寇外，復有靈璧、永從二君，其前則有都憲、僉憲、郎中三公，六人俱進士起家。餘貴仕者尚數人，第弗詳其譜序之遠邇。然聞之東山與靈璧，上世俱徒自沁水金鳳，當爲一族。靈璧君登世祖己亥榜進士，任江南靈璧知縣，有政才，左調，人皆惜之。乃斂其才，里居孝謹自修，猶日孳孳治舉業文，自娱及誨人，余甚敬焉。客歲夏，遇其繼王母喪，君父太公耆而在疚，已念先二人藁葬未備禮，因命君持狀請余文志其墓，不可以亂。據狀：君之王父諱天復，號壽菴，又號海山。曾王父諱問行，孝友婣睦，家饒裕，好行其德，鄉閭稱之。一第問士，拔貢生。高王父諱元勳，歲貢，歷官陽曲王府教授。女適前冢宰踈菴王公，封一品夫人。五世祖諱緯，舉人，歷官德王府長史。五世從祖綸，舉人，石泉知縣。綸父翺緯，翔父翺，翔父惠初，惠初父述古，以上無考。問行初娶於常，早卒。繼娶於白菴德，父府憲副，育五子，公之叔姑也。實生海山公，甫三齡失怙，家難遽作，凡利其有而齡齕之者，無不至。母李以女子支捍內外，尤賴李公及姑丈副都震陽李公保持，免於淪墮。年十二，讐者即報接里役，任里賦，會計允當，讐者稍爲斂服。比壯，慷慨慕義，每好援人之急，隨分區處，皆能得其歡悅。顧頗善酒，母李時時戒之，間稍渝，母色不懌，即前跽請受杖，必候母顏解然後起。奉母生事終葬，備物盡志，無少憾。嘗感時嘆謂諸子曰：『而父幼孤，遭多難，不克奮於詩書，致强暴者陵侮，百年貲産半耗奪，念家世書香，而與而子其勉之，一以承先業，一以慰而父心可耳。』海山公以順治三年三月七日卒，年六十五。初娶於沁水竇庠生俊女，太僕丞傑女姪，以名門淑媛來歸，猶逮張氏盛時，事姑嫜以孝，凡所指使唯命，飲食衣履必躬親爲之，不假手人。處六親以和，有求者，多寡量給予之，無德色。族中有嫌怨者，既忍且讓，甚易怨而爲德。至於訓子女、御婢僕，勤儉寬嚴悉得體。居常端静，弗事紛華，有女士風。以崇禎七年七月十八日卒，年五十二。繼娶于成母，寅歸，值公家中落，内苦積貯匱乏，外徭役侵迫，而中饋之事、乾餱之節，靡不竭蹷佐辦無愆。惟性好奉佛，樂施濟，執素終其身。卒於康熙九年五月七日，年七十八。子男三人，伯我生，邑庠生，封文林郎江南靈璧縣知縣。孫男五人，拱辰，即靈璧君。銘曰：由前觀之，三世之積而已中蹶，公之嘆所爲作。由後觀之，數世之澤而孫克大，公之憾所爲釋。雖然，熟前孰後，惟公允尸之。爰及子孫，具於公德。偕其伉儷，永妥茲宅。我銘以平之，公庶不滅。

贈合江知縣德陽田公墓誌銘

昔于少遊邑庠，從二三名士輩後論社，蓋德陽田公爲之長云。公時負宿抱，大小試動輒冠軍。入棘闈者，凡十有四，再中副車，顧卒尼於遇，士類惜之。然孝友醇行，藹然飲人以和，數用行優旌於學使，羣推君子長者焉。乃兄貴陽公英姿挺上，抵掌論説古今，人折服之。氣象巖巖嶽立，兩人並著聲逢掖間。丁卯之役，冀寧兵憲賓吾王公嘗以舊澤守拔識公，館諸衙舍，攬其文，謂之曰龍頭。會屬老成已，竟弗售。蓋余親睹于二公兄弟者如此。而貴陽公卒，先受子侍御君之贈，人心厭服。德陽公則由明經薦對，授平陸訓，改補楚之宜城。其課士先行而後文，日坐皋比講論，孜孜不倦，絶不以寒氈束修爲念。歲壬午，秦寇數十萬狎至，公率多士詣邑令，謀曰：『我輩讀書明理，成仁取義在今日。』遂與之登陴固守，冒矢石間數晝夜。城陷，駡賊不屈，遇害。其年月日爲崇禎十五年十二月十一日，年六十二，停櫬宜城。清興，順治丁亥，賴侍御君始棄舁。旋葬其先人墓次。康熙丁酉，子澤行君舉于鄉，己亥成進士。壬寅，有司採輿論柩公卿賢。康熙戊申，澤行君任四川合江縣，有異政。庚戌，奉覃恩敕贈公文林郎如子官。辛亥，澤行丁范太孺人憂，自蜀歸，犯三峽之險，取道宜城，展謁公名宦位，并録制辭以告。兹將以其年仲冬甲戌，拓公之壙而祔范太孺人，前期具狀徵文於予。據狀：公諱世福，字蔭遠，德陽號也。始祖諱真，元末由高平遷陽城，傳七世，至曾大父諱懇，邑庠廩膳生。大父諱實堅，庠生。大母王，苦節，載邑乘。父諱士珍，以遺腹子爲邑庠生。母成，生公昆弟五人：長貴陽公，公其三。狀稱秉性温良，天姿重厚，年十六遊黌序，即有顯揚志，下帷攻苦，欲光昭王祖母之大節。事母成，五十而慕，處兄弟備極友恭，敦睦宗黨，交友以信，御臧獲以寬，輕財有容，坦懷樂易，皆實録，無溢辭。至在宜城學舍，訓子□□□，侍御君云：『觀若輩，將來可大吾門，但居官上身必期爲端人正士，無但以科第貴顯爲榮。』今俱克副其言。於乎！若公兄弟，所謂身道而行愈久，而其天乃見者。予於是乎重有感其所爲，而無感於天自此矣。孰可冀倖哉！孰可冀倖哉！元配郭氏，邑庠皇都女，婉娩誠一，蚤卒。繼郭氏，即其女弟，貞静純孝，克儉克勤，佐公閫三十載，懿行不可殫述。生澤行君，贈孺人。繼范氏，柔順敦樸，封太孺人。子七善，即澤行君，娶王氏，封孺人，庠生好賢女。孫男沧，聘舉人衛立鼎女。女五，孫女五。申以銘。銘曰：於嗟田氏，賢淑之遺。二難志業，隆顯以基。人歆其盛，孰卜其徵？皇皇伯叔，慎守同歸。公終義烈，俎豆兩祠。奕奕榮光，易世永垂。

四川參議石幢王公墓誌銘

蓋予少壯，策名于時，有與予同舉及同登進者三人焉。予友之，曰王運使心盤、王參議世如、張侍郎伯珩。心盤吾服其才，伯珩吾重其德，世如吾崇其學，兹俱先我世去。予落落疇依，不亦可悲也夫！不亦可悲也夫！屬世如子敏敦，哀杖止予門，手世如弟世法狀謁予，再拜，請爲志其父壙。予不禁泫然曰：『吾友也，奚其狀？』嚮戊申冬，予訪世如潘莊，值其病新起，猶恃杖行。嗣聞其得力導引，舊患脱然，走札賀之，兼詢問所以。世如回示，須以異日參質。秖今秋一夕卧，遽弗起。敏敦手之，握敏敦者三而逝。是殆坦然乘化，非猶夫人之所爲死與！維時康熙十年辛亥八月七日夜也，得年七十有一。其同予舉在先朝天啓之丁卯，方其未舉，爲諸生最有名，累試于有司，皆第一。選貢于廷，與子伯兄長州先生胤昌齊名。既與予同舉，每上公車必偕。崇禎辛未，秦寇突入山西，破世如家，并火其廬。乃携其父母妻屬投予，先大夫納之，館諸旁舍歲餘，以故予與世如相朝夕最久，盡窺其所爲舉子業，講課而問難，得其指授者居多。後一紀，予始忝癸未榜，受知河陽薛宗伯先生。世如丙戌受知安丘劉少傅，俱首本。經房二公，並海内名公，素莫逆者。世如既第，選知山東陵縣，會阻父憂，起補宣城。宣城江南巨邑，世如治之七年，恢恢有餘。其最著者，改折黄連漕米，及賑荒、處置客兵、修城弭盜數事。先是，宣城黄連解額，歲折百七十金，自蜀路梗塞，部文加派採買，□色歲七百餘觔。起順治五年，至八年，估折七萬四千餘金，賴世如前後殫力陳請，豁其浮溢而數萬額，□之誅求徑省。寧郡舊駐副將，兵民素安，忽總鎮胡奉調隨兵移駐城内，致郡城内外罷市，幾釀異變。世如移會道鎮，委官巡禁，後始斂戢如常。又冰陽東西兩鎮，居民不止萬家，中夾一河，每有賊船夜泛行劫，商民患之。世如令於施家橋諸處，各作混江龍一道，埋伏大樁，中用鐵索連貫，夜鎖晝啓，仍于兩岸械夫輪守，賊因遁去。其他善政尤多，薦剡交上，以吏部被内徵去，尋授户部浙江司主事。遇上親試學差，陞僉事，提江南上江學政。世如故深此益重，以世祖特達之知，意不敢負，衡文務尚醇實、兼淹通古今、適于世用者。第南方弊實叢出，世如一一設法禁除，如私書營託外，更有顧覓别屬之弊，又有假詩文傳奇恣行訕謗，及越俎條陳諸弊。當世如時一槩寢絶，士風丕變。遷四川參議，分守上下川東道，轄重夔二府。蜀地嚮經獻禍，人少土荒，世如極力招徠，據忠、合、長、酆、墊、綦、銅七屬申報，實招户口各如千。未幾，捴督李公國英會剿，委辦軍餉，凡六月，運買糧料二萬有奇，卒平羣逆，世如與有力焉。至於清田畝、復鹽井、設驛站、振士子，厥功尤茂。會齎捧北上請補，詔恩得贈父奉政大夫江南按察司僉事，母妻宜人。俄奉例裁缺聽調，歸里未浹旬，偶失足中風，左體弗任，雖出入恃杖，而精爽徤飯如恒時。乃力疾構王氏宗祠于潘莊居第，甫落成，遽即大故。或謂其勤勞不肯休，風寒襲之，有類乎厥云。初，世如生有夙慧，幼不嬉弄，年十一即入博士籍，孳孳深造，學業大就，卒奮於巍科。至其爲人，外若秀恬，中實沉毅方嚴，言動不苟，臨事嶄然不狥人可否，有獨行君子之風。與人交，若近若遠，見謂寡合。而遇有投契，則欣然樂盡其誠。

寓陽城，目爲名孝廉。然折節下予，凡品藻文墨，揚榷古今得失，務相攻錯。故予贈以詩，有『摧鋒勝服膺』之語。前後受大司農拱陽孫公、青州守欽宇韓公、磁州道璁源張公聘，授子弟之文學，一經其陶鑄，輒成佳士，登科甲，若韓桃源張、王比部度、張海寧肇昱、孫黄縣如瑜皆是。嗟！世如故饒招學，其見之仕進施設者又如此。顧尤飭内行，處陽城，流離喪母，不以貧故廢禮。嗣移高都，奉養老親，暨室家餬口，壹取給於館穀。又寡嫂二姪、寡姊二甥、孤壻劉永禧、内弟梁成才，俱曲爲存活。迨後仕宦，惟弟世法，薄宦東陽歸，稍自立業外，諸弟姪均爲置産，三方悉號豐巨，此孝弟之大者。又其學自偃蹇公車後，凡理學、經濟旁及百家九流之説靡不研究，而堪輿最精，因卜居沁河之千潘莊，傍侯宜人所家起第，遷父母宅兆鄰村。自爲論説，載所著《養恬齋集》中。又自卜兆於良樹坪今葬地。其談養生也，獨取楊氏真詮，自謂頗有獲憶。乙酉之夏，心盤官廣平，予時應薦道廣平，至則世如在焉。其日之夕，適伯珩受選原武自北旋。四人者既集，歡甚，寢因同榻，自後分合不常。丁酉，心盤殞于閩。辛丑，予請造還山。乙巳，伯珩繼没。中間數年，僅與世如再晤。後遂不復悲其可言，且以世如名位文之宜稱公。予因與契密，故字之，冀存古義于今識者。世如諱同春，自號石幢山人。其先太原裔，初籍吾陽城譚村。洪武中，祖景初徙沁水之土沃。三世生達，雄於材。達生尊。尊生六子，兩以文學著，長曰牧，牧生三錫，由明經爲忻州學正，生子四維。四維生育鯨，世如父也。以《毛詩》游邑校，博學敦行，善教人，士類推服。生四子：伯同揆，庠生，早卒；叔同功，即世法，東陽知縣；季同寅；其仲爲世如。元配梁氏，處士上卿女，先卒，贈宜人，閫行載世如所爲誌銘。生一女，嫁庠生劉永禧。繼配侯氏，庠生之瑞女，封宜人，生五子。

銘曰：有器於此磨礱，功倍堅好，不渝匪直也。人天實爲之數與！理俱學成，有聞道足於身，儒者之腴。科名仕宦，子嗣森然，人見其粗。是謂君子知希則貴，豈以凡愚。我銘我友，敢罔來哲，刻在幽墟。

天然法師塔銘

師諱如乾，字天然，陽城澤安里劉氏之子，披剃於五門山大海禪宿，得法於智積寺正脉和尚。少徧參南北，長自立法門，九部旁通，八識内泯，尤精五律，早悟四禪，嘗演《法華》於晉城禪肆，轉《楞嚴》于上黨招提。梵行既超，道場彌闢，常云幸有一蔭地，何勞不爲？人以此婆心法傳甚衆，受聽弟子難以指數，其間激揚心要，助轉法輪，蓋亦有人焉。而師賦性樸誠，操履素約，平生隨方駐錫，靡有定栖，晚依澤州，其禪林化同善侣，鏤授講文，遂於其地示疾滅度焉。始明萬歷三十年三月十九日，終清康熙十年四月十四日，世壽正臻古希，僧臘幾一甲子。研悟功深，去來不繫，長捐有漏，永證無生，斯可爲桑門之標幟、緇屬之遺模也。其月己酉，門徒性珂、性珠奉其遺命，塔之於陽城東山鷲峰禪院北百餘步，求余銘。余與師交念載，每賞其利根，服其解脱，第念南岳之迹已陳，清凉之綜嗣闊。客歲春夏間，來遊吾里開福寺，提示《金剛》大義，道俗欽洽。已復衍等學於《華嚴》，疏奥典於雪峰，意不爲疲。余時贈什二首，用表眷勤。弗謂暫旋，遽兹永别，悼生融之不反，懷觀肇而心哀。敬述清徽，壽諸貞石。銘曰：無住者僧，有住者塔。非筌非舟，是岸是筏。

工部尚書白公墓表頌

公諱所知，字廷謨，號省庵。生有異徵，十歲工屬文，爲諸生大小試必冠多士。萬歷壬午，中山西鄉舉第一。明年，賜進士出身。授禮部主客司主事，調吏部稽勳司。丁父憂，服除戀母，不赴補。當事者才公，自家起考功司，尋調文選，攝選事，陞稽勳員外郎。中乞假，奉母歸里。復起驗封司，至明年，部促之，始就署。太宰孫公丕揚重公，諸大事悉與商定，遂赴考功，調文選。會首輔新建與太宰不協，太宰流發新建奸邪，專擅侵部權，得罪去，選事停留。少宰孫公繼臯，署部復以人言註籍，吏部堂司數月無人。公既補，連疏跪請太宰，得旨調蔡公國珍。先是，孫太宰創籤法，意收司官之權。司官乃持人缺才地之説，名曰造籤，吏胥復因緣爲姦利。公立法，缺無論多寡，舉人籤，探籤後果人地不宜，許再探，弊竇遂塞。選人歡呼稱感，謂前未有。時神宗重名器，疏多留中。公典選啓事，朝上夕下，公自以受主知，竭忠矢效，舉逸佚，拔淹滯，其顯爲名高而無實，多卑卑倚傍門户者，必加裁抑，雖忤權要不顧也。倭警狎至，言者謂當易沿海撫道，公采輿論，自天津抵閩廣悉更置，俱得其人。又神宗厭言官久不行取，及有旨考選，賄託紛紛，公據訪單，采公評不少狥。有新建知縣弗與，新建大譙讓。未幾，年例事起。年例者，科道官春秋例有外轉，科問吏都，道問都御史，而執政實主之。給事中戴士衡者，執政私人也，出入權門，搏擊善類，公以當之。故事，年例預告政府知，及詣朝房語及，新建愕然曰：『吾誤此人。』公曰：『彼實誤公，公何誤焉？』辯論久之，不揖而入，公弗動。至滿六選，擬陞太常寺少卿，未下，公杜門求歸。適丁母憂，奔喪去。士衡遂劾公匿喪納賄，新建從中主之，竟削公籍。蔡公具疏辨救，連士衡。新建與蔡，免女戚也，以此憾蔡，嗾御史某等論之不置，蔡由是去。劉給事道亨不能平，疏糾新建，降三級。有旨考察吏部司官，止留四人，餘盡降調而爲民，四人皆部中錚錚者。又揑造妖書，謂刑部侍郎吕公坤著《閨範》，逢迎鄭貴妃，株及海内名賢十人，公與焉，十人中多疏辨者。奉旨：『這事情原是戴士衡結黨奸惡，報復白某，劣轉私讐，朕已洞知。』戴時已外謫，坐是復遣戍烟瘴。新建隨亦削籍。辛丑，皇太子立，復公冠帶。既而山西巡撫魏公允貞、巡按御史趙公文炳，咸疏薦公。踵是薦剡無虛歲，輶軒過公廬必式。光宗即位，旁求耆宿，始起太常少卿。公部檄促之，入都隨陞光禄寺卿。光禄事多掣肘，且錢糧不敷，公事事精覈，釐剔一新。居無何，推南户部左侍郎，視部篆。錢糧徵解不時至，而司屬利商人賄，囑輕於支放，軍餉坐虧。俄聞軍士欲乘孟冬詣孝陵鼓譟，家人患之，止公行。公曰：『吾爲户部，而軍以缺餉亂，即避匿，安委罪？吾受事新，軍不吾怨也。』已果無譁。公隨榜先予餉一月，餘續補。於是盡停，而急之價以給，誦聲騰沸。水兑本色，必親抽驗，包攬者無所容姦。南都縉紳謂：『白公到部，事焕然改觀。』甲子，改北工部。慶陵工竣，賞鏹幣。尋陞尚書，百役萃集，幸學方澤諸大典，並殿門工費，以鉅萬計。庫無見儲，徵解至，公盡停各商支放，如在南部時，隨緩急次第酌濟。時同邑某充商人，謂桑梓可憑籍，公峻絶之，他可知已。無何，魏璫用事，羅陷言路諸賢。公引病連疏求去，賜馳驛歸。既用殿門工加太子太保，在事諸臣皆破格優叙，公僅進階一級，仍堅辭不受。歸後日杜門静聶，不見賓客，惟究性命之學。所著有《醒心録》行世。崇禎己卯八月十五日卒，年八十有六。卒之五年，流寇入晋，劫諸大臣子孫，禍甚慘。括公家，不盈百緡而去。其清白之昭信曉于身後者如此。胤謙按：本宗系先世徙自陜西清澗，爲山西陽城人，而隷化源里，稱閣後白氏者。

七世祖以下乃可譜紀，其由科名奮迹爲京朝大官者則始于公。公先公之同祖兄，胤謙從伯父也。胤謙生後，公五十餘歲，猶逮公存日，歲時起居，覲公神豐高朗，目光炯炯攝人，論議風發，以爲非常人。至聞諸先公所常言公履朝事蹟，明敏亮直，介潔不阿，大著于吏部主選時。其爲人臣也，練達國體，循守法度，天子嘉之曰『清謹』，曰『清勤涖事』，曰『清修素著』，蓋不忝焉。居家躬儉素然，好施濟，鄉里德之。胤謙從鄉舉後，屢奉策勉，及誨以服官之法，識慮起人數等。顧媿晚達，無狀種種，不敢望公萬一。遡公没垂三十年，瞻拜壟丘，豐碑闕如，心實畫焉。屬公曾孫光昭等將揭石故阡，請載公事，以展其孝思。胤謙嚮嘗玷吏官奉已取從兄胤昌所爲公傳，梓傳國門，冀或資以不朽。茲并搜給事楊公時化撰誌略，用裁整述爲表，使鐫之，復作頌曰：緊我家顯自公，先德懋，誕人龍。領解首，聯甲第，循清曹，陟要地。贊三銓，歲屢周，疏儁良，絶貨賕。屏幽邪，觸狂躁，剛則折，古之道。妖蟣輿，罔群哲，賴宸聰，卒洞白。公在田，越廿載，拔奉常，踐崇軌。國步艱，上下蒙，寮署存，百孽叢。公涖之，執用清，政具理，不肅成。庸未酬，瑲禍烈，拂衣旋，允稱傑。託赤松，習辟穀，終壽考，綏完福。勳符秩，德蓋鄉，光俎豆，播馨香。莽丘墳，陽之里，昭千祀，永勿毁。

祭業師成先生文

嗚呼！先生往矣，世豈復有先生哉！胤謙自九齡受教先生，餘五十年，見人之爲欺者多矣，如先生浮慤者無幾也；爲慢者多矣，如先生温恭者無幾也。且也勤苦一生而未嘗告勞，素約終身而未嘗顧外，取之於《詩》所謂『不忮不才』者，其庶幾似之。然則先生之於儒，行不謂之符合於道，不謂之有得，奚可哉？斯故昔者，先人所以臯比先生，使胤謙北面事之，而先生未嘗有以負先人。獨胤謙受先人之命，事先生而無所成立，以至於斯，負先生即重負我先人矣。在他人或言，胤謙用先生教爲制舉文字，致身一官，然而先生不徒爲文字立教者也。其不爲欺也，意者其誠矣乎！不爲慢也，意者其敬矣乎！即如此二者，先人每以身範遺示胤謙，胤謙欲從事而未逮者。今追慕先生，抑更瞠乎自失矣。然則，惡能不攀仰先生而大慟與？頃讀先生易簀遺訓，字字金石，洵有餘師。隧道之石，亦欲體先生素志，而效質言，罔敢爲諛，第愧不足摹寫萬一耳。不識先生以爲何如？輀車在駕，丹旐欲移，先生□□宿宿之誼，鑒此一觴哀哉！尚饗！

祭喬武隆文後

喬武隆喪歸，予擬文一篇哭焉。文之指謂：君至武隆，守忠信，不能移去避瘴癘以死。及問其孤，云：至武隆當暑月，江水泛漲，不能渡而他移，非君之不欲移也。予俛忖良久，仰而泱嘆曰：『豈非命哉！』蓋古之仕者，有罪始投斥之遠方。前代官人，亦有南北之分，慮弗習也。今法吏部選人，不論南北，雖號均一，然而遠近死生之間迥殊，直其遇之有幸不幸焉耳。況夫受命守官理人，義無擇於險易，即死者不得不恬然于所遭□，亦酷矣。窮巷之士，讀書學道，應科目勞苦，獲一官，卒不能施其志用，而徒以殺其身，酷莫甚矣。嘗讀柳子厚《送李渭序》，怪其去美仕就醜地，無所束縛，自取瘴癘而弗解，豈其時亦雜用今法與？彼子厚雖能言，卒亦死于瘴癘，然則武隆不死若之何？雖然《遊枳之説》非知道者不能爲，執道與命，俱無以解於武隆之死，其奚以悲？

噫！

王母申恭人哀辭

故誥封申恭人，吾友心盤王公之配也。其以德相夫，而代有終，蓋笄褘千百中無一二焉。當公在日，吾已敬頌丘嫂未嘗釋諸口，公没後，益加篤。比逝一載，每懷吊之不忘，匪惟弗後於公而已。兹埋玉在邇，謹卜嘉辰，率孫畿等，以豕一、羊一、豆觴庶品稱之，又抒中素，製爲哀辭，以侑告于几筵，惟鑒歆之。其辭曰：

嗚呼恭人！始吾與令夫君齊驤于冀野，號屈産之龍媒，固將方天閑之上駟，程物色於燕臺。俄而報罷，返我閭室，則相率彼沁涯，訪九僊之遺迹。乃曉即乎原落，曰恭人之所生。昔太宰之嬋媛，亦既吉而孔靈。維恭人之碩德，應皇媪之顯予。宛龍囦而鳳嶺，後先盤折以迎軀。嗣值萑苻之警，寄栖棬于茅葦。燦金玉之徽音，

盡室欽其儀則。爰歷久而彌親，迨歸反以猶思。爾有女兮予穉，

要結褵而成之。肆夫君之膴仕，信霞麗而錦昡。予屬備位乎班墀，

記容與而遐盼。聞恭人之在幃，恒思危而慮是。雖群娣之華姣，

曾不足容其芥嫉。胡焜耀之弗究，千□□而告虧。允淑修之素茂，

象服藹其攸宜。望瑶宮之帷騫，佩瓊枝以晏處。蘭芷信芳以無私，

實可貴而非富。積芬澤兮曼延，撫玉樹兮盤桓。又龍孫兮鬌鬌，

紛承翼兮芊眠。嗟天運之不可淹兮，羌儵忽而靡常。邈夫君之來

訊兮，要水裔以相羊。既仳離而歷歲兮，竊逡次以銜悲。遂膏車

而秣馬兮，曰從夫君之所歸。悼予穉之隕隕兮，孤煢子而望保。

矧季女之孱脆兮，眇愁寂而焉教。中怦營其不可解兮，屢掩泗而

彷皇。靈端穆而聰瘏兮，庶惝怳其來翔。

自題畫像

始也學非弗勤而名弗成，究也遇非弗達而志弗行。蓋嘗忝竊爲天子之大臣，而謨弼周效于朝廷。是故其晚末之退藏，容或可自覆也，而爵服之弗稱，顧安敢以爲榮耶？

山西陽高衛儒學教授劉君墓誌銘

世祖初，予守史局京師，同邑有劉君來貢于廷，予使少子方敦師焉，以之遵誦，以之觀程，既久而益親。夫劉君之學，傳自其大父，其父俱用平實發聞後進，不屑爲浮詭之談。又純慤篤行，絕不嬇阿流俗，以斯故重服之。會聞其父喪，奔還後十餘年，方敦學成。應京闈試，卒於邸中。予雖失一方敦，顧未敢忘君也。康熙辛亥，劉君以校官告老歸田，行李蕭然無所增，蓋惟補葺舊居以訓迪子弟爲事。或疑而誚之，君曰：『吾方以士君子行道，徒手來歸，爲仕學之正，不聞其他。』予聞之，嘆曰：『古之真予友哉！』且予與君别多年，既相見，形貌視舊無改，叩之，則素解攝生説。予嚮有言，謂人壽若有可自主者，庶藉君一證之。會復聞河朔儒者孫徵君，抱道不仕，年且九十，擬挽君修謁焉。而倏接君訃，亡踰數月矣。君之子宜培等具狀，哀乞予銘其藏。予雖老廢學閣筆，獨念君不能置，乃勉據狀，略次所以。君諱嗣晏，字接光，古之其號也，邑望川里人。大父建庭，父芳範，俱庠生。

十歲受書，十五而庠，二十而餼。性好靜樂儉，立身行己不失尺度。嘗館於鄰邑高平，所獲悉奉之親，未嘗私一錢。有弟四人，咸訓誨成立，鄉黨稱其孝友。順治某年，選拔屯留訓，課士外不多一事。或曰：『其初至，尚落落難合，既則翕然樂。』頌之曰：『先生洵古君子也。』數年，擢保德州學正。州守蘇君東柱，遇之甚有禮，士奮於學。又數年，移陽高衛教授。地近邊，士鮮守禮，類相率逋賦爲常。君教之，復數年，勸懲參用，積習丕變。君固壯，素無疾，獨念古稀倦遊，辭秩歸。明年冬，偶患痔，輟食旬餘，乃召集家人鄰里，各有所囑，語訖而逝。時康熙十一年十一月十六日，年七十二。銘曰：學四世，計弗遷。仕三方，誓勿苟。

胡以名之，曰惟君子之守。道尚良師，功存益友。意必至誠聿徵有後者非與？

桑榆集文卷三終

念園存稿金序

陽城白東谷先生以庶常起家，受知于世祖章皇帝，曆官華要，洊涉大司寇。余以菲材出入承明，濫膺署尾，與先生珥筆共事者凡十餘年所。先生老學深識，稽察天地，考論往古，審按當世之務既詳且晰，而為人敦厚簡重，行之有要，言之有章，與余得並沐天恩，後先予告歸里。今年春，先生郵寄念園詩文若干首，問序於余。余展而讀之，恍肰如見先生之為人焉，如見先生之唫嘯風月富有煙霞之逸興焉，如見先生之吞吐論要廟堂金石之雝雝焉。蓋凡人於文章，必其取之也博而出之也深。取之博，故於六經諸史秦漢以下諸子之書無不窺，日月晦明山川雲物之變無不收，感慨憑吊慘澹嵚崎之境無不歷，禮樂政治民生日用之籌無不備，肰後要而約之，以合於性而适於理。故其氣雖奔放横軼、其才雖磅礴紆餘，而範於理則醇正而不肆，適於性則簡約而和平。今先生之文，其温醇似廬陵，而典蓋似南豐焉。其詩之真率如靖節，而自肰如香山焉。蓋廬陵深於政治而文得之為雋婉；南豐精于班馬而文得之為沉厚；淵明、樂天其高渾古雅，志存乎黄農虞夏，而詩得之為真實、為天全。肰而執是以觀先生，猶之未得乎先生也。先生之學，閫奥六經；先生之識，神明蓍策；先生之沖恬静重，忠孝本於天真，而恭誠體於至性。故語近而旨遠，法簡而意長，又豈廬陵、南豐、靖節、香山得以牝牡驪黄相視先生之詩文也？殆若蘇明允所云：『廬陵之文，非孟子之文、韓子之文，而歐陽子之文也。』是以伏讀先生之書，不特想見先生之静觀物化、紬繹情性，風雲之變態，歲月之推遷，上黨太行之嵯峨，汾沁澤潞之逶遞，皆恣其筆墨淋漓而直見。吾先生鳴珂珮玉，都俞喜起，臨大事而不變，處高亢而卑牧。是先生之事業見於前事，既已扶翊休嘉，光昭化日，而先生之文章又能牢籠天地，刮磨日月，扶倫常而揭性道，將以紹先哲開來學，又豈徒文人墨士跌宕騷雅縱横論辨之文云爾哉！先是，余子世濂丙戌北闈出先生門下，余復與先生周旋禁苑，唱和論心，蓋知先生之深者，因卒業茲集而筆諸簡端。嗚呼！使天下後世讀先生文而能以性理求之，則庶幾乎得先生之為文，並得先生之所以為人矣。

康熙歲次戊申清和上浣，東吴息齋老人金之俊撰。

念园存稿陈序

敬嘗獲事世祖皇帝，一時簡用賢人君子布滿朝列。自辛相而下，吾鄉邑之被特旨褒勞超擢者，九卿侍從雖大省不得爲比。刑部尚書東谷白公以文章經術受知遇最深。自其立官端誠清恪、光明俊偉，功烈見于當世，爲天下所宗。至在秋官，囚累冤抑多所全活，偶以問擬稍從輕典，失旨兩遷至通政使司通政使。蓋當是時，主上方鋭意求治，用人行政恩威予奪間示不測以振興人材，舉一世而措之神明變化之中。天下之人皆曰：『公之遷，公其相矣。蒼生蓋自今拭目公矣。』敬時忝禁近，亦竊聞上言：『白司寇古之純臣。』無何，龍馭上升，而公亦以病歸矣。頃年以來，方冀其一出以慰斯世斯民之望，而公乃堅請告休。公盡性知命，充乎其中而溢于其外，以經世爲學之緒餘，而況乎冐蘄以文字名世者也。公之兩孫岳、畿以恩蔭讀太學書，來京師，寄公所爲《學言》、《庸齋詩文》并《念園選集》若幹卷，使敬爲叙。夫敬之辱于公，所謂禮之過而知之至者，自敵以下猶不可辭，況得掛名公文字中乎！蓋公之文著于世久矣，杜門以來益事理性之學。余生其地，自少至長，得悉公之爲人，見其行事，自託于鄉里親戚之末，何其幸也！且使天下之人思公之在野不殊其在朝，相與景其高風而勉爲雅操，亦庶乎天下之幸矣。不肰者，闗閩濂洛豈皆出自鄒魯之墟與？

康熙七年戊申長至，同里後學陳廷敬頓首拜題。

念園存稿序終

念園存稿卷一目録

四言

樂府雜體

七言古詩

念園存稿卷一目録終

念園存稿卷一

清　白胤謙　著

四言

白華六章

《白華》喻孝子之潔白也，蔚魏子之德似之。己亥六月，魏子請急，將還蔚，爰作此贈其行。

藹彼白華，有曼其實。有美君子，洵惠且直。如衡如尺，維邦之則。

維昔忠讜，於昭于廷。濟濟同朝，罔不具欽。嘉爾令音，疇詘匪伸。

鴻雁于飛，不遑飲啄。秩秩大庖，儀物斯度。無怠無隱，同仇是若。

民之多譎，蔑不有恆性。令德孔修，繹于前聖。不遐有欲，彝倫攸正。攝我友朋，聿勤厥訓。

厥訓伊何，曰惟庸只。匪言之庸，于行從只。鼓鐘喤喤，磬筦肆舉。自我友君子，夙夜靡貳。

南山有梓，北山有杞。之子于歸，孝思勿替。式固爾祉，爾車遒矣。爾顏孔懌，是用作詩以右德美。

《白華》六章，三章章六句，二章章八句，一章九句。

訏四章

皇帝十七年夏，張子以少司空奉命特改少司馬，巡撫陝以西。班行胥慶曰：『得人！』而白子為詩四章，遄其行。

詩中語不及他，以尊君命厚公誼爾。

訏彼西土，天子懷之。亹亹良臣，天子命之。受譽不驕，式獻爾勞。

維天生才，不以揉曲。維良作哲，克勝爾欲。保是正直，以匡王國。

湯湯河水，嶫嶫秦關。職監斯域，二華終南。于福于宣，周召之所覃。

皇皇天子，簡在攸宜。嘉爾新猷，顧宿允期。永矢勿斁，駕言念哉！

《訏》四章，章六句。

草堂詩七首

一

于以考槃，西谿之灣。朝屐偕從，暮筇與還。

二

幸哉已焉，自昔鈍迂。已焉幸哉，終此退居。

三

川路廻錯，岡巒曲抱。臨淵受濯，憑虛發嘯。

四

磐崖在戶，爰對其嘿。匪求有得，維以永日。

五

遵彼岸沚，桃李陰陰。嘉我尊酒，樂我比鄰。

六

比鄰如何，一水所周。而春而秋，胡美弗疇。

七

載欣載矚，乘涉從容。託身畎畝，聊爲下農。

樂府雜體

黄鵠歌壽劉給事母

黄鵠多苦辛，孤棲啄雪霜。晝夜悲鳴思故雄，不能化為雙鴛鴦。一解

雖不能化為雙鴛鴦，終日銜冰哺子養成異翮豐文章。竟上天門扶紫虛，戛然引吭搖扶桑。二解

翩翩黄鵠，喜戲芝田。鴛鴦蹁曲小禽，安能與之齊騫？三解

主人奏大呂、秩金筵，客擎玉觴拊哀絃，為歌黄鵠祝千年。四解

遊俠行

長安大道臨青槐，金鞍少年射獵回。日暮高樓絲管發，玉顔如花為君開。丈夫一擲須百萬，胡必問財所從來。但當擊鮮飲美酒，一勸燭龍三百杯。不見魯陽揮金戈，三足之烏亦徘徊。

猛虎詞

南山有豺狼，北山有虎豹。猛獸且相吞噬，何況於人無長牙與利

爪。麒麟騶虞安在哉，眼見平地無生草。

採芝謠

貧不能治黄金，饑不能煮白石。山空日長何所為？攀岩繞澗覓靈芝。覓得芝，刺口不可食，不如還家餔糜粥。

嗟哉董生行

嗟哉董生，朝耕夜讀書。父母不慽慽，妻子不咨咨。男兒隱居，不仕如處女，純粹潔白無瑕疵。何必出擁千騎、入侍九霄、揮金縱樂誇及時。嗟哉董生，王公不求聘身，不自衒名。但願昇平千萬載，耳不聞金鼓之音，目不覩旌旗，父母妻子永無別與離。嗟哉董生人不識，自有天公知。

五言古詩

秋日

秋成有嘉務，所喜阡陌通。日西場事畢，庭色勝家中。薄粥果我腹，散步歌豳風。古無三后功，攫食將焉窮。

黃精

盤亭鐵盆嶂，梯閣陵青霞。山僧鍾磬罷，親斸黃金芽。松樵鑽軟火，石髓沃神窪。年饑充此物，脛足空麋麚。吾聞服食志，功不亞胡麻。靈苗濕三春，幽壑無匏瓜。何必餌紫芝，矧云烹丹砂！

擬古

神都何壯麗！宮闕氣鬱盤。王侯多賜第，衢術相周連。崔嵬十重樓，窈窕上珠簾。樓上嬋媛女，娥娥白玉顔。嫋嫋芙蓉裳，煌煌翠羽□。張燈續華月，釵釧雜笙絃。妖童騎寶馬，戲碎珊瑚鞭。靈鳳騰赤霄，北斗降雕欄。風流會易沫，愛促怨百年。梧桐生井中，鴛鴦飛上天。寄言輦轂子，有情誰得堅？

夏日郊遊待薛夫子不至

平楚望不極，村墟交遠煙。桔槹鳴未已，田車亦闐闐。農務自有時，但慕居者賢。黃雀鬬草根，白鷺映空旋。群動理難齊，高卑各任天。浮雲出翠微，曖曖度長川。瑶琴不在茲，躑躅懷水僊。

東畢四世

吾愛畢四世，矯然獨鶴立。沈澹類楊子，奇亦與之敵。舉世服其才，難可得物色。以我為桓譚，雀羅或見式。長安攫金地，行客夜不息。屏居數椽遠，嘔血病窘嗇。近日天勁寒，我廚欲斷粒。庶或念我饑，告以中所得。大道本龍蛇，人無金石質。有酒不共飲，何為自徽纆？

圜丘陪祀

天上何所有？夾道生青松。泯然象緯闢，其氣如鴻濛。神光注圜闕，照耀白晝同。爟火達羶薌，鈞天曲屢終。裘裳嚴磬折，森然禮樂宗。小臣虔序位，懔焉念春農。仁育庇烝黎，帝澤浩無窮。東方遞恍豁，神飆颯以融。涵泳沐太和，樸嫩媿微躬。

得兒鴻書志喜

白馬如流星，致我伯禽箋。李太白子名伯禽。開緘視好音，中得雙銅錢。置錢衣袂中，知是賢配傳。銅以喻同心，雙者表團圓。人生苦離別，不分愚與賢。獨鳳厲穹霄，何如淺沚鴛。嗟我萍梗軀，飄飄將五年。堂上白髮親，屬汝奉周旋。大小五男女，就汝餬粥饘。浮塵動三晉，間隔長雲邊。太行邈千重，心悲行路難。中原有故人，力奮虎狼穿。聚面會可期，相迎避戈鋋。精誠亮有感，即次如林泉。

寄梁玉立太史

羈旅歲云晏，霜風晝見飂飂。鑿冰偃道傍，馬鳴寒蕭條。蒙茸不溫體，晚宿向王朝。感我同心友，鴻音恐鷦鷯。昔也共華館，今也獨鳴鑣。諷詠含中和，端居謝浮囂。綢繆托遠餉，情好珍久要。汎汎滹沱水，望子每逍遥。塵鞅會可脫，晤言頓歸橈。

濠梁驛

漆園有遺躅，千秋此濠梁。魚樂不可知，江湖貴相忘。我來懷清風，對酒歌滄浪。仰瞻白雲飛，客興一何狂！感彼逍遥遊，居然隘八荒。

黄鶴樓再簡莊玉驄王念蓼

黄鶴雖已飛，茲樓未槌碎。江山宛如昨，登臨復我輩。南行日云久，遊賞每不廢。使君雙龍劍，相值飛蓬內。洲邊有杜蘅，芬芳滿君佩。白雲吐江中，影與滄波匯。把袂御天風，泠然駕鶴背。

擬十九首

一

行行重行行，言涉萬里途。別離在今日，稚子挽我裾。南風氣鬱蒸，道路阻且迂。馬足為不前，僕夫坐躊躕。溫言向僕夫，勿為歎辛劬。我生異婦女，本來四海軀。莫戀故鄉好，他鄉樂有餘。隨時自珍愛，骨肉徒區區。

八

冉冉孤生竹，乃在泰山隅。蕩子一失所，徘徊竟安如？曠野來悲風，浮雲四躊躇。道逢魯國叟，贈我明月珠。置之懷袖中，出入以為娛。太上貴立德，次者功言俱。我生與聖賢，本性了不殊。

努力赴前修，歲月行不渝。願為鴻鵠鳥，奮翅淩天衢。

十二

東城高且長，下有萬人家。街衢一何密！不得廻交車。車中少年子，容光麗朝霞。結駟臨朱軒，卜夜聞歡譁。百觚亦不醉，梟呼競摴蒱。借問諸少年，母乃太勞劬。人生豈不貴？各自有令圖。四方適無事，太平幸多娛。天子尚勤儉，何有於匹夫？緬惟古人言，為樂信有涯。行行戒逸欲，母為智者嗤。

十五

生年不滿百，戚戚欲何求？厚生靡不豫，重為千歲謀。高門羅甲第，連阡美田疇。荏苒苦心魂，朝露忽已遒。不見黃河隄，瞶決於蟻丘。分陰故為寶，選務在崇修。立命揆所安，孔顏庶同流。

十八

客從遠方來，遺我枯桐枝。桐枝亦何好？微物表所宜。就中含條理，樸斲動音徽。可以洽神鬼，良朋懿在斯。同道與同利，判若白與緇。以君為規矩，寸心永不移。黃金等糞土，紈綺為塵埃。黽勉善相愛，古道良可偕。

都門贈沆仲

藹藹河邊柳，燦燦城上霞。久客儻行遊，棲遲慰同家。君才自昔麗，摛翰千人誇。良時暫結紲，慨此珠沉沙。肅肅黃鵠翔，萬里行非賒。躊躇倚閶闔，時物清且嘉。我年已知非，出處會有涯。

欣言睠所親，宛宛蓬中麻。飛藿隨風轉，本根亮未遐。修途冀振厲，迍蹪何當嗟！

跛鴨

跛鴨初來時，伏地但盤紬。如蜎復如蝙，數踴還傾蹪。伸喙泥滿胸，翅折傍露膝。我時動哀憫，命奴勤洗剔。飲之以清泉，飼之以玉粒。編荊護作籬，揉草藉為席。周防曆歲時，生態欣有覿。行步得枝梧，湛然文章色。皇天本仁愛，將助固吾職。一物未蒙休，椎納恥寧釋。我家忌暴殄，睠此猶親。蠢微亦胡闕，此意欲皆得。狐狸漫爾鶩，聊使天年畢。

雜感二首

二

烏巢高樹顛，養子聲啞啞。人生一世間，願欲浩無涯。陋哉子叔疑！仕宦計誠賒。天道詎可測？變化恒參差。愚拙古所珍，聰明或禍家。謝庭既有樹，何事領其佳。淵明五男兒，咄咄行咨嗟。三復少陵作，懷抱良足嘉。

勉敦兒

二五嬗靈化，厥性蔑弗齊。如何氣質分，千里起毫釐。嗟予昔不類，狂瞽行多迷。晚向簡編內，往往逢真師。退而與子言，終日幸無違。予望遂欲奢，不在青雲逵。豈伊刻厲過，早使形神疲。攬衣瘦弗勝，歲月勤刀圭。邇達至人理，天命亦不疑。要貴惜膚髮，憧憧戒勞思。庶以解唯憂，春風載游嬉。洎城有君子，道若生安為？念子實沈潛，困勉亦易希。高山雖堪仰，貞固以為基。

贈伯珩

明道吟風後，尚有喜獵心。橫渠從異學，久乃歸二程。大道本無窮，始入罕盡純。聖域漸以優，其舊不足稱。我友伯珩氏，早覺詣至精。論道貫三才，屬意在人弘。我髮亦已皤，倀肽岐路盲。厭厭斧斤餘，豈望萌孽生。昨從行墨間，初聞敬與誠。補過斯要藥，但恐力不任。登陟阻危巒，震搖俄復崩。君為河上圖，我愧草中螢。欣言得所宗，委曲施規繩。君行日方升，我心夜未晨。永懷濂洛理，從君共披尋。

贈沈繹堂

昔爾辭承明，驅車大梁國。握手難為分，贈我雕龍筆。一別曆三秋，再傍燕鴻集。嵩山有玉芝，似君好顔色。漢文慕賈生，席前如將失。明良古所同，顧言勗令德。

效古

一

別家向七載，不言三徑蕪。奉職思致身，焉得懷故居。委重未能酬，坐使盛業虛。覗此衰病質，乞放還山隅。沉苦日以消，積尤日以除。乾坤正隆理，不少賢俊驅。犬馬苟尚存，畢力於菑畬。

二

我酒不常有，我酌亦不多。經晨酒未酌，臨風屢欲歌。有客兩三人，道我顏色和。衰愚得退止，大化無偏頗。徜徉大化中，不樂將如何。

述懷倣謝體

夙我遊承明，非材濫朝請。徒然林壑蹤，踐躡華要境。累辜曆紀集餘，蒙惠謝所領。貧居寄山邑，偃息塵氛屏。乘候有遷換，撫物無匿景。雊雉振東皋，鳴鶯趨北嶺。兒怵播植良，婦告春蠶整。首愉租課畢，再欣鼓鉦靜。逡巡結綏年，都炎常若冷。稅鞅斯未晚，已矣矧多幸。悠悠鴟夷棹，兀兀文園枕。綺黃匪不出，終遵鴻鵠冥。蒔花燦幽籬，蓊翳桑榆影。放懷天壤間，達生庶可省。

閒居效陶

閒居少塵事，杜門閱典墳。幽性不遑移，非欲故離群。山林在屋後，鶯語朝朝聞。此外意都忘，嗒然得所欣。生理已云拙，恥與外物親。天命信有然，聊以遂吾真。

臘月九日攜子姪散徜于石子固西池同乃兄子約弟子受成甥友端並子見呂凡八人紀之以詩

梅花挺水央，鳴淙漱垣外。城闉襟帶間，振古斯園最。今晨老少集，沈泥得聊賴。林垌歲寒景，歘與陽和會。時芳匪容競，道運無心泰。睠情川上言，悠悠仰圓蓋。

石門詩

石門距陽城五里，亦一隅之奇勢。壬寅臘月十九日，偕友人石子約、張射四、男方鴻來觀，賦以代記。是日，屬石子受治具邀酌莊園，因書與之。

萬山奔一城，石門當水口。仰垂千仞壁，清潭俯承臼。森然敞雄界，包鐍此重厚。緬自陶唐季，鑿出神禹手。稟靈人物萃，過續徒虛有。揭來據嶄巖，風霜滌埃垢。嵚崟萬古心，傾寫寓杯酒。誰能隘六合，獨後天地朽。

表幽二首

陵川郝公經

郝公生元世，自任為民天。濟時用六經，謀道遑顧身屍連切。當其處羈厄，委順合本然。周程與韓歐，造術堪後先。向非剖遺珠，疇將鏡淵源。炳哉太極理，萬古一壺春昌緣切。

和順王公雲鳳

維天不容説，所盡者人事。得聞與不聞，敢猥分形器。文中羽聖詮，闡繹蔑弗粹。文清復性旨，視昔為簡易。行道以復性，和順簡尤至。晉國孰云眇？踵建道之幟。

感遇二首

一

翠有羽自殃，木以不材壽。古之避世人，藏身混瑕垢。結繩匪不密，獨為吞舟漏。沉溺於酒糟，厥謀亮非陋。

二

甯為昏昏黝，毋為皎皎白。知白而守黝，斯義豈無擇？摩頂果足希，吾甘從墨翟。

寄題函樓

我聞浮丘生，遺世巢雲煙。高居閱象緯，匪云求神仙。周情既緬渺，孔思亦沈綿。橫襟隘八極，得契鴻濛前。以此送景光，榮好紛可捐。山川列修檻，憑風弄朱絃。曲終再三歎，古調何人傳。

永城道中

驅車日焉歇，南行閱八荒。褰帷一恣眺，鬱然中慨慷。盛夏辭燕京，揮汗如白漿。數晨踰梁宋，木葉見微黃。川陸勢更變，雲物相迴翔。僕夫嗟行潦，艱苦亦屢嘗。隋堤柳色稀，草深沒牛羊。聞見雖日新，所悲道里長。丈夫志四海，弘毅固所將。圖南喻彼鳥，安能困榆枋。

放船

仲秋渡彭蠡，當面見匡廬。今晨浮桂水，簫鼓奏歸與。中流眺荊岳，嵯峨列清虛。一雪夜不覺，曉窗開畫圖。起檣眼忽青，得似山中居。南藩逼炎海，自昔稱火宅。山花臘節開，葉間紅綴白。殊方物色怪，觸見動蹙額。遠遊亮多憂，回棹固其適。持節萬里外，問俗到蠻貊。率土乃吾徒，忠信道不易。沙暖鷗鷺亂，地遠雲竹積。撥樽倚舷謳，胸次應非窄。胡事室中兒，擇利較丈尺。

春興

澹雲棲古堞，融日冒高林。遺屙暫徐步，微風開我襟。羈塗思駐足，退轍每難尋。斯願尚蹉跎，歲月空浮沉。翳翳河邊柳，時至又舒陰。夙佩達生言，恥為役慮侵。床頭一壺酒，聊以展素心。

西園桃李下

人生慕時榮，無榮亦何衰？桃李開豔陽，不避東風吹。蕩蕩江河水，茫茫晦朔期。水流無迴波，花落無留枝。人命一朝傾，視之忽如歸。理也孰不然，持以謝憂疑。

七言古詩

集成冀雲少府月莊歌以贈之

君家月墅富修竹，瑟瑟空山翠濤撲。短垣雜花累百稍，乘興不待紅成簇。雜花著梢蕋零亂，密竹穿階拄檐幔。青絲挈壺紅罽席，客醉浩歌白石爛。白石爛，泉濺衣，泉邊磨鋏光欲飛。風吹柳條黄依依，陌上斜陽且未歸。君不見，雒陽花，芳菲天下少。前月干戈迸血腥，殺雲歎慘連荒草。舊遊之地勿歎嗟，但啟柴門花不掃。

愛女行

有鶴折脛行類凫，雌雄隔林鳴相呼。前有鴝鵒後訓狐，低困不克將其雛。骨肉各在天一隅，愛女新嫁如明珠。少壻名臣尚書後，復有阿姨為其姑。麻樓山高不可上，有水艱難傾到廚。此女望母日啼哭，山高天寒缺衣襦。重啼怨母淚欲枯，日暮山頭行坐盱。望母怨母不得見，父別來年音信無。豈知汝父歸已久，欲遣相迎無馬駒。鼓聲塞耳箭滿眼，苦怨汝母胡為乎？吁嗟哉！鼓聲塞耳箭滿眼，苦怨汝母胡為乎？

行路難

有脛不能馳萬里，曾向天邊數白榆。有臂不能挽一石，玉皇案角持青鏤。珠盤瓊鱠送蓬池，畫中樓闕光參差。鈞天未終漏水緩，官使頻催禁柳詩。窮山猿鳥往來路，今日騎驢亦徒步。大陸風吹溟渤乾，魚龍夜泣空桑樹。麗譙夾市何人居？鹿場兔宇卜我廬。

憶昔闕門臥白晝，常嫌野馬動交疏。瘦妻未習山中苦，題著艱難淚似雨。大男土顔見父稀，小男索果啼向母。夜夜崖間豹子號，氍毹不煖霜天高。皂帽新裁翠蓋折，獨映少微看斗杓。願使秋風變和東扇西，媧皇再出正二儀。日華五色土流脂，戰馬為牛士歸畝，天下人家無别離。

冰車行

長安歲晏車闐闐，九門道路咽不前。正陽橋柱早為折，半載耗動水衡錢。橋下長流玉溝水，往日女牆今遍圮。罟師征逐眾魚盡，岸上行人嗟未已。觱栗百丈結層冰，就中忽睹驅車人。搖搖繹繹往來速，琉璃汗漫絕纖塵。彷佛乘槎銀漢中，三里四里瑩潔同。

未覺背間生毛羽，颯颯耳後聞天風。如此臨淵且無怖，兒童赤脚歡相驚。乘興寧須籃作輿，騎驢不數山陰路。天子有道重四郊，守國何必事隍壕？追鋒接軫美遊敖，冰泮還應著小舠。

燈夕行

憶昔少年燈市東，觀燈走馬黄門同。王侯錦幄列雲際，簫鼓競噪鰲山紅。豈知彈指二十載，世代變遷諸物改。淚眼遮燈不敢窺，六街風俗相沿在。雪霽月圓大破黑，華燈翠管俱不息。玲瓏幻巧百色備，潦倒流連萬端極。長安貴人子，獸錦垂貂纓。彩雲照席花映肉，珠罌卜夜圍傾城。善果好燈光正灼，佩聲履跡争相錯。誰家部卒馳怒馬，馬鞭着處千金落。老夫聞之淚交墮，萬事盈虧飽經過。但願燈光歲歲繁，雪深不禁袁安臥。

劉學士齋中芭蕉忽花邀賞作歌贈之

人言芭蕉似散官，不花不實空拂欄。葉上題詩滿蒼翠，荏苒只合沈郎彈。豈知卉草有梁棟？赤巖十丈花如雍。生恐北地異暄烘，藍田玉樹誰能種？學士新齋圍數尺，迎秋瞥放一花孑。當柯屈錯三僊掌，蘂包太華芙蓉崒。日日門前輦轂塵，千林松栢摧作薪。此花直可空萬彙，豈獨五芝乃見珍？詞林前輩有枚叟，佳句時時上人口。雨中對汝眼偏青，應難獨酌長安酒。長安美酒僊露醅，盤行玉鱠雲靁杯。織女持梭降雲幕，洛旌湘瑟紛徘徊。西山寇盜連烽火，我欲拂衣曰未可。隨分花前伴沉醉，恥向秋風抱磊砢。

楚江萍實何人傳？玉井那無十丈蓮。物華夭矯漫虛度，金門自古有神僊。日精白花雖辟穀，菖蒲紫茸堪劇劚。會得從君驂白龍，茫茫四海同蕉鹿。

江甯寄呈張伯珩侍御

故人驄馬駐揚州，我吊金陵煙樹秋。相思相望江城裏，二十四橋隔江水。八月征車上武昌，因君驛路有輝光。故人但飲揚州水，回首金陵一斷腸。

留別錢武子

桃葉渡頭不用楫，君來跨馬挾長鋏。燕王臺上無黃金，疋練吴門驕蹀躞。白下秋風客思多，故人分手醉顏酡。彩毫早著《三都賦》，南雁歸時共渡河。

驄馬行送田兼三侍御按鹺

驄馬御史非馬曹，螭頭抗疏真人豪。會逢司馬飭鞬櫜，民間不許畜馬毛。行客騎驢空繫刀，黄巾緑林氣益驕。北來騏驥數千群，孫陽不顧鳴蕭蕭。畿民使馬恒代，一朝失去顔色凋。耕犁挂壁車臥道，胥徒得志閒左騷。君疏一上達九霄，頃刻之間印已銷。舉朝誇誦謀慮高，切中猶如癢得搔。燕齊之利煮海濤，遠饋梁宋趙衛郊。天子命君視周遭，去乘驄馬列旌旄。大河千里流滔滔，雲裹岱宗如建標。君行驛舍不言勞，篊疏貢通弊盡薅。宿昔許君經濟饒，會向彤廷受殊褒。長安大道緑楊橋，為君置酒待還鑣。

暮春二首

一

暮春三月閏將殘，閉門尚畏衣裳單，幸喜東風送柳綿。香簇錦氈拖地滿，何用枝頭榆莢錢？

二

一春臥病劇愁煩，筋骨支離心已昏，上書再告不被恩。駑駘雖知戀芻豆，何堪列仗奉至尊？

思歸曲清明前一日得喬贊善書作此答之

帝城草綠迷芳洲，思歸病寢空煩憂。愛君窗前摹古書，正月寄我西山頭。二月又過清明前，開緘長歎淚眼懸。浩浩昔賢安所仰，半生毛髮先皤然。山深春雨琅玕長，悠悠我思欲汝仿。煙嵐蒼蒼木石多，混身鹿豕閒來往。

移竹簡石子約

小齊宿雨坐樊籠，竟日沉吟恨枯槁。偶憶曩昔青林遊，千頃琅玕秀巖表。萬石郎君雅我曹，誤將瓦礫當瓊瑤。（子約鐫予舊遊詩于青林壁石。）瀑布淩虛灑蒼靄，年華迴首興滔滔。可喜郎君愛人不惜物，輸情滿意應人乞。四僮力負十一根，根根青榦直如筆。樹之茅牆亂雲日。入耳早有琮琤聲，不飲不餐愈我疾。美哉此君愈我真我藥，欲報郎君無好作。

我所思行送石子約赴太倉州奉寄太守陳公

我所思兮在海濱，婁東太守洵絕倫。雅材純質善牧民，器收溟渤浩無垠。三年不見懷抱親，尺牘時時及老身。邑中諸生舊吏人，爭往從之若魚鱗。張筵歌舞娛眾賓，不數孟嘗與春申。石生矯然真麒麟，公夙遇之九方歅。少年風格胡彬彬，要窺南紀涉海津。新秋爽氣淩高旻，順流鼓柁無埃塵。道采白蘋雜綠筠，登獻華堂照錦茵。歡然入座氣生春，忘形笑語盡陶甄。行山故人拙隱淪，出入蓬蒿偕鹿麕。欲取神鼇奠八夤，空持兩拳乏巨緡。唶我思公久逡巡，安能致之佐楓宸。相距數州如越秦，眼前慷慨難具陳。石生石生，試聽我所思行，教兒歌罷欲沾巾。江海連天掛席去，側身遠望勞心神。

悲歌行寄贈新城王悔庵僉事

從來燕趙多奇士，宿昔逢之有王子。王子長安舊酒徒，問亦窮愁托著書。口頭不住談鄒魯，心鄙尋常章句儒。醉中拍案翻銀鲊，大言天下無狂者。獨有容城孫先生，甘心乃肯為之下。顧我蒼黄孤拙人，訝君邂逅神相親。掛冠别去多年歲，夢寐交通如一身。潞州小阮驊騮質，治理廉平誇挺出。欣傳一札自天來，惝怳空山驚有得。寥寥皓首少知音，南北天涯各在林。相思永夜看明月，一曲悲歌淚滿襟。

雪中口號

大雪不可掃，門外無車道。手揭甕頭泥，開口為君笑。世事無端老卻人，酒邊留得朱顏少。

贈劉闇然通政致仕歌

洪洞劉先生，貌古心亦古。去年謁金門，至尊目親睹。一朝特命列外藩，欣然告老歸田墅。自言：『臣壯日，西建牙，東持斧，區區筦轄之司，亦何足數。奈臣今已老，心長力短庸何補？』天子愛之不能強，主恩允放良得所。辭出都門駕蒲輪，還汝山間之池圃。山有池兮池有魚，酌流霞兮開素書。浣塵纓兮清泠，觀並蒂兮芙蕖。昔汝往兮驥子駒，今來歸兮鸞四雛。謝馳役兮富貴，終安息兮形軀。閒玩白雲隨臥起，朝朝飽飯歌唐虞。

大珠歌壽法明府

吾聞大珠山，乃在大海濱。上有三石室，幽竊絕世人。中藏寶書數千卷，文燦五色蛟龍精。霹靂一聲墮山麓，誰其得者法先生。先生昔日官靜海，神明愷悌多文采。長才躑躅不稱志，避世牆東無怨悔。膝下丈夫子，生骨天下奇。親發琅函守夜讀，隻字不令傍人窺。君不見，乙酉山東一才子，一日二十三篇噴珠璣。主司驚恐奏閶闔，忽復射策魁春闈。木天巍巍通帝座，染翰落紙雲霞披。岣嶁屈錯石鼓碎，遠蹴楊雄近陸機。神物遭逢有時會，要與琬琰增光輝。翩翩廷尉同時起，英詞雋氣沉秋水。對面咨嗟雙寶刀，君家堂構應須爾。竊怪當時張子房，授書發跡圯橋傍。功成馬上見黃石，入道還傳辟穀方。君家黃石致有在，豈獨區區富貴與文章？古人鑪冶匪虛詫，上者神仙次王霸。教子看成房杜倫，奉身已作陶朱亞。孟冬十月海氣空，青天遠映蓬萊宮，先生蕩漿溟煙中。白髮長嘯淩飛虹，願持一觴遥獻翁。太平扈從得英俊。君王上苑罷射熊。不肖明日歸山試彩服，來年鞭弭隨長風。時予請假省。

醉翁亭歌二首

一

山中兮蒼蒼，虛亭兮釀泉之央。怪石翔立兮或如傴僂，空山無人兮誰其主。

二

山有亭兮亭有梅，亭更興廢兮梅花歲開。榦鐵兮春霜，為翁壽考兮不忘。

念園存稿卷一終

念園存稿卷二目録

五言律詩

七言律詩

五言排律

五言絕句

七言絶句

念園存稿卷二目録終

念園存稿卷二

清　白胤謙　著

五言律詩

忠鄰家兄自燕歸

漂泊驚相見，風霜色不無。天涯諸盜梗，家難一身孤。臣節真無議，皇恩終易呼。遺編忠孝在，黽勉答黄壚。

東堦王孟楨孝廉讀書虎谷

鶴與雲俱出，山空草木秋。池添逸少墨，賦壓仲宣樓。竹響涼先入，螢光晚故留。避人種瑤草，白露滿葭洲。

徜齋

僊吏蓬萊滿，濯纓在王河。地嚴將日永，天近與春多。文物需微祿，朋儔慕和歌。紫微花待發，珍重莫蹉跎。

山中早寒

霧露侵衫薄，裝囊掛壁稀。山林安足守？城郭不堪歸。白鶴依人瘦，黄羆得食肥。無才稱時俗，遮莫壯心違。

東窗柴門

玉局違鴛序，柴門揖鹿群。把書閒度日，倚杖細看雲。山水蒼蒼合，秋泉裊裊分。野人憎儒服，應故減儀文。

散髪

散髪才垂耳，無人獨倚床。倦遊殊困頓，痺病且佯狂。歲月紅塵鬭，山河白羽忙。君看巖上隼，羅網亦虚張。

酬張伯珩見懷兼送北行

故舊紛乘會，終軍欲棄繻。少年誇老格，特起見雄圖。堅白慙高譽，馳驅困小孺。太平容石隱，曳尾在泥塗。

寄王心盤兼謝廣平守倅諸君

一

浮雲滄海色，千里照離憂。河朔群公會，平原十日留。吟殘流水調，興盡採蓮舟。欹枕燕台暮，緘書惜壯遊。

二

平干浹日飲，飛幰杜園過。燒燭臨歌吹，濯纓就芰荷。風塵雙劍合，氣象聚星多。回首習池曲，青雲冷薜蘿。

代贈某公

長安晴雪後，紫氣滿燕關。後進元桃李，高望自斗山。曉鐘雙闕靜，夜柝萬家閒。看曳尚書履，雲邊謁帝還。

送楊沁湄先生左官還里

意外看君返，仙舟那可依？艱難時事有，惆悵老成稀。霜鬢閒愁思，雲山本息機。田家終自穩，莫歎寸心違。

寄江甯竇直指蔚

西江仍轉戰，南國向如何？汲黯思偏壯，終軍氣不阿。干戈蘇草木，租稅減黿鼉。屈指還朝節，為君續五紽。

哭藐山師

一

至德宜公獨，生安早識幾。世途經鍛鍊，道力豈脂韋？白日空棺落，青天化鶴飛。後來誰複繼？山斗自常依。

二

夷吾不可作，一櫬渡江來。誰下陳蕃榻，空留庾信哀。餘生知己盡，月旦衆人猜。回首悲榛莽，斯文安在哉！

送任中翰贊畫軍前

詎有山西亂，深愁消息真。一身淹薄宦，八口倚何人？功立征南誓，恩宣喻蜀臣。蒿萊有耆舊，馬首為咨詢。

寄宋玉叔監榷蕪湖

海國蒼茫外，蛟螭久晏然。艱難違地遠，忠孝倚天全。酒肆連江驛，魚鱶盛估船。君懷似秋水，賦就斗牛邊。

幸喜大同逆帥姜瓖授首。

幸喜雲中捷，元兇已受誅。神功收不戰，仁澤到無辜。草竊終難久，餘氛會一蘇。有家見天日，歌舞遍山隅。

秋日寄孟楨沛上二首

一

潦水秋天盡，風臺想近遊。兒童樂山簡，賓客愛王猷。葭菼輕航適，峰巒故國愁。舊傳單騎信，盜賊定無憂。

二

天涯傷遠別，淚漬菊花新。舊鏡顔侵老，秋蓴夢失真。無書渾自解，有酒強誰親！獨歎京華客，煎牽兩地頻。

送常給事罷官還秦

許允元清節，胡威寔繼芳。拂衣心不恨，借劍意空長。深草低鷹隼，秋山老驌驦。廟堂還記憶，盜賊會應亡。

胡韜穎中丞至都門喜贈

一

聞道趨天闕，功高百戰餘。生還豺虎窟，病讀老莊書。羈旅心常下，英雄略未疏。麻衣雖似雪，竹帛豈應虛。

二

風塵多戰壘，不忍向西看。報國身先退，思親淚欲殘。故鄉烽色遠，客館筑聲寒。無限包胥意，為君拂馬鞍。

新典梁司農宅東梁玉立太史

一

天涯淹拙病，歲暮且移居。裋褐矜全窄，泉刀笑不餘。柴荊寒柳落，睥睨曉雲舒。偃息從吾懶，無營好著書。

二

司農城畔宅，太史肯留人。喪亂愁堪老，綢繆意近真。風塵寬覓醉，時令巧催春。眼界何曾限，銀灣正接鄰。

哭張去偏

一

後來君竟爾，吾道益羈孤。欲廢新詩句，虚殘舊酒壚。飄騷驚玉樹，滉漾悵驪珠。久客因腸絕，哀啼切夜烏。

二

風流張太守，生最負時名。道廣饒賓客，官貧得舅甥。悲歌吾獨愴，繫戀爾應輕。迴首行山暮，偏傷截髮情。

送法編修假歸

還朝席暫煖，又掛海帆行。彩筆霑新淚，孤琴輟舊聲。古汀寒雁下，荒戍夕煙横。贈别悲孫楚，深增伉儷情。

樓浴咸兵憲李粲辰太守馬少樓參戎邀飲岳陽樓

高樓跨洞庭，風景入南溟。水勢涵天野，波光蕩日星。絃歌徵後樂，名勝快初經。渺渺懷仙興，君山落掌青。

使者

使者頻來此，長沙未肯過。功名歸將帥，行止傍干戈。花草沿湘遠，峰巒號岳多。九疑高悵望，崖石幾時磨。

殊方

殊方俗尚鬼，犯順賊兼獠。異態慵抬眼，沉疴只繫腰。近江鳴宿雨，望闕卓舟霄。豺虎何時絶？騰騫向斗杓。

寧遠

甯遠苗蠻聚，猶聞瘴癘屯。總戎新報勝，雜種未遑奔。嶺外機宜密，衡陽轉運繁。一身專奉節，得羡早飛翻。

衡州諸公邀飲雁峰寺

峰頭供帳遠，旌蓋俯瀟湘。昔訝無鴻雁，今看集鳳凰。閭閻聞伐鼓，人吏竊行觴。昏黑全傾倒，茫然著上方。

留別衡陽諸公

綠酒瀟湘色，維舟送使臣。從無南去雁，幸有北歸人。兵甲上游苦，帆檣下瀨親。聖朝仗公輩，且為撫邊民。

歸舟漫興

鼓枻臨烝桂，還家歲暮心。雪晴瞻岳迴，舟穩就江深。過淺尊灘子，霑波羡水禽。詩成惟漫興，未學楚人吟。

湘潭舟中寄張宜男道長

嗚榔乘水驛，稍似碧雞還。豁達懷高義，周遊惜盛顔。難忘上客禮，有數列仙班。待就天壇約，酬君白玉環。

送吴梅麓户曹

疇昔論文友，相逢駐使車。安危萬里外，聚散十年餘。輦上名方起，尊前興不疏。清江花照眼，早晚有雙魚。

侍直詩二首

一

清切依丹禁，深嚴寓直廬。相車追次入，御旨發教書。寵懾金床側，恩欣玉饌餘。旁觀多治理，偏覺愧庸虚。

二

碧水鯨橋下，潺湲出未央。闕雲高不散，宫樹密成行。夾路來仙蹕，浮空繞御香。至尊無逸事，連日幸奎章。

送張穉恭奉使杞河

聞道宣房塞，懸知萬福來。瀆宗歆報禮，使節與賢才。駟馬春程適，千篇野興開。張騫去不遠，蚤見泛槎迴。

送王念蓼掌科備兵榆林

華省金蘭契，雄邊鎖鑰才。仙舟聯楚甸，朋酒散燕臺。古戍黄雲積，春城白雁迴。聖朝思汲黯，頻望奏書來。

送伯珩假省

今朝漢廷尉，猶著惠文冠。閔孝真無間，於門本自寬。承歡多笑靨，惜别易汎瀾。要識恩深重，君王盼玉鞍。

南苑

南苑凝黄屋，泬寥聖慮清。雪深貔虎帳，雲静鳳皇城。肅穆堯欽若，哀矜舜好生。迎陽節候届，真宰鑒虚明。

春日隨直苑中讀諸相公應制佳作

禁苑沙堤暖，春風修禊餘。波光臨太液，柳色接周廬。龍舸傳呼遠，霓旌夾望舒。叨承三事側，高調捧瑶琚。

仲秋内計吏部署中

秋空寒雁度，古廨白雲舒。月好邀清詠，風涼納廣除。群倫歸綜序，雅鑒藉沖虛。翹首君恩重，深慚效職疏。

哭伯兄長洲先生四首

一

聚散岐生死，悽惶骨肉情。長吟辭大夢，旅病抱愁城。四海誰兄弟？千秋絕友生。一哀再回首，誤我是浮名。

二

大宗君最長，道德更吾師。論世堪依隱，全身在守雌。天倫前輩盡，深識少人知。黯黯風塵內，誰題李子碑。

三

萬卷容邊腹，為文似陸潘。戈矛違薄俗，蟣虱棄微官。有意留香井，無心問大丹。飄飄天地外，遊戲狎龍鸞。

四

伏枕傷心甚，天涯道路迷。髭間三寸雪，馬上五更雞。大野悲風急，寒郊落日低。故山歸未卜，揾淚向西啼。

己亥元日

到眼春偏稱，閒邊覺晝長。風香生柳岸，水色動冰塘。失職緣疏鈍，無心得混茫。故鄉饒藥餌，徼倖望恩光。

寄贈御前單副戎赴鎮甘肅二首

一

世祖蓬萊殿，升騰集武臣。直廬侵霧雨，夾帳畫麒麟。策略孫吳富，恩私絳灌鄰。諸君才不忝，同合奮風塵。

二

北闕蕃褒寵，西征爾絶倫。鳴鞭輕擬鳥，命的欻通神。近日烽煙靜，懸知壁壘新。安邊餘壯略，何遜扈楓宸。

秋日清涼龕同郭山人訪回岸上人二首

一

一龕穿怪石，千仞曆危梯。勇烈聲何往？清涼境不述。暗泉禪杖下，斜照梵窗西。縱有遊尋客，無勞出虎谿。

二

舊劍留何處，新袈著二年。無愁斷煙火，獨在好林泉。見性寧多指，忘機得正禪。自憐終浪宕，為爾一修然。

念園詩

暮齒依林薄，塵情盡掃除。餘生何戀著，久計在郊城。自笑還營屋，人扶且荷鋤。從來食舊德，應不厭菑畬。

七言律詩

飲青林別墅

陰崖側護澗之槃，蔚然千箇青玕。林亂初疑徑所出，泉迴旋與石更端。佳人停歌山鳥弄，童子摘蓮秋水寒。嵐露沾衣天欲暝，裴徊為惜荷花殘。

壻王孟楨過我率爾有作

遊子辭親騎馬出，館甥問舅入城趨。新醪到盞深深碧，中歲論文漸漸疏。豺虎乾坤三尺劍，鳳凰樓閣萬言書。乘時戮力須英俊，北上仍慙附後車。

酬張修其侍御

十年獻賦老燕臺，漢主今辰上苑開。憂國匡衡能抗疏，譚詩賀監且憐才。愁中擊劍風塵滿，病起彈冠春色來。見説惠文頻召對，俄看執法近三台。

再和孟楨

洞中石巢如飛樓，下臨無極山窗幽。寒壑悄然冰雪結，陰雷颯爾波濤流。向生未老元甘隱，陶令雖貧實倦遊。綠酒已非他日興，白雲強為故山留。

贈去偏時納雙姬

合浦珠還並月明，鳳城攜手淚縱橫。天涯聚散頻生死，宦海升沉自舅甥。予病望歸消藥餌，君才初展就功名。羅敷西子同顔色，誰更風流似長卿。

秋日登慈仁寺閣同呂見齋

危欄四面敞風煙，送客遥臨意惘然。萬里浮雲朝北極，千家秋色靜諸天。同看陸海兼塵湧，誰識尼珠並月圓。賴是長安多勝跡，風流逾愧昔人賢。

送去偏甥守鳳翔

駟馬橋邊願不違，岐陽古有尹翁歸。黃河雁度鄉關近，華嶽雲生烽火稀。九死豺狼悲客路，五年霜雪感征衣。春來鸜鵒含愁甚，何得從君隴樹飛。

送史太恒按閩中

萬里行看孟博車，秋風分手立踟躕。成勞西極來天馬，遺直中朝念史魚。江上鼉鼉迎過舸，蠻方豺虎避懸旟。長沙有客需前席，急為囊中具薦書。史先按上江及茶馬。

送馬玉筍使衛河

干戈華髮滯天涯，送客臨岐苦憶家。宛轉蘇門餘鳳嘯，風流水部有梅花。雨深上國帆檣壯，日暮西山鼓角賖。咫尺桃源隔茅舍，相迎何計老煙霞。

贈虞貞石

薊北風塵訪舊遊，五湖煙水羨歸舟。遲迴按劍珠堪惜，珍重連城璧自收。才棄賈生無痛哭，愁驅虞氏有春秋。應悲短蹇拙金門客，採藥何時掉白頭。

寄上官三立直指

青春驄馬壯君行，並躍雙龍出匣鳴。鄂渚旌旄紛倒屣，楚天舟楫盡休兵。庾樓明月添新興，湘浦芳蘭寄遠情。肺病比來頻伏枕，故山迷望虎縱橫。

冬日遷居謝主人王中翰

頻年拙宦容樗散，借宅遷延幾處家。高義每常勤地主，腐儒何只戀天涯。干戈湏洞思鄉國，書卷飄零閲歲華。已典茅堂臨雉堞，春風安迓鹿門車。

遣愁

騣騣禁旅大征西，愁見千峰落日低。王屋猿聲遮翠嶺，析城鳥道上丹梯。天清嶂壘無亡鏃，雪霽郊原有放麑。極目高樓辨風色，萬金遥憶好音題。

寄任中翰軍前

王師節制肅高秋，幕下英賢盡獻籌。父老定皆扶竹杖，將軍早已釋兜鍪。沁溪水落魚龍穩，盤谷雲消魍魎愁。聖代止戈元不謬，即看圖畫載歸舟。

蒙河内楊恂如司李取寄家信

久報王師收上黨，始聞移帳駐高都。接天鼙鼓還悲壯，伏莽豺狼定有無。次第蠟書通警急，艱難魚服出崎嶇。中原十畝平原宅，雲木蒼蒼叫鷓鴣。

泛採石題謫仙樓

謝眺青山李白樓，憑欄横望大江流。山中明月應長在，江上行人自白頭。建業東來雙袂濕，洞庭西去片帆秋。援毫欲借驚人句，蕩滌尊前萬古愁。

中秋日青陽留别史明府

青陽山色霧中收，南國風煙迥自愁。萬里程途淹積雨，一年時序遇中秋。天涯寶鏡頻看老，地主金尊幾夜留。甚欲同君待明月，不堪極目仲宣樓。

九日大風發覺華寺

九月九日楚江干，天風怒號野寺寒。薊北屢傷白髮早，荊南仍少菊花看。羈情久厭登高俗，故國遥知縮地難。欲賦雄風懷宋玉，陽臺不見路漫漫。

次長沙初聞進秩之命

湖外雲山黔粤鄰，北流湘水趁歸人。歛唇白酒還祛瘴，瞥眼紅梅已放春。萬里星沙旋詔命，三軍海嶠厭邊塵。生還欲分投竿老，拜闕遥懸劍佩新。

挽故宗伯王覺斯先生

拜命西南祀典優，分馳四牡出神州。題詩直上三峰頂，濯足遥從萬里流。朝内會求封禪槀，世間遂絕廣陵謳。孟門濁浪冥冥急，日暮蛟龍阻渡舟。

奉和薛夫子元日紀恩

彩仗迎春淑景明，太和行慶集公卿。九成舜樂鈞天作，萬石堯尊北斗傾。氣轉仙蓂晴日動，風迴御柳瑞煙生。叨陪燕樂歌魚藻，同祝無疆報聖情。

春日懷同院諸友

左个春開萬國同，鳳池晴色曉蘢葱。趨朝珥筆書新政，直院鳴珂逐上公。宛轉鶯遷宮樹裏，參差花發禁城中。深山欲寄無芳草，惟有相思向北風。

送霍魯齋侍郎許傅岩給事奉使河漕視工各一首

一

秋風瓠子水增波，帝遣樞卿擁節過。四載豈遑辭霧雨，九川終自偃黿鼉。中原隄障沈牛歇，南國丹航畫鷁多。不遇漢廷推轂早，淇園竹盡欲如何。

二

河渠慷慨舊陳書，奉使俄看下玉除。定有玄夷通夢寐，不憂赤縣困儲胥。秋風水驛催行便，海嶠浮雲入望舒。更識還朝增氣色，幾多封事借衣袽。

都門贈李退庵侍御因懷張宜男使君。

巴陵一別數千里，京國重逢忽五年。華髮影隨天闕下，繡衣名在楚江邊。芙蓉殿裏封章靜，虎豹營中鼓角闐。久擬裁書問張翰，衡南無雁欲誰傳？

仲春上駐蹕南苑閱武應制

天子乘春大簡徒，龍旗千隊獵平蕪。爪牙儘是周賁旅，扈從還多漢大夫。細柳寒輕驕赤驥，長楊風軟迅雕弧。幸承燕樂歌魚藻，稽首何能贊帝謨？

乾清諸宮告成上命詣觀懸扁賜金花綵幣恭紀

蓬萊宮殿敞千門，寶額金題射曉暾。欻有雲霞生棟宇，端然法象配乾坤。虬松鳳竹春常近，鼉鼓鯨鐘樂正繁。慚愧曾無匠氏力，空承花錦濫朝恩。

五日瀛臺侍宴

龍船百尺擁飛樓，令節端陽扈聖遊。坐密金甌傳法酒，筵高寶饌進中流。鶯遷茂樹隨橈轉，魚戲新荷接岸浮。天近九霄多湛露，歡同鵷鷺集瀛洲。

次通州

左輔雄州控上游，交衢水陸此咽喉。雲屯萬騎南征卒，雨集千帆北貢舟。瀏鶒飛時煙漠漠，鵜鶘立處水悠悠，青樓絃管朝朝樂，誰識憑軒使客愁。

密雲道中

連山列障勢巃嵸，歷歷烽墩在眼中。塞口筏船浮曉渡，沙場禾稼長秋風。千年未息秦民怨，百戰空傳漢將功。內外自今無畛域，恬熙終賴聖圖洪。

病中酬趙懿侯見贈

吳門煙月傷心處，落日琴臺罷昔遊。陶令還家松菊老，晉祠臨水石苔秋。長安美酒堪投轄，旅舍沉眠倦倚樓。為報鄉園著書客，陽春白雪愧難酬。

送薛衛公之淮上

淮南煙景滿春蕪，僊使乘驂駐此都。無事但觀鴻烈解，有時還寫輞川圖。城樓落日銜旌斾，海嶠溫風聚舳艫。極目雁行天不斷，翩翩飛遶射陽湖。

吊李四孝廉表弟

乘舟直到地南頭，處處題詩墨瀋浮。一自歸尋范蠡棹，幾番空憶武昌樓。雲殘極浦猿聲暮，月落荒城桂樹秋。老我平生兄弟少，不堪蕭瑟淚長流。

酬王敬哉尚書

家山歸後少知音，無限相思翰墨林。千里夢隨燕樹遠，一函書到晉雲深。帝城鶴徑迴高步，故國雞棲抱野心。總荷聖朝因禮渥，順時魚鳥自飛沉。

送張少司馬伯珩左官赴閩中

開府還家尚壯年，分藩遠去意欣然。憑將報國謀猷富，未覺蠻方天地偏。海色重經瓜步集，君舊按淮揚。山容盡入武夷船。相思莫畏頻年別，拜詔行歸魏闕前。

過西谿偶憶東山故巢戲題堂壁

東谷煙霞鎖舊棲，西谿水石趁扶藜。幽巖冰雪跧龍虎，近岸桑麻狎犬雞。陶令酒杯真足老，謝公屐齒莫重迷。白頭甘作無名子，沉溺林泉任笑詆。

野老亭

新留城南平頭村宗舍數間，將以來春命兒支苫，為余遊涉之所，名之曰野老亭。又將買蹇驢，興發則乘之以往，殊足快也。重省來日無多，或者不免達觀者譏誚乎？躊躇得詠，謾載於此。

古槐樹下高曾塚，逼近平頭原上村。茅屋數間宗老去，荒煙一片斷垣存。傍阡新欲安畊畝，側面還堪閱灌園。情事有餘朋舊少，騎驢幾度到柴門。

喜沁水王世如使君由蜀川東齎捧過家移就洎城宴會作贈

君從三峽趨京國，親過瞿唐灩澦堆。星節遠看南極外，酒筵高會少城隈。杜詩少城注：『小城也。』洎城亦名小城，故云。十年懷抱狂吟減，萬里巴渝滯客回。有意相邀臥林藪，莫愁幕府重相催。

五言排律

直中書懷

玉署通丹掖，芝宮接露盤。典文窺琬琰，野性逐鴛鸞。歲月埋青簡，恩波詔素餐。自憐圖報拙，誰信乞歸難？蔓草詩書積，連雲甲仗攢。半生逢委頓，一往事辛酸。良史虛班馬，高才謝陸潘。生涯空載筆，愁思不離鞍。燕市懷屠狗，章臺覓弄丸。雙眉凋娬媚，故步失邯鄲。世久輕魚服，時猶競鷸冠。青蠅喧繚繞，紫燕瘦蹣跚。窮鬼依能遣，微文守自看。貧居甘野藿，交道感秋紈。蓬但從風轉，珠仍悵雀彈。星辰占汶汶，江海路漫漫。龍掛青天雨，颸鳴白日寒。秋風新月長，桂樹故山團。曠浪寬雙鬢，支離愛散官。鳳池有嵇阮，莫放酒杯乾。

元日嘉魚江上作

獻節澄江浦，春雷古岸隅。年光隨舸艋，天色在菰蘆。暗數元正過，他方八載俱。俗殊思粔籹，坐晚得屠蘇。載詔兼新秩，朝天拜野途。風沙紆赤壁，玉帛限蒼梧。景物叢梅映，生涯散帙鋪。鼓鼙喧漸遠，瘴癘困應輸。宮笛依蘭漿，巴童侍玉壺。乾坤漫寥闊，白首傲檣烏。

哭孟楨

不謂淩衰晚，淒涼竟哭君。奇才難屢見，直性且多聞。在昔同袍並，忘年結趣芬。清談開笥篋，健筆代耕耘。下榻留徐稚，東床得右軍。一朝乘景運，曆試策高勳。沛國棠初茂，齊州竹再分。志超艱稱遂，馭促飽辛勤。煎迫征輸累，顛危戎馬氛。死生俄契闊，兒女合情殷。長路縈榛莽，空囊剩典墳。真嗟駒過隙，偏感雁離群。屈抑雲霄器，沈埋珠玉文。訃書侵宿雨，歸櫬阻遙曛。忤觸增心悸，愁牽益面紋。知音都寂寞，誰分識揚雲。

五言絕句

立秋

急雨催殘暑，驚風報早秋。夜涼月色好，乘興獨登樓。

秋日渡湖口

泛濫江湖會，扁舟意自閒。東風如送客，開眼見廬山。

過九江

廬山有瀑布，若為洗塵纓。江色瞀愁眼，誰分九道門。

題司寇署中

聖德同天大，皇恩布歲初。九重頻奏喜，一月訟庭虛。

古塔

古塔長莓苔，蒼然曆劫灰。不知僧散後，鸛雀幾回來。

秋齋遣病懷伯珩

寂寞秋風裏，門前十丈蒿。故人分散盡，誰賦廣陵濤。

西池一首

池水涵空碧，泉聲不住流。夕陽娱客意，一半在城樓。

七言絕句

七月吟

城上星河耿未央，八珍羅列會牛王。中元出郭家家婦，細馬紅妝壓道傍。

送傅夢徵侍御按甘肅二首

一

尊前白雪聽驪歌，囊草濃霑太液波。漢室幾人追介子，壯君擊楫渡黃河。

二

三邊諸將望前旌，間道斜通細柳營。白筆借將為白羽，招麾一日復西京。

錦樹

密樹霑霜千丈錦，亂書封宅百重塵。更無擊筑悲歌侶，誰惜彈琴長嘯人。

鄰村

獨上青山懷采薇，無邊秋色雁低飛。幾處人家隔煙火，夕陽遥對掩柴扉。

送陳禹前視學蘇松

攬轡曾觀滄海風，論文今到大江東。别後念君秋色好，白雲千里酒杯中。

送王心盤戶曹榷税滸墅

故人薄宦滿燕臺，惜別風前酒一杯。不信江南少愁思，孤蓬落日棹歌哀。

送粵東曹觀察二首

一

使君持憲五羊城，十萬貔貅夾去旌。起部不緣超叔武，南天瘴癘待霜清。

二

天涯秋色導褰帷，君往猶賢數萬師。南海早添任郡尉，便應重勒百蠻碑。

送王世如之宣城令

古寺寒松話別愁，望中煙雨片帆秋。謝公樓上題詩處，依舊澄江似練流。

悼亡詩二首

一

楊枝不負主人恩，司馬難教絕淚痕。最是長安秋夕冷，琵琶聲斷月黃昏。

二

萬壽宮前暮靄平，連朝復作踏秋行。彩雲豈是無心物，應化青鸞上玉京。

代送蔣兵使還任臨江

霏霏雨雪戒王程，碧嶂清江萬里情。解道春風隨轆節，到時花滿豫章城。

仲春上駐蹕南苑閱武應制

軍聲四合羽林圍，鐵騎連雲鳥不飛。獵罷行宮稱壽酒，萬年天子坐垂衣。

又題退翁亭用李太白山中問答韻

白雲深谷隔西川，解組孫登意自閒。莫怪幽蹤常不見，嘯聲時復到人間。

哭王心盤二首

一

不見當時王戶曹，吳兒一曲惠山醪。春霄歌舞家家樂，獨對明燈歎二毛。

二

玉笛聲中淚暗催，悲風萬里為誰來。傷心海角鼉鼉窟，難覓江淮劉晏才。

送席覺海赴蜀中提學二首

一

回首並州醉管弦，春風三十二年前。天涯莫恨重分手，西逾嘉陵是閬仙。

二

慷慨悲歌意氣親，白頭送別淚沾巾。青山臨路應無數，到處題詩寄遠人。

春日寄喬贊善二首

一

莫道東風賤綺羅，子規啼盡月如梭。門前楊柳千株密，不換年來白髮多。

二

騎馬看山到幾峰，白雲深處萬年松。相攜孰是同心侶，去聽白巖寺裏鐘。

中元日雪帆閣引子孫望月

少日中元度此辰，斜陽野月映車輪。新來添得兒童喜，玉兔應驚白髮人。

廊月

曲閣虛廊高下殊，竹陰過月未踟躕。歷盡寰區幾萬里，故著風光傍酒徒。

西谿偶就

青郊桃杏爛晴霞，西望遙村更有花。不是連朝風色猛，爭教獨讓武陵家。

效作二首

一

風風雨雨鬢成絲，月落空堂罷酒巵。為問當年歌舞伴，白楊古塚幾人悲。

二

一年春事阻風沙，纔報花開驟落花。遮莫愁心與芳草，相連不斷到天涯。

山亭二首

一

山亭之上無絲竹，盡日惟聞鳥語多。谷聲相應喬林外，半是樵歌與牧歌。

二

籬首高崖散日光，隔谿石壁更蒼蒼。謾道幽居但蕭索，秋葉春花爛漫妝。

天王臺口號二首

一

西北高臺四望尊，俯臨城郭似山村。三河交錯圍天柱，雙塔雄撐捍水門。

二

太行群山禹貢同，沁濩亦載《水經》中。地屬唐虞舊畿內，莫教人異古時風。

念園存稿卷二終

吴廣隆 編審
馬甫平 點校

東谷集

清 白胤謙 著

第八册

中州古籍出版社

念園存稿卷三目録

文

念園存稿卷三目錄終

念園存稿卷三

清 白胤謙 著

文

至德祥刑頌

順治十五年十二月四日，太子太保吏部尚書臣孫廷銓、刑部尚書臣白胤謙、侍郎臣杜立德，恭侍皇上南苑，而訊江南舉人程度淵，厥情既得，上爰顧左右，申諭言曰：『朕于天下臣民視之如一，用刑豈朕得已？惟一二姦慝不率于憲，是用赫然，冀以儆其餘。雖然，朕心大弗忍。令繼今胥納于化，將爲天下究去殺焉，實朕之幸願也。』欽哉，天語！惟臣民之福，惟社稷億萬年無疆之休。臣等謹按《尚書》帝舜之命皋陶曰：『明于五刑，以弼五教，刑期于無刑，民協于中。』蔡沉傳曰：『聖人之治，以德爲化民之本，而刑以輔其所不及，始雖不免于用刑，而實所以期至于無刑之地，故民亦皆能協于中道，則刑果無所施矣。』及後，周穆王之訓吕侯曰：『告爾祥刑。』蔡沉傳曰：『刑期于無刑，民協于中，其祥莫大焉，實亦推本典謨之意。』我皇上道合覆載，仁育萬物，浹歲肆赦停刑緩死之旨屢下，今年秋決纔七罪。當覆奏時，御筆擩而不落者至再三，揆之面諭所云，誠與舜齊德矣，非刑之祥而何？臣等不勝忭慶，敬再拜，稽首撰頌一章以紀上恩德之隆，并欲宣告中外臣庶，使仰體皇上生成至念，各務浣垢剔瑕，芟去邪萌，罔自外于聖人之化。臣等實幸甚幸甚！頌曰：清受天命，仁義爲威。德教四溢，人同物歸。九州洽壹，文物斯烝。治用斌斌，不肅而成。孰是穿窬？以莠儁典。上震疊之，厥辜載殄。亦越見聞，咸寒振慄。上撫導之，避凶擇吉。曰汝無畏，其畏其心。予不其忍，其忍其身。凡其有身，疇弗若予。疇弗自爲，而甘予鋤。予時乃禹，下車汝泣。盍保汝常，免刑之即。嗚呼聖言！既昭孔仁。孰諦聽之，弗信以遵。而父而子，而兄而弟。稟教相淑，援禮自治。聖度式弘，六合在宥。無刑之刑，懸彼屋漏。始也哀矜，終也樂愉。萬邦恬熙，無詐與虞。馴致刑措，囹圄遂空。至德涵濡，與天無窮。

武舉會試録後序

順治十有二年秋，會試天下武士。臣胤謙實奉命較籌，略録成，例序于後。臣山右謭儒，猥以經術事上，兢兢懼弗稱。矧兹韜鈐役媿生未嫺習，而敢以相士？顧幸皇上嘉惠介胄，親提衡拔擢訓練之，暨諸所登賚典曠而寵渥若此。臣伏繹詔言，豈伊二三武士是屬？毋亦惟是居安慮遠，不欲使文武之道畸于二，凡所以立教之意深且至耳。蓋孔子不言軍旅，而教民期于即戎。由今思其所謂教者，宜不出仁義德禮倫紀之事而坐作進退止齊之法，不使耳目手足素肄習之，亦何恃而稱好謀成事戰則克者耶？是故先王之治，無事則寓兵于農，有事則六卿皆將，蓋其所以爲教者雖百歲可不試，然不可一日忘也。嘗讀《詩》至《江漢》，曰：『王國庶定，王心載寧。』而其始必欲得滔滔洸洸之武。夫經營四方以告成于王，然後可幾四方之平，而定王國以寧王之心。又讀《常武》，王命卿士，整師陳行，必先之以敬戒。豈非其時上有常德立武之君，董育儲待有道，而後奔奏禦侮，咸折衝萬里之英，不至戢而時動嘆才匱也。今諸士遭逢盛際，承鷹揚之烈而沐兔罝之澤，其置在陛楯者，既日親法駕、服習威儀，無慮即虎賁長子之選，餘亦黽勉淬厲，足備國家干城腹心之任。顧臣竊謂皇上之進諸士也不徒以名，而諸士之所自矢以報皇上者，亦惟以實而已。是故工技擊、按營伍不足以爲能，明約束、洞利害不足以爲智，搴旗奪壘、潛地動天不足以爲勝。而屹然獨貴一誠，誠則無二心、無欺事、無匿才，一旦應國家緩急，利有所不趨，艱有所不避，善有所不矜，積其忠篤一念，爲天子仗信以建樹光明俊偉之業，直取諸懷抱而有餘。故曰誠者立事之本、人臣事君之準則也。且諸士不講射乎？射之爲言繹也，各繹己之志也。故心欲平，體欲正，持弓矢欲審，固先王于此觀德行焉。諸士誠，就此控弦鳴鏑之中，深惟夫比禮比樂之故。以至循法奉職之間，胥不失正己後發之道。從此畜練其神明、運用其策力，則心純而志壹、智深而勇沉，無猛戾鷙悍之氣而復不爲陰秘險譎之習，豈不亦韎韋跗注君子哉！異時握龍虎符當一面，計必鎮靜如山、昭晰如日、決斷如干將莫邪，不難著勛疆場而獻成功于社稷，曰止一誠之所造耳。昔聖賢論誠必兼天道人道，蓋盡人即所以合天，舉天下之剛脆哲愚，俱可奮于是而無論。夫時之安危、勢之阻易、境之遠邇，畢奉爲經綸康濟之基。然則名也者，上所爲責下之實，而實也者，下所爲副上之名也。諸士期以實報皇上，惟秉一誠自勗而已矣。且夫忠棐之誼，在一人自靖者猶狹，合千萬人共效則力萃而功弘。諸士業精白乃心毅然，以真悃相先將，使天下之抱誠而思獻以應，上鼓舞振作之求者，又寧有窮乎！是説也，豈獨二三武士願與諸臣並勉之，庶無負皇上立教天下不欲畸視文武之至意也云爾！

武舉會試録後序代

今年己丑秋，復當會試天下武士。上既命臣某偕臣某司較文之役，取士如制，録將獻，臣宜序言末簡。臣惟古者，文武合出一途，後雖異科，而武士嘗不廢文，其法所繇遠耳。我皇上神武開基，知人善任，諸佐命親賢大臣無慮皆文武爲憲，以暨從龍俊彦，并軌宣翼要自不乏，即下而熊羆爪牙之選，莫不胥赫赫然嘽嘽然矣。亦安所事若曹爲，而汲汲乎再舉爲此者，豈其《大風》猛士之思？抑式蛙市駿、廣厲天下之意云爾？人不必盡生而材，夫苟鼓之，未有不舞之者也。國家誠嘉重干城腹心之寄，而務登用之。將使與帶礪以下公聽并觀，蟠木輪囷，皆得爲萬乘之資也明矣。以臣今日觀爾多士射鵠步馳而外，復能陳形便條利害，言之瞭如指掌，庶幾哉！謨謀爲劍戟，策略爲旌旗。以之乘陵風雲，未必無尺寸効，其敢曰紙上之言而已乎？雖然，臣之望若者不遽止此。亦曰將以求其所爲天下之將，佐聖天子仁義之治耳。太公曰：『得賢將者兵强國昌。』又言：『士外貌不與中情相應者，知之嘗有八徵。』今既已問之以言，窮之以辭，可以得其詳變不必盡其全也。臣家解梁，關漢壽之所生也。漢壽軼群絶倫，善《左氏春秋》，發爲人心、天日之論，古今論賢將者必歸之。臣生其鄉，雖不習武事，竊謂當斯世，有其人爲之執鞭，所忻慕焉。今在收者，凡若而人業濟濟然慶遭逢。或習聞明季將權之輕，文武太分，卒及於敗，而不深責其所謂將帥賢否之故與！然而明季之將，亦不爲不重矣。盜賊者國之患，而將帥利之。故嘗舉十倍之勢，立毫芒之功，以藉其口而貪其利。將重而寇愈多，所以敗也。孫子曰：『務勝敵而不務得財，使其利不在於殺人。』爲將者誠慎守乎！是說則所稱賢而爲國之賴矣。昔鄧禹師行有紀，赤眉望風相携迎降者日以千數；馮異討赤眉，光武戒之曰：『元元塗炭無所依訴，諸將非不健鬭，然好鹵掠。』異、禹受之，卒降男女衆，號百萬。赤眉以平韓弘舉大梁，以所得美婦人遺李光顏，光顏流涕郤之，曰：『何忍以聲色自娛悦也！』曹武惠攻金陵，誓不妄戮一人。大搜軍中，無得匿人妻女。歸舟惟圖籍衣被。及太祖論責伐蜀諸將黷貨殺降之罪，衆曰：『不負陛下者，惟彬一人。』今在收者，果有如上數人者，是社稷無疆之福也。不然者，惟是陷陣出奇，遽足云報也，豈其然乎？豈其然乎？且臣又聞之武爲植、文爲種。藝有六而武吏廢其半，故一時雖卓然稱名將帥，然不過竭其力於捍禦之任，而他符檄賞罰節度饋運，不得不屬之文吏。苟能奉法和衷，雍容折節于其間，無敢以英雄之色見，斯足以爲賢矣。李愬之平蔡州也，具櫜鞬出迎裴度，拜於道左，曰：『蔡人不識上下之分，願有以示之。』文帝之時，平勃交歡而致刑措。爾多士必厚自底厲，壹乃心，奮乃力，恢弘德器，無負朝廷置羅之意；異時揚威萬里，書勳旂帛，而復能被服禮義，勝而不驕，上以報國，下以自保，其功名於以定禍亂、興太平、總文武，使合出於一將在此矣。豈惟臣之幸哉！豈惟臣之幸哉！

陽城縣志序

陽城名治始唐，其址濩澤于魏。由漢以來，地俱屬濩澤，而遡自陶唐，總隸冀州封内。《禹貢》所載底柱、析城二山，儼肰在焉。則其地披拂，古先聖人之治教深洽而悠邈。肰處境陿瘠，舟車不通，人安布菽，書乘猶頗闊略。至明，栗公具有前志，雖中經先司空修輯，而歷年滋久，文物踵增，時俗遷易，版章登耗之數不齊。興朝景運維新，詎宜襲其簡陋，仰文獻罔昭？順治戊戌，令君金華陳公至，理人訓士，清和寧一，爰敦請鄉先生爲整飭之謀。蓋踰期，新志告舉，乃函示余國門，徵序焉。余觀之，文充以典，事該以晰，義審以衷，殆非徒作者也。又于其中得數善焉：曰賦役、曰風俗、曰人物、曰宦蹟，率視昔加詳。夫詳賦役而胥吏不得施其蔽矣，詳風俗而小人思以恒其本矣，詳人物而君子思以善其則矣，詳宦蹟而上人將以慎其政矣。即而論之，蔽撤則政釐，恒本則民勤，思善則士規，上慎則勸。一志也，釐政、勤民、規士，又以勸其後之治者，公之慮綦遠矣哉！陽城即小邑，猶有陶唐氏之遺風，其亦奉公于古昔之盛而咏歌公德，勿敢諼視此志焉耳矣。因撮其要，而爲序之如此，俟夫馮軾者過覽焉。

公餞邑侯陳公詩序

竊嘗懷望古昔，而慨興起教化之難也。夫興起教化，雖朝廷至意，而承宣董率之責必從縣邑任之。乃縣邑之所施行者，又必以學較爲之端要，論之非其人，靡可得而望焉。金華陳公治陽，庶幾能興起教化者，適當報政之期，移擢大州以去，未竟其施行，非陽之不幸與？雖肰，其風感亦略可覩矣。蓋公嘗取學較諸生羣萃而教課之，不啻父師于子弟。迄其身範所立，漸摩既久，彬彬焉郁郁焉而其所以感服公者，亦不啻子弟于父師也。會公且去，諸生重違公，求予言附于餞送之義，代鳴其依依不舍之情。予以衰病弗親文事謝諸生，卒求之不已。肰予既以有興起教化之意者許公，見于去思文中矣。予之意本謂，公之政不尚威嚴，務在用德行化民成俗，若有合乎古先王之治理者。肰斯其意，宜非尋常才能幹濟之士所可企及，故曰曠時而希遇也，而實亦多公崇重學較、樂育人才之美爲得教化所先爾。今諸生志不忘公，盍各誦言其所由，比于風詩，斯固諸生之長，而公所樂聞者，亦何假于不文之言？諸生曰：『諾。』遂各出所賦投予，次第而復請爲之説引其端。夫是説也，在烝民之詩，尹吉甫之送仲山甫有曰『民之秉彝，好是懿德』，非今諸生于公之謂與！其曰：『柔嘉維則。』公之德誠似之。曰：『愛莫助之。』諸生之情也。將如公何？曰：『以慰其心。』則其篇什具在，惟公之幸覽焉。

武方塘詩序

詩言志也，其爲教溫厚和平盡之。然世之工者，其言多怨而善悲，甚者爲慢爲侮，負其有餘之材而不免于失中之病。夫豈性情或乖，抑學有未至也。方塘武君令永和，材大而邑小，以其暇日作爲詩盈帙，走使千里求序于予。予聞永和處河山之阻，僻陋險偪，人民少而土地荒。武君芟舍雚湌，務拯民疾苦不以爲勞，而區區咏歌其志若此者，豈伊多言，蓋亦不忘學耳。夫古之君子其仕也，志在行道，不徒利其身而已。以故時地之險夷、功名之難易，皆不以動其心。而或其處險且難也，又資之以爲學。故無入而不自得焉。斯陶斯咏，勿能自止矣。然則武君之爲此，所以自寫其艱難子惠之情、求瘼去害之志、奉職忘功之義，孳孳然以行道爲樂，洵非好爲多言者也。子夏子曰：『仕而優則學。』其武君之謂與！予既因君之詩而知其政，故樂爲道之以勸君之美，且以風今之仕者云。

送河陽薛夫子歸壽序代

夫人於君臣父子之際遇，雖曰人道，此有天數矣。其克全焉稱最盛者，豈嘗易易哉！抑聞諸聖賢獲上先之信友又先之悦親，而要歸於至誠能動，斯則不論數而論道者也。且以君臣父子之大，而區區朋友得關於其間，何説之易歟？或亦唯是臣子忠孝之性所感通，天人交應有不自知其然耳。今禮部侍郎河陽薛公爲余友者二十餘年，其負命世之才而湛于經術、抱康濟之志而恢以雅量，蓋舉天下之人，殷殷然願得以爲天子之宰相非一日矣。會主上神聖以時燕見九列，恒于公屬目焉，亟謂其賢可大用。而公亦竭股肱心膂，克盡寅清之職，凡所敷贊莫不悉當上意。余平居于公自視，瞠乎弗及，頃雖承乏衡要，亦愛莫助之。間思所云朋友之義何居乎？乃公一旦語余曰：『聖眷殷矣。顧吾二親春秋高闕侍養，行乞歸乎！』余止之曰：『令甲有侍養爲獨子也。聞太翁母康疆踰壯者，諸子孫及孫之子甚蕃茂，夫誰非怡老人志者，殆于不可。』越日章竟上，下吏部。余適得從諸臣後，持駁議挽留之議上。上曰：『議誠是。獨謂孝子之情，何其勿拘成例，令暫歸省，仍具限令亟還可。』公得命，稽首忭舞曰：『幸哉！臣何修而得君寵若是耶！』時長君大武射策中高第，陛辭之日，父拜前，子拜後，請縉紳大夫在班行者，莫不嘉嘆曰：『幸哉！公之得君寵若是，盍爲所以贈公行者？』余應之曰：『豈惟君之寵臣之幸，實太翁母之德不可誣也。夫天欲厚天下而生公，欲厚太翁母之德之報而生公。于太翁母，業已予公以文章之美、道德之深、經濟之偉，需次輔相朝廷，宏堯舜之治。因以其爵禄公者爵禄太翁母、顯名公者顯名太翁母、寵異公者寵異太翁母，宜爾也。自非太翁母淳龐恢博之度、靜穆淑慎之儀，伉儷齊德垂百年克勤乎内外，烏足以受此而無恐歟？爲公者當此時，既得天之厚，以有其君臣父子之樂，真可謂不世奇遇矣。將思所爲黽勉□獻以酬君之恩者，亦即以其得于君者安二人之心，二人安而公之心亦安，隨以其心之所安者懷來靨趨報命于廷，以安吾君而安天下，然後乃今克全乎臣子之事而已矣。意昔所稱至誠能動者非此之謂而何耶？余於公忝朋友之義，所以信公者無他焉。《詩》有曰：「明發不寐。」有懷二人，公前此者也。又曰：「夙夜匪懈。以事一人。」公後此者也。宜以是爲勸且贈公於行，何如？」諸大夫曰：『諾！』遂書之以贈。

沈太公八十序

沁水明府淄川丘公，賢者也。客秋就視余病榻中，語次及前紹興使君靜瀾沈公之賢。兒子方鴻，公門下士，因詢其師家食之狀于明府。明府答示特詳，顧尤喜其太公先生健在，慈孝一堂，視他宦遊者，庶幾可無垂白倚閭之患。歲杪，明府寄札鴻曰：『太公先生以獻歲某日開八袠矣。』鴻遽請于余曰：『兒不肖，往受知沈夫子之門，嘗與四人者俱。今四人者各先鞭摋華膴以去，獨遺兒不肖，抱舊業大人膝下，兒何恃以報夫子而上及太公先生？』余曰：『狹哉，小子之見！夫亦觀沈公之所以爲師何如師，其所以爲子者何如子耶？而謂其徒以世俗之道責望若與？蓋昔孔子之門稱孝者無以踰于曾、閔二子，曾弗聞二子與由、求比肩而曳裾于侯王之庭，其夫子具臣之目亦不之及焉，異時授道統選德行則不能舍二子，何哉？今沈公既脱綬會稽，奉太公先生于世俗功名爵禄之外，以孔門道德學問相師友，或不言道德學問，而持愉色婉容周旋于晨夜定省之餘，道德學問亦在其中，迥異乎世俗之子，區區用功名爵禄悦其親之耳目爲小孝，甚或有以功名爵禄之故而危其親者，夫豈公與太公先生之意與！且向者吾友少宰念東高公，道德學問不啻蓋其一鄉，與余同班于朝，而坦夷之性常在海中三神山間。窺其迹固不屑意于一切功名爵禄，之所爲若古東方執戟賀監者流，即今栖遲枌榆之社，必將挽公斑斕之袂，進杖履從侍太公先生遊以燕以豫間，講明老子彭鏗之所謂，與吾孔子之道所以同與不同之處，不禁顔爲開而神爲解，其爲康爵不多乎哉？亦奚假于爾小子？爾小子勉之！父若師之望若亦或不專在彼而在于此耶！雖然，爾小子有此志于公父子，而道遠不能自致，幸及太公先生稱壽之期，欲借丘明府一致吾言稱壽太公先生，因通問于其子沈公及高少宰，可哉可哉！盍亟庀策載所以其同門四人者名不妨並列之，以慰其師繾綣及門之思。所愧者，吾言之陋，卒不足發揚公父子之盛美，惟太公先生長者恕之。何如？

壽瀛洲兄詩序

今皇上元祀，風雨攸敷，麥秋告熟，禾黍峻茂，山縣之民熙熙然樂遂其生。七月壬午，從兄瀛洲先生初度也。六月乙巳，其子輅、猶子紱見于予，請爲文，將稱壽焉。且曰：『周黨間一二紳士，有欲先之者，顧非夫子志也。』予詰之，曰：『信然。』兄故崇實，謹節度，即予文之弗可免乎？對曰：『頃邑里之家爲此者非一氏，而叔父應之亦屢矣。夫子曰：「吾弟也疇，獨吝于我？」』予曰：『嗟！』然二子退，予且信且疑，久之快然曰：『嘻！吾聞至治之世，時物以嘉，民氣和亨，皆有興于禮樂之思。茲吾里俗雖役志于文章之觀，宜不忝于魯人之獵較也。況庸敬在兄，奚啻鄉人之斯須也者！而敢自愛其一言于兄！』兄吾伯父唐縣公少子、大司空公猶子，性醇質，爲諸生，能恭儉守其家訓，不敢軼尺咫于非禮義之行。大者奉養庶母裴孺人四十年如母，君子曰孝。又以少弟事諸長兄，敬而無失，即諸兄子咸退而下之，勿敢執父行自居，斯弗謂之弟而何？昔孟子道性善，自告子以及荀揚，疑者紛紛，至宋程子論性不論氣，不備之言出而性善之指始大明。蓋性善者，天地之性，餘則所謂氣質而已。惟未發之前氣不用事，所以有善而無惡，及其感物而動，則有萬變之不同，非性所本有也。是以聖人立教，俾人自易其惡，自至其中，遇于衆人之中有質美者，則群起而敬之效之扶進之，惟恐傷焉。至于浸漬之久，則善人多而天下率治矣。吾兄既醇質忠信，自少至老無譣言無衺行，守之終身而弗易，庶幾《洪範》所云『有守不羅于咎』，視世之彊弗友譸張爲幻者大有徑庭。然則非吾家庭之良與！今年雖及衰而氣力不衰，猶呻其佔畢未肯脱棄博士籍中，課子之暇則之田間問種植，以食八口，給惟正之供，斯誠不辱先訓，克保我祖宗元氣，以順聖天子平康正直之化者也。予擊壤野人也，即考德于他人有若是者，猶將詠歌將助其善而樂道之不置，以歸誦于王澤之弘，矧吾兄耶！且夫不鑿其性，以裕養命之源，與之論壽，更操其必得之道也。遂取少陵贈四兄《狂歌行》，掇原首句并次餘韻爲詩一首贈之，而導以序，其詩曰：『與兄行年較一歲，彊者是兄羸者弟。兄輕榮貴樂田園，弟亦辭官謝名勢。數載長安足迹迷，今還巷陌聽鳴鷄。兄髯半弟尚蒼色，阿嫂舉案與眉齊。兒女長成婚嫁畢，况值朝廷清晏日。高堂大厦午風涼，穩卧無憂倉廪實。姪男歡喜具錦幬，介壽張筵花萼樓。蟠桃芝草爛明燭，檀板洞簫叠勸酬。主賓争讓各成禮，弟起拜兄兄謝弟。追感少壯相留連，呼爵重吞淚如洗。吾兄百歲不難臻，兄饒馴行任天真。願覓歡娱減思慮，許兄從今即是神仙人。』

潤城夫子廟碑

蓋昔先王之教人也，自王公國都而下，及鄉黨閭巷，莫不有學。其學也，將使之内自得于心，以成其性，居無倍容，出無越行，而後推其餘及于天下國家，是以天下國家賴之，非有所賴于天下國家，取爲聲名榮利之地而已也。去古既遠，斯義弗明。每有豪傑之士少試于學，長能自成其材，不務求進，期免于貧賤而止矣。甚者學而未成，輒希心外物，以濟其不材之欲。抑更下者，凡此皆末世之人心，狃于其俗，以枉其性，未嘗深入于學之中，以古道振覺之而肰也。是尚得爲夫子徒歟？于此有人焉，好學而無枉其性，躬行孝讓于己，以修明先王之道，磨礱遷化其鄉人，俾相親睦，爲善傳之于後人，尚得指而數之曰：『是鄉也，實産若人，豈不亦賢乎哉！』潤城，縣大鎮，四方道路所衝出，商賈雜集，游手不農之徒狡獪譁譟，爲士者百一其間，宜不免近利市三倍，肰過其門聞誦讀之聲，揖其人肫肰退肰，類未失爲馴厚者居多。自明迄于今，發跡者數見文獻，相續浸浸未沫。地舊有夫子廟，狹促不足聳瞻視。順治某年干支某月，鎮人士某等十一人告于大理張公，爰彙材鳩工，拓其構而大之。以某年干支某月報完，請記于余。余以夫子之道廣大而悠久，海隅絶徼咸知欽崇之，肸州縣之吏，或玩視宫墻爲不急，俾淪于草莽，又怠意春秋之祀，往往而有頃。奉上明詔，有能率修學宫者，懸以酬叙之格，僅乃應之。潤城數千室，爲士者不過百一，乃能奮肸相勸于兹役，尊學率禮，克稱天子諭意，而非以邀恩，即張公其人。好學而行古道，克樹教于鄉之人者，亦于斯可覯焉。故悦爲書之以紀，并勉其後之學者，胥不愧爲夫子徒云。

贈兵部尚書勤毅胡公神道碑

順治十三年丙申十一月十二日，總督湖廣等處地方軍務兼理糧餉兵部右侍郎兼都察院右副都御史胡公卒于襄陽官署。公時撫治鄖襄，丕績簡在帝心。蓋總督全楚之命方下，而公已疾亟，亡何告隕。上聞之驚悼，特旨從優議恤，贈兵部尚書，祭二壇，加一壇，給全葬，仍與謚。禮臣稽法議公能修其官曰『勤』，致果殺敵曰『毅』，詔曰『可』。子應麟奉新恩蔭入大學，乃以十四年丁酉十一月四日，葬公于敕營墓鳳山之陽。故事，得樹石神道，應麟間如京師，請謁余爲文。余于公同年，素辱公好，且信公深，其可辭？按志：公諱全才，字體舜，一字韜頴，山西文水人。考諱誥，庠生，嘗以親喪廬墓，稱爲孝子，感異夢生公。性豪邁，爲諸生，淹貫羣書。丙子舉于鄉，癸未成進士。會闖逆入西安，乃上疏陳機要，乞許在晋諸藩王各招養健兒，使人自爲戰，如委梁以捍七國故事，又屯蒲中以扼渡口，保河東以壯右臂，娓娓數千言，罔不切中時宜。未幾，晋省陷，都中大震，亟召見公，即授兵部職方司主事，贊畫李閣部軍前，次真定。公勸塞井陘，又自請鐵騎三百以往，俱不許。唯率所隨百餘人，列疑幟于固關。寇從居庸入，而京師不守矣。公慟哭還里，糾集義旅，欲以襲殺僞帥復太原，不果。順治元年九月，大清兵至，乃仗劍投誠于業清固山營，領兵導收平汾等處。十二月入京陛見，欽賞貂裘鞍馬。二年，授車駕司郎中。五月，陞陝西漢羌道參議。叱馭抵漢中，值賀珍倡亂，尤鎮遯走，按臣失印，州邑淪陷，二千餘里以孤綴之危城，抗方張之叛賊。公招募民兵，擐鎧倡戰，擒斬僞兵備宋朝美等，竭力剿禦，具總督孟公喬芳疏中。又川孽張定國據保寧，窺伺漢中，人心未固，逃者紛紛。公佯置舘舍，以迎大兵爲名，而密遣參將嚴自明領兵馳擊，遂下保寧。三年四月，賀珍自西安敗迴，復犯漢境。公誓衆死守，立城頭矢石間月餘。城中糧盡，幸大兵至，圍解。公措辦芻糗四萬八千有奇，養馬七月仍裏携入川。部題奉旨：胡全才屢保漢城，兼多斬獲，功可嘉尚，陞都察院右僉都御史，巡撫寧夏。得報後，公慮蕎麥山砦有狡賊孫守法等鷙伏日久，不欲以禍貽後人，遂躬冒險阻，搜殺賊萬四千有奇，必掃穴而後束裝焉。四年三月抵寧，正馬德殺焦撫之後，巨寇李彩相繼播虐。公先期發兵剿捕，一戰于預望城，再戰于泥兒坪，馬德授首，彩亦就擒，蜩螗之勢頓息。六年，緣追劄甃穆遠，于刑論罷。恭遇皇上親政，部核功大過小，于十年三月推補江西饒南道參議。適經略洪公素識公才略，謂饒南不足以展所長，疏薦隨征湖南。會鄖襄羣寇合股侵犯，洪公復特舉公撫治之，上允其請。維時郝劉袁塔高李諸賊蟻聚蜂喧，遶閩馳詈，百姓逃散，人心洶洶。公招集將士，秣厲遄往，受事後即馳赴穀城之白虎山、南漳之蜈蚣砦，相形布置，分檄各將與賊死戰。曾河灣則有副將文德之捷，廟灘則有都督于大海、副將苗時化之捷，白土關則有副將張德俊、王嘉會之捷，賊始披靡歸巢。又修復均州以扼其咽喉，添設水師以拒其潛渡，禁殺歸降以散其黨羽，前後收撫僞將黄鳳昇等百餘員，降丁萬羅兒等五百餘名，救出難民徐自嘉等萬餘口。拮据綢繆，疲勞不息，痰火驟發，尚力疾視事。諸將領勸少休養，公乃太息言曰：『昔晋滅虞，唯秦能制晋，百里奚遂竭力于秦，勞不乘暑，不蓋以迄于卒。今大清討平寇亂，吾身受國恩，雖捐軀何足報乎！』後旬日卒，距生萬歷三十三年乙巳正月二十二日，年五十有二。余猶憶公初第時，每于稠衆中談兵，色動手舞，氣志壯奮，即知非常人。入本朝，抗賀珍于漢中，定亂軍于朔方，厥功既章，乃以細故落職，羈棲燕市，恒持黄石素書一卷永日。又爲余道其誦讀所得，余始乃知公非徒疆力自喜者。嗣荷聖主知人善任，使削平麇楚積寇于一朝，雖竭瘁隕躬，而疆埸食其威德，忠誠達于黼扆，蓋信天之生公不虛，朝廷所以用公者爲無枉，豈非公之幸歟！而原其所以，則志以鼓其才，學以效其謀，匪直虛憍致用權變制勝爲也。志中勇于任事，寬以待人，招撫宏裕，于將士功尺寸必録，殆非謬語，卒獲爲時功臣，光于史册。嗚呼，偉哉！餘詳具志中，更爲之銘。

銘曰：維晉産材古允臧，誕自風后説在商。缺衰厥偃繼以鳴，衛霍狄裴温與王。孰生今克副弧桑，曰體舜氏實虞宗。有偉闞虎氣虓雄，凛若介胄包文章。西鶩秦隴控漢江，鋭全危障搤賊吭。樹隼賀蘭鎮披猖，武略飆驟波亦揚。帝睠南紀聚蛙螳，特詔移軍從豫章。糾結組練挺魚腸，鯨鯢震奔斬且藏。俯摩赤子扶瘵尫，至今墮淚峴山陽。帝曰斯朕之股肱，庸功立假全楚邦。食減事煩費傍徨，白晝轅門墜星芒。訃告鞠死天吁傷，恤予加隆典肆龐。龍章赫赫霈玄堂，申建嘉名流浩昂。丈夫完立展令終，化爲電雷依九閶。嘉陵以南紛桐鄉，英神弗居駛彼疆。傳千百年耀巍封，象賢之胤蒙休光。

顔神廟碑記

顔神廟者，益都之鎮神廟也。以唐天寶五年立于孝水之源，而盛著于宋咸平熙寧之代，靈貺響臻，蓋千有餘歲矣。記稱：神顔氏女，事姑孝勤于遠汲，因感靈泉湧于閫後，人即其居祠之。宋熙寧中，神宗褒禮百神，爰册號爲順德夫人，仍賜靈泉廟額。今讀其文牒刻于石者，略可考信。以迄金元，歷明三百年中，福饗尤異，豐碑遺搆翕赩勿絶。咸云：『水境之内，即有旱溢兵荒，輒菑而不害，允惟神休。』且夫神事雖邈，而孝義可著立百行之原。神道設教于一方，非他禨祥巫祝之説可比。歲春秋用肅事于有司，宜也。廟□枕長城山麓，前臨泉水，寢殿左右各有祠曰公姑、曰父母，公姑之側祠曰王友，父母之側祠曰郭令公。父老相傳，謂皆有事斯廟者。夫生而事之，没能使人世世俎豆之，惟神之孝爲不匱。愛其德以及其所事，又敬其祠以及其所有事，惟鎮人之追孝爲不衰。太子太保吏部尚書孫公中正而誠，凡有言于人皆信之。既叙述其鎮神之事若是，重按《水經注》中載此水或爲瀧或爲隴，又謂即古袁水也。公曰：『泉下流之河，今尚襲名孝婦，字形相訛，恐當是古孝水耳。』厥惟審哉！且以今皇帝孝理洽于海隅，懷柔河嶽，獨此廟貌傾圮弗修，實二三有家君子之耻。乃倡父老請于有司，會錢若干萬，募力若干，鼎而新之。肇始某干支某月，訖于某干支某月，工告竣。孫公命余爲作記，刻于廟。余嘉其用心于朝廷化理有助，足以興起後人崇本重倫，求無忝夫水之所由名者，故不以辭。記成繫以銘，銘曰：山東之泉，紛彼其源。聿源自天，奚必以人。洋洋孝水，振古潤滋。疇瀧疇袁，若爲正之。耿耿顔神，裔于賢族。令德敷施，主茲川谷。民生其間，安庶而淳。亨湘浴游，婦織夫耕。肆興文獻，于焉俗美。神是具依，亦不以水。胡以歆之？崇致其室。報禮祈祈，牲牢黍稷。神之來假，其雨其濛。燕我豆登，樂我叟童。閭姓攸寧，倫物丕懋。有梴有閒，有治無蹂。覃千萬年，駿奔走集。銘言匪佞，風示維則。

棲龍潭神廟碑記

陽城爲縣，踞萬山之會，所少者非山也。獨有沁水逶迤經其左肩，折而匯于東南，與群山奔蹙盤萃，若石塘之洞、九仙之臺，嵌空挺拔，信爲奇觀。而水之尤奇者，則爲棲龍之潭。潭當谿谷衆流穿射之衝，泓然深竊，莫測其底極。或值暑雨横集，秋濤怒張，木驟石轉，蕩潏淩嘯，汹汹乎可畏。及夫沍寒收潦之際，湛然一碧，若巨蠡盛醽醁萬斛。沿岸石凝滑如脂，履之頭涔涔欲墜，毛髮爲悚矣。習傳其中爲神龍之宫，潭遂以此得名。四圍山雄立矗起，卓爲危峰，列爲聯嶂，以助其翔舞騰踴之勢，殆不可數。稍南平崗迤靡，磊然若畫，置名曰龜山。土人廟其陽，享祀惟虔。歲或雨澤愆期，邑大夫率其吏民馳禱于廟，復取牲帛投潭中，俄頃風霆翕集，膏潤沾渥。惟神有是功德，故春秋祈報之事振古如兹。先是，廟貌傾壞，章訓耆民張起仁勤義而敏事，慨然顧念，約其里黨某某、廟僧某，募財鳩工，飾而新之。適己丑姜逆之變，未竟厥緒。當變時，予薄宦京師，兒鴻奉八口逋遯此山，幸免于危，實荷神庥。比亂平，予銜命過里門，適廟役告成，起仁請記之。夫鬼神之爲教，先王不廢，所以圖民之安也。必妥厥攸居，使鬼神獲安，而後民克依之以安。惟神興雲致雨以登百穀，制民出作入息饑食寒衣之求，是社稷之副也。其以動民瞻慕歡嚮之情，而親其肅恭蠲潔之薦，良匪虛已。矧夫山水靈奥之區，俾其土木閎麗、像度昭赫，歲時伏臘，遠近旄倪往來奔走者，呼駭竭蹷不遑。則起仁輩勤義敏事之功，亦誠不可没也。爰書之石，以志歲月。

南岳景行書院碑記

岳有五，四在江淮之北，而衡獨當南，奠麗半天下。餘岳雖并著，不過禪客羽人占棲其間。獨南岳自唐宋來爲書院者几十有五，周張朱三夫子、胡氏四先生之遊跡在焉。豈非文明垂象莫可掩，抑以故英儒茂彦接足而未已也。上之六年，王師甫定湖南。民出喪亂之餘，什存其一。田既荒蕪，供億旁午，歲復比凶，僅皇皇不能保朝夕。又衡郡當黔粤之衝，深山長谷伏莽者實繁有徒，人心靡有堅嚮。維時兵憲關中宜男張公奉璽書至，首以人心爲慮，召集諸父老子弟，宣示朝廷德意。又親臨各屬，請蠲三載，諸所厲民宿弊釐革聿新。民始加額曰：『生我者，公也。』時王公及各鎮兵駐衡者動數十萬，軍民上下之間殫力調停，俾得和協。然後衡民戴公若父母。公曰：『未也。衡故大郡，士承諸前賢遺風，文采彬彬。兵燹以來，學宫化爲煨燼，士存者寥寥，猶懸鶉嗟半，菽風斯盡矣。』公乃以燕閒延進于庭，而誡之曰：『人心若苗，更數歲不耘，其爲莠亦深矣。』于是陳經藝，躬爲攷課而析其疑義。士則翕然悦服，曰：『吾師乎！吾師乎！』居無何，公以事詣岳。岳有閒舍，在集賢峰南。公亟命諸士習業其中。時一來臨講，貫則群侍而聽之。遞進問難，咸娓娓力爲剖辨，莫不厭所懷來者。比公還郡，士乃相與謀爲公畏壘而尸祝之。中堂設公位，表其顔曰『景行書院』，期與周張朱胡諸人後先輝映祝融之麓云。落成之日，予適奉使祀岳，徘徊几筵而興嘆曰：『高山仰止，景行行止。斯地也，斯人也，有以哉！』且夫世道之興替，繫于人心久矣。士爲民之倡，厥屬抑重。昔周王壽考作人而化行江漢之遠，其詩《甘棠》則召伯所憩也。公之經術既醇，爲政識本務，剛柔變用，不越樽俎而抵遐衝，其他蹟猶緒餘耳。宜爲之賡召南，爰作詩曰：『岳之峨峨，楚邦所域。匪楚之域，維夏王所式。我公涖止，孔文且武。民用釋于賊，以燕鐘鼓。于以鼓之，于以舞之。來居來修，咸曰公我師。疇德靡底，疇遠靡邇。懷允公懿美，比于壽岳，以翰天子。』

念園存稿卷三終

念園存稿卷四目錄

文

念園存稿卷四目録終

念園存稿卷四

清 白胤謙 著

文

重修岳陽樓記

湖之有洞庭，樓之有岳陽，東南巨觀也，詳宋范文正公記中。歷今數百年，兵燹之後，山川不改，而人民已非。樓雖巋然僅存，亦傾圮非故。順治某年，江防兵備樓公某、知府李公某來歷岳郡，郡則虛無人焉。蓋自明末群盜所藪，虎狼榛莽，争此瓦礫之場。大清受命，王師底定楚疆，始留兵戍守，竈壘之外，虛無人猶昔也。賴兩公竭力招徠之，然後負耒占茆者稍集。踰年烟火漸繁，又以威輯兵，俾民與晝然相安。郡稱無事，兩公迺登樓縱觀而嘆曰：『域民不以封疆之界，固國不以山谿之險，威天下不以兵革之利，信乎！吾與吾民，迺今而後樂有斯樓也。』于是捐金募役，因其壞缺而修葺之。計費不徵派，勞不動衆，樓之舊觀頃復。八年孟冬，予以使過而登之，兩公具述其役，因屬予爲記。

今夫孩提之童，父母愛之，不徒欲其飽煖之而已，或導之游戲之區，授之玩樂之具，凡以教之適心志、忘疲病也。岳父老子弟困極矣。彼習見知其地有大湖之奇、樓觀之美，一旦淪廢，未有不愀然傷之，不後其衣食者。今即嗸鳴者未息，而斯樓既復，郡之荒陋，樓之崇麗足以蓋之。朝夕登樓一望，猶見湖波晏然，估舶漁艇往來，停泊于樓之下。伊何人之賜邪？則兩公今日之役，固所以率作其樂生之心，而兩公之能樂民之樂亦可知已。願以嗣文正先憂後樂之旨。

歌風臺閣記

沛，漢高帝故里。舊有歌風臺，不知廢於何時，獨存亭樹，亦傾圮不足稱其勝槩。有碑相傳爲蔡中郎書，則名蹟也。順治三年，邑令王君克生來治此邑，時值大水，國漕以缺。令上民昏墊狀於當道，得無罪。旋苦盜，令單身詣湖陵諭降。會稍叛，復請兵一再創之，盜平。於是令喜曰：『水與盜二患者息，吾民庶幾無疾病乎？其胥從我游。』於是簿書之暇，率諸父老子弟，即臺之址登望爲樂。已而，俯仰興廢之跡，感慨係之，因指畫僦工，順其舊基，構傑閣十尋。面水通舟，築堤若干丈，植榆柳數百，視前廓然爲巨觀。既成，走札請記於予。予聞之曰：『嗟夫！天下之易亂而難定、易定而難守也。昔漢高起微細，不數年有天下，論者以爲至易。而中間臧荼利幾，陳豨、黥布、盧綰輩累起猝動，迄今咏《大風》猛士之辭，蓋重有味乎？守四方之難，而因攷當日赦負固者罪、賜從反者爵，及觀叔孫通儒者守成之論、陸賈逆取順守之説，皆於治道有合，漢高能聽納之，此其所以興也。今天子方勤遠略、耀武功，蜀以西、粤以南旦夕大定，從此而推誠任人，講求所爲守天下之大法，雖久安長治可矣。沛爲天子土，令亦受命分守臣之責。在宋，傅欽之嘗守徐，邵堯夫謂其清而不耀、直而不激、勇而能温，人皆欽清直勇之名而未知不耀、不激與温之貴。是三言者，君子用之以守身、守官、守邦，胥有餘矣。令吾壻也，故以此勉之，俾庶幾無疚于斯土焉。』

蔚州魏氏家祠記

光禄丞蔚州魏公，忠孝人也，素以學聖賢、重名教爲事。其仕于朝，余愛而敬之，前後者數年。久之，閔其母老，乞奉養。將歸蔚，余作詩六章以送。公問余以家祠之禮，余答曰：『不知也。』雖肰，具在會典，先儒家禮盍衷焉。迨其歸之明年，以書來告曰：『祠成矣，盍爲我記諸！』余曰：『媿哉！家尚未有專祠，敢稱文于人？無已，胡若公之自爲之？』未幾，公復裒所祝告于其祖先之言并祠規制、興落期日爲一册授余，曰：『禮儀節目，某別有記，在祠之右。肰虛其左，必須公之文也。』已，又趣其友駕部王君來請數四。余不獲已，應之曰：『嗟！吾所以愛敬公者何爲也哉？爲其忠也孝也，學聖賢而重名教爲事者也。昔公嘗爲諫官，侃侃有直名；後在光禄，釐舉創肰，無怠于職守，非忠乎？其于母也，始則假省，既則迎養，又乞歸侍焉。今甫即家門，先以祖宗烝嘗爲亟，斯弗謂之孝而不可也。雖肰，學聖賢重名教，欲以知禮，自任于身者，苟其誠意不屬，亦徒肰而已。公爲仁不富，孜孜務察于禮制，其爲祠也即一甎一木莫不出之乎義，是其于親也必能爲古之純孝，非僅以外爲炫而已者也。願公恒自進焉。余弗類，未能講明先王之法、備事先之禮，顧靳于揚人善而闡其實于世，閉觀化者路，更可愧之大者。因遂爲記之如此以復，其規制興落期日等宜悉公所自記中。

義風樓記

庸齋深閴，可以處吾不材之身，據梧而坐，曲肱而眠，無不適者。獨其爲境隘，不足以游吾目而騁吾足。間用鬱邑，則召呼從者，走數十武，臨高城之上天王臺一帶，矯首而南望，遠山嵐氣，使環邑之勝落吾襟抱間。或月明雪霽，秋濤漲發，遵睥睨而東，躋聚奎樓，抵于開福寺前，緩步以歸，亦一快也。顧年衰膂力弗彊，數往則亦嫌疲憊而多事。偶偕兒子登齋之後樓視廪，啓北牕，面北山，丹厓蒼壁，草樹蒙茸，羅列于其下，遠風忽至，居然在野。兒進曰：『胡弗日涉于斯？』吾首肯之。兒退後，因命撤廩障壁，爲梯，設几席焉。每晨起，杖而上，聽黄鳥數聲，始還就齋中。午飯後，再上，眺觀雲物，或受凉風以散熇烝，信足樂也。乃反顧兒子，笑曰：『道在邇而求諸遠，非吾向者之謂與？蓋聖賢之道近在于人心者，何以異乎是？故學者之于道，方其未得，雖竭聰明窮昏且而求之，卒未能益焉。及其來會于吾前也，不越跬步而遇之，是以謂之庸。夫庸者，道之所寓，而中者其體，時者其用。有志于道者，不可不審諸此而已。是故子莫執中違乎時之守也。時然後言，人不厭其言，應乎中之理也。有孔子之時而後堯舜，相傳之中常存于今日。不然，舍是而求諸庸，庸豈即道乎哉！昔陶淵明臥于北牕，清風時至，自謂羲皇上人。以羲皇之去淵明數千歲遠矣，而淵明擬之，不啻其近焉。然則淵明之去今雖又千餘歲，今之風猶古之風也。謂獨遼邈而莫之親耶，其孰能信之？』兒不能荅，吾復大笑，遂命書之以『羲風』名吾樓。時康熙元年壬寅仲夏云爾。

潛齋記

吾先君敝廬之南，臨深以高，先君即其地爲陶復堵環之，顔曰『學圃』。余少同家弟聖符讀書其中，嘗植梅一株階下，因復扁曰『梅龕』。聖符亡後，遂罷栖涉者垂三十年。僕夫雜糅居之，踐毁罔治。今余獲乞身返敝廬，兒鴻乃請于余，略加芟整，使可復爲讀書地，取余舊命所謂『潛齋』者，書于其門，又增梯路一道，盤旋屈曲數仞，而上達于所居淡宕之齋。齋左肩爲雪帆閣，其地軒然峻豁，可以望遠。由上而下，攀緣穿歷，爽者儼臺榭，幽者比洞壑，其美蓋略兼焉。夫人世居室之事，取足以蔽風雨止矣，惡事其餘？而或者謂崇痺燥濕趨避之宜，可禦災疾四體之奉。亦所以捍衛天君安而能慮，未必其無纖賴也。鴻也，苟能由繹乎『潛』之爲言，而與爲朝夕焉，與爲磨厲焉，沈晦而冥默，使德以藏而加進、業以豫而彌修，汲汲乎借境攝心，而弗以心躭于境。夫然後乃知居處之爲益，而外物之果不足爲吾累。非然者，忘其進取之志，而甘放惰，弛其攻苦之力而狃佚娱，或遺聖賢之大道而小慧是矜，舍尚友之爲樂而匪朋是比，尤悔之來疇能遠與？而况乎日月逾邁，祗訓而貽謀，孝慈之事責在于汝身，將誰庸泄泄與？《詩》曰：『潛雖伏矣，亦孔之昭。』子思子曰：『君子之所不可及者，其惟人之所不見乎？』蓋人所不見者，非終於不見而已也。鴻也，盍三復于子思子之言？壬寅仲夏十九日，東谷病叟書。

重修天王臺記

陽城縣治因山而城，其西北一隅獨穹然以高，昔人甓之爲臺，建天王廟其上。平時眺望，則山川邑里之全勢畢集於兹。不幸而遇警急，縣長吏率壯勇食宿其間，以策應四壁，往往獲安堵無事。蓋臺之爲利，於縣如此。康熙二年秋，積潦忽而崩決，形家者謂此地於位爲乾，號天柱，徵在民多眉壽，不且有蹵，其説即未足深信。然地屬登陴要害，脱令呀然稱鉞，亦非所以防衛不虞之道。鄉耆某某以告於縣侯潘公，予之甓二萬有奇，嗣里中紳士素封漸出金錢佐之。耆衆乃易甓，鳩匠興事，起自四年正月至五年四月，而臺之故復。按工揫撤，甋趾櫛比，而層素之實，視故爲固密。凡用甓五萬有奇，人工廩食稱之，計費錢若干緡。既告落，耆衆請予爲記，予讓之弗克。噫！予讀城記，肇自故冢宰王公，獲請於侯咸陽張公，矢謀作始，凡七閲月輒報成，以全城之費僅五千緡。顧茲臺一隅之罅，延曠彌縫者洊歲乃畢，何其懸與！聞中間上下觀望持久，屢營屢廢，卒賴耆衆合心拮据就緒，而前茬平宰趙公以居鄰邇，後先從叟往來，省課猶得其力，殆非易易者。歐陽公云：『自古賢智之士，爲民捍患興利，使其繼者皆如始作之心，則可以久常存而不患其敗壞。』然其事勢之難，多不必副所願如歐陽公説。其故在賢有司，徒憚傷財動衆爲懟，弗察其利害之緩急以引爲己職，而悠悠里俗，則又聽爲守土之責，甚者飾梵宇、崇禱賽、張燕戲，則競趨之惟恐弗勇，而於此類重切，乃欲諉之於公。噫！其疇能不興懷於昔人之績之偉，而靡可幾及與！今既藉衆策力，俾茲臺不就淪没，儼然睹崇碩之舊儀，以永禦於是邦，是可慶也。謹書之表示來者，庶幾上下交勿狃焉。

即齋賦

余告歸之明年壬寅冬月，偶過家弟曙谷所居。弟葸余于東齋，蕭然一亭，修竹千箇，雖市聲隔堵，邈若巖阿，不禁喜形于嘆。弟乃前請名，余曰：『即哉！』蓋取旅二爻之義，謂人生逆旅，亦以弟還自嶺表未久也。踰二載，歲在甲辰正月望前，弟復招余，成子友端偕，時晴雪在簷，禽聲喈喈，茗觴迭進，逸興橫作。弟揚袂而起曰：『願爲賦之。』余曰：『可哉！』維造化之生人，與草木而弗殊。其流品之區別，譬松柏與蒿蘆。苟能踐形復性，心安體舒。雖處甕牖之中，儼夏屋而渠渠。此太上一流，所謂居天下之廣居者也。然而元黄既判，質罕槩醇，由德慧與術智，名實迥乎有分。或爲時勢所捂，或爲群誘所攖。非無雨露之養，庸不免夫斧斤。是猶喪家之犬，與乎觸牕之蠅。恒營營而逐逐，終偃蹇以無成。目騖外而遺内，號曰流離之旅人。不亦悲夫！今者聖人在上，海宇康莊。罪綱既弛，修塗孔張。進不必軒冕之班，退不必游俠之場。宜静約之攸歸，孰險巇而爲行。况吾與汝少産華族，中更仕轍。閲歷艱危，晚甫寧帖。幸殆辱之告謝，信休暇之可悦。對此君而盤翔，慶得此其曷易。正當服中庸素位之言，而佩君子俟命之説。庶幾目前之爲，是又焉問彼屑屑者邪！于是友端撫手而歌曰：『竹林之中兮，樂且從容兮。繄古道之是崇兮，余倚竹而和之。』歌竟，弟浮斝以進，相與歡洽，宵分而罷。

刑法論

嘗聞王道本乎人情。人情雖至繁，約言之，好惡二端而已。故凡人情好善而惡惡則吉，反是者則凶，聖人緣之以制禮焉。至于禮不可救而後輔之以刑，抑末也，肰亦大抵以情爲之端。夫子曰：『聽訟，吾猶人也。必也使無訟乎！無情者不得盡其辭。』曾子曰：『如得其情，則哀矜而勿喜。』《春秋傳》曰：『小大之獄，雖不能察，必以情。』故曰刑期于無刑，所以生人，非所以殺人，聖人不得已而用之，必盡心焉者，此而已矣。善乎！卓茂之言曰：『律設大法，禮順人情。』使用法者，執律而不原情，則恐其失刑也亦多矣。人命至重，一麗于法，大者以死，小者以遷。萬一不當，而煩冤之氣至，以干乎天地，惡得徑情而弗加之意哉？是故有律重而情輕者，亦有律輕而情重者，君子必酌而準之，務求其平焉。夫子曰：『刑罰不中，則民無所措手足。』中之爲言，不輕不重之謂也。張釋之爲廷尉，犯蹕者論罰金，盜玉環者辟止其身而法治。使有司者治罪，不推原犯人之情，測淺深之量，論輕重之序，而一出于法，則一刀筆吏事耳，何取于士大夫以儒術緣飾爲也？隋法盜一錢以上棄市，天下懍懍，有數人劫執事而謂之曰：『爲我奏至尊，自古立法未有盜一錢而死者也。

而不爲我以聞，吾更來而屬無類矣。』文帝聞之，爲停此法。武强令裴景仙坐贓事覺，明皇命斬之。大理卿李朝隱奏：『景仙贓皆乞取，罪不至死。今若乞取得罪，便坐斬刑，後有枉法當科，欲加何辟？』明皇卒許之，徙嶺南。昔孟子與萬章論交際之道章，以諸侯之取民猶禦，而孟子謂充類至義之盡者爲盗，凡以順人之情，不欲爲已甚，如此而已矣。是故法過重則上下無情，非無情也，各以其情相遁而已。夫多制之世刑獄滋章，吹毛求疵，轉相逮引，于是姦人熒惑，乘險相誣，一人被訟，百人滿獄。或果桃菜茹之饋而集以成贓，或小事無妨于義而以爲大戮。當是時也，獄吏相毆，以刻爲明，深者獲公譽，平者多後患。故治獄之吏皆欲人死，非有所憎于人，自安之道在人之死也。是故其獘至于國無廉士、家無完行，天下喁喁，莫知寧所。卒之，法有所不能禁，令有所不能止。夫本意革民之非，而其獘也乃至于不能禁止，則又多隱憂焉，豈國之福乎？《詩》曰：『不愆不忘，率由舊章。』凡爲國者，必有常律，此世世守之者，所謂舊章也。自小人倡爲不測之説，人主受其顛倒則舊章毀棄，令出而必亂矣。太公曰：『爲國而數更法者，不法法，以其所善爲法者也。』夫以其所善爲法，是法者一人之私而已，豈所以順民之情者歟！晋袁宏曰：『夫民心樂全而不能常得。』利用之物縣于外，嗜慾之情動于内，于是以進取爲貪競之行。希求放肆不已，則苟且徼倖之所生也；無以愜其嗜慾，則姦僞忿怒之所興也。先王知其如此而欲救其弊，故先以德禮陶其心，明其善惡所以潛勸其情，示之恥辱所以内愧其心，故過微而不至于著，罪薄而不及于刑。夫子謂冉有曰：『凡人之爲姦邪竊盜靡法妄行者生于不足，不足生于無度。』是以上有制度，則民知所止而不犯。故喪祭之禮明，雖有不孝之獄而無陷刑之民；朝聘之禮明，雖有背叛之獄而無陷刑之民；鄉飲之禮明，雖有變鬭之獄而無陷刑之民；婚姻之禮明，雖有淫亂之獄而無陷刑之民。不豫塞其源而輒繩之以刑，是謂爲民設穽而陷之也。按是二説，皆與《論語》道德齊禮之言互相發明，所謂本論也。救末者莫若本，盍于德禮加之意哉？抑又有一焉。程子曰：『聖人所知宜無不至也，所行宜無不盡也。』肰而《書》稱堯舜，不曰刑必當罪、賞必當功，而曰罪疑惟輕、功疑惟重。與其殺不辜，寧失不經，則用猛終不如用寬也。人情不甚相遠，莫不好生惡殺，歸仁而懷有德。則夫仁可過而義不可過，于以興教化、静人心、召和氣而去殘殺，是誠王道之要端也已。謹論。

止齋説

熙也質美而學未成，奮仕于中州，數年幸無過狀，移疾歸，始有志于學。侍母之暇，築室履德公堂之東北隅，蒔花種竹，朝夕讀書其中，取吾向所命者而扁之曰『止齋』，乃以書來告。吾聞之，喜曰：『不亦善乎！』雖肰，止不于其迹而以心也，不于其境而以道也。易之艮其義爲止，辭曰：『艮其背，不獲其身。』程子傳曰：『人之所以不能安其止者，動于欲也。』所見者在前而能背之，則無欲以亂其心而止乃安，不獲其身，謂忘我也。夫人生而静天之性也，非凝肰一止體哉！迨感于物而動，則未免逐乎氣質之偏，而人欲之私生焉。至于欲復漸緣而爲習，則卑者溺于慾利之娛，高者鶩于功能之尚，而紛華傲慢之病入于膏肓，不知變化，志氣滿盈流蕩而忘返，寧能得止哉？間有自覺其非而厭之思脱去者，不過惕于一時之牽擾，如暍者之就蔭，非能久于斯也。即或其所爲之迹辭榮而處退，所棲之境清寂而閒適，澹焉漠焉似可自足而無營，視前之滿盈流蕩者爲賢，而或其慾利功能之根未泯于内，紛華傲慢之萌未絶于外，究亦何能止耳！艮之六二『其心不快』，九三『厲熏心』，皆外止而内違者。惟若上九之敦艮，能厚于終，斯可謂始終于止而得其道者矣。肰所謂『忘我者』何也？克己而已矣。顔子之學不遷不貳，皆克己也。至于若虚若無，則非止而何？今熙也欲從事于學，而遽以引之于虚無，恐凌節而難爲守，盍先致力于孝弟田里日用，讀書之間求其忘怒少過者，内外交修而馴，致乎不遷不貳，肰後止乃可幾也已。又《大學》釋『止至善』而引詩曰：『於緝熙敬止。』蓋敬者，主一之謂。一則無欲，無欲則静。意誠心正，而止至善。非敬不能爲功，此真所謂安止之道也。由堯舜至于孔孟以來，相傳教人爲學之法莫不皆肰。故曰：『兢兢業業，翼翼乾乾。』戒慎恐懼，求其放心，無非敬止之意云爾。苟不此之致力焉，而遽號爲止，止豈可易言者哉！吾故嘉熙來告之意，使勉于學，無愧于斯築，爲書是説以貽之。儻曰：『夫子教我之言，非夫子所能也。』則曰：『信非吾所能也，吾與子共勉焉，何如？』

仁敬誠贊

余舊有悟語云：『每日隨事求仁，則此心常在，少間斷歇，便是自欺。但不敢自欺處，即敬，即誠，即仁，至于仁而事畢矣。』此語載在《學言》，然未嘗不悔其言之易也。近見程子書中『先須識仁，以誠敬存之』之説，覺有合；又蔡氏《書》序『曰仁、曰敬、曰誠，言雖殊而理則一』；會又得湛甘泉先生《心性圖》内『萬物一體，敬始敬終』之義益涣然有契于心；乃不欲自隱，因揭以示同志，願共試證之，勿徒虚語，遂作贊曰：

三代以前，説中説極。至于孔門，仁字乃出。無私曰仁，無適曰敬；無妄曰誠，不離心性。程子教人，先須識仁。誠敬存之，一語最親。蔡氏九峰，書傳是集。謂仁敬誠，言殊理一。要而論之，誠始仁終。貫之惟一，主敬爲功。聖賢之學，由博反約。念兹在兹，庶幾合轍。

復性贊

余作《仁敬誠贊》，或見之曰：『仁大矣，敬密矣，誠渺矣，孰與吾河東之學所言復性猶顯而易循與？』余曰：『仁即性，誠敬非所爲復乎！』或曰：『固也，曷亦爲之説！使吾黨小子確然識所宗，而靡惑于他岐之論之爲愈也。』故贊：

理本于天，與心俱生。名之曰性，所以爲人。人性俱善，罔有弗同。形氣蔽之，因或失中。清濁既分，哲愚殊軌。狥理狥欲，毫釐千里。變化之方，乃在于學。窮理篤行，勿徒口説。至誠參天，其次致曲。雖及聖神，僅號能復。復非外來，返所自有。孰甘暴棄，而執其咎？至平至實，極中極正。吾道宗傳，小子敬聽。

常惺惺贊

敬是聖賢入門總途，但恐操持難於純熟，得上蔡常惺惺一言，點化何等活潑。真予先生云：『敬能生樂，於斯可認取焉。』因竊請事之而爲贊。

常惺惺謂：敬，存心之故也。非禮勿視聽言動，必有事焉，勿忘助也。貞之則動静不失，純之則從心不踰也。於稽其功，蓋戰於欲而勝燭於理而寤者也。苟由是而進焉，豈非仁者安仁從容中道之路邪！

讀荀子

初聞荀子有性惡之論，意謂其貴學而尊教也。或如《書》所云『生民有欲』，須人主之治之者也。乃今閱之，則直以孟子性善爲非，初亦謂其未見孟子之説，故見之弗及思之未深論之弗篤耳；而不然焉甚，且以善爲僞，又以聖人爲僞。噫！何其横肆無忌至于斯耶？嚮令荀子其所言者一無足取則已，而又不然，則其失言之故誠亦不可得而知矣。韓子謂其『大醇而小疵』，此言之疵不得以爲小矣。彼楊倞所稱『激憤而著』者，其或然耶，其亦何必然耶？子貢曰『一言以爲不知』，荀子是也。

清潤族譜辯

吾白之先出自清澗，先大夫每言元時有四祖來入陽占籍云。先司空官吏部時，曾囑清澗令高平馮某訪來陽者名不可得，但扁于其縣白氏曰『天官第』。後有人持譜謁司空者，公不納。予幼，蓋嘗聞而疑之。及睹公所訂家譜，五世而上已失其名，愀然曰：『自吾之近如此，況其遠乎？』順治四、五年間，予官簡討，曲周知縣白足長以清澗宗人來見，又見貢生白鰲宸，自稱曲周姪，心喜其同宗也。九年夏，憂居里中，清澗有兩生曰復泰、生泰，稱爲后坪白氏，與曲周貢生同，又皆屬白草里，獨手一譜，無曲周貢生名。詢之，蓋三派也。自言扁『天官』者其門。父曰燦然，昔官上海訓導。按譜序云：『山西石樓義帖寺碑記止有廣信五甫名五户。』白氏乃其後與？又云：『始祖貴，避元亂入關中，然則清澗之白實自晋遷也。』其世代始元至正二年壬午，迄明嘉靖二十一年壬寅，凡二百餘年，其始祖名貴。貴生信，信生安，甫以孫行順貴贈副都御史。三子：長文舉，生希。希生行仁，四子。會厰虎其一子失記名，另筆註云：『陽城住。』似因其失名而增註也。再按，失記名二子鎮禄、鎮山，鎮禄一子相，鎮山一子宗相。則失記者止一人之名，不宜遂疑其居地明矣。且考其世，在明正統、天順間，非元之世也。别載云：希亦四子，其一子早卒，失記名，撫姪淮爲子。淮一子智，智一子景春，景春二子，自意、自饒。自意二子，吕、品。自饒三子，屋、靠、盤。

屋一子，另筆註云『去陽城』，以其世則尤晚矣。且昔聞同來者四人也，二説皆非實可知。兩生曰：『文舉官歸州知州得罪，充河南閿鄉站。』其弟曰：『維舉子安二子：長曰行義，次曰淮。淮三子：志能、志同、志本。本二子：全、英，俱住閿鄉，應文舉原充站。豈自閿鄉再遷陽城耶？』及按銓三子，英四子，俱多孫曾玄，數世列在譜中，其言遠乃愈甚。總之，吾陽之白遷于貴，先清澗諸白宜俱其宗，不敢妄據譜爲宗，亦如陽之白始清澗四祖，亦不敢妄援祖爲序也。譜中行順，成化間爲湖廣巡撫，右副都御史；行中，御史。又有五守七尹。當馮令時，兩生父燦然廩于庠。諸白俱世居后坪，燦然亦居后坪。而城中獨有室廬，

『天官』之扁有自來矣，未可以爲信也。然則司空公訪之于始，而不納于後，有見哉！予既宗其人而還其譜，恐陽之宗人反以譜傳疑異日者。清澗之譜浸假而忽註有陽之名，故預爲辯之，俾吾宗人各親睦其支屬，而虔敬其本原則已矣。何在吾陽之祖宗茫然于五世以上，而清澗之派必過爲推尋與可嗤也已。雖然，自始秦井伯百里奚，始皇嘗封其後仲于太原，子孫世爲太原人。唐樂天公家下邽，每自署太原白居易是也。

刑部右侍郎加一級慶餘李公墓表

士君子居嘗論治他猶非所難，獨處夫戎馬之境、兵革之交，安危繫于呼吸，一區區文墨吏厠迹其間，自非生長邊疆素練習者罕識其計而稱愉快。慶餘李公，起自儒生，爲孝廉時，予屢同計偕，聞其語煦煦然如對家子弟。一旦罷公車，去治州邑，材智逼露，不數年爲治兵使者，歷漁陽荆楚間，皆赫赫著聲。國朝初，授辰常道僉事，遷川北道參議，再遷襄陽道副使，所至有戰守功。辛卯夏，予奉使湖南，道高平，值公將赴蜀，因訪以湖南形勢及洞庭之險、氣候之異，公笑語從容，了不爲怵。乙未，以卓異内擢太常少卿。丙申，遷宗人府丞。長安樽酒中，數爲予道疇昔行間事，輒掀髯動色，若有見獵之喜者。予欵之曰：『方今聖主用人若渴，一旦以節鉞之任相屬，公豈有意乎？』公笑曰：『是焉敢辭！』予退而壯之，諸同列士大夫亦未嘗弗交壯之，蓋信服者若是其衆也。丁酉九月，晋刑部侍郎。予承乏同署中，遇事有疑難者，輒就公爲斷。公告予曰：『法官之職，有執而已。惟爲執乃所以爲全耳。』共事者不兩月，倏搆疾，具疏請告，奉旨留用。未幾卒，時順治十四年十二月二十三日也。禮部以恤請，蒙賜祭二壇，造墳安葬，工部仍請遣官督造。墳成，葬有日，厥子偉標、儼標等持狀，乞予爲文表其墓前石。予受之曰：『是宜表。』爰表之曰：公諱藻，字鑒明，號慶餘，山西高平人。父曰時漸，大父曰大全，俱以公貴贈正奉大夫、宗人府丞。公生而聰穎，讀書一再過目，終身不忘。辛酉舉山西鄉試。丁丑筮仕，令保定，調大城，尋守涿州，多異政。維時總督楊公、大司馬范公、大司農傅公，咸以賢能推轂，五日之内章三上，擢兵部員外郎。兩月，遷遵化監軍道僉事。屬弁某，錮金鐔中，詭密進之，公立糾舉。既以流氛藉才調湖廣沔陽道，聞國變，棄官居德安之孝感。大將軍南下，用士紳保委，署武漢兵巡道。奉旨朝見，銓用歷今官。公爲人嚴毅直方，舉止有度，長身玉立，望之如鷄群鶴，而接物必務爲和悦。服官守最廉，好鋤疆梗，而精明不爲猛厲。至其規畫時事，則猶洞若觀火。宦遊二十餘年，閱歷艱險，往往處變不驚。在楚，蜀寇數薄城下，公調度毫無懼色，曰：『守朝廷封疆，幸而完固，君之靈；不幸與城俱殞，即張皇其何益？』壬辰，四川開鄉闈，公爲提調。適劇寇攻圍急，衆有懈志，公曰：

『城以外俱賊，即去何之？』乃決策令士子宿闈七日，卒克竣役。均州自明末爲賊穴，久欲恢復。聞其城門焚毁，慮兵難駐足，公密遣工匠由水路載門夜入。均城壘砌，兵到登城固守，賊遂逃遯，均州立復。其智略之過人類如此。予同年友故鄖陽中丞韜穎胡公，雄鋭善治師，號爲名臣。公在襄陽，與同城，能以暇整佐之，胡公倚爲左右手。後遂特薦擢内，臨别繾綣不忍捨，至于泣下。語云：『三折肱爲良醫。』公雖非生長邊疆，然練習素矣。以此知爲治之道無他，讀書明理義，鎮静無欲，臨事不敢苟，的然内斷于心，雖所遭遇利害不一，皆可以有立。孟子謂：『人有不爲，而後可有爲。』惟李公之内守不撓，外可以盡其長，所由應變若環歷奏奇，能取顯名而卒無娟嫉之患乎？至于臨勢岌岌，意緒怡然，儒者之威，亦胡可矯飾也！是足以表李公矣。

陝西按察司副使翥雲石公墓表

蓋吾今而知名之于人大矣。君子之道内省不疚而已，奚其名然？有求之不可必得，亦有辭之終弗能克者，所謂闇然而愈章，誠之不可揜如此也。羊叔子、杜元凱，功名之士也，欲名而名卒歸之。魯仲連、嚴光，遺世之英也，逃名而名不能去焉。夫非名之足重輕乎？人亦重之以實耳。吾鄉不尚華誣，從來多賢士大夫，欲舉其功名俊偉之尤者，于今日則憲副石公是也。公他事行姑置不論，即如備兵寧，前日抗疏條議，開人不敢開之口，屹爲定難之遠謨，因獲罪逮繫詔獄。然遼民實知公疏中之指，于當日利害有裨，感公德，呼號擁蔽數千人叩閽保救，究賴當事者洞公先識之明，得免歸，此豈可泯泯者乎！皇清受命翦寇，師入關中，委公署撫三秦。時變亂甫定，百姓驚憂未已，有大帥建清堡之議者，實利子女玉帛。公方食統兵王公帳前，舍箸争之，竟寢其議，秦之百姓戴公若父母。旋以伉直不阿與督臣搆，幾中不測，卒恃公道獲揃白，此豈可泯泯者乎！當流氛熾溢，軍令廢弛，諸郡邑苦兵猶劇于寇，公時在鄉，用遼左宿威彈壓，往來諸將領靡敢縱其卒徒肆虐我土疆。及寇南渡，餘孽盤踞西南山中，尚數百人，將爲腹心患，公曰：『皆赤子也。』移書當事，毅然以撫事自任，談笑而力辦之，境内安枕，鄉之人胥倚公爲命，此豈可泯泯者乎！公才性爽敏，遇事慷慨敢爲，雖有讐怨禍害當于前不能怵，期遂其胸之所欲爲，而其所濟立定國家之急難，以捍衛鄉土，亦既赫赫可睹見者數端，至其他宦轍歇歷興厝違合卓犖非常，大抵類斯。亡論仕進里居，與之遊者咸樂其簡易而服其幹力，猶尚惜其才大，阨于時勢，用之弗能盡其才。公之自信者，亦何獨不然？公臨終誡其嗣子約兄弟曰：『勿求誌銘，勿聽舉鄉賢入祀。』余在都門，聞公此言而嘉之。公没，子約遵治命弗敢渝，第潛取公遺事述行略及輯四方僚吏賓友頌贈之言，題曰《逸齋外集》，録而藏之，冀盡其人子之心與所得爲之分而已。亡何，鄉人追思公德，群請于有司，祀公學宮，非子約兄弟所得止也。余聞而嘉公，亦嘉鄉人，曰：『公之信于鄉人與鄉人之信公者，俱非虛耳。』今讀子約《外集》載吾伯兄長洲先生所爲傳，傳公無一浮飾語，爲兄生平摹寫最真之文，則更嘉兄知公，復嘉子約能重兄之文以存公也。往余嘗受公命，使子約從余商制舉業，即察其有孝子之志。于公没後，觀其行，慎以承家，愛以友弟，重以持躬，而復用心于此集，寓其彷徨慕親之誠孝矣哉！因竊嘆公之生平，氣殊豪，略殊雄，挺然壯，往于功名之會，而考終之誠于名也。則外視之，斯又足稱達人高致，士大夫中罕見其儔，吾所以嘉之。而名之于公也，故終不能舍焉。吾家樂天先生嘗自謙云：『有名于世，無益于人。』若公之于遼左、三秦、鄉里諸大事，其爲益于人也亦既彰彰矣。公即果欲遠名，又誰從而聽之？揚子曰：『不爲名之名，其名至矣。』余何忍無一言發公遺烈，又何忍使孝子如子約者，其親實不可使泯滅，而顧不得遂其善？則稱親之願以告諸冥，爰論著其梗概之大者授子約，俾作石于公葬所，鎸伯兄之傳亦以此文附于後，而弗爲違公之命，目之曰表，于孝子之心庶其恔矣乎？

刑科給事中沁湄楊先生墓誌銘

士有躬廉介直方之行、懷憂民嫉惡之志以立于朝，一旦奮然抒其所聞，期無負于得言之責，斯其賢可知矣。乃言一出而身斥，再出而再斥，若是乎賢者之難遇于世也，固誠有不幸焉。然將使凡立于朝者，爭陰持私計以憂民嫉惡之論爲戒，而指廉介直方爲迂闊無益之行，風議不明，綱維滋壞，貪黷憑陵，民生日蹙，詎直賢者之不幸已耶！吾陽沁湄楊先生以名進士起家，爲行人七載，考選户科給事中。疏劾高平知縣某貪酷，遭某賄營反噬，誣以請托不遂，勘問數載，卒正某罪論絞，先生亦坐廢爲城旦贖歸。語云：『是非不兩立。』曾見以言官劾一貪酷吏，聞見既審，竟與俱傷，天下重惜之。先生林居十載，食貧如寒士。洎大清定鼎，徵起補舊職，尋轉禮科右，再轉刑科左。值丁亥大計拾遺，有平陽通判某者署兩縣，婪墨之聲載道。先生具疏糾之，下部行覈。

當事忌所糾異己，曲庇以覆。于是謫先生浙江按察司照磨，某得轉西安府同知。旋以婁敗，遂是非大白，而先生中傷猶故。是時先生七十老矣，謙進微辭止之，先生不可，乃疾趨杭臬受事。杭之上官類欲試先生才，且聞其貧，牒委沓至，先生各遣報如法，不名一錢。尋以甲午正旦，齎捧便道過里門，途病終于家，貧不能營葬地。嗟乎！先生蓋終身貧也。自家居及宦邸，朝夕之奉壹取給責貸，即門生故舊間有贈遺，輒峻卻之，自非其廉介山自性生，經百折不回，或不難少委蛇濡忍，爲償負計，而先生挺然執固，卒不以彼易此，鄉之人率惜之。或且訾笑其爲戇拙怪迂，而謙獨敬服之，以爲古道之遺。至于彈摘穢邪，微第效衮職之宜，即鄉里狂，且每嫉之如不可容。竊欽其好惡之正，于俗化有助，非賢而若是乎？乃其不遇于世也。固賢者之數，亦有不幸焉，豈足爲先生非耶？吾聞爲政之道務在惜民財力，而朝廷馭臣之術必以廉爲本。今使賢公聊台諫以及郡縣有司，各自洗濯，秉羔素之節，惜民之財如惜膏血，聞剥民之吏則如己寇讐，推此心也，即一交接往還之際，如將浼焉。久之，風化所被，在位者多廉士，而國受其利。否者，不能自飾簠簋，見人之廉則從而詆之曰：『是矯焉。徒峻其迹以干譽，而不近人情者耳。』甚者坐視有司掊克不敢言，又利其餽囑而爲庇奸之行。吁！此世所以擯棄先生而不復道也，可慨也夫！先生博聞彊記，自少迨老，孳孳好學罔倦。爲古文辭詩歌，俱確質有體裁。陽先達自張藐山先生外，名古學者復有先生。又喜接引後生，莊容温色，矢口經史，座中得奉先生若飲醇醪矣。甲子分較京闈，得士十人，金正希聲、唐豫公九經俱海内名宿。丙戌主試山東，得士九十，發策終篇，問《春秋三傳》，綽有深旨，可以觀其蓄藉。先生諱時化，字季雨，沁湄其别號，萬曆己未進士。父嘉禮，贈徵仕郎，户科給事中。母延氏，封太孺人。祖廷璋，祖母曹氏。曾祖文義。文義上，無譜牒可考。嘉禮上，俱單傳，而嘉禮始自上佛遷下佛。生三子：伯聖化，庠生，授先生學；仲王化，先生其季也。生于萬歷乙酉閏九月初四日，卒于順治甲午三月十四日，享年七十。初娶趙氏一和女，贈孺人，生于萬歷癸未六月二十四日，卒于萬歷戊申九月二十七日。繼室張氏，繼先女，封孺人。生女一，適沁水庠廪生孫陽，巡撫湖廣副都御史孫公鼎相孫，早卒。嗣子庠生梓如，娶庠生李甲寅女。將以乙未春某月某日，葬先生于下佛之北岡，地名神嶺。初，先生爲贈公所營壙，既葬後，因艱于嗣，徙望川之開明寺前，虚其壙，今啓而葬先生，趙孺人祔。銘曰：猗先生廉兮，噫！誓不假貪兮，噫！不卑小官兮，噫！貧而無怨兮，噫！聖人所難兮，噫！

福建鹽運使心盤王公墓誌銘

心盤諱崇銘，少精敏，多智計，讀書刻厲彊記，爲文閎摯有波瀾。年二十八舉于鄉，屢試禮部不得意。國初詣京師，受選知永年縣，多循政。未幾，用直指曲沃衛公薦擢户部主事，監寶源局，收羅廢銅供鼓鑄。胥吏欲緣以爲奸黠，不可制。心盤患之，乃牒司農增設舊員共事，圜法振肅，卒得報代去。尋奉勅分榷滸墅關税，通商裕課，具有科條。滿一載，奏報數餘于額，司農多其能，請勅再理一載，復餘于額。還部，歷員外郎中，陞浙江處州知府。處山郡，荒瘠多伏莽，心盤聞之悒悒。余曰：『苐當如作秀才時，不則齎槖以往耳。』心盤連領之。比至郡，首先籌畫殲撫積寇。居五年，廉幹有聲，能不負予規戒。以俸薦深次應擢副使，適無缺，暫遷福建鹽運使。雖浙閩相距不遠，而心盤在處坐畏暑毒，歲輒病瘧。及抵閩，書來云：『恐不得復見。』久之，閩安克，復書又來，不言病，反自多其轉餉功。無何，訃音至，余且信且疑。蓋因其前有恐不復見之語，而信其後之不言病且自多功也，必有志于建樹，非以遠地不相宜猥自頹廢者，比而遂齎志以没。嗚呼，惜哉！心盤爲人性若急卞，口期期不休而中實洞直無他腸，材計有餘，動自稱負，而措諸事，爲類沉細，周匝約己，自下弗敢爲徑情。與余交多年，所言激切無忌諱，而亦雅聽受余言，所謂朋友責善之風庶幾有焉。乃今先棄余以去，故亦余之不幸也夫！故亦余之不幸也夫！心盤以順治十四年十月二十八日卒，年五十八。以某年月日葬某地。高祖諱付，曾祖諱□蘭，祖諱永泰，二世俱庠生。父諱瑄，贈中憲大夫浙江處州府知府。母延氏，贈恭人。初聘延氏争光女，未娶卒。娶申氏，封恭人，九臯女。恭人生二子二女。子仁深，官監生，娶趙奇珍女；仁洽，庠生，初聘沁水張忠烈公子庠生道潤女，未娶卒，娶御史楊公新期子庠生蜀材女。女一適澤州鴻臚寺丞范四知子庠生和衮，一爲余子方厚婦。側室汪生一子仁濬，聘工部員外郎楊榮胤女；趙生一女。幼孫三人：嘉植，仁深子；嘉楨、嘉楫，仁洽子。孫女二人。銘曰：心盤之師，伯氏曰琦。及其二祖，困約勞思。四世一經，于焉奮迹。學成而宦，章施顯奕。既顯厥功，克死厥官。號以丈夫，不愧豪賢。沁河之灣，山拱其形。維室萬年，繼續孔寧。

仲庸吴君墓誌銘

仲庸吴君之配爲先長姊。姊，先君長女，妻仲庸。仲庸父完初先生，先君執友。余童子時，恒從姊過其家嬉戲，仲庸母栗碩人飲食供玩余甚暱。先君暨先淑人命余尊事碩人，謂之曰吴母，謂完初先生曰吴父，而處仲庸昆弟中亦居然比于雁行。又及拜見仲庸祖善人翁，年九十餘，孑處一室，布衣帬，倚杖坐終日。吴父吴母歲拮据農蠶，即與臧獲語故下其聲，若恐傷之。户庭以内，融融如，煦煦如也。余姊以新婦周旋堂廡，竭力饔飧女紅之事，歡然無惰容，具當厥舅姑志。仲庸咿唔簡編，年二十許始入博士籍爲諸生，時余已就外傅成先生受業。先君則迎仲庸來，其誦習家塾中將十年所。余既入博士籍，仲庸乃辭去。嗣兒方鴻生數歲，復以先君之命踵結爲婚姻，如陶孟故事。雅悉仲庸生平，孝友謹飭，行不踰禮，姊柔惠，克慎作家有法，能盡夫婦之道。歲辛卯，姊以少子裔振才慧而早亡，哭之過慟，成疾不起。後九年庚子，仲庸七十矣，趫健無纖恙，偶從耆友數輩會飲，歸抵家門，失足仆地，氣遽絶。吁！人誰無死，其獲免于牀笫呻吟之苦，亦未可云非幸也已。昔余先君每言，人家貴顯之後輒傷祖宗元氣，所以立見其衰。余聞輯《學言》有曰：『豈獨貴顯生驕淫，即席富厚，亦易豪縱，故兩疎云。』子孫而愚則益其愚，子孫而賢則損其志。以吾所見，仲庸吴君祖若父及其子孫五世矣，家道平平，用孝弟力田數十年如一日，豈不勝于暴富驟貴旋就頹敗者？而原其乃祖，故善人也，信先君説不誣。頃讀邑志載孝子吴茂事，楊貞肅公嘗爲作廬墓詩。茂，仲庸七世祖也。孝行之著，貽澤長子孫，蓋其宜哉！按茂世爲陽城立平里人，子某。某子質。質子克威。威子應奎，嘗旌『善人』。子完初先生，諱竟成，爲邑諸生。子三人：俊傑；俊賢，即仲庸；俊偉：俱庠生。仲庸子三人：裔蕃，庠生，娶庠生賈益讓女，繼張某女，繼貢生閻士衡女；裔振，庠生，早亡無嗣：姊出；姊没後仲庸納侍女某氏，生子一人曰某。女三人：一爲余子舉人方鴻婦，一從姪象紱婦，一嫁庠生趙嗣鼎，俱姊出。孫二人：銑，聘庠生楊斗樞女；珏。孫女一人，嫁田某。先是姊没，在順治八年某月某日，葬邑南坪之阡；□今順治十七年十月十二日，仲庸没，以明年之某月某日合葬焉。其孤余甥裔蕃預以書來京師，乞爲隧道文，哀而命之，遂不暇倫次。銘曰：與善者天期不爽，昭德者文惟不欺。終千萬年，伉儷于斯室。

賈心赤墓誌銘

太學生心赤賈君者，故陝西按察使鳴寰公之冢嗣，母張淑人生君。君生而豐頤廣額，重厚寡言笑。年十餘，按察公見背，依于叔氏，不好舉子業，及藐棄一切人事，若自絶于世情禮法之外者。然性躭書史詩賦，信其手口指畫謳吟，靡不入情中律，一本于孝友之言，可異也已。中年後諸叔謝世，乃復溺于酒，舉家務付之妻子弗問，日惟操杯杓，頹然于市肆。或走之山巔水涯，流連斟酌，醉而狂歌，旁若無人，或姍笑之，狎侮之，弗顧也。至間與諸儕輩談及古今興廢人物之臧否，咸井然不亂，故知其胸中自有涇渭焉，或曰其托于酒而然也，亦不可知。久之因酒得疾，或勸止之，則瞑目曰：『死便埋我。劉伯倫如是，我亦如是。』以斯終不起。没之年五十有五，時康熙元年七月八日。子允迪，方遊秦中舅氏任邸，未及視含斂，終天之恨不能已，乃哀其行，介從兄載維乞銘于予。是蓋欲盡所爲子之道，以永其父之存，而非徒要訣以誣其所生者也。予謂載維：『昔者王謝之胄，不隕于湛奐，無失色失言于人，孝子之大節也。君之家自按察公貴後，冠裳踵接，聲明文物最于鄉閭，顧得一心赤純純然恬息無競，獨獲全于酒，以終其未鑿之天，可弗謂賢乎哉？世之父望子者，類不勝其欲之過。夫心赤爲人，于其先人之遺德亦既承而勿墜，斯無忝令子矣。非然者，即狡若智囊、佞若炙輠，胡益焉？而予敢以之誣心赤？諂如是，何如？』載維曰：『唯。然允迪之志也。』

君諱益淳。按察公諱之鳳。祖定陶知縣、贈陝西按察使諱□。贈妻沁水張氏，父諱銓，贈兵部尚書謚忠烈。允迪，邑庠生，娶崔氏，庠生鼎鉉女。孫二人：長克紹，聘庠生衛大元女；次克繩。

女二人，一嫁廪膳生田經國子昌化云。

外孫王郎遥識墓碣

王郎遥識，字瞻百，父壽光知縣王克生，母吾女也，而實出于側室田。生數年，從父任許州及青齊，延傅授書，輒能了了，下筆爲文率奇矯不群。父喜曰：『以此往應童子試，冠軍無疑耳。』尋父卒于官，代者留難，其櫬不遺。遥識時年十六，竭蹷走謁諸上官愬辯，居一載事得白，乃扶櫬還，執喪葬中禮，人稱壽光有子。始壽光爲人介直好書，嘗積書滿室，是子慧悟善學，吾不禁望之厚，又樂其容止之温、性行之恬，待之如成人，因付以所著述書，謂曰：『若吾之羊祜也，其勉之！』兒方鴻亦大器愛，令就余家塾，偕諸孫誦讀。亡何，患喉症，醫藥罔功，呻卧月許殂，爲康熙四年夏六月，年十八。嗚呼，惜哉！壽光世單子，幸有三男，子遥識，長而且賢，同出子淵識，甫四歲，前數月殤，而復失一遥識，獨一五歲子存，曰廣識。吁！壽光之緒亦危矣，吾女之命劇艱苦矣。雖然，吾終弗忍遥識之以彼其子而使之泯泯于泉壤也，故碣。銘曰：麒麟殰，鳳凰殈。景星匿，卿雲戢。孰知其然邪？孰知其然邪？

成御六哀辭

嗟乎御六！言直而行方，志大而氣雄。少攻書義，涉目輒通。落筆爲文，風雨長虹。與人忠侃，剖肝露胸。偶意言之乖迕，奮不識其有躬。或道之以奇曲，誓雖死而弗從。夙吾期之，不雲而龍。胡造物之冥茫，汔轗軻而固窮？適吾竊禄之年，遂賫志而告終。責予歸之不速，意菲薄乎樊籠。惟吾弟之與君，恒瘵疾而先夭。嗣世途之駭變，紛凌轢而牽擾。既蛇蚹之可嗤，忽彈雀其失寶。桐素懷之昂藏，徒沈汨而將老。嗟乎御六！死生大致，古今晝夜。苟生存而鮮歡，曷必愈夫阜化？獨金石之良朋，苦難得而易謝。感遠昔其可忘，淚涔淫而重下。

祭張伯珩中丞文

嗟乎！伯珩聰明純德，間氣篤生，動靜有儀，内哲外仁。二十策名，老成安重；其品與猷，上下交聳。自按巴蜀，載著兩淮；大宣于秦，騰茂若雷。古之仕者，原本詩書；拜獻成信，受禄不誣。求之于今，惟君足配；令聞始終，其可弗愧。生地多賢，公論孰欺？昔之原楊，君克繼之。衆所嗟惜，年力方彊；譬彼喬林，忽而隕霜。當君適閩，沁水西徙；及其返皃，旌竿風毁。蓋天生人，靡不有命；君宿信斯，順受其正。究君之亡，在遠胡疑；地不擇易，官不辭卑。平生莫逆，告勉惟誠；曾不我迂，以底于成。慨我凉鄙，君今棄之；昏眊前塗，疇復我師。琅琅遺音，見諸楮筆；生死從容，宜學之力。我别既久，含臆莫攄；或傳君言，尚猥德予。我實慙惶，不省所云；撫棺號泣，慟其可勝。

念園存稿卷四終

學言序

此東谷先生語録也。憶余獲因緣攀附於先生者有年，但見其温醇敦厚，不言而躬行，余嘗願學焉而未之能。一日，詢及吾師曹真予先生何爲，余斂容對曰：『師云：天下無閉門聖賢。明德親民是一事，不厭不倦非兩時。獨善其身者爲自了漢，縱深至亦隘耳。』先生聞之，爽然信服。退而作詩遺余，寓私淑吾師意以見志。今别又有年矣，每遇良友講習之際，恒以不得左右先生爲憾。偶爾郵傳佳公子元將手録先生講學語一册索序，余受而卒業，嘆曰：『有是父則有是子。一門師友趨庭之訓，可達諸天下後世也歟！宿碩心性之宗旨，老成經濟之宏猷，前之諸儒藉此爲表章，後之學者亦因以興起，盡萃茲矣。即參之周程集中，亦可合觀，寧獨與吾師惓惓爲學之意妙契也耶！然後知前日不言而躬行者言在也，今日躬行而后言者躬行在也，豈有遺議哉！是當付之棗梨，公之同志，以見先生之真且大焉可也。

康熙二年歲在癸卯小春之月吉，安邑同年共學弟呂崇烈

頓首拜撰。

學言序終

學言卷上目録

學言卷上目録終

學言卷上 五十九條

清　白胤謙　著

一

天人一曰道，道即性，天人貫焉。學者求諸心，斯近矣。聖人，人心之至也，其正爲賢。

二

天無往不在，人得之爲性，而道出焉。道也者，天而已。性者，人之天也。舍人而言天，無天；舍性而言道，無道：斯謂之學。

三

不知天所爲天，視人；不知人所爲人，視天。本乎天，因乎地，同乎人，故三才皆吾事。

四

無我之我，是謂真我；無知之知，是謂良知。

五

主外者忘内，主内者忘外，聖人無内無外。仁可智也，智可仁也。

六

愛，仁也。知愛，智也。不學則幾乎息矣。君子學之爲貴。

七

君子之自治治人，始終于仁也，而行之以禮，故禮之于人大矣。孔子曰：『克己復禮爲仁。』

八

大學之道大矣哉！一言以蔽之曰：『誠意。』中庸之德至矣哉！一言以蔽之曰：『慎獨。』二書皆《禮經》也。誠意、慎獨主乎敬，故禮之于人要矣。孔子曰：『非禮勿視，非禮勿聽，非禮勿言，非禮勿動。』

九

君子之不得于親也，自責而已矣，其于君也亦然。君子之教其子也，不怒而嚴。

一〇

君猶天也，猶父母也。人之存心不得罪于父母，則不得罪于天矣；不得罪于天，則不得罪于君矣：而要先不得罪于心始。《論語》『君子有三畏』，皆自畏其心而已。

一一

有一言而終身行之者，其『孝』乎？仁不易，能孝，易盡也。《西銘》論仁本乎孝，善夫！

一二

孝莫厚于追遠祖，弟莫廣于睦九族。近之，推仁之始乎！兄弟之子，與吾出于同父，愛之如兄弟，蓋弟道亦孝道也。以其猶子，則又兼慈焉。

一三

無我可以言仁，萬物一體之懷原如是也，此之謂復性。而無我又始于無欲。

一四

人不可以自賢。少而自賢則絶，壯而自賢則結，老而自賢則崩。

一五

君子信己而親人，故常得人；小人求人而恕己，故常失己。君子之自强也，不怨人之勝己，亦不多其勝人也。

一六

好自異者失人，好同人者失己，二者不謂之德。善及天下而民不知，己不言功，謂之大人。

一七

《易》至矣，《詩》徹矣，《書》徹矣，《春秋》嚴矣，《論語》化矣，《孟子》正矣。荀與揚也擇而不精，語而不詳，其他諸子猶是也。詳而能精，其宋之諸儒乎！

一八

朋友所以學也，于我求之，非求我者也，可不慎與！

（原本缺一頁）

二四

二氏誣道，京焦畔易。

二五

善治國者必先富民，欲富民者必省國用，王道之本也。

二六

多學好問，酌古準今，以悉天下利害之故；達情順勢，虛己力行，以成天下治平之功。

二七

作德者必報，則市而不力。好德之君子，心安而後身可居也。雖然，心處厚而不傷，天自從之矣。

二八

吾見淳樸之人多壽矣，無凶事矣，多有後矣，號才智者或反是焉。此可以信心逸日休、心勞日拙之說。

二九

今人履古王霸之墟，則悲傷係之；過堯舜孔子之里，則瞻依若存。甚矣，斯民之不可欺也！

三〇

人貴有年，爲其進修之暇也。凡人終日求盡人事、全天理，則不虛生。不然，雖久猶促耳。

三一

天理即在人心，心安而理得矣。以人合天，盡性至命，皆在此中，此天下之所同也。

三二

古之相臣，用人者其事，納誨者其道。每不重才而重德，不尚力而尚齒。弗齒，未必其能誨人也；弗德，未必其能用人也。《大學》傳『平天下』，大者在理財用人，無人則財不可理，而歸于《秦誓》『一个臣』，有旨哉！

三三

留心世務者必貴有本之學，然典制之書、諮求之人、游涉之廣、經歷之深四者，又其助耳。

三四

學先辨志。士君子之志，在乎道德而已矣，功名之有無弗問焉，況富貴乎！

三五

學者習爲詩賦，猶豐年玉耳。

三六

今人之家，婦女不用事，則其家必孝弟矣，雖禮義未遑，吾必謂賢焉；賓朋不離座，則其業必浮惰矣，雖名譽四達，吾知其僞也。

三七

世非人弗治，而天生人亦不易，人之自成更不易。故愛惜人才，君相要道。始育之，繼舉之，繼用之，終全之，非私其人也，天地之公也。若舜之傳禹、湯之無方，皆是道也。彼娼嫉之徒，亦違天甚矣。

三八

吾見世無棄人也，吾見世無棄物也。

三九

夫物之不齊，物之情也，吾以不齊齊之。

四〇

守約而施博，謂之大人。彼恃才務廣者，自謂圖大，而不覺墮于細瑣矣。

四一

人之存心行事，無愧于屋漏，不可知也；能無愧于妻子，則幾矣。

四二

不思不爲，言不期省而自省矣。蓋不思，不妄思也；不爲，不妄爲也。而不思又不爲之根，事心者不可不知。

四三

思不可逐也，不可廢也，故曰愼思。能愼思即無思也。

四四

聖人之道尊矣，未若仲尼之大。古今之書多矣，未若《易》之粹如其庸。

四五

飲甘泉者，嘗其一勺，勝于溪潦之盈腹；學聖人者，得其片善，賢于異曲之争鳴。

四六

善治國家者，常使之寬然有餘裕，易而不勞，久而不敝，元氣之謂也。而每以厭常欲速之心奪之，毋怪其難也。

四七

君子知自敬，敬人耳，不責人之敬于己也；知自愛，愛人耳，不求人之愛于己也。

四八

敬則一，一則敬。

四九

王龍溪謂：『儒者達之則爲伊、傅，窮之則爲孔、顔。』自後聖學不明，訓詁之儒起，逐逐於形名器數之末。即此可識君子儒、小人儒之分。

五〇

道闢于《易》，得《書》而明，《詩》、《禮》、《春秋》所以助也。三《禮》具列，猶待衷于聖人乎！《春秋左氏傳》曰：『人受天地之中，以生庶矣。』

五一

幾者動之微，善動而惡從之，陽中之陰也。微乎危，故慎獨要焉。

五二

三代而下好名，亦爲善機。但孔孟所謂鄉原，病根只因此起。舜之必得其名，非舜之好名也。今人有云：『君子不必好名，小人不妨好名。』似得之。

五三

《易》：『樂天知命。』知命然後能樂天也。但非學至窮理盡性，未易語此。是以聖人罕言之，以俟夫默而成之不言而信者。

五四

《易》以道陰陽、天地、鬼神、死生、晝夜之理，俱在是。其實樂天知命，可盡學《易》之功，所謂知進退存亡而不失其正也。

夫子假年以學，豈欺我哉！

五五

學以自然爲至成性存。存，勿忘勿助之謂也。

五六

鄭端簡謂：『一家之中，父母新族童奚相安畊織，鷄豚果蓏各遂其生。』即是一家之位育。

五七

學莫道若，道莫儒若，儒莫經若。蘇轍曰：『文史末技，不通邦國之大猷。』

五八

知晝夜可以知死生。晝無妄營，其寢必安；生盡其道，而没必寧：自然之理也。

五九

知之而能行曰學。不然，郛廓而已，雖聰明與下愚何異？而尚自巧言以爲知者，猶斯道之罪人也。

學言卷上終

學言卷下目録

學言卷下目錄終

學言卷下六十五條

清　白胤謙　著

一

性理，所以尊性之理也。人無異性，斯無異理矣；無異理，斯無異道矣。學者與之言道不若言理，言理不若言性。孟子道性善，是堯、舜、孔子以來最直捷方便法，故曰：『夫道一而已矣。』

二

心虛則無私，無私則公，公則神，雖天地不過如此。故聖人以無私法天地而化行若神。

三

周子云：『無欲故靜。』程子云：『有主則虛。』體之與天地同性。張子云：『無我後大。』朱子云：『觀理則順。』推之與化育同功。

四

周子謂『明不至則疑生』，可見明生于誠也，彼逆億何爲？

五

道之苦不勝其樂，欲之樂不勝其苦。此危微之幾，在人識擇之早。

六

道學有真僞之分，不獨近世。孔子語子張聞達二路人，即是也。

七

聖人之道可一言盡矣，其中乎！孔子之時，孔子之中也。孟子曰「權」，其善言時夫！

八

《禮》：「仲尼燕居，言而履之，禮也；行而樂之，樂也。」方是禮樂實際，所謂「樂節禮樂，不可斯須去身」亦然。

九

《易》：「刑罰清而民服。」「清」即《尚書》「協中」之謂，其言剛中柔中，無非一中之理。《商頌》「不競不絿，不剛不柔」，湯之所以「執中」也。《書》「九德」亦言「中」。

一〇

程子曰：『君子不欲才過德。』司馬溫公曰：『德勝才謂之君子，才勝德謂之小人。』然有德者亦必有才，德其體才其用也。德可兼才，才不可兼德。溫公又曰：『爲國家者，審于才德之分而知所先後，何失人之足患哉！』

一一

治天下不外仁之一字。呂東萊論兵書曰『惟仁一字』，則其餘盡可知已。治賦而不以仁，則民弗共也；理刑而不以仁，則民弗齊也。天下可得而治與？

一二

天下不可以有心治也。無心者天治，有心者人治。毘陰毘陽，喜怒有心之謂也。張子曰：『爲政須先平其心。』無私而已矣。

一三

誠，主宰也；敬，工夫也。非誠無以爲敬，非敬何以至于誠乎？

一四

朱子謂：『人之所以爲仁者，當守敬之一字，只是常求放心。』

至謂講學，乃收拾放心中之一事，則本末之義了然。

一五

喜怒不偏，即是心正。天理人情，是是非非，一以自然處之，勿爲私欲障蔽，『精一執中』之理不異乎此。

一六

先王制禮，皆以理制欲之事。先尚書云：『把一敬字放在胸中，把一禮字放在身邊。』

一七

一之謂仁，敬之謂一，無動靜順逆之故也。況關倫常之大、天下國家之事乎！必敬必仁而止矣。不遷不貳，只是敬仁。

一八

友人曰：『居己且欲敬，況于臨事接物！』予曰：『居己政難。若居己常如臨事接物，則事物之來纖毫不亂。』

一九

人身正氣完固，則外邪不能侵，然在平日保慎之密。人心亦然，正氣充實，自一切不能摇動，係乎平日義理涵養之功也。孟子養浩然義亦然。

二〇

凡物累心，皆心自累之耳。心有主，自因物付物泛，應曲當物焉，能累之哉！心有主即道心，無主即人心。

二一

每思明道先生『治惡以寬，處煩而裕』處，廓然有天地函容氣象。

二二

吕伯承曰：『無閉户之聖人。』

二三

只看得此身與造化一體，可榮可辱，可生可死，便天下無難處之境。

二四

人有一念自私，鬼神必不汝寬。所謂：『天作孽，猶可違；自作孽，不可活。』從今須戒其自作，若天之所作則聽之矣。

二五

試思此身，隨時隨處皆有人欲，則知隨時隨處皆有天理。要當省察，所謂『須臾不可離道』也。

二六

凡人所好而便之者，皆私欲也，皆壞德之事；其所惡而弗便者，雖亦私情，然練德之事也。隨處省戒，方有增益。

二七

薛文清謂：『尋孔顔樂處，不過天命之性。』又云：『不知性而論道者，妄也。』直剖聖傳！

二八

前之聖賢多矣，道理發揮殆盡，欲獨出議論者，即是異端。故《性理》一書，直指性字，便爲繼往開來真把柄。則論學于今日，文成之良知不若文清之復性平正無弊。

二九

君子未仕則憂其學之不至，既仕則憂其道之不盡，既退則憂其德之不固，餘非所計也。

三〇

《易》窮理盡性至命，《中庸》天命率性修道，《孟子》盡心知性知天，總一而已矣。

三一

到盡性地位，即是至命，必使方寸之内不留一絲虧負，始可言盡也。

三二

只就見前事物上窮理，知得明處得當，便可以盡性，而至命亦在其中，切莫看小。理當然，性自然，命所以然，無空虛者。

三三

王虎谷提學陝西，教人有曰：『聖賢之道雖多端，然切要不過復其本然之性得于天者耳。必先立志以堅夫趨向之正，主敬以養其清明之氣，讀書以究其事物之理，慎行以致其踐履之實；明義利之辨，謹隱微之際；勿慕高遠而忽于日用之常，勿涉詭異而出乎人情之外。』論學精約，實莫踰此。又《遼州學田記》云：『主敬以存其心，窮理以明其智，行道以復其性。』蓋爲人一生出處，止期行道以復本性，真是學問有得之言。

三四

《易》至變也，實至一，其太極乎？天下莫大于一，莫神于一。《詩》『思無邪』，《書》『執中』，《禮》『毋不敬』，《春秋》『公好惡』，莫非一也。

三五

無一處不是造化氣機流動，可想茂對時育萬物之妙，可想太極之妙，觀太極可知仁亦然。

三六

司馬公曰：『君子寡欲，則不役于物，可以直道而行。』

三七

善念一萌，便當做徹，不徹不止；惡念一萌，便當禁絶，不絶不止：然後此心安頓得妥貼，魂夢亦寧。

三八

王道本乎誠意，未聞道君以不測也。

三九

教化者，國之元氣也。

四〇

王龍谿曰：『道本自然。聖人立教，皆助道法耳。』

四一

朱子教人爲學，都從蹠實處用功，乃夫子下學上達嫡傳，迥異後世自欺欺人之術。而其所言窮理，實本乎《易》。

四二

自處要恭，待人要恕，自然有道氣象。

四三

《易》乾之所稱大人者，天且弗違，即行四德乘六龍之人，《孟子》所謂聖而不可知之神也。

四四

天下之事可知者理而已，然有不可知者存乎其間，蓋一陰一陽之道，即是陰陽不測之神，而君子喻義之外一概不問也。

四五

天下之事，因之而已矣。事前勿迎，事來勿辭，事後勿與。然而事前有思患之防，非迎也；事後有保終之慮，非與也：皆因之而已矣。而其間難易之數，又有天焉。雖欲不因，得乎？

四六

人之巧營者，自秘其術，而不知其術，君子之所耻；□人之務小者，自狃其娱，而不知其娱，大人之所痛惜。

四七

君子好自損，非自損，所以厚吾性也；思利物，非利物，所以奉吾天也。天何在？曰在心，斯謂之仁。草木之心，亦謂之仁。一而已。

四八

病求心安，不惟遣病，亦以護持性命。然而功夫不可不密且熟，則係乎平時，不待病也。

四九

每日隨事求仁，則此心常在。少間斷歇，便是自欺。但不敢自欺處，即敬，即誠，即仁，至于仁而事畢矣。

五〇

先尚書《醒心録》云：『孔顔之樂，只是胸中一團天理。與文清天命之性同旨，蓋性即理也。』又云：『心與理合性方明，心定則性章。』又云：『常知本體，即是功夫。』又云：『静坐存心學之體，隨事循理學之用。』俱是真儒實學見後之論，絶不浮游蹈襲。家學之淵源在是矣。

五一

貪功好名，固壞人品，然逃之亦不必。時至而事起，實至而名歸。真功無功，真名無名。堯舜事業，不過如太虛浮雲。吾儒分內，原自不礙也。

五二

舊看《太極圖》，覺切于人身，遂有『太極心也，無極性也』之語。近玩朱子『無形而有理』之説，方知無極、太極只一物，無極不過形容太極本來之妙。且周子説内止有性字，不必添出心字。

五三

主敬即是主静工夫。蓋無欲，故静而敬，其所以無欲也。

五四

改過斷然少剛不得。程子曰：『既壞而求全，無若不武之武人然。』

五五

有疑陽明之學者。吕文簡曰：『講其學而行非，勿信可也；不講其學而行是，信之可也。』似多一『不』字。

五六

蔡介夫曰：『善愛其身者，能以一生爲萬載之業，或一日而遺數百年之休；不知自愛者，以其聰明際盛時操名器，徒就一己之私而已。』可爲惕然！

五七

先尚書『即本體便是工夫』，王文成亦有此言。羅達夫曰：『世間豈有見成良知，良知非萬死工夫斷不能得。』謂宜致也。先尚書常知二字，故爲有入。

五八

先君言：『凡爲學之道，必先至誠，不誠未有能至者也。』又曰：『君子之學務求在己，吾常以自欺爲愧。』又曰：『學聖賢工夫最細，非可一二件偶合便自矜詡。須時刻點簡，時刻收斂，操持既久，庶幾無大差謬。』又曰：『聖人之敬天，初不爲禍福計；君子之爲善，初不爲身後計。』凡皆真實篤近，向闇地做工夫，淺儒所不能道。

五九

喜怒哀樂，未發以前即是性。先儒不直言性，而只教□。其氣象語，稍墮禪，反開疑局。學者須掃此等遮障，乃有實益，正所以羽翼先儒處。

六〇

程子曰：『心本善而流于不善，是放也。』先君常言：『放心不是無心，此心止有一理。但稍與理背馳，不論何心，俱謂之放。』

此謂精一。

六一

呂伯承與余書，以識仁主敬論講學之益，又引王龍溪之言曰：『難收而易放者，心；難得而易失者，時。夫所謂不放心即仁也，不失時即敬也。』其言故自有味。

六二

人知衣食宮室之止爲養生則不侈矣，知夫婦之止爲嗣續則不淫矣，知仕宦之爲得時行道則不敢苟也，知學問之爲窮理復性則不敢厭也。

六三

大道隳于曲識，美業墮于私見。

六四

戒一朝之忿，辨細微之惑。

六五

或問誠敬先後，曰：『誠其先哉！周子曰：「聖，誠而已矣。」始誠，中敬，終仁，畢矣。』

道理無窮，行能不逮，安敢妄談學問？但素無雜好，生長此中，間有微窺，弗敢自處暴棄，聊復志之，以備觀省，爲遷善補過之資而已，非踵講學以爲名也。胤謙自記。

學言卷下終

學言卷續目録

學言卷續目録終

學言卷續八十條

清　白胤謙　著

一

魏環溪曰：『孔門時習之學，只是求仁。』煞有體認。

二

程子云：『學者將以行之也。』是把作知字訓。朱子云：『學之爲言，效也。』即兼行在内。

三

言不顧行者多矣，須常打點；行顧其言，便是工夫。

四

君子之學，大槩不外一天。始而畏天，終而樂天，便是天之肖子。此《西銘》之旨也，更無可疑。

五

聖賢一生德業，原只成就自己。并其及人之處，亦在成己分量中，非舍己從人也。孔、顔用行舍藏本領，原是如此。而小儒不知，紛紛談仕談隱，總未見道。

六

只常念『君子求諸己』一語，便無入而不自得。

七

無學識人着意要做好，反不得好，所以中庸難及。

八

凡事求心安即是求仁，知求仁即是智者。

九

世每有不知其然而然者，謂之數，君子安之而不言。

一〇

萬理皆實，方成天地，一毫勉强造作不得，故曰無思無爲。學者功夫到後，雖有思爲，亦無思爲矣。

一一

薛西原問：『致虚守静與未發之中，其旨同異？』唐荆川雲：『内有鍵而不出，外有扞而不入，老氏之所謂虚静也。寂而未嘗無，感而未嘗有，吾儒之所謂中也。』説得吾儒之與异端，順逆較然。

一二

二氏學問都偏駁，而釋尤背理。世間萬物非無則有，豈得有不生不滅之説？信之者不過爲罪福所思，求一超脱之法，其實無法可超脱耳！

一三

自道德降而爲功名，及其衰也，每甘心逃入二氏，正賴理學君子建立坊維。乃其傳授之間，多摹倣禪流話頭，何也？竊謂後有作者，不必相襲方是。

一四

人死有知之說，聖人不言。有謂大槩無知，而間有知者。惟張子謂其必有知，而要歸在『存順没寧』一語，皆垂訓不苟處。

一五

世亦有非意物事在常理外，雖聖人不知者，但君子不言。蓋凡君子之言，必皆其可行者也。

一六

胡敬齋居仁《進學箴》曰：『誠敬既立，本心自存；力行既久，全體皆仁。』亦與予《仁敬誠贊》有合。

一七

功業不可以小成，非恢崇之謂也；卿相不可以苟處，非退避之謂也。

一八

唐荆川曰：『障天機者莫如欲根，欲根銷盡，便是戒慎恐懼。』然必苦下戒慎恐懼功夫後，欲根乃可銷除耳。

一九

張西由能鱗《文廟略》云：『孝，德之本也，教之所由生也。』一部《孝經》，一語括盡，而有子『本立道生』正此意。甚矣，其言似夫子也！序云：『夫人留心於聖賢之學，則人心定而倫紀昭，不至有犯上作亂之事，刑且不用，又何至於用兵？』論亦從有子暢出，甚好！

二〇

西山寄余札云：『忠恕一貫之旨，展轉究心，終未能合。』其下云：『聖賢言語，無非引人於中庸之道。』噫！此非即所謂『忠恕一貫』者乎！除却『中庸』二字，更有何道可说？所谓『下學上達』，『易簡而天下之理得』，皆是也。

二一

有心自有迹。古人云：『心迹之判久矣。』謂不求人知也，其實誠不可掩。

二二

天地間不外陰陽，惟聖人能得陰陽中正之氣，而用其扶抑之功。

二三

人莫幸于知過。怙过而不改，謂之下愚不移。

二四

夭壽不貳。此心從容自在，便與天運一般。

二五

『元亨利貞』四字作一時觀，始識乾之體，始識易之體。不忮不求，心地自能安樂。

二六

熟後自純。

二七

擇禮于鄉，從其厚者，違其薄者，可也；制用于家，守其嗇者，避其汰者，可也。

二八

業師之無服也，吾欲守月焉，鴻疑之曰：『宇中三大，君與師二之。』吾從君。

二九

忘情亦可以見性，服習之久而氣質自變。要從懲忿窒慾入門，此用逆法也，煞較得力。

三〇

烏程姚承庵謂：『「乾：元亨利貞」之貞，此理至正，而隨時屢遷，六十四卦皆有之，執着便非。』故曰君子貞而不諒，時中之解亦然。

三一

學務實則德日進，德進而行副之，進退存亡無弗宜也。雖然，履順易耳，自非上哲，其必由動忍而後得耶？是故處逆未爲非幸也。

三二

道一而已。求之於一，未必能獲，必也多方而歷試之，以生其信，乃可以守之萬變而不離。故學無捷功也。

三三

學者第一入門，必先明義利之關，其餘節次自然不差，非是則不足與言。觀人之法亦即在此。

三四

或問予：『聖人，人心之至也，其正爲賢。』予曰：『賢守經，聖人達權，故聖人無不可爲之時。』

三五

吕文簡曰：『君子不可以有己，斯可以有人矣。』又謂：『克己既盡，則認人不錯。』

三六

又言：『知性命與舉子業爲一，則干禄念輕，救世意重，周之德行，道藝由是也。』

三七

凡人爲才使者，其器之小可知矣；爲物動者，其志之卑可知矣。

三八

孔氏謂：『義之所在，禮亦有時而變。』余謂：『必合乎仁然後可云禮義。即此簡察，亦識仁之一端。』

三九

行事要實，存心要虛。

四〇

朱子註復禮曰：『禮，天理之節文。』張薪軒云：『仁是渾然天理，禮是天理節文，正仁之隨處安頓停當者也。』更明。又謂：『朱子釋仁曰：「無私心而當于理。」無私心又要當于理，蓋無私心而不當理，只是個混帳好人，如何使得！』正與前意相發。

四一

又云：『以經傳爲必可信，以聖賢爲必可學。』

四二

無處無時不有當盡道理，要須留意，一毫假不得。

四三

自然者，率性之謂。纔一念自私，一息在意，便喪其本來之體。故君子自强不息，無終食違仁也。

四四

或以二氏爲成己學問，又謂以無用爲用，不知即是楊墨之仁義，己與物皆不能成，細勘自知。

四五

《繫辭》非孔子斷不能作。再三理會，孔子學《易》之功如見，而其所以得爲聖人處亦只在此。

四六

名位高者德難稱，享受過者福難稱，恩遇隆者報難稱：三者君子畏之。

四七

陵川郝天挺，经之祖也，嘗云：『讀書不爲藝文，選官不爲利養。』

四八

學者變化氣質爲難，惟有反躬自責一法，隨時點勘得力。

四九

郝伯常《春秋論》云：『僞是非侈，而真是非喪。誕妄者入于讖緯，馮藉者入于叛逆，深刻者入于刑名。』史學之害，大抵類此。

五〇

五一

處不足之地而恒若有餘者，必其中自有餘也。

或問禪學，周先生曰：『此是下愚人所爲，若上智者便不肯爲。』謂其擇術先已不正也，故以下愚擯絶之。

五二

鄒東郭曰：『古人從氣質偏處變化，今人從氣質偏處充拓。古人以心體得失爲吉凶，今人以外物得失爲吉凶。』

五三

孫種元曰：『非戒懼慎獨，終無自慊之時。』又曰：『戒慎之功，豈容他人著力！之謂「子張堂堂，子路行行」，與吾□然之體無干涉。』煞精細。

五四

忠信不如好學。不止是勸學，亦不是借忠信。讀《六言六蔽章》又得一解。

五五

仁謂復性，復性謂仁。躬行心得，原只一事。

五六

一切功夫難操持，真實下手處，惟一克己。細看顏子一生，都從此得力。

五七

邵子云：『學不至于樂，不可謂學。』莊子云：『至樂無樂。』蓋非無樂，特無世俗之樂耳。若孔、顏之樂，正從憂中生出。鹿伯順云：『因無用力處，遂無得意處。』又云：『君子以衆寡小大無敢慢爲泰。』名教中樂地，固如此也。

五八

真樂雖在心地，其作用功夫實在行事上著力，自可不勞而得也，絲毫難假。

五九

道理無窮，聖修不怠。夫子説『何有於我』等語，都是實話，都非謙辭。

六〇

是處天理流行，才有人欲，便生隔礙，故須體察之功。

六一

藐山先生云：『廉可以繩己，不可以責人。』

六二

曹真予先生《體仁策》云：『以天地萬物爲一體則體大，以四體爲體則體小；以天地萬物之體爲人則人大，以四體之體爲人則人小。』又云：『蛇龍歸菹，聖王之愛物。仕元明學，魯齋之大用。』意與郝伯常厲志論同。孫鐘元評云：『夫學，性善而已矣。事親從兄，仁民愛物，此外復何事哉？』予按：孫評實吾所謂體用一原，显微無間。窮理格物致知，都在是。

六三

居富貴而不淫，處貧賤而安樂，只是中庸之道。

六四

後世諸事不及漢唐以前，獨宋元至今，理學諸儒□明聖學，大有裨于政教，可以驅駕古先。

六五

戒妄語以存誠，省妄作以防患，習舒緩以養德：三者，吾自治之切要也。

六六

心，一而已，能常存于一上，即本體，即工夫。

六七

無所不有之謂心，無所不通之謂聖，無所不至之謂道，無所可名之謂至。

六八

論道不與藝對，則知道大；論理却要與欲對，則理方明。

六九

堯舜不子丹商，仲尼实祖尧舜，然則道統長于世序遠矣。

七〇

一心順理，無私，是誠；本此而言而動，俱不敢妄，是敬；自然不愧不怍，是樂；守之有恒，萬變不失，是仁。四者相因而至，作聖之功盡矣。

七一

君猶天也，猶父也，義實無所逃焉。有不願其君爲堯舜之君者哉？必非人而後可。

七二

萬物不外陰陽變化，然其主宰則一爲之。

七三

予《學言》謂：『始誠，中敬，終仁。』近見真西山論：『敬是用功之要，誠則達乎天道矣。』孫鐘元評云：『敬爲始，誠爲終。』覺又進一解。

七四

井田、封建，皆後世必不可行。好妄談者，即是欺世之學。

七五

王文成謂：『聖賢之功業氣節總是道，不可以功業氣節名。』予謂：『一功業氣節，聖人便與賢人不同，即此亦可識仁。』

七六

《孟子》論制民之産爲保恒心，寓教于養中，識致治之本原。

七七

顔子不遷不貳，正是克己之功。至犯而不校，則天地萬物同體，總心不違仁之證。

七八

道原是一，講學者却脱不得體用知行字樣，纔得明。

七九

人終日開眼見天，而不知天即是道；舉念無非心，而不知心之有理在。凡民則然，當思何以爲學者。

八〇

堯舜至矣，湯武便有形迹；孔子至矣，孟子便露圭角。乘時之變，衆人固難識也。

學言卷續終

東谷集附卷目録

東谷集附卷目録終

光緒山西通誌白胤謙傳

白胤謙，字子益，陽城人。前明癸未進士，翰林院庶吉士。國朝授内翰林祕書院檢討，纂修《明史》。丙戌，分校會試并典順天鄉試，所得皆知名士。遷侍講學士，累官至刑部尚書。緣案降調，補太常少卿，遷通政使，疏乞歸。生平喜講學，敦内行。例得蔭子，以予孤姪。里居閉户讀書，以『歸庸』名其齋。卒年六十有九。所著有《東谷詩文》、《歸庸齋集》、《桑榆集》、《輦下新聞》、《林下晚聞》、《學言》、《家譜》、《祭約》等書。

雍正澤州府誌白胤謙傳

白胤謙，字子益，崇禎十六年進士。改庶常。以臺臣薦授内秘書院檢討，修《明史》。恩蔭予侄方熙。入國朝，歷學士，廟堂著作多屬草。晋刑部尚書。作《刑法論》、《默回懲奸重典論》。按臣王秉衡案，方嚴詰主筆者，胤謙侃侃立白，終諒無他，不深罪也。謫太常少卿，正雅樂，辨合祀。遷通政使，疏諫告訐者必定誣抵罪，不令奸惡得肆，仇妄訐筒之風始息。老病乞歸，遂不出，名其齋曰『歸庸』，潛心性命，著《學言》二卷。容城孫奇逢以蔡神與鄒東廓擬之。著《東谷集》、《桑榆集》、《輦下新聞》、《林下晚聞》、《家譜》、《祭約》等書。子方鴻，舉人，官故城令，卒，士民泣遺愛焉，著《少如集》。方厚，力學，有父風，早殁，著《尋樂集》、《崇志堂稿》；有子繼，康熙辛酉成進士。

通政使司通政使前刑部尚書東谷白公墓表

魏象樞

於戲！是爲皇清通政使、前刑部尚書、晉大儒東谷先生之墓。先生，薛文清後一人也。其學專事求仁復性，而以存誠主敬爲功，要在躬行而實踐之。嘗作《仁敬誠贊》矣，曰：『每日隨事求仁，則此心常在。少有斷歇，即是自欺。但不敢自欺處，即敬，即誠，即仁，至於仁而事畢矣。』又作《復性贊》矣，曰：『仁即性也，誠敬所以復其性也。』於戲！觀先生之言，以考先生之生平，則皆不出乎此矣。先生明季成進士，選庶吉士。當國初召入翰林，以忠誠受知世祖皇帝，擢吏部侍郎、刑部尚書。世祖英明天縱，注意刑法，懲奸不拘常律。先生獨謂：『開國規模，宜崇宏大，務以寬平佐聖治。』凡事兢兢畏慎，公私出入，律未嘗去手。丁酉歲科場獄起，北闈一二敗事已伏辜，獨南闈所坐無主名。先生懼非辜，未敢即讞决。会有蜚語上聞，世祖怒寘考官於法，降先生一級。蘇松巡按王秉衡坐贓死，世祖欲没其妻子入官。先生念罪人不孥，同三法司議免。世祖召先生詰問再三，先生援律正對，獨自引辠。世祖不懌，素知先生無所欺，僅降三級調用而已。當是時，天威嚴重，廷臣被詰者皆震栗失措，先生從容敷奏，不激不撓，卒之感悟聖主，曲示包容，非誠且敬，能如是乎？先生補太常，考合祀，議雅樂；遷通政，争冤民叩閽事，侃侃力言，未嘗以前故少卻。值今上嗣位，國有大事，奮顔抗議猶多，方駸駸進用，屬遘微疾，遽疏乞歸，堅臥不起。於戲！進不敢以尸素負國家，退不敢以寵禄負一己，出處較然，不欺其志，非誠且敬，能如是乎？先生既歸，杜門卻掃，以『歸庸』名齋，日取六經、性理諸書，窮研體究，删朱子《近思録》、文清《讀書録》各為一書，教訓子弟及其鄉人。晚歲工夫愈深，涵養愈熟，深入性天之奧，然益刻厉進修，不肯少懈。疾革，集子孫問曰：『誠敬、无心，二者孰是？』少間曰：『無心涉外道，當以誠敬爲主。』言訖而瞑。蓋先生一生得力用行，惟是捨藏，亦惟是生順，惟是歿寧，亦惟是如饑之食，如渴之飲，欲須臾離而不可得。於戲，至矣！

故余斷謂先生文清以後一人，而叙其立身行義之大，仍蔽以先生二言，曰『誠』，曰『敬』。予繼先生登朝居官，暇相過從，必以學問正宗勖勉，望余殊深。余陳情終養歸，先生賦《白華》六章以贈。未幾，先生亦予告家居，相去二千里，有便必教以學，余有所問，手答不倦。爲余作家祠碑記，仁人之言藹如。予再補臺班，貽書訓誨備至。先生於余，不獨道義之殷，又情誼之篤如此。先生之殁，既自爲誌，其孤舉人方鴻復遣使請予表其墓。予雖欲以不文謝，其可得乎！先生姓白氏，諱允謙，字子益，東谷其號，澤之陽城人。世系官爵，生卒月日，子孫葬地，具自誌中，不更録。於戲！先生之人不待文而顯，而余質言書此，匪獨慰其孤之請，且以告吾鄉之人，庶幾覽之而感慕興起，發憤力學，繼前人於不墜。他日復有如先生之於文清者，夫亦先生之志云爾。若予，則重負先生之志矣。

陽城故刑部尚書白公胤謙贊

陳廷敬

公起詞苑，無赫赫聲。清忠端亮，式和且平。有文有質，是訓是程。及蔚州公，理學宗盟。

四庫全書總目提要學言提要

《學言》三卷，山西巡撫採進本。國朝白允謙撰。允謙字子益，陽城人。前明崇禎癸未進士，改庶吉士。入國朝，授祕書院檢討，官至刑部尚書。此書皆其講學之語，上卷五十九條，下卷六十條；又續一卷，凡八十一條。其曰：『無我之我，是謂真我；無知之知，是謂良知。』又曰：『聖人無内無外，仁可智也，智可仁也。』皆語涉惝怳，非篤實之學也。

四庫全書總目提要東谷集提要

《東谷集》三十四卷、《歸庸集》四卷、《桑榆集》三卷，山西巡撫採進本。國朝白允謙撰。允謙有《學言》，已著録。此集爲其子方鴻等所編，自順治十八年辛丑作於致仕以前者，曰《東谷集》，共詩正續二十二卷、文正續十二卷。自康熙元年壬寅至丁未作於致仕之後者，曰《歸庸集》，共詩文四卷。自戊申至壬子晚年所作者，曰《桑榆集》，共詩文三卷。允謙刻意講學，所作直抒胸臆，不以文字求工也。

清詩紀事初編白胤謙東谷集三十四卷

鄧之誠

白胤謙，字子益，陽城人。崇禎十六年進士。入清，官至刑部尚書。順治時朝局，馮銓、劉正宗與陳名夏、陳之遴結黨相角，而皆不免誅黜，政由滿人故也。成其範、梁清標、王崇簡王熙父子諸人，持禄保位，不罹黨禍，胤謙亦其比也。年五十九，遽求致仕，又十餘年始卒。陽城白氏，世以科第仕宦顯，皆言理學。胤謙撰《學言》三卷，謂：『無我之我，是謂真我；無知之知，是謂良知。』《四庫提要》譏其『語涉惝恍』，而不知正其閱歷有得，足以免于亂世矣。胤謙從兄胤昌肥遯高尚，著《容安齋》、《穌談》，多見道語。雖隱顯殊科，而與時屈伸、幸免戮辱則一也。胤謙以居官無赫赫之迹，竟未入《貳臣傳》。撰《東谷集》三十四卷，別有《歸庸集》八卷，獨缺《桑榆集》。詩文雖無文采，而不失雅正，明季亂歷，清初掌故，皆資探討，是亦足以傳矣。

白東谷詩序

吴偉業

余少時，得交天下士，以爲三晉者河嶽之奥區也。大行、王屋之交，風氣完密，必有鉅儒偉人魁壘沉塞者出乎其間，吾庶幾一見之，然不能往也。在南中，從張藐姑先生游。先生家晋之陽城，年六十餘矣，德高而齒宿，憂時傷亂，有國家飄泊之歎。顧奉其經書，講誦不輟，予得侍函丈、聞緒論，心誠服之。世故流離，名賢抑没，竊慨典型不可復作。既而遇白公東谷於京師，知為先生之同里，攻實學，修篤行，不役役於富貴，不隕穫於流俗，冲乎其自下，確乎其自持，有先正之風焉。當世祖皇帝優禮詞臣，東觀横經，長楊較獵，凡有編摩諮訪，飛鞚趣召，徃徃在嚴更之後、風雪之中。公應詔立成，辨言如響，同官中咸以大人長德、博聞强記推之。及乎出貳銓衡，上參槐棘，撤侍從而典邦禁。聖主以造邦之初，成憲方立，文墨法律之吏，不足以著絜令。惟公經術深厚，傳古義，定讞法，故倚以天下之平焉。退而築室於析城、底柱之間，俯仰河山，流連今古，取其高深跂蔚，盡發之於詩文，上以垂竹素、潤金石，次亦散華落藻，沾丐遠近，今所謂

《東谷集》者是也。伏而觀之，豈不盛哉！白族大且顯，其最以學行著者，公之尊人履德先生，兄弟明經，典邑校，講授生徒，多所成就，學者以比德河汾公。有從兄曰季文，多聞述作，高尚不仕。昔舅犯之語重耳曰：『吾不如衰之文也。』夫三士皆足上人，而沾沾於成季之有文，何耶？春秋聘問之辭，晋之卿士爲多。被廬之蒐，説禮樂而敦詩書，即軍旅亦所不廢。千載而後，風醇俗厚，被服爾雅，河東世有高門，昭其文德，爲天下先。今以觀白氏履德公之有士會之於范文子也，公之有季文叔向之於銅鞮伯華也，其原本家學，遇會處際，乃一出而用之於世，容偶然乎？金華陳公，文吏也，舊爲公邑宰，用治行高擢任吾州，刻公之集於吴下，以公言徵余弁其首。余瀏覽之餘，既樂晉之有人，又追想藐姑之風流於徂徃之後也。稱人之善，必數其父兄與其鄉先哲，是用推本書之，以為東谷詩序。

答白東谷集先生書

魏象樞

山中借邸抄，知先生請告歸里，殿廷之下，不聞曳履聲久矣。以大君子在朝朝重，在野野重，豈偶然哉！所慰者，貴邑禮讓之地也。先生倡教於鄉，挽華縟之流風，明踐履之實學，匪異人任其北面，而依依程門者，履殆滿矣。某某可令樞盡知之耶？憶都門朝夕辱提命，意中謂樞頗足語此，乃抵里以後，方知門内之事，未能盡萬一，不敢不爲先生實告也。去歲粗建家祠，先人始有蒸嘗地。及考孔廟，迄廡席計百有二十餘主，僅存二焉，可亟亟先人之安祏而此獨緩乎？然已約舍親好義者，并舉之矣。寒家荒譜，散佚有日，擬今年訂輯，兼彙古人之懿行與先人之遺訓，著爲家範。不識文公、魯公、温公而外，更有何書可採者，惟先生教之。三冬編輯，或明春竣事也。《儒言録》一書，亦次第就理，内分大儒、通儒、名儒三項，各列本傳，而語録即於各傳後附之，未知當否？雖借此編摩免曠歲月，更希高明指示，以玉于成。此書續在性理之後，尚須十年之功，頗不欲輕出問世也。碑文辭義琳瑯，在袁州、鹿洞之間，荒祠可不朽矣。且誨我以敬，期我以誠，垂示子孫，言言金玉，并家禮一帖，參酌古今而言之，祇求天理人情之安耳，敬聞命。惟樞遵守功令，曩不敢通刺長安，區區未申，又以茅塞之餘，拜賜全刻，奉爲典型，寢食以之矣。兹藉靈邱之便，一候起居，附有近稿紀事之作也，敢請教焉。

答白東谷先生書

魏象樞

捧讀五月教言，知先生道履無恙，學力有加，一切詩文，約之以禮，洵不負『歸庸』名齋之意也。大集後來居上，海内有識者，當共寶之。讀《荀子》、《曾文》暨《庸説》，尤卓有關係。《心性圖説》，樞摘出粘壁有日，賴先生力爲表章，當在《太極圖》之右。蓋濂溪言本體，不若甘泉言工夫也。人肯將這個圖子，從紙上印到心上，從心上印到事上，件件不差，纔是實學，不然終是一副粉本也。樞願以此廣先生表章甘泉之意，何如？讀至《仁敬誠》及《復性》二贊，《静》、《動》二箴，字字透骨抉髓。其實首一贊括盡。樞嘗謬謂誠爲體、敬爲工夫，仁在其中矣，無所謂先識者。譬如誠爲米，敬爲薪水，纔成個飯；誠爲絲，敬爲機杼，纔成個帛；誠爲板，敬爲柁櫓，纔成個舟。孔子曰『執事敬，與人忠』，此敬且誠，而即得仁也。『巧言令色』，此不敬不誠，而即失仁者也。信乎！敬誠所以求仁也，無所謂先識者也。次贊『窮理篤行』四字尤要。蓋不窮理，則入於異端；不篤行，則流於色取。此又敬誠之切實下手處也。合之甘泉先生『隨處體認天理』之語，敬誠之至，即仁之至矣，孔子所以罕言也，不識可作佳贊注脚否？獨未得躬請函丈，此中尚不敢信耳。貴邑素稱才藪，必有日親講席者。念樞千里依歸，前有王君允升爲紹介，自後鱗鴻漸少，惟有尊聞行知，佩服先生二贊二箴，奉爲典型而已。伯珩歸田，祈長者朝夕牖進，俾狂狷之資升堂入室，是樞之所爲切望也。老母仗庇平安，今年七十有七矣。樞家居近況，允升能悉，不敢多贅。寄答退谷先生諸刻，有便即致。

與白東谷先生書

魏象樞

歲聿新矣，先生學與年進，喜可知也。去冬拜手翰，訓迪真切，兼惠續集，佩服已多。讀《歸庸》詩，雖未深達義旨，然閒居所著，及夜夢所驗，則又以身教也，敬聞命矣。《儒言》一書，某自揣學識無似，詎敢身任千秋、安續性理之後！然讀書須有程限，工夫須有着落。某之立志成編，表章前輩，即程限也；義理不明，苦心探索，即工夫也。久之而書可不傳，學或有得矣，敢請於有道者如此。昨儒格大略，尚未精詳，考據之功，益不敢不慎，因有請者。《嘉言録》雖未付梓，稿已粗成，説者謂近人不宜與前人并，即前人亦不宜與諸儒并也。又謂諸儒既入《儒言》，此雖外篇，亦不宜重出也。又謂前人爲正集，近人爲附集可也。三説具在，盍折衷焉？某於此亦有説矣：聖門之内，尚分四科，三代而下，豈盡完人？苟一言之善，沁入心脾，刺着病痛，如單方小劑，立可回生，君子亦樂取焉，而况卓然狂狷之流亞乎？在《儒宗》，不可不嚴者，千古之道統也；在《嘉言》，不可不寬者，一時之風教也。若云古今人不相及，何今人之詩文，亦嘗與古人并駕耶？即以今人論，不猶愈於選刻詩文之濫觴耶？萬一移海内風雲月露之人，盡講身心性命之語，不更親切而有味耶？某自輯此書以來，每有對癥，便思省察，似覺功效不在讀程、朱諸書下，其裨益人心世道可知。第恐在位之人，宦業未定，瓜李可疑，雖有名言，不得不撿耳。倘所益者大，何恤小嫌？先生大道爲公，一指誨即可定矣，勿以《學言》在集，輒有所諱也。目録一册，切望筆削，耑待回音。

克己復禮歸仁説與白東谷先生

魏象樞

按紫陽註『天下歸仁』曰：『歸，猶與也。一日克己復禮，則天下之人，皆與其仁。』每讀至此，既不敢以朱註爲非，又懵懵不能見大意。竊謂『與其仁』是説向人的那一邊，天下之人稱許，安可必之『一日』耶？第云『歸，猶合也，通也』，庶幾近之。遊子歸家而云『會合』，百川歸海而云『疏通』，其義自見，正與『復字緊緊對針。先儒或有言及者，拈出以正之。近讀王文安公《語藪》云：『仁爲心之春，春之日，萬物歸之，而日未嘗使其歸。』尤深切可會。至於『克己復禮』，儒學也；『克己』而不『復禮』，禪學也。儒者非禮『勿視』、『勿聽』、『勿言』、『勿動』者，是禮必視之、聽之、言之、動之矣。若釋氏則以耳、目、口、鼻爲障，并視、聽、言、動而空之，禮遂去矣。此『復禮』不『復禮』之分，而即天下『歸』不『歸』之分也。

庸言一則

魏象樞

白東谷先生贈聯云：『識得造物生時，窗草盆魚皆是；尋取孔顔樂處，吟風弄月何妨！』『主静居敬存誠，總要觀未發時氣象；窮理致知格物，無非求放心的工夫。』『執敬忘憂境遇，常教不足；存誠取闇工夫，切畏人知。』先生所贈，即自言所学也。

寄白東谷二首

梁清標

其一

聞君此日奏祥琴，鳴鳥當簷報好音。三載麻衣知至性，一時白雪擅高吟。懷人上黨秋宵月，久客燕山歲暮心。相望同遊渾落落，漫藏鴻寶臥幽林。

其二

幾回夢寐傍君廬，忽枉秋風尺素書。出處已看懸象緯，浮沉慙未遂樵漁。山中雨雪柴門逈，霜後關河鴈影疎。漢主即今誇羽獵，上林早晚待相如。

秋日問白東谷先生病　魏象樞

暫息螭頭曳履聲，循思主眷到蒼生。愁心漫逐西風起，素髮重添白雪明。四海封章無旱潦，中朝玉律本生成。會看高坐親刑柄，莫厭吟詩慰衆情。

輓白尚書東谷先生用丁酉秋日問病和答韻　魏象樞

訃書一到痛無聲，卻為先生惜後生。一代元音真寡和，千秋絶學更誰明？憖遺不獨關桑梓，凋謝居然及老成。朝野自留芳躓在，步趨深愧贈言情。

雨中集田沛蒼學士宅和白東谷先生　陳廷敬

琉璃廠西急雨飛，驅車到門雨細微。綠窗隔席寒淰淰，紅燭卷簾烟霏霏。潞州濁酒琥珀色，藐姑羣公氷雪肌。夜深霑醉此何適，得歸射獵開荆扉。

東谷集附卷終

圖書在版編目（CIP）數據

東谷集/(清)白胤謙著；馬甫平點校.—鄭州：中州古籍出版社，2016.3（2016.7重印）
（晉城歷史名人文存）
ISBN 978-7-5348-5980-9

Ⅰ.①東… Ⅱ.①白… ②馬… Ⅲ.①古典詩歌—詩集—中國—清代②古典散文—散文集—中國—清代 Ⅳ.①I214.92

中國版本圖書館CIP數據核字（2016）第043123號

叢書名：晉城歷史名人文存
書　名：東谷集
著　者：（清）白胤謙著；馬甫平點校
責任編輯：王建新
責任校對：賈　群
出版社：中州古籍出版社
（地址：鄭州市經五路66號　　郵政編碼：450002）
發行單位：新華書店
承印單位：河南新華印刷集團有限公司
開　本：850mm×1168mm　1/32　印張：57.875
字　數：512千字　印數：701-900套
版　次：2016年3月第1版　印次：2016年7月第2次印刷

定價：480.00元（全套八冊）